NUESTRA DESQUICIADA
HISTORIA DE AMOR

NUESTRA DESQUICIADA HISTORIA DE AMOR

JANDY NELSON

Traducción de Tatiana Marco Marín

Argentina – Chile – Colombia – España
Estados Unidos – México – Perú – Uruguay

Título original: *When the World Tips Over*
Editor original: Dial Books, un sello de Penguin Random House, LLC
Traducción: Tatiana Marco Marín

1.ª edición: noviembre 2024

Reservados todos los derechos. Queda rigurosamente prohibida, sin la autorización escrita de los titulares del *copyright*, bajo las sanciones establecidas en las leyes, la reproducción parcial o total de esta obra por cualquier medio o procedimiento, incluidos la reprografía y el tratamiento informático, así como la distribución de ejemplares mediante alquiler o préstamo públicos.

Copyright © 2024 *by* Jandy Nelson
Publicado en virtud de un acuerdo con Pippin Properties, Inc.
a través de Rights People, London
All Rights Reserved
© de la traducción 2024 *by* Tatiana Marco Marín
© 2024 *by* Urano World Spain, S.A.U.
Plaza de los Reyes Magos, 8, piso 1.º C y D – 28007 Madrid
www.mundopuck.com

ISBN: 978-84-10239-06-7
E-ISBN: 978-84-10365-43-8
Depósito legal: M-20.024-2024

Fotocomposición: Urano World Spain, S.A.U.

Impreso por: Rodesa, S.A. – Polígono Industrial San Miguel
Parcelas E7-E8 – 31132 Villatuerta (Navarra)

Impreso en España – *Printed in Spain*

*Para mis familiares, que hacen las veces
de mis mejores amigos.
Y para mis amigos, que hacen las veces
de la familia más increíble.*

«Al final, todos nos convertimos en historias».
Margaret Atwood.

«¿Cómo podemos vivir sin nuestras vidas? ¿Cómo sabremos que somos nosotros sin nuestro pasado?».
John Steinbeck.

«A veces podemos pasarnos años sin vivir en absoluto, y de pronto toda nuestra vida se concentra en un solo instante».
Oscar Wilde.

«Día tras día, noche tras noche, estuvimos juntos. Todo lo demás, hace tiempo que lo olvidé».
Walt Whitman.

«Hay otros mundos, pero están en este».
Paul Éluard.

«¿Me estás buscando? Estoy en el asiento de al lado».
Kabir.

FANTASÍA (SUSTANTIVO)
fan – ta – sí – a | /fˌantasˈia/

1. Una composición, a menudo musical, con un estilo improvisado.
1b. Obra literaria compuesta por una mezcla de diferentes formas o estilos.
2. Obra en la que la imaginación vaga sin restricciones.
3. Algo que posee cualidades fantásticas, raras o irreales.

DIZZY

Primer encuentro con la chica del pelo arcoíris

La mañana del día que Dizzy Fall, de doce años, se cruzó en el camino de un tráiler que iba a toda velocidad y se encontró con la chica del pelo arcoíris, todo le había salido mal. En el divorcio con su mejor amigo, Lagartija, que ahora usaba su verdadero nombre, Tristan, Lagartija-ahora-Tristan había conseguido popularidad, un corte de pelo chulo y una novia que se llamaba Melinda.

Dizzy no había conseguido nada.

Habían sido un dúo desde primer curso; habían merodeado por los secretos más íntimos del otro, habían preparado la lista completa de los postres más ambiciosos de la revista *Pastry* y se habían dedicado a su actividad favorita: navegar por internet en busca de información pertinente sobre la existencia. Las especialidades de Lagartija eran el tiempo y los desastres naturales, mientras que las de Dizzy eran todas las cosas chulas.

Últimamente, esas cosas chulas habían consistido en historias sobre santos que se alzaban en el aire en ataques de éxtasis, yoguis del Himalaya que podían convertir su propio cuerpo en piedra, y Buda, que había creado duplicados de sí mismo y disparaba fuego por los dedos (¡sí!). Leer sobre estas cosas tan místicas hacía que el alma de Dizzi vibrara, y ella quería un alma vibrante. Quería que le vibrara todo.

Además, hacía poco, antes del divorcio, Dizzy y Lagartija se habían besado durante tres segundos para comprobar si sentían las endorfinas que él había descubierto en internet o las explosiones espontáneas internas sobre las que ella leía en las novelas románticas que su madre ocultaba detrás de las más literarias en la estantería; sobre todo en *Vive para siempre*, que estaba protagonizada por Samantha Brooksweather y que era su favorita. Lagartija pensaba que las novelas románticas eran una pérdida de tiempo, pero Dizzy había aprendido mucho de ellas. Quería que la puerta de su feminidad salvaje se abriera de una vez, que se prendiera su fragua fogosa o que se despertaran sus entrañas húmedas por la pasión, y, aunque, a diferencia de Samantha Brooksweather, nunca jamás había visto un pene de verdad, gracias a esos libros sabía una barbaridad sobre miembros rígidos, falos turgentes y lanzas palpitantes. Sin embargo, por desgracia, durante aquel beso de tres segundos con Lagartija, ninguno de los dos había sentido ni las endorfinas ni las explosiones espontáneas internas.

La cuestión es que, durante toda la mañana de aquel día revelador del primer encuentro, Dizzy estuvo sentada en clase, observando cómo su exmejor amigo, Lagartija-ahora-Tristan, le mandaba mensajes a escondidas a su horrible nueva novia, Melinda; probablemente sobre todas las explosiones espontáneas internas que habían sentido cuando se habían besado en el baile, tres semanas atrás. Con un nudo en la garganta, ella había presenciado cómo ocurría: cómo Lagartija colocaba una mano en la nuca de Melinda antes de que sus labios se encontraran. Desde aquel momento, Dizzy, afamada cotorra, apenas hablaba en la escuela y, cuando lo hacía, sentía como si la voz le saliera de los pies.

Pero, de todos modos, ¿qué más podría decir? En una ocasión, su madre le había dicho que los grandes amores de la vida de una no tenían por qué ser necesariamente románticos. En aquel momento, había pensado que ya tenía tres grandes amores: su mejor amigo, Lagartija; su madre, Chef Mamá; y su hermano mayor, Wynton, que era tan increíble que desprendía chispas. Pero ¿y ahora qué? No había sido consciente de que la gente pudiera dejar de quererte. Había creído que la amistad, al igual que la materia, era permanente.

Después de la comida (que había pasado en la sala de ordenadores, leyendo sobre un grupo de personas de Europa del Este que creían que alguien o algo les estaba robando físicamente la lengua), recorrió medio colegio para ir al baño que nadie usaba. Estaba intentando evitar cruzarse con Lagartija-ahora-Tristan y Melinda que, en los últimos tiempos, siempre montaban campamento juntos, con las manos y las almas entrelazadas, junto a la fuente de agua que estaba al lado del baño más cercano. Solo que, cuando abrió la puerta, se topó con Lagartija, que estaba en el lavamanos del único baño de género neutro de todo el colegio.

Estaba solo, frente al espejo, poniéndose gel para sostener su peinado nuevo. Tenía el mismo aspecto que el del resto de los chicos, no el del Lagartija de un mes atrás, que había llevado el pelo como ella (como si hubieran atravesado un ciclón) y el estilo personal de un bicho raro en una feria de ciencias, también como ella. Incluso se había comprado lentillas, por lo que sus pesadas gafas negras estilo Clark Kent ya no iban a juego. Quería que regresara el antiguo Lagartija, el chico que le había hablado de los pilares solares y los arcoíris de niebla y que había dicho «Qué chulo, Diz» al menos quinientas veces al día.

Las luces fluorescentes de aquel baño color babosa titilaron. No habían estado a solas en lo que le habían parecido siglos y

Dizzy sintió el pecho hueco. Lagartija la miró a través del espejo con un gesto indescifrable; después, volvió a concentrarse en su pelo, que era del color de la calabaza. Tenía la piel pálida y alguna que otra peca en las mejillas, aunque no formaban galaxias como en su caso. En una ocasión, en quinto curso, cuando su torturador de toda la vida, Tony Spencer, la había llamado «granja fea de pecas», Lagartija había ido a clase al día siguiente con galaxias propias que él mismo se había dibujado en las mejillas.

Dizzy captó un atisbo de su reflejo en el espejo y tuvo la misma reacción de horror que tenía siempre ante su aspecto, ya que se parecía con gran exactitud a una rana con peluca. No podía creerse que aquello fuera lo que los demás tenían que ver cuando la miraban. Deseaba que pudieran ver algo mejor, como, por ejemplo, la cabeza de Samantha Brooksweather. Ella encendía los corazones de los hombres con sus rizos sedosos y suaves, sus labios carnosos y fruncidos y sus resplandecientes ojos de color azul zafiro.

Dizzy volvió a posar sus viejos, sosos y nada resplandecientes ojos marrones sobre su exmejor amigo. En la versión real, no la del espejo. Quería tomarlo de la mano, tal como habían hecho en secreto bajo las mesas durante años. Quería recordarle cómo solía juntar el cabello de ambos en una sola trenza para poder fingir que eran una única persona. Quería preguntarle por qué no le devolvía las llamadas o los mensajes y por qué no se asomaba a la ventana de su dormitorio ni siquiera después de que ella le hubiera lanzado treinta y siete piedrecitas seguidas. En su lugar, entró en uno de los cubículos, contuvo la respiración todo lo que pudo y, cuando salió, él ya se había marchado.

En el espejo, había escrito con rotulador negro: «Déjame en paz».

Dizzy se sintió como si estuviera a punto de explotar.

Entonces, llegó Educación Física. Balón prisionero. Una hora de terror y angustia. En medio del campo ardiente, empapaba de sudor la camiseta mientras practicaba la invisibilidad y fingía no darse cuenta de que Lagartija estaba con Tony Spencer. ¡Puf! ¡Aaj! Lagartija «el Traidor». Dizzy quería que se la tragara la tierra. ¿Por qué jamás se había planteado hacer más de un amigo en toda su vida? Sin embargo, no tuvo tiempo de pensar en aquello porque Tony Spencer se apartó de Lagartija y se abalanzó sobre ella con el balón y una sonrisa reluciente como un cuchillo, muy propia de los dibujos animados. Además de con intenciones homicidas. Se le revolvieron las entrañas. Intentó robarle físicamente la lengua pero, entonces, canceló la orden porque ¡puaj!

Un sonido raro y vergonzoso parecido a un ladrido se le escapó de los labios mientras Tony alzaba la pelota y, después, se la lanzaba directa a las tripas, dejándola sin aire y sin dignidad. Entonces, mientras estaba tirada en el suelo como si fuera un pez boqueando, sujetándose el vientre allí donde la había golpeado, el chico se dio la vuelta, se puso en cuclillas sobre ella, le puso el culo sudado y cubierto por el pantalón de Educación Física en la cara y se tiró un pedo.

Su mente se quedó helada. *No*, suplicó, deseando que aquello no le estuviera ocurriendo a ella. Quería pulsar la tecla de «borrar». La de «escape». La de «apagar».

—¿De qué color es, Dizzy? —dijo Tony con alegría, ya que Lagartija debía de haberle hablado de su sinestesia; de cómo podía ver los aromas como si fueran colores.

Todos se rieron y se rieron, pero ella tan solo se centró en las carcajadas de Lagartija, parecidas a los relinchos de un caballo, que se estaba riendo como si ella no se hubiera comido un tarro de arañas con tal de evitarle un solo segundo de tristeza.

Aquello había sido lo que la había hecho llorar. Aquello había sido lo que había hecho que les ordenara a sus piernas como palos, desnudas y huesudas, que cruzaran corriendo el campo de atletismo, treparan por la valla de la Escuela Secundaria de Paradise Springs y atravesaran viñedo tras viñedo hasta que se encontró en una parte desierta del pueblo, ataviada con la ropa de Educación Física, en medio de un día de escuela, en plena ola de calor, deseando salir de su estúpido cuerpo sudoroso y dejarlo atrás.

Porque ¡Tony Spencer había hecho eso en su cara! ¡Delante de todo el mundo! ¡Y Lagartija se había reído! ¡De ella! ¡Dios! A partir de ese momento, iba a necesitar un disfraz; una identidad totalmente nueva. Nunca más iba a poder volver a la escuela, eso seguro. Tendría que robar la tarjeta de crédito de su madre y reservar un vuelo a América del Sur. Viviría en la sabana con los capibaras porque, en uno de sus maratones de investigación en internet, había descubierto que eran los mamíferos más simpáticos.

No detestables como la gente de séptimo curso.

Además, ¿hola? La sinestesia ni siquiera era algo de lo que estuviera avergonzada, tal como sí lo estaba de su aspecto de rana con peluca, de su pelo estilo hongo atómico o de sus pecas, que habían colonizado cada centímetro de su cuerpo, incluyendo los dedos gordos de los pies y su fragua fogosa. O de todo lo demás. Como de lo pequeña y cóncava que era, de cómo todavía no tenía pelo en ninguna zona emocionante o de cómo, a menudo, se sentía como una mota de polvo. Por no mencionar el miedo que le daba morir, irse a dormir, quedarse tumbada en la oscuridad, salir de una habitación si su madre estaba en ella o ser fea para siempre. O la cantidad de tiempo que pasaba en realidad navegando en internet en busca de información pertinente sobre la existencia, u otras muchas cosas que hacían que sintiera que la vida consistía en ir saltando de una humillación privada o pública a la siguiente.

Avanzó a toda velocidad por la acera vacía y sofocante, perdida en sus pensamientos y sin percatarse del aroma a ámbar quemado que había en el aire, de las tiendas cerradas debido a las temperaturas infernales, de las colinas abrasadas por el sol en la distancia o del extraño silencio estridente causado por el hecho de que los cuatro arroyos que atravesaban Paradise Springs se habían secado. Ni siquiera se fijó en el cielo, que estaba vacío porque los pájaros no se molestaban en volar cuando los vientos del diablo recorrían el valle, provocando la peor ola de calor que se recordaba en tiempos recientes.

Fue a cruzar la calle a ciegas.

Entonces, se oyó un chirrido tal que parecía que el mundo se estuviera partiendo en dos.

El suelo que tenía bajo los pies tembló y el aire se sacudió. Dizzy no tenía ni idea de lo que estaba ocurriendo.

Se dio la vuelta y vio la enorme trompa de metal de un camión que se dirigía a toda velocidad hacia ella. *Oh, no; oh, no; oh, no; oh, no.* No podía moverse, gritar o pensar. No podía hacer nada. Sentía los pies atrapados en el cemento mientras el tiempo se ralentizaba y, después, parecía detenerse por completo con la siguiente revelación: eso era todo.

Todo, todo.

El Final.

Oh, cómo deseaba acabar siendo un fantasma. Un fantasma que se pasara el día haciendo pasteles junto a Chef Mamá en su restaurante, La Cucharada Azul.

—Quiero regresar de inmediato, por favor —le dijo a Dios con urgencia y en voz alta—. Como un fantasma que pueda hablar, Señor —añadió—. No uno de los mudos, por favor.

Tragó saliva, inundada por la pena y la sensación de no estar en absoluto preparada. Iba a morir habiendo gastado tan solo tres segundos de las dos semanas que la persona media pasaba besando a lo largo de toda su vida. Iba a morir antes de haberse enamorado y de haber fundido su alma con alguien como habían hecho Samantha Brooksweather y Jericho Blane; antes de alzar el cuerpo para recibir la embestida urgente de alguien o de arder hasta convertirse en cenizas por el frenesí de las erupciones simultáneas, o cualquiera de esas otras cosas sexuales tan épicas que aparecían en *Vive para siempre*. Peor aún: iba a morir antes siquiera de haber tenido un orgasmo ella sola (o bien no conseguía adivinar cómo funcionaba o tenía alguna malformación; no estaba segura de cuál era el problema).

Y lo que era peor que todo aquello: iba a morir antes de que el padre al que nunca había conocido (porque había estado dentro de la barriga de su madre el día que se había marchado) regresara. Aun así, sabía que, a diferencia de lo que decían algunas personas, no estaba muerto, ya que, en una ocasión, lo había visto en lo alto de la loma, con su sombrero de vaquero y el mismo aspecto que tenía en las fotografías. Solo que nadie (excepto Wynton y Lagartija) le había creído, a causa de la regularidad con la que veía a aquellos fantasmas mudos del viñedo. Nadie (excepto Wynton y Lagartija) le creía tampoco con respecto a eso. Ay, Wynton. Y su otro hermano, Miles «el Perfecto». ¡Su madre! El pánico se apoderó de ella. ¿Cómo podía abandonarlos? ¿O abandonar el mundo? Ni siquiera le gustaba levantarse de la mesa cuando estaban desayunando. ¿Cómo podía morir antes de que todos ellos (Wynton, Miles «el Perfecto», Chef Mamá, Papá Reaparecido y su tío, Clive «el Borracho Raro») se hubieran apretujado en el antiguo sofá de terciopelo rojo del salón, formando una montaña de gente feliz con ella estrujada en el centro, mientras veían juntos *Harold y Maude* o *El festín de Babette* (que era la película favorita de su madre y, ahora, también la suya)? Oh, esperaba que todos vieran aquellas dos películas para recordarla, en lugar de llevarle flores.

No es que su familia hubiera visto nunca nada formando una montaña de gente feliz o hubiera sido muy dichosa. Punto. Sin embargo, ahora ya no habría más oportunidades de que aquello ocurriera.

Iba a morir antes de todas las oportunidades.

Y la parte horrible de verdad ni siquiera era que la última cosa que le había ocurrido antes de morir hubiese sido recibir un pedo en la cara de Tony Spencer y que Lagartija la hubiese traicionado. (De hecho, olvidaos de las películas antiguas. En lugar de las flores, por favor, llenad las casas de ambos de huevos y papel higiénico). La peor parte era que iba a morir antes de que en su vida hubiese ocurrido nada verdaderamente milagroso.

Y, entonces, en su vida ocurrió algo verdaderamente milagroso.

Dos manos, fuertes y firmes, se posaron sobre sus caderas. Se dio la vuelta y vio a una chica; una chica resplandeciente y brillante como una estrella fugaz.

Dizzy levantó la mano para tocar el rostro enmarcado por los rizos arcoíris que caían hasta la cintura de la chica como mechones de todos los colores sacados de un cuento de hadas. Sin embargo, antes de que pudiera tocarle la mejilla iluminada, la joven habló, le dio un golpecito en la nariz con el dedo y, después, la empujó con fuerza. Y Dizzy empezó a ascender. Arriba, arriba, arriba. El cielo se inclinó mientras ella salía disparada, alejándose de todo pensamiento, fuera del tiempo y el espacio. Al final, aterrizó sobre el pavimento caliente en un caos de extremidades y desconcierto.

Mierda, mierda, mierda.

Durante un instante, no se movió. Hum... ¿Qué acababa de pasar? En el pecho, su corazón era como un animal salvaje y tenía el rostro pegado a la gravilla ardiente. ¿Era un fantasma? Juntó dos dedos. No, seguía teniendo carne. Intentó levantar la cabeza y se encontró con un borrón. ¿Dónde estaban sus gafas? Se giró para ponerse bocarriba y vio que, sobre ella, se alzaba una figura (incluso sin las gafas podía distinguir que era un hombre y no la chica que había esperado ver) que tapaba el sol, le ofrecía una mano y estaba soltando alguna retahíla.

—Por los pelos. Por los pelos. Ay, Jesús bendito. Pero mírate: como nueva. Ni un solo rasguño. Gracias a Dios.

Con los brazos temblorosos, ayudó a Dizzy, que también estaba temblando, a ponerse en pie. A pesar de la gravilla que tenía en la mejilla y las palmas de las manos, las rozaduras del pavimento en las rodillas y los fuertes latidos que notaba en el pecho, estaba bien. Pero no estaba tan segura con respecto a aquel hombre, pues le pareció que estaba a punto de hiperventilar. Había dejado marcas de sudor en la camiseta y su olor era impactante y de un color naranja calabaza, el color que siempre asociaba a los hombres y su sudor. En su mayor parte, las chicas y las mujeres olían a verde. Aunque, ahora, sabía que no era así en todos los casos. La chica del pelo arcoíris que acababa de salvarle la vida olía a magenta, como las flores.

—¡Caray! ¡Jesús! ¡Dios mío! —dijo el hombre—. ¿Cuántos años tienes? ¿Nueve? ¿Diez? Tengo una nieta de tu edad que, como tú, parece una pluma.

—Soy una pluma de doce años —replicó ella, a la defensiva.

Porque, sí, era muy molesto que siguieran pidiéndole que fuera un elfo en el desfile veraniego de Paradise Springs, muchas gracias. Se agachó para tantear el suelo en busca de sus gafas y solo entonces se dio cuenta de que las llevaba entre el pelo, que hacía las veces de su sala de objetos perdidos.

Las desenredó y, al ponérselas, descubrió que el hombre, con su rostro grande, sudoroso, amigable y bigotudo, era, a todos los efectos, una morsa parlante.

La chica, sin embargo, no estaba por ninguna parte.

—Muy bien, doce, tomo nota —dijo el hombre—. ¡Puf! Cuánto me alegro de que estés bien. Pensaba que te habíamos perdido.

—Yo también —contestó ella con la mente acelerada—. Tenía la esperanza de regresar como un fantasma, pero no quería ser uno de esos mudos, ¿sabe? —Sentía palabras, palabras y más palabras; un maremoto de palabras que se esforzaba por salir de ella tal como habían hecho en la grandiosa época anterior al divorcio. Sí, algunas personas, de cuyo nombre no quería acordarse, pensaban que hablaba demasiado y que deberían extirparle las cuerdas vocales, pero esas personas no estaban allí, así que continuó—. Eso sería horrible. Estar allí, viéndolo todo y a todos, pero sin ser capaz de hablar o de decirles nada, ni siquiera tu nombre. Como los que hay en nuestros viñedos.

—Creo que se te daría fatal lo de ser un fantasma mudo —dijo el hombre-morsa.

—Sí. Exacto. —Miró a su alrededor—. Señor, tengo que darle las gracias a la chica. ¿Dónde ha ido?

El hombre hizo una mueca que logró que sus cejas pobladas se juntaran.

—¿A dónde ha ido quién? Lo único que he visto ha sido el sol y, después, a ti ahí de pie, congelada, mirando al cielo como si fueras una estatua religiosa. Entonces, he pisado a fondo el freno, como si la vida me fuera en ello, pero, al segundo siguiente, has salido volando. Debes de ser algún tipo de atleta, porque has volado de verdad. Ha sido todo un espectáculo.

—No soy atleta. Para nada. Eso es cosa de mi hermano, Miles «el Perfecto». Yo odio los deportes. Todos ellos. Ni siquiera me gusta estar al aire libre. —Tomó aire para ralentizar sus pensamientos, a los que les encantaba formar una avalancha—. He volado de ese modo porque me ha empujado una chica. Además, con fuerza. Me ha lanzado por los aires. ¿No la ha visto? —Dizzy volvió a mirar calle arriba y calle abajo. No había nadie. No había turistas. Ni siquiera automóviles. Los vientos del diablo habían convertido Paradise Springs en un pueblo fantasma seco y polvoriento—. Tenía un montón de tatuajes coloridos con palabras. —Se tocó el brazo allí donde le había visto el tatuaje de la palabra «destino»—. Y era preciosa; su rostro…

—Aquí solo estábamos tú y yo, cielo. Debe de ser cosa del calor; nadie piensa con claridad.

Mientras volvía a casa a través de los viñedos, bajo el sol abrasador y con la ropa empapada en sudor pegándosele al cuerpo, Dizzy no podía dejar de pensar en aquella chica. En el olor a magenta. En cómo la había mirado directamente a los ojos. «No te preocupes; estás bien», le había dicho con voz ronca antes de tocarle la nariz con un dedo. «¡Bop!». Todo el pánico que había sentido con respecto al camión que se abalanzaba sobre ella se había desvanecido. De hecho, se habían desvanecido tanto el pánico como la inseguridad que sentía por todo. La luz había rodeado a la chica por todas partes, derramándose en torno a su cabeza y a aquellos interminables rizos arcoíris, como si fuera un halo.

Como si fuera un halo.

Y, entonces, había lanzado a Dizzy por los aires.

DIZZY

A la mañana siguiente, Dizzy se sentó a la mesa para desayunar, viva, respirando aire, pensando y ¡habiendo sido tocada por un ángel! Apenas podía contener las ganas de contarles la noticia. Quería gritársela a Miles «el Perfecto», que estaba sentado frente a ella. Sin embargo, tenía puesto el cartel de «No molestar», lo que significaba que, como siempre, estaba acurrucado con alguna novela mientras sus rizos se enrulaban como cuervos en torno a su rostro principesco.

Dizzy y su hermano mayor, Wynton, no comprendían de dónde había salido Miles «el Perfecto». Asistía a una escuela pija que estaba a tres pueblos de distancia gracias a una beca deportiva. (Wynton, al igual que Dizzy, se chocaba a menudo con las paredes). Era silencioso, serio y tan guapo que daba miedo. (Wynton, al igual que Dizzy, parecía una rana con peluca y participaba en peleas de almohadas muy poco serias y competiciones de gritos muy poco silenciosas). Le gustaba salir a correr por la naturaleza. (A Wynton, al igual que a Dizzy, le encantaban las paredes, los tejados y los aperitivos frente a una televisión).

Miles «el Perfecto» también era bueno; se pasaba el tiempo libre paseando a perros de tres patas y peinando a caballos ciegos en el refugio de animales. (Wynton siempre era malo e incluso había acabado en la cárcel unas semanas atrás, mientras que Dizzy era especialista en desearles todo lo malo a sus compañeros de clase). Además, Miles «el Perfecto» nunca se comía la guinda de las copas de helado porque no se permitía comer dulces. (Sin comentarios). En el anuario, lo habían votado como «Bombón de la clase» y «Persona con más probabilidades de triunfar» dos años seguidos.

Miles «el Perfecto» hacía que se sintiera como una verruga. Le dio un toque en el brazo.

—Ayer vi a un ángel. —Él no apartó los ojos del libro—. Me salvó la vida. —Nada—. Puede que al darme un golpecito en la nariz. —Nada—. ¡Miles!

—Estoy leyendo —dijo él sin levantar la cabeza.

Dado que Dizzy era la más joven, muy pequeñita y, ahora, una chica sin amigos a la que le habían tirado un pedo en la cara, ciertos miembros de la familia como don Perfecto, allí presente, creían que no pasaba nada si actuaban como si no existiera.

—Un ángel, Miles. En plan... Un ángel de verdad. Uno superchulo que llevaba tatuajes y todo.

Él pasó de página.

Dizzy se quedó observando sus ojos llenos de pestañas, el dichoso arco de Cupido que dibujaban sus labios, sus rizos sueltos y perezosos que brillaban y nunca se encrespaban (¡como los de Samantha Brooksweather!) y el resto de sus rasgos de bombón de la clase. De verdad, ¿cómo era posible que ella, a la que habían pedorreado en la cara, y don Perfecto, allí presente, fueran de la misma especie y, mucho menos, de la misma familia?

—La cuestión es, Miles —dijo—, que no sabes si hoy va a ser tu último día con vida. Podría aplastarte un camión o un asteroide, o que se abriera un cráter justo debajo de ti. El no tener ningún control sobre cuándo vas a morir es desgarrador, ¿no te parece? ¿No te parece que ser mortal es muy duro?

Miles se atragantó con su tostada de arroz integral seca (sin comentarios), pero después se recuperó sin tan siquiera apartar la vista del libro.

Argggggg.

«Todos deberíamos intentar parecernos más a Miles —decía siempre su madre—. Nunca malgasta un solo minuto». Dizzy malgastaba todos los minutos. Eso era porque el tiempo pasaba más deprisa para ella que para otras personas. ¿De qué otra manera podría explicar lo que ocurría cuando se conectaba a internet? ¿O cuando se quedaba mirando por la ventana? ¿O cuando hacía cualquier otra cosa?

A menudo, leía a hurtadillas los pequeños blocs de notas que Miles «el Perfecto» llevaba en el bolsillo trasero de su pantalón o guardaba en el último cajón de su cómoda. Solían estar llenos de listas de tareas pendientes pero, en los últimos tiempos, se habían descarriado. Uno reciente decía: «Encuentra a alguien con el que intercambiar la cabeza».

—No quiero morir nunca —prosiguió Dizzy, impertérrita—. Me refiero a nunca jamás de los jamases. Quiero ser inmortal. Mucha gente dice que se aburriría de vivir durante milenios o que acabarían demasiado deprimidos tras ver morir a sus seres queridos una y otra vez. Yo no. ¿Y tú?

Miró a Miles, expectante.

Él pasó de página.

Ella observó cómo le brillaba la piel.

Observó cómo le temblaban las pestañas.

Observó cómo se volvía aún más perfecto.

La relación de hermanos entre ellos no estaba funcionando. Eran unos compañeros de desayuno terribles. En realidad, no había pasado demasiado tiempo a solas con Miles hasta hacía poco. Nunca solía bajar a desayunar (o a cenar, o a ver películas, o a las fiestas de baile improvisadas, o a los maratones de pastelería, o a los concursos de gritos o a las guerras de almohadas) cuando Wynton estaba presente, que había sido todos los días hasta un par de semanas atrás, cuando su madre lo había echado de casa y había cambiado las cerraduras. (Solo que, en ese mismo momento, Wynton estaba durmiendo en el ático porque ella le había dejado las llaves fuera de casa de manera ilegal).

Dizzy sabía que estaba irritando a Miles «el Perfecto». Suponía que, en una escala del uno al diez, estaría en torno al siete. Pero... ¿Hola? También era molesto que te ignoraran. Muy molesto.

—Adivina qué —dijo en un último intento. Tenía un par de cosas en su arsenal que podrían iniciar una conversación hasta con una piedra—. No te vas a creer esto, Miles, pero hay una mujer en Pensilvania que tiene orgasmos al lavarse los dientes.

Había leído aquello en una página web que había encontrado la noche anterior mientras intentaba adivinar qué era lo que estaba haciendo mal con todo ese asunto de masturbarse. Fingió cepillarse los dientes con un tenedor cercano para añadir a la historia un efecto dramático, deseando que hubiese sido Lagartija al que le hubiese estado contando aquella primicia tan increíble. Ojalá...

Cuando llegó a un firme nivel diez de irritación, Miles se puso en pie (era muy alto, como tener un poste telefónico en la familia), agarró su libro y salió al porche por la puerta principal para enfrentarse al calor. La mujer de los orgasmos causados por el cepillo de dientes no había tenido el efecto deseado. Sin duda, el medidor de diversión de don Perfecto estaba roto. Aun así, ella se puso en pie para seguirlo; no podía evitarlo. Sin embargo, en ese momento oyó la estampida de perros y decidió quedarse dentro de casa, con el aire acondicionado.

Miles era una sensación entre otras especies. Si no cerraban la puerta principal, su dormitorio se convertía en un parque canino.

Sospechaba que hablaba con ellos tal como solía hacer San Francisco. A Dizzy no le gustaban los perros. ¿Por qué demonios le metían el hocico en la fragua fogosa? Prefería contemplar las vacas y los caballos, animales razonables que estaban en campos lejanos y no eran unos pervertidos. Volvió a sentarse y cortó el pan de jengibre caliente que había preparado la noche anterior y que acababa de recalentar. Del interior salió vapor junto con una mezcla de olor a clavo y melaza que dibujó un borrón azul cian en su campo de visión mientras respiraba hondo y seguía pensando un poco más en Miles.

De pequeña, solía ser sonámbula y, en una ocasión, incluso había ido a casa de la señora Bell, la vecina de al lado. Sin embargo, dentro de casa, su destino favorito había sido el dormitorio de Miles. Noche tras noche, iba a su habitación y se hacía un ovillo sobre el puff marrón que había bajo la ventana. Así era como había descubierto que Miles «el Perfecto» lloraba en sueños. A veces la despertaban los sollozos. Entonces, se acercaba a él y le tocaba el brazo. Aquel gesto siempre había puesto fin a los lloros. Pero, lo más extraño, más extraño incluso que eso, era que, sin importar lo oscura que hubiera estado la habitación, siempre había sido capaz de verlo. Nunca se había despertado y ella nunca le había contado nada a nadie (ni sobre los lloros ni sobre el hecho de que, más o menos, brillaba en la oscuridad) pero, a menudo, sentía que el Miles auténtico era el chico que lloraba a oscuras mientras desprendía algún tipo de luz onírica extraña en lugar de aquel tipo perfecto que era más un huésped que un hermano.

Para ser sinceros, Dizzy se olvidaba a veces de que Miles existía. Para ella, lo de tener un hermano giraba por completo en torno a su hermano mayor, Wynton, y Wynton decía que Miles «el Perfecto» era un esnob, que tenía un palo metido en el culo, que pensaba que era mejor que ellos, que era un maldito falso y otro montón de cosas malas que hacían que ella sintiera ganas de vomitar.

Cortó un poco de mantequilla de lavanda (procedente del restaurante de Chef Mamá) y comenzó a esparcirla por el pan de jengibre mientras observaba cómo se derretía entre los pliegues.

—¿Estás ahí? —preguntó, dirigiéndose a la habitación sin estar muy segura de si los ángeles tenían la habilidad de volverse invisibles, lo que significaría que el suyo bien podría estar en el asiento de al lado—. Si estás aquí, precioso ángel, gracias por haberme salvado la vida ayer. Me gustaría mucho...

—¡Dizzy! —Oyó su nombre y se levantó de un salto de la silla. Se trataba de una voz ronca; una voz de hombre. Pero eso no significaba nada, ¿no? Lo más probable era que los ángeles cambiasen de género y edad a voluntad. O tal vez le hubiesen enviado uno nuevo.

—Sí —dijo mientras dejaba el pan de jengibre sobre la mesa—. Hoy no puedo verte.

—Aquí; soy yo.

Dizzy se dio la vuelta y vio al tío Clive, que estaba en la ventana, haciéndole gestos para que se acercara a él. Oh, por el amor de Dios. Tenía la cabeza ladeada para poder hablarle mejor a través de la estrecha rendija de la ventana que nunca podían cerrar del todo (la casa tenía más de cien años), ni siquiera cuando el aire acondicionado estaba a tope.

—Pensaba que eras un ángel —dijo ella.

—Vaya novedad... Escucha: he soñado con Wynton.

Se acercó hasta la ventana, la abrió más y su tío se irguió. Entonces, la asaltó una ráfaga de aire tan caliente como un horno y cargada con su aroma (una mezcla de cigarrillos, sudor y alcohol con el color del óxido). Parecía un Sasquatch. Tenía el rostro hundido, la barba y la melena rubia largas y desgreñadas, su ropa no hacía juego y estaba desgastada, y parecía como si su circunferencia aumentara con cada hora que pasaba. A pesar del calor, iba vestido con una camisa de franela y unos vaqueros cubiertos de barro. El rostro colorado le brillaba por el sudor. Los rumores decían que, mucho tiempo atrás, había sido todo un mujeriego, pero costaba imaginárselo. Su madre les advertía de continuo de que se mantuvieran alejados de su tío cuando hubiera estado bebiendo, algo que ocurría a todas horas. Decía que, a veces, la gente se rompe y no puede volver a recomponerse, pero ella no estaba de acuerdo con eso: creía que todo el mundo podía volver a recomponerse. Su tío se sentía solo. Cuando estaba con él, podía sentirlo como si fuera una corriente. Además, nunca le había contado a nadie, ni siquiera a su madre, que, a menudo, lo veía colarse por la noche en su casa para dormir. Noche tras noche, se hacía un ovillo sobre el sofá de terciopelo rojo como si fuera un puma triste y viejo.

El tío Clive se inclinó hacia delante y dijo:

—En el sueño, Wynton estaba tocando el violín, solo que no emitía ningún sonido. Entonces, abría la boca para cantar, pero no pasaba nada. Después, empezaba a zapatear y tampoco se oía ningún ruido. ¿Lo entiendes?

Dizzy asintió.

—Ya no le quedaba música en el interior.

—Exacto. Sabía que tú lo comprenderías, cielito. Es un presagio; tiene que tener cuidado.

—Se lo diré.

El tío Clive se atusó la barba mientras escrutaba el rostro de Dizzy con ojos empañados y solemnes.

—Bien. De acuerdo. Ven a verme pronto para que podamos ponernos al día —dijo, antes de darse la vuelta y marcharse.

Por supuesto, Dizzy tampoco le había contado nunca a su madre que iba a visitar a su tío a la casa marrón que había en la colina. Le encantaba oírle tocar el piano y, de vez en cuando, la trompeta; le encantaba ver sus dibujos y fotografías de vacas y le encantaba escucharle hablar sobre sus sueños y David Bowie. Pero, sobre todo, le encantaba cuando le hablaba de su padre desaparecido (que era su hermano mayor, Theo), cosa que siempre hacía hasta que, invariablemente, se ponía triste y la obligaba a marcharse. Sabía que Miles «el Perfecto» también visitaba al tío Clive. Sin embargo, Wynton nunca lo hacía, ya que decía que transmitía malas vibras y que las malas vibras eran muy contagiosas.

Dizzy observó cómo su tío atravesaba con paso pesado el arroyo ahora seco que dividía la propiedad entre su parte y la de ellos, y, después, cómo subía la colina, abriéndose paso sin cuidado entre los viñedos calcinados que tiempo atrás había empezado a arrendar a otros vinicultores. Al parecer, antaño, los viñedos y los vinos Fall eran célebres por ser de los mejores del valle, pero eso había sido antes de que su padre hubiera regresado de entre los muertos en la morgue del hospital (¡sí!) y, después, hubiera desaparecido en medio de la noche. O hubiera huido. O a saber qué le había ocurrido. A pesar de que nunca lo había conocido, Dizzy lo echaba de menos. Era como estar sediento, pero a todas horas.

Quería un padre de verdad para poder dejar de fingir en secreto que Wynton era el suyo.

Apoyó las manos en el cristal de la ventana y contempló cómo su tío se hacía más y más pequeño mientras intentaba imaginarse a Wynton sin más música en su interior. Sin embargo, no pudo. No era posible. Otras personas tocaban música; Wynton era la música. Desestimó el presagio mientras veía a su tío desaparecer detrás de la colina. Entonces, entrecerró los ojos, ladeó la cabeza y relajó la mente, tal como solía hacer para ver con los ojos del alma a los habitantes con menos capacidades sensitivas de los viñedos Fall.

Y... *voilà!*

Allí, encima del viñedo de la cepa sauvignon blanc, estaban los fantasmas que se besaban. Eran dos hombres mayores resplandecientes, uno moreno y el otro rubio, que titilaban entre la luz de la mañana. Aquellos fantasmas estaban enamorados y, cada vez que se besaban, se alzaban en el aire. Dizzy deseaba no ser la única que podía verlos, pero hacía tiempo que había dejado de mencionárselos a nadie (excepto a Wynton y a Lagartija). Estaba harta de que la gente hablara de su «imaginación demasiado activa», ya que, en realidad, era la manera que tenía la gente de llamarla «mentirosa» o «chiflada».

Hacía tiempo que sospechaba que el fantasma del pelo oscuro era su bisabuelo, Alonso Fall, ya que se parecía a la estatua que había en la plaza del pueblo. El único problema era que, en la placa de la estatua ponía que Alonso Fall se había casado con una mujer, así que no entendía por qué, en el más allá, siempre estaba besando a aquel otro tipo.

Aun así, estaba loca por aquellos dos hombres centelleantes y quería experimentar exactamente lo mismo con alguien, solo que sin estar muerta ni muda. Aunque, tal vez hablaran en idioma fantasma entre ellos y ella no pudiera oírlos. También adoraba a la mejor amiga de ambos, el fantasma de una mujer mayor que vestía ropa masculina y corría descalza por los viñedos con el pelo rojo trenzado con flores y flotando tras ella como si fuera un río rojo de brotes nuevos.

—Hola, chicos —les dijo a los hombres flotantes—. ¿Sabéis algo sobre ángeles?

Como era de esperar, no obtuvo respuesta. Estaban en mitad de un beso, en el aire, tan entrelazados y embelesados como siempre. En su eternidad, tan solo existían el uno para el otro.

RECORTES DE LA GACETA DE PARADISE SPRINGS:

LA RESURRECIÓN DEL VINICULTOR THEO FALL

Paradise Springs.— ¿Fue un milagro o un fallo en el equipo médico lo que ocurrió en el hospital de Paradise Springs el pasado lunes? Eso es lo que se preguntan los vecinos del pueblo con respecto a la supuesta resurrección de entre los muertos del aclamado vinicultor Theo Fall. Fall enfermó repentinamente de una neumonía vírica y entró en coma el pasado jueves. Murió cuatro días después. La hora de la muerte registrada fue las 18:45. Sin embargo, unas horas después, Theo Fall estaba bebiendo tequila con José Rodríguez en la morgue del hospital. Se puede ver a ambos hombres en la siguiente fotografía con fecha y hora.

Rodríguez le contó a la *Gaceta* que estaba jugando al ajedrez durante el descanso con otro compañero del hospital, Tom Stead, cuando empezaron a oír chillidos procedentes del interior de la bolsa para cadáveres que había sobre la mesa. Según Rodríguez, Stead salió corriendo y gritando de la morgue, creyendo que el hombre muerto había vuelto a la vida. Por su parte, Stead informó a la *Gaceta* de que no va a regresar a su puesto de trabajo. Rodríguez abrió la cremallera de la bolsa y recibió a Theo Fall en el reino de los vivos con un chupito de tequila. La clínica del condado ha retirado el monitor cardíaco que no pudo detectar los latidos del señor Fall y ahora pide donaciones para comprar uno nuevo.

LA DESAPARICIÓN DEL VINICULTOR THEO FALL

Paradise Springs.— El apreciado vinicultor Theo Fall, que recientemente se recuperó de una neumonía vírica (o se alzó de entre los muertos, dependiendo de a quién se le pregunte en el pueblo), parece haberse alejado de su familia, de su hogar, de su pueblo y de su galardonado viñedo. Según fuentes cercanas a la familia, la esposa de Theo Fall, Bernadette, chef y dueña de La Cucharada Azul, y embarazada de su tercer hijo, está desesperada. Reveló a nuestra fuente que su marido había dejado una nota. Si bien no le compartió el contenido de la misiva, sí le informó de que estaba bastante segura de que el vinicultor no va a regresar a Paradise Springs. Como se suele decir: la trama se complica.

EL PUEBLO INTENTÓ RETENER A THEO FALL

Paradise Springs.— La mayoría de los residentes de toda la vida, confirmarán que, en ocasiones, entrar y salir de Paradise Springs puede ser todo un reto. Desde su invención, los automóviles se han roto sin motivo mecánico aparente al borde de la localidad, como si el propio pueblo no quisiera que ciertas personas entraran y otras se marcharan. Antes de eso, eran los caballos los que se negaban a cruzar la frontera con sus cascos, dejando tirados tanto a carruajes como a jinetes en el motel y bar de carretera que, con gran acierto, recibe el nombre de Más Suerte a la Próxima. Ahora, un testigo informa de que las cuatro ruedas de la camioneta de Theo Fall se reventaron en cuanto salió del pueblo hace una semana, poco después de haber sido declarado muerto por una neumonía vírica. «Siguió conduciendo sin más. Era como si nada pudiera detenerlo», aseguró el lugareño

Dylan Jackson, que estaba en el arcén cambiando una rueda tras haber sufrido un destino similar. «Llevaba todo el mal tiempo del mundo reflejado en el rostro. Tenía las luces de emergencia encendidas, así que pude ver el interior de su cabina cuando pasó volando. Nunca había visto a Theo así. En mi opinión, no va a volver jamás».

DIZZY

Dizzy regresó a la mesa del desayuno a medio bocado mientras pensaba en que, si el ángel no la hubiera salvado el día anterior, no estaría allí, comiendo mantequilla de lavanda sobre pan de jengibre caliente. Su madre entró en la cocina.

—Buenos días, *chouchou* —dijo Chef Mamá, tal como hacía todas las mañanas.

—No quiero morirme nunca —le dijo ella—. Pero nunca jamás, así que no tienes que preocuparte de que vaya a suicidarme.

—¡Dizzy! —Su madre pronunciaba su nombre de aquel modo a menudo, como si fuera un improperio—. Nunca se me había pasado por la mente. —Sacudió la cabeza como si quisiera deshacerse de aquella idea—. Hasta ahora.

El rostro de su madre estaba tan cubierto de pecas como el suyo y, además, también tenía una bomba encrespada en la cabeza. Sin embargo, no se parecía a una rana y no tenía la constitución de una pluma.

Chef Mamá dejó el bolso sobre la encimera. Dizzy podía ver el cuaderno que había en el interior. Era la versión bizarra de su madre de un diario y estaba lleno de cartas que nunca enviaba. Decía que había comenzado a escribirlo tras la muerte de su hermano Christophe, cuando tenía la misma edad que

Dizzy, ya que había necesitado hablar con él desesperadamente. Al principio, tan solo le había escrito a él, pero, con el tiempo, había empezado a dirigirse a todo el mundo, incluyendo a sus difuntos padres, al padre desaparecido de sus hijos e incluso a la propia Dizzy. Había obtenido aquella información en concreto porque, tal vez, en una ocasión, había fisgoneado en busca de su propio nombre. La mayoría de las veces se trataba de cosas empalagosas sobre lo mucho que la quería a pesar de que fuese un bicho raro y hablase demasiado. También vio una carta para una manzana. Y para un plato que había probado en San Francisco. También había descubierto gracias a ese cuaderno que Chef Mamá preparaba la cena para el padre de Dizzy, desaparecido tiempo atrás, y la dejaba en un calientaplatos. Todas. Las. Noches. Como una rarita en toda regla.

—¿Sabes lo que se me ha ocurrido? —le preguntó a la rarita—. Que no voy a volver a salir de casa nunca más para que no pueda pasarme nada malo. No me aburriría. Podría hacer tartas, ver películas y series y seguir con mis investigaciones. Básicamente, haría lo mismo que hago de todos modos pero sin la amenaza de los accidentes catastróficos o las humillaciones de mis compañeros...

—¿Humillaciones de tus compañeros? ¿Ha pasado algo? ¿Es ese el verdadero motivo por el que saliste corriendo ayer durante la clase de Educación Física?

Tras su dramática partida, habían llamado al restaurante de Chef Mamá desde el colegio y Chef Mamá la había llamado a ella, que le había dicho que le había afectado el calor pero que, ahora que estaba en casa preparando pan de jengibre, se encontraba mucho mejor.

—No —mintió—. No pasó nada. Es solo que hacía mucho calor y... —Siguió parloteando hasta que a su madre se le pusieron los ojos vidriosos. No era la primera vez que se escapaba del colegio.

—No puedes salir corriendo de ese modo, cariño —le dijo ella—. La próxima vez, ve a ver a la enfermera, ¿de acuerdo?

Dizzy asintió y le dio la vuelta a su silla para poder ver mejor a Chef Mamá. Su madre era grande y llamativa. Cuando no estaba trabajando, se ponía vestidos floridos y zapatos de tacón. Le gustaba decir que estaba aplastando el patriarcado al no ajustarse a los estándares socioculturales de belleza femenina esquelética. Tenía los imanes de frigorífico que lo demostraban: «Más revueltas y menos dietas», «Nunca confíes en una cocinera delgada», «Soy feminista, ¿cuál es tu superpoder?». Dizzy pensaba que su madre era preciosa; todo el mundo lo hacía.

Una verdad bien sabida: Dizzy nunca, ni por un solo minuto de su vida, había sido preciosa y nunca lo sería. No había salido ganando en la lotería de la belleza. Se había dado cuenta de que los únicos que decían que el aspecto físico no importaba eran los que no eran bellos como Miles «el Perfecto» y su madre. Claro que importaba. ¿Hola? ¿Acaso había algo más obvio que aquello? Dizzy suponía que, para fundir su alma con la de otra persona, tendría que encontrar a un chico místico que se fijara en el interior; uno que solo viera su buen corazón.

La noche anterior su madre había llegado muy tarde a casa, después de que ella se hubiese ido a dormir, así que todavía no lo sabía; no había querido compartir con ella por teléfono un acontecimiento tan trascendental en su vida.

—Mamá, tengo noticias de última hora; unas noticias increíbles…

Y… su madre estaba llamando a alguien con el móvil. De verdad, Dizzy no existía para aquella gente. Ni siquiera era una partícula de polvo; era un átomo dentro de una partícula de polvo.

—Me alegro de que contratáramos a ese chico como ayudante de cocina. ¿Cómo se llamaba? Félix Rivera, eso es —dijo su madre al teléfono, utilizando su voz de chef—. El plato que preparó... Magnífico. Me gustó todo en él... Sí, especialmente el sombrero de fieltro. —Dizzy sabía que estaba hablando con Finn, su *sous chef*—. Muy bien, manos a la obra. No, no; mejor, compra achicoria o *puntarelle*. ¡Espera! ¿De verdad tienen ya flores de calabaza? Cómpralas. No, ¡fletán, no! Me sale por las orejas. Ve mejor a por la trucha.

Dizzy dejó de prestarle atención. Se puso en pie y se colocó junto a la encimera, dejando muy claro con los gestos más dramáticos de su rostro que de verdad necesitaba hablar con ella. No sirvió de nada. El viaje a larga distancia para hacer la compra con Finn siguió y siguió. Empezó a sacudir las manos frente a la cara de su madre, lo que solo logró que ella le diera la espalda y continuara la conversación mirando los fogones.

—Una sopa fría que no sea gazpacho. ¿Qué te parece la de pepino y aguacate? De acuerdo, sí, buena idea. También haremos un crudo de pescado. De acuerdo, sí, con fletán...

—¡Madre! ¡Estoy embarazada! —vociferó Dizzy.

Su madre se dio la vuelta de golpe mientras dejaba caer el teléfono.

—¿Qué?

Había perdido todo el color del rostro. Arggg. Dizzy se retractó.

—No, no. En realidad, no; claro que no. Lo vi en una película, pero de verdad que tengo que contarte algo.

—Dizzy, ¿cómo has podido hacerme eso? Por Dios... Se me ha parado el corazón. —Se había llevado las dos manos al pecho—.

Por favor, no vuelvas a hacerme eso nunca jamás. ¿Me lo prometes?

—Te lo prometo.

Chef Mamá se agachó para recoger el teléfono.

—Y ya hemos acordado que no vas a acostarte con nadie nunca jamás. ¿Te acuerdas? —Comprobó el teléfono, suspiró y lo dejó sobre la encimera—. Supongo que el cinturón de castidad todavía te queda bien y que no es demasiado incómodo llevarlo debajo de los vaqueros. —Aquello hizo que Dizzy se riera, lo que, a su vez, hizo que su madre sonriera, de modo que entornó todavía más los ojos ya entornados. Chef Mamá y ella eran compañeras de risas—. Muy bien, ¿qué es tan importante, hija mía no embarazada? Tienes toda mi atención.

—Ayer vi a un ángel. —Se llevó las manos al corazón, tal como había hecho Chef Mamá, para demostrarle que estaba hablando muy en serio—. De verdad, mamá. Un ángel vino a verme. —Se saltó la parte en la que casi la había atropellado un camión y, en realidad, el ángel le estaba salvando la vida, ya que su madre siempre le estaba dando la lata sobre cómo nunca prestaba atención al mundo que la rodeaba, especialmente cuando cruzaba la calle—. Sentí algo muy profundo; todavía lo siento. Algo...

—Tiene que ser una broma. —Chef Mamá alzó las manos—. Es como el asunto de los fantasmas mudos otra vez. Y ¿qué fue después? ¿Que el mismísimo Dios estaba en tu armario? —Una noche, Dizzy había cometido el error de contarle sus sospechas al respecto—. Ahora, se trata de un ángel. ¿Me has hecho dejar la llamada para esto? ¡Dizzy! —Volvió a tomar el teléfono, marcó con fuerza un número y se lo llevó a la oreja—. Finn, lo siento, mi hija ha perdido un tornillo; es cosa de familia... En serio, ¿quién necesita tornillos? —añadió mientras le lanzaba una mirada—. De acuerdo, prosigue. ¿Sabes qué? Voy a acercarme y ya está. Nos vemos en el puesto de la granja Lady Luck en quince minutos. —Colgó la llamada y apuntó un dedo en su dirección—. No dejes que tu hermano entre en esta casa bajo ninguna circunstancia. ¿Me has oído?

—Alto y claro. —Dizzy se acercó hasta la puerta principal, la abrió una rendija y le gritó a Miles «el Perfecto», que estaba sentado en el porche delantero—: Mamá dice que no puedes volver a entrar en casa. ¡Lo siento!

—Muy graciosa —dijo su madre mientras se abrochaba los botones de la chaquetilla de chef—. Lo digo en serio.

No le gustaba mentir, así que dijo:

—Cambiaste las cerraduras, ¿te acuerdas? —Una afirmación cierta que omitía el detalle de que Wynton ya estaba dentro de la casa, gracias a ella—. Mamá, si muero en algún accidente fortuito antes de que volvamos a vernos, quiero que sepas que no te perdono por cómo lo estás tratando. Wyn dice que ni siquiera robó el anillo. Además, cualquiera puede tener un accidente de automóvil.

—¿Qué te pasa hoy? No vas a morir en un accidente fortuito —dijo su madre que, evidentemente, no quería discutir con ella sobre la noche en la que Wynton había destrozado su camioneta tras haberla estrellado, borracho como una cuba, contra la estatua de Alonso Fall, su bisabuelo, que ahora se alzaba decapitada en la plaza del pueblo. La factura del ayuntamiento ascendía a veinte mil dólares y Wynton había acabado en la cárcel.

—Bueno, pero si me muero, ahí están mi testamento y mis últimas voluntades —comentó mientras señalaba una nota que había dejado en el frigorífico aquella misma mañana—. He pensado que era importante que los tuvieras.

Chef Mamá le lanzó la versión divertida de una mirada que quería decir: «¿De qué planeta has salido?».

—*Chouchou*, ¿siempre has sido así de rara?

—Sí —contestó ella—. Y, una verdad bien sabida, mamá: los judíos creen en los ángeles. Tu tradición espiritual; tu pueblo.

Nunca iban al templo, pero su madre preparaba el séder duranta la Pascua judía y, durante Yom Kippur, cerraba el restaurante y ayunaba. Dizzy siempre se quedaba con ella en casa durante el día más sagrado del año, esperando la llegada de Dios y fingiendo ayunar. Aunque, en realidad, se escondía detrás de la puerta del frigorífico siempre que era necesario y se llenaba la boca de cualquier cosa disponible.

Chef Mamá puso los ojos en blanco.

—De verdad… No; no es así. Somos gente práctica.

—En realidad, la religión judía está hasta arriba de ángeles —insistió ella—. Lo busqué anoche después de mi encuentro.

—¡Tu «encuentro»! —Su madre se rio—. ¡Dizzy! Venga ya. *C'est folle!*

Solo de vez en cuando, a Chef Mamá se le escapaban palabras en francés de entre los labios.

—No es una locura…

Dizzy dejó de hablar porque por las escaleras, pisando con fuerza con sus botas de motero, apareció Wynton. Llevaba puestas las gafas de sol y tenía la cara desfigurada en una sonrisa burlona que dejaba a la vista el diente mellado que le habían dejado después de alguna pelea en el reformatorio. Iba vestido con unos vaqueros negros desgastados y una camiseta también negra con el logo de su banda: The Hatchets. De la boca le colgaba un cigarrillo sin encender. Bajo el brazo, llevaba el maletín destartalado de su violín. Tenía el aspecto propio de la carátula de un disco. Siempre lo tenía. El aspecto de rana con peluca le quedaba mucho mejor a él. O, en general, a los chicos. Especialmente a los que eran músicos.

Una verdad bien sabida: los chicos podían ser feos y sexis en lugar de solo feos.

—¿Me ha parecido oír que un mensajero celestial ha visitado a mi Frizzy? —dijo.

Una sensación placentera recorrió a Dizzy como las llamas.

—¡Sí, así es! —exclamó ella. ¡Al menos una persona de aquella familia la escuchaba, le creía y la apreciaba!

—Me encanta —dijo él mientras dejaba el maletín del violín en el suelo y se colocaba el cigarrillo detrás de la oreja.

Después, en rápida sucesión, le dio un abrazo de oso, la levantó como si estuviera hecha de aire y la hizo girar mientras cantaba *Dizzy Miss Lizzy* de los Beatles (que, según él, era su banda sonora particular). En una sucesión igual de rápida, ella se sonrojó, chilló, soltó una carcajada y acabó a años luz de aquel mundo triste, aburrido y lleno de pedos en la cara en el que no estaba Lagartija, wyntonizada al cien por cien en apenas cinco segundos.

En una ocasión, su madre (con quien estaba intentando no hacer contacto visual por todo ese asunto de haberle dejado las llaves a su hermano) le había dicho que, en el pasado, solían creer que las trufas blancas se creaban cuando un rayo golpeaba y penetraba un hongo ordinario. Así era como Dizzy veía a Wynton: a diferencia de los hongos ordinarios como ella, su hermano tenía un rayo en su interior.

—Muy bien —dijo él con su voz rasposa mientras la dejaba en el suelo—. Ya iba siendo hora de que hiciéramos algún avance con el Todopoderoso. —Le revolvió el pelo—. Asegúrate de enviarme a ese ángel; necesito algo de intervención divina. —Le sonrió con toda la cara, con cada diente, cada peca y cada arruga—. Te he echado de menos, Frizzy —añadió, y ella notó cómo se le henchía el corazón.

—El ángel tiene el pelo arcoíris largo y rizado. Y tatuajes por todas partes. No te pasará desapercibida.

Wynton abrió el maletín del violín y sacó unas flores silvestres marchitas. Dizzy vio que tenían hormigas en los pétalos. Cuando caminaba, su hermano siempre recogía flores. Mientras había vivido en casa, acostumbraba a dejar ramos recogidos a mano marchitándose por encima de todos los muebles.

Wynton suspiró y volvió su atención hacia Chef Mamá, que estaba de pie junto a la encimera, con las mejillas sonrojadas y clavándole la mirada ardiente en la cabeza. Estaba temblando. Dizzy pensó que aquello era ira real, algo muy raro en su madre, que mantenía la compostura a diario dentro de la cocina caótica de un restaurante. Su hermano se acercó hacia ella con los brazos levantados en un gesto de rendición y las flores marchitas con los tallos rotos en una mano.

Chef Mamá miró a Dizzy con expresión severa.

—¿Lo has dejado entrar? —Ella fingió que, de repente, no podía oír. Su madre se giró hacia Wynton—. Por favor, deja de utilizar el gran corazón que tiene tu hermana para provocarme. No te quiero aquí cuando regrese del mercado agrícola.

Dizzy intentó no sonreír. No sabía que su madre pensara que tenía un gran corazón. Ella misma no sabía que tuviera un gran corazón.

—Entendido —dijo Wynton mientras se llevaba la mano al bolsillo y sacaba algo. Ella se puso de puntillas para poder ver lo que era. ¡Se trataba del anillo de compromiso de diamantes y zafiros! Oh, oh. Sí que lo había robado—. Lo siento —añadió mientras se lo entregaba a Chef Mamá—. Perdóname, ¿quieres? Necesitaba un arco nuevo para una actuación que tengo esta noche. Lo siento mucho, mamá. —Vio cómo su madre tragaba saliva mientras observaba el anillo que tenía en la mano. Parecía a punto de llorar—. Tenías razón: lo robé. Pero, ayer, vendí mi moto para poder recuperarlo en la tienda de empeños.

La sorpresa de Dizzy se reflejaba en el rostro de su madre. ¿Su amada moto?

—De acuerdo —contestó Chef Mamá, arrastrando las palabras.

—No pensaba con claridad cuando me lo llevé.

—Nunca piensas con claridad, ¡ese es el problema!

—Todo está a punto de cambiar en mi vida, mamá. He estado intentando decírtelo. Hay un tipo que va a venir a escucharme esta noche...

—¿Has oído esto alguna vez, Dizzy? Porque, sin duda, yo sí. «Este tipo esto». «Este tipo lo otro». «Tengo una actuación». Y, después, acabamos con mi camioneta destrozada y la policía llamando a la puerta...

—Te devolveré todo el dinero; ya lo verás. Esta vez es diferente.

Hizo una pausa y sonrió con aquella sonrisa que hacía que a las chicas les explotara la cabeza.

Su madre suspiró con cansancio.

—Te has ido de rositas demasiadas veces gracias a esa sonrisa, Wynton. Nada de todo esto tiene gracia. No quiero que acabes...

—¿Como el tío Clive?

—Iba a decir que no quiero que acabes siendo un vagabundo.

Chef Mamá comenzó la búsqueda diaria de sus llaves. Dizzy las vio encima de la encimera, pero no dijo nada. No le gustaba cuando su madre se marchaba. Ojalá tuviera una bolsa como la de los canguros y pudiera pasar el rato dentro a todas horas del día.

—Me despediste, ¿te acuerdas? —dijo Wynton.

—Robaste en el restaurante, ¿te acuerdas?

—Necesitaba el dinero para una maqueta.

—¿Y dónde está esa maqueta?

—La grabará —intervino Dizzy—. De verdad.

Su hermano le sonrió como si fuera un espantapájaros trastornado.

—¿Ves? Frizzy todavía cree en mí.

—Creo en ti, Wynton —dijo su madre—. Podrías haberme pedido el dinero en lugar de...

—¡Oh! —exclamó Dizzy de golpe, interrumpiéndolos—. El tío Clive quería que te dijera una cosa. Soñó que estabas tocando el violín, pero no emitía ningún sonido.

—¿Qué? —El rostro de su hermano se ensombreció.

—Soñó que ya no te quedaba música en el interior. Me ha dicho que era un presagio...

La voz se le fue apagando. Se dio cuenta de que no tendría que haberlo mencionado. A menudo, su madre le decía que tenía que aprender a analizar el ambiente de la sala antes de soltar las cosas. Era evidente que la sala no quería oír lo de aquel presagio.

Wynton frunció las cejas.

—Lo odio. No me cuentes esas cosas. Dios, odio cuando sueña conmigo. —Se frotó los ojos con las manos—. Lo último que necesito hoy es una maldición.

—Las maldiciones no existen. Ni las maldiciones ni los ángeles. ¿Qué os pasa? De verdad, ¿por qué no podéis ser más racionales? —dijo Chef Mamá y, aunque no añadió «como vuestro perfecto hermano Miles», Dizzy lo oyó de todos modos. Supuso que Wynton también. Era increíble la cantidad de cosas que podía decirte una persona sin decirlas de verdad—. Y, Dizzy, te dije que te mantuvieras alejada de tu tío Clive cuando no está sobrio, y es evidente que, últimamente, no lo está. —Su madre divisó las llaves, que estaban escondidas detrás de la cafetera, y las tomó junto con el bolso que contenía el cuaderno.

—Ya lo verás, mamá —dijo Wynton mientras regresaba a la mesa sobre la que había dejado el estuche del violín. Entonces, lo abrió—. Esta vez, sí. —Sacó el instrumento, que resplandeció. Después, les mostró el arco—. Mi puñetera moto a cambio de este muchachote. Escuchad. —Lo pasó sobre las cuerdas—. ¿Alguna vez habíais oído un tono así? —Tocó un poco más—. ¿Acaso la voz de tu ángel era más dulce que esto? No, claro que no.

—¿Has vendido tu moto por ese arco? —Miles «el Perfecto» estaba en la puerta principal y no parecía el mismo de antes. Su mirada era fría, tenía la mandíbula apretada y el cuerpo tenso.

—Sí. —Wynton miró el arco con admiración y comenzó a abrillantarlo con la camiseta.

—Excelente —dijo Miles.

Y, antes de que ninguno fuera consciente de lo que estaba pasando, saltó por encima del sofá de terciopelo rojo y la mesita de café. Iba directo hacia Wynton como si fuera un toro embravecido.

—¡Miles! —exclamó Chef Mamá.

—¡Ángel! ¡Ven ahora! —gritó Dizzy.

Eso hizo que Wynton se riera y se pusiera los brazos sobre la cabeza para protegerse del ataque de Miles. Entonces, se dio cuenta de que su hermano no iba a por él, sino a por el arco que tenía en la mano.

—Ni en broma —dijo mientras se colocaba el arco detrás de la espalda para escudarlo. Sin embargo, fue demasiado lento.

Miles agarró el extremo del arco y se lo arrancó de las manos, abriéndole una herida en la piel al hacerlo. Dizzy vio cómo la sangre se perlaba en la mano de Wynton, dibujando una línea.

Miles «el Perfecto» retrocedió de un salto con el arco en la mano, grácil como una gacela, y, sin dudarlo, lo partió por la mitad con la rodilla como si fuese una ramita. Después, lo sacudió en el aire antes de tirarlo al suelo y salir corriendo por la puerta.

En la ventana más alejada, la misma en la que había hablado con el tío Clive, Dizzy vio a los tres fantasmas: los dos hombres (que ya no se estaban besando) y la mujer pelirroja. En sus rostros muertos había gestos de tristeza y preocupación.

Más tarde, Dizzy se preguntaría qué habría cambiado si no le hubiera dejado las llaves a Wynton o si no hubiera estado en casa aquel día.

Siempre se preguntaría si todo lo que le ocurrió después había sido culpa suya.

TESTAMENTO Y ÚLTIMAS VOLUNTADES DE DIZZY (COLGADOS EN EL FRIGORÍFICO):

A quien corresponda:

En caso de mi imprevista muerte, por favor, sirvan las siguientes cosas durante mis exequias: minisuflés de trufa negra, *gougerès* con tomillo, tartaletas de calabaza con salvia frita y tostadas de *brioche* con *gravlax*, *crème fraîche* y caviar (no racanees con el caviar, Chef Mamá).

Para el postre: minisuflés de frambuesa y chocolate para que todo el mundo se enamore profundamente y para toda la eternidad, como Samantha Brooksweather y Jericho Blane en *Vive para siempre*.

Quiero que Wynton toque música calipso con el violín y que todo el mundo baile en los viñedos bajo la luz de la luna. Después de eso, por favor, ved *El festín de Babette* en el sofá de terciopelo rojo, formando una montaña de gente feliz.

Buena suerte, mundo. Intentaré volver como un fantasma que hable.

Atentamente,
Dizzy Fall.

DEL CUADERNO DE CARTAS SIN ENVIAR DE BERNADETTE FALL:

Querida Dizzy:

Ha sido muy duro ocultarte este secreto pero, al fin, todo se descubrirá la semana que viene. Muy bien, mi *chouchou*, ¿estás lista? Redoble de tambores... ¡Voy a incluir en la carta el postre que preparaste! (Todavía recuerdo la primera vez que incluyeron uno de mis platos en la carta de la cafetería de mis padres. Era una *galette* de uvas ácidas y queso *taleggio*. Fue un momento que me cambió la vida). Se llamarán «Crepes de pétalos de pensamiento con crema de lavanda de Dizzy». A menos que quieras algo diferente. Ya le he dicho a Finn que busque medio kilo de pensamientos frescos.

La única pregunta es: ¿estará el pueblo de Paradise Springs preparado? El otro día, no dejabas de hablar (y hablar, y hablar, y hablar, y hablar, querida mía) sobre la historia de los paracaidistas (¡como debe ser!) y, en mitad de la perorata, empezaste a llamarlos «caminantes aéreos». ¡Ja! Bueno, eso es lo que me ha pasado con tus crepes: me han convertido en una caminante aérea. No puedo esperar nada menos que ver a todo el comedor levitando sobre las sillas al haber terminado tu postre.

Estoy ansiosa de que llegue la semana que viene. Eres mi niña favorita sobre la faz de la Tierra.

Chef Mamá.

Querido Theo:

Anoche soñé contigo. Estábamos haciendo la cucharita y me estabas rodeando con fuerza con los brazos. Podía sentir tu aliento en la nuca y tu mano en la cadera, tus pensamientos en la cabeza, tu alma en mi cuerpo. El amor me desgarró durante toda la noche como una tormenta. Desde entonces, he sentido una angustia desesperada. En el restaurante, para explicar las lágrimas, le he dicho a todo el mundo que tenía alergia.

Esta noche, cuando he preparado tu cena, mi objetivo era trasladar ese sueño al plato.

Aperitivo: tartar de carne con un huevo de codorniz ahumado y aliño de tamarindo. El éxtasis.

Plato principal: confit de pato con salsa de ajos asados y patatas a la *sarladaise*. La seguridad.

Postre: un pastel Marjolaine con mi nueva receta. El merengue de almendras es ligero y crujiente; el *ganache* de chocolate, robusto, y la crema de mantequilla de avellanas, increíblemente rica y aterciopelada. Por último, una chorro de crema inglesa regándolo todo. Será como recibir un beso en cada centímetro de tus labios.

Maridaje: un cabernet reserva privada de Bodegas Sage. Pura alegría, patito suertudo.

Te extraño como la tierra extraña la lluvia.

Bernie.

MILES

Segundo encuentro con la chica del pelo arcoíris

Nadie lo habría sospechado jamás, pero Miles Fall podía ver el alma de los perros.

Solo que guardaba el secreto bajo llave.

Junto con el asunto de que se comunicaba telepáticamente con uno de ellos; un labrador negro llamado Sandro que procedía del rancho de los vecinos, Rancho Bell, y que, en ese momento, se dirigía hacia él entre las vides, ladrando. El animal siempre lo encontraba cuando se escondía en los viñedos, que era lo que estaba haciendo en lugar de ir a clase porque... Bueno, esa era la pregunta.

Una respuesta: Se estaba escondiendo de Wynton que, sin duda, querría matarlo por haberle roto el arco. (Para que quede claro: Wynton se merecía eso y más).

Otra respuesta: Había un chico... Su madre decía que era su voz de la razón, su Pepito Grillo. Los profesores lo llamaban «favorito»; los entrenadores, «estrella», y sus compañeros de equipo, «colega». Sus hermanos lo llamaban «don Perfecto». Las chicas le enviaban fotos subidas de tono al teléfono. Todo tipo de notitas de amor sin firmar se abrían paso hasta su mochila y sus redes sociales o acababan garabateadas en las paredes de los baños. Cuando llegaba al colegio (siempre tarde para evitar la aglomeración matutina en la que tendría que fingir ser una persona que decía cosas de persona), llevaba hojas en el pelo tras haber estado corriendo por el bosque cercano y chicas con nombres como Emma, Demi o Morgan se las quitaban. «Mira, déjame que te quite esto, Miles», le decían. Después, se guardaban las hojas en los bolsillos hasta que se convertían en cenizas.

Había un chico que se deslizaba por los pasillos del Colegio Privado Católico del Oeste, hablando y participando poco o nada, pero nadie parecía darse cuenta de ello y tampoco les importaba. Nadie parecía advertir que siempre estaba intentando escaparse, que se escabullía de las habitaciones y las conversaciones, que corría tan rápido durante los entrenamientos porque, allí, frente al pelotón, podía estar solo. Ese también era el motivo de que trepara por las paredes. Literalmente. A menudo, había recorrido la mitad de la fachada de ladrillos del colegio nada más sonar la campana, lo cual lo convertía en alguien raro, pero también guay.

Era raro; eso lo sabía. Sospechaba que estaba en el cuerpo equivocado, la familia equivocada, el pueblo equivocado y la especie equivocada; que se había producido algún tipo de gran confusión cósmica. Tal vez se suponía que debía ser un árbol, una lechuza común o un número primo. Tan solo se encontraba a sí mismo, su yo verdadero, en las novelas. Ni siquiera en las historias o en los personajes, sino entre las frases y las palabras solitarias.

Tampoco lloraba nunca, y eso hacía que se sintiera todavía menos humano. No podía recordar haber llorado ni una sola vez en toda su vida. Aunque, a veces, cuando se despertaba, tenía la almohada empapada y se preguntaba si habría llorado en sueños.

A una edad muy temprana, Miles había descubierto cómo estar solo y con gente al mismo tiempo. Estaba presente y distante cuando se sentaba con su equipo de atletismo durante la comida; presente y distante cuando se enrollaba con alguna chica en los bailes o las fiestas. Pero, sobre todo, estaba distante.

Antaño, aquello había funcionado a la perfección.

Pero ya no.

Su madre no lo sabía todavía. No sabía que había abandonado el atletismo, el club de matemáticas, el refugio de animales y el decatlón académico. O que las notas que se suponía que le iban a abrir las puertas de Stanford se estaban desplomando.

Que no podía salir de la Habitación de la Melancolía.

No sabía que, dos semanas atrás, en una concentración de atletismo fuera del colegio (justo después de la noche de cagada tras cagada con Wynton), cuando le habían dejado el testigo en la palma de la mano, una especie de frenesí totalmente nuevo se había apoderado de él, así que había agarrado el testigo, había salido corriendo a toda velocidad de la pista, había saltado la valla y había seguido adelante. Y adelante. Y adelante, adelante, adelante. Había hecho autostop hasta casa y, desde entonces, no había vuelto a clase.

Nadie sabía nada. Se había asegurado de que fuera así, borrando todos los correos electrónicos y mensajes de voz que el colegio le había dejado a su madre.

Oh... ¡Ahí estaba Sandro! Aquel amigo peludo estaba sumido en un frenesí de ladridos y sacudidas a pesar de su avanzada edad. En años humanos, tenía ochenta y siete. Por suerte, hacía tiempo que Miles había decidido que Sandro sería el primer perro en no morir jamás.

«No tienes buen aspecto, Miles —comentó el animal de inmediato—. De hecho, estás hecho una mierda. —Aquello no era una sorpresa. Últimamente, apenas había estado durmiendo o comiendo—. Estás más feo que un grano en el culo», añadió. Al perro le encantaban la jerga y las frases hechas; las sacaba de todas partes.

«Sí, dime algo que no sepa», contestó él. Aunque, en realidad, no lo sabía. Si podía evitarlo, nunca se miraba en los espejos.

«Muy bien; ahí va algo que no sabes», dijo Sandro mientras dejaba de mover la cola. Después, alzó la vista hacia él con tanta tristeza que a Miles le dio un vuelco el corazón. Se arrodilló para estar a la altura del hocico del animal.

«¿Qué ocurre?», le preguntó él. Sandro le apoyó ambas patas sobre el muslo.

«He estado teniendo pensamientos sombríos. A veces, no quiero seguir aquí. Y con "aquí" me refiero a aquí, a cualquier parte».

Miles rodeó al perro con un brazo y le clavó la mirada en los ojos lastimeros.

«No; estás bien. Los dos estamos bien. Estamos juntos en esto. Dos tipos más feos que un grano en el culo».

Sandro se zafó de su brazo y hundió la nariz en la tierra.

«Esta mañana no podía levantarme de la cama. Incluso ir hasta el cuenco de agua me abruma. Me siento muy solo todo el tiempo. Estoy demasiado ansioso como para volver al parque canino. Me hago un ovillo y finjo estar enfermo para no tener que ir. —Levantó la pata y la sacudió en dirección a las casas—. Los otros perros no me comprenden. Nadie lo hace. Desde que Bella se marchó, mi vida está vacía».

Bella era el amor de la vida de Sandro y se había escapado años atrás.

«Yo sí, Sandro. Yo te entiendo —le dijo Miles. Le rascó detrás de las orejas hasta que el animal alzó el hocico bien alto y lo miró a los ojos—. Entiendo lo mucho que echas de menos a Bella. —Le acarició por debajo de la barbilla—. Además, a mí también me abruma ir hasta el cuenco del agua, Sandro. Todo me abruma. También quiero hacerme un ovillo y nada más. No te preocupes. Siempre puedes hablar conmigo. Nos tenemos el uno al otro».

Sandro acarició el rostro de Miles con el hocico, rozando con su morro frío la cálida nariz del chico. Él sintió cómo se le relajaba el cuerpo. Aquel perro era el único que podía sacarle la fatalidad de dentro. El animal le dio un golpecito en la mejilla con la pata.

«Tal vez esté siendo un poco melodramático».

—Nada nuevo bajo el sol —dijo Miles en voz alta mientras se ponía en pie—. Eres el mayor teatrero de todo Paradise Springs.

«Mira quién habla...», dijo el perro en broma.

Él se rio. Sandro había sabido que Miles era gay desde el momento en el que él mismo lo había sabido, lo que, básicamente, significaba que desde siempre. Sin embargo, no había ocurrido nada emocionante a ese respecto fuera de la privacidad de su propia mente hasta unos pocos meses atrás, cuando uno de los ayudantes de cocina de La Cucharada Azul lo había seguido a la cámara frigorífica durante una fiesta del restaurante a la que su madre lo había obligado a ir y lo había besado hasta que su mente se había convertido en una hoguera.

Hasta ese momento, la religión de Miles había consistido en lo siguiente: imaginar a chicos tumbados a su lado, imaginar a chicos caminando a su lado, imaginar a chicos corriendo a su lado, imaginar a chicos desnudos, imaginar a chicos vestidos e imaginar a chicos que imaginaban a chicos que imaginaban a chicos. Pero, de pronto, había encontrado una religión mucho mejor: enrollarse con un chico en la cámara frigorífica de un restaurante con urgencia y en secreto.

Aunque nunca se sentía a gusto con nadie (no de verdad) tenía ciertas ideas sobre el amor porque llevaba devorando el alijo de novelas románticas de su madre desde que tenía diez años. Sobre todo *Vive para siempre*, que releía en secreto cada pocos meses. Quería ahogarse de amor como Samantha Brooksweather. En realidad, lo que quería era ser Samantha Brooksweather.

Y, de pronto, aquella noche en la cámara frigorífica, ¡lo fue!

Durante semanas, estuvo rememorando el beso; aquella tarjeta de «Sal de la Habitación de la Melancolía sin pagar». Lo había rememorado mientras comía tacos con su equipo de atletismo. Lo había rememorado mientras cepillaba a los caballos más viejos del refugio. Lo había rememorado cuando Amy Cho lo había besado por sorpresa durante el baile. Lo rememoraba para levantarse de la cama aquellas mañanas en las que se sentía como si fuera moho y apenas podía moverse.

La noche de la fiesta del restaurante había ido a buscar limas para el camarero de la barra. Llevaba un contenedor blanco en una mano y se dirigía hacia la cámara frigorífica cuando alguien apareció a sus espaldas. Notó cómo le posaban una mano en el hombro y vio otra apoyada sobre la manilla de la puerta de la cámara que había frente a él. «¿Puedo acompañarte ahí dentro?», oyó que decía alguien. Supo de inmediato de quién se trataba. No sabía el nombre del ayudante de cocina, pero reconoció la voz aterciopelada que acompañaba a un cuerpo alto y desgarbado que, a su vez, acompañaba a una melena larga y lisa que caía sobre unos ojos oscuros y adormilados; ojos que habían estado siguiéndolo por la fiesta durante toda la noche, haciendo que sintiera la nuca ardiendo. Miles aspiró con fuerza al oír aquellas palabras («¿Puedo acompañarte ahí dentro?»). Quiso gritar que sí, pero le dio miedo. Lo aturdió el hecho de que algo que había imaginado (era un experto en aquel tipo de imaginaciones) estuviera ocurriendo de verdad de la buena.

Miró a izquierda y derecha. Estaban los dos solos; dos sombras en el rincón oscuro más apartado de la cocina. Después asintió, nervioso; tan nervioso como antes de una carrera. Entonces, sintió el pecho de aquel tipo contra su espalda mientras lo guiaba con cuidado hacia atrás, abría la puerta y lo soltaba en el aire helado.

La pesada puerta se cerró tras ellos con un golpe, silenciando la música y separándolos del resto del mundo. Estaban solos en medio de aquel lugar frío con pilas y más pilas de huevos, sacos de cebollas, bandejas de filetes de ternera alimentada con pastos naturales marinándose, cajas de calabacines y montones de hierbas frescas. Olía a cebollino. Olía a carne, a sangre y a lejía. Y, después, a esperanza, emoción y sudor. Mientras se daba la vuelta, el corazón le palpitaba incluso en los dedos. Tenía las manos húmedas a pesar del frío, la respiración acelerada y una gran erección. Conforme se le acercaba, pudo oler el alcohol en el aliento del otro chico (un aroma que le resultaba familiar gracias a su tío y su hermano). Oyó las palabras «eres un chico precioso» (palabras de las que, de normal, se habría desecho de inmediato pero que, en aquel momento, fueron como brasas voladoras) y, entonces, ocurrió: el choque de sus labios (la piel de aquel tipo era mucho más áspera que la del puñado de chicas a las que había besado a lo largo de su vida), que envió oleadas de «¡Sí!» en dirección a su corazón, su cabeza, sus ingles, su yo del pasado y su yo del futuro, hasta que el jefe de sala, un tipo llamado Pete, que llevaba los brazos cubiertos de tatuajes, apareció y dijo:

—¿Qué demonios estáis haciendo? Quítale las manos de encima o se lo digo a su madre y te quedas sin trabajo, Nico.

Nico.

Un nombre que era turquesa gracias al tipo de sinestesia de Miles: las palabras le llegaban como colores. (Cuando era pequeño, solía jugar a un juego en el que escogía las palabras amarillas de una página y las reordenaba para componer una frase totalmente amarilla. O naranja. O a rayas. Le encantaban las palabras que no encajaban. Como él).

La cuestión es que Miles no había sabido cómo hacer que volviera a ocurrir algo con Nico (no había podido encontrarlo en internet), así que se había dejado caer por el restaurante todos los días después de clase y se había dedicado a mirar al otro chico como si fuese un deporte olímpico. Era demasiado tímido e inseguro como para haber hecho algo razonable como hablar con él, así que se había decidido por mirarlo. Sin embargo, cuando no estaba borracho, Nico parecía clavar los ojos soñolientos en cualquier cosa menos en él. Aun así, Miles había seguido mirándolo. Mientras ayudaba preparando rollitos, adornando suflés o retirando platos medio comidos de *coq au vin* (Mamá: «Incluso con todo el voluntariado, encuentras tiempo para ayudar. Gracias; eres siempre tan considerado...»), lo había mirado. Mientras combinaba botellas de alioli casero con platitos de mantequilla de lavanda, lo había mirado. Y, cuando no había estado mirándolo, Miles había entrado a la cámara frigorífica y había esperado, rememorando el beso y presionando los labios ardientes contra la puerta helada. Incluso había escrito un poema al respecto y lo había enviado a la revista literaria de su colegio. Lo había titulado «Encontrando la religión en una cámara frigorífica» y se lo habían aceptado. Todo el mundo, incluyendo el señor Gelman, «el Profesor Bombón de Inglés Avanzado», había creído que trataba sobre Dios y no sobre un ayudante de cocina guaperas y con ojos soñolientos que, probablemente, era el único tipo gay joven de todo el estúpido pueblo en el que vivía (un pueblo que, en su mayor parte, estaba compuesto por paletos con un poco de vino y algunos *hippies* en la mezcla). Por eso, tiempo atrás, Miles había convertido a Sandro en miembro honorario de la comunidad *queer* humana.

«¡Me encantan las comunidades!», le había dicho el perro aquel día. Miles había tenido diez años.

No había vuelto a ocurrir otro encuentro en la cámara frigorífica y, poco después, habían despedido a Nico por beber en horas de trabajo. Sin embargo, aquel beso lo había cambiado todo.

¿Qué significaba eso?: La Temporada del Porno (Miles no solo devoraba las películas enteras, sino que las paraba de continuo, rebobinando y repitiendo una y otra vez mientras intentaba comprenderlo todo).

¿Qué significaba eso?: Que no podía correr por el bosque sin agacharse detrás de los árboles con las manos metidas dentro de los calzoncillos mientras se sumergía de cabeza en lo que habría, podría y debería haber ocurrido en aquella cámara si Pete, el jefe de sala, no se hubiera entrometido.

¿Qué significaba eso?: Que se sentía culpable a todas horas por algún crimen no específico y como si estuviera mintiendo incluso cuando no lo estaba haciendo.

¿Qué significaba eso?: Que, en lugar de decir «Pásame la sal, por favor» o «Buena carrera, amigo», temía acabar diciendo por accidente: «Soy gay. Quiero decir que soy supergay. En plan... No tienes ni idea de lo gay que soy».

¿Qué significaba eso?: La aplicación de citas Lookn. (Hablaremos más sobre este asunto después).

¿Qué significaba eso?: Que había empezado a estudiar a los demás chicos como si fuera un antropólogo. Esa era la distancia a la que se mantenían los unos de los otros. Esos eran los momentos en los que decían «colega». Ese era el tono con el que se reían y hablaban. Eso era lo que hacían con las caras en lugar de quedarse embelesados como Samantha Brooksweather.

Miles se inclinó hacia delante y enterró el rostro entre el pelaje de Sandro.

«Al menos tú me quieres», le dijo al perro.

«Ay, ¡claro que sí! ¡Te quiero mucho! ¡Eres mi mejor amigo! ¡Y hueles muy bien!».

En medio del calor sofocante, Miles y Sandro emprendieron el camino de vuelta a casa a través de los viñedos. Tendría que acordarse de borrar los mensajes de aquel día del deán y de su entrenador, tanto en el buzón de voz del teléfono como en el ordenador de su madre. Gracias a Dios que en el colegio no tenían su nuevo número de móvil. Aunque suponía que, al final, acabarían llamando al restaurante. Tal vez ya lo habrían hecho, pero no habrían conseguido ponerse en contacto. ¿Aparecerían por su casa o por el restaurante? Imaginaba que, al final, lo harían.

«He roto el arco nuevo de Wynton —le dijo a Sandro—. Ha vendido su moto para comprarlo».

«Bien. Se lo merece por lo que te hizo aquella noche».

«Sí».

«Ojalá me hubieras dejado morderlo de una vez por todas. Los otros perros y yo estamos hartos de limitarnos a ladrarle todo el tiempo. ¿Qué te parece un mordisquito en la pierna?».

«Me lo pensaré».

«¿Y bien?».

«Sí, de acuerdo».

Por culpa de los vientos del diablo, el aire era abrasador y te dejaba sin aliento a pesar de que era muy temprano. Todo el valle parecía estar a una chispa de prenderse en llamas. Miles ya había empapado la camiseta de sudor.

«Oye, ¿sabías que las mujeres pueden tener orgasmos por cepillarse los dientes?».

«Chico humano, ¿estás borracho? Eso es ridículo. Se te va la pinza, te falta un tornillo, estás como una cabra».

«Eso mismo he pensado yo; una auténtica ida de olla».

«Miles, creo que te falta un mueble ahí arriba».

«Ah, esa es buena».

Miles aprendía muchas frases hechas y jerga de Sandro, aunque apenas las usaba más que con el perro.

Cuando llegaron a lo alto de la loma, Miles vio una especie de vehículo aparcado junto al camino de servicio, lo cual era raro. El tío Clive se cuidaba mucho de los intrusos nocturnos (después de años despertándose con *hippies* desnudos y drogados). Pero, sin duda, se trataba de una camioneta retro de color naranja en perfectas condiciones.

Se acercó hasta la ventanilla del lado del conductor y vio que, tumbada en el asiento doble, había una chica dormida con una cascada de rizos multicolor. Tenía los párpados espolvoreados con brillantina verde y toda la piel, que le refulgía por el sudor, cubierta de palabras tatuadas.

«Guau… Una Bella Durmiente auténtica», le dijo a Sandro.

«Súbeme en brazos. Quiero verla. ¡Súbeme en brazos!».

A pesar de su persuasivo ataque de movimientos de cabeza y de cola, Miles no subió en brazos al perro. Le dio a su compañero (*queer* honorario, suicida y psíquico) un golpecito cariñoso con el pie mientras se concentraba en la chica, que parecía tener más o menos su edad o, tal vez, algún año más. Tenía aspecto de tener que estar hilando paja en medio del bosque para convertirla en oro, encerrada en una torre o durmiendo tal como lo estaba haciendo hasta que un príncipe se abalanzara sobre ella y…

«Eres un romántico sin remedio, chico humano».

«Como bien has dicho antes: mira quién habla… Bella, Bella, Bella».

Comprobó la avalancha de libros que había desparramados por el asiento de la chica para ver cuántos había leído y cuántos quería leer. Había algunos libros sobre la historia de California o los vinicultores del norte de California, pero también había novelas. Incluso había una (*Al este del Edén*, una novela que detestaba bastante) justo en la mano de la chica, como si pudiera leer en sueños. ¿Qué hacía allí? ¿Por qué estaba durmiendo en la camioneta? ¿Por qué tenía tantos libros?

Intentó descifrar algunas de las palabras que llevaba tatuadas en los brazos. Estaban «amor verdadero», «colibrí» y «destino». Después, un puñado de palabras que no conocía, tal vez en un idioma diferente. Una frase chula: «Estuvimos juntos, todo lo demás lo olvidé». Y otra: «Si el camino que tienes ante ti está despejado…». Sin embargo, el resto de aquella cita le rodeaba el brazo y estaba oculto.

Miles estaba contorsionándose en un intento por ver la otra mitad de la frase cuando se dio cuenta de que la luz de la cabina estaba encendida. Debía de haberse quedado dormida leyendo aquel horrible libro de Steinbeck. Metió la mano por la ventanilla medio abierta y apagó la luz superior para que no se despertara con la batería del vehículo muerta. Mientras sacaba el brazo con cuidado, la chica se incorporó de golpe, ahogó un grito, miró a Miles asustada, después conmocionada, y, entonces, gritó:

—¡Oh, no! Lo siento. Ya me voy.

Su voz lo sorprendió, ya que no encajaba para nada con su aspecto. Si hubieran estado hablando por teléfono, habría apostado algo a que se trataba de un tipo que bebía whisky y se fumaba dos paquetes a diario.

—No pasa nada —contestó él, incapaz de apartar los ojos de ella. Sus ojos grandes y de un azul pálido eran casi translúcidos, lo que hacía que pareciera salida de otro mundo.

Ella estaba buscando sus llaves. Primero en sus propios bolsillos y, después, pasando las manos por todo el asiento, incluidos los pliegues. Miles se quedó observándola, sintiendo una necesidad abrumadora de meterse dentro de la camioneta.

—De verdad, está bien que estés aquí —le dijo mientras se inclinaba hacia la ventana. En ese momento le asaltó una potente ráfaga de aroma floral (¿Lilas, tal vez? ¿Rosas?). Inhaló aquel olor y echó un vistazo a los alrededores de la camioneta, esperando encontrar un arbusto en flor por alguna parte pero, en todas las direcciones, tan solo había viñedos quemados por el sol. Inspeccionó el interior de la cabina, pero las únicas flores que vio fueron las margaritas de los parches que ella llevaba cosidos por todos los vaqueros—. Mi tío es el propietario de estas tierras. No le importará —añadió mientras se fijaba también en la tobillera, los anillos en los dedos de los pies, la calavera de la camiseta, la cantidad de metal que llevaba en las orejas y la chaqueta de cuero que colgaba del asiento. Parte *hippie*, parte *punk*, parte motera.

La necesidad de meterse con ella en la camioneta era tan fuerte que tuvo que ocultar las manos en los bolsillos. Sus palabras no habían conseguido poner freno a la búsqueda frenética de las llaves. Ahora, la chica estaba inclinada sobre el asiento del copiloto, tanteando debajo, y, aunque lo estaba intentando, Miles seguía sin poder ver el resto de aquella frase que debía de gustarle lo suficiente como para tatuársela en el tríceps. Ella se irguió con las llaves en la mano temblorosa, aunque tuvo problemas para encajar una en el contacto.

—¿Estás bien? —le preguntó él. No parecía estar bien. ¿Acaso se había escapado de casa?—. ¿Tienes hambre? Vivo ahí mismo.

—Señaló colina abajo en dirección a su casa, que estaba envuelta en la luz de la mañana y parecía Oz—. Tenemos unas pastas excelentes. Y mantequilla de lavanda también. —¿Qué estaba haciendo? ¿Por qué estaba insistiendo tanto? Últimamente, habría preferido tirarse por una ventana que entablar conversación—. O, tal vez, solo necesites una novela mejor.

De algún modo, aquello consiguió detener el intento frenético de huida. La chica bajó la vista hacia la novela que seguía teniendo en el regazo y frunció el ceño.

—¿Qué? ¿Esta novela? Me encanta Steinbeck.

—Te perdono ese lapso en el gusto literario si me dices el resto de esa frase. —Se tocó la parte superior del brazo, justo donde ella llevaba el tatuaje—. Tan solo puedo ver la mitad y es una absoluta tortura. —Los labios de ella se torcieron como si estuviera a punto de sonreír, pero no lo hizo. En su lugar, encendió el motor—. Espera. Por favor, dame solo un minuto más.

«Espeluznante —dijo Sandro—. ¿Qué te pasa?».

Ella sacudió la cabeza.

—Lo siento. Me las piro, vampiro. —Se cubrió la cara con una mano, que todavía le temblaba. Después, soltó un gruñido—. Ufff, eso ha dado vergüenza.

Se giró hacia Miles y sus ojos se encontraron. Él sintió una sacudida. Entonces, ella sonrió, haciendo que la sacudida fuera aún más grande. No solo porque tuviera una de esas sonrisas que podían revivir a un muerto, sino porque... Bueno, no sabía por qué. Tan solo sabía que no podía apartar la mirada y que no quería hacerlo jamás. Y eso estaba haciendo que se le revolviera el estómago y se le acelerara el corazón.

Pasaron años.

Años mejores y más felices.

—Mi regalo de despedida —dijo ella al fin con su voz grave de hombre mayor mientras rompía aquel contacto visual tan épico—. «Si el camino que tienes ante ti está despejado, probablemente estés en el de otra persona». —Hizo un gesto con las manos, como si quisiera decir «¡Tachán!»—. Es de Joseph Campbell.

Entonces, Miles observó cómo se alejaba mientras se preguntaba qué acababa de ocurrirle. ¿Le habría visto el alma? Sentía que había sido así, pero nunca antes había visto el alma de una persona, tan solo las de los perros. La chica iba conduciendo despacio y, por el ángulo de su cuello, sabía que lo estaba mirando a través del retrovisor.

Sintió un tirón en el centro del pecho.

«Ella también parecía triste. ¿No crees, Sandro?».

«No lo sé; cierta persona no ha querido subirme en brazos».

«¿Quién será?».

«Voy a morderte».

«Dios, menuda preciosidad».

«Pensaba que solo te gustaban los chicos».

Miles no contestó. No sabía cómo hacerlo. Jamás reaccionaba así a ninguna chica. Quería salir corriendo detrás de ella. Quería conducir con ella toda la noche a través del desierto vacío y leer juntos en alguna cafetería ruidosa.

Quería contárselo todo.

«Chico humano, ¿te has convertido en una canción *country*? ¿O en una de esas novelas románticas que lees?».

«Yo no leo novelas románticas».

«Claro que no, Samantha Brooksweather».

Miles ignoró a Sandro y sacó su bloc de notas para apuntar la frase de Joseph Campbell. «Si el camino que tienes ante ti está despejado, probablemente estés en el de otra persona». Era buena. Sobre todo porque el camino que tenía ante él, que solía estar bastante despejado, ahora era una maldita maraña. Apenas podía moverse y, cuando lo hizo, puso rumbo a la dirección equivocada. Entonces escribió la frase que llevaba en el antebrazo. «Estuvimos juntos, todo lo demás lo olvidé».

—Vuelve —dijo en voz alta.

Justo antes del desvío hacia la autopista principal, la camioneta naranja se detuvo y la puerta del copiloto se abrió de golpe. Un globo enorme de esperanza se infló dentro del pecho de Miles y, de pronto, estaba corriendo como si escapara de la cárcel, con Sandro pisándole los talones, hacia aquella puerta abierta.

DEL BLOC DE NOTAS DEL BOLSILLO DE MILES:

Miles no puede ponerse al teléfono y no puede ir al colegio, a tu fiesta, al entrenamiento o a la existencia. Sufre un caso terrible de pomos para puertas. Sufre un caso terrible de fango, de pájaros muertos, de «¿Qué es lo que he hecho?», de «No molestar». Sufre un caso terrible de «Que os jodan a todos de una vez». Se pondrá en contacto contigo cuando haya encontrado a alguien con quien intercambiar la cabeza. Gracias por tu llamada.

MILES FINGIENDO SER UNA PERSONA QUE HABLA CON UNA PERSONA REAL EN EL COLEGIO:

Persona Real: Hola, Miles, ¿cómo va eso? No te vi en casa de Julie este fin de semana.

Miles el Perfecto: Estuve un rato. Fue una locura, colega.

(No estuvo allí en ningún momento. Estuvo en casa leyendo a Charlotte Brontë; estuvo en un campo acompañado por las currucas y los narcisos; estuvo hablando con un perro llamado Sandro).

Persona Real: Totalmente. McKenzie y Conner...

(Bla, bla, bla).

Miles el Perfecto: Genial / Cuenta conmigo / Vaya tela / Sí / ¿Quién lo habría dicho? / Me da igual / Te entiendo / Lo comprendo / Qué bajón.

(Palabras, palabras y más palabras que salían de su cara, que estaba sobre su cuerpo, que era una mezcla de moléculas de carbono sobre una roca que se precipitaba por el espacio).

Persona Real: Miles, ¿quieres venir a...?

Miles el Perfecto: Oye, tengo que irme, colega. Hablamos a la hora de la comida.

(A la hora de la comida, Miles moverá el culo hasta el arroyo, se dejará caer de espaldas, contemplará parches de cielo azul a través del dosel de árboles verdes, pasará los dedos por las piedras ardientes del río, inhalará, exhalará e intentará impedir que el espíritu se le escape del cuerpo).

MILES HABLANDO CON LA SEÑORA DE LA LÍNEA DE ATENCIÓN A LA DEPRESIÓN:

Señora: Para decirlo de la manera más sencilla posible, la depresión es una pena que no guarda proporción con las circunstancias del individuo. ¿Ha ocurrido algo que te haya hecho sentir así o...?

Miles: Sí, ha ocurrido algo.

(Aunque Miles no definiría así la depresión. Él se decantaría por algo en la línea de despertarse y descubrir que te has convertido en una cucaracha, como en esa historia de Kafka que les había hecho leer el señor Gelman, «el Profesor Bombón de Inglés Avanzado»).

Señora: ¿Cuándo ocurrió?

Miles: Hace unas semanas, pero... No sé... Tal vez no sea eso... Tal vez lo que ocurrió no sea algo tan importante.

(Porque... ¿de verdad todo aquello había empezado tras aquella noche con Wynton? No. Pero Miles nunca antes había pensado que estuviera deprimido deprimido; tan solo creía que era una de esas personas tristes y solitarias. En plan... Si apareciera en una novela victoriana, sería la chica melancólica que no deja de desmayarse y que permanece en cama).

Señora: ¿Te gustaría compartir conmigo lo que ocurrió? Creo que te ayudaría.

Miles: ...

Señora: Bueno, ¿te parece que el nivel de angustia que estás experimentando es proporcional a lo que ocurrió?

Miles: No lo sé.

(¿Era angustia lo que estaba experimentando? Además, ¿cómo cuantificas el estar perdiendo la cabeza? Suponía que uno podía desmoronarse hasta cierto punto y que se considerara aceptable. Se sentía como si, poco a poco, el sol se estuviera apagando en su interior. ¿Era eso aceptable?).

Señora: ¿Puedes explicarme cómo te sientes?

Miles: ...

(Le daba miedo contárselo).

Señora: Puedes contarme cualquier cosa. Este es un lugar seguro. Quiero ayudarte.

Miles: ...

Señora: ¿Hay alguien en tu vida con quien puedas hablar? ¿Un padre? ¿Un profesor? ¿Un sacerdote? ¿Un orientador del colegio? ¿Un hermano mayor?

(Un hermano mayor. Su puñetero hermano mayor. Colgó el teléfono).

DEL CUADERNO DE CARTAS SIN ENVIAR DE BERNADETTE:

Querido Miles:

Cuando, hace poco, dejaste de comerte mis barritas de limón, pensé que el problema debía de ser la receta. Estuve trabajando en ella todo el fin de semana pasado. Añadí más mantequilla a las galletas de la corteza, solo usé limones Meyer y, tras hacer muchas pruebas y equivocarme muchas veces, me topé con un ingrediente que lo cambiaba todo: ¡los albaricoques en conserva!

Tras haber descifrado el misterio, esperé a que vinieras a casa. Estaba tan emocionada que me sentía como una niña pequeña. Esas barritas nuevas eran increíbles; una perfección carnosa, ácida, intensa y brillante. Eran como estar comiéndose la luz del sol. Sin embargo, cuando te ofrecí el plato, me dijiste: «No tengo hambre», y te fuiste al piso de arriba. Eh... ¿perdona? «¿Qué tiene que ver el hambre con la perfección?», exclamé mientras te seguía con el plato. No conseguí que dieras un solo bocado. O que me hablaras. Me dijiste que tenías que hacer tareas para el colegio.

Algo va mal, Miles; lo sé. Pareces muy solo incluso aunque el teléfono no deja de sonarte a todas horas. Es como si no pudieras desprenderte de algún tipo de tristeza profunda que crees que nadie ve. Yo sí la veo, pero me resulta imposible comunicarme contigo excepto a través de una tontería como las barritas de limón, pero, ahora, eso también está descartado. Wynton y Dizzy me vuelven loca y yo los vuelvo locos a ellos.

Ojalá tú me volvieras loca.

Tal vez sea culpa mía. Tal vez me haya resultado demasiado fácil no preocuparme por ti. Mi pilar. Te pareces tanto a Theo... (Y vaya si te pareces a él ahora... A veces, cuando apareces por una esquina, se me escapa un gritito y tengo que fingir que estoy tosiendo). Pero ahora estoy preocupada. ¿Tal vez debería llevarte a algún sitio? Solos tú y yo. ¿A la ciudad para alguna firma de libros? Por supuesto, me alegro de que leas tanto (igual que Theo). Pero, a veces, me parece que es tu manera de alejarnos a todos.

Creo que necesitas a tu padre.

Eres el mejor de los hijos, mi favorito.

Mamá.

Querido Chef Finn:

Solo voy a decir esto aquí para no seguir inflando tu ego, que ya es bastante grande: ¡tenías razón! La espera y la interminable cadena de entrevistas y pruebas han merecido la pena. El nuevo ayudante de cocina, Félix, es todo un descubrimiento. Muestra tanta pasión por todo... Me encantan sus ideas de fusión francesa y mexicana; me han puesto en marcha. ¿Suflés de jalapeños? ¿Tacos de confit de pato con salsa de miel y chipotle? ¿Solomillo de cerdo relleno de chiles verdes y queso?

Tiene mucho más talento del que tuvo nunca el descuidado de Nico.

Bien. Por favor, durante toda la semana llévate al mercado al nuevo ayudante de cocina, Félix, para que yo pueda dormir hasta tarde. Además, como siempre, prométeme que nunca jamás vas a renunciar a tu puesto de trabajo. Sin ti, no podría llevar este restaurante ni un solo día.

Chef B.

MILES

—Soy Miles —dijo mientras se asomaba a la cabina—. Y este es Sandro. —Con la mano libre, la chica apartó varios libros del asiento para hacerles hueco. El perro se subió de un salto—. Tiene pensamientos suicidas.

«¿Cómo te atreves?», le preguntó el animal, horrorizado.

—Bueno, entonces será mejor que no te quitemos ojo de encima —comentó ella mientras le rascaba detrás de las orejas.

Aquello complació a Sandro. Mucho. Aunque no estaba contento con él y el hecho de que hubiera traicionado su confianza. Estaba de pie sobre el asiento, enseñándole el culo y ocupando todo el lado del copiloto. A pesar de sus gruñidos, Miles lo bajó al suelo con cuidado antes de adentrarse en el milagro que era el aire acondicionado y cerrar la puerta.

—Bueno, ¿qué problema tienes con Steinbeck? —dijo ella con el gran estruendo que era su voz, actuando como si fueran compañeros en la clase de Inglés y tuvieran un plan para estudiar juntos durante semanas.

Ahora que estaba dentro de la cabina, el aroma a flores le resultaba abrumador.

—¿Puedes oler las flores? —preguntó Miles.

Ella arrancó y desestimó su pregunta con un gesto de la cabeza. Después, continuó:

—Porque yo creo que Steinbeck es California. Cuando lees su obra, puedes ver, oler y oír California, ¿no? —Estaba dando golpecitos con la mano al volante para dar más énfasis a lo que estaba diciendo. Llevaba cada una de las uñas de un color diferente—. Y, ¡madre mía! ¡Me encanta lo mala que es la madre en este! Cada vez que aparece en alguna página, empiezo a sudar. Pero a sudar de verdad. —Miró a Miles, expectante.

　«Ahora mismo, no me hablo contigo, Miles —dijo Sandro—, pero me resulta familiar. La he olido en alguna otra ocasión».

　«¿Las flores? ¿Tú también las hueles?».

　«Es ella. Ese es su olor».

　«Nadie huele así. ¿Estás seguro?».

　«¡Soy un perro!».

　—¿Y bien? ¿No estás de acuerdo? —insistió ella. Era evidente que estaba ansiosa por entrar en materia sobre Steinbeck.

　Aquello era muy raro, pero ¿qué demonios? Ninguno de sus conocidos leía como lo hacía él, como si la vida le fuera en ello. La única persona con la que hablaba de literatura era el señor Gelman, «el Profesor Bombón de Inglés Avanzado». (Y le resultaba difícil prestarle atención porque siempre se lo estaba imaginando desnudo, etc. Muchos etcéteras). Miles era el único estudiante de undécimo curso en la clase avanzada, pero su profesor de Inglés de décimo había insistido, pues afirmaba que era un lector y un escritor de talento; que sus ensayos tenían nivel universitario.

　—Estoy de acuerdo en que la caracterización de la madre es increíble. —Ella sonrió con la boca cerrada, con suficiencia—. Pero me molesta lo didáctico que es Steinbeck. Siempre está insertando sus opiniones en la historia como si él lo supiera todo y el lector fuese idiota. Pero, dicho eso... De acuerdo. En realidad, *Las uvas de la ira* no está mal. Incluso es bueno. Puede que hasta increíble. Eso lo admito. —Se quedó pensando un segundo—. Tal vez se trate de que los hermanos de *Al este del Edén* no me gustan nada. Quizá sea algo personal. —Se inclinó para acariciar a Sandro, que se apartó de sus manos como si las llevara ardiendo—. Supongo que me recuerdan a mi hermano mayor y a mí.

Ella frunció el ceño.

—Creo que están inspirados en Caín y Abel.

—Exacto.

La chica lo miró fijamente, con curiosidad y los ojos muy abiertos.

—Soy toda oídos. Mejores momentos. Adelante.

La tristeza que había visto o sentido antes en ella parecía haberse evaporado. Extrañamente, él se sentía igual. El sol estaba saliendo por detrás de la montaña, esparciendo sus rayos por todo el valle, y ellos iban directos hacia allí, hacia aquel resplandor. La chica se escudó los ojos para protegerlos, pero él estaba acostumbrado a cómo la luz inundaba el valle. De algún modo, tampoco seguía sintiéndose como si tuviera una bomba de relojería en el pecho. O como si estuviera en la Habitación de la Melancolía. Echó un vistazo al indicador de velocidad. Iban directos hacia la luz a ciento cuarenta kilómetros por hora. Qué chica... Miles se recostó y apoyó la rodilla en el salpicadero.

—De acuerdo —dijo, a pesar de que nunca hablaba de asuntos familiares. Ya no. Pero ¿cuándo se había subido a una camioneta retro de color naranja con una chica desconocida llena de tatuajes que olía como un jardín de flores?—. Cuando tenía seis años y mi hermano mayor tenía ocho, intentó venderme.

Ella soltó una carcajada y su risa, sonora y vibrante, fue tan inesperada como su voz. También era contagiosa y Miles sintió cómo un sonido desconocido se le escapaba de entre los labios. Se estaba riendo.

—Sí —prosiguió—. Mi madre incluso guarda el anuncio. Cito textualmente: «Hermano pequeño a la venta. Tiene hoyuelos». Aunque lo deletreó como «o-ll-u-e-l-o-s». «Todo el mundo dice que es adorable. Tres dólares o mejor oferta». Uno de nuestros vecinos lo vio en el supermercado y se lo entregó en mano a mi madre.

—¡Tres dólares! Jesús, no pensaba que valieras demasiado, ¿eh?

—No.

Miles miró por la ventanilla. Justamente ese era el quid de la cuestión: nunca lo había pensado y nunca lo pensaría.

—Lo siento. No…

—No pasa nada.

La chica estaba girando hacia Hidden Highway, una carretera de dos carriles que se adentraba en las montañas. Miles estaba decidido a entretenerla. Estaba intentando pensar en las afrentas menores a su dignidad, no en las que le habían destrozado el alma. Y, desde luego, no necesitaba mencionar la noche de dos semanas atrás.

—Adelante —dijo ella—. Dispara. ¿Qué otras injusticias has sufrido?

—Muy bien… El primer día de secundaria, en un colegio nuevo con gente nueva, me desperté, fui al baño y me miré en el espejo. Él había usado un rotulador permanente negro para pintarme los dientes mientras dormía.

Aquella risa de nuevo. Hacía que Miles se sintiera pleno por dentro.

—¡Mierda! —exclamó ella—. ¡Eso es horrible! ¡Lo peor!

Sandro la estaba mirando con gesto soñador y se dio cuenta de que él también lo estaba haciendo, así que intentó que su rostro volviera a la realidad.

—El año pasado también me llenó de boñigas de caballo los clavos de las zapatillas de atletismo justo antes de los estatales.

A esas alturas, ella se estaba riendo a carcajadas mientras daba golpes con la mano al volante. Entonces, Miles tomó una decisión: no quería estar nunca a más de un metro de aquella chica.

—¡Qué imbécil! —exclamó ella.

—Y, hace dos semanas, me dio por muerto y me dejó en un contenedor. Me desperté en medio de una oscuridad total, cubierto de vómito y basura. Al principio, pensé que estaba en un ataúd. Había ratas por todas partes. El olor... El olor era...

Ay, Dios; volvía a estar allí, en medio del horror. La sangre se le subió a las mejillas. ¡No había tenido intención de contarle aquello! No había tenido intención de contárselo a nadie nunca jamás. Toda la luz se desvaneció del rostro de la chica, que lo miró con incredulidad.

—Sí —dijo él.

Una vez más, volvía a ahogarse con la peste, la cabeza le daba vueltas y estaba desorientado. Llevaba basura en el pelo, cieno en la piel y vómito en la boca. El mal olor le cubría las fosas nasales y no sabía dónde estaba, si estaba vivo o si podría escapar. Todo ello mientras golpeaba los laterales del contenedor de metal como si fuera un animal enloquecido. Sintió un pánico que nunca antes había sentido.

Y eso se lo había hecho Wynton.

Si por la mañana hubiera podido partirle el cuello en lugar del arco, lo habría hecho.

Aquella noche, dos semanas atrás, Miles se encontraba solo en la plaza del pueblo, usando las enormes piernas de piedra de su bisabuelo, Alonso Fall, como respaldo y escribiendo en su bloc de notas. Estaba anocheciendo y la plaza estaba desierta. Estaba sudado después del entrenamiento y tenía frío, pero no quería volver a casa. Estaba harto de pudrirse en su habitación toda la noche, haciendo las tareas para clase, mientras Dizzy y Wynton lanzaban palomitas a la televisión, repantingados como dos cachorritos en el sofá rojo.

Tras oír el sonido de un claxon que le resultaba familiar, se dio la vuelta, esperando encontrar a su madre volviendo a casa desde el restaurante. Sin embargo, se trataba de Wynton con la camioneta de su madre y dos chicas a las que no reconoció.

—¡Miles «el Perfecto»! —gritó su hermano, asomándose... No, más bien, venciéndose sobre la ventanilla. Parecía como si sus rasgos faciales los hubiera dibujado un loco. Era evidente que llevaba una buena borrachera encima, pues tenía la sonrisa torcida, los ojos empañados e inyectados en sangre y la melena rubia electrificada. Wynton era una persona que haría que cualquiera con un poco de cerebro se cruzara de calle para evitarlo incluso de día—. ¿Por qué no estás en alguna pista de atletismo, batiendo récords? —le preguntó. Las palabras se le escapaban de la boca—. ¿O paseando a perros ciegos? ¿O ganando el premio Nobel? ¿O solucionando el cambio climático?

Una chica que llevaba la melena negra cortada como si fuese un cuenco y pestañas postizas, se estiró por encima de Wynton y lo miró boquiabierta. El pintalabios se le había emborronado, así que su boca parecía enorme y espantosa.

—Al fin puedo conocer al hermano perfecto. ¡Y sí que es perfecto!

Miles vio cómo la otra chica, que llevaba el pelo rosa de punta, se inclinaba hacia delante.

—Quiero verlo —dijo, como si él fuese un animal de zoo.

De normal, se habría marchado lo más rápido posible a la otra punta del universo conocido pero, por algún motivo, cuando Wynton dijo: «Por una vez en tu vida, sorpréndeme. Sube, hombre», Miles lo hizo. Por algún puñetero motivo, se metió a presión en la cabina de la camioneta.

La chica del pelo rosa en punta olía a loción de coco y tenía un pendiente en la nariz con forma de delfín. Sabía ambas cosas porque la tenía prácticamente sentada en el regazo.

—Parecías triste, ahí sentado —le dijo. Él intentó no mostrar rechazo ante el olor a alcohol de su aliento—. ¿A que parecía triste, Bettina? —Le estrechó el brazo y no se lo soltó. A menudo, las chicas invadían su espacio personal de aquel modo, dando por sentado que era hetero; como si tuvieran derecho a tocarlo—. Pero, ahora, ¡ya te tenemos! —exclamó. Entonces, soltó un grito sin motivo aparente (al menos, que él supiera) y dio un trago de una botella. Se volvió hacia él y antes de que pudiera ser consciente de lo que estaba ocurriendo, le había plantado los labios sobre los suyos y el líquido de su boca se estaba derramando en la de Miles. ¿Eh? Qué asco. Se apartó y escupió el líquido en un chorro. Después, empezó a disculparse y a intentar secar tanto el hombro de la chica como el salpicadero.

—Miles «el Perfecto» no bebe —dijo Wynton—. Miles «el Perfecto» es un aburrido.

Era cierto. Miles «el Perfecto» no bebía y era un aburrido. Odiaba a Miles «el Perfecto».

A la mierda, pensó. Le quitó a la chica la botella de tequila y le dio un buen trago.

—Espera —dijo ella—, ¡así no! —Sintió cómo el rostro se le arrugaba y fruncía en acto de rebelión, pero consiguió tragarse el alcohol. Ella le arrebató la botella y dijo—: Soy Madison.

—Bettina —añadió la otra chica.

—Soy Miles «el Perfecto» —replicó él. Entonces, todos se rieron. Incluso Wynton.

Miles no podía creerse que hubiera hecho reír a su hermano. Echó un vistazo más allá de Bettina para asegurarse de que no se estuviera burlando de él, tratándolo como una mierda en la suela del zapato, tal como hacía siempre. Pero, no: había conseguido que Wynton se riera de verdad. Aquella era la primera vez, y eso lo hizo sentirse en las nubes. El tequila también estaba haciendo que entrara en calor, que se relajara y que se sintiera mejor, más animado. Madison y él se fueron pasando la botella.

—Ahora, una de estas —dijo la chica mientras le metía algo en la boca.

Al principio, pensó que se trataba de un caramelo de menta para el aliento, porque era así de idiota. Lo mordió, esperando toparse con algo mentolado, pero un sabor amargo le inundó la boca. Como un estúpido, pensó que tal vez se tratara de una aspirina. Tendría que haber escupido pero, como no pensaba con claridad y quería deshacerse del sabor amargo, bebió de la botella y tragó.

Estas eran las últimas cosas que Miles recordaba con claridad (bueno, con cierta claridad) de aquella noche:

1. Irrumpir en una fiesta con el brazo de Wynton en torno a sus hombros como si fueran mejores amigos. Wynton presentándoselo a todo el mundo mientras decía: «¡Este es mi hermano pequeño, Miles! ¡Este es mi hermano pequeño, Miles!». Su hermano pequeño, Miles. Wynton jamás lo había llamado así. Nunca. Recordaba haberse sentido efervescente, poderoso y eufórico. Todo era nuevo para él. (Tal vez eso fuera efecto de la droga).

2. Intentar no vomitar mientras la cerveza le bajaba por la garganta a través de un embudo.

3. Saltar arriba y abajo, supuestamente a cámara lenta, en medio de una pista de baile abarrotada y sudorosa con Wynton, Madison y Bettina mientras todos ellos (¡incluido él!) se gritaban los unos a los otros: «¡Os quiero mucho!».

4. Sentarse en una cama mientras Madison le desabrochaba los vaqueros. Madison encima de él, abrazándolo como si fuera

un pulpo y, al final, Madison convirtiéndose en un pulpo de verdad.

Y, entonces, nada de nada de nada.

Hasta que se había despertado cubierto de vómito y barro en un contenedor fétido y lleno de ratas de un callejón del centro del pueblo con los vaqueros a medio abrochar y la camiseta del revés.

Así que...

Sí.

Había perdido el conocimiento y Wynton lo había dejado tirado. En sentido literal. Y lo más probable era que se hubiera acostado con una chica por primera vez (aunque no podía recordar nada) antes de haberse acostado siquiera con un chico.

A la mañana siguiente, Miles había encontrado palabras escritas con su propia letra en el bloc de notas de su bolsillo trasero que no recordaba haber escrito: «El viento se ha llevado mi cara».

Y: «Un huracán es una emoción».

Y: «Es más fácil elegir qué ropa ponerte cuando tu ropa no está toda en llamas».

Aquella tarde, Miles había tomado el testigo y había salido corriendo de la carrera, de su cabeza y de su vida perfecta.

—Jesús... ¿Por qué la tiene tomada contigo? —le preguntó la chica, haciendo que regresara de golpe a la camioneta.

—No lo sé —contestó él.

Intentó relajar los puños y la mandíbula. Dios, cómo deseaba poder recordar lo que había ocurrido cuando había perdido el conocimiento. Lo carcomía por dentro no saberlo. Y ¿cómo lo había metido Wynton en el contenedor? Miles era mucho más grande que su hermano. ¿Le habrían ayudado las chicas? Ufffff. ¿Le habrían sujetado los pies? ¿Se habrían estado riendo los tres mientras lo hacían? La humillación era insoportable.

—Me odia. Siempre lo ha hecho. —La voz se le quebró. Dios, ¿por qué le daba tanta importancia?—. De pequeño, lo idolatraba. Incluso a pesar de todas las cosas que me hacía. —Suspiró mientras notaba cómo la vergüenza le corría por la columna—. Es un violinista increíble. Todo lo increíble que puedas imaginar... Él lo es más. Solía sentarme fuera de su habitación y lo escuchaba ensayar durante horas. Y es un tipo formidable, a su manera de granada humana. Quieres que te cubra las espaldas. Quieres... Cuando era pequeño, quería que...

Miles cerró el pico. ¿Por qué no podía dejar de hablar? ¿Cuándo había hablado tanto?

—¿Qué es lo que querías? —le preguntó ella con suavidad.

Él exhaló. Había algo en su voz (tan curiosa, tan solícita) y en el hecho de que estuvieran recorriendo Hidden Highway a una velocidad tan escandalosa que hizo que, antes de que se diera cuenta, estuviera diciendo:

—Tan solo quería que me quisiera. Con desesperación. Pero no me quería. No me quiere. Es obvio. —Sintió vergüenza de sí mismo. Entonces, dado que ya lo había sacado todo de dentro, añadió—: No teníamos padre ni nada, así que era él; él lo era todo.

Miles notó cómo se sonrojaba. Sabía que sonaba como un crío. De hecho, se sentía como un crío; como el mismo niño triste que espiaba a Wynton y a Dizzy desde las escaleras mientras preparaban pasteles o veían películas, consciente de que, si se unía a ellos, se quedarían en silencio. O, peor aún: que Wynton se volvería tan dañino como el ácido. El mismo niño triste que se imaginaba a su padre en el umbral de la puerta de su dormitorio, dándole las buenas noches; que le escribía correos electrónicos (nunca los enviaba, ya que no tenía su dirección), suplicándole que regresara y lo rescatara.

A pesar de que apenas podía recordar a su padre, seguía escribiéndole correos electrónicos y guardaba los borradores, las súplicas, en una carpeta en su ordenador que se llamaba «¡Ayúdame!».

También buscaba a su padre con ayuda del ordenador. Sobre todo a altas horas de la noche. Tenía la creencia de que, si leía reseñas vinícolas, sería capaz de encontrarlo. Buscaba reseñas sobre vinos que fueran similares a las que habían escrito sobre el famoso pinot de su padre: «Con un color granate profundo, toques de cereza y de rosas, consigue que hables con la luna y que la luna te responda. Combina bien con el corazón roto y te hace sentir tan enamorado que tal vez le pidas a un desconocido que se case contigo». Y otra: «Con su nuevo pinot noir, Theo Fall ha hecho lo imposible; ha preparado el amor verdadero a partir de las uvas. Con toques de cereza negra, sotobosque y la felicidad más absoluta y estimulante, puede combinar este jugoso vino con aves de presa, pescados grasos y aquella persona que se le escapó, ya que, sin duda, este caldo la hará regresar. Es como una danza de la que no creía conocer los pasos hasta que la música empezó a sonar». ¡Reseñas auténticas de los vinos de su padre! En algunas ocasiones, encontraba notas lo bastante locas sobre un pinot como para pensar que lo había elaborado su padre bajo seudónimo pero, cuando buscaba en Google al vinicultor, nunca era el hombre que aparecía en las antiguas fotos familiares.

Sandro estaba hecho un ovillo en el suelo, contento, con esa expresión embelesada todavía en el rostro, excepto cuando giraba la cabeza y lo fulminaba con la mirada, molesto todavía por el comentario sobre los pensamientos suicidas.

«¡Lo siento!», le dijo Miles. Pero el perro rechazó su disculpa al girar la cabeza con un bostezo.

La chica, por su parte, no dejaba de descubrir a Miles mirándola fijamente. Y él a ella. Y, cuando lo hacían, ambos se daban la vuelta y miraban por la ventanilla, sonriendo como tontos, hasta que ocurría otra vez. Y otra.

—Tienes una sonrisa bonita —dijo ella en una de esas ocasiones.

—¿Yo? Tiene que ser una broma. Si se va la luz... —Señaló su sonrisa.

El perro levantó la cabeza e hizo contacto visual con él.

«Miles, eso ha sido vergonzoso. Pensaba que se te daba mejor lo de flirtear».

«¿Y por qué pensarías algo así? No sé flirtear en absoluto. Y, además, es cierto. Mírala. Mira cómo refleja la luz. Creo que veo un aura».

«No creo en todos esos rollos New Age como las auras. ¿Quizá sea un halo? Sin duda, sí que creo en los halos».

Miles inhaló profundamente el aire impregnado de aquel aroma floral, preguntándose si, tal vez, estaba soñando. Había algo que no parecía real. A veces, se sentía del mismo modo cuando leer se volvía más parecido a respirar y sabía que había abandonado la vida real y su alma se había transferido de su cuerpo a la historia. Sin embargo, nunca se había sentido así con otra persona. O, más bien, por otra persona.

La chica lo miró y dijo:

—Estoy conduciendo sin rumbo. —Miles sacó su bloc de notas para apuntar eso. Ella se rio y se sacó uno similar de su propio bolsillo trasero. Sonrió y añadió—: Escríbelo ahí también.

¿Qué demonios?

¿Acaso un vendaval los había arrastrado a otro mundo?

Después de un rato, la carretera se estrechó y se volvió de tierra y los árboles se tornaron incluso más altos. La chica apagó el aire acondicionado y bajó las ventanillas. Miles hizo lo mismo. Allí, el aire era un poco más fresco. El olor a eucalipto inundó la cabina, mezclándose con el aroma a jardín floral. Ninguno de los dos mencionó el hecho de que deberían estar en clase. *A menos que ya haya acabado,* pensó él. También podría estar en la universidad. Estaba a punto de preguntarle cuando ella habló.

—¿Tienes algún otro hermano? —preguntó.
—Está Dizzy —respondió él—. Mi hermana pequeña.
—¿Estáis unidos?
Él negó con la cabeza.
—En absoluto. —Miles sacó el brazo por la ventanilla y sintió el aire azotándole la mano extendida—. No les importo a ninguno de los dos. En esa casa, soy una especie de no-persona.

No podía creer que hubiese dicho aquello en voz alta, sin más. Tampoco Sandro, que se subió al asiento de un salto y apoyó la cabeza sobre su regazo, perdonándolo al fin por pena. Miles lo acarició y miró por la ventanilla.

Aunque Dizzy había escogido a Wynton desde el principio, quería a la loca de su hermana. Le encantaba lo mucho que era ella misma, costase lo que costase. Y había costes que nunca habría sospechado. Hacía poco, había ido a buscarla a un baile para llevarla a casa (aquello siempre había sido responsabilidad de Wynton, hasta que su madre lo había echado) y no había podido creer que aquella voluta que parecía una chica (con el pelo en la cara, los hombros hundidos y la ropa equivocada) fuese Dizzy; la precoz y parlanchina Dizzy que, cuando estaban en casa, inundaba todas las habitaciones al mismo tiempo. La había observado durante un instante, preguntándose dónde estaban sus amigos; dónde estaba ella misma. ¿Cómo era posible que alguien como ella estuviera allí sola y alguien como él, ridículamente cerrado y falso, siempre estuviera rodeado de supuestos amigos en el colegio? Al ver a Miles, Dizzy había atravesado la habitación corriendo como si fuera un pájaro desgarbado poco acostumbrado a caminar. Había querido levantarla, colocársela sobre los hombros y hacer que midiera cuatro metros. Durante el camino de regreso, su hermana había vuelto a ser como era en casa, parloteando sin parar sobre a saber qué. Sin embargo, Miles ya había presenciado su tormento diario, lo que había hecho que el corazón se le cayera a los pies.

Casi habían llegado al desvío hacia Jeremiah Falls, uno de sus lugares favoritos. Se lo había mostrado el tío Clive, que le había contado que solía ir a nadar allí con sus padres cuando todos ellos iban todavía al instituto. Miles le dio las indicaciones a la chica.

—¿Por qué has cambiado de idea? —le preguntó mientras el camino se volvía aún más oscuro y el aire más fresco a la sombra de las gigantescas secuoyas. El río rugía porque estaban muy cerca de las cataratas—. Antes. ¿Por qué has parado la camioneta?

—He tenido que hacerlo. —Ella frunció los labios—. Te he visto por el retrovisor y parecías... No sé. Ha sido como si no tuviera elección.

Sin pensarlo, estiró el brazo hacia el otro lado del asiento y le tocó la mejilla. Ella levantó el hombro para atraparle los dedos. Una vez más, Miles volvió a sentir el mismo tirón en el pecho. Experimentaba una necesidad muy fuerte de escribir algo, pero no le salían las palabras. La ternura lo estaba aplastando. No podía creer que se sintiera así por una chica.

Sandro tenía los ojos fijos en él como si fueran dos signos de interrogación.

«Ya lo sé —le dijo Miles—; no sé qué está pasando».

—Hay una palabra alemana... —le dijo ella—. La llevo tatuada en el hombro. *Sehnsucht*. Dicen que no se puede traducir demasiado bien al inglés, pero lo más cercano sería «añoranza inconsolable». —Se miraron a los ojos. Miles tragó saliva—. Eso es lo que he visto en tu cara. —Ella alzó la vista hacia su propio reflejo en el retrovisor—. Yo también la siento.

«¿Sandro? ¿Estamos soñando?».

«No sueño en lenguaje humano. En mis sueños, tú ladras».

«¿De verdad? Nunca me lo habías contado».

«Nunca habías preguntado».

Cuando llegaron al desvío para aparcar cerca de las cataratas, se dio cuenta de que estaba mejor. No, eso era quedarse corto. Se sentía transformado; como si la luz se estuviera derramando hacia su interior en lugar de hacia fuera. *Esto debe de ser la felicidad*, pensó.

Tras aparcar, la chica empezó a llenar una mochila de libros. Como una docena.

—¿Quién sabe qué nos apetecerá leer? —dijo mientras seguía revisando la pila. Metía uno o dos en la mochila y lanzaba otro a un lado, dejando muy claro que dentro de aquella cabina había muchísimos libros—. A riesgo de sonar rara, estoy bastante segura de que mi espíritu, mi alma o lo que sea, es un montón de palabras. A veces, ni siquiera leo en orden. Leo un poco de un libro, luego de otro... Lo que sea. Me paso así toda la noche. Como si todo, y me refiero a «todo» en el sentido más amplio de la palabra, no fuese más que una única historia muy larga.

«¡Yo también!», quería gritar Miles.

A su alrededor, por todas partes, las hojas del bosque resplandecían bajo el sol como si fueran espejos diminutos.

Se sostuvieron la mirada. Esta vez, durante siglos. Su espíritu, algo que había estado encerrado durante mucho tiempo y que incluso había dado por muerto, comenzó a elevarse en su interior. El cuerpo le vibraba. ¿Qué estaba pasando? ¿Por qué, de pronto, ser humano le parecía tan fácil? ¿Por qué le había confesado tantas cosas a aquella chica? ¿Se estaba enamorando? ¿Era ella real? Apenas una hora atrás, había estado sumido en la miseria y el rencor, con el arco roto de Wynton colgando de la mano; había sido un habitante perpetuo de la Habitación de la Melancolía; había estado de luto por un beso con un desconocido que había ocurrido meses atrás. Ahora, él mismo era su propio horizonte.

—¿Qué está pasando? —le dijo a la chica.

La sonrisa de ella fue lenta y hermosa.

—Nosotros.

Sin duda estaba soñando. Era la única posibilidad.

—¿Quiénes estuvieron juntos? —preguntó mientras señalaba el tatuaje que llevaba en el antebrazo—. «Estuvimos juntos, todo lo demás lo olvidé».

—¡Todo el mundo! —contestó ella en tono alegre—. ¡Eso es la vida!

Sí. En ese momento, él también lo sentía. Formaba parte de algo en lugar de estar aparte. Pero ¿por qué? ¿Cómo? ¿Qué estaba pasando?

Unos minutos después, llegaron a Jeremiah Falls tras haber recorrido el corto camino que transcurría entre los viejos robles. El agua caía en cascada por la ladera de la montaña.

—¡Qué preciosidad! —dijo ella mientras lanzaba los brazos al aire.

Miles estaba pensando lo mismo mientras la miraba.

«Ay, colega...», dijo Sandro.

«Venga ya... Tú tampoco puedes apartar los ojos de ella».

«Ya lo sé. Casi siento como si estuviera traicionando a mi Bella, a quien perdí hace tanto tiempo».

Con un golpe de las piernas, la chica se quitó las sandalias. Después, señaló una palabra que llevaba en el tobillo.

—«Nemófilo» —le dijo a Miles—. Alguien que ama los bosques o los árboles en cantidad. Alguien que habita en los bosques. Procede del griego antiguo. Una palabra tremenda, ¿verdad?

—Verdad —contestó él mientras pensaba que podría morir de felicidad por haber aprendido aquella palabra.

Ella se agachó y tomó del suelo una gran oruga negra y naranja.

—Pronto será una mariposa medialuna. —Miró a Miles—. ¿Te gustan los bichos?

—Me son indiferentes —contestó él, ya que no quería admitir que odiaba todo tipo de sabandijas. No veía sus almas, y tampoco quería hacerlo. Ver una araña hacía que la cabeza le diera vueltas y el estómago se le revolviera. Ver dos requería una evacuación inmediata.

La chica volvió a dejar la oruga sobre la piedra en la que la había encontrado.

—Voy a meterme.

Sin ningún tipo de vergüenza, se quitó la camiseta por la cabeza y empezó a dar saltitos para quitarse los vaqueros con margaritas hasta que se quedó con tan solo un sujetador de encaje azul y unas braguitas ajustadas verdes. Era increíble de pies a cabeza. Miles observó cómo se acercaba a la enorme poza azul, pensando que parecía la Venus del cuadro de Botticelli que había en las paredes de los baños de La Cucharada Azul. También estaba pensando que no estaba sintiendo nada; no en ese sentido. En absoluto. Nada, *rien du tout, rien de rien*. Y, si alguna vez iba a sentir algo así por una chica, sería en ese momento, allí, con ella.

Sandro estaba a sus pies, sacudiendo la cola.

«Entonces, caso cerrado», dijo el animal tras un instante.

Miles asintió.

«Sí. Me gusta mucho, pero supongo que no en ese sentido».

Entonces, justo en su cabeza, oyó la inconfundible voz ronca de ella; la oyó alto y claro:

«Cabezas huecas, ¿sabéis que os puedo oír hablando, verdad?».

Sandro y Miles se miraron, sin palabras y con gesto de «¿Qué demonios...?». Entonces, la miraron a ella, sorprendidos. Ella les sonrió, les guiñó un ojo, giró sobre sí misma y se lanzó al agua.

MILES

Minutos después de que la chica dejara en casa a Miles y a Sandro, la mañana que habían pasado con ella comenzó a desvanecerse, tal como hacen los sueños en cuanto los pies tocan el suelo.

«¿Has oído cuando nos ha llamado "cabezas huecas", verdad?», le volvió a preguntar al perro.

«Sin duda».

Miles no había interrogado a la chica al respecto. ¿Qué le habría dicho? «Pues resulta que este perro de aquí y yo nos comunicamos telepáticamente y juraría que acabas de colarte en nuestro canal. ¿Ha sido así?». Ah, no. Además, solo había sido esa vez. El resto del tiempo habían nadado en la poza, habían flotado de espaldas y habían estado leyendo libros a la sombra. Él había leído sobre la fiebre del oro en California y cómo, en aquel entonces, el noventa y cinco por ciento de la población de San Francisco habían sido hombres, lo que a él le parecía el paraíso.

Sandro estaba dando vueltas en torno a él, pegando saltos, jadeando y delirando.

«¡Me siento muchísimo mejor! Tengo una nueva oportunidad en la vida. Voy a deshacerme de las viejas costumbres. Me voy a unir a un grupo de apoyo. No, nada de grupos de apoyo.

¡Me voy a convertir en un *bon vivant*! Voy a probar cosas nuevas: el queso camembert, la escalada, las relaciones poliamorosas... ¡Voy a encontrar a Bella!».

Miles dejó de prestarle atención. Solo después de haber cerrado la puerta de la camioneta se había dado cuenta de que no le había preguntado nada a la chica. Ni una sola cosa. Ni su nombre, ni su edad, ni dónde vivía o qué estaba haciendo en Paradise Springs. Él le había contado todo, más de lo que nunca en toda su vida había compartido con nadie, pero ella no le había revelado nada. Había sido lo contrario a todos los encuentros previos que había tenido. ¿Tal vez lo había hipnotizado o le había lanzado un hechizo?

Observó a Sandro que, apenas unas horas atrás, había tenido pensamientos suicidas. Ahora, retozaba en torno a sus pies, parloteando sobre el queso camembert y sobre encontrar a Bella, el amor de su vida. ¿Y de qué iba todo eso del aroma floral? ¿Y lo de aquella voz que no parecía pertenecerle? ¿Y lo de todos esos libros? Además, ¿quién en todo el planeta era tan radiante?

«Creo que me gusta más que tú, chico humano».

«Auch. Aunque no te culpo».

Sandro le dio un cabezazo en la pierna. Con fuerza.

«¿Cómo es posible que no le hayas pedido el número de teléfono?».

«¡Ni siquiera le he preguntado cómo se llamaba!».

Miles se había bajado de la camioneta de un salto, como si fueran a verse de nuevo en una hora. Como rezaba el tatuaje: ¡Estaban juntos! ¡Todo lo demás lo había olvidado!

«Bueno, al menos sabe dónde vivimos —dijo Sandro—. Volverá a por nosotros. La esperaremos, ¿verdad?».

Miles se agachó y le acarició la cabeza y la tripa, mientras el animal se ponía boca arriba, sacudiéndose de placer. Pensó en la palabra que la chica llevaba tatuada en la parte baja de la espalda. *Hiraeth*. Le había dicho que era una palabra galesa que significaba añorar un hogar al que no podías volver o que nunca había existido.

Él le había dicho que se sentía igual.

Lo que no le había dicho había sido: «Hasta ahora».

Hasta que había llegado ella.

«Sí —le dijo a Sandro—, la esperaremos».

UN FRAGMENTO DE LA NOVELA PARAÍSO ENCONTRADO (1956) DE CELENA JAKE-ADAMS, AMBIENTADA EN EL PUEBLO DE PARADISE SPRINGS, CALIFORNIA:

Paradise Springs es un lugar extraño.

Empecemos por las uvas: hay tantas fermentando en cualquier momento dado que los lugareños se embriagan con tan solo respirar el aire.

Después, está la luz, tan brillante que es fácil encontrar a los recién llegados, que no están acostumbrados a tal resplandor, cubriéndose los ojos con las manos y, a veces, tropezándose con los árboles o con algún que otro viandante. Los rayos crepusculares, esos gruesos haces de luz que emergen de entre las nubes y, por un momento, te hacen creer en Dios o en la magia, están siempre presentes en este pueblo enloquecido por las flores. No son inusuales los girasoles de nueve metros que se mecen en la brisa como tontos, las clarkias que brillan en la noche como lunas rosas y unas amapolas naranjas tan animadas que casi podrían darte un toquecito en el hombro al pasar.

El bosque que lo rodea es exuberante y primordial. Cambia tanto de un día para otro que se cree que las arboledas se mudan de lugar y los arroyos modifican su curso durante las noches. Hay muchas posibilidades de adentrarse en ese bosque siendo una persona y salir de él siendo otra.

Después, está la cascada que se precipita directamente sobre la plaza como si fuera el interminable reloj de arena del pueblo.

Finalmente, encontramos la niebla. Cuando desciende, el pueblo desaparece. Todo el valle desaparece. Por completo. Sin dejar rastro. Ni en los mapas. Ni en los libros de Historia. ¡Puf! Adiós.

En esos momentos, nadie puede encontrar el pueblo. Ni siquiera los que viven en él.

RECORTES DE LA GACETA DE PARADISE SPRINGS:

LOS VIENTOS DEL DIABLO HAN REGRESADO

Paradise Springs.— En Paradise Springs, los rumores sobre los vientos del diablo abundan. Todos hemos oído las historias. Sobre cómo el abogado de Priscilla Jones utilizó los vientos del diablo como defensa para conseguir que su clienta no fuera a la cárcel. Sobre cómo, un día abrasador, Charlie Holmes se desnudó hasta quedarse en cueros y, con tan solo los vientos del diablo empujándolo, atravesó la superficie del río Paradise como el mismísimo Jesucristo a plena vista de varios pescadores locales, que tomaron la ya famosa fotografía. Y, lo que es más notorio, sobre cómo los vientos asfixiantes alejaron de los alrededores a uno de los residentes más queridos de Paradise Springs, Theo Fall, del que nunca se volvió a saber nada. Para los próximos días, se esperan temperaturas muy superiores a los cuarenta grados y vientos ardientes como las llamas. Les recomendamos mantener las cubiteras llenas, los aires acondicionados a tope (excepto entre las 4 y las 8 p. m.) y las cabezas sobre los hombros.

LOS CORREOS ELECTRÓNICOS DE MILES A SU PADRE DESAPARECIDO QUE ESTÁN EN LA CARPETA «¡AYÚDAME!» DE SU ORDENADOR:

Querido papá:

Durante milenios, el violín se ha asociado con Satán. Se supone que Paganini, el mejor violinista de todos los tiempos, le vendió su alma al diablo a cambio de su don. Los rumores dicen que usaba las entrañas de mujeres asesinadas para hacer las cuerdas. Saca las conclusiones que quieras al respecto sobre tu hijo Wynton, el genio del violín.

Miles

Querido papá:

La casa me habla por las noches. Las cosas que me dice no son agradables.

Miles

P.D.: Soy gay. Nadie lo sabe excepto el labrador de los vecinos. No porque crea que a alguien vaya a importarle o algo así. Es solo que nadie más allá de ese perro sabe NADA sobre mí. Me siento como un interruptor humano. ¿Tú eres así? En una ocasión, intenté contárselo a mamá, decirle algunas palabras, pero entonces Wynton hizo acto de presencia y yo desaparecí. Si Wynton o Dizzy están a un radio de un kilómetro de mí, mamá deja de darse cuenta de que existo. No sé por qué.

Querido papá:

¿Dónde estás? ¿Cómo pudiste dejarme con esta gente?

Miles

DEL CUADERNO DE CARTAS SIN ENVIAR DE BERNADETTE:

Querida tarta de chocolate de El Paraíso de las Delicatessen de Annie:

Haces que quiera subirme a una moto y alejarme de mis responsabilidades como si fuera una *banshee*.

Te. Quiero. Mucho.

Creía que esta vez lo había resuelto. Estaba segura de que el ingrediente secreto era el zumo de limón. Ayer fui a ver a Annie con un trocito de mi último intento para volver a hacer otra degustación en paralelo. No lo había resuelto. No era el zumo de limón. Si al menos Annie me dijera de una vez qué le pone a la puñetera receta... Pero, ¡ay!, se divierte demasiado con mi obsesión.

Han pasado tres meses desde la primera vez que te probé, querida tarta de chocolate. Aun así, no tienes ninguna posibilidad: acabaré adivinando qué ingredientes llevas.

Bernie

P.D.: Un momento... ¿Es vinagre? ¡Annie! ¡Oh, Dios mío! ¡Es vinagre!

WYNTON

Tercer encuentro con la chica del pelo arcoíris

Lo que nadie sabía (excepto Dizzy) era que Wynton Fall todavía oía la trompeta de su padre. En la distancia, justo donde no podía oírla del todo. No todo el tiempo, pero las veces suficientes como para que pensara, por muy ilógico que fuera, que la música se había quedado cuando el hombre en persona se había marchado; que estaba atrapada en las copas de los árboles y en el viento. La gente del pueblo opinaba que era extraño que Wynton tocara su instrumento al aire libre; un violinista no solo en el tejado, sino en los arroyos, en las cimas de las colinas y en las praderas. Pero no tenía otra opción.

Iba allí donde lo llevaba la música fantasma de su padre.

Una vez, años atrás, cuando tenía trece años, lo había llevado hasta una pradera repleta de girasoles y de avispas zumbantes en la que había encontrado a una chica llorando. Aquella chica y él se habían sentado espalda contra espalda. Eso era lo que recordaba: su espalda contra la de ella y lo perfecto que le había resultado. Y su aroma, que era como si todas las flores del mundo se hubieran abierto a la vez. (Ese era el motivo por el que, en el presente, estaba loco por las flores). Aquella tarde en la pradera, había cerrado los ojos y había intentado con toda su fuerza sobrehumana acabar con la tristeza de aquella chica; arrancársela de dentro tal como hacía a veces con Dizzy. Y había funcionado. Enseguida, ella se había mostrado feliz y había empezado a parlotear con él en aquella voz fuerte, profunda y ronca (algo raro viniendo de una chica tan diminuta como ella). Eso lo había convertido en un chico nuevo (al menos, por el momento); uno que no tenía ninguna parte mala.

Incluso ahora, cuando alguien le preguntaba si alguna vez se había enamorado, pensaba en aquella chica que olía a flores y en aquel momento en la pradera; pensaba en cómo le había pedido que se casara con él (¡con trece años!) y ella había dicho que sí. (Igual que en aquel libro de su madre que había estado una temporada en el baño, *Vive para siempre*, en el que una tal Samantha Brooksalgo y Jericho Algunaotracosa habían decidido a los trece años que, algún día, se casarían). Solo que, a diferencia de aquella pareja, él no había vuelto a ver a aquella chica nunca más. Nunca más se había visto arrastrado hasta aquella pradera por la música espectral de su padre pero, aun así, cuando más perdido y solo se sentía, cuando en el viento tan solo oía el viento, volvía allí a tocar.

La noche que su padre se había marchado y había desaparecido como el humo, había entrado en el dormitorio de Wynton y había dejado su trompeta sobre la cama, junto a él. (Todavía necesitaba tenerla a su lado para poder dormir, lo cual era vergonzoso, pero ¿qué más daba?). Él tenía siete años y estaba despierto, pero fingió estar dormido porque sabía que su padre había muerto aquella noche, así que aquella réplica tenía que ser un fantasma y, en aquel entonces, le daban miedo los fantasmas. El doble le dijo: «Para ti, Wynton, la música es una parte más del cuerpo, como las manos o las rodillas. Nunca dejes de tocar». Era la cosa más acertada que nunca antes le hubiera dicho nadie. Un decreto. Un juramento. Incluso tantos años después, el mero hecho de pensar en ello le parecía una experiencia religiosa. Hacía que contuviera el aliento.

Por eso, Wynton lo estaba repitiendo en aquel momento como si fuera un mantra o una oración, mientras se fumaba un cigarro fuera del Club Paraíso en medio de aquel terrible calor (el mundo entero parecía estar sumido en una fiebre), antes de entrar para su primera actuación en solitario, el momento que había estado esperando durante toda su vida inútil. Porque aquella noche iba a encontrar su destino. Aquella noche sería su despedida de aquel pueblo perdido de la mano de Dios y sus gentes. También se despediría de los vientos del diablo y de aquel calor asfixiante que le hacía sentirse todavía más atrapado en su propia piel que de normal. El sudor le corría por el rostro, el cuello y los brazos. Lo más probable era que se estuviera derritiendo.

Dio un trago del vodka que llevaba en la petaca. Había logrado tener la borrachera perfecta; el tipo de borrachera galáctica que te quitaba todos los ¡puajs! del alma, del corazón y de la mente. Todos los puaj, puaj, puaj. Tan solo tenía que mantenerla hasta la hora de la actuación. Hell Hyena and the Furniture, una de sus bandas favoritas y una de las pocas que contaba con un violinista de *rock* eléctrico, había viajado hasta Los Ángeles para comprobar su talento. ¡El suyo! Todo gracias a que, meses atrás, el universo había enviado a cierto crítico de *rock* a Paradise Springs durante unas vacaciones con degustación de vinos. El tipo había entrado en Más Suerte a la Próxima, el antro local, y se había encontrado con The Hatchets, la banda de Wynton, que estaban haciendo su actuación habitual. Después, había escrito en su blog: «Wynton Fall toca el violín como si fuera su última noche en la Tierra y, si fuera la mía, esa sería la manera que escogería para abandonarla: escuchándolo a él. El chico es asombroso».

¡«El chico es asombroso»!

Él, ¡el chico asombroso!

Wynton había impreso la crítica, la había doblado y, desde entonces, la había llevado en el bolsillo. Incluso la metía dentro de la trompeta de su padre y dormía con ella justo a la altura de su cabeza. Nunca admitiría ante nadie la cantidad de veces al día que la leía (probablemente, en torno a unas ochenta, lo que significaba una media de cinco veces por cada hora que pasaba despierto). Y, cuando no estaba leyéndola, estaba tocándola para recordarse a sí mismo que no era un desperdicio de espacio colosal.

Cuatro meses después de que el crítico hubiese escrito en su blog, Hell Hyena and the Furniture habían visto la reseña. Después, habían encontrado su vídeo de YouTube, que contaba con un asombroso total de treinta y una visitas (que sospechaba que eran en su mayor parte de Dizzy) y lo localizaron.

Lo primero que había hecho cuando había recibido el mensaje de voz de Sylvester Dennis, el cantante de Hell Hyena, había sido ir a La Cucharada Azul para reproducirle el mensaje a su madre («¡¿Lo ves, mamá?! ¡¿Lo ves?! ¡Te lo dije!»), pero ella había estado demasiado enfadada por su camioneta destrozada y el dinero que tendría que pagar por la estatua de Alonso Fall (¡Veinte mil dólares!). Por supuesto, también estaba el malentendido de la cárcel, el alcohol que había robado del restaurante y la *pièce de résistance*: el robo del anillo de compromiso de zafiros, que había empeñado para poder comprarse el arco que necesitaba para aquella actuación que iba a cambiarle la vida. Después, había vendido su moto (lo que había sido como arrancarse el corazón del pecho) para recuperar el anillo, solo para que el puñetero Miles «el Perfecto» rompiera el arco.

O quienquiera que hubiera poseído el cuerpo de su hermano aquella mañana. Jesús.

Resumiendo: aquel día, Wynton había intentado que su madre escuchara el mensaje de Sylvester Dennis mientras ella, con el rostro tan rojo como el diablo y los ojos llenos de lágrimas, le soltaba un sermón. Al final, su madre se había limitado a quitarle el teléfono y a lanzarlo a una olla de sopa de cebolla que estaba al fuego.

Por eso, aquella misma mañana, había tratado de explicarle la importancia de la actuación de aquella noche, pero no había servido de nada. Seguía sin poder volver a casa, lo que era una mierda porque su medio novia, Chelsea, también lo había echado, ya que se había acostado por accidente con su atractiva compañera de piso, Bettina. Entonces, su mejor amigo, Max, lo había echado de su casa porque había descubierto lo de Bettina, la atractiva compañera de piso, que, casualmente, era Bettina, su atractiva prometida. Sí. Era un imbécil de manual. Chelsea le había dicho que era una bola de demolición humana, lo cual había hecho que se sintiera más orgulloso de lo que probablemente hubiera sido necesario. También le había parecido un buen nombre para una banda.

Procuraba no ir por la vida actuando como un imbécil, de verdad que sí, pero nunca llegaba demasiado lejos. Cuando no estaba tocando el violín, se aburría. Se aburría tanto como para meterse gasolina en la boca y encender una cerilla. También sentía hambre; estaba hambriento y famélico de vida. Era entonces cuando hacía todas las cosas que no debería. De verdad, no comprendía cómo el resto de la gente podía permanecer tan en calma cuando solo iban a estar vivos durante una cantidad finita de tiempo. ¿Por qué nadie más se hacía pedazos? ¿Por qué no agitaban el globo de nieve? ¿Por qué no intentaban lamer hasta el último cuenco? No eran más que personitas de papel en un mundo en llamas, ¿no? En una ocasión, Dizzy le había hablado de unos caracoles africanos de treinta centímetros que se comían las casas. ¡Él también quería comerse las casas! ¡Quería comérselo todo!

El único problema que preveía para la noche era que, aquel día, ya había recibido tres maldiciones. En primer lugar, cuando Miles le había roto el arco nuevo. (¿Qué demonios? Pero, al mismo tiempo, aplausos para Miles «el Perfecto». Era la primera vez que había hecho algo sorprendente en sus diecisiete años de vida). Dicho esto, seguía siendo un tipo de maldición bastante serio. Además, le había obligado a «tomar prestado» un arco de su exprofesor de violín, el señor Bliss, que estaba de viaje en Europa. Había tenido que entrar a la fuerza en su casa, lo que suponía mala suerte adicional. Sabía que tendría que haber tomado prestado algún arco viejo y barato que el profesor no fuera a echar en falta pero, entonces, había visto el CodaBow Marquise y, bueno… Eso había sido todo. De todos modos, iba a devolverlo después de la actuación y, así, nadie sabría lo que había ocurrido. Además, suponía que el señor Bliss querría que tocara aquella noche con el Marquise a pesar de que no había vuelto a hablar con él desde el incidente del recital cinco años atrás. Aun así, era posible que aquel arco de recambio, por muy impresionante que fuera, le trajera mala suerte por sí mismo. Sin embargo, la tercera maldición, la de su tío, era la más perturbadora de todas. ¿Qué mierda de sueño era ese? ¿Cómo que Wynton ya no tenía música en su interior? ¡Y la noche antes de la actuación más importante de su vida! Odiaba pensar que el tío Clive soñase con él. De hecho, odiaba al tío Clive y punto.

Se tocó el tatuaje del caballo azul de la suerte que llevaba en la muñeca (brillaba gracias al sudor). Entonces, susurró: *Necesito tu ayuda, amiguito*. Tal como hacía siempre. Después, sacudió el envase de pastillas que había robado y sacó una, la partió por la mitad, se la metió en la boca y se la tragó con la saliva. Aquella mierda era un buen tanto, un regalo del universo. O, en realidad, de Miles, al que, probablemente, le debían haber sacado sacado una muela del juicio o algo así y no se había tomado los analgésicos. ¡Veinte puñeteras pastillas! Las había encontrado escondidas en el cajón de los calcetines de su hermano. Lo más seguro era que su madre le hubiera pedido que se las escondiera. ¿Qué idiota escondía nada en el cajón de los calcetines? Era el primer lugar en el que miraban las personas como Wynton cuando estaban buscando cualquier cosa. Su madre había ocultado el anillo de compromiso en una caja de botones que había en su costurero. Ese era un escondite bastante bueno. Le había llevado todo el día encontrarlo. Se le daba muy bien encontrar cosas y robarlas. A veces, sentía que se volvía invisible por la facilidad con la que podía llevarse cosas de los estantes de las tiendas, sacar dinero de las carteras o por cómo, en el restaurante, solía quedarse con las propinas de todos antes de que su madre lo hubiera puesto de patitas en la calle por robar una botella de cabernet que costaba cuatrocientos dólares.

Sacudió el cigarrillo, lo apagó y se encendió otro. Colega… Había esperado que Miles le diera las gracias después de aquella locura de noche unas semanas atrás. O incluso que lo nombrara santo. En su lugar, le había roto el maldito arco.

Bueno, probablemente se lo mereciera por todo lo demás que le había hecho a lo largo de los años. Si él hubiera estado en su lugar, se habría olvidado del arco; a esas alturas, le habría metido algo de cristal en la comida.

Wynton suspiró mientras la culpa llamaba a la puerta principal de su mente con ambos puños. Pero no la iba a dejar pasar. No; no iba a permitirse pensar en Miles «el Perfecto» aquella noche.

Bueno, demasiado tarde.

Le dio una larga calada al cigarro. Las cosas entre ellos no siempre habían sido tan desastrosas. De pequeños, antes de que su padre se hubiera marchado y todo hubiera cambiado, Wynton había adorado a Miles. Solía pensar que el pequeño tenía magia. La cuestión era que todavía la tenía. Como, por ejemplo: si Miles se quedaba quieto durante un rato en algún lugar del jardín de su madre, todas las flores comenzaban a girarse hacia él como si fuera el maldito sol. Sí. Él lo había intentado en múltiples ocasiones y se había quedado en el jardín durante horas. Nada se había movido en su dirección excepto las moscas. Lo cual había sido toda una decepción, dada su afición a las flores, sobre todo a aquellas de cabeza diminuta con los pétalos morados y amarillos, que eran las que tenían el olor más parecido al de la chica de la pradera.

¿Hola? Si Wynton tuviera el aspecto, el cerebro y la capacidad atlética de Miles, así como aquella extraña capacidad para hacer que las flores se volvieran hacia él, gobernaría el universo. La gente también era físicamente incapaz de apartar la vista de su hermano, que permanecía ajeno a las miradas. Completos desconocidos se derretían y se quedaban catatónicos solo por ver a Miles cruzar la calle. Maldito suertudo. Por fuera, Dizzy era del montón, al igual que Wynton. Sin embargo, a diferencia de él, por dentro era como una geoda: tenía un reino glorioso y resplandeciente en su interior. Él solo tenía una granja de roedores.

Pero ese no era el motivo de que no pudiera soportar a su hermano.

El gruñido de dos perros lo devolvió al presente. Se dirigían hacia él, tirando de sus correas, como si quisieran hacerlo trizas.

—¡Nunca se comportan así! ¡Son *golden retrievers*! ¡Perros de terapia! No sé qué mosca les ha picado —exclamó una mujer agobiada, con el pelo corto y ataviada con un conjunto blanco de tenis mientras tiraba de ellos para alejarlos y cruzar la calle.

Wynton suspiró. Ya se había acostumbrado al odio canino. No podía recordar ningún momento en el que un perro hubiera pasado a su lado por el pueblo sin hacerle saber que podían ver a través de él su alma horrible.

Por desgracia, aquello contaba como otra maldición. Ya sumaban cuatro.

Las cosas no pintaban bien.

Se dio cuenta de que estaba aferrando el maletín de su violín como si alguien estuviera intentando robárselo. También se percató de que, a su lado, había un tipo con el pelo largo y canoso recogido en una coleta que también estaba fumando, apoyado contra la pared que estaba al otro lado de la puerta. Iba vestido con una bata de médico y lo estaba observando. Llevaba marcas húmedas bajo los brazos.

—¿Estás bien? —le preguntó cuando sus miradas se cruzaron.

—Perfectamente, doc —dijo Wynton mientras se enderezaba y se ponía en pie a toda velocidad, secándose el sudor de la frente e intentando deshacerse del pánico. ¿Cuánto tiempo llevaba aquel tipo observándolo así? Apagó el cigarro.

El médico dibujó una sonrisa y le tendió una mano.

—Todos me llaman Doc Larry.

Tenía una voz de barítono, parecida a una tuba, que a Wynton le gustó de inmediato. También él le gustó al instante. Él y la ironía que representaba (un médico *hippie* que tenía en la boca un palito de la muerte). Al menos hasta que dijo:

—¿Qué es eso que te has tomado?

—¿Qué? Ah, nada... Aspirina. Para el dolor de cabeza.

El rostro de Doc Larry no pareció creerle.

—Ah, ya veo... Si necesitas ayuda con... Bueno, tenemos una clínica en el hospital...

Le lanzó a aquel hombre la Mirada Fulminante. La Mirada Fulminante de Wynton Fall era épica. Solía silenciar con ella a toda la cafetería del instituto de Paradise Springs. En el reformatorio no había funcionado tan bien, pero seguía siendo bastante efectiva en los cara a cara con gente como el médico allí presente, que, supuestamente, no era un delincuente violento ni un sociópata.

El hombre levantó las manos.

—De acuerdo, de acuerdo. Buena suerte con ese dolor de cabeza. Mantente hidratado.

—No debería fumar, Doc Larry. Es malo para la salud —dijo él. Después, entró al club y la ráfaga fría de aire acondicionado fue como una bendición.

Carlos, el camarero, que tenía el cuerpo de un luchador de sumo y un diente de oro, se dirigió a él:

—¡El hombre del momento! Haz que nos sintamos orgullosos esta noche.

Wynton se subió las gafas de sol y, después, dejó que volvieran a caer porque, a la luz del día, el club estaba raro, demasiado expuesto y vulnerable. Era como ver desnudo a alguien a quien se supone que nunca debes ver desnudo, como, por ejemplo, tu abuela. Un surtido de borrachos diurnos fosilizados formaba una fila, todos ellos compañeros en la búsqueda del olvido, miembros de la Tribu de los Famélicos que navegaban los días sobre taburetes de bar, esperando la caída de la noche, cuando el tren que es la vida real llegaba a la estación.

Wynton observó a todos y cada uno de ellos.

Podrías pensar que, si tu padre se hubiera subido a su camioneta y hubiera desaparecido doce años atrás, habrías dejado de buscarlo tras un tiempo. Estarías equivocado. Nadie de este pequeño planeta azul pasaba por delante de Wynton sin que él lo mirara con detenimiento. Siempre estaba en ello.

También había habido avistamientos, y no solo los de Dizzy.

«Juraría que hoy he visto a Theo Fall junto al río. Tenía la misma forma de caminar, lenta y perezosa, como si tuviera todo el tiempo del mundo. Además, llevaba el mismo sombrero de vaquero calado bien bajo. ¡Dios mío! Era un hombre tan apuesto... Sólido como un árbol. Y recuerda su pinot noir... Una vez lo probé e hizo que acabara bailando con mi sombra».

Wynton prestaba especial atención a los lunáticos; a los que creían que, dado que había «resucitado de entre los muertos», su padre era algún tipo de mesías que iba a regresar para salvarlos a todos. Él también lo creía; siempre lo había creído. Seguía esperando junto a la ventana, a veces durante todo el día, contemplando el camino de acceso largo y bordeado de árboles. Era algo más que un hábito; más bien, era una práctica espiritual. Mirar a lo lejos. Esperar. Escuchar una música que nadie tocaba.

Para Dizzy y para Miles no era igual que para él. ¿Cómo podía serlo? Él era el único que, cuando su padre se había marchado, había sido lo bastante mayor como para recordar el aroma terroso y húmedo que desprendía y que hacía que abrazarlo fuera como enterrar el rostro entre un montón de hojarasca. Él era el único que recordaba cómo, una noche, había abrazado a su madre, que estaba fregando un plato blanco, mientras le decía en aquella voz baja en la que solía hablar: «Mírate, cariño: tienes la luna entre las manos». Era el único que lo recordaba gimiendo teatralmente con cada bocado que daba a uno de los suflés que había preparado su madre, haciendo que ella se riera por sus gemidos y que él se riera de su risa hasta que, al final, ambos acababan cayéndose de las sillas.

Pero Wynton recordaba.

Lo recordaba todo, lo que, la verdad sea dicha, probablemente fuese el motivo de que estuviera tan jodido. Si sus hermanos supieran la mitad de lo que él sabía sobre sus padres...

Uno de los fósiles de la barra se giró sobre el taburete y se bajó de él.

—Vaya, vaya, aquí llegan los problemas.

—Así es —contestó él mientras se acercaba a Dave Caputo, un hombre triste que, de algún modo, había perdido a su familia, lo cual se reflejaba en su aspecto.

—¿Te apetece una partidita? —le preguntó el hombre.

Solían jugar al ajedrez en la plaza del pueblo la mayoría de los días y el tipo le relataba historias que nunca terminaban de cuadrar, pero a Wynton no le importaba: estaba acostumbrado a los mentirosos.

—Hoy no; voy a tocar aquí esta noche. Solo.

Dave le apoyó una mano en el hombro.

—Así se hace. —Señaló con un gesto de la cabeza al tipo que estaba a su lado—. Justo Tommy estaba diciendo que juraría que, anoche, vio a tu viejo en el Más Suerte. Yo le he dicho que debía de ser un fantasma.

—Sí; debía serlo —contestó él mientras la esperanza le inundaba el pecho al pensar que, tal vez, solo tal vez, su padre hubiese regresado para oírle tocar aquella noche: la noche de las noches.

RECORTES DE LA GACETA DE PARADISE SPRINGS:

INFORME DE DELITOS

Paradise Springs.— La estatua de Alonso Fall, padre fundador de Paradise Springs y uno de los mejores vinicultores que ha producido este pueblo, fue decapitada anoche por su bisnieto, Wynton Fall, que chocó contra ella bajo los efectos del alcohol. Ha salido de la cárcel del condado y recibirá una multa de veinte mil dólares. No es, ni mucho menos, la primera vez que el hijo de los Fall tiene problemas con la ley. Hace un año...

DEL CUADERNO DE CARTAS SIN ENVIAR DE BERNADETTE:

Querido Wynton:

Mi hijo favorito, mi polvorín andante que, ahora, es mi empleado... No sé qué hacer contigo. Elevas la temperatura de mi restaurante con solo estar en él. Y esa sonrisa hace que mis camareros y cocineros, desprevenidos, tropiecen con sus propios pies. El otro día oí cómo Bridgette, la camarera, decía: «Ese chico puede cambiar el tiempo con un rasgueo del arco. Lo he visto». Ha perdido la cabeza junto con la mitad de la plantilla.

Por favor, mantén la compostura.

Mamá.

Querido Wyn:

Esto es demasiado. ¡Mi anillo de compromiso! ¡Mi camioneta destrozada! ¡La cárcel! ¡La estatua decapitada de Alonso Fall! ¡Robarme de la caja registradora! ¡Robar las propinas del resto de los trabajadores! ¡Robar la botella de Silver Oak!

Y, aun así, haces que se me encoja el corazón. Todos ven tu talento o tu creciente historial criminal, pero yo veo tu fragilidad. Veo cómo, incluso a día de hoy, sigues durmiendo enroscado en torno a la vieja trompeta de Theo y cómo miras por las ventanas. Veo cómo buscas el rostro de Theo en las fotografías. Me pone muy triste.

Hoy he oído en la radio que, a veces, las urracas construyen sus nidos con colillas de cigarrillo y que, de vez en cuando, agarran como material de construcción una que todavía está encendida porque se sienten atraídas por las ascuas resplandecientes. Entonces, queman todo el nido, lo que hace que arda también el árbol en el que se apoya ese nido, lo que, a su vez, incendia todo el bosque. Wynton, tú eres esa urraca.

Y yo también.

Mamá.

Querido Clive:

Tienes que dejar de beber. Anoche, me dolió tener que volver a decirte que te alejaras de los niños, pero me asustan los lugares tan oscuros a los que te arrastra el alcohol. Son los mismos lugares oscuros a los que llevó a tu padre antes de matarlo. Desearía que volvieras a ir a rehabilitación. Que intentaras algo. Crear música. Crear una vida.

Bernie.

¡Feliz cumpleaños, *mon frère* Christophe!

Oficialmente, ahora entrarías en la mediana edad. ¡Ja! No te gustaría nada, hermano mayor. Las canas. La barriguita. Los remordimientos. Las vidas que sigues sin vivir. Recuerdo cómo solíamos mirarnos juntos al espejo con los cuatro ojos de adolescentes siempre posados en ti.

Dizzy venera a Wynton del mismo modo en que, antaño, yo solía venerarte a ti. No me puedo creer que, cuando te perdí, tan solo tuviera un año más de los que tiene ella ahora.

A estas alturas, llevo tres décadas escribiéndote cartas. Es gracioso pensar en que lo que empezó como una necesidad de comunicarme contigo después de que te hubieras marchado se ha convertido en la forma privada que tengo de comunicarme con todo y con todos. Tal vez, cuando yo también haya muerto y me haya marchado, deje que los niños lean estos cuadernos. Pero, hasta entonces, no. De hecho, mejor no. Irán al fuego junto con todos mis secretos.

Te he preparado una tarta de doce capas de caramelo con cobertura de caramelo porque estaba recordando cómo solíamos comer caramelos en el templo, ocultándonos tras el libro de oraciones, cuando se suponía que debíamos estar ayunando. ¿Te acuerdas?

Hace poco, leí en alguna parte que perder a un hermano es como perder parte de tu alma. Estoy segura de que eso es cierto. Y, después, perdí el resto de mi alma cuando perdí a Theo.

Incluso mis huesos se sienten solos.

Bon anniversaire, Christophe, de parte de tu hermana pequeña. Sin importar lo mayor que me haga, seré tu hermanita por siempre jamás.

WYNTON

Dos horas después, bajo las luces ardientes del escenario, Wynton se desacopló cuando iba por la mitad de la segunda parte del repertorio. Lo hizo de una manera muy metalera, acercando el instrumento hasta el amplificador y dejando que el acople de los altavoces hiciera estallar oídos y electrocutara la estancia antes de quitar el cable y tomar el instrumento acústico junto con el arco maldito pero igualmente increíble. Quería tocar la Sonata n.º 3 de Eugène Ysaÿe. Sí, no era música apta para un club, pero le daba igual. Iba a tocar como si aquella fuese su última noche en la Tierra, tal como había dicho aquel crítico, y, si lo fuera, aquella obra sería lo que querría tocar.

Iba a disfrutarlo como si no hubiera un mañana.

La primera nota fue como el tañido de una campana. Todo quedó en silencio. Los camareros se detuvieron a medio agitar o a medio servir y alzaron la mirada. Todos los demás bajaron sus bebidas y sus defensas. Apenas se oía una respiración, un murmullo o el latir de un corazón y, entonces, Wynton se volvió ajeno a lo que lo rodeaba y al continuo espacio-tiempo, y dejó atrás su piel con las lágrimas recorriéndole el rostro bajo las gafas de sol (se las dejaba puestas porque, siempre que tocaba, ocurría aquello. Solía decirle a la gente que tenía un problema en los ojos pero, en realidad, no sabía cuál era el problema) hasta que hubo terminado. Entonces, empapado en sudor, alzó el arco y el violín al aire. Pero nadie aplaudió. Ni una sola persona. No entendía qué había pasado y pensó que debía de haberla cagado de verdad.

Se enjugó la cara empapada con el brazo del caballo azul de la suerte y, entonces, se subió las gafas para contemplar el daño que había causado en la sala. Lo que vio fueron rostros sorprendidos y lo que oyó fue la nada. El silencio se prolongó durante uno, dos, tres, cuatro segundos de nerviosismo, hasta que toda la sala estalló y explotó junto con su cabeza. La gente que estaba sentada se puso en pie y las personas que estaban de pie empezaron a saltar y gritar; el aplauso fue como un cohete y él iba subido en él, saliendo disparado hacia la estratosfera.

Más tarde, la gente iba comentando «Increíble» o «¿Qué demonios? Es el mejor», y todo el mundo le pasaba cervezas. Eso se sumaba a las pastillas que se había tomado antes, así que se sentía como «¡Guau!», y no había ni rastro de su padre, pero ahí estaba Doc Larry, diciéndole con su voz de barítono parecida a una tuba que nunca en toda su vida había oído a alguien tocar así y que, tal vez, Paganini no le hubiese vendido el alma al diablo sino a él, Wynton Fall, lo cual era una pasada. También estaba Max, que lo odiaba a causa de su exprometida Bettina, pero que ahora estaba chocando el puño con él y mirándolo como si fuese una divinidad mientras le decía: «¡Lo has clavado, Wyn!».

Pero ¿dónde estaban los tipos de Hell Hyena and the Furniture? Cuando no se habían dejado caer entre bambalinas de antemano, había imaginado que habría algún tipo de protocolo y que los conocería después de la actuación. El guitarrista principal se llamaba Sylvester Duncan, ¿no? ¿O ese era el nombre del burro del cuento que solía leerle a Dizzy? Aquel en el que Sylvester el burro acababa atrapado dentro de una piedra. Joder, aquella era la historia más aterradora y triste que se hubiera escrito jamás, y no podía creer que estuviese dirigida a niños. Menos mal que se ponía las gafas de sol todas y cada una de las veces que se la leía a su hermana porque, madre mía, perdía la compostura siempre que Sylvester volvía a convertirse en burro y se reunía con sus padres burros.

Tal vez fuese Sylvester Dennis. El estómago se le cayó a los pies cuando escudriñó y escudriñó la sala desde su taburete y, aun así, no lo vio. Solo que, en ese momento, su mirada se encontró con la de Dawn, una chica que conocía de alguna parte, cuya melena era larga y clara como la paja, cuyos ojos eran verdes y cuyos dedos no dejaban de moverse bajo el dobladillo de su minifalda amarilla. De pronto, estaba justo ahí, de pie a su lado, y el cabello le olía a caramelos. Lo siguiente que supo fue que estaba en algún cuarto trasero con ella, que sus piernas, largas y desnudas, eran muy largas y estaban muy desnudas, y que ambos se estaban riendo mientras Dawn, una chica de alguna parte, le decía que estaba tan loco como contaba todo el mundo. Él gritó «¡Soy un lunático!» y ella se rio. Entonces, él le subió la falda y le desabrochó el sujetador; las manos de ella le recorrieron los brazos y el cuello y la música (música orquestal) le estaba partiendo la cabeza en dos. Dios, estaba muy colocado. Ufff... Bastante colocado. Tampoco podía recordar cuántas de las pastillas de Miles se había tomado. ¿Cuatro? ¿Cuatro mil? Tenía piernas enroscadas a su alrededor y estaba enamorado, enamorado, enamorado, a pesar de que no dejaba de olvidar con quién estaba. Aun así, podía sentirlo: podía sentir el amor golpeándole el pecho y las costillas que intentaban salírsele del cuerpo. Le golpeaba con mucha fuerza y haciendo mucho ruido. Pero no era el amor. No. Era la vida; la vida atronando en su interior con un micrófono y con el amplificador al máximo. Ambos estaban sudando mucho a causa de la ola de calor y el maremoto. Estaban resbaladizos como focas y Dawn le estaba diciendo al oído lo increíble que había sido su actuación, lo increíble que era que llorara cuando tocaba, lo increíble, increíble, increíble que era, cómo le hacía sentir muchas cosas y cómo quería sentirlas. Él también lo quería; eso era lo único que quería: sentir muchas cosas. Y así era: estaban sintiendo muchas cosas y eran muchas cosas. Entonces, se acabó.

Y Wynton estaba solo.

WYNTON

Wynton estaba solo en la negrura de la noche, de camino a casa. Solo que ya no tenía una casa, ya no tenía un sueño porque Sylvester el burro no había aparecido y ya no tenía amigos porque era un absoluto imbécil. Así que se dirigía hacia un automóvil oxidado que había junto al río en el que pensaba dormir. Como si fuera una rata.

Se colocó la mano frente al rostro y no pudo verla porque se estaba adentrando en la oscuridad. Se tocó la cara. De acuerdo, seguía ahí, pero, ¡auh! ¿Por qué tenía los dedos húmedos? Se llevó la mano a la boca y percibió un sabor metálico, a sangre, porque... ¡Ah, sí! Aquel tipo le había dado un puñetazo y también le había pateado las costillas. Cierto. Por eso se había marchado. Se lo había encontrado en el callejón de detrás del club. Ahora, podía visualizarse en el suelo como si fuese una película, hecho un ovillo sobre el pavimento como si fuera un sucio desperdicio mientras le pegaban una y otra vez. ¿Cómo se suponía que debía recordar que conocía a Dawn, la chica de alguna parte, porque era la novia del puñetero Brian, aquel tipo sin cuello del reformatorio?

Dio un trago de la botella que había robado. ¿Qué era? ¿Ginebra tal vez? ¿Qué más daba? Estaba en aquel punto de la noche en el que el alcohol empezaba a bebérselo a él.

Pensó que todavía hacía mucho calor, como si estuviera viviendo en un horno, mientras iba dando tumbos a izquierda y derecha, incapaz de caminar en línea recta incluso cuando lo intentaba e incapaz de mantenerse totalmente erguido. ¿Quién necesitaba estar erguido de todos modos? Sería un murciélago. Los murciélagos eran geniales. No tenían ojos, ¿no? Se orientaban con los sonidos. Como él, en realidad.

La cuestión era que, a veces, cuando estaba hecho polvo como en aquel momento, conseguía ver a su padre. Theo Fall aparecía de la nada, lo rodeaba con un brazo y le hablaba de música (sobre todo de *jazz*; a su padre le encantaba el *jazz*) mientras lo acompañaba a casa.

Pero, aquella noche, Wynton no conseguía hacer que su padre apareciera a través del tiempo y tampoco tenía casa a la que dirigirse, así que...

En aquel momento, se estaba acordando de algo: de cómo, cuando estaba en el suelo del callejón, había alzado la vista hacia el puñetero Brian sin cuello y, en su mente, el tipo se había convertido en Miles, así que había sido Miles (que nunca se peleaba con nadie, que sacaba a pasear a perros moribundos y que capturaba a las arañas que se colaban en casa para liberarlas a pesar de que las odiaba) el que le había dado una paliza de muerte, golpeándolo una y otra vez: costillas, entrañas, costillas, entrañas. Había sido Miles que, al fin, se estaba vengando por todo. Entonces, había deseado cada uno de los golpes, cada estallido de dolor, cada ráfaga de odio de su hermano. Ni siquiera había intentado huir. Había dejado que aquel monstruo temerario y sin cuello le diera una paliza por Miles. Por Miles.

¿Cuán estúpido era eso?

Se detuvo en medio de la carretera con la necesidad de tocar y de alejarse de toda aquella mierda. Consiguió sacar el violín del maletín, pero no era capaz de manejar el arco y no dejaba de rasgar el aire. Lo usó para rascarse la espalda y se lo pasó por el brazo. Estaba bajo una farola amarillenta que parecía un sol diminuto. De acuerdo, ahora estaba tocando bajo el sol y estaba emitiendo algún sonido o, más bien, un ruido. Oh, el ruido era él mismo llorando.

Había tenido que dejar la orquesta de la secundaria por los llantos. Había sido entonces cuando había aprendido a llevar las gafas de sol cuando tocaba y se había convertido en la única manera de hacerlo. De normal, las lágrimas le corrían por el rostro sin molestarle pero, a veces, cuando tocaba solo, lloraba tanto que temía que el violín fuera a deformarse.

Dejó de intentar tocar, se sentó, se secó el rostro con el brazo y enterró la cabeza entre las rodillas. Estaban él y la persona verdaderamente mala que habitaba en su interior; la persona venenosa a la que le gruñían los perros. No sabía qué era lo que le pasaba; nunca lo había sabido.

Estaba en el tiempo y el tono equivocados.

Madre mía, le estaba dando un bajón. Muy fuerte. Como si lo estuvieran enterrando vivo a mucha profundidad. Pero, entonces, lo recordó: ¡Más pastillas! ¡Había veinte! Se llevó la mano al bolsillo trasero pero, entonces, se olvidó.

Después, la mismísima oscuridad empezó a hacer ruido.

—¿Papá? Papá, ¿eres tú? Sal —dijo. Sin embargo, sonaba como si estuviera hablando otro idioma. Se sentó recto e intentó pronunciar las palabras—: Te oigo y, ahora, también te veo. —Sin embargo, las palabras eran balbuceos y borrones sonoros, un caos vocal. En la carretera había una sombra que no parecía unida a una persona—. ¿Eres tú, papá? —No, no era su padre: demasiado bajito y no llevaba sombrero. Además, a diferencia de su padre, era real—. ¿Qué llevas en la cabeza? —Parecía un pulpo—. ¿O es que tu cabeza tiene esa forma?

—Tienes que salir de la carretera —dijo la sombra. Ahora, bajo el sol diminuto, pudo ver que era la sombra de una chica, pero una con una voz grave y rasposa.

—¿Es esa tu auténtica voz? —le preguntó. Nunca había oído a una chica con una voz tan grave. O tal vez sí. No lo sabía—. Vuelve a hablar.

La sombra estaba cada vez más cerca.

—Tienes que irte a casa.

—«A casa» —repitió él—. Tu voz es tremenda.

—No consigo entender lo que dices. —La sombra se estaba acercando a él y lo estaba apuntando con la luz de un teléfono móvil—. Déjame que te ayude a salir de la carretera.

—Deja que te vea mejor.

—Entendido. —Ella dirigió la luz hacia sí misma. La sombra era una chica con muchísimos rizos, todos ellos de diferentes colores.

Wynton comenzó a reírse.

—¡El ángel de Dizzy con el pelo arcoíris! Dijo que te enviaría a mí y lo ha hecho.

—Mira, voy a ayudarte a subir a mi camioneta —dijo ella. Wynton no había oído ninguna camioneta, ¿no? ¿Tal vez ese hubiese sido el ruido? Miró a su alrededor y vio que, sí, a unos metros, había una camioneta naranja que, bajo la luz de la farola, parecía una calabaza iluminada—. Voy a llevarte a casa.

—¿A tu casa-nube? —preguntó él. La chica del pelo arcoíris estaba intentando que se pusiera de pie—. ¿Acaso cada ángel no recibe su propia casa-nube? Mejor, vayamos allí. Vayamos hacia arriba.

Ella se rio en voz baja y a él se le pasó el colocón por un segundo. Su risa también era fantástica: retumbante y salvaje. Y familiar.

—Entendido —dijo ella—. Suena bien. Iremos arriba. Te llevaré a mi casa-nube.

—Cantas, ¿verdad? Tu voz es... guau. —Se tambaleó y quedó cara a cara frente a ella. Estaban bajo el sol diminuto y podía verla con claridad—. Mierda, eres preciosa. No me extraña que Dizzy pensara que eras un ángel.

La chica le tocó el rostro. Él se apartó; no porque le hiciera daño, sino porque no estaba acostumbrado a que lo tocaran con tanta ternura.

—Tu ojo —dijo ella—. Tenemos que limpiártelo.

—Estoy totalmente enamorado de ti. —Lo dijo con lentitud, deseando que las palabras dejaran de salirle de golpe y en otro idioma.

Ella volvió a reírse. Lo había entendido. Gracias a Dios.

—Vamos, Casanova. Por la mañana, no te acordarás ni de esto, ni de mí.

Le rodeó el costado con el brazo, pero él se removió para poder volver a mirarla. Lo estaba despertando.

—Me acordaré de ti. Lo digo en serio. Me acordaré de ti. —El amor se derramaba de su interior. No era amor falso y sexual como con Dawn, la chica de alguna parte, sino amor verdadero, como el de la música—. Cásate conmigo. ¿Te casarás conmigo?

Ella no respondió. En su lugar, le hizo una pregunta.

—¿Por qué lloras cuando tocas?

—¿Estabas allí? ¿Me has oído esta noche?

La alegría estalló en su interior como si fuese un géiser. Aquella chica había visto la mejor actuación de toda su vida. De pronto, le pareció más importante que el hecho de que la hubiera visto Sylvester el burro. O incluso su padre.

—Nunca había oído algo tan extraordinario —dijo ella—. Has estado increíble.

—Ha sido increíble —replicó él. Después, para que ella pudiera entenderlo sin problemas, añadió con lentitud—: He estado cara a cara con Dios.

Ella le sonrió y su corazón se abrió. Olió flores.

—¿Cómo te llamas?

—Cassidy.

Aquella voz. Aquel timbre. Lo había oído antes, estaba seguro. Pero ¿cuándo? ¿Dónde? Se miraron bajo el resplandor de la farola. El Hacedor de Humanos debía de haber dispuesto de una gran cantidad adicional de belleza cuando le había llegado el turno a ella. Los rayos de luna se colaron entre las nubes y los iluminaron todavía más. De pronto, Wynton se sentía muy despierto, como si lo hubieran conectado a su amplificador.

—Cassidy —dijo en voz baja, tanteando el nombre. Si no se equivocaba, nunca había conocido a nadie que se llamara así, pero, mientras el nombre quedaba suspendido en el aire y el aroma de ella inundaba la noche con flores invisibles, lo recordó—. Eres tú. —La adrenalina le recorrió todo el cuerpo e hizo que se serenara todavía más. Pensó en aquel día tan lejano; en ellos dos sentados entre la hierba alta mientras él intentaba alejar la tristeza de la chica con su violín. Nunca había sabido su nombre—. Has regresado.

—Por ti.

¿Por él? Desde su encuentro, había vuelto muchas veces a la pradera, soñando con que ocurriera aquello. Sin embargo, sus sueños nunca se habían cumplido.

—Nadie regresa por mí —susurró él.

—Yo sí.

¿Estaba alucinando? Debía de ser eso. ¿Acaso le importaba? No, siempre y cuando aquello continuara.

Estaba el calor, que palpitaba en el aire y sobre sus pieles. La luz de la luna se derramaba entre los árboles y salpicaba la carretera. Estaba la forma en la que ella lo estaba mirando, como si conociera las respuestas o incluso como si él mismo fuera la respuesta. Una parte de Wynton que siempre estaba replegada comenzó a desplegarse. La amargura, la borrachera y la desesperanza se desvanecieron de su interior mientras los sonidos de la noche emitían sus cánticos: los crujidos de los árboles, el piar de los pájaros, la corriente del río... El bosque estaba interpretando música para ellos. Pensó que se trataba de una balada. No, de un vals. Abrió los brazos, ella se deslizó entre ellos y sus cuerpos se acoplaron como si al fin hubieran resuelto el puzle.

El mundo comenzó a dar un vuelco mientras se balanceaban juntos bajo su sol privado en medio de la noche, de pie sobre una mota de polvo en un planeta azul minúsculo que daba vueltas.

Decidió que aquel tenía que ser el primer baile lento que nunca acabaría de toda la historia de la humanidad. No importaba que cayeran asteroides, estallaran guerras o hubiera terremotos que derrumbaran ciudades; dentro de mil años, ellos seguirían allí, junto a aquel río, bajo la luz de las estrellas y las secuoyas, balanceándose juntos, siendo más uno solo que dos. Porque, de pronto, de algún modo, supo en lo más hondo de su corazón que aquella chica era el reino y que, por una vez en su dichosa vida de mierda, él era el que tenía las llaves.

—Nunca me había sentido tan feliz —le susurró ella al oído—. Llevo toda mi vida pensando en ti.

Tuvo que bajar la vista para asegurarse de que no estuvieran flotando en el aire.

Sin embargo, el baile eterno fue más corto de lo que había esperado. Antes de que pudiera enterrarle las manos en el pelo, de que pudiera besarla y de que su sangre pudiera prenderse en llamas, Cassidy se separó de él. Tenía el rostro iluminado por la alegría. Dio un paso y, extendiendo la mano hacia él, dijo:

—Venga, vamos a sacarte de la carretera.

Antes de que Wynton pudiera tomarle la mano para no soltársela nunca jamás, un automóvil apareció chirriando por la esquina y la chica que había conocido en la pradera tantos años atrás, la única chica a la que había amado jamás, gritó con tanta fuerza que las estrellas se desvanecieron del cielo y todo se volvió negro para Wynton Fall.

LLAMADA DE EMERGENCIA AL 911:

Cassidy: Ha habido un accidente. Es grave. Wyn... Un chico... Un hombre... Tiene diecinueve años. Lo ha atropellado un automóvil que se ha dado a la fuga. Por favor, envíe a alguien a... ¡Oh, no! No sé dónde estamos... Creo que está... No estoy segura de que esté...

Operadora: ¿Ves el cartel de alguna calle? Me llamo Jean y voy a ayudarte.

Cassidy: No, es... Hay... Puedo oír el río. Hay muchas secuoyas. Ah, ¡ya me acuerdo! Es Old River Road. Por favor. Estoy asustada. No se mueve. Estaba borracho y puede que también haya tomado algún narcótico.

Operadora: Estoy rastreando el teléfono. Por favor, dime tu nombre. Dame un segundo... Lo tengo. He enviado una ambulancia a tu ubicación. ¿Sigues ahí?

Cassidy: Sí. Creo que no respira. Estoy intentando hacerle la RCP... Sé cómo hacerlo. Cassidy. Me llamo Cassidy.

Operadora: Cassidy, ¿tiene pulso?

Cassidy: No estoy segura. ¡Ay, Dios mío! De verdad que no estoy segura. Si lo tiene, es muy débil. Tiene el brazo... La mano... ¡Madre mía, es horrible! ¡Es violinista! ¡Estoy haciendo las compresiones! Después, las dos respiraciones boca a boca.

Operadora: De acuerdo, muy bien. Por favor, continúa. La ayuda va en camino.

Cassidy: ...

Operadora: Estoy contigo, Cassidy. Asumo que sigues haciendo la RCP ahora mismo.

Cassidy: Lo estoy intentando, pero no sé si está funcionando...

Operadora: Treinta compresiones seguidas de dos respiraciones boca a boca. Sigue así.

Cassidy: No puede morir. No puede. Acabo de llegar.

Operadora: No va a morir. Lo estás manteniendo con vida hasta que llegue la ayuda. ¿Qué relación tenéis?

Cassidy: Es... Es mi... Es muy importante para mí. Por favor, que se den prisa.

WYNTON

Sabes que estás en un hospital. Escuchas las luces zumbando, los pitidos en *stacatto* de los monitores cardíacos y los pies apesadumbrados que se arrastran de un lado para otro. Escuchas los suspiros (demasiados suspiros) y las respiraciones discordantes.

Lo vas a titular *Jodido en re menor*.

El médico lo ha dicho en voz baja para que no pudieras oírlo, pero tiene una voz de barítono (te resulta familiar pero no terminas de ubicarla) y lo has oído.

Nunca más volverás a tocar el violín.

Si pudieras hablar mientras estás sumido en el coma, le pedirías a alguien que, muy amablemente, te asfixiara con una almohada.

Si pudieras moverte, lo harías tú mismo.

Vagamente, recuerdas que había alguien entre tus brazos. El aroma de las flores. Una chica preciosa diciendo que ha regresado por ti. Una sensación hogareña. ¿Ha sido un sueño? Debe de haberlo sido.

Abandonas la habitación de hospital en la que está todo el mundo y surcas el tiempo para buscar a tu padre. Entonces, lo encuentras. Es el año anterior a que se marchara y vives sobre sus hombros mientras recorre los viñedos de norte a sur y de este a oeste. El sol se cuela entre las nubes y hace que ambos tengáis que entrecerrar los ojos. El juego consiste en que tú mantienes la boca abierta de par en par y él, con la mano libre, te lanza uvas a ciegas, intentando meterte una en la boca. Solo lo consigue una vez y los dos estáis tan contentos que puede que sea el momento en el que más feliz te has sentido en toda tu vida. Durante el instante de victoria posterior, él te alza entre sus brazos sobre su cabeza y, con el néctar cálido y ácido de las uvas en la garganta, te hace girar mientras los dos os reís, vitoreáis y gritáis: «¡Un tanto!».

Surcas el tiempo, deseando disculparte con alguien (no sabes con quién) por algo (no sabes por qué).

Y, entonces, ahí está tu padre de nuevo. Es tu sexto cumpleaños y te despiertas con él sentado en la mecedora que hay al otro lado de la habitación, esperando a que abras los ojos. En la cabeza lleva su sombrero de vaquero negro, el que solo usa para ocasiones especiales, calado bien bajo como siempre, y, sobre su regazo, hay un regalo. Dice: «Sé que debería esperar hasta la fiesta que habrá más tarde, pero no puedo. Tu madre te ha comprado otra cosa. Esto es de mi parte».

Te conviertes en un misil teledirigido que aparta las sábanas de golpe y se lanza hacia el otro lado de la habitación, hacia el regazo de tu padre, donde abres el regalo. Mientras contemplas el instrumento resplandeciente, no estás seguro de si el corazón te ha latido alguna vez con tanta rapidez. Al instante, sabes que el arco es una varita mágica. Él dice: «El violín es el rey de todos los instrumentos. Ojalá yo pudiera tocarlo, pero no puedo porque, para poder tocarlo de verdad, hay que empezar a tu edad. También te he apuntado a clases. John de The Fiddleheads va a venir cada dos días hasta que seas tan bueno como él. Prométemelo».

Te quedas sobre el regazo de tu padre toda la mañana, pasando el arco por aquella cosa, emitiendo sonidos parecidos a los de un gato bufando mientras él tararea al son como si fueras Yo-Yo Ma.

Pensándolo mejor, tal vez ese sea el momento más feliz de tu vida.

Lo recuerdas. Es con Miles con quien tienes que disculparte. También recuerdas por qué.

Un día. El día. Miles y tú estáis en los columpios. Vuestro padre empuja a cada uno de sus hijos con una mano diferente. Miles y tú os miráis a los ojos mientras os columpiáis cada vez más alto, en dirección al cielo. Ninguno de los dos puede dejar de reírse. Nunca has querido a nadie tanto como quieres a tu hermanito pequeño.

Pero eso era antes.

Antes, antes, antes.

Ese día en los columpios fue el día en el que todo cambió.

Mientras surcas el tiempo, te das cuenta de que toda tu vida ha girado en torno a la ausencia de tu padre, en torno a la piel que crece sobre una herida que nunca se cierra.

Lo que nadie sabe y, probablemente, nunca sepa, es que fue culpa tuya. Sí, así es. Ahora que tienes un pie fuera del mundo, admítelo: es culpa tuya que tu padre se haya marchado.

Admítelo.

Admítelo de una vez por todas.

Tienes catorce años y eres delgaducho, esbelto y problemático. Ahora, ya sabes que el mundo no está hecho para la gente como tú, sino para la gente como Miles, tu perfecto hermano pequeño, al que desprecias.

Lo único en lo que piensas es en el Viper, fruto de la mezcla de la Flying V, la guitarra eléctrica de Jimi Hendrix, y un violín. El sonido que emite es como una casa encantada, un concierto de *metal* que te martillea la cabeza, una cena temprana, la historia de amor más triste jamás contada y un festival de *bluegrass*, todo ello a la vez. Necesitas su amplificación, su sexta cuerda y su mi agudo, que es el más importante. Oh, el Viper lo puede todo. Es lo único en lo que piensas.

Te expulsan del colegio y te envían a un reformatorio por traficar. Por traficar para comprarte el Viper...

Un momento. Hueles las flores.

Ella. Tal vez no soñaras con la chica y con aquel momento bajo el sol y bajo la luna. ¿Está aquí? ¿En la habitación del hospital, contigo? Si tan solo pudieras abrir los ojos... Entonces, oyes su voz inconfundible pronunciando tu nombre. ¡Sí que está aquí! Ahora lo recuerdas. ¡Es la chica de la pradera! El ángel de Dizzy. «Cassidy», te ha dicho. Se llama Cassidy. Y ha regresado por ti, igual que Samantha Brook... ¿Cuál es el dichoso apellido que sale en ese libro romántico?

Te alegras mucho de que nadie te haya asfixiado con una almohada.

Te está diciendo que no puedes morirte porque tiene que contarte algo. «No —dice—, tengo que contártelo todo, Wynton».

Si no estuvieras ya en coma, te desmayarías de felicidad. Quieres saberlo todo. Ni siquiera sabes por qué estaba llorando en la pradera aquel día tan lejano.

Debe de haber esperado a que los demás se marcharan de la habitación para entrar, ya que ahora está todo muy tranquilo. Sospechas que es medianoche. O que el tiempo se ha detenido. Si al menos pudieras verla... O abrazarla... O bailar con ella en medio del aire... Dado que la puerta no ha chirriado del mismo modo que lo hace cada vez que cualquier otra persona entra o sale, sospechas que acaba de materializarse (¿de verdad es un ángel?) o que ha trepado por la ventana.

Ay, ¿a quién le importa cómo ha llegado hasta aquí? Está aquí; ha regresado y te ha encontrado de nuevo.

Y, ahora, te está contando que alguien llamado Félix, que viajó con ella hasta Paradise Springs, la llamó Scheherazade, como la reina persa de *Las mil y una noches* que salvó la vida contando historias. Dice que pretende mantenerte con vida del mismo modo: contándote su historia. Esperas que eso signifique que su historia es larga y que se quedará a tu lado para siempre.

También esperas que ese tal Félix no sea su novio.

«Al final, todos nos convertimos en historias». Te dice que esa es su cita favorita de una escritora y que la lleva tatuada en la cadera.

Quieres verle la cadera.

Entonces, el mundo se convierte únicamente en su voz, que dice: «Cuando no tienes una casa, una bicicleta, un hermano, un buzón, un teléfono, un amigo, un padre, una dirección, vecinos, abuelos, escaleras delanteras, porche trasero, un dormitorio, una calle en la que vives...».

CASSIDY

Cuando no tienes una casa, una bicicleta, un hermano, un buzón, un teléfono, un amigo, un padre, una dirección, vecinos, abuelos, escaleras delanteras, porche trasero, un dormitorio, una calle en la que vives; cuando no vas a clase, a *ballet*, a fútbol o al centro comercial; cuando nunca has asistido a una fiesta de pijamas, nunca has tenido un aula o una taquilla en el colegio y nunca has quedado con nadie para jugar; cuando nunca te has conectado a nada, nunca has accedido a una plataforma de *streaming* o nunca has llamado a nadie; cuando nunca has visto una serie de televisión o nunca has tenido un apellido...

Entonces, te aferras a lo que sí tienes. Y, Wynton, yo tenía una madre que se llamaba Marigold.

Tenía.

Comenzaré por aquí.

Mamá tiene veintiséis años y yo tengo ocho, y vivimos en una autocaravana mini de color amarillo canario que recibe el nombre de *Sadie Mae* y que está aparcada en un acantilado sobre el océano en el rincón más alejado del norte de California. Hace semanas que no hablamos con nadie más que la una con la otra.

Sadie Mae tiene calcomanías de flores enormes por todas partes. Parece como si el Verano del Amor hubiese explotado encima de una autocaravana y en su interior vivieran Janis Joplin y Jimi Hendrix en lugar de nosotras; en lugar de una madre joven que va en busca de un pueblo que vio en un sueño (sí...) y su hija rarita, que colecciona bichos; sobre todo en lugar de mí, la rarita que colecciona bichos. Pero *Sadie* es una de nosotras, la queremos y le compramos collares de cuentas modernos que le colgamos en torno al retrovisor tal como hacemos con nuestros propios cuellos.

Mamá dice que estamos en medio de «la Gran Aventura» y que California es nuestra religión. Nos llama «pioneras modernas» la mayor parte del tiempo pero, a veces, también nos llama «estudiosas de carretera», «místicas de la naturaleza» o «cazadoras de sueños», y nuestra misión, según ella, es la iluminación. Dice que la Fuerza Divina va a engullirnos como si fuéramos dos tacos. Yo le digo que no quiero ser engullida como si fuera un taco, lo que hace que me persiga en torno a *Sadie*, intentando engullirme como un taco.

Además, dice que en el proceso de conseguir la iluminación, vamos a encontrar el Pueblo de su sueño, en el que vamos a echar raíces. Al parecer, en su sueño, éramos muy felices allí.

A estas alturas, hemos tachado en nuestro mapa ciento cuarenta y un pueblos de California que no son el Pueblo. Nos quedan trescientos cuarenta y uno.

«Háblame sobre el Pueblo», le pido antes de irme a dormir, al despertarme y durante los largos paseos por la playa y las ardientes travesías por el desierto. Y me habla de él hasta el punto que empiezo a sentir que fui yo en lugar de ella la que soñó con el Pueblo en primer lugar.

¿Puedes adivinar dónde está el Pueblo, Wynton? Me apuesto algo a que sí.

Aquí hay una fotografía nuestra durante aquella época. No tengo ni idea de quién la tomó. Puedes ver a *Sadie Mae* al fondo, así como las cumbres de granito de las montañas cubiertas de pinos, por lo que, probablemente, estemos muy al norte. De normal, nos encontramos en la zona norte del estado porque allí es donde mamá cree que está el Pueblo.

Fíjate en nuestra ropa, por favor. Acabábamos de jugar a nuestro juego de la tienda de beneficencia, que consistía en ver quién podía crear el conjunto más chocante. La ganadora podía comprarlo por completo. Aquel día, declaramos que había sido un empate, así que ambas vamos vestidas con nuestro conjunto ganador, aunque creo que era difícil superar a mi madre con el mono morado estampado de pantalones acampanados y la chaqueta con lunares verdes. ¿No estás de acuerdo? Fíjate también en nuestros pies descalzos, las tobilleras y los anillos en los dedos, en las manchas de suciedad en nuestra piel y en la señora con su hijo que hay a nuestra izquierda y que nos está mirando como si estuviéramos chaladas mientras hacemos un pase de modelos en un aparcamiento. Yo imito a mamá, que está caminando de forma exagerada como una modelo, y ambas estamos pavoneándonos con las manos en las caderas: una madre y una hija psicodélicas a la fuga, rebeldes.

Mamá dice que, gracias a sus ahorros, si vivimos de manera frugal, podemos vivir así para siempre.

Por último, fíjate en el gesto de nuestros rostros. De algún modo, es de dicha, ¿verdad? A menudo, estar con mi madre era así. La gente se contagiaba como si fuera una enfermedad.

Después de *Sadie Mae* vino otra autocaravana mini a la que llamamos *Purple Rain*. Es más difícil hablar de los años de *Purple Rain*, pero llegaré a ellos. Como he dicho, Wynton, tengo que contártelo todo.

Algunas cosas que hay que saber sobre cómo es mi madre cuando yo tengo ocho años:

Para mí, está compuesta de fragmentos. Está Mamá Feliz, Mamá Profesora, Mamá Historias, Mamá Malvada, Mamá Triste, Mamá Silenciosa y Mamá Ausente.

Puede llegar a ser enorme. Por ejemplo, cuando salimos a dar nuestros paseos científicos, se golpea la cabeza contra el cielo, por lo que tiene que inclinar el cuello. Así de enorme. A diferencia de mí que, cuando me miro al espejo y veo que estoy allí, me sorprende que en realidad sea un yo y no solo una parte de ella. ¿Qué parte? Tal vez una peca.

Siempre se olvida de mí y se aleja de las áreas de descanso, las gasolineras y los restaurantes de carretera, creyendo que estoy con ella dentro de *Sadie*. Después, cuando se da cuenta de que no es así, da la vuelta. Esto ocurre porque no hago suficiente ruido. Siempre me dice que levante la voz. «¡No te oigo, Cassidy!». Que ande de manera más pesada. «¡Deja de acercarte a mí con tanto sigilo!». Siempre me está buscando cuando estoy delante de ella. «¡Oh, ahí estás!». Siempre me dice que alce la vista en lugar de mirar al suelo, que es donde están la mayoría de los bichos chulos. «¡Mira estas vistas, Cassidy!».

Lo último que hay que saber sobre ella cuando yo tengo ocho años: tiene exactamente el mismo aspecto que una polilla rosada del arce. Prométeme que buscarás en Google ese bicho cuando te despiertes, Wynton. No le parece que eso sea un cumplido porque tiene algún problema y odia los insectos, incluso los que vuelan y son peluditos, rosas y amarillos.

De acuerdo; voy a contarte mi historia en torno a tres traiciones.

También hay una cuarta traición. Esa es la que tiene que ver contigo, Wynton. Sí, contigo. Ya llegaremos a esa parte.

El día de la primera traición, me despierto con la luz del sol y el graznido de las gaviotas. Asomo la cabeza desde mi cama y veo que mi madre ya está sentada como un triángulo debajo de mí, en su esterilla de meditación. La observo. Siempre la estoy observando, incluso cuando lo único que está haciendo es nada. No solo es cosa mía. Todo el mundo lo hace, sobre todo los hombres de los *campings* de caravanas, de los supermercados, de las gasolineras y de todas partes. Todos la miran como si quisieran lanzarle una red. Sí, es guapa. Como ya he dicho, se parece a una polilla rosada del arce, el insecto más hermoso de toda la Tierra. Tiene una melena larga, rubia, playera y caótica, ojos marinos y unas piernas rosadas tan largas como las mías.

Al fin, aparto los ojos de ella, me doy la vuelta y saludo en silencio a mi familia de bichos.

A mi cuidado tengo: un escarabajo del algodoncillo color cobalto llamado Bob Escarabajo, un grillo de Jerusalén oscuro llamado Chasquidos, un saltamontes alas rosadas de California llamado Harold Saltamontes, una mantis religiosa llamada Barney y una oruga peluche llamada Criatura Estupenda y que es una chica, como yo. Todos ellos tienen su propia casatarro con agujeros en la tapa para que entre el aire, comida abundante y una zona con hierba cómoda para dormir. A pesar de lo que dice Mamá Malvada sobre la cautividad, son bichos felices. Les dejo saltar, arrastrarse y ser amigos entre sí dentro de una caja de zapatos hecha terrario que tiene rocas, musgo, tierra y un cuenco-lago que incluso tiene algas. Duermo con todas las jarras alineadas en el estante de mi cama, excepto la de Criatura Estupenda, a la que mantengo cerca de mí porque tiene miedo de muchas cosas, incluyendo la oscuridad y mi madre, que es muy grande. También tiene miedo de convertirse en una polilla tigre, aunque ese sea su destino.

Esa mañana, como todas las mañanas anteriores desde que encontré a Criatura Estupenda, susurro a través de los agujeros para calmarla para lo que queda de día. Le digo a la preciosa oruga a rayas negras y rojas lo mucho que la quiero, la suerte que tiene de ser tan peluda, cómo preferiría convertirme en una polilla tigre en lugar de en una mujer adulta como mamá, lo increíble que es que, algún día, vaya a poder volar y lo agradecida que estoy de que seamos hermanas.

Saco el terrario de caja de zapatos con cuidado para que el lago no se derrame y lo dejo sobre mi cama. Entonces, saco a Bob Escarabajo, a Chasquidos, a Barney y a Criatura y los coloco dentro para su hora matutina de esparcimiento social. Ubico a Harold Saltamontes el último para que no se salga de un salto antes de que ponga la tapa de plástico. Observo cómo retozan hasta que oigo a mamá comenzar con sus cánticos, lo que significa que está a punto de acabar su meditación matinal.

—Buenos días, melocotón —oigo que dice tras el último cántico.

—Buenos días, ciruela —contesto mientras comienzo a colocar a mi familia de bichos de nuevo en sus casas-tarro.

—Buenos días, arándano.

—Buenos días, sandía.

Entonces, la cabeza de mamá aparece justo frente a mí porque se ha puesto en pie.

—Veo que estás devolviendo a los prisioneros a sus jaulas.

Rápidamente, apoyo la mano sobre la tapa de la casa-tarro de Criatura Estupenda para que no la oiga. Después, le doy la espalda a mi madre y susurro en los agujeros:

—No le hagas caso; no entiende lo mucho que nos queremos la una a la otra.

Finjo que no oigo a mamá cuando dice:

—Todo nuestro objetivo, el de la Gran Aventura, es la libertad, pero ahí arriba tenemos una prisión de máxima seguridad. Está mal, Cassidy. —No entiendo cuál es la diferencia entre que un bicho viva en una casa-tarro y que nosotras vivamos en *Sadie Mae*, pero no lo digo. Quiero que cambie de tema—. Me molesta mucho —añade, sin cambiar de tema. Oigo cómo se mueve debajo de mí, haciendo ruido, y solo por los sonidos que emite sé con exactitud lo que está haciendo. Agua en el hervidor. Granola en dos cuencos. Yogur sobre la mesa. Bayas en un escurridor debajo del grifo—. ¿Estás diciendo algo ahí arriba? Porque, si es así, no te oigo. —Entonces, por encima del ruido del agua corriente, vuelve a decir—: Cariño, tienes que hablar más alto; no puedo oírte.

Abro la boca, cierro las manos en puños y sacudo la cabeza mientras grito a todo pulmón en silencio. Hago esto a todas horas. Entonces, me asomo por el borde de la cama y digo alto y claro:

—Buenos días, tangelo.

Añado una versión solo de brazos de nuestro baile del mono.

Ella aparta la vista del grifo y su cara de «vamos a meternos con Cassidy» se derrite con la luz. En las manos lleva un colador lleno de fresas. Extiende el brazo y me toca la nariz con el dedo índice mojado. ¡Bop! Así de pequeño es el interior de *Sadie Mae*: nunca estamos a más de un brazo de distancia la una de la otra.

—Buenos días, mi fresa bailarina —replica mientras me sonríe como una boba, así que me alegra informar de que Mamá Malvada o, al menos, Mamá Irritable, se ha dado el piro. (Aprendí esa expresión la última vez que estuvimos en un *camping* habilitado para autocaravanas. Allí es donde aprendo todas las palabras chulas como «comemierdas» y «soplagaitas»).

Después de desayunar, nadamos en el mar con nuestros trajes de neopreno, fingiendo ser delfines.

—¡Sé el delfín, Cassidy! ¡Tienes que serlo de verdad!

—¿Cómo? —le pregunto mientras me mezo como una boya, lo que hace que ella se aleje nadando de mí, frustrada. Se me dan mal sus fingimientos. Sé que no soy un delfín. Aun así, nos quedamos en el agua (yo como yo misma y ella como un delfín) hasta que se nos arrugan los dedos, los pies se nos congelan y ambas temblamos con los labios azulados. A ninguna de las dos se nos ocurre jamás salir del agua hasta que no somos cubitos de hielo. (Por supuesto, mucho más tarde, a mí se me da por pensar que otra madre habría sabido cuándo era hora de que una niña de ocho años saliera del océano glacial).

Tras usar el secador para descongelarnos y volver a ponernos nuestros vestidos, nos dedicamos a esponjarnos las auras. Me encanta esponjar el aura de mamá porque puedo acercarme mucho a ella sin que me llame «sanguijuela». Buscamos una zona soleada y dibujamos un círculo en la tierra. Acerco una de nuestras sillas, me subo a ella y, con las manos, partiendo de su cintura, comienzo a esponjar, esponjar, esponjar en torno a ella, que permanece de pie con los ojos cerrados. A veces, tan solo finjo estar esponjando y me limito a contemplarla.

Entonces, llega mi turno.

Después de eso, dedicamos cinco minutos completos a los gritos primitivos, lo cual es mucho tiempo para estar gritando por nada en particular. En su lugar, yo me dedico a la escucha primitiva.

Después, llega la hora de las clases.

Con ocho años, ya voy tres cursos adelantada al currículum que utilizamos, así que hacemos muchos proyectos adicionales. El que nos ocupa en el momento es sobre la historia de California porque Mamá Profesora está obsesionada con ese asunto. Sin embargo, alternamos temas, así que el siguiente es de mi elección: las abejas y sus danzas zumbantes.

Mi madre ya ha iniciado la lección de hoy y está dando vueltas por *Sadie* con los brazos en el aire y la voz alta y emocionada. Mamá Profesora es mi segunda madre favorita.

—Presta atención, cariño —me dice, ya que estoy absorta en Criatura Estupenda, a la que veo arrastrarse bajo una hoja. Mamá sabe que estoy absorta porque tiene el poder de colarse en mi mente. Ojalá yo pudiera colarme en la suya, pero no puedo a pesar de que lo intento a todas horas. Ahí dentro hay muchísimas cosas que necesito saber.

　—Estoy prestando atención —contesto.

　—De acuerdo, muy bien. —Se aparta detrás de la oreja un mechón de pelo, que vuelve a soltársele de inmediato—. Es una clase de persona concreta la que eligió venir a vivir a California durante el siglo xix y principios del xx —dice—. Y, cariño, es también una clase de persona concreta la que elige vivir aquí ahora, al borde de un continente —añade mientras señala por la ventana hacia el interminable océano azul—, donde la tierra que hay bajo tus pies siempre se está sacudiendo, donde una sola chispa puede prender fuego a todo esto, donde no puedes dar un paso más hacia el oeste sin caerte al mar. El viaje al oeste, ser un pionero, es algo que, ahora, ocurre en la mente. —Me da un golpecito en la cabeza—. Está todo aquí dentro: el viaje atrevido hacia lo desconocido. California es tanto una religión como un lugar, y nosotras somos fieles. ¿Lo ves, Cassidy?

　Asiento, pero no tengo ni idea de lo que está hablando a pesar de que siempre está hablando de ello. Prefiero cuando estudiamos las placas tectónicas de California en lugar de a las estúpidas personas como nosotras que decidieron vivir sobre ellas. Sin embargo, mamá nunca se cansa de esta idea. Se sienta en la encimera junto al fregadero y se recoge el pelo en una coleta. Después, se hace un moño. Dejo el bolígrafo y hago lo mismo con el mío para que se parezca al de ella, como si fuéramos dos helados de cucurucho.

　Ella prosigue.

—De acuerdo, tal vez fuera la avaricia lo que atrajo aquí a la gran mayoría de los colonos en 1849, durante la fiebre del oro, pero, avaricia aparte, tenías que ser atrevido para emprender el viaje, ¿no es así? —Apunto la palabra «avaricia» para buscarla más tarde en el diccionario. Me encantan las palabras. Tengo una lista de las que describen a mi madre. Es una lista muy larga. Y otra lista muy corta de las palabras que me describen a mí. Mamá se está animando mucho—. De todos los continentes del mundo entero, los más salvajes vienen aquí: los que asumen riesgos, los desesperados, los cabrones avariciosos, los aventureros, los inadaptados, los marginados, los estafadores y los espíritus libres. La población pasó de ochocientas personas a trescientas mil en apenas unos años. Solo imagínatelo, Cassidy. La mayor migración masiva de la historia del hemisferio occidental; una que destrozó por completo a las comunidades nativas, de las cuales ya hemos hablado y que seguiremos estudiando, pero, por hoy, vamos a pensar en esos pioneros. —Se baja de un salto de la encimera, da un paso, y ya está en la mesa, junto a mí, mirando los libros abiertos y los mapas que hay frente a nosotras. Señala un mapa que muestra varias cabañas junto a la playa y, después, la misma playa varios años más tarde, que se ha convertido en la ciudad de San Francisco. Tras ella, hay un horizonte lleno de naves—. ¡Trescientas mil personas vinieron aquí prácticamente de la noche a la mañana!

Admito que eso es bastante chulo. La sigo con la vista mientras se acerca a la ventana y vuelve a mirar cómo las olas chocan contra la costa rocosa. Vuelve a fascinarme lo mucho que se parece a una polilla rosada del arce.

Entonces, a mamá se le debe de ocurrir una de sus espeluznantes ideas para una historia, porque se saca el lapicero de detrás de la oreja, arranca una hoja de mi cuaderno y escribe algo en ella. Después, la dobla y se la mete en el bolsillo del vestido. En secreto, colecciono las palabras que escribe en servilletas, recibos, entradas de cine y trozos de papel, y las guardo en una bolsa de palabras que hay debajo de mi colchón.

También escribe un diario. Cuando le pregunto qué está escribiendo, me dice que está intentando estrellarse contra el infinito con las palabras. No sé lo que eso significa. Admito que también leo el diario porque no tengo otra opción. Estoy intentando descubrir cosas sobre mis abuelos, sobre mi difunto padre, sobre nosotras o sobre cualquier cosa que haya podido ocurrir antes de que comenzara la Gran Aventura. No recuerdo nada anterior a *Sadie Mae* y mamá no quiere hablar de ello.

Sin embargo, su diario tan solo está repleto de las mismas historias espeluznantes que me cuenta por las noches junto al fuego. Todas comienzan así: «En los tiempos de por siempre jamás...». Son historias de personas cuya tristeza las hace invisibles, de chicas nacidas con alas que se caen, de pueblos enteros que se despiertan ciegos, de rayos que se convierten en chicos y de madres e hijas que, cuando se dan la mano, se transforman en glaciares. Por no mencionar al hombre sombra que deja regalos en medio de la noche, al gigante borracho y triste que destroza el mundo en busca de su amor perdido y, por último, a la mujer muerta que canta y que atrae a las mujeres hacia el Mundo Silencioso de la puerta de al lado. Esa última es la historia que menos me gusta, ya que mi madre es una de esas mujeres atraídas por los cánticos y el Mundo Silencioso es adonde va y pierde la capacidad de hablar u oír, donde se convierte primero en Mamá Silenciosa y, después, en Mamá Ausente, la madre que menos me gusta por mil millones de veces.

Cuando es Mamá Ausente en el Mundo Silencioso, puedo gritarle «comemierdas» y «soplagaitas» a la cara una y otra vez sin recibir respuesta. Puedo llorar, hacer el baile del mono, colocarle mi familia de bichos sobre la piel, dibujar escarabajos gigantes con rotulador sobre las paredes o arrancarme los pelos de uno en uno y, aun así, nada. Tan solo tengo que esperar hasta que regresa, prepararme mi propia comida y no hablar con nadie durante miles de años mientras ella se queda en la cama o se acurruca junto a un árbol.

—¿Me estás escuchando, Cassidy? —Asiento, regresando a la lección—. Recordemos que un noventa y cinco por ciento de las personas que llegaron a estas costas en aquellos años eran hombres jóvenes. Una ciudad formada por un noventa y cinco por ciento de hombres... ¿Puedes imaginarte semejante pesadilla? Por suerte, algunos de ellos eran hombres gays que habían venido de todo el mundo para escapar de la opresión. —Se mete en la boca uno de los anacardos que hay en un cuenco sobre la mesa. Yo hago lo mismo—. Había treinta prostíbulos... Sabes lo que son, ¿verdad? Muy bien... Pues, en San Francisco, había treinta prostíbulos por cada iglesia. En la ciudad se bebía más champán en una semana del que se bebía en Boston en todo el año. El travestismo era habitual: los hombres se vestían de mujeres y las mujeres de hombres. La experimentación sexual y la permisividad eran la norma. Reinaban la anarquía y la decadencia. —Anoto «decadencia»—. Así que esas son las personas que están construyendo esa nueva sociedad, esa nueva ciudad: los salvajes que se marcharon. ¿Lo entiendes? —Está tan emocionada que tiene el rostro rojo como una mariquita y le tiembla la voz—. Espíritus libres como nosotras, Cassidy. ¡Nosotras también nos marchamos! —Levanta los brazos—. ¡Somos California! ¿Lo ves? ¿Lo ves de verdad? —Asiento porque esto, el «¡Somos California!», la hace muy feliz—. Ideas revolucionarias y rompedoras que cambian el mundo nacen aquí una y otra vez, década tras década. Y puedes sentirlo, ¿no es así? Cómo el exterior siempre está vibrando. —Vuelve a estar junto a la ventana—. ¡Mira qué brillante es la luz! ¡Mira lo altas que son esas secuoyas! ¡Rozan el cielo! ¡Mira el océano! Lo que quiero decir es que tiene que haber algo en el aire, ¿no? —Saca la cabeza por la ventana y el aire hace que el cabello le salga disparado en todas las direcciones—. Inhala, Cassidy. Inhálalo. ¿Puedes sentirlo? ¿Puedes?

Se gira para mirarme. Hay un salvajismo en sus ojos que me asusta y me emociona a la vez. Me levanto y saco también la cabeza por la ventana, deseosa de inhalarlo con ella, y, entonces, cuando me vuelve a preguntar si lo siento, me oigo a mí misma decir:

—¡Sí, mamá! ¡Yo también lo siento!

Me rodea con un brazo, me estrecha y siento como si estuviera despegando.

—Entonces, vamos a nadar desnudas —dice ella—. ¡La última en llegar es...!

No llego a oír «un huevo podrido» porque ella se contonea para quitarse la ropa antes de salir disparada por la puerta. Yo me abalanzo fuera de *Sadie Mae* mientras me quito el vestido por la cabeza y, después, corro desnuda tras ella por el acantilado.

Más tarde, llevamos nuestros vestidos puestos de nuevo y vamos recorriendo el acantilado por un sendero con vistas al océano. Ella lo llama «baños de cielo» pero, en realidad, tan solo se trata de caminar. El sol de media tarde está bajo y crea un sendero resplandeciente de luz sobre el agua que se pierde en el horizonte. Vamos charlando. Mamá dice que somos como dos sinsontes en una rama sin nadie más a quien cantarle.

Me adelanto a ella y me pongo en cuclillas para mirar un gusano cabeza de martillo que se arrastra por el camino. Lo recojo y vuelvo corriendo para mostrárselo a mamá.

—¡Cassidy, por favor! ¡Qué asco! Suéltalo. Venga. Aléjalo de mí.

—Entonces, cuéntame algo sobre tus padres —digo mientras sacudo el gusano frente a ella de un modo que odia.

—¡Suelta esa cosa!

—¡Cuéntamelo!

—Vamos a volver —dice ella mientras acelera el paso—. Por favor, deja el gusano allí donde pertenece. Ni se te ocurra guardarlo dentro de *Sadie* con el resto de tus rehenes.

Dejo al animal, me despido de él, le digo que ojalá pudiera formar parte de mi familia y que lo querré para el resto de mi vida. Después, salgo corriendo detrás de mamá porque no puedo dejar que se adelante demasiado. Podría subirse a *Sadie* y marcharse sin mí. A propósito, no por accidente. Tengo pesadillas en las que sucede eso, pero no se las cuento porque no quiero darle ideas en caso de que no se le haya ocurrido a ella sola.

—¿Por qué nunca me hablas de tus padres? —le pregunto cuando la alcanzo. Ella finge que no me oye. Siempre dice que quiere que hable en voz alta pero, en realidad, tan solo quiere que hable en voz alta de aquellas cosas que quiere escuchar.

Cuando regresamos a *Sadie*, mamá va directa hasta su cama. Yo subo la escalerilla tras ella.

—Por favor, no te vayas al Mundo Silencioso —le digo. Pero ella ya está allí. Lo sé porque se ha hecho un ovillo, mirando a la pared, como si fuera un bicho bola. También porque el aire es más frío y el corazón me late con tanta fuerza que tengo que taparme los oídos.

Me bajo de un salto. Entonces, subo rápidamente por la escalerilla que lleva a mi cama y saco a Criatura Estupenda y, con excepción de Harold el Saltamontes, a todos los demás. Formamos un círculo y todos me dicen lo mucho que me quieren, que nunca morirán como mi difunto padre o que nunca se subirán al automóvil y se marcharán, dejándome sola. Entonces, nos contamos los unos a los otros nuestros secretos más secretos.

Al final, vuelvo a guardarlos porque tengo hambre. Bajo de la cama, abro el tarro de mantequilla de cacahuete, meto el dedo dentro y como hasta que me duele el estómago. Fuera, el sol se está poniendo y el cielo está rojo, naranja y morado, como si fuera una moradura.

Quiero a mi madre.

Espero.

Y espero.

Y espero y espero y espero y espero y espero y espero y espero y espero y espero.

Intento contarme todos los pelos de la cabeza.

Subo por su escalerilla.

—Mamá —digo. Después, más alto—: ¡Mamá! —Después, lo más alto que puedo—: ¡MAMÁ!

Me siento a su lado y observo cómo respira. Eso significa que está convirtiendo el oxígeno en dióxido de carbono. Los árboles hacen lo contrario. Me gusta la ciencia, pero no tanto como las palabras.

Empiezo a contar los pelos de su cabeza.

Lo último que recuerdo es pedirle ayuda a la luna del anochecer a través de la venta y a ella diciéndome que no puede porque está a 384 000 kilómetros de distancia. «A ver si te enteras, Cassidy». Me abrazo a mí misma y finjo que no soy yo la que está dándome el abrazo. Y eso es lo último que recuerdo.

Cuando me despierto, apenas unos minutos después porque todavía está anocheciendo, mi madre me está mirando con sus ojos azules presentes, no con sus ojos azules ausentes. Ha regresado. Y, esta vez, lo ha hecho muy pronto. Estoy tan aliviada que ni siquiera puedo hablar. Me acurruco con ella, que me rodea con un brazo. Lo único que puedo oler es su aceite de jazmín y me siento muy calentita y feliz.

(Voy a interrumpirme un momento, Wynton. Para mí, es muy difícil saber realmente cuánto duraban los viajes de mi madre al Mundo Silencioso. Recuerdo que duraban días o semanas, pero tal vez tan solo me lo pareciera. Ojalá pudiera preguntárselo. Ojalá pudiera preguntarle muchas cosas; no puedo confiar demasiado en mi memoria, dado que soy muy joven. Sin embargo, el Mundo Silencioso era para mí un lugar tan real como lo puede ser para ti la plaza del pueblo. Resulta muy difícil dejar de creer en las cosas de cuando eras pequeño, ¿verdad? Es difícil deshacerse de las historias con las que nos criaron. Incluso ahora, que tengo diecinueve años, las historias de mi madre, aquellas fábulas extrañas, se aferran a mí. Todavía miro a las chicas y me pregunto cuándo se les cayeron las alas. Atravieso pueblos y me imagino que, pronto, la gente a la que veo se despertará ciega. Siempre rezo para que mi propia tristeza no me haga desaparecer, siempre intento escuchar a la mujer muerta cantando, siempre pienso en el gigante borracho y triste que destroza el mundo en busca de su amor perdido. Y, todos los días, busco a un chico que, antaño, fue un rayo. ¿Eres tú, Wynton? Solía pensar muy a menudo que sí lo eras. Además, ahora también escribo en un cuaderno y me invento mis propias historias de «En los tiempos de por siempre jamás...». También creo que es posible que al fin haya comprendido lo que significa querer estrellarse contra el infinito con las palabras).

Bueno, regresemos al día de la primera traición.

—De acuerdo; te hablaré de mis padres —dice mi madre para mi sorpresa mientras nos abrazamos en su cama en medio del crepúsculo, que es una palabra que acabo de descubrir que significa «anochecer»—. ¿Recuerdas que los padres de Moisés lo enviaron río abajo en una cesta?

Oh, oh.

—¿Tus padres hicieron eso?

—Muchos padres lo hacen.

Siento un nudo en el estómago. No sabía esto.

—Bueno, entonces, ¿quién te encontró en la cesta?

—Los osos, cariño; ya conoces esa parte de la historia.

Suspiro. No quiero que me cuente la historia de los osos. Quiero que sus padres sean como los abuelos de los libros que leemos o de las películas que vemos, no como los padres de Moisés y, desde luego, no como los osos. Quiero saber si mis abuelos tenían perro, dónde vivían, de qué color era su casa y si me querían. Quiero saber algo sobre mi padre, más allá de que se llamaba Jimmy y que está muerto como el ciervo que mamá atropelló una noche mientras conducía porque estaba practicando algo llamado Gratitud Ferviente y perdió el control de *Sadie*. Pienso a todas horas en cómo mi padre se está descomponiendo como el ciervo muerto, solo que con más lentitud, ya que está dentro de un ataúd y los escarabajos enterradores no pueden entrar en él. Murió en un accidente de surf, lo que significa que se ahogó; por eso mi madre me enseñó a hacer la RCP y la maniobra de Heimlich: para que pueda salvarla si también se está ahogando, si el corazón se le para o si se está atragantando con una uva.

Le paso el brazo por la espalda y me enredo la tela de su vestido amarillo entre los dedos. Hago esto muchas veces: me aferro a ella sin que se dé cuenta. Cuando sí se da cuenta, es cuando me llama «sanguijuelita». Es un mote horrible. Sé muchas cosas sobre las sanguijuelas gracias a mis libros sobre bichos. Sueltan un químico que hace que el huésped no sienta que le están chupando la sangre y, después, segregan una sustancia anticoagulante. Eso significa que pueden chupar la sangre del huésped, a veces hasta que este muere como el ciervo y como Jimmy «el Padre Muerto y Ahogado».

—Entonces, cuando tenías mi edad, más allá de los osos, estabas totalmente sola —digo, siguiéndole la corriente.

Ella me está mirando con ojos danzarines.

—Sí, excepto cuando estuve una temporada con una familia encantadora de ranas toro. Me enseñaron a hacer esto...

—Suelta un croar tan fuerte y gracioso que el miedo y la frustración que sentía hacia ella se desvanecen con un «¡puf!» y, entonces, vuelve a aparecer Mamá Feliz, la mejor mamá, que me hace cosquillas en la tripa e imita a las ranas sobre mi ombligo hasta que acabo toda estirada, removiéndome, gritando, riendo e intentando esquivarla mientras ella me mira, sonriendo como el amanecer y con la melena cayendo en torno a mi rostro como si fuera mi propio pelo, tal vez porque lo tenemos idéntico (de alga, de sirena), interminable y caótico. Y, entonces, me dice las cosas que hacen que me convierta en el sol—. No te preocupes, cielo. Nunca te abandonaré. Estamos tú y yo. Por siempre jamás. El amor que siento por ti, Cassidy, es tan grande que apenas me cabe aquí dentro. —Se lleva la mano al pecho.

Yo le devuelvo el gesto y ella se inclina para que nuestras frentes y nuestras narices se toquen. Me encanta juntar las frentes y las narices. Cerramos los ojos y respiramos al unísono, acurrucadas bajo nuestra cortina de pelo.

No hay nadie más que nosotras en kilómetros a la redonda.

—No necesitamos nada ni a nadie más —me susurra, con nuestros rostros todavía pegados—. Somos libres. —Esta es la vez que más tiempo hemos tenido unidas las frentes y las narices.

(Mamá tenía una cámara digital con la que tomábamos fotografías a todas horas durante los años de *Sadie Mae*, cuando las cosas todavía estaban bastante bien entre nosotras. Colocaba el trípode y, entonces, corríamos para pararnos frente a la lente y saltar todo lo alto que pudiéramos. Esas son las fotos que ahora contemplo más a menudo: nuestros brazos levantados, los rostros eufóricos, ataviadas con nuestros vestidos sucios y suspendidas en el aire. Ahora, así es principalmente como recuerdo aquellos primeros años, Wynton: como si no estuviéramos en la Tierra).

Esa noche, me subo a mi cama sintiéndome tan alegre como la gruesa luna llena, que ahora resplandece desde el cielo nocturno e ilumina la ventana que hay junto a mi cama. Mamá está en la mesa, escribiendo en su diario, y hay una sensación acogedora en *Sadie Mae*. Antes de irme a dormir, susurro en los agujeros de todas las casas-tarro. Cuando llega el turno de Criatura Estupenda, estrecho su tarro contra el pecho y le digo que no tenga miedo de la oscuridad, que ambas vamos a despertarnos mañana con muchísima luz solar y que nuestros sueños no serán aquellos en los que estamos completamente solas en una playa que se extiende hasta el infinito en ambas direcciones y en la que la arena es tan profunda que casi no podemos movernos.

Pero, en lugar de despertarme con la luz del sol, me despierto varias horas después con mi madre bajando la escalerilla de mi cama mientras, con un brazo, se aprieta mis tarros de bichos contra el pecho.

—¿Qué estás haciendo? —le pregunto mientras me recorre una oleada de pánico que, de inmediato, hace que se disipe cualquier rastro de sueño—. ¿Qué estás haciendo, mamá? —repito. La voz me tiembla como me tiemblan las manos, como me tiemblan las piernas y como me tiembla el corazón. Aparto las sábanas de golpe y bajo por las escalerillas. Entonces, le agarro la parte trasera de la bata azul celeste, intentando hacer que se dé la vuelta o que se detenga. En su lugar, me arrastra por el suelo y acabamos en la puerta, que se abre hacia la noche templada—. ¿Qué estás haciendo? —digo de nuevo. Ahora, mis palabras están teñidas de sollozos, porque sé con exactitud lo que está haciendo cuando coloca los tarros de uno en uno en la repisa que hay sobre la puerta, de modo que yo no pueda alcanzarlos.

—No está bien —dice—. Necesitan estar en libertad. —Doy un salto, intentando alcanzar los tarros, pero están demasiado altos. Tiro de su bata y de sus manos, pero ella se deshace de mí con una sacudida. Veo a Bob Escarabajo pegado al cristal, mirándome aterrorizado y suplicándome que detenga a mamá. Me dirijo a toda prisa hacia la mecedora, la arrastro por el suelo y me subo a ella, pero sigo sin poder alcanzarlos—. Lo siento, Cassidy —dice ella a la vez que toma el tarro de Bob Escarabajo entre las manos. La agarro mientras hace una maniobra para alejar el tarro de mí. El escarabajo se desliza por el cristal y aterriza sobre su espalda, bocarriba. El corazón se me sale del cuerpo.

—¡No puede morir de espaldas! ¡Estás asesinando a Bob Escarabajo!

—De eso nada. —Mamá sacude el tarro y el animal se da la vuelta—. Lo estoy salvando. No puedo seguir presenciando esto. Todas las criaturas vivas merecen ser libres.

—¡Él no quiere ser libre! ¡Quiere estar conmigo! ¡Míralo! Me está suplicando que lo ayude.

—Tienes que aprender a dejar marchar a aquellos a los que amas.

—¿Por qué? —A estas alturas estoy llorando—. ¿Por qué no puedo amarlos sin más?

—No puedes tener a criaturas vivas enjauladas, Cassidy. Está mal. Morirán dentro de esos tarros y, entonces, ¿cómo te sentirás? Necesitan aire, hojas, lluvia...

—¡Me necesitan a mí! —sollozo, tirándole de la bata, a pesar de que sé que es al revés: soy yo la que los necesita. La garganta me arde, me oprime y me duele.

Mientras me aferro a ella y le suplico, mamá abre la tapa y sacude el tarro en dirección a la noche. Ni siquiera deja que Bob Escarabajo se arrastre hasta el suelo. Paso entre sus piernas y me tambaleo en la oscuridad para ver si ha sobrevivido a la caída. Me arrastro por el suelo, buscándolo, confundiendo una piedrecita o un trozo de palo con él una y otra vez. Entonces, ella pasa a mi lado con otros tres tarros entre los brazos.

—Por favor, mamá —le suplico. Ella no se da la vuelta. Se detiene a unos pocos metros y sacude los tarros de uno en uno. Yo me quedo sentada en el suelo, sintiendo el frío en las piernas desnudas. Estoy llorando con tanta fuerza que apenas puedo pronunciar ninguna palabra—. Son mi familia. Somos mejores amigos.

Entonces, sí que se da la vuelta.

—Yo soy tu familia. Somos mejores amigas. —Quiero decirle que necesito otra familia y otros amigos; amigos que no se marchen al Mundo Silencioso—. Es cautiverio.

—No lo es si ellos quieren estar ahí.

—¿Y cómo sabes que quieren estar ahí?

—¡Porque hablo el idioma de los bichos!

Es entonces cuando me doy cuenta de que tan solo tiene tres tarros vacíos entre los brazos. Solo tres. Más el tarro de Bob Escarabajo, que es el que ha abierto primero. La esperanza sustituye a la desesperación. El corazón empieza a latirme con fuerza. ¡Criatura Estupenda todavía debe de estar junto a mi almohada, sana y salva!

—Me voy a la cama —digo mientras me enjugo el rostro. ¿Seguirá Criatura Estupenda ahí arriba? ¿Mi hermana? ¿Acaso es posible?

—Lo siento mucho, cielo, pero era lo correcto.

¡Lo correcto! Algo se rompe en mi interior. Años de «¡Habla más alto!» y «¡Deja de acercarte a mí con tanto sigilo!»; años de historias espeluznantes, del Mundo Silencioso y del muy estúpido «¡Somos California!». Abro la boca, cierro las manos en puños y grito todo lo fuerte que puedo, dándome cuenta de que apenas vocalizo nada cuando hacemos gritos primitivos; dándome cuenta de que hay en mi interior un grito tan grande como el mundo entero.

—¡Para ya! —exclama mi madre mientras se cubre las orejas con las manos.

No me detengo. Necesito que me oiga. Necesito que la luna, que está a 384 000 kilómetros de distancia, me oiga.

Cuando regreso a mi cama, veo que Criatura Estupenda sí está ahí, lo que es como un paracaídas abriéndose y salvándome en medio de la caída. Susurro a través de los agujeros del tarro y le digo que siempre cuidaré de ella, que no se preocupe y que nunca le pasará nada malo como a los demás. Me quedo dormida con su casa-tarro entre los brazos.

Después de eso, mantengo a Criatura Estupenda oculta bajo las sábanas las veinticuatro horas del día y los siete días de la semana para que mamá no la encuentre y la asesine. Muere varias semanas después. La entierro en secreto junto al lecho de un arroyo. Es horrible. No se lo cuento a mi madre.

Hasta ahora, hasta ti, nunca le había contado esto a nadie, Wynton Fall, el chico de la pradera, el primero de mis amigos que no era un bicho.

Aquella masacre de bichos fue la traición inicial.

Espera a la segunda y la tercera.

Y, después, a la cuarta: la tuya.

DE LA BOLSA DE PALABRAS DE MARIGOLD QUE HAY DEBAJO DEL COLCHÓN DE CASSIDY:

En los tiempos de por siempre jamás, una mujer no podía dormir, así que salió al exterior, tomó la casa en la que vivía con su hija, se la colocó sobre la cabeza y comenzó a caminar.

—¡Mira, una mujer con una casa sobre la cabeza! —le dijo un viandante a otro cuando despuntó la mañana.

La mujer siguió caminando.

Dentro de la casa, la niña se despertó, se lavó los dientes, se vistió y se sentó en la mesa de la cocina mientras bebía zumo de naranja. No se dio cuenta de que el paisaje que se veía a través de la ventana no dejaba de cambiar.

«¿Dónde está mi madre?», se preguntó.

Después de algún tiempo, incluso meses, la hija gritó por la ventana.

—¿Dónde está mi madre? —Entonces, vio la sombra de una mujer y se dio cuenta de que la casa había estado sobre los hombros de su madre todos aquellos años—. Deja la casa en el suelo y entra aquí —gritó la niña, pero la madre siguió caminando.

Transcurrieron años.

Poco a poco, la hija comenzó a mirar por la ventana los paisajes que pasaban junto a ella y empezó a disfrutar de las imágenes efímeras. Empezó a disfrutar de la fugacidad. Un día, la niña saltó por la ventana y, durante un rato, caminó con su madre bajo la casa, compartiendo el peso.

Poco después de aquello, soltaron la casa en alguna calle, en algún lugar, y madre e hija siguieron caminando sin ella.

DIZZY

Dizzy y su madre irrumpieron por las puertas del hospital de Paradise Springs a las dos y cuarenta y cinco de la madrugada. Más clínica rural que hospital, era un lugar bullicioso durante el día, pero inquietante y desértico por la noche. Una mujer pálida y delgaducha que Dizzy no reconoció se levantó del mostrador como si las hubiera estado esperando. Pensó que tenía aspecto de dormir en un ataúd. Tan solo oía fragmentos de lo que estaba diciendo: «Lo ha atropellado un automóvil», «Tiene suerte de estar vivo», «Huesos rotos» y «Posibles heridas internas». El pecho de Dizzy se desmoronó. Aquella mujer tenía la impresión de que Wynton solo era huesos y órganos en lugar del tipo que encendía el mundo.

Intentó respirar y se oyó a sí misma preguntando:

—¿Qué les pasa a sus brazos y sus manos?

Palabras: «Fracturas múltiples», «Mano aplastada».

—¿La derecha o la izquierda? —preguntó. Después, añadió—: Es violinista. Quiero decir que eso es lo único que es. La mayoría de las personas son muchas cosas, pero él solo es una. No puede vivir sin tocar. Una vez me dijo que la música no era más que otra parte de su cuerpo, como...

Más palabras: «Brazo derecho», «Mano izquierda», «Eso no es lo que debería preocuparles», «No estaba consciente cuando entró a la cirugía exploratoria», «Inflamación del cerebro», «Posible coma»...

—Pero va a salir adelante, ¿verdad? —La voz de su madre era tan aguda que podría hacer añicos un cristal. Dizzy era ese cristal.

¡No preguntes eso!, le gritó, pero solo en su cabeza.

La mujer delgaducha hablaba y hablaba. Ella intentó concentrarse. «Uno de los mejores cirujanos del condado de Paradise», «El doctor Larry Dwyer», «Muy afortunado de que estuviera de guardia», «De hecho, estaba en el concierto de su hijo».

Dizzy juntó las manos para rezar, pero se dio cuenta de que no sabía cómo hacerlo. No de manera oficial. Nunca nadie le había enseñado.

—No sé cómo rezar —le dijo a su madre.

Ella la mandó callar y siguió hablando con la mujer.

«Brazo derecho, mano izquierda». Eso no era bueno. En absoluto. *Lo peor para el violín*, pensó Dizzy.

—El tío Clive predijo esto —le dijo a su madre.

—¡Dizzy, por favor! Déjame hablar con...

—Cynthia —dijo la mujer.

—Cynthia, ¿cuánto tiempo durará la cirugía?

Dizzy no oyó la respuesta. Sus oídos no funcionaban. No funcionaba nada. Sentía como si el suelo se estuviera meciendo. Tan solo podía respirar con jadeos y el pulso se le estaba disparando, haciendo un esprint y batiendo récords mientras intentaba contactar físicamente con su ángel para decirle que, por favor, bajara en ese mismo instante. El ángel no había vuelto a mostrarse desde el encuentro. Tal vez tuviera otra gente a la que cuidar y todavía no supiera lo que le había ocurrido a Wynton. No tenía ni idea de cómo funcionaba ese tipo de cosas.

Cynthia, con su piel mortecina teñida de gris, escoltó a Dizzy y a su madre, que ahora estaban pegadas con velcro como un bulto aterrorizado de madre e hija, hasta una sala de espera. Una vez allí, la mujer se giró hacia ella y dijo:

—Soy atea, pero medito, lo cual se parece mucho a rezar. ¿Quieres saber cómo se hace? —Dizzy asintió—. Cierro los ojos. —Cynthia cerró los ojos. Ella también lo hizo y, entonces, oyó que añadía—: Y, después, intento rodear el mundo entero con mis dos brazos enclenques.

Dizzy se sentó e intentó rodear el mundo entero con sus dos brazos enclenques a pesar de que no tenía ni idea de qué significaba eso. Pensó que su madre también estaba intentando hacerlo porque no se movieron ni dijeron nada durante una eternidad. Diez minutos. Sabía que habían pasado diez minutos porque había abierto los ojos y contemplado el reloj mientras trataba de abrazar al mundo entero. Deseaba que, en su lugar, el mundo entero la abrazara a ella.

Su madre llamó a casa para hablar con Miles «el Perfecto» a pesar de que la nota que había dejado él en la mesa junto a su teléfono decía: «He salido a pasar la noche de acampada». Aquello era algo que hacía a veces porque le gustaban los árboles más que la gente. Su madre había escrito en la nota que fuera al hospital. A Dizzy le sorprendió lo mucho que quería que don Perfecto estuviera allí, lo mucho que necesitaba que se acurrucara con ellas. Estaba segura de que, cuanto más grande fuese la montaña de humanos que hubiese en la sala de espera, mejor. Además, Miles calmaba a su madre y su madre la calmaba a ella.

Su madre no estaba calmada. Dizzy, tampoco.

Se dio por vencida con la meditación. Se dio por vencida con el asunto de llamar a su ángel. Ahora, estaba sumida en negociaciones con el mismísimo Todopoderoso. Negociaciones importantes. Ya había prometido que perdonaría a Lagartija y que haría todas sus tareas de la escuela a pesar de que fueran tan aburridas como para hacer que se le muriera el cerebro. Después, añadió que dejaría de navegar por internet en busca de información pertinente sobre la existencia, que dejaría de ser superficial y de odiar a la gente hermosa, que dejaría de leer novelas románticas, que dejaría de intentar aprender a masturbarse de forma correcta, que dejaría de decir palabrotas y que dejaría de desear ser otra persona. Entonces, se desesperó y, antes de darse cuenta, estaba prometiendo que iba a meterse a monja. Ese fue el momento en el que apareció el médico para decirles lo que Cynthia, la abrazamundos, ya les había dicho: que Wynton había tenido suerte (¡suerte!) porque el mejor cirujano había estado de guardia y, curiosamente (¡curiosamente!), había asistido al concierto de Wynton aquella noche. También le dijo a su madre lo mucho que le gustaba su *coq au vin* deconstruido y que le había pedido matrimonio a su esposa en La Cucharada Azul. No pareció darse cuenta de que estaba hablando con dos extraterrestres procedentes del planeta Terror.

Entonces, les dijo que la cirugía duraría un par de horas más.

¡HORAS!

Cuando el hombre se hubo marchado, dejándolas solas de nuevo, Dizzy se tumbó bocabajo en el suelo y con los brazos extendidos como un águila.

—Dizzy, levántate del suelo; está sucio. ¿Qué estás haciendo?

Había visto una película en la que las monjas hacían aquello.

—Voy a meterme a monja. Voy a dedicar mi vida a Dios. Esta soy yo, postrándome ante Él.

—¡Somos judías!

—En mi caso, solo una mitad lo es.

—La mitad que importa, ya que se hereda por la línea materna. Ahora, levántate.

—No. Y tú también deberías unirte a mí aquí abajo. Póstrate ante Dios, mamá. Los judíos también lo hacían hasta la Edad Media. Lo encontré en una de mis investigaciones. Venga. No pasa nada. Todos lo hacen: los budistas, los cristianos, los musulmanes, los hindúes... Sienta bien. Siento que es lo correcto.

Dizzy sabía que, supuestamente, debería rezar oraciones en voz baja mientras hacía aquello, pero no conocía ninguna, así que comenzó a recitar la única cosa que se le ocurrió.

Un extraño sonido balbuceante interrumpió su «oración» y alzó la cabeza. Su madre se estaba sonrojando y tenía la mano sobre la boca. Estaba temblando. Dizzy creyó que estaba sollozando hasta que un resoplido olímpico y, después, una carcajada salvaje se escaparon de su boca.

—¡Dios mío, Dizzy! ¿Estás cantando *En la calle veinticuatro*? ¿Esa es tu oración?

Así era. «En la calle (lle) veinticuatro (tro), ha sucedido (do) un asesinato (to). Una vieja (ja) mató un gato (to) con la punta (ta) del zapato (to)...». Era lo único que se le había ocurrido. A esas alturas, su madre se estaba riendo a carcajadas, lo que hizo que ella se contagiara. Así funcionaban las cosas entre ellas: si una comenzaba, la otra iba detrás. Dizzy sintió la hilaridad apoderándose de su cuerpo postrado hasta que ambas acabaron jadeando para intentar tomar aire.

—Voy a hacerme pis —chilló su madre—. Ay, Dios, ¡esto es horrible! Voy a tener que meterme a monja yo también.

Aquello hizo que volvieran a reírse.

Cynthia, que debía de haber oído el jaleo, estaba en la puerta, contemplándolas como si fueran una carroza de carnaval.

Intentaron apagar la histeria y enterrarla entre los bolsillos de la corrección, pero el rostro macabro de la mujer tan solo logró provocarles otro ataque. Ella sacudió la cabeza y se marchó, diciendo:

—La mejor medicina.

Pasó otra hora.

Su madre se acercó hasta la ventana y la abrió a pesar de que el aire acondicionado estaba puesto.

—Mi padre siempre decía que había que rezar con las ventanas abiertas para que Dios se sintiera invitado a entrar.

—¿De verdad? Nunca me lo habías contado.

¿Cómo era posible que su madre nunca antes le hubiera contado aquella información pertinente sobre la existencia? Que ella ya no creyera en Dios no significaba que Dizzy no sintiera de vez en cuando su presencia dentro del armario. Su madre siempre decía que había dejado de creer en Dios tras la muerte de su hermano Christophe y, desde que sus padres se habían mudado de vuelta a Francia, nunca había vuelto a pisar un templo. «¿Qué tipo de Dios fue capaz de dejarlo morir?», le decía a todas horas. Aun así, siempre encendía una vela *yahrzeit* y recitaba el *kaddish* por su hermano y sus padres durante sus cumpleaños y Yom Kippur. Dizzy quería pisar un templo, pero no había ninguno en casi doscientos kilómetros a la redonda. Prácticamente, eran los únicos judíos o medio judíos de Paradise Springs.

—Y mi madre decía que oía la voz de Dios en el correr del agua. Solía acercar la cabeza al grifo y le decía a mi padre: «Benoît Fournier, Dios me está diciendo que quiere que vaya a México *en vacance*».

A Dizzy le encantaba saber aquellas cosas.

—¿Te enseñaron a rezar?

Ella negó con la cabeza.

—Querían que asistiéramos a la escuela judía y que tuviéramos un Bar Mitzvah y un Bat Mitzvah respectivamente, pero ni Christophe ni yo quisimos asistir. Pero sí conozco algunas de las oraciones hebreas. ¿Quieres recitarlas conmigo? —Dizzy asintió y, todavía sentada en el suelo, colocó las manos en posición de oración—. Vamos a juntar las palmas —dijo su madre.

—¿Tus padres solían hacerlo así?

—No, pero hagámoslo de todos modos.

Dizzy se puso en pie y colocó las manos contra las de su madre, que comenzó a hablar en hebreo. Aquello hizo que se sintiera mejor. El hecho de que no entendiera las palabras no importaba. La llenaban por dentro y, cuando empezó a repetirlas, se sintió incluso mejor; como si alguien, en alguna parte, pudiera oír aquellas palabras e ir en su ayuda.

—Somos judías que rezan.

Su madre sonrió.

—Así es.

—Creo que va a funcionar, mamá.

—Yo también.

Entonces, atrapó a Dizzy entre sus brazos.

No era posible amar a otra persona más de lo que ella amaba a Wynton.

—Tiene rayos en su interior —susurró contra el cuello de su madre—, como las trufas blancas.

—Lo sé —le respondió ella, también en un susurro.

—Eso significa algo.

—Significa que va a estar bien —dijo Chef Mamá, cuya voz era muy suave.

Dizzy la miró y vio su desesperación. Sabía que odiaba los hospitales porque, cuando tenía más o menos su edad, su hermano Christophe había muerto en uno, dentro de un quirófano. Además, también estaba el asunto de lo que le había ocurrido a su padre allí mismo.

—¿Estás pensando en Christophe? —le preguntó. Ella asintió—. ¿Lo querías mucho?

—Como tú quieres a Wynton.

A menudo, Dizzy contemplaba la fotografía que Chef Mamá tenía junto a su cama. En ella, su madre parecía una versión en miniatura de su hermano mayor: la misma chaqueta de cuero, las mismas botas negras y toscas y el mismo caos de cabello oscuro y rizado. Estaban inclinados hacia delante, riéndose sin control, como si también fueran compañeros de risas.

En algún momento durante la tercera hora, Dizzy se apartó de su madre y atravesó la sala. Cierta furia había echado raíces en su pecho; una al rojo vivo que estaba dirigida a Chef Mamá, que debía de estar teniendo una fusión mental con ella porque dijo:

—Nunca tendría que haberlo echado de casa; tenías razón.

Quería decirle: «No es culpa tuya», pero, en su lugar, dijo:

—Te lo dije.

Su madre cerró el pico.

La *sheriff* Ortiz llegó al amanecer. Su madre y ella volvían a estar pegadas, pues el miedo había sobrepasado a la ira de Dizzy. También se habían encontrado así la última vez que habían visto a la mujer, cuando había llamado a su puerta con la cabeza de piedra de Alonso Fall en el asiento del copiloto de su coche patrulla para decirles que Wynton estaba en la cárcel por haber chocado contra la estatua al ir conduciendo borracho. En aquella ocasión, la oficial había estado furiosa. En esta, tomó la mano de su madre y dijo: «Descubriremos quién ha hecho esto». Entonces, les preguntó si conocían a la joven llamada Cassidy que había presenciado el atropello y la fuga. La *sheriff* Ortiz les dijo que la tal Cassidy había llamado a la ambulancia, le había hecho la RCP y había ido con Wynton hasta el hospital, donde lo habían ingresado.

Dizzy y su madre negaron con la cabeza. No conocían a nadie que se llamara Cassidy.

—La enfermera que estaba de guardia dijo que llevaba el pelo de muchos colores y muy rizado, hasta esta altura. —Se llevó su propia mano a la espalda, justo por encima de la cintura—. Tendrá unos dieciocho o diecinueve años. Tal vez veinte. Dijo que era amiga de su hijo pero que, cuando regresó a su puesto, se había desvanecido.

—¿Era alta, con palabras tatuadas en los brazos y muy guapa? —preguntó Dizzy.

—La enfermera mencionó unos tatuajes y, sí, dijo que era una chica preciosa.

Dizzy se levantó de un salto, sintiendo un gran alivio.

—¡Es el ángel! ¡El que me salvó la vida! ¡Ay! ¡Todo va a salir bien! ¡Ahora lo sé! —El ángel había encontrado a Wynton, tal como le había pedido que hiciera. El ángel la había escuchado. ¡Y le había hecho la RCP! Dizzy supuso que habría sido una versión mágica y celestial. La *sheriff* la estaba mirando con el ceño fruncido, así que añadió—: El otro día, me apartó de un empujón del trayecto de un camión que iba a toda velocidad. Se la envié a Wynton.

Su madre se giró hacia ella, también con el ceño fruncido, ya que, para ella, aquella experiencia cercana a la muerte era información nueva sobre el ángel de Dizzy.

La *sheriff* Ortiz asintió.

—De acuerdo —dijo—. A veces, los ángeles caminan entre nosotros. No quiero imaginarme qué habría pasado si esta chica no hubiera estado allí para llamar a la ambulancia y hacerle la RCP. Así que, sí, estoy de acuerdo contigo, Dizzy. Para mí, es un ángel. La encontraremos. Espero que pueda ayudarnos a averiguar quién ha hecho esto. Le dijo a la enfermera que Wynton estaba borracho y que creía que también se había tomado alguna pastilla. Llevaba encima Vicodin, medicamento que le habían recetado a Miles, su otro hijo.

Dizzy asumió aquello poco a poco. ¿Había robado Wynton el Vicodin aquella mañana? ¿Porque ella lo había dejado entrar en casa? El estómago le dio un vuelco. Si no lo hubiera dejado entrar, no le habrían partido el arco, no habría encontrado las pastillas, no habría estado borracho y no lo habría atropellado un automóvil.

Aquello no era culpa de Chef Mamá; era suya.

Su madre estalló en lágrimas. Entonces, Dizzy también lo hizo. La *sheriff* Ortiz las miró como si estuviera a punto de unirse a ellas.

—Lo siento muchísimo.

Entonces, se convirtió en la tercera persona en decirles la suerte que tenía Wynton de que el doctor Larry Dwyer hubiese sido el cirujano de guardia cuando todo aquello había ocurrido.

Cuando se hubo marchado, su madre le tomó la mano y se la estrechó.

—¿Quién es esa tal Cassidy que ha salvado la vida de dos de mis hijos en apenas dos días? ¿Quién es ese ángel que camina entre nosotros?

DEL CUADERNO DE CARTAS SIN ENVIAR DE BERNADETTE:

Querida Maman:

Te necesito. Están sometiendo a Wynton a una cirugía. Ojalá fuera yo la que estuviera en esa mesa; que fueran mi cerebro, mi mano y mi vida los que pendieran de un hilo. Dizzy está dormida en mi regazo. Siento que puedo oír cómo se le rompe el corazón. Miles sigue en un mundo en el que todavía no sabe lo que ha ocurrido.

Estar sentada en la sala de espera con mi hija ha sido todo un *déjà vu*.

He sentido el mismo terror punzante que cuando tú, papá y yo estábamos esperando a que Christophe saliera de la cirugía tras el aneurisma. Ojalá hubiera actuado de forma más graciosa por papá y por ti. A pesar de todo, de algún modo, mi niña ha conseguido hacerme reír. Cómo desearía que hubieras podido conocerla; a ella y a todos mis hijos.

No dejo de pensar en cómo dejaste de hablar cuando Christophe murió. Al fin lo entiendo, Maman. Ya no te quedaban palabras, ¿verdad? ¿Cómo podría haberlas sin él? La historia había terminado en medio de una frase.

No soporto la idea de ver a Dizzy sentada en la cama de Wynton como yo me senté en la de Christophe, contemplando los pósteres de Tupac y Ani DiFranco; obsesionándome con toda la música que ya no escucharía jamás, con la gente a la que no amaría, con las comidas que no comería y los ríos en los que nunca nadaría. No quiero que mi hija se sienta así jamás, como si el mundo se hubiera convertido en cenizas; como si fuera una sombra separada de su persona.

No quiero que llegue a saber jamás que una vida no es más que una historia sin acabar y abandonada.

Ahora, estoy llorando demasiado como para poder escribir. ¿Cómo conseguiste recuperarte, Maman? ¿Cómo? ¿Cómo volviste a cocinar y a hornear otra tarta? ¿Cómo es posible que existan las tartas en un mundo que arranca a los hijos del regazo de sus madres?

Le he dejado un mensaje a Finn para que cierre el restaurante hasta nuevo aviso. Ojalá pudiera hacer lo mismo con mi corazón.

Ya no creo en Dios, pero aún no soy capaz de deshacerme de la sensación de que me está castigando por las cosas que he hecho.

Bernadette.

MILES

Miles se despertó en el viñedo antes del amanecer, con la cara apretada contra la tierra y con medio cuerpo dentro y medio cuerpo fuera del saco de dormir. Había luz suficiente asomando tras la montaña como para que pudiera ver que no había ninguna camioneta naranja. Suspiró y se dio media vuelta. Su idea había sido dormir en el lugar en el que la chica del pelo arcoíris había aparcado anteriormente con la esperanza de que regresara para dormir. La necesidad de verla, de oír su voz estruendosa y de sentirse tal como se había sentido con ella (como si fuera él mismo) lo había abrumado tanto por la noche que, en lugar de meterse en la cama, había agarrado su saco de dormir y había salido a hacer vigilia o, más bien, a dormir durante ella.

Tampoco había querido arriesgarse a ver a Wynton tras el fiasco del arco. Obviamente.

En realidad, no quería volver a ver a Wynton nunca más. Se percató de que estaba apretando los puños y sacudió las manos, intentando desprenderse de la rabia. En aquellos momentos, aquel berrinche interior lo acompañaba siempre. Junto con la humillación, se había convertido en algo elemental que hacía que sintiera que se le estaban cuajando las entrañas. ¿Cómo había podido Wynton darlo por muerto y abandonarlo en aquel contenedor? Nunca iba a olvidarlo. ¿Qué había hecho él, más allá de necesitarle? Cómo le perturbaba no poder recordar más cosas de la noche del contenedor: todo lo que tal vez había hecho, todo lo que tal vez le habían hecho a él...

Se incorporó, todavía dentro del saco de dormir, y se sacudió la tierra que se le había pegado a la cara. Inhaló el aroma del río y contempló cómo las estrellas se desvanecían de una en una, intentando no apretar la mandíbula, intentando no odiar a su hermano, intentando no sentirse abandonado por la chica del pelo arcoíris e intentando no verse arrastrado hacia la Habitación de la Melancolía.

A su alrededor, los pájaros se llamaban los unos a los otros con pena y el aire del amanecer ya estaba cargado de calor. Podía notar cómo el sudor se le perlaba en la nuca.

En una ocasión, mientras el tío Clive y él estaban vendimiando las viñas, antes de que su tío hubiera renunciado a la vinicultura y hubiera alquilado el viñedo, el hombre se había metido una uva en la boca y, después, le había colocado otra, todavía caliente por el sol, en la lengua.

—Puedes saborearlo, ¿verdad? Puedes olerlo en el aire —le había dicho el tío Clive. Después, se había agachado y había agarrado un puñado de tierra—. En el suelo también —había añadido mientras enterraba la nariz en su mano e inhalaba—. Cuando la gente bebe nuestros vinos, lo que saborean, lo que les rompe el corazón un poquito más con cada trago, es el arrepentimiento. —Entonces, le había colocado el puñado de tierra bajo la nariz—. ¿Puedes olerlo?

En aquel momento no había podido pero, ahora, tal vez pudiera... Arrepentimiento. Dolor. Por cada rincón de la propiedad. Clive estaba borracho a menudo, hablaba en voz alta con nadie en particular, dibujaba vacas, creía que sus sueños eran profecías, tocaba el piano (y, a veces, la trompeta) hasta el amanecer y decía cosas raras a todas horas. Pero sí. Sí. Había algo diferente en los viñedos Fall y no solo se trataba del sabor de las uvas o del aroma de la tierra y el aire. Aquel lugar era triste. Los pájaros cantaban demasiado alto y el río se ralentizaba sin ningún motivo que Miles pudiera adivinar. Incluso antes de la sequía, había transcurrido de manera pesarosa. Además, sin importar a qué rincón de la propiedad se dirigiera, estaba seguro de que había alguien detrás de él, pero, cuando se daba la vuelta, nunca había nadie.

Sus pensamientos se estaban tornando más densos y soñadores, así que volvió a tumbarse y se colocó de medio lado y... Lo siguiente que supo fue que una lengua húmeda familiar le estaba lamiendo las mejillas, así que abrió los ojos y se encontró con Sandro bajo la luz de la mañana.

«¿Por qué no has venido a buscarme si ibas a venir aquí a esperarla?».

Miles se incorporó para poder acariciar en condiciones al perro con ambas manos.

«Ha sido una decisión de última hora».

Sandro miró a su alrededor.

«Me pregunto dónde estará».

«Yo también».

«¿Cómo ha podido abandonarnos de este modo?».

«No lo sé. —Ambos soltaron un suspiro—. Antaño, nos habrían llamado melancólicos», le dijo a Sandro mientras le apoyaba un dedo sobre la nariz húmeda.

«Excepto cuando estuvimos con ella. Ayer fuimos personas adictas a la alegría».

Eso era cierto. Cuando Miles había pasado aquellas horas con la chica del pelo arcoíris, se había sentido como si cualquier cosa que tocara fuera a aferrarse a su resplandor. Ahora, volvía a sentirse como si cualquier cosa que tocara fuera a aferrarse a su oscuridad.

Enterró la cabeza entre el pelaje calentado por el sol de Sandro.

«Probablemente, la culpa de tu depresión sea mía, chico. Lo siento».

«Lo que tú sientes, lo siento yo. Lo que siento yo, lo sientes tú. Así son las cosas cuando se tiene un mejor amigo».

«Sí...».

Miles salió de su saco de dormir que, al igual que él, estaba húmedo por el sudor. Se puso en pie y miró en dirección a su casa, donde era muy probable que Dizzy y su madre se estuvieran despertando. El edificio blanco resplandecía bajo los rayos del sol como una gema preciosa. No había ni rastro de la niebla que, a aquella hora, a menudo hacía que pareciera que estaba emergiendo de una nube. ¿Habría vuelto a dormir Wynton en el ático? Miles no pensaba volver a casa ni en broma. Ni siquiera el aire acondicionado podía tentarlo, así que se deshizo del saco y comenzó a caminar en dirección opuesta, hacia el pueblo, con la esperanza de avistar la camioneta naranja.

Sandro lo siguió en silencio, jadeando en medio de aquel aire febril. Ninguno de los dos estaba demasiado hablador. Cuando Miles se conectó a los pensamientos del animal, oyó lo siguiente:

«¡Oh! ¡Tierra! ¡Qué buena! ¡Oh, una boca de incendios! Los campos de vacas son mucho mejores. ¡El estiércol de caballo está delicioso! Calor, mucho calor, ¡hace demasiado calor aquí fuera! Si al menos Bella estuviera aquí... ¡Cuánto extraño a Bella! Oh, ¿dónde habrá ido?».

Miles se desconectó, intentando contener el pánico al pensar en que llevaba más de dos semanas sin ir a clase. Se iba a meter en un lío épico.

Desde que tenía uso de razón, siempre había sido Miles «el Perfecto». Había sido su única opción tras ver la cara de terror de su profesora de la guardería, la señora Michaels, cuando su madre y él habían aparecido durante su primer día de clases. Había sido muy consciente de cómo la voz de la mujer, alegre mientras recibía al resto de los niños, se había apagado al decirle a él: «También tuve a tu hermano». Su madre había respondido con calma: «Comprobará que son dos niños muy diferentes».

Miles se había asegurado de que fuera así. Levantaba la mano si tenía preguntas. Usaba su voz interior. Nunca corría por los pasillos. Coloreaba dentro de los bordes. Era amable con todo el mundo (incluso con Stevie Stanford, que olía a pescado). Cada minuto de cada día era el anti-Wynton. Lo había vuelto a demostrar en primero, cuando el señor Painter había palidecido ante su llegada. Después, en segundo curso. Una y otra vez. Lo mismo había ocurrido en casa; se había convertido para su madre en aquello que Wynton nunca podría ser: aquel del que nunca tenía que preocuparse o en el que nunca tenía que pensar siquiera, ya que siempre hacía lo correcto, lo inteligente, lo que se esperaba de él. Y, así, año tras año, Miles Fall, quienquiera que fuera, quienquiera que hubiera podido ser, había comenzado a desaparecer y a marchitarse en secreto. Al final se había vuelto tan ejemplar, que lo habían animado a presentar una solicitud para el prestigioso Colegio Privado Católico del Oeste, en el que había sido aceptado con una beca.

Allí, donde los baños no tenían grafitis con el nombre de Wynton («¿Necesitas hierba? Llama a Wynton al 555-0516»), donde el techo no había estallado con el sonido del violín de su hermano, donde no había marcas chamuscadas de la ocasión en la que casi había incendiado el laboratorio de química (a propósito), donde no había leyendas sobre su mal comportamiento o su genio musical, Miles había creído que por fin podría ser su propia persona, plantar su propia bandera o incluso salir del armario. Pero había sido demasiado tarde. Para aquel entonces, ya no había sabido cómo ser otra cosa que el anti-Wynton. No había sabido cómo ser él mismo o quién era aquella persona siquiera. Incluso aunque lo hubiera adivinado, habría tenido miedo de que lo rechazaran tal como lo habían rechazado sus hermanos. Era un actor que se había convertido en su personaje. Era el doctor Frankenstein y su monstruo, todo en uno. Sí, era exactamente eso. Se había convertido en un monstruo agradable, bueno, inteligente, atlético, hetero y fiable.

Miles «el Perfecto», un monstruo perfecto.

El traqueteo de un vehículo viejo a sus espaldas y el ladrido de Sandro que lo acompañó lo sacaron de sus pensamientos. ¿Podría ser...? Se dio la vuelta, deseando con todo su ser encontrarse con la camioneta naranja de la chica del pelo arcoíris, pero se trataba del tío Clive con la tartana que era su todoterreno. Miles levantó los brazos para saludarlo con la esperanza de que pasara de largo para no tener que hablar con él. Incluso con las ventanillas bajadas por el calor, el rostro de su tío, que de normal estaba sonrosado por el alcohol, se había quedado sin color. Disminuyó la velocidad, paró el automóvil y se quitó las gafas de sol. Tenía los ojos muy abiertos, los labios rígidos y el cuello cubierto en sudor. Los nudillos de la mano con la que sujetaba el volante estaban blancos. De inmediato, Miles supo que había pasado algo.

—Sube —le dijo su tío—. Es tu hermano, está grave.

CASSIDY

De acuerdo. Vamos allá. Segunda traición. Wynton, es una grande.

Han pasado cuatro años desde la Masacre de los Bichos y yo tengo doce años. Llegamos a Sister Falls, uno de nuestros lugares favoritos para hacer *boondocking* en el norte de California, ajenas al hecho de que todo está a punto de cambiar para siempre. (El *boondocking*, que era lo que hacíamos la mayor parte del tiempo en aquel entonces, implica encontrar un lugar remoto y, después, improvisar, almacenando las aguas residuales y limitando el uso del agua y las baterías todo lo posible).

Cuando llegamos, está diluviando y hay otra autocaravana destartalada aparcada donde solemos acampar. Desde que comenzó la Gran Aventura, hemos venido a Sister Falls todas las primaveras y nunca antes nos hemos encontrado aquí a nadie más. Es uno de nuestros lugares secretos y, de inmediato, me siento espectacularmente irritada. Para ser justos, durante este periodo de mi vida, todo me irrita, incluyendo la luz del sol, los arcoíris, las hadas, las risas y, en especial, mi madre. Ella dice que es cosa de las hormonas, lo que, por supuesto, también me irrita.

—¡Qué lata! —dice mi madre—. ¡Qué lata, qué lata, qué lata! Espero que mantengan las distancias.

—Lo más probable es que sea un caraculo —replico con un gruñido—, un huevón, un gilipuertas, un tocapelotas.

Mi madre arquea las cejas.

—Hablas como si tuvieras el síndrome de Tourette. —Apenas hablo con ella. Ha sido un viaje largo, silencioso e irritante. Sus ojos se posan en mí, divertidos. No se toma en serio mi humor sombrío—. Esos tipos ingleses han tenido en ti un efecto encantador, Cassidy. Me alegro de tener que batallar cada noche, poniéndote las tarjetas de vocabulario delante de la cara, solo para perder la guerra contra dos borrachos ingleses.

Los borrachos habían aparcado a nuestro lado en el *camping* de caravanas. Malcolm y Matthew Michelson, unos hermanos con el pelo como chorros de aceite, que jugaban al póquer y asaban perritos calientes que, por cierto, eran increíbles. (Hasta entonces, solo había comido perritos de tofu que, desde luego, son lo contrario de increíbles). Malcolm y Matthew se pasaban el día bebiendo cerveza y llamándose «chupavergas» y otras palabrotas fabulosas. Las mejores palabrotas que he oído jamás. También me enseñaron a jugar al póquer. Y a fumarme un cigarrillo, aunque mamá no lo sabe.

—Dos «tíos» ingleses —digo.

—Tomo nota, «tía» —contesta ella alegremente—. Venga, Cassidy, ¿vas a estar imposible todo el día?

—Sí.

A estas alturas, soy mi propio sistema meteorológico. De tal palo, tal astilla.

Tomo mi novela. Leer se había convertido en una obsesión que todo lo consumía. Había ocurrido de golpe cuando me había dado cuenta de que era una manera de tener amigos que no fueran insectos (aunque me siguen gustando los bichos); amigos que no tuvieran que meditar dos horas al día.

O beber zumo depurativo de remolacha antes del desayuno (que hace que el pis se te vuelva rojo) o bebidas purificantes verdes antes de la cena.

O abrazar a los árboles hasta que te devuelvan el abrazo (lo que puede llevar MUCHO tiempo).

O practicar la fotografía de auras.

O fingir ser un espíritu libre cuando está demostrado que no lo eres sin importar cuántas horas al día medites, que abraces a los árboles o que bebas zumo de remolacha.

—Bueno, la astrocartografía nunca se equivoca —está diciendo mi madre—. Así que, a menos que en esa autocaravana esté Jack el Destripador, nos vamos a quedar un par de semanas.

(Bueno, pues, aunque no es Jack el Destripador, no tenemos ni idea de lo peligrosa que la persona de la autocaravana va a ser para nosotras. ¿No es raro que no recibas ninguna advertencia cuando tu vida está a punto de cambiar de manera irreversible? Como la otra noche, Wynton. Si te hubiera arrastrado de inmediato al lateral de la carretera, a un lugar seguro... Nunca me perdonaré a mí misma. Jamás. Aunque, entonces, pienso en que habría sido mucho peor si hubieras estado allí solo, sentado en medio de la carretera, tal como te encontré).

—Júpiter está justo encima de nuestras cabezas, en conjunción con el Sol —añade mi madre—. ¿Qué podría traernos más suerte? Nada.

En nuestra búsqueda perpetua para encontrar el Pueblo, ese es el método principal con el que decidimos a dónde ir: la astrocartografía. Es una de las pasiones de mi madre junto con los zumos, los abrazos recíprocos con los árboles, el equilibrio de los chakras, la fotografía del aura, la proyección astral, tamborilear con los dedos, la comunión con animales de poder y muchas otras cosas.

—Madre mía, cuánto necesitamos recargar el alma —dice ella—. Al menos, yo. —Sacude los brazos—. Una semana en el *camping* de caravanas y ya me siento cubierta por completo de civilización. Qué asco. Es como si llevara la piel recubierta por una película.

Ese es el problema. A diferencia de mi madre, a mí me encanta la civilización.

Me encantan las cafeterías que tienen tortitas con pepitas de chocolate, queso fundido y *hash browns*. Me gusta ir al cine a todas horas (si solo hay una sala en el pueblo, vemos la misma película una y otra vez); a las tiendas de beneficencia, en las que ahora me niego a jugar al juego del conjunto chocante (no quiero destacar, no quiero que nadie se fije en mí en absoluto); y a las librerías de segunda mano, donde intercambiamos nuestros libros y, a menudo, pasamos todo el día hasta que tenemos la colección perfecta. Me gusta ver a gente normal haciendo cosas normales como pasear a sus perros (mamá les tiene alergia), leer revistas (que te pudren la mente) y besarse (ay, me encanta ver a la gente normal besándose. Sobre todo, cuando lo hacen contra una pared. Yo practico con los árboles mientras espero a que me devuelvan el abrazo).

Todavía no hemos encontrado el Pueblo, aunque no por falta de ganas. A estas alturas, hemos tachado doscientos un pueblos californianos de la lista. Mamá dice que, cuando lleguemos, lo sentiremos en los huesos. Mis huesos lo sienten a menudo. El problema son sus huesos insensibles.

Por ejemplo:

—¡Es el Pueblo! —exclamé una semana atrás entre bocados de tortitas con pepitas de chocolate durante nuestra primera tarde en Doe Creek, tal como había hecho muchas veces, en muchos pueblos, entre muchos montones de tortitas, en muchas cafeterías, desesperada por haber encontrado al fin el

Pueblo para poder vivir en una casa, ir al colegio y tener una bicicleta, una hora de llegada y una mejor amiga a la que contarle todos mis secretos. Como en las novelas. Como en las películas.

—¿Este? Tiene que ser una broma. ¿Doe Creek? Definitivamente, este no es el Pueblo. El Pueblo es... ¡Es el Pueblo, Cassidy!

La buena noticia es que, en los últimos años, los viajes de mi madre al Mundo Silencioso se han vuelto menos frecuentes (pronto me daré cuenta de que tal vez la medicación tenga algo que ver) y ya no pienso en ella en fragmentos. O como un ser enorme. Ya no le pregunto sobre sus padres o sobre el mío, también conocido como Jimmy «el Padre Muerto y Ahogado», o sobre la época anterior a la Gran Aventura. No porque no arda de curiosidad, que sigo haciéndolo, sino porque, conforme me he hecho mayor, me he dado cuenta de que, nueve de cada diez veces, eran esas preguntas las que la enviaban al Mundo Silencioso.

Mi madre abre la puerta de *Sadie* del lado del copiloto y un aire veraniego templado y tormentoso me llena los pulmones.

—Voy a bañarme en las cascadas —dice mientras se quita las chanclas. Lleva las uñas de los pies pintadas a rayas moradas y amarillas, igual que yo—. Tú puedes quedarte aquí, enfurruñada y pensando en lo mala madre que soy, ¿de acuerdo?

—Eso voy a hacer.

Me sonríe antes de cerrar la puerta. Veo cómo corre a través de la lluvia y ya la echo de menos. ¿Cuánto tiempo ha pasado? ¿Tres segundos? Suspiro. Ese es mi sucio secretito: a pesar de mi manera de actuar (últimamente no consigo dejar de hacerlo, como si tuviera un trol diminuto y malvado en mi interior), odio estar separada de mi madre aunque solo sea durante tres míseros segundos.

Gracias a la semana que hemos pasado en el Campamento Doe Creek (un *camping* de caravanas con una tienda, electricidad y agua), que ha dejado una película de civilización sobre la piel de mi madre, vamos cargadas de provisiones, y no solo de cosas básicas como el arroz, las judías, el tofu, las patatas o el queso, sino de todas las cosas buenas que me comeré en un solo día. Cuando compramos provisiones se me permiten cinco caprichos. En esta ocasión, escogí unos Frosties, patatas con vinagreta (me gustan más que mi madre, lo cual le digo a menudo), chocolatinas con mantequilla de cacahuete, helado de menta y chocolate y malvaviscos. También tenemos dos cajas nuevas de libros que tardamos medio día en seleccionar en una librería de segunda mano tras vender la mayoría de los nuestros, y algunos trapitos nuevos, incluyendo un mono morado con flores pintadas que apenas me quitaré a lo largo del año siguiente, tal como demuestran innumerables fotos. Después, están las pastillas de mamá que, hasta ese mismo día, creía que eran para algún problema estomacal que había comenzado poco después de la Masacre de los Bichos de antaño.

Mi madre llama a la ventanilla del copiloto y yo me sobresalto. Ahora, lleva el vestido pegado a la piel y el cabello más oscuro y liso en torno a la cara. Parece una sirena. Apoya la mano en la ventanilla y comienza a hacer el baile del mono que, la mayoría de las veces, sigue teniendo el poder de acabar con nuestro malhumor pero, hoy, el mío está bien asentado. Se da por vencida cuando pongo los ojos en blanco y me hace un gesto para que baje la ventanilla.

—Venga, Cassidy. ¿De verdad tenías tantas ganas de jugar con esa chica?

Así es. Tenía muchas ganas. Por primera vez, casi había hecho una amiga. Mamá había necesitado espacio, así que yo me escondí debajo de *Sadie Mae* para evitar a los niños descarriados (en aquel entonces, los niños que no salían en los libros o las películas me aterrorizaban a pesar de que deseaba su compañía con desesperación). Entonces, se me unió una niña. Al principio no dijo nada, tan solo se agachó y me observó, escondida bajo la caravana como un bicho raro. Entonces, para mi sorpresa, se arrastró bajo *Sadie* conmigo y se tumbó bocabajo a mi lado. «Pareces un hada», me dijo mientras me tocaba el pelo con la mano. Yo hice lo mismo con el suyo. Era negro, suave y brillante. El estómago me vibró de la emoción. Pensé en Rana y Sapo y en Winnie-the-Pooh y Christopher Robin. Ella me sonrió y, después, antes de marcharse tal como había venido, me dijo: «Eres genial».

¡Dijo que era genial! ¿Yo? Era una de las cosas más emocionantes que me habían pasado nunca.

Más o menos una hora después de aquel encuentro, cuando mamá y yo, la recién nombrada persona genial, estábamos sumidas en una lección, alguien llamó a la puerta. En los *campings* de caravanas, los hombres llamaban a nuestra puerta a todas horas. Yo los dividía en diferentes categorías: los barbudos con grandes tripas eran los osos pardos; los adictos a la metanfetamina eran los ojos saltones y, como es evidente, los que enseñaban la raja del culo eran los enseñaculos. Después, estaban los que más le gustaban a mi madre y a los que, por lo tanto, yo odiaba con pasión: los imitadores de Jesús y los vaqueros.

Todas las categorías de hombres intrusos se recostaban sobre *Sadie* del mismo modo: con un brazo sobre la cabeza y el codo apoyado en el marco de la puerta. Entonces, se dedicaban a hacerle preguntas a mi madre sobre nuestro bienestar, como si fuéramos damiselas en apuros, y ella se reía con una risa falsa que yo despreciaba y les contestaba con una voz falsa que también despreciaba: «Nos va muy bien, pero te avisaré si eso cambia». O algo así. El problema era que, a veces, se aventuraba a salir con uno de los imitadores de Jesús o uno de los vaqueros. (En una ocasión, me había dicho que tan solo deberías salir con hombres a los que puedas imaginarte montados a caballo). Cuando se marchaba con uno de ellos, yo me pasaba la noche dentro de *Sadie*, aterrada de que no fuese a regresar. Ese era mi persistente tormento. Sustantivo: «algo que causa miedo excesivo o ansiedad». (En aquel entonces, tenía una adicción terrible a los diccionarios. ¿A quién intento engañar? Todavía la tengo, Wynton).

Odiaba cuando la manilla de la puerta se sacudía en medio de la noche. Ambas dormíamos con gas pimienta junto a nuestros vasos de agua porque, a veces, corrían los rumores de que en los *campings* de caravanas había asesinos en serie y violadores. Mi madre también guardaba un machete bajo el colchón. Sin embargo, en ciertas ocasiones, se levantaba con el sonido de la manilla al sacudirse, se aventuraba al exterior y pasaban horas antes de que regresara; horas que yo vivía conteniendo la respiración por turnos, mordiéndome los dedos o cortando con las tijeras mis libros favoritos o mi propio pelo. En una ocasión, el año anterior, la había seguido y había visto cómo ella y un imitador de Jesús se metían en otra autocaravana. Había acechado bajo las ventanas hasta que había oído sonidos de sexo altos y claros (me resultaban familiares gracias a las películas). Entonces, había vuelto corriendo a *Sadie Mae*, horrorizada. Ella había debido darse cuenta de que la había seguido porque, al día siguiente, habíamos mantenido una conversación vergonzosa sobre cómo el sexo formaba parte de su espiritualidad. «Además —había dicho—, es importante que la vagina no se cierre del todo con tantas telarañas». Aquello fue algo que creí que podía pasar hasta que ella me pescó tiempo después contorsionada en mi cama.

—¿Haciéndote una autoexploración? —me preguntó.

—Buscando telarañas —le contesté con seriedad.

Ella se rio de manera estridente.

—Ay, Cassidy, siempre te tomas todo al pie de la letra...

Así que, cuando oí que llamaban a la puerta en el *camping* de caravanas de Doe Creek, supuse que sería alguien así: un Jesús, un vaquero o un oso pardo; no la chica con el pelo negro brillante y el rostro como la luna. Estaba de pie junto a una mujer con un peinado que parecía sacado de un salón de belleza, mucho maquillaje y una mirada alegre. La mujer se dirigió a mí:

—Dime una cosa: ¿cómo te llamas y cuántos años tienes?

—Cassidy —contesté mientras miraba fijamente a la niña, que llevaba cartas en las manos. Me encantaban las cartas—. Tengo doce años.

—Esta es Maya —dijo la mujer—. Tiene once años. Yo soy Haley. ¿Juegas a las cartas, Cassidy?

Estaba tan emocionada ante la idea de poder estar con alguien de mi edad que no hubiera salido de un libro y que no me aterrorizara, que no podía hablar. Asentí y la niña llamada Maya sonrió. Pensé que podía empezar a dar saltos. Mi madre se acercó a mí por detrás y me colocó las manos en los hombros.

—¿Hacéis tiempo completo? —le preguntó la mujer a mamá. Llevaba un chándal de terciopelo color hueso. Nosotras nunca llevábamos ese tipo de cosas cómodas y suavecitas.

—La verdad es que sí —contestó ella.

(Lo más probable es que tenga que ponerte al día con esto, Wynton. Se dice que la gente que vive como nosotras hace «tiempo completo». Se trata de personas que no trabajan y que quieren recorrer el país. Algunas son parejas jóvenes en busca de aventuras. Algunas son familias que quieren un estilo de vida más económico o uno desconectado de todo. Algunas son criminales a la fuga. Algunas, como mamá, dicen que están en un viaje espiritual. Y unas cuantas están totalmente chaladas. Por supuesto, mi madre dice que los que hacen tiempo completo no son muy diferentes del tipo de personas pioneras que llegaron a California en el siglo xix y principios del xx; que son compañeros practicantes de su misma religión).

—Nosotras no. Somos domingueras —dijo Haley—. Dicho de otro modo: víctimas de secuestro. Mi marido nos trae aquí en contra de nuestra voluntad. —Con cuidado, le colocó a Maya un mechón de pelo detrás de la oreja—. Preferimos estar en casa, ¿no es así, Maya? Los fines de semana me gusta hacer pasteles. Soy una loca de la pastelería. Pero, en nuestra caravana, ni siquiera podemos freír un huevo. —Al decir eso, llamó mi atención. Estaba obsesionada con la idea de hacer pasteles desde que, un año antes, habíamos visto la película *Waitress* en el cine de un pueblo que no era el Pueblo. Haley se metió dentro de *Sadie*—. ¡Oh! ¡Este lugar es adorable! Parece sacado de una revista de decoración, con toda esta preciosa madera pintada... Guau. Tal vez no me importaría tanto venir si nuestra tartana tuviese este aspecto. Bien hecho. —La mayoría de la gente tenía esa reacción cuando entraban en nuestra autocaravana gracias a los suelos de madera auténtica pintados de blanco, las cortinas moradas transparentes, el enorme y original candelabro de cristal marino de todos los colores, la mecedora para dos personas, las lámparas chulas que había por todas partes y, por supuesto, la Gran Muralla de los Libros. Siempre íbamos a ferias de artesanía y mercados agrícolas en busca de lo que mamá llamaba «accesorios para *Sadie*». Haley sonrió y dijo—. ¿Estáis las dos solas?

—La verdad es que sí —contestó mi madre.

—¡Qué valientes! Yo estaría asustada si Maya y yo estuviéramos solas. Con todos esos inadaptados que acechan por los *campings*... ¿Te has dado cuenta?

—Me gustan los inadaptados —contestó mamá con una sonrisa que no era en absoluto sonriente.

—Bien. Ya lo sé, juzgo demasiado a la gente. ¿Ves? Por eso debería estar en casa, en mi barrio de las afueras, haciendo pasteles. —Posó los ojos sobre nuestras esterillas de meditación.

—¡Oh! ¿Hacéis yoga? Yo empecé con pilates. ¡Te cambia la vida! O, bueno, al menos te cambia el culo. —Se rio mientras se daba una palmada en el trasero.

Yo solté una risita. Maya también.

—Meditamos —dijo mi madre.

—¿Ambas?

—Sí. Dos horas al día.

—¡Dos horas al día! Dios mío... ¿Y a ti te gusta, Cassidy?

—Es muy aburrido —dije, porque era cierto.

Haley estalló en carcajadas.

—¿Verdad? Una chica de las mías. Mira, esta es la pura verdad: me parece que el yoga es una tortura. ¡Una tortura absoluta! Todo ese esoterismo, el Savasana, ponerte en la postura de un hombre muerto o de un bebé y hacer la respiración del león... —Exhaló por la nariz en ráfagas breves—. Todo para conocer mejor tu propio ombligo. Pues yo conozco mi ombligo perfectamente, muchas gracias. —Estaba en racha, a medio camino entre la cháchara y la risa, deleitándose con palabras que, sin duda, se estaban agriando en la mente de mi madre. Y a mí me estaba encantando—. De todos modos, ¿de qué va todo ese rollo del bienestar? —prosiguió—. Lo que quiero decir es... Soy enfermera y sé distinguir a una persona enferma cuando la veo, y toda esa gente que hace yoga no está enferma, ¿no es así? —Aquello iba dirigido a mí.

—Tienes razón —dije.

—Exacto. ¿Por qué vas en busca del bienestar cuando, a todos los defectos, estás todo lo bien que se puede estar?

—«A todos los efectos» —intervino mi madre.

—¿Qué?

—Se dice «a todos los efectos», no «a todos los defectos».

—¿De verdad? ¿No es una broma? ¿«A todos los defectos» es «a todos los efectos»? ¿Quién demonios lo hubiera sabido? ¿Cómo he podido pasar treinta y ocho años de mi vida sin saberlo? ¿Estás segura?

—Estoy segura —contestó mi madre.

Yo pensé: *Altivo/a, adjetivo: «arrogantemente superior y desdeñoso»*.

Haley no pareció darse cuenta. Se dio un golpe en el muslo, como si acabara de recordar lo que había venido a decirnos.

—Estaba pensando que, mientras las niñas juegan... —Sacó una botella de vino de un bolso—. Tal vez las madres podrían echarse un traguito. —Le guiñó un ojo a la altiva de mi madre pero, entonces, sus ojos se posaron en los botes de medicamentos para su problema de estómago, que estaban apilados en el alféizar que había a su izquierda. Rápidamente, miró a mamá y, después, otra vez las etiquetas. Mi madre se aclaró la garganta y Haley sacudió la cabeza—. Ay, lo siento. Qué maleducada. Es deformación profesional; no puedo evitarlo. Sin duda, soy ese tipo de persona que, cuando la invitan a una fiesta, abre el armario de las medicinas. Estoy hecha una cotilla. Bueno... ¿abrimos la botella y dejamos que estas niñas jueguen al ocho loco?

No entendía por qué parecía tan nerviosa y me sentí aún más confundida cuando miré a mi madre y vi que tenía un gesto cerrado. Con su voz más formal y educada, dijo:

—Muy amable por tu parte ofrecerme vino, pero no bebo. Además, estábamos a punto de marcharnos de este sitio.

No. Estábamos. A. Punto. De. Marcharnos. De. Ese. Sitio.

—Espero que no sea por... Vaya, qué lástima... Maya tenía muchas ganas de jugar con Cassidy —dijo Haley.

Bajé la vista. Maya llevaba unas chanclas rosas. Las mías eran moradas. Le di un golpecito en la pierna y, rápidamente, me quité la derecha y la empujé hacia ella, que hizo lo mismo de modo que cada una tuviéramos una rosa y otra morada. Nuestras madres no se dieron cuenta.

Cuando estuvieron a un par de metros de *Sadie*, oí que Haley le decía a su hija:

—Nunca se sabe lo que vas a encontrar cuando llamas a una puerta en estos sitios, ¿verdad? Esa mujer tan guapa debe de tener el mismo problema que tu tío Billy. O, al menos, usa la misma medicación. No la envidio. Ni a ella, ni a la niña. Sé de primera mano que...

Entonces, su voz se perdió. Cuando me di la vuelta, los botes de las medicinas habían desaparecido.

Recuerdo ese momento porque fue la primera vez que se me ocurrió que, tal vez, mi madre tuviese algún problema. ¿Cómo podía haberlo sabido? Éramos las únicas personas que conocía. Todavía no sé qué había en aquellos botes. Después de aquello, no volvió a dejarlos a la vista y, aunque los buscaba a menudo, nunca fui capaz de encontrarlos.

—De acuerdo, lo siento, he sido una imbécil —dice mi madre en este momento mientras mete la mano a través de la ventanilla de *Sadie* para tocarme el brazo. Sin embargo, todavía no estoy lista para perdonarla, así que no me río a pesar de que quiero hacerlo porque nunca dice palabrotas. Sé que se está esforzando—. Es solo que me ha parecido que Haley nos estaba juzgando. No me gusta que me juzguen. Nunca más lo volveré a hacer. Sé lo mucho que quieres tener algún amigo de tu edad. Y ahora, sí que me voy a meter bajo esas cascadas y quiero que vengas conmigo.

No lo hago. Vuelvo a entrar en nuestra zona de salón, abro una bolsa de Doritos, me meto uno tras otro en la boca (son el único capricho de mi madre; a mí ni siquiera me gustan) y, en contra de todos mis instintos de orden y limpieza, dejo que las migajas de color naranja brillante se esparzan por todo el suelo blanco. Entonces, empiezo a llorar. Últimamente, esto ocurre a menudo. Géiseres de tristeza junto con géiseres de ira, géiseres de malhumor, géiseres de frustración... Básicamente, géiseres de todas las emociones posibles. Mamá dice que se deben al hecho de que me ha venido la regla y que nuestros encontronazos cada vez más frecuentes obedecen a la doble cantidad de hormonas que hay en nuestra casa. «Voy a esconder los cuchillos, Cassidy, mi adolescente terrible», bromea demasiado a menudo.

De normal, cuando lloro, aparece de inmediato sin importar dónde esté; como si tuviera un oído sobrehumano de madre sintonizado con mis llantos. Sin embargo, no viene en esta ocasión y yo me aburro enseguida, así que me adentro en la lluvia para buscarla. Para mi sorpresa, sigue estando cerca y tiene el vestido empapado.

Incluso a través de la lluvia, puedo ver que también está llorando.

Para mí, es mucho peor cuando llora ella que cuando lloro yo, ya que temo que eso signifique que se está por dirigir al Mundo Silencioso. Temo que me diga que está cansada de sus palabras, cansada de sus propios pensamientos, cansada de su propia respiración, cansada del sabor que hay en su boca, cansada del aire de sus pulmones y cansada de la sangre que le corre por las venas. Corro hasta ella y estoy a punto de decirle que lo siento, convencida de que soy la causante de este ataque de tristeza, cuando veo el gorrión desmadejado que hay a sus pies. Paso por debajo de su brazo.

—¿Lo has matado? —le pregunto.

Ya lo sé, es horrible que una chica haga una suposición así sobre su madre, pero recuerdo haberlo pensado y haberlo preguntado.

—Tal vez sí —dice ella.

—Pero ¿cómo?

—Con malos pensamientos —me responde.

Por supuesto, sé que eso no puede ser cierto y, aun así, me perturba. Es algo que también se ha quedado grabado en mi interior, como todas sus historias que empiezan por «En los tiempos de por siempre jamás...». A día de hoy, en contra de toda racionalidad, me descubro intentando mantener pensamientos positivos cuando estoy cerca de algún pájaro, esperando que caigan muertos desde el cielo, en medio de mi camino, en cuanto tenga algún pensamiento siniestro.

Mamá empieza a reírse. Al principio, lo hace con suavidad y, después, con abandono.

—¡Mírate esa cara! Mi niña literal... Dios, soy una madre horrible. ¡No! ¡Los malos pensamientos no matan a los pájaros! Para ser una chica tan práctica, eres demasiado ingenua. —Me toma de la mano—. La próxima vez harás algún amigo. Te lo prometo. Incluso aunque su madre sea tristemente ordinaria.

Se me encienden las mejillas.

—¿Yo soy «tristemente ordinaria»?

Ella hace una pausa, me coloca una mano bajo la barbilla y me alza la cabeza para tener su mirada a la altura de mis ojos.

—Ni mucho menos; pero no debería preocuparte tanto lo que otras personas piensen de ti. Te has vuelto muy cohibida.

—¿Qué otras personas? No conozco a ninguna otra persona —replico.

Aunque entiendo lo que quiere decir. A ella no le importa que la gente nos mire como si fuéramos bichos raros cuando nos tomamos de la mano y nos metemos corriendo en el agua mientras damos vítores. Ni siquiera parece darse cuenta de las miradas que nos lanzan. Tal vez, en el pasado, yo tampoco me diera cuenta pero, desde luego, ahora sí lo hago. Solían gustarme los días que dedicábamos a hacer buenas obras de manera aleatoria, cuando regalábamos dónuts en las esquinas de las calles o comprábamos un puñado de paraguas y chubasqueros y se los entregábamos a los viandantes que no iban preparados; los días en que llenábamos con monedas de veinticinco los parquímetros de todo un pueblo o limpiábamos el automóvil sucio de alguien mientras estaba comprando para después escondernos entre los matorrales y presenciar su sorpresa y su alegría cuando regresaba a él.

Ahora, me percato de las miradas de reojo y de la aprensión y el recelo de los demás. Sobre todo, me percato de otras madres, que me miran los pies descalzos, la melena despeinada y la ropa sucia. Mamá nunca se da cuenta de que a la gente del supermercado le parece raro que se lleve un melocotón a la nariz e inhale su aroma durante tres minutos repletos de gemidos antes de ponerlo en nuestra cestita de la compra o que monte en cólera cuando ve a un perro atado y, a pesar de su alergia, nos haga esperar con él hasta que vuelve su familia.

—Eso es lo que me confunde de ti, Cassidy —me dice—. Porque, básicamente, has sido criada por los lobos. O, al menos, por una loba. Esperaría de ti que fueras una niña salvaje. Así que no sé de dónde sale todo esto.

—¿De dónde sale el qué?

—La indecisión. Esta indecisión existencial; una indecisión a...

—¿A ser como tú?

Ella se ríe y alza el rostro hacia la lluvia.

—¡Sí, lo admito! ¡Qué horrible por mi parte! Quiero que seas como yo. O, por lo menos, quiero que quieras ser como yo.

Una de las mejores cualidades de mi madre es su honestidad (no sobre el pasado, sino sobre el presente); lo bien que se conoce a sí misma.

Lo que no entiende es que sí que quiero ser como ella, aunque no se lo digo. No tengo ni idea de quién soy más allá de ella. A todas horas, me descubro acompasando mi respiración con la suya y me encuentro agarrándome a su ropa en secreto cuando creo que me puedo salir con la mía.

(Ojalá pudiera saber lo mucho que me parezco a ella ahora que tengo diecinueve años).

Mamá se arrodilla y empieza a cavar un hoyo para el pájaro muerto. Me agacho junto a ella y la ayudo. La lluvia, que es una bendición, es ahora una llovizna. Deja al animal en el agujero que hemos cavado con las manos y me pregunta si quiero decir algo. No quiero. Ella asiente y, para mi sorpresa, susurra sobre la pequeña tumba:

—Pajarillo, por favor, diles a mi madre y a mi padre que los echo de menos.

—¿Están muertos? —digo. Estoy tan conmocionada que apenas puedo pronunciar una sola palabra—. ¿Tus padres? Si te abandonaron, ¿cómo lo sabes? Pensaba que te habían «enviado río abajo en una cesta» —añado mientras hago el gesto de las comillas con los dedos. Así es como lo había interpretado siempre: que la habían abandonado, que lo que fuera que hubiera pasado después no había sido agradable y que, por eso, no quería hablar de ello.

—Sí que me enviaron río abajo en una cesta.

—¿Cuándo?

—El año antes de que nacieras tú, cuando murieron ambos. Yo tenía diecisiete años.

Sé que es la verdad. Y, así, se resuelve el misterio de sus padres; de mis abuelos. ¿Por qué en este momento? No tengo ni idea.

—¿Cómo murieron? —le pregunto, aprovechándome de este milagroso momento de franqueza.

Se queda callada durante tanto tiempo que pienso que no va a contármelo o que va a entrar en el modo «cuento de hadas». Sin embargo, tras una eternidad, tal vez con el tono de voz más serio que le haya oído usar jamás, dice:

—Malos pensamientos.

—¿Qué quieres decir, mamá?

—Mi madre se suicidó. No había querido contártelo. Sobre todo porque tu padre se ahogó. Demasiada muerte, ¿sabes?

Se me revuelve el estómago.

—¿Y mi abuelo? —susurro.

Sus ojos se encuentran con los míos.

—Malos pensamientos también.

—¿También se suicidó?

Ella alza la vista hacia el cielo y deja que las gotas de lluvia le humedezcan la cara.

—No —suspira—. Bueno, en cierto sentido. Bebió hasta acabar en la tumba. No es una historia feliz. —Le tomo la mano, se la estrecho y juro que nunca la dejaré marchar. Jamás. Una sonrisita se le dibuja en el rostro—. He querido contarte cosas. No sé... Cositas idiotas sobre mi padre como, por ejemplo, lo grande que era. Era un hombre altísimo. Siempre me decía cuáles eran los vecinos que limpiaban el polvo de encima del frigorífico y cuáles no.

Entonces, me doy cuenta de algo. Bueno, no me doy cuenta; es como si, de pronto, se hubiera abierto una grieta en mi mente y la información, una información irrefutable, hubiera caído dentro de ella.

—Él es el gigante triste que no puede encontrar a su amor, ¿verdad?

—Así es.

Nos miramos. Tiene el rostro despejado y su gesto es sincero y vulnerable.

—Sí que quiero ser como tú, mamá. Más que cualquier otra cosa —espeto—. Es solo que no lo soy.

Me toca el pelo con una mano y la deja ahí posada.

—Es una suerte que no seas como yo. Veo que cada vez me parezco más y más a mi madre. No es algo bueno.

Una vez más, las cosas se me están aclarando.

—¿Tu madre iba al Mundo Silencioso?

—Sí.

Mi mente zumba al comprender otra cosa.

—¿Es la mujer muerta que canta?

—Sí.

—¿Y la madre y la hija que se congelan como glaciares cuando se dan la mano sois ella y tú?

—Sí.

—No somos nosotras.

—No, no somos nosotras. Nosotras nunca, cariño.

Me doy cuenta de que, todo este tiempo, me ha estado contando todo lo que quería saber sobre el pasado, solo que lo ha estado haciendo en código y yo no sabía que tenía la clave.

«En un reino muy lejano, en los tiempos de por siempre jamás...».

Los tiempos de por siempre jamás siempre han sido el presente; nosotras. Los espeluznantes y asombrosos cuentos de hadas son nuestra herencia, nuestra historia, nuestra vida, nuestro legado.

—¿Y mi padre? —le pregunto. No le gusta cuando lo llamo Jimmy «el Padre Muerto y Ahogado».

Ella sonríe.

—Esa es una de las pocas historias felices del canon. Es la sombra que deja regalos en medio de la noche.

—¿Y yo?

Su mirada se suaviza y los ojos se le llenan de emoción.

—Tu eres el regalo, cariño.

—¿Aparezco en alguna otra historia?

—No.

—¿Porque soy tristemente ordinaria? —le digo, consciente de lo tristemente ordinario que es decir algo así en este momento.

—Porque eres extraordinaria, Cassidy. No hay palabras lo bastante buenas para describirte ni historias que te hagan justicia. Lo he intentado. Tal vez, cuando escribas tus propias historias, puedas...

—Yo no escribo historias.

—Lo harás. —Sonríe—. Todas las mujeres escriben historias. Es solo que apenas unas pocas las transcriben.

—¿Y los hombres?

—¿A quién le importa? —dice mientras se ríe de esa manera tan suya que me hace sentir que puedo volar. Se agacha y comienza a lanzar tierra sobre la tumba del pájaro, pero, entonces, se detiene y se inclina sobre el cadáver.

—¿Qué? —le pregunto.

Recoge al animal con cuidado y lo acuna entre las manos.

—Oh —dice—. ¡Ay, Cassidy!

—¿Qué?

—¡Ay! ¡Ay! ¡Ay! —Aparta una mano de la otra y el pájaro muerto sale disparado de su palma en un aleteo frenético de vida y, después, se eleva hacia el cielo—. ¿Eso acaba de ocurrir? —exclama mientras da saltos.

Yo también estoy saltando.

—¡Sí! ¡Sí!

—¡Es un milagro!

—¡Lo es!

—¡Es cosa de mis padres! —dice ella—. ¡Lo sé! ¡Nos están enviando un mensaje! ¡Un mensaje para que sigamos alzando el vuelo! ¡Ay, ay, ay! Gracias a Dios. Es un buen presagio. ¡Vamos!

Entonces, sale corriendo bajo la lluvia hacia las cascadas. Yo me quito la camiseta y siento las gotas y el viento en el pecho, en la espalda y en el pelo. Mamá vuelve corriendo hacia mí, me agarra las manos y empezamos a dar vueltas, inclinadas hacia atrás y mirando hacia arriba, dejando que la lluvia nos caiga sobre la cara. Júbilo, sustantivo: «una sensación o expresión de gran alegría y triunfo».

—¡Somos ninfas desnudas! —exclama ella.

—¡Hadas desnudas! —grito yo.

Y, ahí está: la felicidad desbordante y arrasadora de estar con mi madre, de ser dos soles girando en medio de una tormenta.

—¡Cassidy el hada! —canturrea. Entonces, me atrae hacia ella y me dice—: Te estoy criando así porque quiero que sepas cómo ser libre. —Me toca la cabeza—. Aquí dentro. Si eres libre aquí dentro, serás libre en cualquier parte. ¿Lo entiendes?

Asiento y ella me devuelve el gesto. Entonces, damos vueltas y más vueltas hasta que no quedan más palabras, hasta que no quedan más historias y hasta que no queda nada de nosotras mismas.

CASSIDY

Cuando volvemos a *Sadie*, la lluvia se ha detenido y el sol asoma entre las nubes con rayos dispersos. Nos cambiamos de ropa y colgamos las prendas mojadas de la barra de la ducha sin chocarnos ni una sola vez, como si alguien nos hubiera diseñado una coreografía. Estamos demasiado acostumbradas a maniobrar en un espacio de un metro. Entonces, comenzamos a montar el campamento como si fuéramos una colonia de hormigas compuesta por dos individuos. Esto incluye sacar las sillas de leer, colgar la hamaca, abrir la mesa de exterior, desplegar el toldo y apagar la cocina (preferimos usar el hornillo de acampada siempre que nos es posible). Limpio los Doritos. Después, salgo de *Sadie* con los brazos cargados de los ingredientes para hacer tacos y me uno a mi madre en la mesa. Ella toma una cebolla y comienza a picarla sobre la tabla de cortar.

A estas alturas, me he olvidado de la caravana de las pesadillas de al lado (mamá y yo hemos decidido que lo más probable es que esté vacía y que su ocupante se encuentre de acampada en el bosque), así que cuando oigo: «No pretendo ser maleducado, pero estás maltratando las hortalizas», me sobresalto y me doy la vuelta. Entonces, veo a un hombre apoyado en el marco de la puerta del otro vehículo. Va vestido con una camisa roja a cuadros desabrochada hasta abajo del todo y tiene los brazos cruzados sobre una franja de pecho desnudo, moreno y musculoso. No encaja en ninguna de mis categorías para los hombres. Tiene los ojos fijos en mi madre.

—¿Sabías que los antiguos egipcios veneraban a las cebollas? —le dice—. Creían que, cuando las mordías —añade con una sonrisa que es un destello blanco cegador—, estabas mordiendo la eternidad.

El tipo habla despacio, como si estuviera cargando cada palabra de muchos significados. Tiene el cabello castaño claro y despeinado, como si acabara de levantarse, algo de vello facial desaliñado y los vaqueros le cuelgan tan bajo que puedo ver la línea de pelo que le llega hasta ya sabes dónde. Pienso que es un auténtico desgraciado. Uno que sigue mirando a mamá, lo que es normal; lo que no es normal es que ella también lo esté mirando fijamente con un destello de curiosidad en los ojos.

—Así que es como morder la eternidad, ¿eh? —dice mi madre mientras sacude la cabeza con sutileza para que el cabello se le escape del moño suelto. Oh, oh. El Desgraciado se percata de la caída de la melena y sonríe con los labios cerrados. Yo me siento aliviada, pues no quiero que vuelva a mostrarle esos dientes que brillan en la oscuridad. Mamá se sonroja y baja la mirada como si fuera tímida. ¿Hola?

—Creían que las cebollas nos permitían saborear el tiempo mismo —comenta él—, así que tienes que cortarlas bien o...

—¿O qué? —pregunta mi madre, que también ha empezado a hablar despacio y de un modo extraño—. ¿O se detendrá el tiempo?

Otra sonrisa deslumbrante.

—Es lo más probable. O se disparará hacia delante y, de pronto, tendremos noventa años, la vida se habrá acabado y estaremos pensando en todo lo que lamentamos; en todas aquellas cosas que queríamos hacer y no hicimos.

¿De qué están hablando? Parece como si estuvieran hablando en otro idioma. Entonces, me doy cuenta de que es así y de que lo que está ocurriendo es que están COQUETEANDO. Como en todas las comedias románticas. Como en las novelas de Jane Austen. Observo al tipo. ¿Qué es lo que le ha llamado la atención a mi madre de este tocapelotas? Sí, es apuesto, pero muchos hombres apuestos han llamado a su puerta. Ninguno de ellos la ha sumido en un trance como este. Quiero rociarla con agua helada. O darle una descarga eléctrica.

—Un minuto —dice él. Entonces, vuelve a entrar en su autocaravana.

Mamá se mete en *Sadie* y, cuando regresa, se ha puesto pintalabios y se ha hecho la raya del ojo, lo que la convierte en una estrella de cine. Nunca se maquilla. Continúa cortando la cebolla con la mirada puesta en el vehículo del Desgraciado que, cuando vuelve, lleva la camisa abotonada y el pelo un poco más organizado. También tiene un cigarrillo apagado entre los labios. Gracias, Jesús, Mahoma, Buda, Shiva y todas las Fuerzas Divinas. Bandera roja. Mamá odia el tabaco. Él se acerca a ella y dice: «Permíteme», antes de abrir la mano para que le deje el cuchillo. ¡Y ella lo hace! Le entrega el cuchillo. El cuchillo más grande y peligroso que tenemos, con excepción del machete. Te lo voy a repetir, Wynton: ¡le entrega al Desgraciado un arma homicida!

—¡Mamá! —exclamo, pero ninguno de ellos me presta atención. ¿Quién le entrega a un desconocido un cuchillo enorme cuando está en medio de la nada con su hija?

Esta es la primera señal de nuestra condena inminente.

—Como si le estuvieras dando la mano —le dice él mientras sujeta el cuchillo. A esto se le llama *mansplaining*, algo que mi madre detesta, pero, cuando viene del Desgraciado, no parece importarle—. Es importante manejar los cuchillos con cuidado; con... amor. —Intercambian una mirada.

Ay, madre. Ay, qué asco.

Él toma la cebolla, la lanza al aire y, ¡pum!, la corta por la mitad cuando vuelve a caer sobre la mesa. Entonces, rodea una de las mitades de la cebolla con los dedos de la otra mano mientras la corta con la mano del cuchillo y, tres segundos después, la hortaliza está picada en perfectos cuadraditos diminutos y tanto mi madre como él están llorando.

—No llores —le dice él con suavidad mientras le da un golpecito en el hombro con el suyo, como si fueran amigos de toda la vida.

—Tú tampoco —replica ella mientras le sonríe. Me doy cuenta de que está intentando no sonreír, pero no puede.

Qué ridiculez, pienso. Una ridiculez absoluta.

Solo le concedo que ese truco de cortar la cebolla ha sido chulo.

—Mi cita literaria favorita me recuerda a lo que has dicho sobre la cebolla —dice mi madre—. Aparece en *Al faro*, de Virginia Woolf. La señora Ramsay está sirviendo un trozo de ternera a uno de sus invitados a la cena pero, si quitas la coma de la frase, lo que en realidad le está sirviendo al invitado es «una pieza particularmente tierna de eternidad». Es brillante.

Quiero tapar con la mano la sonrisa que sus palabras dibujan en la cara de este tipo para que ella no siga hablando así.

—Me llamo Dave.

Dave «el Deslumbrante Desgraciado Empuñacuchillos».

—Marigold —contesta mi madre.

—Marigold —repite él mientras toma otra cebolla—. ¿De dónde venís?

Esa es una pregunta que mamá siempre responde con «De por ahí» o «De todos lados y de ninguno», lo que corta de raíz la conversación. En su lugar, dice:

—Hemos estado una semana en un *camping* cerca de Doe Creek. Antes de eso, en México. En Baja, un lugar precioso y desierto en el que llevamos años acampando durante el invierno. Apenas vimos a otras personas en un mes. Ostras a la barbacoa en la playa todas las noches.

¿Hola? ¿Hola? ¿Hola?

Me acerco hasta ella y le susurro:

—¿Por qué le estás contando tantas cosas? Es un desgraciado. —Ella me aparta.

—Eh... ¿me acabas de llamar «desgraciado»? —me pregunta él con acento inglés. Su risa es fuerte y caótica, una evidencia más de su locura y del peligro inminente—. Y, para colmo, con una voz tan imponente y profunda. —No me gusta cuando la gente hace comentarios sobre mi voz, que siempre es profunda y ronca—. Eso suena maravilloso —añade mientras apunta a mi madre con el arma homicida, sin esperar a que yo le dé una respuesta—. Ostras a la barbacoa en la playa. Ñam, ñam, ñam. —Ahora, está gimiendo. Le lanzo a mi madre una mirada que dice: «¿Ves? ¡Está loco!». Sin embargo, ella está riéndose. Un momento, ¿acaso es un tipo encantador? Estoy demasiado nerviosa como para darme cuenta—. ¿Y quién es esta desgraciada? —Me guiña un ojo.

Nunca en la historia del mundo ha existido una mirada asesina tan fea como la que le lanzo a Dave «el Deslumbrante Desgraciado Guiñador».

—Esta es mi hija, Cassidy. Colecciona palabrotas. Esa la aprendió de dos «tíos» ingleses que estaban aparcados a nuestro lado —contesta ella mientras me guiña un ojo. ¿Por qué todo el mundo me guiña el ojo?—. No fomento esas cosas. También le enseñaron a jugar al póquer y a fumar cigarrillos. Tampoco fomento eso. —Aggg. Supongo que sí que sabía lo de las clases de fumar—. Es mi pequeña guerrera de la carretera. Hacemos tiempo completo. Somos pioneras del siglo XXI. Vamos a la caza de la iluminación y otras cosas intangibles. Llevamos años haciéndolo.

Años en los que mi madre nunca ha sido tan sociable, tan real, tan ella misma con nadie que no fuera yo.

Él suelta un silbido y sacude la cabeza.

—Qué agallas. Y con una niña. Aventureras de verdad. Estoy impresionado. —Me sonríe como si creyera que eso me va a convertir a mí también en una tonta que no para de hablar. Pues, lo siento, pero eso no va a pasar. Vuelvo a lanzarle una mirada asesina—. Bien, Marigold y Cassidy, no puedo superar las ostras en la playa, pero puede que tenga algo que se le acerque. Me gustaría invitaros formalmente a cenar mañana por la noche en mi restaurante, que está a unos tres metros de aquí. —Señala la tartana que es su autocaravana—. Para el espectáculo de las colmenillas.

—¿Colmenillas? —pregunta mamá.

—No me digas que nunca habéis comido setas colmenillas. Supuse que erais compañeras de búsqueda y que tendría que compartir el botín. Porque, ahí afuera, hubo un fuego y, donde hay fuego, hay bonanza. He estado esperando a que parara de llover. —Alza la vista como si quisiera evaluar el tiempo—. Se requiere vestimenta informal. Mañana a las siete, ¿os parece bien?

Doy tirones al vestido de mi madre mientras le susurro:

—¿Puedo hablar contigo en *Sadie*?

—Ahora no, Cass. —¿«Cass»? Nunca me llama «Cass». Jamás. Ni una sola vez en toda mi vida. Se ha olvidado de mi nombre—. Nos encantaría. Será divertido.

Ya me he cansado. Entro en *Sadie* y, después, los veo interactuar desde la ventana, tal como vemos interactuar a las ardillas o a los pájaros durante nuestros paseos científicos. Me fascina ver cómo mi madre está tan pendiente de las palabras de este tipo. Lo miro fijamente. ¿De qué se trata? Ni siquiera ha intentado llamar su atención. La ha recibido, sin más. Tal vez le haya lanzado un hechizo. Tal vez por eso hablaba tan despacio al principio sobre cómo la cebolla guarda todo el tiempo en su interior.

Pensaba que, esta noche, íbamos a hablar de sus padres junto al fuego; que al fin llegaría a conocerlos. Pensaba que podría decirle lo triste que estaba por ella y lo mucho que me asustaba que sus padres hubieran muerto de ese modo.

En su lugar, estoy exiliada dentro de *Sadie*.

Ahora, mi madre está hablando emocionada, usando las manos. Lo más probable es que lo esté haciendo sobre la historia de California o sobre su filosofía acerca de vivir eufóricamente. O, tal vez, le esté contando una historia de «En los tiempos de por siempre jamás». Sea lo que fuere, él está fascinado. Ella está haciendo esa cosa que me hace a mí y que lo convierte en luminosidad. Pero lo extraño es que parece que él también se lo está haciendo a ella. Siento como si estuviera contemplando dos estrellas explotando y convirtiéndose en supernovas.

(¿Crees en el amor a primera vista, Wynton? Yo sí, gracias a esa noche. Y porque a mí me pasó una vez. Puede que sepas cuándo).

La garganta se me estrecha mientras observo cómo Desgraciado hace mis tareas: aplastar los aguacates, picar los tomates y los pimientos, cortar las limas y calentar las tortillas. Cuando la cena está lista, nadie me llama. Al final, el estómago me ruge con tanta fuerza que abro la puerta y salgo.

—Cariño, agarra un plato. Hemos preparado tacos.

Como si no lo supiera. ¡Como si no hubiésemos decidido comer tacos porque esta noche me tocaba elegir a mí y he elegido los tacos! ¡Como si no hubiera estado a punto de morirme de hambre dentro de *Sadie*!

Le lanzo a mi madre una mirada todo lo cargada de odio que puedo mientras me preparo un plato, pero ella no se da cuenta.

—Siempre he tenido estas tendencias de buscadora —oigo que dice—, estos anhelos espirituales. Iba a ir al colegio allí gracias a su programa de teología pero, entonces, mi vida cambió muy rápido. Como ya te he contado, mis padres murieron, así que se me ocurrió esta idea.

Estoy tan sorprendida ante sus palabras que tengo que evitar plegarme como una silla. ¿Le ha hablado de sus padres? ¿Después de solo una hora? Le ha costado doce años contármelo a mí. Tengo un sabor en la boca que se parece al del metal. Creo que me he mordido la mejilla. Y ¿qué programa de teología? ¿Qué es un programa de teología?

Vuelvo a entrar en *Sadie* con mi plato, esperando que me diga: «¿Dónde vas? Ven a sentarte a la mesa con nosotros, pastelito», ya que nunca comemos separadas a menos que ella esté en el Mundo Silencioso. Pero no dice nada.

En el interior de la autocaravana, me siento a la mesa, doy un mordisco al taco de cartón y dejo el resto. Entonces, me subo a la cama y me hago un ovillo, en la misma posición que adopta mamá cuando está en el Mundo Silencioso. Solo que el mundo no está en silencio. En absoluto. Ellos están al otro lado de la ventana, riéndose como dos tontos. Salgo de la cama y los observo un poco más desde detrás de las cortinas moradas.

Es una película en la que el papel de mamá lo interpreta una actriz con un parecido sorprendente a ella.

El papel que está interpretando es tan... No sé... «Tan ella», es lo único que se me ocurre. Súper ella. Ahora, han dejado atrás el campamento y están de espaldas, contemplando la cascada.

Entonces, ella comienza a desnudarse y, mientras él se quita la ropa, mamá se mete corriendo en el agua en ropa interior. Él la sigue y ambos gritan bajo la cascada a pleno pulmón. Eso es algo nuestro.

Soy un globo desinflado.

Después de la cascada, Dave enciende una hoguera y envuelve a mi madre con una manta mexicana que saca de su caravana. Se sienta a la mesa mientras toca la guitarra y mamá lo observa desde su silla. Tiene la misma cara que cuando contempla el océano durante las últimas horas de la tarde.

Por primera vez en mi vida, cuando me despierto, mi madre no está ahí.

Bajo de un salto (lo que va contra las reglas) y aterrizo con el tobillo. Siento la punzada de una torcedura, pero no me importa. Salgo disparada de *Sadie* y me siento aliviada de que el cuerpo muerto de mamá no esté junto a las brasas todavía humeantes de la hoguera (vemos una buena cantidad de películas sangrientas de miedo). Me dirijo a la autocaravana de Dave. Estoy a punto de llamar a la puerta cuando oigo sonidos sexuales.

Me cubro los oídos, me dirijo a la mesa exterior y cuento los cigarrillos que Dave se fumó anoche: doce. La botella que dice «Wild Turkey» está medio vacía. Mi madre también odia la bebida pero, al parecer, no cuando lo hace Dave «el Desgraciado Chupavergas». Incluso con los oídos tapados, todavía puedo oír los sonidos sexuales, así que me quito las manos de las orejas y repito: «Qué asco, qué asco, qué asco, qué asco, qué asco» mientras voy dando pisotones por todo el campamento como si fuera Rumpelstiltskin. Pienso en marcharme; en ir hasta el lago, que está a dos kilómetros, para nadar, pero no se me permite entrar sola en el bosque.

Cuando al fin se detienen los ruidos asquerosos, golpeo la puerta con todas mis fuerzas. Quiero derribarla. (Cólera, sustantivo: «enojo intenso. Ira»). Abre mi madre, que va vestida con la camisa a cuadros rojos que llevaba Dave anoche. La lleva mal abrochada. Ella también parece desabrochada. Parece como si hubiera estado dando tumbos en una secadora. (Desaliñado/a, adjetivo: «de aspecto desaseado o descuidado»).

—Buenos días, Cass —me dice.

—¿Quién es Cass? —le espeto en un susurro, con los brazos cruzados—. ¿Qué pasa con las clases?

Ella se agacha y me mira a los ojos.

—Haz las lecciones de hoy tú sola y, por la tarde, iremos todos juntos a dar un paseo científico y a nadar. —La traición de sus palabras y la cólera volcánica que hay en mi interior me dejan muda. Las mejillas me arden—. Necesito hacer cosas de adultos con Dave, Cass. Igual que tú querías jugar con aquella chica, con Maya, ¿te acuerdas?

—¡Pero no me dejaste jugar con Maya!

—Cass...

—¿Quién es Cass? —grito en esta ocasión mientras me alejo hecha una furia.

Yo tampoco sé quién soy en este momento, mientras vuelvo a recorrer el campamento dando pisotones antes de regresar a *Sadie Mae*, donde me como un malvavisco tras otro hasta que tengo ganas de vomitar. Me planteo saltarme la lección pero no lo hago, ya que me gustan la geometría y la biología humana, así como la historia de Europa, el español y leer a Zora Neale Hurston. Este es mi currículum favorito hasta el momento. Ahora, voy muy adelantada. Mamá dice que lo más probable es que tenga un nivel de mediados de secundaria. Después de estudiar, leo el diccionario, que es mi consuelo, mientras espero todo lo que es humanamente posible antes de volver a llamar a la puerta de la autocaravana de Dave. Nadie responde. Llamo con más fuerza. Todavía nada. Se me revuelve el estómago por el miedo. Golpeo la puerta con los dos puños y, cuando paro, oigo una risa amortiguada. Oh, Dios mío. Me doy cuenta de que me están ignorando; de que se están riendo de mí.

—¡Sois los dos unos desgraciados! —grito.

Las risas dentro de la caravana se descontrolan.

Doy un paso atrás, horrorizada y mortificada. Lo siguiente que sé es que estoy recorriendo el sendero que va al lago hecha una furia, impulsada por una traición que puedo saborear en la boca y sentir en los huesos. Tengo la visión nublada, la piel me arde y los pensamientos hierven en mi cabeza y se derraman mientras avanzo a toda velocidad sin ver el camino cada vez más estrecho que tengo enfrente ni los árboles que se ciernen sobre mí.

A saber cuánto tiempo más tarde, me doy cuenta de que nada me resulta familiar; de que, sin duda, no recuerdo que el camino hasta el lago fuese tan empinado, que estuviese tan lleno de zarzas o tan obstruido por árboles caídos. Miro el roble venenoso, con sus brillantes hojas verdes y rojas, que cubre como un manto el suelo del bosque, trepa por los troncos de los árboles y se esparce por el sendero. Se oyen graznidos que no reconozco y un ruido como de cascabel que sí: serpientes. Las secuoyas gigantes se elevan sobre mí como un ejército. Alzo la vista, incapaz de verles las copas, y no recuerdo que fueran tan altas el año pasado, cuando fuimos paseando hasta el lago. Me percato de que no recuerdo nada de esto. De normal, sigo a mamá por los caminos, los senderos y las carreteras. Solo tengo que mantener la vista fija en ella y así sé dónde ir; así sé dónde estoy.

Nunca antes he estado sola en un bosque.

Sigo adelante, recordando que los pumas duermen en los árboles y dándome cuenta de que no me acuerdo de si debo correr cuesta arriba o cuesta abajo en caso de que un oso me esté persiguiendo, o de qué hacer si me ataca una serpiente cascabel. El sol debe de haberse ocultado tras una nube porque, en todas las direcciones, el bosque se ha vuelto gris, ceniciento. Oigo mi propio corazón en la cabeza y empiezo a correr, pero me tropiezo con una raíz y me caigo de bruces al suelo. Se me llena la boca de tierra. Me pongo de pie con las rodillas ardiendo y llenas de rasguños. Gimoteo mientras me obligo a seguir por el sendero, convencida de que, a estas alturas, ya debería haber llegado al lago. ¿Por qué no hay flores? Recuerdo que, el año pasado, había unas diminutas, moradas y amarillas, y que mamá se agachó junto a ellas, maravillada. ¿Dónde están? ¿Dónde está el lago?

¿Acaso los graznidos de los pájaros me están advirtiendo de que algo malo está a punto de ocurrir?

Oigo un sonido nuevo. ¿Un palo al romperse? ¿Un pájaro carpintero? ¿O hay alguien más en el bosque? ¿Me están siguiendo? Me doy la vuelta de golpe y empiezo a correr todo lo rápido que puedo por el mismo camino por el que he venido, en dirección al campamento. Sin embargo, nada se parece ni siquiera a lo de hace un momento. ¿Dónde está el roble venenoso? Se ha levantado viento, que susurra entre los árboles y hace que los viejos troncos crujan como si fueran puertas abriéndose y cerrándose en el cielo. Mientras avanzo, empiezo a sentir calambres en la tripa y las náuseas hacen que la boca se me llene de saliva.

En cada recodo del camino, tan solo veo más bosque y nunca el claro con dos autocaravanas, una cascada y una hoguera de campamento. Llego a una intersección con tres senderos que se abren hacia tres direcciones diferentes. No recuerdo haber tenido que escoger un camino antes, pero he debido de hacerlo y he debido escoger el equivocado. El corazón me palpita con tanta fuerza en los oídos que no puedo oírme a mí misma llorando, pero sé que lo estoy haciendo porque siento las mejillas cada vez más húmedas.

—Mamá —digo. Noto cómo la orina me corre por una pierna y salpica el suelo mientras escojo un camino y lo tomo. Solo que, ahora, estoy yendo cuesta arriba y no recuerdo haber ido cuesta abajo, así que regreso a la intersección y elijo un sendero diferente, convencida de que mi madre no me quiere, de que nadie lo hace, de que lo más probable es que mamá y Dave ya se hayan marchado juntos del campamento, contentos de haberse librado de mí.

Porque siempre he sabido que soy una carga. Ese tipo de cosas pueden sentirse aunque nunca se digan en voz alta. ¡Pero sí que se han dicho! Cuando me descubre aferrándome a ella, me llama «sanguijuela» y, además, quería ir a un programa de teología, sea lo que fuere eso, pero no pudo por mi culpa. Tan solo quiere abrir un tarro y deshacerse de mí tal como hizo con Bob Escarabajo hace tantos años.

El nuevo camino es plano, esas flores diminutas están por todas partes y las secuoyas son más pequeñas, así que, durante un instante, tengo la esperanza de que me vaya a devolver al campamento, pero no lo hace. Me doy la vuelta y me dirijo de nuevo hacia la intersección, pensando que el tercer camino tiene que ser el correcto pero, en esta ocasión, no consigo encontrar la intersección y el sol ya no se está ocultando tras una nube, sino que me está dando de pleno. Empiezan a arderme los hombros, las mejillas, e incluso la raya del pelo. Me detengo para atrapar un grillo de Jerusalén y lo mantengo en el hueco de la mano para que me haga compañía. Camino y camino con el estómago dolorido por el hambre. En todo el día, no he comido nada más que malvaviscos y estoy famélica, pero lo peor es la sed. Tengo la lengua como una lija y los labios agrietados y sangrando. Ya tengo las piernas cubiertas de ampollas producidas por el roble venenoso y no puedo dejar de rascármelas con la mano libre, así que la sangre me mancha desde los tobillos hasta los muslos y tengo un montón de sangre y piel bajo las uñas.

Estoy tan cansada que me pregunto si seguiré teniendo huesos en el cuerpo.

Los árboles parecen cadáveres.

Sin querer, aplasto al grillo hasta la muerte.

No puedo dejar de llorar.

Hasta que lo hago.

Pienso en mi abuela. Ni siquiera pude preguntarle a mi madre cómo era. ¿Se parecía a mí? ¿Me habría querido? ¿Por qué se suicidó? ¿Es por eso por lo que mi madre es...? ¿Es qué? ¿Qué fue lo que dijo Haley? «Esa mujer tan guapa debe de tener el mismo problema que tu tío Billy». Quiero tener un tío Billy. Quiero que Haley sea mi madre para poder ponerme ropa suavecita. Quiero a una madre que haga tartas y que odie el yoga. Noto las piernas muy pesadas, como si las estuviera arrastrando. Presto atención a la espera de escuchar la canción de mi abuela; quiero oír a la mujer muerta cantando tal como hace mi madre y, entonces, me parece que la oigo.

¡Así es! ¡La oigo! Todas las hojas del bosque se sacuden al ritmo de la canción, el viento es como una flauta que la acompaña, los pájaros bailan al son en el cielo y los árboles cadavéricos se están convirtiendo en chicas del bosque como yo. Sigo la voz de la mujer muerta y salgo del camino, donde la tierra es más suave, como una cama.

No recuerdo detenerme o tumbarme.

No recuerdo quedarme dormida, perder el conocimiento o lo que quiera que sea que me ocurre...

Me despierto en medio de la fría oscuridad con la luz de una linterna en la cara y un hombre diciendo: «Gracias a Dios.

Gracias al puñetero Dios». Reconozco su voz, recuerdo vagamente quién es y que no me gusta. Sopla un silbato y, desde alguna otra parte, oigo otro pitido. Entonces, él se agacha a mi lado, se pone agua en los dedos y me hace lamerla. Tengo una arcada. Lo vuelve a hacer una y otra vez hasta que dejo de tener náuseas. Entonces, vierte traguitos de agua de la botella en mi boca. Entre la luna y la linterna que lleva en la cabeza, puedo verlo.

—Estás bien. Estás bien —está diciendo, como si estuviera intentando convencerse a sí mismo—. Lo sentimos mucho. Lo sentimos muchísimo, Cass.

No me gusta el «nosotros» que va implícito en el «lo sentimos».

—No me llamo Cass —digo con una voz desconocida, más ronca de lo habitual. Tengo la garganta tensa y tan seca como el desierto.

Él se ríe, aliviado al oírme hablar, y parece atolondrado cuando dice:

—¿Cómo te llamas, cielo?

—Cassidy.

—De acuerdo, Cassidy será. Si te acuerdas, yo soy Desgraciado, también conocido como Dave Caputo. —Hay muchísima amabilidad en su tono de voz y, en este momento, no lo odio tanto. Suelto una risita, pero suena como si estuviera tosiendo. Él me levanta con cuidado entre sus brazos—. ¿Puedes ponerme en la boca el silbato que llevo en torno al cuello?

Lo hago y él empieza a soplarlo. Entonces, el otro silbato responde y él empieza a correr entre los árboles conmigo en brazos como si no pesara nada. Recorre el camino a toda velocidad en medio de la noche oscura y, de vez en cuando, sopla el silbato y recibe una respuesta. Pronto, estamos de vuelta en el campamento, mi madre se acerca corriendo y se aprieta contra nosotros, haciendo un sándwich de Cassidy.

—Estás bien. Estás bien —dice—. Lo siento mucho. Perdóname. Nunca más.

Dave me deja en la mesa y mamá me rodea con los brazos, envolviéndome en su calidez y su aroma a jazmín. Juntamos las frentes y las narices durante una eternidad y, en esta ocasión, es Dave el que nos mira.

Se ha trazado una línea. La he trazado yo.

Yo. Voy. Primero.

Wynton, si crees que esta es la segunda traición, te equivocas.

Espera.

WYNTON

Quieres preguntar qué hace en la historia de Cassidy (¡acostándose con su madre!) tu compañero semanal de ajedrez, Dave Caputo, pero, por supuesto, no puedes hacerlo.

Quieres decirle que, sí, has traicionado a mucha gente a lo largo de tu vida, desde luego, pero sabes que nunca la traicionarías a ella. Jamás. ¿Cómo podrías formar parte de alguna cuarta traición?

Además, necesitas que sepa que si no hubiera estado allí la otra noche, te habrías quedado dormido en la carretera y, ahora mismo, estarías muerto. Sigues vivo gracias a ella.

Es por ella por lo que quieres seguir existiendo.

Y lo que es más importante: quieres decirle que, por favor, vuelva a decirte que ha regresado por ti, que nunca ha sido tan feliz como entre tus brazos y que ha estado pensando en ti toda su vida. ¿Por qué no ha mencionado vuestro baile bajo la luz de la luna? Si pudieras hablar, sería de lo único que hablarías durante el resto de tu vida.

CONVERSACIÓN ENTRE LAS ENFERMERAS DEL TURNO DE NOCHE DEL HOSPITAL DE PARADISE SPRINGS:

Enfermera del turno de noche n.º 1: *¿Quién es la chica del pelo arcoíris que está con el paciente en coma? No la he visto pasar frente al mostrador.*

Enfermera del turno de noche n.º 2: *Trepa por la ventana cuando se marcha la madre. Le dije que no era necesario, así que, ahora, me trae galletas. Creo que como soborno. Le dije que su secreto, sea cual fuere, está a salvo conmigo. Es mejor que el chico no esté solo. Siempre se marcha al amanecer, antes de que llegue la familia. Son una pareja de tortolitos. Yo los llamo Romeo y Julieta. Tal vez sea un romance secreto.*

Enfermera del turno de noche n.º 1: *¡Qué romántico! ¡Me encanta una buena historia de amor!*

Enfermera del turno de noche n.º 2: *Ella le posa la mano sobre la que tiene sana y se pasa la noche contándole historias. A veces, los miro desde la puerta. Sé que suena extraño, pero la cara del chico parece diferente cuando ella está presente. Es como si estuviera prestando atención a todo lo que dice.*

Enfermera del turno de noche n.º 1: *Con todos los tatuajes que llevan, parecen algo así como una persona ilustrada, ¿verdad?*

Enfermera del turno de noche n.º 2: *Como una de esas novelas gráficas.*

CASSIDY

Las cosas cambian después de que me perdiera en los bosques y me encontraran. Cada mañana, durante las clases, Dave se une a nosotras y levanta la mano para hacer preguntas irrelevantes que nos hacen reír. Los paseos científicos por las tardes pronto se convierten en salidas para buscar setas y para darnos baños en el lago con neumáticos y flotadores. Aprendo el arte de la lucha en agua sobre hombros. «Eres pequeña pero poderosa», me dice él mientras se golpea el pecho como un gran simio cuando nos enfrentamos a un Godzilla imaginario.

Mientras me lleva a hombros, le cuento todo sobre el escarabajo Hércules, que es la criatura más fuerte de la Tierra y puede cargar un peso ochocientas cincuenta veces mayor que su masa, que es como si una persona fuese por ahí arrastrando a siete elefantes.

—¡Eso es fascinante, Cassidy! —me dice, así que, de inmediato, le cuento todas las cosas chulas sobre insectos que me guardo para mí misma porque mi madre no quiere seguir oyéndolas.

También descubro que cenar en el restaurante de Dave es mucho mejor que cenar en el nuestro porque él se calza un gorro de chef y pone la música a tope mientras prepara comidas que consisten en muchos platos que tardas toda la noche en comer. Primero, decido que Dave no está tan mal y, después, que es la persona más divertida del mundo o, al menos, la persona más divertida que conozco, lo que significa que es más divertido que mamá. Me enseña a jugar al escondite, al juego de las veinte preguntas, a «En la calle veinticuatro», a la rayuela, a hacer figuras con cuerdas, al mikado, a Marco Polo y al pilla-pilla. También me enseña a saltar a la comba y a decir el abecedario con un eructo. Se queda estupefacto al descubrir que no sé jugar a nada más que a las cartas. Yo me quedo estupefacta al descubrir lo mucho que me gustan los juegos.

Una tarde, lo veo de pie en la base de la cascada, mirando hacia arriba.

—¡Cierra el grifo de una vez, mamón! —grita.

Yo corro hasta él, que me toma de la mano mientras repito:

—¡Cierra el grifo de una vez, mamón!

Y seguimos gritando eso hasta que creo que me voy a hacer pis en los pantalones de tanto reírme y de llamar «mamón» a Dios tantas veces seguidas.

Encuentro algunas palabras nuevas. Jocosidad, sustantivo: «alegría sin límites». Exultación, sustantivo: «alegría vivaz o triunfante».

Descubro muchas cosas sobre mi madre que no sabía. Por ejemplo: Dave es gracioso, así que descubro que mi madre no lo es. Dave sabe cocinar, así que descubro que mi madre no sabe. Dave es paciente, así que descubro que mi madre es irritable. Dave es de trato fácil, así que descubro que mi madre es una tirana. Dave es estable a nivel emocional, así que descubro que mi madre es una montaña rusa (básicamente, esto ya la sabía). La lista sigue y sigue. Pequeñas revelaciones diarias. Sin embargo, la más grande es esta: Dave está presente. Es difícil de explicar el alivio que supone tener a alguien a mi alrededor que está aquí de manera constante y fiable; alguien que no esté en el Mundo Silencioso; alguien que no me esté mandando callar a todas horas o encajándome en un horario para poder escribir, pensar o mirar en la distancia. Dave me deja estar con él; me deja ser yo misma. Es como si de verdad disfrutara de estar conmigo o de ver a quién se le ocurre la peor palabrota.

Tampoco necesito ninguna clave para entender su pasado. Nos cuenta que creció en San Francisco, que tiene un hermano pequeño llamado Alex y que fue a la universidad en Berkeley, donde se graduó en Arquitectura porque se suponía que debía ser un arquitecto como su padre y como el padre de su padre. Dice que la suya es una de las familias originales de San Francisco, de las que llegaron tras la fiebre del oro (lo cual, por supuesto, interesa a mamá), pero que sus ancestros eran banqueros en lugar del tipo de persona de la costa berberisca de la que le gusta hablar a mi madre. Nos cuenta que, después de la universidad, presentó también en Berkeley la solicitud para el Máster de Arquitectura pero que, durante la orientación, su vida le pasó ante los ojos.

—Como lo que se supone que te ocurre antes de morir —nos dice Dave una noche entre platos de su restaurante—. Lo vi todo y me puse enfermo. Literalmente enfermo: con náuseas y mareos. Pensé que me iba a desmayar. Lo que vi era la vida de mi padre conmigo en el papel protagonista, y no quería eso. Reuniones de presentación con imbéciles. Tomar copas con imbéciles. Estar encerrado con imbéciles en una oficina de un rascacielos lleno de más imbéciles. No era para mí. Quería librarme de mi padre. Es... digamos que es difícil. No, más bien... digamos que es imposible. No, digamos que es un imbécil, sin más. No, es el rey de los imbéciles. Rey Imbécil. Así que, lo dejé.

¡No me puedo creer la cantidad de veces que ha dicho «imbécil»! Lo dice como si fuera la palabra más deliciosa de todas, lo que hace que yo también quiera decir «imbécil».

Entonces, su voz adopta un tono soñador.

—Esa noche, metí mis cosas en el automóvil y me dirigí al norte. No dejé de conducir hasta que encontré el paraíso. Me encanta este lugar. Encontré un trabajo de carpintero hasta que abrí mi propia tienda de muebles. Me compré un terreno y, poco a poco, a lo largo de los años, he ido construyendo la cabaña de mis sueños. Mi padre sigue sin poder mirarme a los ojos. Por suerte, este año, mi hermano pequeño ha comenzado a trabajar en el bufete, así que puede abusar de uno de los dos. Lo está convirtiendo en un imbécil...

Algunas noches, bebe demasiado (parece tener un suministro interminable de Wild Turkey en su caravana) y habla sin parar sobre el Hombre y cómo te absorbe el alma. Al principio, pienso que se trata de una historia de «En los tiempos de por siempre jamás» y que el Hombre es algún tipo de monstruo pero, entonces, me doy cuenta de que el Hombre es como la sociedad.

Sin embargo, la mayor parte del tiempo, Dave es encantador. En realidad, no hay otra palabra para describir a Dave «el Desgraciado Deslumbrante».

Empiezo a caminar como él y a hablar como él. Me apropio de su sombrero de vaquero, de su gorro de cocinero y de una de sus camisas a cuadros, y él me confecciona mi propia cesta para las colmenillas con una olla vieja de hojalata que encuentra en su caravana. Tampoco tengo que aferrarme a él en secreto nunca. Siempre me está levantando en brazos y haciendo el helicóptero, lo que significa que me da vueltas sobre su cabeza como si yo fuera las aspas. Me agarra de la mano cuando vamos de paseo o me levanta por los hombros para pasar por encima de troncos caídos (mientras canturrea «¡Aúpa!»). A veces, me lleva despreocupadamente debajo del brazo como si fuera una tabla de surf.

Aquí tienes una foto nuestra, Wynton. Como dos gotas de agua. Como dos puñeteras gotas de agua idénticas. No me puedo creer la alegría que se refleja en mi rostro en esta fotografía. O en el de Dave.

Empiezo a pensar a todas horas que somos Mamá Oso, Papá Oso y el Osito Bebé, pero nunca lo digo en voz alta.

También están las clases de cocina. Yo soy la *sous chef*, lo que quiere decir que, en la cocina, soy la sirvienta de Dave. Descubro que puede encantarte preparar comida. Aprendo que añadir leche y usar una varilla en lugar de un tenedor es la clave para conseguir unos huevos revueltos esponjosos. Aprendo que nunca hay que tostar la tortilla o darle la vuelta dos veces. Aprendo que no añadir nata es la clave para la salsa Alfredo: «¡Mantequilla, mantequilla, mantequilla!», dice Dave. Me dice que nunca jamás de los jamases tire el agua en la que se cuece la pasta porque es el elixir (sustantivo: «poción mágica») de las salsas. Aprendo que, para preparar el *cacio e pepe* de Dave, tengo que hacer una pasta espesa con todos los quesos, presionarla en torno a un cuenco, añadir la pasta ardiente que todavía gotea el agua de la cocción y, después, empezar a remover hasta que sienta que el brazo se me va a romper («¡No puedes parar hasta que el brazo esté a punto de desprenderse de tu cuerpo, Cassidy!») antes de añadir la pimienta molida y la trufa negra en láminas. Aprendo que, para hacer una buena boloñesa, tienes que empezar por la mañana para que pueda cocinarse todo el día a fuego lento y que olerla hace que tu alma salga a rastras desde dondequiera que esté escondida. Descubro que Dave tiene una trufa blanca en el frigorífico en todo momento para, en caso de que el mundo esté a punto de acabarse, pueda rallarse un poco en la lengua y morir feliz.

—¿Qué es lo mejor que has comido nunca? —le pregunto un día mientras preparamos unas tortillas para desayunar.

Él deja de batir el huevo y se queda mirando la distancia con los labios torcidos mientras piensa, piensa y piensa. Se acaricia la barbilla y piensa un poco más antes de darse cuenta de la mirada que le estoy lanzando.

—¿Qué pasa? —dice—. Me has hecho una pregunta y la estoy meditando seriamente. De acuerdo. Ya lo tengo. En el pueblo en el que vivo, hay un sitio poco conocido en el que una mujer llamada Bernadette prepara suflés. Según las leyendas que cuentan en el pueblo, hacen que te enamores. Sabes lo que es un suflé, ¿verdad?

Niego con la cabeza y él se lanza a un monólogo interminable sobre cómo es comerse un suflé salado de uvas y queso azul preparado por esa mujer llamada Bernadette. Entonces, sigue batiendo y tan solo alza la vista un momento más tarde para decirme que tengo el don de conversar y que esa es una cualidad muy importante para un *sous chef*.

Dave me enseña que los libros de cocina se pueden leer como si fueran novelas, con los pies encima de una hamaca, si hay otra persona colocada en el otro lado de la hamaca leyendo su propio libro de cocina y dándote codazos cada pocos minutos, diciendo: «¡Ay, ay, ay! ¡Imagina una tarta de chocolate y vinagre! Ponerle vinagre a una tarta no suena bien, pero ¿sabes qué? Tiene que ser impresionante. ¡Ese mordisco ácido...! ¡Ese sí que es un puñetero ingrediente secreto!».

También está el efecto que Dave tiene sobre mi madre. La hace reír a todas horas, le encanta cuando habla de literatura, de espiritualidad y de la historia de California (la llama Profesora), y se estremece y tiembla junto al fuego cuando cuenta sus historias sobre el gigante borracho y con mal de amores, la mujer muerta que canta y todo lo demás. Tengo la sensación de que, si mamá se marchara al Mundo Silencioso, para traerla de vuelta, él tan solo tendría que darle un golpecito en el hombro y decirle: «¡Hola, preciosa!», tal como hace unas mil veces al día. Siempre se están besando haciendo ruido, lo cual es asqueroso, y me pongo celosa cuando me dejan para dar un paseo o cuando pasan el rato a solas en la caravana de Dave. Pero no está tan mal porque me paso todo ese tiempo pensando en cosas graciosas que decirle a Dave cuando vuelvan.

Una noche, después de la cena, le pregunta a mamá:

—Digamos que hubieras asistido al programa de teología. ¿Qué habrías hecho después?

—No lo sé. Enseñar, escribir, predicar en una esquina, beber hasta morir o ir a la India y vivir en un *ashram*. Esto. Ser nómada. —Me lanza una mirada—. Cuando tenía la edad de Cassidy, quería ser monje.

—¡Monje! Teniendo en cuenta lo avanzada que va Cassidy para su edad, habría pensado que habrías querido ser profesora.

Mamá lo mira.

—¿Hay niños en tu vida?

—Sobrinos, sobrinas... Ya sabes... —responde él—. Pero ¿un monje célibe? Eso sí que no lo veo. —Le guiña un ojo y ella se sonroja porque es una broma picante—. ¿Puedo preguntar cómo vivís, teniendo en cuenta que no trabajas?

—Gracias al dinero familiar que heredé. No es demasiado, pero es suficiente para vivir como lo hacemos. No gastamos prácticamente nada. Y mis padres dejaron un fondo universitario para Cassidy, así que no tenemos que preocuparnos por eso.

Es la primera vez que oigo algo así. La universidad. Como la gente de los libros y las películas; como la gente normal. Había supuesto que haría tiempo completo con mi madre para siempre.

—¿Echas de menos tener un hogar?

—Tenemos un hogar.

—Por supuesto. Lo que quiero decir es... Bueno... ¿Echas de menos...?

—No echo de menos nada.

Pasa otra semana. Y, después, otra. Hasta que Dave lleva con nosotras todo un mes. Un día, mientras está buscando colmenillas él solo y mamá y yo estamos en *Sadie*, ella me dice:

—Estoy enamorada de él.

Yo me estoy cepillando el pelo frente al espejo.

—¿Como Lizzy Bennet y el señor Darcy? —le pregunto.

—Sí.

—¿Como Jane Eyre y el señor Rochester?

—Sí.

—¿Como Rana y Sapo?

—Sí.

—¿Como Cathy y Heathcliff?

—¡Ay, Dios! ¡Esperemos que como ellos, no! —Observa mi rostro en el espejo—. Tú también lo sientes con Dave, ¿verdad?

—Ojalá me llevara como una tabla de surf el resto de mi vida.

Ella me rodea por los brazos desde atrás.

—Ay, madre. Tenemos un problema. —Me apoya la cabeza en el hombro y ese gesto me gusta tanto como juntar las frentes y las narices. Sigue mirándonos a través del espejo. Yo también lo hago—. Cassidy y Marigold —susurra. Es uno de esos momentos en los que te duele el corazón y quieres llorar pero no sabes por qué.

Esa noche, los espío. Mucho después de que crean que estoy durmiendo, me escondo tras las cortinas moradas, abro la ventana y los escucho estar enamorados.

—Siento como si mi vida hubiera comenzado en el momento en el que nos conocimos —dice Dave—. No estaba vivo antes de conocerte. No era nada antes de ti, Marigold.

Y mamá:

—Cuando estuvimos en México, fui a que me leyeran la palma de la mano. La mujer me dijo que estaba a punto de conocer a mi alma gemela, mi amor verdadero. Yo le dije que era imposible, que estaba criando a mi hija de un modo muy peculiar y que no tenía hueco para nadie más. Me dijo que haría hueco. Entonces, sonrió y me dijo que sería un hueco precioso. Así que, cuando te vi, supe quién eras. Te estaba esperando.

Entonces, mi madre empieza a llorar. Yo miro a través de la cortina y, bajo la luz del fuego, veo que Dave le está besando las mejillas húmedas mientras le dice que no sabía que un amor así pudiera existir fuera de las novelas.

WYNTON

Necesitas despertarte de una puñetera vez. Necesitas hablar con Cassidy. Intentas estrecharle la mano. Quieres decirle que Bernadette, la mujer que hace suflés de la que acaba de hablarle Dave, es tu madre.

Pero, sobre todo, quieres advertir a la niña que solía ser Cassidy sobre Dave Caputo.

Tú también estás atando cabos: cuántos años tiene ella ahora y cuántos años teníais los dos cuando os conocisteis en la pradera. Pronto, llegará a Paradise Springs. Pronto, entrarás en su historia y no puedes esperar a que llegue el momento.

Cómo te gusta cuando pronuncia tu nombre. Te transforma.

No necesitas ir a que te lean la palma de la mano como Marigold. Sabes que es Cassidy.

Cuando tenías una vida, solías escuchar a gente en internet que cantaba a 963 Hz, que es lo que llaman «la frecuencia de la armonía divina», también conocida como «la nota de Dios». Cuando lo hacías, el corazón te estallaba, se te abría de par en par y todo lo malo salía volando. Así es como te sentiste con Cassidy en la pradera o cuando la tuviste entre tus brazos bajo la luz de la luna en el último momento de tu vida anterior.

Así es como te sientes ahora mientras te cuenta su historia.

Tienes tal suerte que, cuando al fin te enamoras como la tal Samantha Brooksalgo y Jericho Algunaotracosa, acabas en coma por ello.

¡Quieres decirle que la quieres! Y, por primera vez en tu vida, lo quieres decir en serio. Con todas las fuerzas de tu cuerpo intentas mover los labios, pero no puedes.

CASSIDY

La tarde después de que mi madre y Dave se declarasen su amor, a él y a mí nos toca cocinar mientras ella nada. Vamos a preparar crepes, algo que nunca he comido. Aquella mañana, Dave recorrió todo el camino hasta Jackson, el lugar donde vive, para ir al mercado agrícola. Es un viaje de una hora en cada sentido, y volvió cargado de frutas y verduras frescas, así como de una crepera. Además, llenó nuestros depósitos de agua y volvió con gasolina para los generadores. Estamos usando los fogones de ambas caravanas y el hornillo para preparar los diferentes rellenos, así que vamos corriendo de un vehículo a otro con cucharas de madera en las manos. Nunca me había divertido tanto.

Al final, cuando tenemos todos los rellenos en lo que él llama *mise en place*, empezamos con la masa. Mientras casco los huevos, le pregunto:

—Algún día, ¿podremos hacer un suflé también? Como Bernadette, la de tu pueblo.

Dijo que eran afrodisíacos (palabra que, por supuesto, busqué en el diccionario), así que quiero que los coma para que se enamore de nosotras tanto como mamá y yo lo estamos de él.

—Sin duda alguna —dice. Continúa batiendo y tan solo alza la vista un momento después para decir—: No estaría tan mal que, a partir de ahora, fuéramos un trío aterrador, ¿verdad?

—Hasta ese momento, no sabía lo mucho que puede sentir un corazón—. Esta es la vida que siempre he querido: la vida que tenéis vosotras dos.

Entonces, sonríe y me da un gran beso en la frente, haciendo un «¡mua!» tan fuerte que estallo en carcajadas.

—Eres mi segunda persona favorita en la Tierra —le digo, lo cual es mentira porque, sin duda, es mi persona favorita, pero me parece mal decir eso, dado que conozco a mi madre desde hace mucho más tiempo.

—¿A cuántas personas conoces?

—A dos.

—Entonces, ese es un cumplido terrible. Inténtalo de nuevo.

—Te quiero —espeto. Llevo días sintiéndolo. Me duele todo el cuerpo de tanto sentirlo, como si tuviera moraduras por dentro.

Su rostro se descompone en la más deslumbrante de las sonrisas de desgraciado.

—Yo también te quiero, cielo. De hecho, es una locura lo mucho que te quiero.

—Eso significa que, ahora, hay dos personas en la Tierra que me quieren. No solo una. —Vuelvo a cascar huevos—. Además, tú ni siquiera te marchas al Mundo Silencioso.

—¿Qué es eso?

—El lugar al que van las mujeres tristes cuando están cansadas de las palabras, los pensamientos y el sabor en sus bocas, o cuando se miran al espejo y la persona que les devuelve la mirada ni siquiera las mira a los ojos.

—Oh. —Por un instante, parece consternado pero, entonces, me sorprende al decir—: Yo también voy allí. En el Mundo Silencioso, deben de admitir a algunos hombres tristes.

—No puedo imaginarte allí. Eres demasiado gracioso.

—Creo que lo que se está insinuando es que yo no soy graciosa, ¿no es así?

Sin que ninguno de los dos nos hubiéramos dado cuenta, mamá ha regresado del lago y está justo detrás de nosotros.

—Es divertido estar contigo, pero no eres graciosa —digo yo—. En el caso de Dave, ambas cosas son ciertas.

—Yo sí creo que eres graciosa —replica él mientras le da un beso en la frente, aunque no es ruidoso y divertido como el mío—. E inteligente, profunda, inspiradora y preciosa.

—¡Oye! ¿Y qué hay de mí?

—Bueno, tú eres muy graciosa. Una de las personas más graciosas con las que me he encontrado. Un auténtico circo.

Soy tan feliz en este momento que apenas puedo permanecer dentro de mi propia piel. ¡No sabía que era graciosa!

—La próxima vez, ¿podemos acampar cerca del pueblo de Dave para poder comer suflés?

—Qué elegante —dice mi madre—. Claro.

—Lo que pasa es que ese sitio cerró el año pasado. Tendremos que aprender a hacerlos nosotros mismos.

No me habló de la tienda de suflés de Bernadette como si estuviera cerrada, pero no le doy demasiadas vueltas.

Hasta más tarde.

Mamá me hace un gesto para que la siga a *Sadie*. Una vez en el interior, empieza a rebuscar en nuestro armario.

—Quiero ponerme algo especial para la cena de los crepes. —Me sonríe—. ¿Jugamos al juego del conjunto chocante?

Nunca antes nos hemos arreglado para una cena o jugado al juego del conjunto chocante fuera de una tienda de beneficencia.

—Estás muy cambiada —le digo.

—Tú también. —Me acaricia el pelo con cuidado—. A veces, tres es una cantidad de gente más fácil que dos. —Estoy de acuerdo con eso y, a la vez, me siento herida, algo de lo que ella se percata de inmediato—. Eso no significa que no me encanten los momentos en los que estamos las dos solas.

Nos damos juntas una ducha (de las de ahorro, que significa que cierras el grifo mientras te estás enjabonando). Entonces, mi madre me recoge la melena en un peinado que hace que parezca que tengo serpientes en la cabeza. Nos ponemos pendientes largos y todos nuestros collares de cuentas, incluidos los que colgamos en torno al retrovisor de *Sadie*.

Cuando salimos de la caravana, Dave exclama:

—¡Princesas psicodélicas!

Miro la mesa en busca de cebollas porque veo lágrimas en su rostro, que se enjuga rápidamente. No hay cebollas. No sé si estaba llorando antes de que hubiéramos salido o si las lágrimas las hemos causado nosotras.

Nos comemos las crepes bajo la luz del fuego y, después, en lugar de escucharlo tocar la guitarra, sacamos el estéreo y montamos una fiesta de baile. Tan solo hemos celebrado fiestas de baile mi madre y yo, pero Dave se mueve bien y, principalmente, todos nos limitamos a dar saltos de un lado para otro durante una eternidad. Cuando suena una lenta, no me excluyen: los tres bailamos juntos como un pegote que se balancea. Y, cuando la música se detiene, seguimos balanceándonos bajo la luz de la luna hasta que Dave se separa de nosotras, toma una de las manos de mi madre y una de las mías y, mirando a mamá, dice:

—¿Te casarás conmigo?

—¡Sí! —exclamo.

Ellos se ríen.

—Creo que es posible que se refiriera a mí —dice ella.

—¡Di que sí, mamá!

Entonces ella dice que sí y todos empezamos a dar saltos, ellos se besan sin parar, Dave me sube a sus hombros y, bajo las estrellas, en la cima del mundo, los tres nos bautizamos como familia en las cascadas. Decidimos dormir en el exterior con los sacos de dormir porque eso es lo que hacen las familias compuestas por tríos aterradores.

Nos quedamos dormidos como tres cucharitas con mi madre en medio.

Cuando me despierto, mamá todavía me está rodeando con los brazos y siento su aliento regular en el cuello. Mantengo los ojos cerrados, pensando en todo lo que está a punto de ocurrir. Un trío aterrador con Dave «el Deslumbrante». Una familia. ¿Viviremos todos juntos en *Sadie*? ¿Viviremos en la cabaña de sus sueños en los bosques de Jackson? ¿Viviremos a base de los suflés del amor? En mis tripas, la emoción es como una fiesta de mariposas. Abro los ojos y hago maniobras para escapar de los brazos de mi madre pero, cuando me incorporo, veo a la luz del amanecer que Dave no está. No solo él: su autocaravana tampoco.

Es como descubrir que han descolgado el cielo.

Sacudo el hombro de mamá y ella abre los ojos mientras su rostro dibuja una sonrisa resplandeciente como el sol. Extiende una mano hacia atrás, hacia el fantasma del cuerpo-cucharita de Dave. A veces, pienso en ese momento; en ella buscándolo con la mano, convencida de que el amor es real. Señalo el lugar en el que antes estaba su autocaravana. Ella se gira, ahoga un grito y rueda sobre sí misma, alejándose de mí.

—Ay, Dios; otra vez, no.

—¿Qué quieres decir con «otra vez»?

No responde y se entierra en las profundidades de su saco de dormir hasta que no puedo ver ni un solo cabello de su cabeza.

Cuando al final emerge del capullo que es su saco, ha decidido que Dave ha ido a Jackson para sorprendernos con *beignets*, suflés, rosas o algo así.

—Es la mañana después de nuestro compromiso. Lo más probable es que quisiera que fuera especial. Tal vez haya ido a comprar un anillo.

A la hora de la comida:

—Ya sabes cómo son las cosas. Lo más probable es que se haya entretenido o se haya encontrado con algún conocido.

No sé cómo son las cosas.

A la hora de la cena:

—Va a volver, Cass; no te preocupes. Conociéndolo, habrá ido hasta algún mercado agrícola en Idaho para comprar alguna seta especial o lo que sea.

Dejo pasar ese «Cass».

Durante días, sigue insistiendo, y el paradero o los planes de Dave se vuelven cada vez más elaborados.

—Bueno, lo más probable es que haya tenido que ir de restaurante en restaurante para vender sus colmenillas. Y a los mercados agrícolas. Tal vez haya parado en su tienda de muebles, haya visto todos los pedidos y se haya dado cuenta de que tenía que trabajar un poco antes de volver.

Le creo. Tengo que hacerlo. Día y noche, día y noche, día y noche, mucho después de que ella deje de dármelas, me repito sus explicaciones a mí misma.

Porque ella ha entrado en el Mundo Silencioso.

Dave dejó la crepera, así que, a veces, la enciendo, pongo las manos encima, espero a sentir la quemazón y las dejó ahí hasta que no puedo soportarlo, hasta que huelo la carne ardiendo. Nunca me permito gritar.

Por supuesto, mi madre no se percata de las quemaduras que llevo en las manos y en los dedos. ¿Cómo podría, teniendo en cuenta que está en otro mundo?

No sé cuánto tiempo pasa. Nos quedamos sin propano, los generadores no funcionan y el tanque de aguas residuales está lleno. Voy al baño en el exterior. Estoy bastante segura de que mi cumpleaños llega y pasa de largo. Lo intento todo para que mi madre regrese del Mundo Silencioso, incluso sacarla de la cama a rastras, lo que es difícil cuando estás subida en una escalerilla. Incluso lo intento con un cubo de agua. Nada funciona.

Como cereales sin nada y sándwiches de mantequilla de cacahuete hasta que el pan se pone mohoso.

Peino el diccionario en busca de ayuda y, al final, encuentro una palabra. Acedia, sustantivo: «letargo espiritual».

(Wynton, recuerdo que, en esta ocasión, mi madre se encerró en sí misma durante semanas, incluso un mes. Ahora, me pregunto si habrá tomado pastillas para dormir. No lo sé. Tal vez sufriera de alguna enfermedad mental misteriosa. Después de todo, estaban aquellos botes de pastillas. O, tal vez, y yo me inclino por esa hipótesis, tenga que tomarle la palabra y creer que oía a su difunta madre cantando y no tenía otra opción que seguir el sonido de su voz hasta el Mundo Silencioso de al lado).

Como iba diciendo, conforme pasan las semanas, conforme la comida disminuye y yo me quedo en los huesos, mantengo la vista fija en la carretera. A veces, me quedo allí de pie durante horas, como una centinela, sin tan siquiera bajar la mirada al suelo en busca de los mejores insectos, creyendo que Dave va a regresar a por mí.

Mi madre huele como una esponja vieja cuando al fin me tumbo a su lado y le susurro:

—Déjame entrar al Mundo Silencioso.

De algún modo, tras semanas de intentar llegar a ella, esas son las palabras mágicas que la traen de regreso. Se da la vuelta y abre los ojos, que están pálidos y distantes.

—No, Cassidy; eso nunca. No es para ti. —Su voz suena como si estuviera bajo el agua.

—Pero tú estás allí.

Me pone la mano sobre la cabeza, que me pica, y me peina la melena grasienta con dedos temblorosos.

—Lo siento mucho —dice—. Dios, lo siento muchísimo, Cassidy. Te estoy alejando de la vida.

—¿Acaso no es esto la vida? —digo. Después, como parece muy desconsolada, añado—: Está bien que volvamos a estar las dos solas.

—Por supuesto que sí.

Excepto que las dos sabemos que no está bien. Nunca ha estado bien cuando hemos estado las dos solas. Somos como imanes con polos iguales y un campo de fuerza entre nosotras que repele a la otra. Dave era un imán con polo opuesto al nuestro, así que ambas nos precipitábamos hacia él como virutas de hierro extasiadas.

—Estoy preocupada por nosotras —susurra.

—¿De que vayamos a ponernos tan tristes que acabemos desapareciendo?

—Ay, cariño. Escúchate... No soy una buena influencia para ti. Mis historias no te hacen ningún bien. —Su voz suena nerviosa—. Vi cómo eras con él; cómo cobrabas vida. Eras tan tú todo el tiempo; tan hermosamente tú... Era como si, al fin, hubieras conocido a alguien que hablase tu mismo idioma. —Se incorpora, apoyándose sobre un hombro. Me doy cuenta de lo difícil que le resulta, como si su cabeza fuese una bola de jugar a los bolos—. Me ha dejado a mí, no a ti. Eso lo sabes, ¿verdad?

—Es lo mismo. Vamos juntas —digo. En ese momento, siento algo en las profundidades de mis entrañas, pero no sé de qué otro modo ponerlo en palabras.

Ahora, diría lo siguiente: «Hay una arteria invisible que une los corazones de madres e hijas a través de la cual el dolor se transmite de generación en generación». Tal vez sea igual en el caso de los padres y los hijos; no tengo forma de saberlo. Pero, en aquel entonces, no tengo esas palabras, así que vuelvo a decir las que sí tengo:

—Somos una misma cosa, mamá.

Ella me atrapa entre sus brazos y lloramos juntas. No hay nadie para sacarnos de esta tristeza sin fin, del mismo modo que nunca hubo nadie para decirnos que saliésemos del mar helado, así que nos quedamos abrazadas durante mucho tiempo.

Días o semanas después (una vez más, no tengo ni idea) me despierto un poco en medio de la noche y veo que mamá ha salido de la cama y está en la mesa consultando un mapa. Cuando me despierto de nuevo, fuera hay luz y estamos en la carretera, lo que significa que ha desmontado el campamento sin mí. Es la primera vez. Además, mamá nunca conduce si no llevo el cinturón puesto, para lo que tengo que estar en uno de los asientos con cinturón o en el asiento del copiloto. Claramente, no estoy en ninguno de ellos. Tampoco hemos consultado los libros de astrocartografía ni nada por el estilo.

—¿A dónde vamos? —le pregunto mientras me abro paso a través de *Sadie* hasta llegar al asiento de copiloto a pesar de la velocidad a la que debemos de estar viajando para que la autocaravana se sacuda de este modo—. ¿A repostar y a buscar suministros? —Casi nos hemos quedado sin agua potable.

Ella tiene los ojos saltones y alerta.

—A buscarlo —dice—. Se me ha ocurrido que, tal vez, le haya pasado algo. ¿Por qué tenemos que estar siempre suponiendo lo peor? Lo que quiero decir es que, tal vez, estaba regresando a por nosotras con suflés y un anillo y tuvo un accidente y, ahora, esté solo en una zanja o muriendo en la cama de un hospital. —No señalo que es peor imaginarlo solo en una zanja o muriendo en la cama de un hospital que no regresando a por nosotras con comida—. O tal vez se le haya roto la autocaravana. ¿Viste lo vieja que estaba? O, tal vez...

Sus palabras son un torrente que no se detiene durante todo el descenso de la montaña. Me pongo el cinturón y me agarro a la manilla de la puerta con tanta fuerza que los nudillos se me ponen blancos.

A pesar del estado ansioso de mamá y de la velocidad acelerada a la que conduce, me alivia estar en la carretera, estar yendo a algún sitio en el que haya comida, baños y, con suerte, Dave. Lo echo de menos de un modo cataclísmico (adjetivo: «relativo a una agitación violenta»).

Llegamos a Jackson, el lugar en el que vive Dave, sobre el mediodía. Tiene una de esas calles principales que se parecen mucho a las de los pueblos mineros que exploramos cuando estábamos estudiando la fiebre del oro. En esos pueblos, puedes imaginarte sin problemas atando a tu caballo y entrando en la taberna con pepitas de oro en los bolsillos, ya que los mismos amarraderos y las mismas tabernas siguen ahí. Mamá para en un aparcamiento que hay junto a un pequeño mercado agrícola, busca una plaza que sea lo bastante grande para *Sadie* y apaga el motor. Me desabrocho el cinturón de seguridad y estoy a punto de abrir la puerta cuando ella me presiona el pecho con la palma de la mano.

—Espera.

Me acomodo de nuevo en mi asiento y nos quedamos ahí sentadas diez años mientras mamá escudriña a todas y cada una de las personas que pasan como si estuviera contando los botones que llevan en la ropa.

—¿Crees que va a pasar por delante de nosotras sin más? —digo al fin.

—Sí. En algún momento. Es un pueblo pequeño. ¿A qué otro sitio podría ir más que al mercado agrícola?

—Entonces, ¿no crees que esté en el hospital?

—No.

—¿O muriendo en una zanja?

—No.

—¿Qué vas a decirle?

—Nada. Tan solo quiero verlo de nuevo.

—¿Solo verlo? Como… ¿a través de la ventanilla?

—Sí. Al menos, al principio. Después… Todavía no lo sé.

—Pero *Sadie* no pasa desapercibida, mamá. La verá y, entonces, si está evitan…

Ella me mira y me interrumpe en medio de la frase.

—Tienes razón. Tendremos que andarnos con sigilo. —Enciende el motor—. Tenemos que encontrar su tienda de muebles. Usaremos el ordenador de la biblioteca. La he visto en la carretera cuando entrábamos.

Utilizamos los ordenadores de la biblioteca muy a menudo para encontrar médicos, dentistas o información sobre mi currículum y, además, así es como mi madre maneja sus cuentas bancarias. Cuando ella no está sentada a mi lado, también los uso para buscar información sobre Jimmy «el Padre Muerto y Ahogado». Tecleo «accidente de surf», «Jimmy» y «murió». O, a veces, «padres muertos». Ella dice que solo estuvieron juntos aquella ocasión en la que me engendraron y que estaba borracha como una cuba y colocada hasta las cejas; dice que por eso se dejó de tantas fiestas, porque nunca supo su apellido, apenas puede recordar su rostro y tan solo se enteró de lo del accidente porque intercambiaron los números de teléfono y, cuando lo llamó para hablarle de mí, respondió una chica que le contó lo que había sucedido.

—¿Le preguntaste a la chica algo más sobre él? —quise saber en una ocasión—. ¿Cómo pudiste tirar el número? Tal vez fuese su hermana. Tal vez tenga una tía. O primos.

—Me tienes a mí, cielo —me respondió.

Cuando llegamos a la biblioteca, caminamos cada vez más deprisa a través de ese espacio soñoliento hasta que vamos corriendo hacia los ordenadores porque Dave es nuestro polo opuesto, debemos encontrarlo y no podemos evitarlo. Tras recibir una reprimenda por correr como si fuéramos niñas pequeñas, nos dejamos caer en dos sillas, atolondradas y esperanzadas. En un abrir y cerrar de ojos, mamá ha tecleado «David Caputo», «muebles a medida» y «Jackson, California» en un buscador. No aparece nada.

—Cabrón —dice ella—. ¿En qué crees que nos mintió? ¿En su nombre, en su trabajo o en su pueblo?

Estoy estupefacta. ¿Era Dave un mentiroso? Jamás se me había ocurrido no creerle (o a cualquier otra persona, ya que estamos), pero es cierto que este pueblo no se parece al que él describió.

—Me lo contó todo sobre su pueblo y este es diferente.

Mamá amplía la búsqueda: «David Caputo», «muebles a medida», «River County».

Ahora, estoy disfrutando un poco. Somos detectives. Pero, una vez más, mi madre no encuentra resultados.

—¡Ya sé! —exclamo al recordar cómo me habló de la plaza del pueblo con una cascada en un lateral, del club con la mejor música *jazz* en kilómetros a la redonda y la tienda con los suflés que hacen que te enamores—. Busca «tienda de suflés» y el nombre «Bernadette».

—¿Dónde?

—Aquí mismo. O en todas partes, supongo.

Ella se ríe y teclea «tienda de suflés», «Bernadette» y «norte de California».

¡Es un festín! Entrada tras entrada sobre una chef francesa llamada Bernadette Fall y su tienda de suflés, Christophe, en un pueblo llamado Paradise Springs.

—¡Eso es, mamá! —exclamo, ganándome una mirada severa de la bibliotecaria—. Ahí es donde vive. Tiene que serlo. ¡Me habló de Bernadette, de cómo preparaba suflés en su pueblo y de cómo, si te los comes, te enamoras!

Mamá teclea «David Caputo», «muebles a medida» y «Paradise Springs», pero sigue sin aparecer ninguna tienda de muebles a medida. Sin embargo, sí aparece un tal «Robert D. Caputo» y una dirección.

—¿Crees que la «D» será de «David»? —me pregunta.

—De «Desgraciado» —contesto, lo que la hace reír.

—Y ¿dónde demonios está Paradise Springs? Nunca lo he visto en un mapa.

DE LA BOLSA DE PALABRAS DE MARIGOLD QUE HAY DEBAJO DEL COLCHÓN DE CASSIDY:

En los tiempos de por siempre jamás, había un hombre y una mujer que estaban enamorados pero tenían prohibido estar juntos. Dedicaron semanas de maquinaciones incansables a planificar un solo encuentro. Debían reunirse en los bosques a la hora más oscura de la noche.

Cada uno de ellos llegó al lugar elegido y ambos se precipitaron hacia los brazos del otro. En cuanto sus labios se encontraron, sus bocas se convirtieron en hocicos, sus gemidos en gruñidos, sus brazos en patas, sus manos en pies y un manto tosco y negro cubrió sus pieles.

Los amantes mantuvieron sus conciencias e intentaron aprovechar la situación, pero no era lo mismo ahora que eran cerdos. Él había querido llevar un dedo a la boca encantadora de ella y observar cómo se le abría. Ella había querido plegarse entre sus brazos como si no tuviera huesos. Habían deseado susurrarse al oído en lugar de gruñir y salivar de aquel modo.

Antes de que se dieran cuenta, el alba estaba despuntando y tuvieron que volver a casa. Los cerdos infelices corrieron en direcciones opuestas y, con cada paso que se alejaban el uno del otro, cada vez se transformaban más y más en su versión joven, hermosa, ambulatoria y humana.

Justo antes de perderse de vista, se giraron para ver a su amor verdadero tal como lo recordaban. Aquel era su destino, y aquella fue la última vez que se vieron.

DIZZY

Dizzy estaba segura de que el alma de Wynton seguía dentro de su cuerpo (podía sentirla) y eso era lo que evitaba que gritara a todo pulmón, tal como había querido hacer la primera vez que lo había visto después de la cirugía y cada minuto desde entonces. Su hermano, aquel que controlaba los interruptores de luz y los botones de volumen de todo el mundo, aquel que hacía que ella fuese ella y el mundo fuese mundo, estaba conectado a bolsas de fluidos, tenía el rostro inflamado, amoratado y apenas reconocible, la cabeza llena de grapas, el brazo derecho y el pie izquierdo escayolados y la muñeca y la mano izquierdas también escayoladas (con varillas de metal sobresaliendo) pero suspendidas como si fuera una marioneta. La única música a su alrededor era la de las máquinas que confirmaban que seguía vivo.

Habían pasado cuatro días de pánico desde el accidente y dos desde la última cirugía, después de la cual le habían quitado el respirador (lo que era algo bueno). Siguiendo las instrucciones de Doc Larry, Dizzy y su madre se habían pasado aquellos dos días sentadas al lado de Wynton, contándole historias y repitiéndole lo mucho que lo querían y lo mucho que necesitaban que regresara. Tal vez pudiera oírlas, tal como había sugerido el médico, pero seguía dormido. Ni siquiera un temblor de labios.

Aunque, a veces, se le abrían los ojos, lo que, al parecer, era algo bueno, pero también era espeluznante y no significaba que estuviera despierto. Era entonces cuando Doc Larry le tocaba la córnea con algodón para ver si pestañeaba.

Era algo terrible, envuelto en más cosas terribles.

Ojalá Dizzy hubiera pensado años atrás en encerrar a Wynton con llave dentro de la casa para que no pudiera pasarle nada así. Cuando se despertara, eso era lo que iba a hacer. Y, ya que estaba, a su madre también. Incluso a Miles «el Perfecto». Podrían vivir una buena vida todos juntos dentro de la casa. Todos los días, podría preparar sus mejores recetas, como sus crepes de pétalos de pensamiento con crema de lavanda o su tarta de lava de chocolate con crema *chantilly* de coco y, después, verían películas formando una montaña de gente, navegarían por internet en busca de bombas mentales y harían peleas de almohadas. No comprendía la necesidad de salir de casa, donde se estaba a salvo y todas las personas a las que querías estaban cerca.

Pero, por el momento, su madre y ella siguieron adelante, recordándole a Wynton aquella ocasión en la que Dizzy se disfrazó de él y él de ella para Halloween o aquel Día de la Madre en el que habían metido en el bolsillo de la chaqueta de Chef Mamá un trozo de papel con una lista de todas las cosas que hacían que fuese increíble. Le recordaron una ocasión tras otra hasta que, muchas ocasiones después, acabaron con las cabezas apoyadas en la cama, desprovistas de recuerdos, de energía y de lágrimas. Dizzy había descubierto que su madre y ella no solo eran compañeras de risas, sino que también eran compañeras de lágrimas. Ahora, sabía que Chef Mamá quería a Wynton tanto como ella, así que la perdonó por cómo lo había tratado recientemente al echarlo de casa y todo eso. También esperaba que ella la hubiera perdonado por haberle dejado a Wynton las llaves que lo habían llevado al interior de la casa para poder robar las medicinas que lo habían conducido a aquella pesadilla.

Sin embargo, Dizzy no se había perdonado a sí misma. Nunca lo haría.

Por eso tenía que arreglarlo.

El plan «A» era encontrar al ángel cuyo nombre, según habían descubierto gracias a que se lo había dado al 911, era Cassidy. Su teoría actual (que había dejado de compartir, ya que hacía que las personas la miraran como si necesitara una siesta o, lo que era peor, una cama en el hospital) era que Cassidy había creído que ya le había salvado la vida a Wynton con la RCP mágica que le había practicado antes de dejarlo en el hospital, así que se había marchado para prestar sus servicios angelicales a la siguiente persona de su lista cuando, en realidad, todavía no había terminado su trabajo con su hermano. Le importaba un pepino que nadie le creyera. Sabía lo que sabía. Había leído lo suficiente sobre experiencias místicas como para saber que su encuentro con Cassidy había sido una de ellas. (En una ocasión, en un momento de frustración con ella, su madre le había dicho: «Venga ya, Dizzy. Madura un poco. Los ángeles no existen». Dado que había investigado, ella le había replicado: «Ocho de cada diez estadounidenses adultos creen en los ángeles, madre». A lo que Chef Mamá había contestado: «Ocho de cada diez estadounidenses son idiotas»). Lo más curioso era que Miles era su compañero de idioteces; el único remotamente convencido de su teoría. Probablemente porque también había conocido a Cassidy. Parecía querer encontrarla tanto como ella y, el día anterior, ambos se habían sentado en el armario de la limpieza (Miles decía que era su oficina) y, como si fueran detectives, habían usado sus teléfonos para intentar buscarla. Sin embargo, con una información tan limitada, no habían encontrado nada.

El plan «B» era más complicado, más serio e implicaba un auténtico sacrificio. Todavía estaba tanteando el terreno a ese respecto y, por eso, estaba paseando por la habitación del hospital con los brazos apretados en torno al abdomen durante el descanso que su madre y ella se habían tomado de su maratón de contar historias.

—¿Qué le pasa? —le preguntó Miles a su madre.

—Pregúntale —le respondió ella sin apartar la vista del cuaderno en el que estaba escribiendo.

—Dizzy, ¿a qué viene esa forma de pasear tan rarita?

—No estoy paseando de forma rarita. Estoy haciendo un paseo de oración. Lo aprendí de una monja. A veces, incluso lo hace de rodillas.

Ni postrarse ni las oraciones judías que su madre había recitado la noche que habían llegado habían funcionado. Tampoco lo había hecho intentar rodear el mundo entero con los brazos, tal como le había sugerido la atea Cynthia, la administrativa del turno de noche. Aquel día, Dizzy había encontrado una página web titulada *Un día en la vida de una monja*, y por eso, estaba deslizándose por toda la habitación con la vista puesta en su alma zozobrante y una postura lo bastante erguida como para llevar un libro en la cabeza.

—Creo que, si de verdad me entrego a una vida de oración y a Dios, a cambio, Él despertará a Wynton.

No eran palabras vacías. Sentía una fuente de alivio en el pecho cuando pensaba en encomendarse a Dios de aquel modo. Quería lanzarse a sus brazos abiertos o saltar sobre sus hombros colosales. Le susurraría al oído del tamaño de un planeta: «Ayúdanos». Y él lo haría. Siempre. Nunca más tendría que volver a preocuparse por nada.

—La última vez que lo comprobé, éramos judíos —dijo Miles.

—Solo a medias; y nosotros no tenemos monjas, así que el sacrificio no es el mismo —replicó ella—. Me convertiré. —Suponía que, dado que solo había un Dios, daba igual a qué religión te adscribieras para llegar hasta Él—. De hecho, estoy conforme con el voto de pobreza —añadió—, pero, sinceramente, me preocupa el voto de castidad.

—¡Dizzy! —exclamó su madre sin apartar el bolígrafo ni los ojos de la página.

Ella no le hizo caso. Era cierto. La idea de que su fragua fogosa se enfriara y se apagara, de no ser devorada de pies a cabeza y sin aliento por alguien que ardiera de deseo por ella, de nunca amar a nadie con la fuerza del sol (excepto a Él) o de nunca disfrutar de las dos míseras semanas de besos que conseguía todo el mundo (de media) era, cuando menos, preocupante.

Pero que Wynton se despertara era una necesidad. Haría cualquier cosa.

Después de varios minutos más de su paseo de oración, se aburrió, se entristeció y se sintió tan cansada que le pareció que sus huesos eran de osmio (el material más pesado del planeta, según había aprendido durante sus investigaciones), así que se sentó en su silla y comenzó a cotillear las redes sociales de Lagartija (no solo no había ido al hospital todavía, sino que él y Melinda habían ido al cine el día anterior como si fueran Samantha Brooksweather y Jericho Blane; como si ellos sí que se amaran con la fuerza del sol). Después de eso, fingió que se comía un sándwich para apaciguar a su madre (no tenía apetito), e investigó un poco más sobre la gente en coma, los ángeles, las monjas y la posibilidad de tocar el violín con una mano mientras Chef Mamá seguía garabateando en su cuaderno, Miles seguía mirando su teléfono o fingiendo que estaba leyendo (nunca pasaba de página) y Wynton seguía sin morirse.

Lo sabía porque, cada pocos segundos, comprobaba que el pecho le subía y bajaba y miraba los números rojos y las líneas de la máquina que estaba conectada con su corazón. Igual que ella.

Estaba a punto de preguntarle a su madre si quería intentar de nuevo devolver a Wynton a la vida con sus palabras cuando se dio cuenta de que las lágrimas corrían por sus mejillas mientras escribía. Se pellizcó para intentar no llorar de compasión y, después, observó cómo la tinta se emborronaba en la página del cuaderno y las palabras se convertían en manchas. El día anterior, le había preguntado qué estaba escribiendo y Chef Mamá le había contestado: «Una carta para tu padre». Eso la había sorprendido. Sí, había sido consciente de la existencia del cuaderno de cartas sin enviar de su madre pero, sin duda, no había esperado que admitiera que, en él, le escribía cartas a su padre, que se había marchado hacía tanto tiempo. Había supuesto que aquellas cartas serían un secreto, como los mensajes de voz que ella le dejaba a Lagartija cada día desde que se habían divorciado.

—¿Le estás escribiendo a nuestro padre sobre Wynton? —le preguntó.

Sin embargo, antes de que ella pudiera contestar, Miles intervino.

—Yo también le escribo. —Su madre y ella se giraron hacia don Perfecto—. Bueno, son correos electrónicos. Tengo una carpeta.

A Dizzy le sorprendió aquella confesión tan personal de su hermano. Durante los dos últimos días, se había sentado en un rincón, fundiéndose con la pared, o había estado haciendo a saber qué en su oficina, es decir, el armario de suministros. No miraba a Wynton, ni se colocaba a su lado, ni le tomaba la mano ni le hablaba en absoluto.

En una ocasión, cuando Miles y su madre habían salido de la habitación, ella había tomado su libro. Se titulaba *La habitación de Giovanni*. En la cubierta trasera interior, había tres frases escritas con la letra de su hermano: «El viento me ha arrancado la cara», «¿Qué ocurrió durante las horas perdidas?» y «Tengo un ladrillo en la boca».

—¿Sobre qué clase de cosas le escribes a tu padre? —le preguntó su madre a Miles. Dizzy pensó en aquellas extrañas frases.

—De cosas. Sin más —contestó él, indicando que había alcanzado su cuota diaria de palabras. Dizzy las había estado contando. Don Perfecto había pronunciado veintitrés palabras el día anterior. Hoy, hasta el momento, habían sido treinta y dos.

—Debería estar aquí —dijo ella, que no había sido consciente de que era eso lo que sentía hasta que las palabras no hubieron abandonado sus labios—. Wynton se despertaría si nuestro padre estuviera aquí. Podría tocar la trompeta.

Miles miró a Chef Mamá. En realidad, nunca hablaban de su padre; no de aquel modo. Cada vez que le preguntaban por qué se había marchado o algo por el estilo, una cortina le caía sobre el rostro y les contestaba cosas como: «No lo sé» o «¿Quién sabe por qué hacen las cosas los demás?». Después de eso, se marchaba de la habitación.

Su madre cerró el cuaderno, lo guardó en el bolso y suspiró con fuerza.

—Ven aquí, cariño. —Abrió los brazos y Dizzy se levantó de la silla, rodeó la cama y se derrumbó entre el aroma (a kiwi verde) y el cobijo del cuerpo de su madre—. Tú también —le dijo a Miles mientras le indicaba que se acercara con un gesto del brazo con el que no la estaba acunando a ella.

—Ven a aplastarte con nosotras. Ayuda un poco —le dijo ella a su hermano al ver algo en su rostro que sugería que, en realidad, tal vez sí quisiera unirse a su montaña de gente. A Dizzy también la ayudaba; más que el paseo de oración. Los únicos momentos en los que no se sentía como si todos sus órganos hubieran cambiado de sitio eran aquellos en los que su madre y ella estaban juntas y aplastadas. Para su sorpresa, don Perfecto se levantó de la silla pero, en lugar de unirse a ellas, salió de la habitación.

Chef Mamá susurró contra su pelo:

—Sigue siendo así para siempre. Prométemelo.

—Te lo prometo.

La estrechó con tanta fuerza que Dizzy pensó que estaba a punto de romperse y, aun así, deseaba que su madre la estrechara todavía más fuerte.

Un instante después, el tío Clive apareció en el umbral de la puerta con aspecto de Padre Tiempo, con el rostro demacrado y la barba larga que parecía encanecer por momentos.

—¿Va todo bien? —preguntó—. Acabo de ver a Miles corriendo por el pasillo como si fuera un murciélago escapando del infierno. Creo que se ha metido en un armario de suministros.

Dizzy se había acostumbrado a que su tío se quedara en el umbral de la habitación del hospital como si fuera un vampiro (incapaz de entrar a menos que lo invitaran) cuando Doc Larry o las enfermeras iban a darles noticias e información o a hacerle pruebas a Wynton (pasarle una linterna por los ojos, comprobar sus reflejos o chasquear y agitar los dedos en torno a su cabeza), pero pocas veces aparecía de aquel modo, cuando estaban ellos solos. La mayor parte del tiempo, cuando estaba por allí, acampaba en el suelo, justo al otro lado de la puerta cerrada, como si fuera un centinela borracho. A veces, tocaba la armónica. A Dizzy le alegraba que su madre no lo hubiera despachado por culpa de la bebida. Después de todo, él había sido el que había tenido el sueño que había predicho todo aquello.

—Tengo una idea —les dijo el tío Clive—. El idioma de Wynton es la música. He hablado con alguien que estuvo en el concierto de aquella noche. Me ha dicho que tocó la Sonata n.º 3 de Eugène Ysaÿe. Creo que deberíamos reproducirla para él.

—¡Sí! ¡Oirá la música y la seguirá para volver con nosotros! —exclamó Dizzy.

—Merece la pena intentarlo, Clive —dijo su madre.

Él presionó un botón de su teléfono y la música de un violín inundó la habitación junto con todas sus esperanzas.

Sin embargo, no cambió nada.

DEL CUADERNO DE CARTAS SIN ENVIAR DE BERNADETTE:

Querido Wynton:

Nunca te he contado esto pero, a veces, me preparaba uno de mis sándwiches favoritos (tal vez, de pollo asado con una *tapenade* de aceitunas y anchoas y queso de cabra en *pan bagnat*) y te seguía cuando te marchabas al río con el maletín del violín bajo el brazo. Te observaba desde lejos, mi niño delgaducho y tatuado, vestido con ropa negra llena de agujeros. Siempre ibas recogiendo flores por el camino.

Cuando comenzabas a tocar en la orilla, me sentaba en una roca a cierta distancia, me comía el sándwich y, después, me quitaba los zapatos y los calcetines y metía los pies en el agua helada mientras tu música inundaba el bosque y el cielo.

Espero que, dondequiera que estés, haya música. Espero que, dondequiera que estés, yo esté contigo, sosteniéndote la mano.

Ojalá te hubiera dicho más veces lo mucho que tu música significa para mí.

El chef Finn piensa que si Félix, el nuevo ayudante de cocina, y él cocinan *gumbo* en el hospital, el aroma te va a hacer regresar. Yo creo que ha perdido la cabeza.

~~Querido Theo~~ Querida Dizzy:

¿Sabías que mi madre dejó de hablar cuando mi hermano Christophe murió? Creo que nunca te lo he contado. Aquí, sentada en el hospital contigo, no dejo de pensar en ello; en cómo, cada día después de noveno, me ponía un delantal, me unía a mi madre junto a los hornos de la pequeña cafetería que teníamos en San Francisco y me comunicaba con ella al mezclar las harinas, al tostar los frutos secos y al glasear los higos. Así, el idioma de la cocina se convertía en nuestro idioma. Cuando vuelvo a casa y me encuentro con tus creaciones, pienso que a nosotras nos pasa lo mismo, mi *chouchou*. Lo que daría por poder pasar una tarde las tres juntas: tú, mi madre y yo, trabajando codo con codo en la cocina. Ojalá mi padre y ella siguieran vivos... Es cierto que la vida se convierte en una acumulación de pérdidas, pero eso es algo que espero que nunca tengas que descubrir.

Muy bien, lo más interesante, Dizzy, es que Paradise Springs, nuestro pueblo, le devolvió la voz a mi madre. Es el tipo de recuerdo en cuyo interior quieres colgar una hamaca para poder regresar y tumbarte en ella en momentos como este.

Tras un año de mutismo, mi padre nos llevó de viaje al norte con la esperanza de que su mente vagara por los viñedos y los campos de mostaza y lavanda que tanto recuerdan al lugar en el que se crio él en el sur de Francia. Paramos a comer algo en Paradise Springs y nos sentamos en la plaza, en una mesa junto a la cascada. La luz del sol se derramaba desde el cielo de esa manera que hace aquí y en ninguna otra parte. Estábamos comiendo pasteles (nos dimos cuenta de que no eran muy buenos) cuando mi madre pronunció sus primeras palabras: «Quedémonos aquí, Benoît —dijo—. Siento como si en este pueblo nunca pudiera morir nadie». Mi padre, con lágrimas en los ojos, la rodeó con los brazos y dijo: «¡Cuánto he extrañado tu voz, *mon ange*!». «¡Yo también!», exclamé yo, y los tres nos abrazamos por encima de la mesa.

Mi padre estaba tan emocionado ante la idea de tener una esposa que hablara, que, como un niño, se levantó de la silla de un salto y dijo: «Sí, encontraremos la manera de quedarnos».

Entonces, mientras íbamos caminando de vuelta al automóvil, nos fijamos en un cartel de «Se vende» que había en el escaparate de una tienda vacía con las palabras «La Panadería Española de Sebastián» escritas en el cristal.

Es el destino —dijo mi padre mientras anotaba el número de teléfono del cartel—. *Beshert*». Mi madre añadió: «La tienda se llamará Christophe y nos especializaremos en suflés. Los suflés están relacionados con la esperanza».

Un mes más tarde, habíamos vendido la cafetería de la ciudad, habíamos hecho las maletas, nos habíamos mudado al apartamento que había encima de La Panadería Española de Sebastián y la habíamos convertido en Christophe, una tienda de suflés. Dos semanas después de eso, aparecieron tu padre y Clive.

Parecía como si la luz del sol se pegara a tu padre. No puedo soportar la idea de que no forme parte de tu vida. Él es todo lo que yo no soy, Dizzy.

No dejo de mirar a la puerta de esta habitación de la desesperación, creyendo que va a cruzarla. Nunca antes he necesitado tanto a nadie como lo necesito a él ahora mismo.

Tú también lo necesitas, pero no lo sabes.

Chef Mamá.

LOS CORREOS ELECTRÓNICOS DE MILES A SU PADRE DESAPARECIDO QUE ESTÁN EN LA CARPETA «¡AYÚDAME!» DE SU ORDENADOR:

Querido papá:

Es más fácil dejar que mamá piense que estoy bien («Sigan andando, aquí no hay nada que ver»). Tú eres el único que sabe que me siento vacío como un árbol sin savia y como si la luz se me estuviera escapando del interior.

Miles

Querido papá:

Tan solo recuerdo con claridad un día que pasé contigo. Nos estabas empujando a Wynton y a mí en los columpios. Una mano, un hijo. La otra mano, el otro hijo. Una y otra vez, nos empujabas hacia el cielo que, aquel día, estaba azul como las palabras que me definen: solo, mentiroso, abandonado.

Miles

Querido papá:

Solía contarles a los otros niños que moriste cuando te precipitaste hacia una casa en llamas para salvarme.

Miles

WYNTON

Te alejas de la voz de tu madre y de tu hermana que, ahora, no son más que sonidos de una boca. Porque ¿quién es esa persona de la que no dejan de contarte historia tras historia?

¿Cómo es que no recuerdan lo inútil que eras?

Miles sí lo recuerda. Por eso nunca te habla a pesar de que sabes que está en la habitación, respirando en mi menor.

¿Recuerda siquiera lo que te dijo aquella noche en la pista de baile, durante la fiesta? Te dijo que con cada vela de cumpleaños, con cada estrella fugaz y cada moneda lanzada a una fuente, tan solo había pedido un único deseo: tener a un hermano de verdad en lugar de a ti.

Una puñalada en el pecho.

Por eso hiciste lo que hiciste con él aquella noche loca.

Al menos, ahora sabes que, por un instante, actuaste como un auténtico hermano. Incluso a pesar de que lo más probable sea que él estuviera demasiado borracho como para recordarlo.

Empieza a resultarte difícil quedarte en este mundo. Qué momento tan insignificante es toda una vida. Si todavía tuvieras una, estarías tan sobrio como una piedra. Lo saborearías todo.

De todos modos, ¿qué eres sin un cuerpo? Anhelo, al parecer.

Y arrepentimiento.

DIZZY

Al día siguiente, todo cambió. El aroma del *gumbo* (que, para Dizzy, era de un precioso color violeta) se apoderó del hospital porque Finn, el *sous chef* de La Cucharada Azul, había requisado la cafetería con la ayuda de su hermana que, casualmente, formaba parte de la junta directiva del centro. Les dijo que iba a complacer al coma con una temática cajún, ya que creía que el aroma de las especias cajún de su infancia («¡Chiles jalapeños, nena!») podía levantar a los muertos, así que, sin duda, podrían despertar a Wynton de un mísero coma.

Dizzy recorrió los pasillos del hospital, en los que el aroma del *gumbo* del chef Finn estaba logrando que todo el mundo perdiera el conocimiento: enfermeras, pacientes y médicos por igual. Ella no. Los pantalones le quedaban más anchos con cada minuto que pasaba. Todo el mundo, desde su madre hasta Finn y las enfermeras, intentaba hacer que comiera, pero no podía.

Se dirigió a la capilla, que estaba en la segunda planta. Necesitaba mandarle un mensaje de voz a Lagartija y, allí, nunca había nadie. Además, aquel era el lugar en el que tal vez Dios decidiera aparecerse a pesar de lo triste y sombría que era la sala. Consistía en cinco hileras de bancos de madera desvencijados, un suelo gris de linóleo y un papel pintado rosa con temas florales que se estaba despegando y daba miedo. Se quedó en la puerta, contemplando el espeluznante cuadro de Jesús con la frente ensangrentada por la corona de espino que colgaba sobre el altar. No sabía qué pensar de Jesús, con quien tal vez se casara algún día.

—Hola, esposo —dijo en voz alta mientras recorría el pasillo central.

Se sentó y, mientras sonaba el teléfono, sintió un atisbo de esperanza de que tal vez Lagartija contestara en aquella ocasión, pero entonces oyó un chasquido familiar y el mensaje grabado que decía: «Soy Tristan. Deja tu mensaje». Al oír eso, le empezó a hervir la sangre. ¿Cómo podía cambiarse de nombre y convertirse en una persona diferente en un momento como ese? ¿Cómo podía ir al cine con Melinda en un momento semejante? ¿Cómo podía no llamarla o ir al hospital EN UN MOMENTO ASÍ?

Tras el pitido, dijo:

—Hola, Lagartija. Tal vez se haya abierto un cráter bajo tus pies y ahora estés atrapado en las profundidades de la Tierra, muriéndote de hambre. Si es eso lo que ha ocurrido, te perdono por no haber venido. Si no, nunca jamás voy a volver a hablarte. Ni siquiera aunque te dibujes pecas en cada centímetro del cuerpo...

Se desinfló al recordar lo mucho que debía de haberle gustado antaño para que hubiera hecho algo así. Colgó la llamada y, de inmediato, volvió a marcar el número que tenía en marcación rápida.

—Por cierto, noticias de última hora: Miles ha estado fingiendo ser perfecto todo este tiempo. Acabamos de descubrir que ni siquiera va a clase. ¿Puedes creerlo? Yo no.

Aquella mañana, el deán del colegio de su hermano había ido al hospital para hablar con su madre. El meollo de la cuestión era que, en realidad, Miles era un metepatas como Wynton y como ella, solo que lo había estado ocultando.

Entonces, llamó a Lagartija una tercera vez y dijo:

—Eres un mierdas. Te odio.

Guardó el teléfono y se hizo un ovillo sobre el banco. Lagartija estaba tan lejos como Wynton. Incluso más. Incluso estando en coma, su hermano la quería. Podía sentirlo. Pero Lagartija, no. Ya no. El problema era que, a pesar de que ahora lo odiaba con la fuerza del sol, también seguía queriéndolo. No sabía qué se suponía que tenía que hacer la gente con el amor sobrante que ya nadie quería.

Una verdad bien sabida: la vida era como un calcetín empapado que no podías quitarte.

Justo en ese momento, las luces de la capilla empezaron a parpadear. ¿Qué demonios...? Dizzy se incorporó y se dio la vuelta. Allí, en la puerta, había un tipo alto como un rascacielos vestido con una chaquetilla de cocinero (aunque, debajo, llevaba ropa colorida y casi circense). Era más o menos de la edad de Wynton y tenía la mano (que prácticamente era del tamaño de una sartén) sobre el interruptor de la luz.

—¡Hola, camarada! —dijo con entusiasmo. Llevaba gafas de sol reflectantes de estrella de cine (¿en el interior?), tenía bigote de ardilla y unos rizos castaños enredados que casi se le escapaban de la coleta.

¿Quién es este tipo?, pensó ella. En una de las manos, llevaba un plato de comida.

—Supongo que eres Dizzy Fall, la hija de la chef Bernadette. Te he estado buscando. Me han dicho que tenías el pelo como yo. —Con la mano libre, se señaló el nido de pelo—. Y gafas negras de empollona. He probado primero en el ala de maternidad. Allí es donde suele ir la gente. Al menos en las películas. —Se dio un golpe en la frente con la palma de la mano—. Pero, entonces, me ha venido a la cabeza: ¡la capilla! También es un lugar predilecto en el mundo del celuloide. ¿En cuántas escenas encontramos a nuestro protagonista, nuestro *ingénue*, en la capilla del hospital?

Dizzy sintió como si algo se aligerara en su interior mientras aquella persona enorme recorría el pasillo hacia ella. No había sido consciente de que le quedaran sonrisas en el interior, pero una parecía estar abriéndose paso en su rostro. ¿Acaso su ángel le había enviado a un gigante porque estaba ocupada en otra parte?

—¿Soy la protagonista de esta película? —le preguntó. Entonces, sin pensarlo, añadió—: ¿Y tú eres el gigante?

Él se rio.

—Sí; soy el gigante conocido como Félix Rivera de Denver, Colorado. Y me han enviado para alimentarte, pequeña terrícola. Al parecer, no has estado comiendo. —Hizo una reverencia ante ella y le presentó un plato de cartón repleto de un *gumbo* elaborado con la llamada «Santísima Trinidad» como base, judías pintas y repollo—. *Voilà!* —añadió.

En ese momento, un trueno, de esos que suenan como si alguien hubiese partido el mundo en dos con un hacha, estalló de forma explosiva en el exterior. Dizzy contuvo la respiración y, varios segundos después, un océano comenzó a derramarse desde el cielo.

—Has dicho *Voilà!* y, entonces, la lluvia...

El gigante tenía poderes. Él sonrió.

—¿Quieres una nevada a continuación? Son mi especialidad.

Un viento fresco, agradable y maravilloso que olía a lluvia (de un encantador color coral) entró a la capilla a través de la ventana que Dizzy había abierto (y se había olvidado de cerrar) para Dios la última vez que había estado allí.

Félix Rivera, «el Gigante de Colorado», se levantó las gafas de sol. Tenía los ojos de un color gris muy claro. Dizzy pensó que se parecían a los de Jericho Blane, descritos como «del color de la bruma». Eran increíbles y deseó poder tener unos iguales en lugar de sus ojos aburridos.

—Escucha —dijo él mientras levantaba un dedo en el aire—. Uno: soy nuevo en este trabajo y mi primera tarea oficial es hacer que comas, así que ¿puedes hacerme ese favor? —Dos dedos—. Dos: en el piso de abajo, la gente se está volviendo loca de lo bueno que está. —Tres dedos—. Y tres... —Miró al techo como si fuera a encontrar la tercera cosa ahí arriba—. Bueno, no hay tres.

—No puedo comer. —Dizzy se cruzó de brazos. Ni siquiera podía hacerlo por aquel gigante de ojos brumosos que podría alejar él solito los vientos del diablo—. Lo siento. Estoy demasiado... —Tuvo que echar el cuello hacia atrás para escudriñarle el rostro. Al mirarla, la expresión del chico era amable. Tan amable que... Tuvo que enterrar la cabeza entre las manos porque estaba a punto de echarse a llorar y la desesperación estaba volviendo. No quería que el gigante le viera el rostro todo arrugado. Intentó llorar en silencio, con calma, pero no lo consiguió y se le escapó un sollozo tras otro.

Él se quedó sentado a su lado y dejó el plato de comida humeante en el banco, junto a él.

—Vamos a jugar a las patatas —le dijo en voz baja.

—¿A las patatas? —preguntó ella con voz entrecortada.

—Sí. A las patatas. ¿Tienes algún problema con las patatas? Vamos a jugar a las patatas.

Ella se rio un poquito en medio de un sollozo, lo que hizo que le diera hipo.

—Pero no entiendo lo que quieres decir.

—Empezaré yo. Si gano, comes. ¿Lista? En puré. Estofadas. *Au gratin*. ¡Te toca!

Dizzy se sorbió la nariz.

—¡Ah! Ya lo entiendo. —Se enjugó los ojos—. De acuerdo, de acuerdo... *Tartiflette. Dauphinoise. Kugel.* ¡Te toca!

—¡Ajá! Hija de una chef. Podría ser una competición más dura de lo que esperaba. Cinco por ronda.

El gigante ganó con patatas bravas, *pytipanna, dum aloo*, picadillo y patatas Anna, así que, siguiendo las reglas, Dizzy se obligó a tomar unos bocados. En realidad, estaba delicioso, así que comió un poco más y pronto descubrió que se sentía más enérgica, lo que hizo que quisiera hablar y, pronto, no pudo parar.

—Con mi teléfono, leí sobre un hombre —le dijo al gigante—, un contable, que estaba en coma como Wynton y, cuando se despertó, pensó que estaban en 1952 y que era piloto de carreras. También investigué sobre otro tipo que se despertó de un coma pensando que era su hermano. En plan... creía que estaba casado con la esposa de su hermano y todo eso. Así que, cuando Wynton se despierte, tal vez no siga siendo Wynton. Podría pensar que es Miles que, en realidad, no es perfecto. Acabamos de descubrirlo gracias al deán de su colegio.

—Vaya, amiga —dijo él—, eso sí que es información de alto calibre.

—Oh, sí —contestó Dizzy, halagada—. Me especializo en lo mejor de lo mejor.

—¿Sabes lo que creo? —dijo Félix—. Creo (y tengo contactos allí arriba) que, a pesar de toda esa información de alto calibre, cuando tu hermano se despierte, seguirá siendo él mismo y lo primero que hará será decirte lo mucho que te ha echado de menos y te dará las gracias por haberte quedado a su lado mientras estaba dormido.

¿Contactos allí arriba? ¿Cambiar el tiempo?

—¿Te ha enviado el ángel?

—Mmmmmm, claro. —Una sonrisa se apoderó de su rostro—. Y también te ha enviado a ti conmigo.

¡Oh! Las cosas estaban mejorando. Necesitaba saberlo todo sobre él. Entre bocado y bocado, le preguntó cuántos años tenía (diecinueve), cuánto medía (dos metros y cinco centímetros), si sabía que la persona más alta que había existido jamás había muerto porque un bicho le había mordido el dedo gordo del pie (no lo sabía), si podía retorcerle el bigote (adelante) y si siempre se ponía ropa tan rara bajo la chaquetilla de cocinero (era su seña de identidad). Le preguntó cuándo había llegado al pueblo (una semana atrás) y cómo (había conseguido que una chica estupenda y parlanchina lo trajera en una camioneta naranja), si trabajaba para Dios (pregunta difícil, lo pensaría y le daría una respuesta) y si tenía poderes secretos (¿acaso no los tenía todo el mundo?). Entonces, le contó que Wynton no era ningún hongo ordinario, sino una trufa blanca con un rayo dentro; que era culpa suya que estuviera en coma y que tal vez tuviera que meterse a monja a pesar de que era principalmente judía. Para acabar, lo puso al día sobre Lagartija y su divorcio.

Él, a cambio, hizo que sintiera que todo iba a salir bien, así que regresó a la habitación del hospital reconfortada y con ganas de contarle a Miles «el Imperfecto» que, ahora, les habían enviado a un gigante. Solo cuando estaba frente a la puerta de la habitación de Wynton se dio cuenta de que Félix había dicho que había llegado a Paradise Springs la semana anterior en una camioneta naranja con una chica y Miles le había contado que el ángel lo había llevado a dar una vuelta en una camioneta naranja. ¡Tenía que ser la misma camioneta y la misma chica/ángel! Entonces, recordó que el gigante le había dicho que la chica que conducía la camioneta naranja había sido parlanchina. ¿Qué le habría contado el ángel parlanchín? Tenía que descubrirlo.

Salió corriendo hacia la cafetería, pero el chef Finn le dijo que Félix se había marchado ya. Entonces, regresó a la habitación de Wynton para contarle a don Imperfecto que un gigante había venido a Paradise Springs con el ángel Cassidy en la camioneta naranja y que, por lo tanto, era muy probable que supiera dónde estaba. Sin embargo, su madre le informó de que Miles acababa de marcharse para dar un paseo con el perro de los vecinos de al lado.

Dizzy ocupó su asiento junto a Wynton, incapaz de dejar de pensar en qué información secreta podría haber compartido Cassidy con Félix.

CONVERSACIÓN ENTRE CASSIDY Y FÉLIX DE CAMINO A PARADISE SPRINGS, UNA SEMANA ANTES:

Félix: *Espera, ¿por qué estabas escribiendo sobre ese tipo?*

Cassidy: *En realidad, fundó el Pueblo. Es para una clase. Sobre la historia de California.*

Félix: *Dices «el Pueblo» como si fuese el único pueblo en la Tierra.*

Cassidy: *Es algo así. Al menos, para mí. Cuando era pequeña, mi madre y yo lo buscábamos sin saber el nombre. (Pone los ojos en blanco). Es una historia larga y alocada. La cosa es que, este tipo, Alonso Fall, era increíble.*

Félix: *¿Cuán increíble? (Félix arquea una ceja).*

Cassidy: *¡Muy increíble! Muy adelantado a su tiempo. Y la maldición de la familia comenzó con él y con su hermano. Lo descubrí en mis lecturas.*

Félix: *Espera, ¿qué familia?*

Cassidy: *Los Fall. Los descendientes de Alonso Fall. Todavía viven en el Pueblo.*

Félix: *(Sonríe) ¿Y creemos en las maldiciones?*

Cassidy: *Tal vez creerías en ellas si te contara la historia. Te la contaré tal como solía contarme mi madre sus historias cuando era pequeña.*

Félix: *Adelante, Scheherazade. Llévame lejos. Me vendría bien la distracción.*

Cassidy: *¡Scheherazade! ¡Me encanta! Muy bien. (Se aclara la garganta, le sonríe a su nuevo compañero de viaje y comienza). En un reino muy lejano, al otro lado del mar, en los tiempos de por siempre jamás, nació un niño magnífico...*

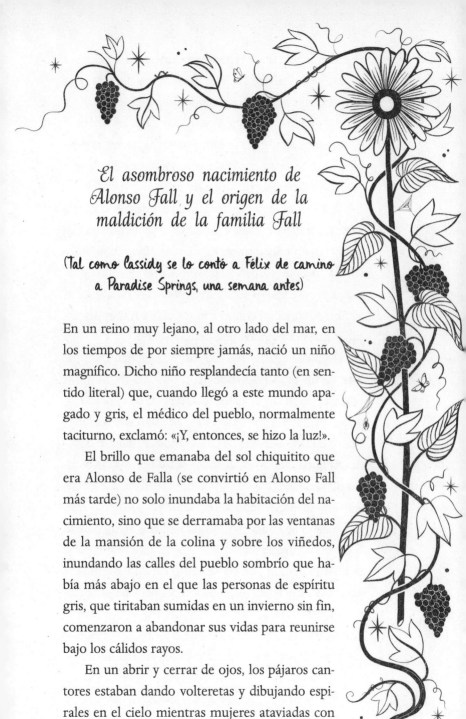

El asombroso nacimiento de Alonso Fall y el origen de la maldición de la familia Fall

(Tal como Cassidy se lo contó a Félix de camino a Paradise Springs, una semana antes)

En un reino muy lejano, al otro lado del mar, en los tiempos de por siempre jamás, nació un niño magnífico. Dicho niño resplandecía tanto (en sentido literal) que, cuando llegó a este mundo apagado y gris, el médico del pueblo, normalmente taciturno, exclamó: «¡Y, entonces, se hizo la luz!».

El brillo que emanaba del sol chiquitito que era Alonso de Falla (se convirtió en Alonso Fall más tarde) no solo inundaba la habitación del nacimiento, sino que se derramaba por las ventanas de la mansión de la colina y sobre los viñedos, inundando las calles del pueblo sombrío que había más abajo en el que las personas de espíritu gris, que tiritaban sumidas en un invierno sin fin, comenzaron a abandonar sus vidas para reunirse bajo los cálidos rayos.

En un abrir y cerrar de ojos, los pájaros cantores estaban dando volteretas y dibujando espirales en el cielo mientras mujeres ataviadas con

vestidos vaporosos preparaban pícnics y los narcisos asomaban la cabeza a través de la tierra cansada para florecer bajo la luz de aquel verano repentino.

Así que fue gracias a Alonso que todas las personas de aquel pueblo triste y remoto consiguieron nuevos ojos, se enamoraron y se sumieron en lo maravilloso.

Todos adoraban al chico de oro.

Los sastres le confeccionaban prendas de vestir diminutas y espléndidas y los pasteleros le horneaban tartas igualmente diminutas y espléndidas. Para Alonso, las gallinas ponían sus huevos más grandes y las vacas producían su leche más sedosa. Los animales también hablaban con el niño y él les respondía sin saber que era el único que podía hacerlo.

Pronto, llegaron los artistas, que habían oído hablar de un niño resplandeciente y, a día de hoy, por toda la región, sigue habiendo retratos de Alonso colgados en hoteles y restaurantes, en salones y dormitorios. Retratos que, más de cien años después, todavía desprenden cierta luz incluso en las horas más oscuras de la noche.

Sin embargo, hubo alguien que no consiguió nuevos ojos ni se sumió en lo maravilloso; alguien cuyo corazón no creció sino que encogió ante la presencia del niño; alguien que no se sintió cálido e iluminado gracias a su extraño resplandor. Esta persona se empeñó en llevar un abrigo largo y oscuro durante todo aquel verano interminable que fueron los primeros años de Alonso, en cubrirse los ojos ante la luminosidad agotadora del niño y en meterse papel en los oídos para no tener que oír la risa increíblemente despreocupada del pequeño.

La falta de aprecio del padre de Alonso hacia su primogénito fue instantánea.

Diego de Falla tenía el pelo claro y un temperamento oscuro. Era un hombre achaparrado y desagradable que se movía como una araña: en ráfagas rápidas y ángulos extraños. Tenía el corazón negro y no le gustaba a nadie. A nadie. Ni a la madre de Alonso, Sofía. Ni a Luciana Magdalena, la prostituta, a la que le pagaba para que le lavara los pies antes del acto. Y, sin duda, ni siquiera a las moscas, que desaparecían de la habitación en cuanto él entraba.

—Bueno, me da igual no gustarle a nadie si me tienen respeto —solía decir Diego antes de gritarle a su esposa, Sofía, que la sopa estaba demasiado caliente, que había demasiado ruido en la casa y que, para colmo, olía fatal. ¿Por qué, Dios mío? ¿Por qué no podía oler bien al menos un minuto de algún día?

La raíz de todas las miserias de Diego era aquella: el olor de su esposa.

Pues Sofía portaba el aroma de otro hombre en su cuerpo, incluso después de que aquel hombre hubiera zarpado rumbo a las Américas. Incluso después de las noticias de que aquel hombre había muerto en altamar.

—¿Cómo es posible? —solía preguntarle Diego a su odioso reflejo en el espejo, en el estanque y en el cuchillo que usaba a la hora de la cena. ¿Cómo puede el aroma de un hombre muerto pegarse a una mujer viva? ¿A su mujer viva? Y no el de cualquier hombre, sino el de aquel ridículo poeta sin blanca llamado Esteban, con su ridículo rostro esculpido, su

ridícula melena de rizos y su ridícula estatura de árbol. Y ¿por qué, Dios mío? ¿Por qué el ridículo aroma de aquel ridículo hombre tenía que ser tan maravilloso? Diego no podía escapar de él. Abría un cajón en busca de un par de calcetines y ahí estaba (dolorosamente delicioso), emanando de dentro y casi derribándolo. Por las noches, recorría habitación tras habitación, intentando escapar de él y, a menudo, acababa en una ventana, inhalando el aire del exterior como si fuera un hombre que se hubiera estado ahogando y acabara de alcanzar la superficie.

Sin embargo, el nacimiento de Alonso fue más de lo que Diego pudo soportar. Lo había sabido en el momento en el que había posado los ojos sobre el chico y sus ridículos rasgos esculpidos. En su casa se encontraba el hijo de otro hombre. En su mesa. Y no era cualquier hijo. ¡Aquel escándalo de niño! ¡Aquel eterno fuego fatuo!

Sofia, por su parte, pensaba que Diego, su esposo, era invisible. Incluso cuando estaba frente a ella, no habría podido decir de qué color tenía los ojos. De vez en cuando, oía sus palabras, su forma de masticar o sus pasos pero, la mayor parte del tiempo, no. Se centraba en Alonso y le había puesto un cascabel en torno al cuello para no perderlo.

—Hay un gran amor en tu interior —le murmuraba a su hijo mientras se quedaba dormido. Entonces, durante toda la noche, el cascabel no dejaba de sonar una y otra vez mientras el niño corría sonámbulo entre los árboles.

Sin embargo, cada mañana era una angustia para el joven Alonso.

Seguía a su padre a los viñedos, donde Diego lo levantaba como si fuese un pescado maloliente y lo devolvía a la casa.

—¿Por qué me odias tanto? —le preguntó una vez, después de que lo hubiera vuelto a dejar en la veranda.

Diego tomó al niño por los hombros y lo elevó por los aires de modo que el pequeño pudo notar en el aliento de su padre el olor agrio de la cebolla, la amargura y algo mucho peor.

—No importa lo mucho que te esfuerces, Alonso —le contestó—. Nunca serás mi hijo.

Entonces, soltó al niño de cabeza. Alonso tardó semanas en levantarse y, cuando lo hizo, tenía una cicatriz que le recorría la cara de una mejilla a la otra.

Después de eso, el pequeño dejó de intentar ganarse el amor de su padre. Por primera vez desde su nacimiento, no emitía ninguna luz, así que tuvieron que encenderse las lámparas y prender el fuego en los hogares.

El niño se volvió silencioso.

No era un hijo que un padre pudiera querer.

Ya no necesitaba llevar el cascabel. Todas las noches se quedaba en su cama, quieto como una piedra.

En sus sueños, se convertía en cenizas.

Fue en aquellos tiempos terribles que Alonso recibió un hermano y sus problemas se agravaron. Diego llevó a Héctor a casa cuando él tenía nueve años. Héctor era un niño pequeño como un escarabajo, más o menos de su edad, una pequeña gárgola humana y una versión en miniatura de Diego. Llevaba una nota en el chaleco que decía: «Soy Héctor, hijo de Diego de

Falla. Mi madre no puede seguir haciéndose cargo de mí». Iba firmada por Luciana Magdalena.

Sin comprender el ambiente sombrío o sin pensar demasiado en la planificación logística familiar, Alonso se mostró emocionado ante aquel desarrollo tan inesperado de los acontecimientos.

—¡Un hermano! —exclamó con alegría mientras rodeaba a Héctor con los brazos.

A modo de respuesta, Héctor le agarró un puñado de pelo y tiró de él con tanta fuerza que la cabeza se le fue para atrás. Alonso gritó y retrocedió de un salto, estupefacto. Diego sonrió y le dio una palmadita a su nuevo hijo.

—Ese es mi chico —murmuró.

Todos los días después de aquello, Diego acompañaba a Héctor a los viñedos, lo conducía a través de las vides y le revelaba los secretos de la producción de vino de la familia De Falla. Pero, sin que ninguno de los dos lo supiera, siempre a varios pasos detrás de ellos, como una sombra, se encontraba Alonso, que recogía y guardaba cada una de aquellas palabras sagradas.

A Héctor no le importaba un pepino la producción de vino. Le importaba que ya nunca estaba hambriento, que los roedores ya no le mordían los pies mientras dormía y que ya no tenía que ir robando por todo el pueblo; le importaba que ya no tenía que ver a su madre con sus babosos clientes a través de una grieta en la pared.

Al principio, se sintió desconcertado ante su nueva vida como hijo de Diego de Falla. Temía acabar hervido dentro de la bañera de cobre llena de agua para su baño; no tenía ni idea de que el cepillo que había junto a la jofaina era para los dientes, así que lo usaba para la cabeza; y estaba acostumbrado a vestir la misma ropa hasta que le quedaba pequeña, así que no se ponía los pantalones y las camisas hechas a medida que colgaban prístinos en su armario. Su olor corporal apestaba toda la casa, lo cual alegraba a su padre pues, al fin, había una peste que superaba el aroma de Esteban «el Poeta Muerto sin Blanca». Por no mencionar el olor a podredumbre de la propia alma de Diego que, en aquellos tiempos, parecía escapársele cada vez que abría la boca.

Pero, con el tiempo, Héctor se acostumbró a las camisas lisas y suaves, a los baños humeantes y a las ricas comidas de conejo asado con patatas fritas en grasa de pato, y empezó a maquinar maneras de aferrarse a aquellas comodidades para siempre. Empezó a darse cuenta de que tenía poder. Privilegios. Allí había gente a la que podía humillar tal como lo habían humillado a él toda su vida por ser el hijo de la prostituta del pueblo. Devolvía su plato de la cena tres veces antes de comérselo y, a veces, escupía la comida para darle un efecto dramático. Se orinaba fuera del orinal solo para observar con deleite cómo la doncella se ponía de rodillas para limpiarlo.

—Hijo mío —le decía Diego con orgullo a aquel tirano de diez años cada vez que lo veía—. Hijo mío.

Sin embargo, el resto del mundo favorecía a Alonso, y eso ponía nervioso a Héctor.

Su envidia se volvió tan aguda como un día lo había sido su hambre.

Envidiaba el aspecto de Alonso, así que le cortó el pelo mientras dormía y rompió todos los espejos de la casa.

Envidiaba la inteligencia de Alonso, así que cubrió la silla de su tutor de hormigas de fuego.

Envidiaba el cuerpo atlético de Alonso, así que puso clavos en sus zapatos.

Envidiaba la imaginación de Alonso, así que arrancó las páginas de sus libros favoritos y se las comió.

Tenían once años cuando Héctor colocó cuerda en el hueco de la escalera y Alonso cayó rodando por un tramo y se rompió el brazo. Mientras yacía tumbado al final de las escaleras, intentando no gemir, su hermano dijo:

—Algún día te mataré y todo será mío.

—Pero yo no quiero nada, cabeza de chorlito —contestó Alonso.

—Te mataré de todos modos. Tú eres el cabeza de chorlito.

Y, con aquellas palabras asesinas, a partir de ese momento, una maldición se posó sobre la familia Fall; una maldición como la de Caín y Abel en una familia que, durante más de cien años, tan solo engendraría varones, hermanos, Caínes y Abeles.

Una maldición que, generación tras generación, ha llevado a los Fall a muy malos finales.

Finales muy muy malos.

MILES

Miles atravesó la recepción del hospital de camino a lo que probablemente fuera otra mala decisión. Su primera cita de internet. Mantuvo la cabeza agachada para no tener que hablar con nadie, para no tener que fingir que sentía todas las cosas apropiadas que no sentía por el estado de Wynton y tener que ocultar todas las cosas terribles e inapropiadas que sí estaba sintiendo. Por no mencionar todas las cosas horribles que sentía sobre sí mismo tras la visita del deán Richards aquella mañana. Casi había llegado a la salida cuando la zapatilla se le quedó atrapada con algo (¿un pie?).

—Ay, mierda, lo siento —oyó que decían mientras salía catapultado hacia delante. De algún modo, recuperó el equilibrio en pleno vuelo y se inclinó hacia atrás como si tuviera reposabrazos invisibles hasta que aterrizó de pie, salvándose de una caída de cabeza espectacular en medio del recibidor del hospital—. Guau, amigo, una salvada estelar. Medalla de oro. Guau. Lo siento. —El pie y la voz transgresores pertenecían a un tipo enorme con un bigote retorcido que llevaba unas gafas de sol reflectantes. Estaba de pie junto a Miles y vestía una ropa desconcertante (¿influenciada por el papel pintado?) bajo una chaquetilla de cocinero de La Cucharada Azul.

—No pasa nada —masculló él y retomó su camino en línea recta hacia la salida. Pero apenas había dado unos pasos cuando oyó que lo llamaban.

—¡Oye!

Miles se dio la vuelta. Se trataba de Hércules «el Hípster» una vez más.

—¿Sí? —preguntó, pero el tipo no dijo nada. Tan solo estaba ahí de pie, con la cabeza rozando el techo y mirando en su dirección con las gafas de sol de estrella de cine puestas. Miró por encima del hombro, preguntándose si la sonrisa y el «¡Oye!» habían ido dirigidos a otra persona, pero no había nadie tras él.

—¿Sí? —volvió a decirle al tipo, que seguía mirándolo—. ¿Estás bien?

Él asintió.

—Ah, sí. Bien, bien. Muy bien. ¿Y tú? ¿Cómo estás tú?

Miles sintió cómo se le arqueaban las cejas ante la rareza suprema de aquella interacción.

—Bien, sí. Tengo que irme —dijo mientras señalaba la puerta.

—Claro, por supuesto. Sí. —El tipo señaló la puerta también—. Márchate.

Vaya bicho raro, pensó Miles mientras se giraba. Debería decirle a su madre que Finn había contratado a un lunático.

Entonces, justo antes de llegar a la puerta, volvió a oír:

—¡Oye!

Molesto, se dio la vuelta. Otra vez.

—Soy Félix Rivera de Denver, Colorado —dijo el pirado.

—Eh... De acuerdo. Yo soy Miles, eh... Fall. Soy de aquí.

—¿Miles Fall? ¡Oh! ¡Vaya! ¡Hola! ¡Otro descendiente de Alonso Fall! Recientemente, me han hablado mucho de él. Trabajo en el restaurante de tu madre. Acabo de dar de comer a Dizzy hace un momento. Oh, eso ha sonado raro, como si fuera un perro. Y eso ha sonado incluso más raro. El chef Finn estaba preocupado porque no estaba comiendo nada. —El tipo exhaló con fuerza—. Me estoy yendo por las ramas. Siento mucho lo de tu hermano. A tu hermana le preocupa que, cuando se despierte, piense que es un piloto de carreras o incluso que es tú. Le dije que dejara de darle vueltas al coco. —Se atusó el ridículo bigote—. Eh... Lo siento. Es probable que esas tampoco hayan sido las palabras más acertadas. Tengo que esforzarme más con las palabras.

Entonces, una sonrisa llenó de lado a lado el rostro de aquel tipo. Parecía un demente. Miles sintió ganas de reírse, lo cual era un sentimiento poco habitual en él. Se fijó en la camisa violeta de cachemir, en los pantalones grises con raya diplomática, en los zapatos estilo Brogue y en los tirantes. ¡Tirantes! Aquel tipo vivía su vida EN MAYÚSCULAS. Además, también era tremendamente raro que se hubiera referido a él como un «descendiente de Alonso Fall». Tal vez, cuando había «dado de comer» a Dizzy, ella le hubiera mencionado a su bisabuelo junto con todas aquellas teorías sobre el coma que él ya había oído.

Miles hizo un gesto de despedida y le dio la espalda pero, antes de abrir la puerta, la curiosidad hizo que se girara de nuevo. El tipo había liberado de los confines de una goma de pelo su melena, la cual hacía que pareciera como si tuviera que tener un bajo en las manos. Aire absoluto de estrella del *rock*. Ahora, tenía las gafas de sol apoyadas en la cabeza y sus ojos claros, hasta entonces ocultos, estaban a la vista. Tenían un aspecto increíble.

—Tú también resplandeces un poco —le dijo a Miles.

Eh... ¿Qué demonios? ¿Acababa de decirle que resplandecía? De verdad, ¿qué problema tenía aquel tipo? Y ¿a qué venía ese «también»? ¿A quién más se refería? O tal vez no le hubiese oído bien. Debía de ser eso.

—¿Disculpa? —le preguntó.

—He dicho que tú también resplandeces un poco.

¡Pues muy bien! Desconcertado del todo, Miles se dio la vuelta, salió por la puerta del hospital y se adentró en aquel día, que al fin era más fresco.

MILES

Miles se agachó para acariciar a Sandro, que lo estaba esperando junto a un sauce. La lluvia se había detenido y el sol se colaba entre las nubes con unos rayos gruesos que parecían dibujados por un niño pequeño. Una brisa fresca le rozó la piel. Al fin, los vientos del diablo se habían ido volando hasta otro pueblo. Él también quería salir volando.

«Acabo de conocer a un rarito muy alto que me ha dicho que resplandezco», le dijo al perro.

«Sí que resplandeces un poco».

«¿De verdad?».

Sandro no contestó. En su lugar, le dijo:

«¿La has encontrado ya?».

«Todavía no, pero ahora conozco su nombre».

No había visto al animal desde que lo había descubierto.

«¿Moxie?».

«No».

«¿Lucy?».

«No».

«¡Ya lo sé! ¡Pastelito! ¡Oh! ¿Bella?».

«No. Nunca lo adivinarías. Cassidy».

Sandro apoyó las patas sobre los muslos de Miles.

«¿Cómo vamos a encontrarla?».

«No estoy seguro».

«¿Cómo ha sido capaz de no volver a por nosotros?».

«No lo sé. —Apoyó la frente contra la del animal. Al igual que el perro, sentía un *sehnsucht*, un anhelo inconsolable por Cassidy; por verla. Y no sabía por qué—. Dizzy cree que Cassidy puede sacar a Wynton del coma».

«Bueno, nos sacó del nuestro».

Aquello hizo que Miles se sobresaltara porque, en cierto sentido, era cierto, ¿no? ¿Y si Dizzy tenía razón? ¿Acaso no había conseguido Cassidy transformarlos y revitalizarlos a ambos en el transcurso de una mañana? ¿Acaso no lograba de algún modo que sintiera que su existencia tenía sentido, al igual que la vida? Además, había salvado las vidas de Wynton y de Dizzy en sentido literal. Mierda. Tal vez sí fuese un ángel o un Ser de Energía o lo que quiera que la hubiera estado llamando su hermana. ¿Qué sabía él? Pero ¿cómo iba a encontrarla? Le había seguido la corriente a Dizzy y, juntos, habían hecho varias búsquedas en internet con su nombre de pila y cualquier otra cosa que se les hubiera ocurrido: Cassidy/Literatura, Cassidy/camioneta naranja, Cassidy/tatuajes, Cassidy/preciosa, etc. Y, sí, para complacer a su hermana, también habían buscado: Cassidy/ángel, Cassidy/Ser de Energía, Cassidy/Mensajera Divina. Por supuesto, no habían encontrado nada.

«Vuelvo a sentirme mal, Miles. Igual que cuando Bella se escapó».

«Yo también».

«Tal vez necesitemos antidepresivos», dijo Sandro.

«Tal vez, chico».

«O ir a terapia».

«Sí».

«Pero eso significa que tengas que hablarle a alguien de nuestro estado de ánimo».

«Creo que, ahora, lo saben. El deán de mi colegio ha venido hoy al hospital».

Su madre había recibido un sermón del deán Richards, que le había dicho que se sentía fatal por darle la noticia en aquellas circunstancias, que no había sido capaz de ponerse en contacto con ella por correo electrónico o por teléfono (y que, además, debía de tener un número de móvil viejo) y que estaba preocupado por él. Le había dicho que estaba en periodo de prueba académica y que su beca corría peligro. El deán también le había hablado sobre un «preocupante patrón de aislamiento social y preocupación interna». (¿Alguien se había percatado de aquello?). Le había dado a su madre el nombre de una psiquiatra.

Así que...

Hasta la vista, Miles «el Perfecto».

Desde la visita del deán aquella mañana, Miles había atrapado a su madre y a Dizzy mirándolo, su madre con preocupación y su hermana con curiosidad, como si fuera un miembro nuevo de la familia. Había oído a su hermana diciéndole a Wynton que, tal vez, hubiese estado fingiendo ser perfecto todo aquel tiempo, lo que era bastante cierto. Por supuesto, su madre había intentado hablar con él sobre el tema, pero él no había sabido qué decirle. A pesar de que ella le hubiera dicho lo contrario, se sentía como un perdedor y una completa decepción, aunque una parte diminuta de sí mismo se alegraba de que al fin lo supiera.

Enterró la cabeza entre el pelaje de Sandro y sintió una sacudida de amor por el perro tan fuerte que pensó que, si hubiera sido una persona normal, tal vez habría acabado llorando. El hecho de que no llorara nunca lo hacía sentirse verdaderamente inhumano, sobre todo en los últimos días, en los que era probable que su madre y su hermana hubieran establecido un nuevo récord Guinness de los llantos. *Bueno, los animales no humanos tampoco lloran*, pensó. Siempre había creído que era uno de ellos (¿tal vez una cabra vieja y triste? ¿Una vaca? ¿Un ciervo solitario?), que alguien le había lanzado un hechizo, como si fuera la historia del príncipe rana pero al revés, y que si aparecía la persona adecuada y lo besaba o lo que fuera, volvería a convertirse en su versión cabra.

Eso explicaría muchas cosas. Muchísimas.

«Ojalá fuese un perro», le dijo a Sandro.

«¡Oh, sí! Serías un can fabuloso, Miles. ¡Muy rápido!».

«¿Tú podrías ser yo?».

«Ni hablar. No quiero que ese sea mi hermano».

«Shhh. No digas eso mientras está en coma».

«Eso no cambia lo que te hizo. Cabrón…».

«Lo sé».

Hasta el momento, Miles había evitado mirar directamente a Wynton casi todo el tiempo. Tan solo en una ocasión se había fijado de verdad en los tubos, las escayolas, los vendajes cubiertos de sangre, los moratones, las grapas, las varillas de hierro, el rostro quieto y la boca suelta. Había estado solo en la habitación y había vomitado en el cubo de la basura. A veces, intentaba leer, pero todas las frases se desdibujaban, así que pasaba a revisar reseñas de vino en internet, buscando fútilmente a su padre mientras sentía como si el esternón se le estuviera abriendo de par en par.

El pánico era espeso en la habitación del hospital (excepto cuando Dizzy hacía alguna locura como andar a lo zombi de un lado para otro como si fuera una monja). Cuando no podía soportarlo más, huía al armario de suministros más cercano, donde contaba las mil trescientas cuarenta y nueve baldosas del suelo o veía porno en su teléfono, sobre todo un vídeo en el que dos osos fornidos se enrollaban con ferocidad mientras lo hacían como si fueran dos Jericho Blanes de *Vive para siempre*. Sí. Pero aquello era mejor que pensar en asfixiar a su hermano con un almohadón (sí, durante un breve instante, se le había pasado por la cabeza) o en sacudirlo hasta que se despertara solo para decirle: «Sigo odiándote».

Todo aquello hacía que quisiera estamparse contra una pared.

Estaba muy lejos de su madre y de Dizzy. Podría haber plantas rodadoras recorriendo el desierto interminable que los separaba en aquella habitación de hospital. Cuando, el día anterior, su madre le había hecho señas para que se acercara a abrazarla, lo único que había deseado había sido correr hacia ellas, unirse a ambas y plegarse entre sus brazos, pero no había podido. No tenía ni idea de cómo acortar la distancia.

El aire fresco hizo que se le erizara la piel. Escudriñó el aparcamiento en busca de camionetas naranjas. No había ninguna. Si al menos pudiera marcharse con Cassidy, podrían ser nemófilos juntos y vivir felices para siempre mientras leían novelas en algún bosque.

—¡Miles!

La voz de una chica interrumpió sus pensamientos. Se dio la vuelta y vio a Madison, la de la noche que lo habían dado por muerto y lo habían dejado en un contenedor. Iba corriendo hacia él. Se le revolvió el estómago. Oh, no. De verdad. Mierda, no. Había tenido la esperanza de no volver a verla nunca más. ¿Había ayudado a Wynton a lanzarlo al contenedor? Probablemente. Quería marcharse a la otra punta del aparcamiento, pero era demasiado tarde (ella estaba tan cerca que podía oler su loción de coco. Puaj. Era la misma loción). Ya no llevaba el pelo rosa y de punta, sino castaño y peinado con cuidado en torno al rostro. El pendiente de delfín de la nariz había desaparecido; tan solo tenía un agujerito allí donde lo había llevado. Ay, Dios, ¿por qué no podía recordar lo que habían hecho juntos? ¿Habían llegado hasta el final? ¿Habían usado condón? ¿Y si estaba embarazada? ¡Eso no se le había ocurrido hasta aquel momento! ¿Y si iba a ser padre a los diecisiete años? ¿Y si se desmayaba allí mismo?

—Lo siento mucho, Miles —le dijo con los ojos redondos llenos de preocupación—. No he dejado de pensar en ti desde que me enteré de lo de Wynton. —Se mordió los labios—. Debes de estar devastado. Yo haría cualquier cosa por tener un hermano mayor como él. Todavía no puedo creer que fuese a la cárcel por ti y todo eso. Dios, aquella noche...

Unas interferencias le llenaron la cabeza, haciendo estallar sus pensamientos.

—¿Qué? —¿Acababa de oír lo que acababa de oír?—. ¿Cómo?

El gesto de la chica cambió y frunció el ceño.

—Espera... ¿Qué? ¿De verdad no te acuerdas?

—¿Acordarme de qué?

¿Había ido a la cárcel por él?

—Supongo que de verdad estabas muy colocado. —Exhaló lentamente—. Supongo que fue culpa mía. Lo que hice... Darte esa pastilla no estuvo bien, ahora lo sé. Por eso, estoy sobria. Bueno, al menos desde que me enteré de lo de Wyn.

El corazón de Miles le estaba golpeando con fuerza por todo el pecho. Apenas era capaz de pronunciar una sola palabra.

—¿Qué fue lo que hice?

—¿De verdad no te acuerdas de haber chocado la camioneta contra la estatua?

Intentó procesar aquello.

—¿Fui yo el que chocó la camioneta contra la estatua de Alonso Fall?

Había dado por sentado que aquello había ocurrido después de que lo hubieran lanzado al contenedor para que las ratas se lo comieran vivo.

El rostro de ella se iluminó y levantó los brazos en el aire.

—¡Oh, Dios mío, Miles! Le quitaste las llaves a Wynton cuando estábamos saliendo de la fiesta. Te subiste al asiento del conductor, encendiste el motor y saliste a toda velocidad, como un maniaco. ¡Tuvimos que salir corriendo detrás de ti para subirnos! No dejabas de gritar «¡No soy perfecto! ¡No soy perfecto!». Todo el tiempo, Wynton estuvo intentando hacer que pararas la camioneta. ¡Te chocaste contra la estatua a propósito! —Se señaló la frente. Llevaba una cicatriz irregular que apenas era visible a través del maquillaje. Miles tomó aire—. Todavía se me ve el corte de cuando me golpeé contra la ventanilla. Cuando oímos las sirenas, Wyn nos dijo a todos que saliéramos corriendo. Pero él no lo hizo. Se metió en el asiento del conductor y esperó. Desde el callejón, Bettina y yo vimos cómo lo esposaban los policías. No teníamos ni idea de a dónde habías ido.

¿Había sido él el que había destrozado la camioneta de su madre? ¿Había sido él el que había decapitado la estatua de Alonso Fall? ¿Wynton no lo había arrojado al contenedor con ayuda de aquella chica? ¿Se había metido dentro él solito, probablemente para esconderse? ¿Y no recordaba nada de todo aquello?

—Además... Siento haber intentado... Bueno, ¿cómo lo digo? Pensaba que te gustaba hasta que Wynton me dijo... —Bajó la vista mientras se le sonrojaban las mejillas—. Hasta que me dijo que estabas demasiado colocado como para saber lo que estabas haciendo o algo similar. Siento si... Eh... —Sacudió la cabeza—. Es la primera vez que me quitan de encima de un chico. «¡Apártate de mi hermanito!» —añadió, imitando a un Wynton borracho. ¿Wynton se la había quitado de encima? ¿«Mi hermanito»?—. Así que, lo siento... Y, en caso de que no lo recuerdes o algo así: no ocurrió nada entre nosotros. —Levantó una mano e hizo un gesto de impotencia en dirección al hospital—. Espero que esté bien. Sí, es un imprudente, pero, en el fondo, tiene muy buen corazón. Pero tú lo sabes mejor que nadie.

QUÉ. DEMONIOS.

«¿Qué demonios?», repitió Sandro antes de empezar a ladrar. Miles también quería hacerlo.

Aquella conversación era como un derbi de demolición en su interior, haciendo añicos todo lo que siempre había creído sobre su hermano y sobre sí mismo.

¿Cuál es la verdad?, pensó.

«Depende de quién cuente la historia —respondió Sandro a pesar de que Miles no se había dirigido a él—. Tu especialidad son las historias de "¡Pobre de mí!"».

«Sandro, colega, eso no ha sido muy amable por tu parte».

Miles observó cómo Madison se alejaba y entraba al hospital. Se dio cuenta de que el tipo alto y rarito de Denver estaba sosteniendo la puerta como si fuera su trabajo y de que hacía una reverencia dramática frente a ella. Menudo chiflado. Miles se apoyó contra un poste de teléfono, sintiéndose mareado y desorientado. Ahora, el tipo alto estaba dejando pasar a Madison al hospital con una floritura dramática de la mano. Ella le sonrió coquetamente y le devolvió la reverencia. En fin...

No dejaba de darle vueltas a la cabeza. ¿Había puesto la vida de todos en peligro aquella noche? ¿Por qué no conseguía acordarse? ¿Qué clase de droga le había dado aquella chica? ¿Por qué había bebido tanto? ¿Wynton lo había protegido? ¿Había pasado la noche en la cárcel y nunca había dicho nada al respecto? ¿Ni siquiera a su madre cuando lo había echado de casa? ¿Y qué había hecho él a cambio? Romperle el arco que, gracias a la venta de su moto, había comprado para una actuación que iba a cambiarle la vida.

Solo que, ahora, tal vez no volviera a tener una vida.

Miles sintió como si estuviera hiperventilando. Se obligó a respirar hondo. Inhalar, exhalar, inhalar, exhalar...

Le sonó el teléfono.

«E yegado», decía el mensaje. Jesús. La ortografía de aquel tipo era terrible. Aquella mañana, en el armario de suministros, había abierto la aplicación de Lookn y había subido una foto. Entonces, había contactado con un tipo llamado Rod que, en las fotos, se parecía al señor Gelman, «el Profesor Bombón de Inglés Avanzado». Rod tenía diecinueve años (o eso decía), iba de camino a Oregón e iba a parar en Paradise Springs para comer algo. «Tal vez a ti», había bromeado en el mensaje que le había mandado. Ja, ja, ja. No tenía ninguna gracia.

¿Seguía queriendo hacer aquello? Sí. También quería hacer otras cosas. Como arrancar árboles, arrojar casas o romper cristales con el puño. Santo cielo, ¿quién era? Había gritado «¡No soy perfecto!» y había estampado una camioneta llena de personas contra la estatua de cinco metros de su bisabuelo, Alonso Fall.

Miles echó a correr y Sandro ladró alegremente mientras ambos se dirigían a toda velocidad hacia el camino forestal para los bomberos.

«¿A dónde vamos, Miles?».

«A ninguna parte».

«¡Me encanta ese sitio!».

Ahora, podía ver la parte trasera del vehículo; un camión de explotación forestal y carga automática sin ningún tronco dentro.

Aquella no era la primera vez que abría Lookn. Tras haber sido adoctrinado en la religión de besar a un chico a escondidas en la cámara frigorífica de un restaurante, se había descargado la aplicación, que no estaba conectada con otras redes sociales, para poder inscribirse con facilidad, alegando que tenía dieciocho años. Había subido la fotografía de otra persona, había creado un perfil genérico y, entonces, había pasado horas y, después, semanas, ignorando los mensajes y pasando de chico en chico hasta que se le habían empañado los ojos y la habitación se le había llenado de aquellos fantasmas: el chico bajito y buenorro al que le gustaba el rugby sentado en la silla de su escritorio; el pelirrojo delgado al que le iban los musicales estirado en su cama; el tipo fornido al que le encantaba comer comida mexicana tumbado de costado en el suelo, y el surfero de pie junto a la ventana. Se parecía un poco a leer una novela con puertas para que los personajes pudieran salir de ella y unirse a ti.

Al principio, había buscado a Nico, el chico del beso en la cámara frigorífica. Después, no había sabido a quién o qué estaba buscando, solo que no podía dejar de pasar fotografías, sacando a chico tras chico de su teléfono para que estuvieran en su habitación y le hicieran compañía. Los hombres eran principalmente eso: hombres. Y en muchas de sus fotografías aparecían desnudos o medio desnudos. Sus cuerpos fascinaban, aterraban, tentaban, calentaban y obsesionaban a Miles con sus pechos lisos o peludos y hundidos, con sus cuerpos larguiruchos o achaparrados, con sus pecas, sus lunares, sus labios y sus ojos. Con sus penes y penes y penes y más penes. (¡Y con las medidas de dichos penes!).

Su colegio no era como los que aparecían en la televisión o en las películas, con centros LGBTQ+ o Alianzas Gay-Heterosexuales o como se llamaran. En su pequeño colegio católico, no había ni una sola persona que hubiera salido del armario. Sí, tenía ciertas sospechas sobre un tipo del equipo de atletismo llamado Conner y, en una ocasión, había intentado investigarlo con cierta torpeza, pero no había sacado nada en claro. Sabía que, estadísticamente, tenía que haber otras personas como él, enrollándose con las personas equivocadas (en su caso, chicas) bajo las gradas o en los pasillos durante los bailes. Y, sí, claro, podría ser el primero en salir del armario; solo que Miles «el Perfecto» no agitaba las aguas. Ni siquiera se acercaba a las aguas.

Pero, en aquel entonces, noche tras noche, se había dado el gusto y se había dedicado a mirar sin parar. Algunos de los tipos estaban cerca y a algunos incluso los conocía a nivel personal. El asistente del entrenador de atletismo del instituto de Paradise Springs. Tony Sánchez, un hombre adulto, dueño de la ferretería. Era como pasar frente a la casa del vecino y que, de pronto, las paredes se volvieran transparentes. Tras ver a Tony en la aplicación, Miles había ido a la ferretería al día siguiente y había merodeado por el pasillo de los artículos eléctricos, espiando al hombre con su enorme sonrisa llena de dientes antes de comprar una caja de clavos. En la caja registradora, Tony le había dicho:

—Cada día que pasa te pareces más y más a tu padre.

Miles había oído aquello toda su vida, pero más todavía conforme iba creciendo.

—¿Erais amigos mi padre y tú? —le había preguntado al hombre aquel día mientras le entregaba el dinero para unos clavos que no necesitaba.

Entonces, lo había visto: la máscara de monstruo que era el rostro de Tony y el anhelo inconfundible que se ocultaba tras ella.

—Qué va. Era mayor que yo y, como se suele decir, no sabía ni que existía. —Le había sonreído—. Todo el mundo conocía a tu padre. A tu madre y a tu tío también. Eran los populares. Pero tu padre era un tipo especial. Hacía que todo el mundo se sintiera bien; se desvivía por que fuera así, ¿sabes? —Había contado el cambio con lentitud, como si fuera alguna especie de hechicería, y Miles se había convencido de que Tony había estado enamorado de su padre en sus años de instituto—. Volverá —le había dicho el tendero tras meterle los clavos en una bolsa—. La historia no se acaba hasta que no se pone el punto final.

—Tienes razón —había contestado él.

Había mantenido aquella misma conversación con los vejetes de Paradise Springs muy a menudo. Todo el mundo pensaba que su padre volvería algún día. Miles quería que fuese así y lo imaginaba a todas horas, pero hacía mucho tiempo que había renunciado a la idea de que ocurriera realmente. Sea como fuere, aquel día se había marchado de la ferretería sin ser capaz de intercalar un «Tony, ¿eres gay?» en la conversación.

En aquel entonces, había sido demasiado gallina como para mandarle un mensaje a nadie o subir su foto real a Lookn. Pero, aquella mañana, dentro del armario de suministros, lo había hecho. No podía seguir contando las baldosas, viendo más porno de Jericho Blane o pensando tantas cosas malas sobre su hermano, que era probable que se estuviera muriendo. ¡Y que le había salvado el pellejo!

Así que le había mandado un mensaje a Rod.

Miles ralentizó el ritmo hasta caminar deprisa cuando vio al tipo que estaba apoyado (posando) en la cabina del camión. Era más masculino que en su fotografía (¿de verdad tenía diecinueve años?). Llevaba una bandana en torno a la cabeza y tenía aspecto de montar una Harley. *Lo más probable es que forme parte de una banda de moteros*, pensó. Había visto una serie sobre las bandas de moteros porque la protagonizaba un actor extremadamente atractivo, así que conocía sus armas automáticas y la forma en que enterraban viva a la gente o les prendían fuego. Miles ralentizó más el paso. Ahora podía vislumbrar mejor el rostro de Rod que, al verlo, se le iluminó como en una mañana de Navidad. Miles se detuvo. ¿Por qué estaba haciendo aquello? No lo sabía. Lo estaba haciendo, sin más. Comenzó a andar de nuevo. Jesús. Ahora, para colmo, era un delincuente (secreto) cuyo hermano, que era un imbécil (¡comatoso!), había ido a la cárcel por él y le había quitado a una chica de encima porque él no había podido consentir (¿acaso sospechaba Wynton que era gay?), actuando como si, después de diecisiete años, tal vez Miles le importara de verdad. ¿Cómo podía lidiar con todo aquello?

«Espera un segundo —dijo Sandro mientras se detenía a media carrera—. ¿Es esto una cita? ¿Con un desconocido? ¡Lo es! ¡Ay, Dios mío! No apruebo esta elección vital, Miles. ¡Miles! ¡Humano, malo! ¡Miles, malo!».

«Hay dignidad en correr riesgos».

«¿Quién lo dice?».

«Yo».

«Oh. Bien dicho. Pero también hay idiotez».

—Hola —dijo Rod mientras él se acercaba—. Eres incluso mejor en persona. Eso no ocurre nunca.

Miles se vio envuelto en *aftershave*. La mano de Rod se posó sobre su hombro y se lo estrechó como si estuviese comprobando un melón. No sabía cómo saludarlo o qué hacer con las manos. ¿Debería estrechársela? ¿Darle una palmadita? Oh, demasiado tarde. Se metió las manos en los bolsillos y se percató de que Rod lo estaba mirando de arriba abajo. Él no sabía dónde mirar. ¿A dónde solía mirar la gente? Se decantó por el nombre del camión: *Kenworth*.

En su mente, aquella idea había sido mejor.

Rod, cuyo nombre era ROD, era sin duda apuesto en el mismo sentido masculino que lo era el señor Gelman, «el Bombón». Quizá pudiera vadear un río a lomos de un caballo cuando no estuviera prendiendo en llamas a la gente con su banda de moteros.

—¿Te ha comido la lengua el gato?

Miles asintió en silencio y Rod se rio. No estaba seguro de poder hablar realmente, ni siquiera aunque alguien le pusiera una pistola en la cabeza. Dios, ¡esperaba que nadie fuera a ponerle una pistola en la cabeza! Porque aquello era una estupidez, ¿verdad? Una estupidez increíble. Tendría que huir corriendo. ¿Y si Rod lo llevaba a alguna parte y allí lo estaban esperando un grupo de tipos con palancas? Había visto aquella película y aquella serie de televisión, había leído aquel artículo, aquel mensaje y aquel libro. ¿Era gay aquel tipo siquiera? En realidad, no lo parecía, ¿verdad? Pero él tampoco lo parecía, o, al menos, eso pensaba. En una ocasión, había ido en autobús hasta San Francisco. Se había asomado a las ventanas de las cafeterías del Castro y se había sentido el paleto más paleto de todos los paletos. Como si fuera una patata con orejas y pies. Se había subido al siguiente autobús de vuelta a Paradise Springs. La cosa era peor cuando veía películas o series de televisión: no se veía reflejado en ninguna parte. Definitivamente, no era divertido o extravagante. No le gustaban los musicales ni la ropa. Era un bailarín pésimo. Odiaba el teatro. No sabía nada sobre música. ¡Odiaba el café helado! ¿Se podía fracasar a la hora de ser gay? Porque él podría. Podía identificarse con algunos de los tipos gais de las novelas, pero ellos estaban hechos de palabras. ¿Dónde estaban los gais callados y melancólicos a los que les gustaba pasarse la noche leyendo, hablar con los perros y correr? Nunca jamás representaban a los tipos gais de aquel modo. En realidad, nunca jamás representaban así a ningún tipo. ¿Tendría que aprender a ser gay del mismo modo que había aprendido a ser Miles «el Perfecto»? ¿Alguna vez llegaría a ser capaz de ser él mismo sin más? (Con otras personas que no fueran Cassidy y Sandro). Sin duda, otras personas eran ellas mismas sin más, ¿no es así?

Hasta el momento, lo único que sabía sobre su yo gay era que era mudo.

Rod estiró el brazo y abrió la puerta del copiloto.

—Súbete, Jack.

«¿Jack?».

«Cállate».

«¡Jack!».

«Sandro, cállate, por favor».

Miles se subió a la plataforma y se detuvo un instante para echar un vistazo a la cabina, buscando... No sabía el qué. ¿Una pistola, tal vez? ¿Un machete? ¿Cabezas de muñecas? ¿Un brazo? Olía a cigarrillos y a comida pasada. Había tazas de cartón de Dunkin Donuts por todas partes y bolsas arrugadas de cadenas de comida rápida. ¿De verdad iba a subirse?

—Adelante; no muerdo —dijo Rod—. Bueno, sí que muerdo, tal como te dije en mi mensaje, pero solo si tú quieres que lo haga. —Soltó una carcajada bobalicona.

Muy bien. Inofensivo. Miles se metió en la cabina y se acomodó en el asiento del copiloto.

«Sandro, sube».

«Ni en broma».

«Venga, lo digo en serio».

A regañadientes, el perro dio un salto para subirse a la plataforma y, después, se metió en la cabina.

«Bajo protesta, Miles. Y solo para morder a este saco estúpido si es necesario».

Miles cerró la puerta y, rápidamente, se llevó la mano a la boca para comprobar su aliento. El corazón le latía a mil por hora. De todos modos, ¿cuáles eran las normas? ¿Debería decirle de antemano lo que quería y lo que no quería hacer? No estaba listo para probar ciertas cosas. No con alguien a quien no conocía. Ay, Dios. ¿Qué demonios estaba haciendo? Y, además, ¡mientras su hermano estaba en coma!

Rod y su nube de *aftershave* se subieron a la cabina. Tenía los brazos manchados de grasa o de tierra. Miles quería preguntarle a dónde iban a ir, pero ni siquiera era capaz de decir eso.

—Eres muy guapo —comentó Rod.

«¡Deja de gruñirle», le dijo Miles a Sandro.

«Huele raro y no creo que quiera lo que es mejor para ti».

«¿Y quién sí?».

«Yo».

Acarició la cabeza del perro, lo cual los calmó a los dos. Rod estiró el brazo e intentó acariciar a Sandro. El animal volvió a gruñir.

—Parece que no le gusto.

—Le cuesta un rato.

¡Ah! ¡Había hablado! Ahora que sus cuerdas vocales volvían a funcionar, Rod y él comenzaron a hablar sobre dirigirse hacia Hidden Highway pero, cuando miró por la ventanilla, vio todo un espectáculo: el maniaco de Denver que medía diez metros y tenía el bigote retorcido estaba atravesando el solar sobre una bicicleta infantil rosa brillante mientras lo saludaba con la mano.

—¿Qué demonios...?

—¿Qué ocurre? —preguntó Rod.

—Nada; pongámonos en marcha.

Sandro comenzó a ladrar. Rod encendió el motor y... Se oyeron unos golpes fuertes en la parte baja de la puerta de Miles, que miró por la ventanilla. El tipo de Colorado había abandonado la bicicleta rosa y estaba ahí abajo, agitando los brazos y gritando.

—¡Miles! ¡Miles Fall! ¡Miles Fall!

Sandro se levantó sobre las patas traseras y apoyó las delanteras en la ventanilla.

«¡Nos están rescatando!».

Empezó a ladrar muy fuerte.

—Lo siento. Solo será un segundo —le dijo a Rod mientras abría la puerta. Sandro salió disparado—. ¿Qué demonios te pasa? ¿Le ha ocurrido algo a mi her...? —comenzó a decirle al gigante con las mejillas encendidas.

—Eh... ¿Qué? No. Creo que todo va bien. Al menos que yo sepa —dijo... Félix. Ese era su nombre.

Félix abrió más la puerta y se subió a la plataforma. Se levantó las gafas de sol. Guau. Aquellos ojos de nuevo y, ahora, de cerca. El contraste entre los iris de un gris claro y las pestañas negras como la tinta era deslumbrante. El joven fulminó a Rod con la mirada.

—Mirad, no quiero interponerme entre nadie —dijo el otro—. No quiero problemas. Supongo que este es tu novio.

—¿Mi novio? ¡No! Ni siquiera...

Miles se dio cuenta de que Félix lo estaba sacando del camión, básicamente como si fuese un novio celoso y bastante enloquecido. Sandro tenía las patas sobre la plataforma.

«¡Sal de ahí mientras puedas, Miles!».

Se dirigió a Félix:

—¿Por qué estás haciendo esto? —La cual no era la verdadera pregunta. La verdadera pregunta era por qué él lo estaba permitiendo o, más bien, por qué en realidad le estaba ayudando a que lo sacara del camión—. Lo siento de veras, Rod —dijo mientras Félix lo guiaba más que lo arrastraba desde la cabina hasta el camino, donde se lo quitó de encima más por aparentar que por otra cosa—. De verdad, ¿qué demonios te pasa? ¿Quién eres? ¿Por qué te tenías que meter en esto? ¿Cuál es tu problema?

Félix cerró de golpe la puerta del camión. Volvía a tener las gafas de sol puestas.

—¿Que cuál es mi problema? ¿Cuál es el tuyo para subirte a un camión con un completo desconocido? Porque es un desconocido, ¿no es así?

Rod encendió el motor y arrancó mientras Miles balbuceaba, demasiado exasperado como para expresar la ironía de la situación: ¡Félix también era un completo desconocido! Un desconocido enorme y más impredecible, ataviado con el atuendo más extraño que hubiera visto jamás. ¡Por no hablar del bigote!

—Sé que era un desconocido —le regañó el otro chico—. He visto el saludo incómodo. ¿No has oído hablar de una cosa llamada conocerse en público? Podrían matarte. ¿Esto es algo que haces a menudo? En plan: ¿la vida secreta de la estrella de fútbol del instituto? Ya se ha hecho. Podría haber sido un asesino. Parecía un asesino. Podría haber sido el asesino del hacha. Podría haber sido un violador. Podría haber sido un secuestrador. Podría haber sido un estrangulador. Podría haber sido... Oh, mierda. —Alzó la vista. Torció los labios hacia un lado y se atusó el ridículo bigote—. Mierda, me he quedado en blanco enseguida.

—Un caníbal —dijo Miles.

—Oh, guau. Esa es buena. Gracias. Un caníbal. Podría haber sido un caníbal. O un... acuchillador. —Miró a Miles y levantó las cejas de forma expectante por encima de los cristales de sus gafas.

—Podría haber sido un asesino en serie —aportó él.

—Podría haber sido alguien que comete masacres con una motosierra.

—Un vampiro.

—Ni en broma. Eso pertenece a una lista diferente —dijo Félix.

—Muy bien, un convicto a la fuga.

—Qué bueno. Original. —Miles sintió un destello de orgullo—. Eh... —Félix volvió a torcer los labios hacia un lado mientras pensaba—. Un pistolero.

—¿Un pistolero? —Sacudió la cabeza—. Te la acepto, pero por los pelos. No se me ocurre nada más.

—A mí tampoco. —En ese momento, el chico soltó un bufido divertido—. Eh... ¿he oído que lo llamabas Rod? En serio, dime que el nombre del tipo no es Rod.

Entonces, comenzó a reírse. Para ser una persona tan grande, su risa estaba cargada de carcajadas y Miles tuvo que morderse la mejilla para no sonreír mientras observaban cómo el camión se alejaba lentamente por el camino forestal. ¿Qué acababa de pasar? Era como si la novela que había estado leyendo hasta ese momento hubiese cambiado en medio de una frase.

Félix se agachó.

—¿Y quién es este?

Sandro estaba dibujando círculos de alegría a sus pies.

—Es Sandro.

«Y este es el ser humano más grande que haya visto nunca. ¿Estás seguro de que es de tu misma especie? ¡Es enorme, descomunal, inmenso, colosal, gigante, un grandioso árbol viejo, un hombre mastodóntico!».

El perro sacudió la cola mientras Félix le rascaba las orejas, y Miles contempló la bicicleta rosa brillante con un sillín floreado tipo banana y una cesta blanca con flores trenzadas.

—Bonito vehículo —dijo.

—Sí —contestó el otro chico mientras se ponía en pie, a punto de rozar una nube con la cabeza—. Cuando la escogí sabía que infundiría terror a Rod «el Caníbal». —Se retorció el bigote mientras los labios se le curvaban.

Miles se percató de los amplios llanos que eran las mejillas de Félix, en una de las cuales se le había formado un hoyuelo. Entonces, intentó olvidarlo. Le encantaban los chicos que tenían un buen hoyuelo.

Mientras caminaban de regreso hasta el aparcamiento del que Félix había «tomado prestada» la bicicleta, el gigante le dijo:

—¿Haces esto muchas veces? Creo que necesitas desarrollar un mejor sentido del peligro que representan los desconocidos.

—¡Tú eres un desconocido! —espetó Miles al fin.

—Sí —contestó el otro de manera desdeñosa—, pero yo soy yo.

—En los quince minutos que han pasado desde que te he conocido, me has acosado, has robado una bicicleta y has estado a punto de meterte en una pelea con Rod «el Caníbal». Además, eres como tres veces yo.

—Sí, amigo, pero soy yo —repitió Félix mientras sonreía y se le formaba el hoyuelo.

Muy a su pesar, Miles captó la sonrisa e, increíblemente, eso lo animó un poco. Resultaba algo alarmante lo encantador que era aquel tipo.

«¿Qué está pasando, Sandro?».

«Creo que estás haciendo un amigo».

«No tengo amigos, excepto tú».

«Estuvo Cassidy».

«Así es».

«Además, Miles, tal vez sea de la comunidad *queer* como nosotros. Un miembro humano real, no uno honorario como yo».

«Heterosexual hasta la médula».

«¿Podría ser bisexual?».

«Tan solo es de ciudad. Un hípster o algo así».

Miles no quería volver al hospital, sobre todo tras la visita del deán, y no parecía que Félix tuviera que ir a ninguna parte, así que lo condujo por el camino hasta el río. Hacía una temperatura de lujo; el tiempo ya no pretendía achicharrarlos o sofocarlos. Pronto descubrió que recorrer con el gigante aquel camino era como salir de excursión con un guía de la naturaleza tremendamente entusiasta (es decir, mal de la cabeza). Se detenía en repetidas ocasiones para gritar y vitorear ante todo lo que veía. Miles no dejaba de intentar no reírse cada vez que exclamaba «¡Guaaaaaaaaaau!» ante una secuoya, «¡Santo cielo!» al ver los robles musgosos apiñados como círculos de ancianos encorvados, «¡Es increíííííble!» sobre las buganvillas repletas de flores rojas y violetas o «¿Pero estás viendo eso?» ante la luz del sol reflejándose en las rocas húmedas.

—¿Cuántos años tienes? —le preguntó Miles entre exclamación y exclamación.

—Diecinueve. El año pasado me tomé un año sabático, y respondiendo a tus siguientes preguntas: mido dos metros y cinco centímetros y, no, no juego al baloncesto.

Desde luego, esas iban a ser sus siguientes preguntas.

—¿Y has venido desde Colorado para trabajar en el restaurante de mi madre?

—Algo así —contestó él. Sin embargo, Miles no pudo pedirle que profundizara en su respuesta porque el chico se distrajo con un halcón que estaba dibujando círculos sobre sus cabezas—. ¿Has visto eso?

Los tres deambularon entre los bosques mientras Félix exclamaba y Sandro perseguía bichos entre la maleza. Miles intentó no reírse a carcajada limpia con los arrebatos de su acompañante mientras, en su mente, empezaba a reescribir la historia de su familia con Wynton como el héroe en lugar del villano. Durante un instante de insensatez, se imaginó como un niño pequeño que no espiaba en secreto a sus hermanos desde las escaleras, sino que se dejaba caer en el sofá con ellos mientras veían películas, hacían puzles y se golpeaban los unos a los otros con las almohadas. Entonces, se vio arrastrado a una película cursi: volvería al hospital y posaría la mano sobre el pecho de Wynton que, entonces, abriría los ojos. Sus primeras palabras serían: «Mi hermanito».

No. Miles sintió un escalofrío y se desprendió de aquella idea con una sacudida. Wynton era una serpiente venenosa al ataque. ¿Qué más daba que hubiese hecho una cosa fraternal en diecisiete años? Lo había aterrorizado. Lo había expulsado de su propia familia; de su propia vida.

—¿Estás bien? —le preguntó Félix.

Miles se dio cuenta de que se había detenido y se estaba mirando los pies. Alzó la vista. El gigante volvía a llevar las gafas de sol sobre la cabeza y, una vez más, se sorprendió antes los ojos tan increíbles que tenía. Pensó que eran del color de la pizarra mojada. No, no. Oh, no. Sus ojos eran del color de la bruma, ¡como los del puñetero Jericho Blane! Incluso más letales debido a la intensidad de su mirada que, en aquel momento, le estaba haciendo un escáner de rayos equis, lo que hizo que algo se removiera en sus entrañas y que sintiera calor en el cuello. ¿Podría Sandro estar en lo cierto? Es decir, ¿los chicos heterosexuales miraban así a los chicos gais? Al menos en su colegio, no. Sin duda, no quería apartar la vista, así que hizo precisamente eso.

Además, ¿cómo era posible que no se hubiera dado cuenta de inmediato de lo guapo que era Félix? Debía de haberse quedado desconcertado por el atuendo, el bigote y la extrañeza de su primer encuentro. Pero, ahora... Bueno, sin duda, Hércules «el Sexi» tenía su atractivo. Aquel tipo parecía haberse comido a otros tres. Había mucho de él para poder imaginar desnudo, que era lo que estaba haciendo Miles. ¿Era cierto lo que decían sobre el tamaño del pie? Porque, en ese caso, guau…

—Todo bien —contestó.

Félix sonrió, se bajó las gafas de sol y retomó el camino. Miles lo siguió, pensando en cómo había robado la bicicleta de alguna niña y, después, prácticamente lo había sacado del camión a la fuerza. ¿Debería estar enfadado? No lo estaba. ¿Avergonzado? Ni lo más mínimo. ¿Debería estar teniendo un ataque de pánico porque era la primera persona más allá de Nico «el Ayudante de Cocina» y Rod «el Caníbal» que sabía que era gay? No era así. En absoluto. De hecho, se sentía un poco más ligero; aliviado. Lo más probable era que todo hubiera salido bien con Rod pero, tal vez, no se habría sentido demasiado bien después. Quizá había sido una mala idea. Alcanzó al otro chico.

—Oye, eh… Gracias por… —Iba a decir «por preocuparte», pero le pareció que sonaba demasiado cursi, así que se contuvo.

Félix asintió como si lo hubiese oído de todos modos. Entonces, le apoyó una mano (¿amistosa?) sobre el hombro. Miles nunca había sido consciente de que hubiese tantas terminaciones nerviosas en su cuerpo. Ay, madre. Un enjambre de abejas se acomodó en su estómago. Lo estaba sintiendo. *Descansa en paz, Miles Fall*, pensó mientras el otro chico apartaba la mano y continuaban adentrándose en el bosque.

Comienza la desgarradora historia de amor de Alonso Fall y Sebastián Ortega

(Tal como Cassidy se la contó a Félix de camino a Paradise Springs, una semana antes)

En los tiempos de por siempre jamás, Alonso tenía doce años y estaba recorriendo un camino silencioso y bordeado de árboles cuando, al mirar por encima de un muro de piedra, vio a un chico leyendo bajo un árbol en medio de un jardín de rosas. El chico tenía el cabello largo, rubio y rizado, como una cascada, y la mirada distante propia de las personas que en los cuadros aparecen contemplando el horizonte. Tenía las mejillas llenas de pecas a causa del sol. Estaba tan inmerso en el libro que ni siquiera se movió cuando una mariposa se le apoyó en una pestaña. Alonso se subió a un árbol para poder observarlo sin ser visto y solo entonces se dio cuenta de que el cuerpo del chico no estaba rozando el suelo.

Un chico flotante.

El chico flotante leyó y leyó y Alonso observó y observó hasta que la voz de un hombre resonó desde la casa de piedra.

—Sebastián, ¡deja ese libro! Tus hermanas se han marchado a clase hace más de una hora.

El chico (Sebastián) se puso en pie, lo que no significaba que sus pies hubieran tocado el suelo. Alonso vio cómo un hombre mayor entraba en el jardín. Le tendió a Sebastián dos piedras y Alonso, boquiabierto, contempló cómo el chico, con una piedra en cada mano, bajaba con cuidado hasta el suelo.

El hombre era delgado y pálido y tenía una postura encorvada y enjuta. Le dijo al chico:

—Llévalas todo el día en los bolsillos. No te permitas flotar hasta el cielo como tu mamá.

—No te preocupes tanto, papá —contestó él con voz perezosa y amorosa. Después, sonrió a su padre.

Alonso jamás había visto una sonrisa como la de aquel chico, tan abierta y sencilla; tan encantadora. Hizo que algo se deshiciera en su pecho. Pareció tener el mismo efecto en su padre, que le dio una palmadita en la cabeza y dijo:

—Mi dulce niño…

El cuerpo y el alma de Alonso se encogieron. Tener un padre así de amable…

Sebastián caminó hasta la verja, la abrió y, después, siguió recorriendo el camino de tierra, sujetando el libro con una mano frente a su rostro, perfectamente capaz de leer y caminar al mismo tiempo.

Tenía una zancada bastante peculiar, pues era más un salto que un paso.

Alonso siguió con sigilo a Sebastián que, una vez oculto por los árboles, se sacó las piedras de los bolsillos y las lanzó al suelo. Después, siguió caminando y

leyendo solo que, ahora, lo hacía a varios centímetros del suelo.

Aquello se convirtió en el ritual de Alonso. Cada mañana, antes de que comenzaran sus lecciones, se escapaba colina abajo, atravesaba el pueblo y, después, doblaba por el camino de tierra y se subía a un árbol para espiar al chico flotante que leía en el jardín antes de seguirlo furtivamente por el bosque hasta la escuela.

Entonces, una mañana, en medio del camino, en un parte espesa y sombría del bosque, el chico flotante se dio la vuelta y le dijo al aire:

—¿Por qué me sigues todos los días? No te veo. No te oigo. Pero, cuando estás cerca, hay más luz. Puedo leer mi libro con más facilidad. Sé quién eres. Eres el chico del Tiempo de la Luz.

(Así era como la gente del pueblo se refería al nacimiento de Alonso y a los años luminosos que lo siguieron).

Escondido detrás de un árbol, Alonso decidió que lo mejor que podía hacer era agacharse, cerrar los ojos, enterrar la cabeza entre las rodillas y entrar en pánico. Para su sorpresa, cuando alzó la vista un momento después, el rostro pecoso del chico lo estaba mirando con su habitual sonrisa suave. No lo había oído acercarse porque sus pasos no hacían ruido.

Sebastián le tendió la mano y, para su asombro, cuando se la tomó, él también se elevó varios centímetros en el aire.

Se sonrieron el uno al otro.

La gente del pueblo empezó a llamarlos «los Inseparables».

Para Alonso, tener un mejor amigo era como tener una maleta secreta llena de cielo, ríos y tardes de verano interminables.

Pronto, hicieron una ceremonia en una pradera para poder ser hermanos de sangre. Bajo el sol resplandeciente, se hicieron un corte en los dedos y los unieron.

—¿Cuánto tiempo tenemos que tenerlos así para convertirnos en hermanos? —preguntó Sebastián.

—Creo que tiene que ser mucho tiempo. Una hora o así —contestó Alonso mientras una calidez titilante se esparcía por su cuerpo—. ¿Lo sientes? —le preguntó a su amigo.

—¿El qué?

—No lo sé —replicó él, aunque sí lo sabía. Aquel fue el momento en el que lo supo.

Día tras día, Héctor, el horrible hermano de Alonso, los escuchaba a través de la pared hablando, riendo y, sin que él lo supiera, flotando por toda la habitación. Héctor echaba humo por el hecho de que Alonso, que en su cabeza de chorlito ya lo tenía todo, ahora también tuviese un mejor amigo. Era más de lo que podía soportar. Su envidia, que había sido como el hambre, se convirtió en hambre auténtica. Le dio un mordisco a la pared. Luego otro. Eso hizo que se sintiera mejor.

Aquel fue el día en el que Héctor comenzó a devorar la casa.

A pesar de que los Inseparables tenían un aspecto similar excepto por el color del cabello, no se parecían en nada. Mientras que Alonso era inquieto y atrevido, Sebastián era plácido y cuidadoso. Mientras

que Alonso deseaba con impaciencia que llegara el siguiente momento incluso mientras estaba en el presente, Sebastián era tan tranquilo que lograba que pareciera que los momentos duraban para siempre.

Mientras que Alonso tenía sueños, Sebastián era una ensoñación.

Un día, Alonso estaba volviendo a casa desde el pueblo a través de los bosques con una rana toro en cada mano (Sebastián y él acababan de hacer una carrera con ellas detrás de la panadería). En el arroyo, colocó a los animales sobre una piedra y los estaba instando a que regresaran a sus vidas de rana cuando una sombra cayó sobre él y se dio cuenta de que había alguien a sus espaldas.

Alguien tan enorme como si hubiera estado comiéndose una casa.

Todo ocurrió demasiado rápido.

Se dio la vuelta y se encontró a su hermano, Héctor (que ahora medía más de dos metros de alto y un metro de ancho), cerniéndose sobre él con una losa de piedra entre las manos.

La dejó caer de manera asesina sobre las dos ranas.

Sin pensarlo, Alonso se lanzó a por sus piernas, cazándolo desprevenido, y, a pesar del tamaño de Héctor, consiguió derribarlo. Comenzó a darle puñetazos con todas sus fuerzas, enfurecido por la brutalidad que había mostrado hacia las pobres ranas inocentes. Por no hablar de la que le había mostrado a él desde el día en que se habían conocido.

—¿Cómo has podido hacer eso? —gritó.

Y: «¡Eres un monstruo, igual que nuestro padre!».

Y, al final: «¡Tu madre es una prostituta que te abandonó!». Porque había oído a la cocinera hablando de ello.

Sin embargo, Alonso no estaba preparado para la réplica de su hermano. Con los dientes apretados, Héctor exclamó:

—¡Al menos mi padre no está muerto!

Él también había oído a la cocinera hablando de ello.

—¿Qué? —preguntó Alonso sin comprender, deteniendo sus puños.

Héctor se incorporó y se quitó a su hermano de encima con facilidad.

—Tu padre murió en un barco de camino a las Américas; a un lugar horrible llamado California. —Entonces, como si fuera un gran insulto, añadió—: Era un poeta.

Al igual que durante su nacimiento, la luz comenzó a emanar de Alonso en todas las direcciones, como si fuera el sol.

Observó cómo Héctor, cegado por la luz, se escabullía corriendo como un insecto de dos metros.

¿Acaso era cierto? ¿Diego de Falla no era su padre? ¿Héctor de Falla no era su hermano? Al pensar en ello, Alonso cada vez se volvía más y más brillante.

Encontró a su madre en el jardín.

—Háblame de mi auténtico padre —le dijo.

—He estado esperando a que llegara este momento —contestó Sofía mientras, con la mano, se escudaba los ojos del resplandor de su hijo.

Le contó todo. Cómo un poeta llamado Esteban había llegado al pueblo a caballo dos meses antes de

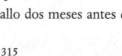

su boda con Diego (una boda planificada por su parte a la que ella se había opuesto en cuerpo y alma). Se habían mirado, ella se había subido al caballo y, juntos, se habían alejado al galope, siguiendo la luna a través del cielo y hablando toda la noche mientras sus espíritus se unían de modo que nada, ni siquiera la muerte, pudiera separarlos.

—A veces, vives más en una semana que en toda una vida —le dijo la mujer mientras le mostraba el anillo de zafiros y diamantes que llevaba en la mano—. Me lo dio Esteban cuando me pidió que me casara con él. Era su posesión más preciada.

Le contó que su plan secreto había sido subir como polizones a un barco con rumbo a California pero que Diego, su prometido, lo había descubierto y había aparecido en el puerto con una cuadrilla. Los hombres la habían arrancado de los brazos de Esteban, de su destino. Se subió las mangas del vestido y le mostró las marcas de dedos que llevaba en torno a los brazos.

—Así de fuerte se aferró a mí Esteban. Las marcas no han desaparecido jamás. Todavía se aferra a mí, Alonso.

Entonces, le contó a su hijo cómo habían obligado al poeta a subirse al barco, cómo había exclamado su nombre hasta que lo habían amordazado y cómo lo habían atado en la bodega hasta que, poco a poco, había muerto de hambre. Una muerte despiadada. Sofía le dijo que ella también habría muerto, aunque de pena, si no hubiera descubierto que estaba embarazada del hijo de Esteban, de Alonso.

Yo —pensó el muchacho—. *Ese soy yo.*

Alonso y su madre no se dieron cuenta de cómo pasaba el tiempo pero, mientras le hablaba del poeta y de lo orgulloso que estaría de él, su hijo, el pecho de Alonso se hinchió. Creció varios centímetros, un leve bigote le creció sobre el labio, la voz se le volvió más grave y, cuando al final dejaron de hablar, habían pasado tres años y Alonso tenía dieciséis.

Salieron del jardín de la mano.

—¿Puedes verlo allí? —preguntó su madre. Y, por primera vez, Alonso vio el fantasma de su padre—. A veces, encuentro poemas de su parte.

—¿Y qué es lo que dicen? —preguntó él, que todavía no estaba acostumbrado a su voz más grave.

—Están en blanco —contestó ella—, pero eso no significa que no me hablen.

Alonso dejó a su madre y regresó colina abajo para reunirse con Sebastián. Los dos adolescentes, con sus cuerpos nuevos y extraños y con sus mentes y corazones más maduros y complicados, se observaron. Alonso se fijó en el pecho amplio de su amigo, en su altura, en su voz grave y en su sonrisa, que seguía siendo idéntica, y a través de la cual parecía brillar la luna. Cuando se abrazaron, metió la mano en el bolsillo de Sebastián y le quitó la piedra. Después, hizo lo mismo con el otro bolsillo. Así que ambos se elevaron en el aire, no solo unos pocos centímetros, sino hasta lo más alto del cielo, para poder tener algo de privacidad.

No volvieron a bajar en semanas. Y, cuando al fin lo hicieron, todo cambió para ellos.

—Voy a pedirle a Esperanza que venga conmigo al baile —dijo Sebastián una noche, mientras volvían

317

a casa desde el bar. Para Alonso, aquellas palabras fueron como un puñetazo en el pecho, pero no dejó que se notara. Estaba acostumbrado a las reacciones físicas desproporcionadas que tenía ante las palabras de su amigo. A veces, como en aquel momento, Sebastián decía algo inocuo como que iba a llevar a Esperanza a un baile y Alonso estaba seguro de que había tomado aliento por última vez—. Nunca he besado a una chica, Alonso. Tú sí.

—¿Nunca? —le preguntó él sin estar muy seguro de hacia dónde se dirigía aquella conversación.

—He estado pensando que podrías enseñarme.

El corazón de Alonso dejó de latir.

—¿A besar? —preguntó. En realidad, no estaba seguro de seguir vivo en aquel momento.

—Oh —masculló Sebastián, confundiendo el gesto del otro chico por uno de desagrado cuando era de arrobo—. No sé por qué he dicho eso, Alonso. ¿Cómo he podido decir algo así? Eh…

Entonces, se dio por vencido con las palabras y salió corriendo hacia su casa, dejando a su amigo solo en medio de aquella carretera iluminada por la luna.

A Alonso le temblaban tanto las piernas que no pudo dar ni un solo paso. Se sentó en medio del camino e intentó calmar su respiración y el corazón, que le latía a toda velocidad. Había conocido la felicidad, pero ninguna como aquella. ¡Iba a besar a Sebastián! Imaginó una y otra vez cómo iba a hacerlo exactamente y lo que podría ocurrir después, después y después de eso. Entonces, en un arrebato atolondrado, se puso en pie de un salto y, con las piernas tambaleantes, corrió todo lo rápido que pudo hasta la casa de piedra. Su sangre cantaba mientras trepaba por la celosía enrejada hasta la ventana abierta de Sebastián. Se sentó en la cama. Su amigo ya estaba dormido con piedras sobre el pecho para mantenerlo pegado al colchón. Las expectativas consumieron a Alonso hasta que no pudo soportarlo más, no pudo soportarlo más y no pudo soportarlo más.

Tocó suavemente los labios de Sebastián con el dedo índice y el chico abrió los ojos con un pestañeo.

—Quiero enseñarte a besar —le dijo.

La luz de la luna inundaba la habitación, bañándolos en ella. Se miraron el uno al otro. Alonso podía escuchar el corazón de ambos al latir. Sebastián tenía el rostro serio.

—De acuerdo.

Cuando sus labios se encontraron, el mundo comenzó a balancearse y a dar vueltas.

Un mundo hermoso y brillante.

Sebastián nunca llegó a pedirle a Esperanza que lo acompañara al baile.

Después de eso, los dos muchachos fueron incapaces de quitarse las manos de encima. Comenzaron a escabullirse a la trastienda de la panadería, se adentraban corriendo en los bosques y se arrastraban el uno al otro detrás de las puertas. Aunque se les ocurrió la idea de ocultar su nuevo romance, a ninguno de los dos se le ocurrió jamás que estuviera mal, ya que, en toda su vida, nunca nada les había hecho sentirse tan bien. Hacía que Alonso se sintiera como un santo; más santo de lo que nunca se había sentido en la iglesia o en cualquier otra parte.

Su pasión creció y creció.

Un día, incapaz de guardárselo para sus adentros más tiempo, Alonso le declaró su amor a Sebastián utilizando los colores correspondientes, pues tenía una condición en la que se le mezclaban los sentidos y las palabras le llegaban a modo de colores. Lo había descubierto su tutor. Para él, «te quiero» era morado, verde y azul. Aquel se convirtió en su código secreto.

Si la gente carga con los traumas de sus ancestros, ¿no es lógico pensar que también carguen con sus rapsodias? Si el dolor se transmite de generación en generación, ¿acaso no es posible que se transmita la alegría? Si hay maldiciones familiares que atraviesan el tiempo, ¿acaso no es posible que haya bendiciones familiares que hagan lo mismo?

MILES

Miles seguía sin tener ganas de volver al hospital. Félix representaba una salida de la carretera de la miseria y estaba decidido a tomarla. Hacía que se sintiera como si el aire tuviera más aire. Deambularon por los bosques con el sol vertiéndose entre los árboles y derramándose sobre el suelo forestal mientras Sandro marchaba tras ellos.

«Le emociona tanto... todo. ¿Verdad, Sandro?».

«Es un ser humano extasiado».

«¡Sí! Extasiado».

«Probablemente sea alguien tan eufórico como muchos de nosotros, los perros. Es nuestra religión predominante».

«¿Los perros tienen religión?».

«Por supuesto».

Sí; al principio, Miles había estado seguro de que Félix era heterosexual pero, en aquel momento, se descubrió de nuevo preguntándose si Sandro no estaría en lo cierto. Si no, ¿por qué lo había mirado con tanta intensidad (con tanta hambre) en la recepción del hospital y varias veces más desde entonces? ¿Por qué decía que resplandecía? (Aquello era muy raro, por mucho que Sandro dijera lo contrario). ¿Por qué lo seguía? Y ¿acaso al sacarlo del camión no había sido el mayor jodepolvos del siglo? ¿Y ese momento en el que le había apoyado la mano en el hombro? ¿A qué había venido eso? Además, estaba su expresivo (alocado) estilo personal. Miles lo había atribuido al hecho de que fuera de ciudad o a su personalidad explosiva, pero ¿qué sabía él? Tal vez, en Denver, los tipos gais se vistieran así. Era evidente que su radar gay era poco fiable (inexistente) gracias a que llevaba viviendo toda su vida en el quinto pino.

Además, había empezado a darse cuenta de otra cosa sobre Félix. A veces, su rostro perdía el brillo, como si se hubiera metido en la Habitación de la Melancolía o estuviera atrapado en alguna maraña imposible de su propia mente. Miles detectaba secretos, historias.

—Entonces, ¿has venido desde Denver para trabajar en el restaurante de mi madre? —volvió a preguntarle con la esperanza de que, en esa ocasión, le diera algo más parecido a una respuesta que «algo así».

Conforme pasaba junto a ellas, Félix iba dando golpecitos a las ramas con la palma de la mano.

—No había oído hablar sobre el restaurante de tu madre hasta que no estuve de camino —dijo—. La chica que me trajo mencionó unos suflés afrodisíacos y una estrella Michelin. Eso fue todo. Compré la idea. —Giró la cabeza y Miles se vio a sí mismo en los cristales de sus gafas de sol, distorsionado—. Supongo que el chef Finn y tu madre llevaban un tiempo buscando a un ayudante de cocina, así que tuve suerte.

El estómago de Miles dio un vuelco. ¿Félix había ocupado el puesto de Nico en la cocina? Nico el del beso en la cámara frigorífica. ¡Eso tenía que significar algo!

Conforme el camino se estrechaba y Félix tomaba la delantera, Miles comenzó a colocar al chico en el papel protagonista de aquel beso. Ahora, era Félix, con sus dos metros y cinco centímetros, el que aparecía de entre las sombras, apretándose a él por la espalda con la mano sobre su hombro. «¿Puedo acompañarte ahí dentro?», le susurraba al oído, prendiendo el mundo en llamas. Entonces, el golpe de la puerta cerrándose tras ellos. Félix empujándolo contra la pared fría con una mano sobre su pecho y la otra en su cinturón, quitándoselo y desabrochando el botón de sus vaqueros con facilidad. Miles cerró los ojos.

«¡Demasiada información, Miles! Que yo también estoy aquí!».

«Lo siento».

Sandro desapareció entre los árboles. El corazón de Miles latía con fuerza. Madre mía, tenía que bajar las revoluciones.

—¿No vas a la universidad? —le preguntó para intentar apartarse de aquel sueño febril en el que se había sumido.

—Me tomé un año sabático para ganar experiencia —contestó Félix, ajeno a la furia con la que sus labios se habían unido en la mente de Miles y a cómo la pasión les había corrido por las venas como las llamas—. Trabajé como ayudante de cocina en un restaurante criminalmente hípster de Denver que se llamaba It. Me llevó meses convencer a mis padres, que son profesores universitarios, de que debería saltarme la universidad para ir a una escuela de cocina.

—¿Cómo los convenciste?

—Con un menú franco-mexicano de doce platos. Mi abuelo real es mexicano y el abuelo de mis sueños es Auguste Escoffier, así que ahí queda. A un amigo y a mí nos costó una eternidad crear el menú.

¿Un amigo? ¿Qué clase de amigo?, se preguntó Miles. En su lugar, le dijo:

—Entonces, ¿vas a ir a una escuela para chefs?

—Se suponía que iba a empezar en dos semanas —contestó el otro chico—, pero cambié de opinión. No preguntes.

Miles estaba a punto de hacer justamente eso cuando un conejo se metió en el camino de un salto, justo enfrente de ellos. Félix se detuvo y él también. El otro chico miró al conejo y, después, lo miró a él.

—¿Tú también lo estás viendo? —Miles se rio—. ¡Colega! —susurró en voz más alta que cuando hablaba normal—. ¡Mírale las orejas! No sabía que los conejos tuviesen unas orejas tan largas y bobaliconas. ¿Y tú? —Incluso con las gafas de sol puestas, era evidente que el rostro de Félix estaba inundado por el éxtasis. Sandro había estado en lo cierto. Éxtasis era exactamente lo que era—. No sabía que los conejos fuesen tan... no sé, tan... conejiles. —Sacudió los brazos como si fuese un niño—. Tengo que abrazarlo.

De pronto, Félix se lanzó hacia delante, dando un salto en el aire que acabó con un planchazo colosal sobre el camino, como si fuera una ballena varada. Entre las manos sostenía un puñado de aire, ya que el animal había salido corriendo hacia los arbustos. Miles tuvo que hacer uso de todo su autocontrol para no derrumbarse, histérico, ante una imagen tan absurda. Se colocó la mano sobre la boca, se mordió la mejilla e intentó relajar el cuerpo, que estaba empezando a sacudírsele. Sabía que debería preguntarle si se encontraba bien, pero no confiaba en poder hablar. Entonces, cuando Félix rodó sobre sí mismo para ponerse de espaldas, dijo: «Pensaba que había atrapado al muy cabroncete» y, después, comenzó a reírse, Miles se apartó la mano de la boca, resopló y se deshizo en carcajadas.

La imagen del salto de Félix y de su espectacular planchazo, combinada con el hecho de que se estuviera riendo con tanta libertad y sin ninguna reserva de sí mismo estaba haciendo despegar a Miles, llevándolo a un lugar en el que nunca antes había estado; un lugar sin vergüenza o desasosiego, borrando para él un mundo en el que había hospitales, comas, contenedores, trajes de monstruo y visitas del deán. Entonces, se inclinó hacia delante, jadeando para recuperar el aliento, y el otro chico dijo «¡No me puedo creer que no haya atrapado a ese conejito!» mientras golpeaba el suelo con la mano. Ninguno de los dos fue capaz de bajarse del carrusel del júbilo, así que siguieron dando vueltas y más vueltas.

Cuando al fin se calmaron, Miles estaba seguro de que le habían reemplazado toda la sangre del cuerpo; de que, si se miraba en un espejo, no sería él mismo el que le devolviera la mirada. Nunca antes se había reído tanto. ¿Hacía la gente aquello a todas horas? Le había parecido mucho más íntimo que lo que, apenas un momento atrás, había imaginado que ocurría entre Félix y él en la cámara frigorífica.

Una puerta en su pecho, una que no había sido consciente de tener, se abrió de par en par.

Sabía que tendría que volver al hospital, pero no quería hacerlo. Jamás.

Sandro corrió hacia ellos y, tras evaluar la situación, se hizo un ovillo en el hueco entre el brazo y el pecho de Félix, cuyo pelo estaba esparcido en el suelo como un halo demencial, salpicado por agujas de pino. Le dedicó una cálida sonrisa.

—¿Te unes a nosotros?

Eh... ¡Claro!, pensó Miles, pero no sabía a qué se refería. ¿Los chicos heterosexuales hacían cosas así? ¿Se tumbaban juntos en el suelo del bosque? ¿Cómo iba a saberlo? ¿Daría eso paso a algo más? Él quería algo más; quería que sus cuerpos se fundieran juntos como cera de abeja. Pero ¿cuán cerca debería colocarse? Con rigidez, se sentó como a medio metro de distancia y se dejó caer de espaldas. Después, se quedó ahí tumbado como si fuera una tabla. Una tabla muy rígida. No se atrevía a mirar al otro chico, a comprobar lo cerca que tal vez estuvieran sus manos o a escuchar sus corazones palpitantes. Permaneció absolutamente inmóvil hasta unos minutos después, cuando se sintió como si el suelo lo estuviera abrazando.

Inhaló el aroma de los pinos y del río, enterró las manos en la tierra margosa y, pronto, sus músculos se relajaron por primera vez desde... Bueno, tal vez desde siempre. Ambos permanecieron así bajo los árboles, lado a lado, en un silencio cordial, mientras contemplaban a través de las ramas el cielo azul y las nubes esparcidas que parecían merengue. Tampoco había hecho nunca algo así con nadie. Le resultó secreto, privado, íntimo; tal como le había ocurrido con el ataque de risa. No había sido consciente de que existieran tantas intimidades fortuitas de las que poder disfrutar con otra persona.

Miles se dio cuenta de que, de algún modo, había abandonado su vida y había entrado en una nueva mucho mejor. Cerró los ojos y sintió como si Félix y él estuvieran tumbados juntos en medio del aire. Quería escribir en su bloc de notas: «Hay un mundo secreto dentro de este. Un viento nos ha arrastrado allí». Unos instantes después, oyó que el otro chico decía:

—Solía pensar en jugar al *beer pong* y en cómo ajustar las recetas de los bizcochos para que no se derrumbaran con la altitud. Ahora, en lo único que pienso es en la belleza.

Guau. Qué poco convencional. Y un final sorpresa excelente para aquella frase. Un poema. Mucho mejor que los versos de Miles. También quería escribirlo en su bloc de notas. O comérselo. Ojalá pudiera ingerir ciertas palabras o ciertas frases. También le pareció que era una confesión de algún tipo, pero no estaba seguro de qué. No sabía cómo responderle.

—¿Te ha ocurrido algo? —le preguntó al fin.

Él no respondió. Miles se incorporó sobre los codos para lanzarle una mirada a escondidas. Se había quitado las gafas, tenía los ojos cerrados, el ceño fruncido y un gesto afligido. Definitivamente, Félix dividía su tiempo entre el éxtasis y la desesperación, y él quería saber por qué.

Volvió a tumbarse, conectó con el sonido del río en la distancia e intentó no obsesionarse con Félix durante un segundo. Dejó que su mente divagara y eso fue lo que hizo hasta que regresó a Wynton y a lo que le había revelado Madison.

—Mi hermano siempre ha sido un imbécil —le dijo al cielo, sintiendo como si le estuviera contando sus sentimientos a todo el bosque junto con Félix—. Pero, hace poco, hice una cosa verdaderamente horrible y acabo de descubrir que cargó con la culpa. Fue a la cárcel por mí.

—¿A la cárcel? —le preguntó el otro chico—. ¿Qué hiciste? ¿La cárcel? ¿En serio? Guau... La Casa Grande. —Hizo una pausa—. Chirona.

Miles sonrió. Aquel juego de nuevo.

—El trullo —añadió.

—La prisión.

—El talego.

—La trena.

—La penitenciaría.

—El correccional.

Miles se quedó pensando un instante.

—La cana —dijo con orgullo mientras levantaba la cabeza para ver la reacción del otro chico.

En aquel momento, Félix tenía los brazos cruzados tras la cabeza, como si estuviera tumbado en la cama. Tenía los ojos abiertos. Una de las comisuras de los labios se le había curvado de manera irónica, dejando a la vista el hoyuelo. Era insoportable lo mucho que le estaba empezando a interesar el rostro de Félix y todo su lenguaje privado. Quería observarlo dormir. Quería observarlo respirar.

—«La cana». Muy buena, señor Fall. Haz una reverencia y cuéntame qué hiciste que fuera digno de ir a la cárcel. Necesito saberlo antes de adentrarme aún más en las profundidades del bosque contigo.

¡Lo había llamado «señor Fall»! Nadie lo había llamado así nunca. El único mote que le habían dado alguna vez («don Perfecto») le resultaba despreciable.

Volvió a apoyarse en el codo para incorporarse.

—Ni siquiera recuerdo haberlo hecho, pero supongo que me estrellé contra una estatua y destrocé la camioneta de mi madre. Nunca bebo ni tomo drogas. Y, dicho sea de paso, tampoco suelo conducir, ya que tan solo tengo el permiso. Pero aquella noche lo hice. Debía de estar en un estado de inconsciencia, no lo sé. No me puedo creer que te esté contando todo esto. De normal, nunca hablo con nadie. —Miles sacudió la cabeza—. Eres prácticamente la única persona que sabe que soy gay. —La confesión hizo que sintiera mariposas en el estómago.

—¿De verdad?

Félix parecía perplejo. ¿Le sorprendía que Miles no hubiera salido del armario? ¿O que él fuese el único en saber que era gay? ¿O que no tuviera a nadie con quien hablar? Seguramente, todo lo anterior. Lo más probable era que no se hubiera dado cuenta todavía de que Miles era más cabra que humano.

—Lo más extraño es que, hace poco, hubo otra persona... —le dijo él—. Una chica. Se llamaba Cassidy. Con ella también podía hablar sin problemas. Apareció el otro día, sin más, en una camioneta retro naranja muy chula. Mi hermana piensa que es un ángel y que puede salvarle la vida a Wynton. La verdad es que lo parece.

—Tengo que contarte algo. De hecho, un par de cosas —dijo Félix mientras se incorporaba. Frunció el ceño como si estuviera intentando decidir cuál de esas cosas iba a contarle primero—. Muy bien. El motivo por el que estoy aquí es que me he fugado. —¡Vaya! ¿Se había fugado? ¿De dónde? ¿Por qué? Miles se incorporó también, prestando atención. Félix continuó—. Les dejé una nota a mis padres y a mi hermano pequeño, Elvis. Dejé mi teléfono móvil allí para que no pudieran ponerse en contacto conmigo. Mandé un correo electrónico a la escuela de cocina para decirles que no asistiría a las clases de verano. —Suspiró—. Rompí con mi novia por mensaje de texto como un auténtico imbécil. —Miles intentó que no se notara en su rostro la decepción ante el descubrimiento de la novia. Sin embargo, Félix debió de percatarse, ya que añadió rápidamente—: No es eso. Lo que quiero decir es que soy bisexual. También salgo con chicos.

¡Santo cielo! En aquel momento, Miles intentó no ponerse en pie de un salto para bailar una giga. En su lugar, tosió y miró a Sandro, que empezó a ladrar y a correr en círculos en torno a ellos.

«¡Te dije que era *queer* como nosotros!».

«¡Tenías razón!».

«¡Dilo otra vez!».

«¡Tenías razón!».

Félix se estaba mirando las manos y se mordió el labio inferior.

—Pero no estoy disponible. En plan... No estoy para nada disponible; en absoluto.

Buff. Buff. Buff.

—Ah, de acuerdo. No te preocupes. No... —dijo Miles, intentando ocultar de nuevo su decepción. Podía notar cómo la sangre se le subía a la cara.

—Ah, ya... Ya sé que no estás... —contestó el otro chico—. Claro que no. No pretendía decir que...

—No, ya lo sé. No he pensado que quisieras decir que...

—De acuerdo. Todo bien entonces. —Sus mejillas debían de estar tan sonrojadas como las de Miles.

—Todo bien.

—¿Qué te parece si cavo un agujero y los dos nos lanzamos dentro? —dijo Félix. Entonces, ambos se rieron con una carcajada nerviosa e incómoda que en nada se parecía al tren de hilaridad al que se habían subido antes. Después, prosiguió—. Pero lo que de verdad tengo que contarte es que, cuando me marché, conseguí que me llevaran desde Denver hasta un pueblecito diminuto del norte de California que está a unas cinco horas de aquí. Pasé una semana allí, en unos manantiales *hippies*, y, después, vine hasta Paradise Springs con una chica que se llama Cassidy y que tiene una camioneta retro naranja muy chula.

El pecho de Miles se abrió de par en par. Se puso en pie de un salto.

—¿Cassidy? ¡Imposible! —El alivio y la alegría lo tomaron por sorpresa—. ¿La conoces? Vaya... ¿Significa eso que sabes dónde vive?

—Sé en qué pueblo vive. También sé dónde trabaja.

—¡Joder! —dijo Miles—. ¡Vamos! ¡Esto es increíble! La traeremos de vuelta. ¡Despertará a mi hermano del coma! —Era plenamente consciente de que sonaba como Dizzy—. Sí, ya lo sé, parece una locura absoluta —añadió—, pero ¡tenemos que encontrarla! ¿Tienes carnet de conducir?

Dos horas después, Félix, Sandro y Miles se dirigían hacia el norte por Hidden Highway en una misión para encontrar a Cassidy. Miles se sentía lleno de esperanza; incluso medio embrujado, como si, al hablar con los árboles que abrazaban aquella carretera sinuosa al otro lado de la ventanilla, fueran a responderle.

CASSIDY

Comenzaré por donde lo había dejado, Wynton. He tenido que escabullirme a por algo de café para poder seguir adelante. En realidad, sí que me siento como Scheherazade. Félix, el tipo con el que vine hasta aquí, tenía razón al respecto. Es una pasada. Estoy deseando que lo conozcas.

De acuerdo. Mamá y yo estamos recorriendo Hidden Highway, dirigiéndonos de cabeza hacia la segunda traición. Y hacia nuestro encuentro (el tuyo y el mío, Wynton) en la pradera, cuando teníamos trece años. ¡Tengo muchas ganas de que aparezcas en esta historia! Hidden Highway es el tipo de carretera que solemos evitar cuando vamos en *Sadie*, pero es la única manera de llegar a Paradise Springs (¡tu pueblo!) desde el norte. Y la única manera de encontrar a Dave Caputo que, si te acuerdas, nos abandonó semanas atrás en medio de la noche después de haberle pedido matrimonio a mi madre y, a mí, que fuera su hija. ¿Lo conoces? Qué extraño que fuese él el que me condujera hasta ti.

Como iba diciendo, Paradise Springs está en un valle en el que nunca antes nos habíamos fijado en los mapas, lo que nos resulta extraño. Voy en el asiento del copiloto de *Sadie*, raspando el bote de mermelada de cacahuete con una cuchara hasta dejarlo limpio. Nunca antes habíamos tenido tan pocas provisiones. Tampoco habíamos estado tan delgadas jamás. Las semanas que mi madre ha pasado en el Mundo Silencioso y en las que yo he estado esperando al sonido de la autocaravana de Dave al regresar nos han pasado factura. Lo único que quiero es verlo de nuevo, convertirnos en un trío aterrador como me prometió, ser su *sous chef* y que me vuelva a llevar de un lado para otro como una tabla de surf. Nunca había conocido un anhelo con el que resultase tan difícil lidiar o que fuese tan absorbente. Ni tampoco he conocido un miedo como el que corroe cada uno de mis pensamientos, haciendo que me lata el corazón demasiado rápido: mi madre y yo no podemos seguir estando solas para siempre.

—A esta velocidad, llegaremos dentro de un mes —digo. Ahora, vamos a veinte kilómetros por hora en lugar de a doscientos, como antes.

—Que así sea.

Me desabrocho el cinturón, voy a la parte de atrás y me siento en la mesa.

—¿No vas a decirme que me abroche el cinturón de seguridad? —le grito a mi madre.

Ella no responde, lo que hace que mi rebeldía sea inútil. Me vuelvo a abrochar y, entonces, cierro las manos en puños, dejando que las uñas serradas y sucias se me claven en las palmas hasta que me sale sangre.

Pienso algo terrible: que, tal vez, Dave me acepte y sea mi padre aunque ya no quiera casarse con mamá.

Aguanto la respiración todo el tiempo que puedo durante varias rondas. Cuando voy por el decimoquinto intento, oigo que mi madre me dice con una voz extraña:

—Cassidy, ven aquí, por favor.

Ha aparcado a *Sadie* en un mirador que hay junto a la carretera, así que me acerco al asiento del conductor con facilidad para echar un vistazo por encima de su cabeza a través del parabrisas panorámico. Estamos en un precipicio sobre un valle cubierto por un manto de viñedos. Hay globos aerostáticos de colores brillantes flotando a diferentes alturas. Es precioso, pero sé que no es eso lo que ha alejado del rostro de mi madre la pena, la decepción y la acedia, su letargo espiritual. Señala un punto y me dice:

—¿Ves eso de allí?

En la distancia, rodeado por viñedos, por vergeles y por bosques de secuoyas, hay un pueblo junto a una colina que, desde este ángulo, parece estar flotando en el aire. Hay un río que serpentea y se retuerce de un lado a otro, atravesándolo todo, hasta llegar al valle de más abajo.

—El Pueblo —susurro sin terminar de creerme lo que estoy viendo.

—Tal vez —contesta ella mientras me toma la mano—. Eso creo. Al fin.

Descendemos por una carretera de montaña llena de curvas cerradas. Me abrocho el cinturón en el asiento del copiloto. El río empieza a entrelazarse con la carretera, así que atravesamos puentes de madera desvencijados y divisamos cascadas que caen por las paredes rocosas. Hemos bajado las ventanillas y *Sadie* está inundada por el sonido del agua corriendo, el olor del eucalipto y los pinos y un aroma dulce y empalagoso que no conseguimos distinguir hasta que no llegamos al suelo del valle y los camiones cargados de uvas empiezan a unirse a nosotras. Conforme avanzamos, la carretera cada vez se vuelve más y más morada, ya que los racimos de fruta se van cayendo de los camiones y acaban aplastados por los neumáticos, incluidos los nuestros.

—Creo que el aire me está emborrachando —dice mamá—. Debe de ser la época de la vendimia.

—Es el camino de baldosas moradas —contesto yo.

Mientras seguimos adelante junto con los camiones de uvas, me doy cuenta de que hay vergeles de aguacates, olivas e higos. Veo un caballo marrón junto a otro negro, uno al lado del otro, con el pelaje resplandeciendo bajo el sol y campos de vacas masticando hierba. En uno de los viñedos que vemos, hay una banda de violinistas tocando mientras mujeres ataviadas con vestidos floridos como los que llevamos nosotras pisotean las uvas dentro de una cuba gigante de madera.

Sus risas suenan como campanillas cuando pasamos por delante.

Me pellizco el brazo para asegurarme de que estoy despierta.

—No me extraña que parte del nombre del pueblo signifique «paraíso» —dice mi madre.

Se me ocurre que nos hemos adentrado en una de sus historias de «En los tiempos de por siempre jamás». Me imagino que vamos a vivir felices para siempre con Dave en la cabaña de sus sueños, que está en el Pueblo, este lugar que llevamos buscando prácticamente toda mi vida.

—Todo esto me hace pensar que ojalá supiera pintar —dice mamá con la voz teñida de asombro y los ojos fijos en la ventanilla—. Te dije que lo sentiríamos en los huesos, ¿no es así? —Asiento. Tenía razón. Lo siento en todos y cada uno de mis huesos—. Tan solo no entiendo cómo es posible que pasáramos por alto todo este valle. ¿Por qué nunca antes me había fijado en él en el mapa?

—Tal vez, antes no apareciera en él.

Ella me mira y me sonríe. Sé que está pensando que esas palabras podrían haber salido de su boca y yo también estoy sintiendo de nuevo nuestra semejanza, pero no me resulta traicionera, tal como lo ha estado haciendo últimamente.

—Eres mi mejor amiga —le digo.

Veo que los ojos se le llenan de lágrimas.

—Y tú la mía.

No me puedo creer todas las cosas malas que he estado sintiendo por ella en los últimos minutos y semanas (¡y años!) y cómo todas se han borrado gracias a la sensación que tengo mientras nos acercamos juntas al Pueblo, subidas en *Sadie Mae*.

Tomamos el desvío hacia Paradise Springs con las manos entrelazadas y llenas de esperanza.

CASSIDY

Más tarde, aparcamos a *Sadie Mae* frente a la casa de Robert D. Caputo, en la dirección que encontramos en la biblioteca de Jackson. Si la tartana de autocaravana de Dave no estuviera aparcada en el camino de acceso, sería inconcebible pensar que aquí es donde vive. La casa es palaciega, como un castillo de cristal en medio del bosque. A un lado del edificio hay un jardín de flores silvestres y, en el otro, un jardín espectacular de suculentas. El camino hasta la puerta está bordeado por arbustos de rododendro y por todas partes hay enrejados con cascadas de rosas *polka* de color melocotón. En el centro del patio, hay una gran secuoya.

Edénico/a, adjetivo: «perteneciente o relativo al jardín del Edén».

—Madre mía —dice mamá—. No me esperaba algo así. Me esperaba algo más parecido a una cabaña *hippie*.

—La construyó él —comento yo—. Con sus propias manos.

—Pero dijo que era una cabaña. Estoy segura. ¿No es así? —Asiento. Ella continúa—: ¿Sabes lo que me gustaría hacer? Me gustaría estrellar a *Sadie* contra esa pared de cristal. —La miro, sorprendida—. ¿Qué? Lo haría. —Nos invade una tormenta repentina de alegría y ambas estallamos en carcajadas—. Por el camino, podríamos pasar con *Sadie* por encima de este precioso jardín floral. —Eso nos hace explotar todavía más y nos reímos a carcajadas en el asiento delantero, sintiéndonos como unas criminales—. Venga —añade ella—, manos a la obra. Vamos a buscar a mi prometido.

—A mi futuro padrastro.

Abrimos las puertas de *Sadie* envalentonadas, poseídas por una decisión justiciera y la sensación de que Dave es nuestro, de que este es nuestro sueño y, al fin, nuestro pueblo; poseídas por la idea de Papá Oso, Mamá Osa y el Osito bebé viviendo felices para siempre en el Pueblo. Es como si se nos hubiera olvidado que nos abandonó sin mediar palabra, que nos mintió y nos engañó. Al menos, yo sí lo he olvidado. Mamá me toma de la mano y recorremos el camino impoluto hasta la casa.

(Wynton, en este punto necesito recordarte que llevamos semanas sin ducharnos, sin cepillarnos el pelo o los dientes y sin haber comido demasiado. Tenemos un olor fétido, estamos delgadas como esqueletos y nuestra piel es un mosaico de suciedad y desesperación residual. Nuestros vestidos veraniegos parecen servilletas usadas. Nuestras melenas podrían ser el nido de bandadas enteras de pájaros o, más probablemente, de murciélagos. Mi madre lleva los pies tan negros que va dejando huellas sobre el camino de pizarra gris clara conforme nos acercamos a la mansión de cristal. Debemos parecer criaturas espeluznantes salidas de un sueño, fuera de su tiempo y lugar, pero todavía no nos damos cuenta de ello).

Llamamos a la puerta con el ánimo más alto y esperanzado que nunca.

Y, entonces, ahí está: Dave.

Dado que la casa es mayormente de cristal, lo vemos acercándose a nosotras a través de un pasillo largo y blanco.

Vamos a parar el tiempo un instante, porque ese es un momento de felicidad desbordante para mí. Es mi yo abandonado viendo cómo un avión da vueltas sobre mi isla desierta, saludando con las manos y subiendo por una escalerillas de cuerda de rescate para salir de un aprieto terrible e insostenible. *Dave «el Encantador», Dave «el Deslumbrante Desgraciado»*, pienso de manera repetida en ese momento. No me importa lo diferente que parezca, que se haya cortado el pelo o afeitado la barba o que esté tan limpio, como si se hubiera frotado hasta desprenderse de los elementos, de nosotras y del tiempo que pasamos juntos. No me importa que tenga algo nuevo que no puedo identificar porque me resulta demasiado desconocido, pero te diré ahora mismo de qué se trata: riqueza. Dave parece rico. Tiene ese aire despreocupado y cómodo de privilegio, de seguridad y de predictibilidad. Lleva unos vaqueros holgados y una camiseta de manga larga y cuello redondo color burdeos que le ciñe el pecho. Se desliza con gracia a través de la casa de cristal como si fuese agua.

Un géiser de esperanza explota en mi interior.

—¡Dave! —exclamo en voz baja mientras doy saltitos en el sitio y pienso: *¡Papá Oso!* Soy incapaz de no pensarlo.

Dado que hemos detenido el tiempo, puedo decirte que, antes de que el tic pase a ser tac, antes de que se me rompa el corazón al ser traicionado por segunda vez, antes de que mi mundo y el de mi madre se hundan todavía más en una desesperación inexplorada, durante una fracción de segundo, veo que el primer gesto que cruza el rostro de Dave al vernos a través de la pared de cristal de la casa de cristal es de alivio, de alegría y de «Gracias a Dios»; que, para él, al menos en esa fracción de segundo, nosotras también somos sus rescatadoras.

Mamá me agarra de la mano y yo se la estrecho.

Pero el tiempo no se detiene cuando queremos (tú lo sabes mejor que nadie, Wynton) o necesitamos que lo haga. Avanza como un tren sin freno y sin conductor. Así que por el pasillo, detrás de Dave, aparece una mujer que también camina con distinción; una mujer con el cabello largo y castaño recogido en una coleta suelta; una mujer elegante y preciosa ataviada con pantalones negros vaporosos y una camiseta de tirantes; una mujer que imagino que tendrá un armario lleno de zapatos y una cocina con encimeras de mármol, que irá a clases de pilates y que, tal vez, dirija una compañía desde un despacho; una mujer que tan solo me he encontrado en el celuloide. La siguen dos niños: una niña de pelo oscuro y ojos brillantes que parece tener cuatro o cinco años menos que yo y que carga con un hipopótamo morado de peluche, y un niño aún más pequeño con el pelo despeinado y un bigote de leche que se parece más al Dave que recuerdo que al Dave que tenemos frente a nosotras. Va agarrado de la mano de su hermana. Dave está petrificado y cualquier rastro de alivio o alegría de su rostro ha sido reemplazado por el terror. Excepto por su expresión, esta familia (que, claramente, es la familia de Dave) parece una fotografía de archivo atrapada en un marco cubierto de cristal.

Y nosotras estamos a punto de hacer añicos ese cristal.

Dave entra en acción. Como si estuviéramos viendo una película, contemplamos cómo intenta alejar a su mujer y a sus hijos de la puerta, empujándolos hacia el largo pasillo blanco. Sin embargo, es demasiado tarde, ya que la mujer ha abierto la puerta y los niños se han agolpado a sus pies. Hay furia en sus ojos.

A mi lado, mi madre está haciendo un ruido de ahogo. La miro de reojo y veo que se está tambaleando, como si se le fueran a plegar las rodillas. Me agarra del hombro y casi me clava en el suelo. El corazón nunca me ha palpitado de este modo. Me pregunto si estará a punto de estallarme.

—Yo me encargo de esto, Joanne —está diciendo Dave.

Joanne. Joanne tiene el rostro pálido, como si fuera a estar frío al tacto. Puedo oler su perfume. No lleva aceite de jazmín como nosotras, sino la clase de perfume que nos rocía la gente cuando vamos a los grandes almacenes a comprar la ropa interior con puntillas de mamá. Se gira hacia Dave y dice:

—¿Son estas? —Lo dice como si fuésemos animales atropellados que alguien hubiese arrastrado hasta su puerta. Pero ¿le ha hablado de nosotras? Mi madre me acerca hacia ella como si quisiera escudarme del desdén de esta mujer. Ella nos señala con un gesto de desprecio. El esmalte de uñas que lleva hace que parezca que tiene pequeñas llamas en la punta de los largos dedos—. ¿Son estas? —repite mientras nos mira fijamente. Ahora, en su tono de voz hay algo más desdeñoso que el propio desdén: diversión.

Arruga la nariz y es entonces cuando me doy cuenta de que olemos mal.

Parece que tanto mamá como Dave y yo hemos perdido la capacidad de hablar. El estómago me ruge y todo el mundo me mira. Eso parece conectar el cable defectuoso de Dave.

—Sí —le contesta a Joanne—. Estas son Marigold y Cassidy. —Entonces, se dirige a mi madre—: Marigold, lo siento mucho. Esta es mi familia.

—¿Son vagabundas? —pregunta la niñita.

—Apestan —dice el niño con un ataque de risa. Jadeo. Soy una chica sucia y apestosa con una madre sucia y apestosa—. Necesitan darse un baño —insiste el pequeño.

—¿Quiénes sois? —me pregunta la niña.

—No son nadie —contesta Joanne mientras rodea a sus hijos con sus largos brazos—. Son clientas de papá.

—Pero ¿por qué está llorando? —pregunta la niña. Me cuesta un momento darme cuenta de que se refiere a mí. Ojalá mi madre dijera algo.

La mujer se pone en cuclillas y se dirige a sus hijos.

—¿Quién quiere unos panecillos? El último en llegar a la cocina es un huevo podrido. —Entonces, se dirige a Dave—: Deshazte de ellas.

«Deshazte de ellas».

No puedo respirar.

«No son nadie».

¿Cómo pueden estar respirando los demás? Antes de que Joanne siga a sus hijos hacia la cocina para comer panecillos (tengo el estómago hueco por el hambre), mira a mi madre a los ojos y le dice:

—Deja en paz a mi familia. Márchate de este pueblo y no vuelvas jamás.

Mamá, que todavía no ha hablado, asiente.

—No lo sabía —susurra.

Algo ocurre entre ellas, algo que yo no comprendo, pero, sea lo que fuere, borra la malicia del rostro de la mujer por un instante y, bajo ella, aparece una tristeza que equipara a la nuestra. Hace un gesto de asentimiento en dirección a mi madre y, después, se da la vuelta y recorre el pasillo sin mirar atrás.

Dave exhala y cierra la puerta delantera, dejando a su familia en el interior y a nosotros tres en el exterior. Ambos estamos mirando a mamá, que parece estar desvaneciéndose como una mariposa *morpho* azul que, cuando se está alejando de ti, aparece y desaparece. Me da miedo que ya esté en el Mundo Silencioso, pero en una nueva versión en la que permanece de pie.

Solo que, entonces, como una *morpho* azul, vuelve entre nosotros como una llamarada.

—¿Cómo has podido hacerme esto? —Tiene el rostro rígido, la mirada dura y el tono de voz más fiero que le haya oído nunca—. ¿Cómo has podido hacerle eso a Cassidy? —Sus ojos son como dos láseres disparando a Dave. Ahora, ya no es como una *morpho* azul, sino como una chinche asesina, que inyecta su veneno directamente en el cuerpo de la presa—. Eres un monstruo; un monstruo mentiroso e hipócrita con vaqueros de Gucci y una puñetera casa que es literalmente de cristal. —Le está escupiendo las palabras—. Me das asco. —Él extiende la mano para tomarla del brazo, pero ella se aparta—. No me toques.

—Tienes razón. Soy un monstruo —dice él con la voz cargada de emoción—. Lo siento mucho, Marigold. No hay excusas para lo que he hecho. Me dejé llevar. Quería ser aquel tipo, no este. —Señala con un gesto el palacio de cristal. Es entonces cuando me doy cuenta de que Dave se está encogiendo, como si le estuvieran quitando las vértebras de la columna de una en una—. Nunca abandoné el máster y nunca me alejé de lo que se esperaba de mí. Quise hacerlo, pero no tuve las agallas necesarias. Soy un cobarde. Nunca he hecho nada que no fuera lo que se esperaba de mí. Hasta que apareciste tú. Mi padre es... Trabajo como arquitecto en el estudio que tiene en San Francisco. Esta casa es suya. Pasamos el verano aquí. —Señala la autocaravana—. Buscar setas es un pasatiempo.

—Como nosotras —dice mi madre—. Hemos sido el pasatiempo de este verano.

¿Se está dando cuenta ella de que Dave se está encogiendo? Él cierra los ojos.

—No. Me enamoré de ti, Marigold. No sabía qué hacer. —Su tono de voz ha equiparado la fiereza del de mi madre—. Me enamoré de las dos. Me sentía más en casa en vuestra vida de lo que nunca me he sentido en la mía. No me pude resistir. Estabais viviendo mi sueño y perdí la cabeza. Fui muy feliz ahí arriba con vosotras. —Pienso que es como una maldita mantis orquídea, un insecto que finge formar parte de la flor en la que se posa. Fingió ser como nosotras, pero no lo es—. Quise contártelo muchas veces, pero... —Mira a mi madre a los ojos. La voz se le quiebra cuando dice—: Es solo que no quería arruinarlo. Durante ese mes... Durante ese mes me sentí como si estuviera dentro del sol. O como si el sol estuviera en mi interior. Nunca antes me había sentido así; ni siquiera un poco. —Se pasa una mano por el cabello y se lo despeina hasta que se parece más al que yo recuerdo—. Cada palabra, todo lo que te dije... Lo decía en serio. Aquella mañana me marché para venir aquí y decirle a Joanne que iba a dejarla. Y lo hice. Le conté todo. Me dijo que me quedara unos días; que les concediera eso, que se lo debía. Unos días se convirtieron en unos pocos más. Y, después, en más. Y todo comenzó a parecerme un sueño; una fantasía...

Ahora, mi madre está llorando y es demasiado. Las palabras de Dave son demasiado. Se está encogiendo demasiado. Todo esto es demasiado.

—¡No quiero ser la parte de la fantasía! —grito—. ¡Odio las fantasías! ¡Siempre las he odiado! ¡Os odio a los dos!

Entonces, salgo corriendo, huyendo de la enorme casa de cristal, de mi fantasiosa madre y su fantasioso mundo y de Dave, que es el padre de otras personas y no el mío. Huyo de semanas de vivir en la estrecha y agria miseria de la vacuidad psíquica de mi madre. Huyo de esta sensación de indignidad existencial que no sabía que existía en mi interior hasta que he oído: «¿Son estas?»; hasta que he oído: «Apestan»; hasta que he oído: «No son nadie. Deshazte de ellas». Huyo de la limpieza, del orden y la predictibilidad de esta gente rica que me hacen sentir que... No; que me hacen ver lo que soy: una chica sucia y apestosa que pertenece a una madre sucia y apestosa que no está bien de la cabeza y nunca lo estará.

CASSIDY

Corro y corro, más rápido que un escarabajo tigre, que es el insecto vivo más rápido y que acaba ciego por su propia velocidad. Corro directa hacia el bosque sin mirar atrás para ver si me están siguiendo. No quiero que me encuentren; no como la última vez que me perdí en los bosques. Encuentro un camino forestal para bomberos y corro, corro, corro, corro por él hasta que aparezco en una pradera. Me catapulto a través de la hierba alta sin aliento y con el corazón dándome volteretas en el pecho. Estoy sola entre la hierba susurrante, que me llega hasta la rodilla, así que golpeo los pies contra el suelo, arranco puñados enteros de la hierba larga y rasposa, los tiro y vuelvo a arrancar más. Entonces lo suelto todo y grito (un grito primitivo, tembloroso y ensordecedor) hasta que me caigo de espaldas, furiosa, decepcionada y con el corazón roto.

Por si no queda claro, Wynton, esta es la segunda traición.

Es entonces cuando oigo algo y me incorporo. Al otro lado de la pradera, hay un chico delgaducho tocando el violín. Excepto que, en realidad, no lo está tocando; solo está atacando las cuerdas con un arco y emitiendo unos horribles sonidos chirriantes.

Tú. Al fin tú, Wynton.

Tienes el pelo rubio y fino y un rostro alargado tan pálido como la luna. Me miras con alarma y curiosidad a partes iguales.

Me agacho. ¿Has estado ahí todo el tiempo, escondido entre la hierba? ¿Has visto mi pataleta o me has oído gritar? Has debido hacerlo. Vas vestido como los chicos de los *campings* de caravanas que más miedo me dan; chicos populares y harapientos que llevan metal en la cara, botas negras de suela gruesa y camisetas hechas jirones con nombres de bandas; chicos que vapean e intentan que la gente les compre cerveza. Chicos (a los que mi madre llama *punks*) que parecen vivir al final del mundo y que despiertan toda mi curiosidad a pesar de que no me atrevo a acercarme a ellos por miedo a las cosas malas que podrían decirme.

Asomándome entre los juncos, te observo y escucho el caos que estás creando con ese instrumento. Pienso que es como un gato al que están torturando hasta la muerte. O peor. Casi espero que los árboles salgan corriendo y que el cielo se parta en dos. Cuando no puedo soportarlo más, me cubro los oídos con las manos y, de pronto, estás de pie a mi lado, tapando el sol.

—Márchate —te digo.

(¿Te acuerdas? Lo siento).

—Lo haré si es lo que quieres. —Tu voz es sorprendentemente amable—. Estaba intentando tocar lo que he visto y lo que he oído.

Alzo la cabeza.

—¿Lo que has visto? —Entonces, lo comprendo—. ¿Te refieres a mí? ¿A lo de antes? —Asientes. Siento una punzada en el cuello—. Oh. ¿Estabas intentando tocarme a mí? —Tu mirada es demasiado intensa, demasiado llena de preguntas—. No me mires.

(Lo siento de nuevo, Wynton).

—De acuerdo.

Te giras hacia el otro lado, esperas un segundo y, entonces, te apoyas el violín en el hombro y comienzas a tocar de nuevo, pero esta vez es diferente. En esta ocasión, empiezo a notar un cosquilleo en la piel de la nuca y, después, en la de los brazos. Así hasta que lo siento por todo el cuerpo. Como me has prometido, no me estás mirando, pero yo sí puedo verte: el ceño fruncido, los labios torcidos en un gesto de concentración, los ojos que se abren y después se cierran... La parte superior de tu cuerpo se balancea como si fueras un árbol meciéndose con el viento. Me sorprende que del violín no surjan colores como remolinos brillantes de pintura que inunden el aire. Así de hermoso es el sonido que estás creando en ese momento. Es como si estuvieras recorriendo la casa que soy yo, abriendo las persianas y dejando que entre la luz.

(Gracias, Wynton. No puedes imaginarte la cantidad de veces que he revivido ese momento).

Descubro que no puedo quedarme sentada mientras te escucho, así que me tumbo de espaldas y contemplo el cielo azul. Ahora que estás tocando, parece mucho más azul. Una mariquita aterriza en mi mano y, después, una mariposa y una avispa. Cuando giro la cabeza, me doy cuenta de que la pradera está llena de margaritas y dalias, ocultas por la hierba alta. ¿Cómo es que antes no he visto las flores? Han aparecido más avispas. Luego un colibrí. Y otro más.

Cierro los ojos y, cuando los abro, me percato de que tienes lágrimas en las mejillas.

—¿Puedo mirarte ahora? —me dices en voz baja.

—Sí —contesto y, entonces, nos miramos a los ojos.

Tienes una sonrisa torcida que te transforma el rostro por completo y que remueve algo en mi estómago. Señalo tus mejillas, que todavía están húmedas por las lágrimas. Te sonrojas.

—No puedo evitarlo —dices—. Ocurre cada vez que toco. De normal, me pongo gafas de sol, pero no pensaba que fuera a haber nadie aquí.

Señalas mis mejillas, que también están húmedas. Yo sacudo la cabeza. No puede ser; no puedo contarte por qué estoy llorando.

—Dado que estás triste... Quiero decir... Puedo tocar sentado si quieres que nos pongamos espalda contra espalda.

(¿No es esta la propuesta más rara que hayas hecho jamás, Wynton? A día de hoy, puede que siga siendo la cosa más dulce que me haya sugerido jamás un desconocido. O cualquier persona. En los años siguientes, pensaré en ello a menudo pero, aquel día, sigo siendo tan ingenua con respecto a las interacciones sociales que creo que, tal vez, sea algo que hacen los adolescentes).

Me encojo de hombros y tú lo tomas como un «sí» que, en realidad, es lo que es; entonces, noto tu cuerpo huesudo contra el mío y tu espalda más ancha contra la mía, conformando el respaldo perfecto. Me alegra que no puedas ver la sonrisa que se está apoderando de mi rostro. Me la cubro con la mano. Si te das cuenta de que apesto, no dices nada y, de todos modos, tú también apestas un poco a sudor y a algo fuerte, así que pienso que nuestros olores se cancelan el uno al otro. Pronto, estás tocando de nuevo y puedo sentirlo, literalmente. Siento tu columna ondulándose, tu codo rozando y alejándose de mis costillas, tu cabeza girando y la música que, tras cada colorida nota, está reemplazando la oscuridad de mi interior como si formara parte de ella. Los ojos se me vuelven a llenar de lágrimas, pero no porque esté triste sino porque, ahora, tan solo estamos tú y yo en la Tierra, espalda contra espalda, ocultos como dos margaritas entre la hierba larga.

Tampoco me doy cuenta del momento en el que dejas de tocar. Tan solo vuelvo a prestar atención un tiempo después y descubro que la hierba está susurrando, las dalias meciéndose y las avispas zumbando. Oigo a los pájaros piando, el agua del río precipitándose y a unos niños gritando, tal vez en algún parque cercano. De normal, no me concentro en los sonidos de este modo. Es como si fuera un grillo y estuviera escuchando a través de las piernas y los brazos.

—Creo que estoy escuchando a través de tus oídos —digo.

—¿De verdad? ¿Oyes una trompeta sonando en la distancia?

Afino el oído en busca de dicho instrumento.

—No.

Siento cómo asientes con la cabeza.

—Nadie la oye.

—¿De qué se trata?

Tardas tanto tiempo en responder que pienso que no vas a hacerlo pero, entonces, dices:

—De mi padre tocando.

—¿Dónde está?

—No lo sé. En alguna parte. Se marchó.

—¿Y lo oyes siempre?

—No siempre. —Suspiras—. A veces, pienso que está dentro de mi cabeza pero, otras, estoy convencido de que no es así. Aunque estoy seguro de que hoy lo he oído. Por eso estoy aquí. Iba siguiéndolo; intentando acercarme al sonido. Estaba tumbado en la hierba, escuchándolo, cuando te he oído gritar.

—¿Todavía lo oyes? En plan... ¿Ahora mismo?

Se produce un largo silencio en el que supongo que estás escuchando.

—No; ya no.

Tu pelo me hace cosquillas en el cuello y me pregunto si el mío te las hará a ti. Me recuesto hacia atrás, apoyándome en ti y esperando que mi pelo te haga cosquillas. Entonces, tú también te recuestas contra mí. Vuelvo a sonreír y digo:

—Mi padre está muerto. Se ahogó. Y mi madre está en alguna otra parte incluso cuando está aquí mismo. —Siento que asientes como si lo comprendieras y me encanta estar hablando con alguien de mi edad. Es como compartir habichuelas mágicas, solo que no sabía que tuviera habichuelas mágicas para compartir. Me sorprende no sentir vergüenza en tu presencia—. Pensaba que iba a tener un padrastro —añado—, pero huyó de nosotras.

Eso me vuelve a destrozar. Debes de saber que estoy llorando porque todo mi cuerpo se sacude con la miseria de las últimas semanas y de lo que está por venir sin Dave. Presionas tu espalda contra la mía con suavidad y, cuando me relajo, dices:

—Tu voz no parece salir de ti. Si tan solo la oyera, pensaría que procede de un árbol; de algún roble viejo, como ese de ahí tal vez. —Señalas un roble encorvado y cubierto de musgo español, alargado y fibroso, que parece una telaraña—. Si yo la tuviera igual, hablaría sin parar y a todas horas.

—¿De verdad? —Es la cosa más chula que ha dicho nadie sobre mi voz, que sé que suena como la de un chico.

—Totalmente.

El estómago me ruge y los dos nos echamos a reír.

—Estómago en si bemol. El mío suele estar afinado en do sostenido. —¡Mi estómago está en si bemol!—. ¿Tienes hambre? —me preguntas.

—Tengo mucha hambre.

—¿Quieres un suflé? Los sábados tocan los de chocolate. Mi madre los prepara en su cafetería.

Me doy la vuelta de golpe.

—¿Bernadette es tu madre?

Tú asientes y también te das la vuelta, así que nos quedamos con las piernas cruzadas y las rodillas tocándose. ¡Las rodillas tocándose! Poder vernos el uno al otro y que nuestros cuerpos se toquen resulta diferente, así que la timidez se apodera de mí. Entonces miro de cerca tu rostro, tu piel pálida, tus labios carnosos de rana, tus pecas que parecen un mapa de estrellas solitarias y tus ojos del mismo azul eléctrico que las alas de una libélula. Podrías interpretar a un alienígena en una película de ciencia ficción. (Todavía podrías, Wynton. Y esto lo digo como el mayor de los cumplidos). No podría imaginarte montado a caballo. Pero si podría imaginarte subido a un escenario. O sobre una alfombra mágica. Te apartas el pelo de los ojos y vuelve a caer sobre ellos de inmediato. Aúno las agallas para decirte:

—¿Es verdad que la gente se enamora cuando se come los suflés?

Tu sonrisa hace que toda tu cara se ponga patas arriba. Decido que es cosa del hueco que tienes entre los dientes delanteros. (Pensaré en tu sonrisa durante años; en cómo hace que la gente quiera contestar que sí incluso antes de haber escuchado la pregunta).

—Tan solo hacen que te enamores si ya eres mayor —contestas.

—No te creo —digo mientras me miro las manos para evitar tu sonrisa, tus ojos y nuestras rodillas unidas.

—Supongo que, si me equivoco y soy la primera persona a la que ves después de haberte comido uno, entonces, será a mí a quien ames. —Alzo la cabeza, estupefacta por tus palabras—. Para el resto de tu vida.

—Cierra el pico —te digo, aunque no puedo dejar de sonreír por muy fuerte que me muerda los labios. Entonces, ¡me doy cuenta de que estás coqueteando conmigo! Nunca nadie ha coqueteado conmigo. Obviamente. Ni siquiera he hablado nunca con un chico. Está haciendo que me sienta mucho mejor. No sabía que coquetear fuese tan divertido. Quiero darte las gracias por coquetear conmigo, pero incluso yo sé que eso sería raro. Estoy bastante segura de que mi madre va a encontrarme pero, si no lo hace, te preguntaré si puedo ir contigo a casa y, quizá, vivir en secreto en tu armario, subsistiendo a base de suflés y música de violín hasta que sea lo bastante mayor como para ir a la universidad—. ¿Vives en una casa? —te pregunto.

Asientes.

—Una grande y blanca. Muy antigua. Mi hermanita Dizzy ve fantasmas mirando por la ventana a todas horas. —Tu mirada se suaviza cuando dices el nombre «Dizzy»—. ¿Y tú?

—¿Si veo fantasmas? No.

—Quería decir que si vives en una casa.

Antes de que pueda responder, te levantas y me tiendes la mano para ponerme en pie como si fuéramos amigos. Entonces caminamos juntos entre la hierba de la pradera como si fuéramos amigos, pisoteamos la orilla del río como si fuéramos amigos, recorremos en fila un camino que transcurre entre secuoyas como si fuéramos amigos y, al final, llegamos a la plaza del pueblo y somos amigos.

—Vivo en una autocaravana que se llama *Sadie Mae* —digo al recordar tu pregunta. Por el camino, me has hablado de tu padre y de cómo también era músico y olía a hojas.

—¿En una autocaravana? ¿De continuo? —me preguntas, confuso—. Entonces, ¿no vives en ninguna parte? —Dejas de caminar—. O, más bien, en todas partes, ¿cierto? Eso es genial. Es como estar en una banda.

Quiero preguntarte más cosas sobre tu padre, que huele a hojas, y sobre tu hermanita, que ve fantasmas, pero tú no puedes parar de hacerme preguntas sobre cómo es hacer tiempo completo o *boondocking* y de comentar «¡Qué guay!» ante cada una de mis respuestas.

No tenía ni idea de que mi vida fuese guay.

La plaza del Pueblo tiene secuoyas enormes en el centro y, en un lateral, una cascada que cae por una pendiente y desemboca en un arroyo que atraviesa la zona por la mitad. La plaza está llena de adolescentes con monopatines, padres con carritos de bebés, gente que lanza pelotas y perros que van a buscarlas. Hay una mujer tocando la guitarra junto a una estatua enorme de un hombre con sombrero de vaquero.

El Pueblo.

Lo siento en los huesos.

E impregnando el aire hay un aroma a chocolate.

—¿Es eso...?

Asientes.

—Sí. Yo ya me he comido tres hoy. Dizzy nos sacará unos pocos de contrabando por la puerta trasera. —Haces que vibren las cuerdas del violín—. Así es como llamo su atención.

Entonces me fijo en las demás personas (tú dices que son zombis del suflé) que van caminando como nosotros, embelesadas por el aroma. Todos nos dirigimos hacia la misma cafetería en la que hay una fila que rodea toda la manzana. Es la misma cafetería de la que me habló Dave, aquella en la que una mujer llamada Bernadette (¡tu madre!), está dentro preparando suflés. Te muerdes el labio con aspecto nervioso mientras me dices:

—Tal vez mi padre quería que te conociera y por eso su música me ha hecho ir hoy hasta la pradera. Nunca antes había estado allí.

Eso me emociona.

—¿Como si fuera el destino? —pregunto, encantada con la idea. Como si hubiéramos estado predestinados a sentarnos espalda contra espalda en esa pradera.

O, tal vez, no sea cosa del destino después de todo, pienso, ya que veo a *Sadie Mae* aparcada en la esquina más alejada de la plaza. Está cubierta de barro y descolorida, de un tono amarillo desteñido por el sol en lugar del antiguo amarillo canario brillante que solía tener. Y las calcomanías de flores, que antaño fueran tan vivaces y alegres, ahora son manchas indistinguibles que se están pelando por diferentes lugares. Nuestra triste y ruinosa casa con ruedas. Veo a mi madre hablando con dos agentes de policía. Dave no está por ninguna parte. Les está mostrando la cámara digital. Me fijo en sus hombros huesudos y su cuerpo frágil, del que cuelga un vestido amarillo harapiento. Sigue descalza. ¿Qué foto mía (nuestra) les está enseñando? ¿Es una de aquellas en las que aparecemos en el aire? Siento un dolor en el pecho tan agudo que me quedo sin aliento. Una parte de mí quiere agachar la cabeza y seguir caminando como un zombi del suflé con el chico tan emocionante que eres tú, pero, incluso mientras pienso eso, me aparto de ti sin mediar palabra y me dirijo corriendo hacia mi madre con la misma velocidad con la que he huido antes de ella. Tan solo me importa ella y solo quiero estar con ella. Siempre. Porque ella, y solo ella, es mi destino. Nadie más.

—¡Cassidy! —exclama al ver que voy lanzada en su dirección. Y entonces, estamos atrapadas la una en los brazos de la otra—. Nos va a ir bien —me dice—. Te lo prometo. Te lo prometo de veras. No lo necesitamos; ni a él, ni a nadie más. Nos tenemos la una a la otra.

—Siento haber huido...

—No te disculpes por nada. Eres perfecta. Todo esto es culpa mía. Nunca tendría que haberme enamorado de semejante pusilánime. Vámonos. Vamos a marcharnos de una puñetera vez de este maldito pueblo que hemos pasado los siete últimos años buscando. —Dice esto con una sonrisa—. ¿De acuerdo?

Le devuelvo la sonrisa.

—De acuerdo.

—¿Recuerdas cuando estudiamos lo que era una ironía?

—Sí —replico—. Cuando se produce el resultado opuesto al esperado.

—Exacto. Esto es una ironía. No quiero volver aquí nunca más. Vamos a tachar el Pueblo del mapa.

Me doy la vuelta, pues quiero despedirme de ti al pensar que nunca volveré a verte, Wynton. Escudriño la plaza pero no estás por ninguna parte. Abro la puerta del copiloto y entro en *Sadie Mae*. Entonces, le pregunto a mi madre si podemos comprar un suflé antes de marcharnos, pensando que, al menos, podría dejarle a tu madre una nota de despedida, pero mamá no quiere saber nada más del Pueblo. Está comentando que podríamos ir al café que hemos visto en el pueblo de al lado cuando me fijo en que una niña con un montón de pelo encrespado viene corriendo hacia nosotras con una bandeja de cartón y, sobre ella, lo que parece una magdalena humeante. Pisándole los talones va un perro negro. Me desabrocho el cinturón de seguridad porque sé al momento de quién se trata, ya que su sonrisa es una versión más alocada y desdentada de la tuya.

—Toma. —Está jadeando y sin aliento después de la carrera—. Mi hermano me ha dicho que te diera esto. —Cuando bajo a la calle, la niña asoma la cabeza al interior de *Sadie*—. ¡Oh! ¿Vives ahí atrás? ¡Ay, Dios mío! —exclama—. ¡Tu casa puede ir a sitios!

Mamá aparta la vista del mapa y sonríe a la niña, cuyo nombre recuerdo que es Dizzy.

—¿De verdad ves fantasmas? —le pregunto.

Ella se mira las zapatillas moradas y brillantes. El olor del chocolate me ha envuelto y está logrando que me resulte difícil esperar a su respuesta y no arrancarle el suflé de las manos. Alza la vista y me estudia como si estuviera decidiendo si puede confiar en mí o no.

—Están los fantasmas masculinos que se besan y su amiga, a la que le crecen flores de la cabeza. Son mudos. Bueno, a veces mueven los labios, pero no sale ningún sonido.

Todo esto parece como sacado de una de las historias de mi madre. Entonces, decido que lo escribiré en el momento en el que vuelva a subirme a *Sadie*.

—¿De verdad? —pregunto sin saber qué decir, aunque me gusta esta niña extraña.

Ella asiente con el rostro tan serio como una piedra y se me ocurre que deberíamos intercambiarnos; que esta niñita que ve fantasmas sería una mejor hija para mi madre mientras que yo daría cualquier cosa por tener una casa blanca en el Pueblo, un hermano que toca el violín, una madre que hace suflés a todas horas y una casa que no va a ninguna parte.

El perro me está olisqueando las piernas. Me agacho para acariciarlo.

—No me gustan los perros —dice Dizzy.

—A mí me encantan —contesto yo mientras rodeo el cuello del animal con los brazos—. Si yo estuviera al mando, todos los perros vivirían para siempre. Sobre todo, tú.

«¡Yo también te quiero! —Para mi gran sorpresa, oigo que me habla directamente en la cabeza—. ¡Te quiero mucho! ¡Quiero vivir para siempre! ¡Hueles muy bien! ¡A flores!».

—¿Los perros suelen hablar por esta zona? En plan... ¿directamente en el interior de tu cabeza? —pregunto sin pensar.

La niña arruga el rostro como si lo que acabo de decir fuera absurdo. Que, por supuesto, lo es, pero es como si no me hubiera estado hablando sobre fantasmas mudos hace un momento.

—Los perros no puede hablar —me dice como si fuera un poco cortita.

—Eso ya lo sé —contesto—. Pero...

Muy bien, cálmate, pienso, convenciéndome a mí misma de que es cosa del aroma del chocolate y del hambre de un mes. De todos modos, tampoco puedo comprobarlo porque el perro ya se ha escapado de entre mis brazos y está corriendo tras un chico de pelo oscuro que va montado en un monopatín y que lo está llamando con un silbido, uno de esos que se hacen con los dedos en la boca, tal como me enseñó Dave. El chico es muy guapo, como un príncipe de cuento. *A él sí podría imaginarlo montado a caballo* —pienso—. *Tal vez en uno morado.*

Me pongo en pie.

—Gracias —le digo a Dizzy mientras tomo el suflé y me doy la vuelta para volver a subirme a *Sadie*.

—Espera. Primero, dale un mordisco.

—¿Ahora?

—Sí; mientras te miro. Wynton me ha pedido que lo hiciéramos así.

—¿Es así como se llama tu hermano?

Asiente.

—Todos tenemos el nombre de alguno de los trompetistas de *jazz* favoritos de nuestro padre desaparecido. Solo que todos ellos son hombres y negros, mientras que nosotros somos blancos, yo soy una chica y solo Wynton toca un instrumento. Yo soy Dizzy Gillespie, que ya está muerto. Wynton es Wynton Marsalis. Y el chico que acaba de pasar en patinete al que no podías quitarle la vista de encima es Miles, que recibe el nombre de Miles Davis.

—No estaba mirándolo.

—Todo el mundo lo mira.

—¿A dónde ha ido tu otro hermano, Wynton?

Se encoge de hombros y me tiende la cuchara de plástico. Cuando nuestras manos se tocan, ambas alzamos la vista y nuestros ojos se encuentran un instante. Antes de darme cuenta de lo que estoy haciendo, le toco la nariz (¡Bop!) y ella se ríe, sorprendida. Entonces, me devuelve el gesto.

Entierro la cuchara en el suflé. Sale un poco de humo y, con él, un aroma a chocolate tan profundo y espeso que hace que quiera tragarme el aire. La textura me sorprende, ya que es ligera pero esponjosa como una nube comestible. En cuanto me roza la lengua, se derrite e inunda mi boca y toda mi existencia de placer. Doy otro bocado y soy incapaz de contener el gemido. Siento cómo los ojos se me ponen en blanco.

La música de un violín hace añicos el éxtasis gustativo (adjetivo: «relativo al sentido del gusto») y ambrosíaco (adjetivo: «perteneciente o relativo a la comida de los dioses») en el que me encuentro. Alzo la vista en dirección al origen de la música.

En el tejado de un edificio cercano estás tú. Veo tu sonrisa torcida incluso en la distancia y pienso en una de las historias de mi madre: «En un reino muy lejano, en los tiempos de por siempre jamás, había un rayo que se convirtió en un chico». Tienes el arco apuntando directo a mi corazón y sé exactamente lo que estás pensando mientras me sostienes la mirada porque yo también lo estoy pensando. Dado que eres la primera persona sobre la que he posado los ojos tras morder el suflé, voy a amarte para el resto de mi vida.

—Ahora te casarás conmigo —gritas—. ¿Verdad?

—Lo haré —grito yo mientras vuelvo a entrar en *Sadie* con el suflé en la mano y, por un instante, la felicidad remienda mi corazón roto.

Sonríes y comienzas a tocar de nuevo. Yo escucho tu música mientras nos alejamos.

Pero sigo oyéndola durante años. Todavía la oigo. La oigo en este mismo instante, sentada a tu lado en esta habitación de hospital, Wynton.

Pero, en aquel entonces, mamá y yo nos pasamos el suflé la una a la otra (me doy cuenta de que mira por el retrovisor tras el primer bocado, pero no le menciono lo que eso podría significar) mientras seguimos las señales para salir a Hidden Highway con la intención de alejarnos todo lo posible del Pueblo.

Si te soy sincera, Wynton, después de aquel día no pude sacarte de mi cabeza durante... Bueno, durante cada día. No he sido capaz de olvidarte. Pensar en esa propuesta de matrimonio es una tontería porque éramos unos críos, ya lo sé. Pero, entonces, la otra noche, ¡me lo volviste a pedir! ¿Acaso soñé aquel momento que pasé contigo bajo la luz de la luna? ¿Nuestro baile? Nunca en toda mi vida había experimentado algo igual. ¿Y tú?

Esto es un secreto: cada vez que me acerco a cualquier chico, oigo tu violín tan fuerte y claro que me doy la vuelta, esperando encontrarte de pie detrás de mí.

Todas y cada una de las veces.

WYNTON

Tocabas un instrumento que podía lograr cualquier cosa: hacer florecer una rosa en la mano de alguien, que una bomba estallara en su corazón o que una escalera llegara hasta una estrella.

Pero lo más importante es que la música del violín era el mapa que iba a conducirte hasta tu padre.

Si llegabas a ser lo bastante bueno. Si tus dedos volaban sobre las cuerdas con más rapidez, más destreza o más precisión.

Si leía sobre ti en algún periódico o en internet. Si te veía en YouTube o te oía en la radio.

Cada vez que tocabas, sin importar cuántos espectadores tuvieras, tan solo había un hombre con sombrero de vaquero sentado entre la audiencia.

Cada tonalidad que descubrías a solas en tu habitación era una conversación imaginaria con él; una reunión.

Pero la música también era el mapa que conducía hasta ti.

Pensabas en música, respirabas música, soñabas con música, amabas en clave de música, peleabas con música y vivías la música.

No, no es así.

Te contaron que, en una ocasión, Miles Davis señaló a una mujer que iba tambaleándose por la calle y le dijo a su banda: «Tocad eso».

Tú tocabas eso. Tú tocabas todos los «esos» y los «aquellos». Y los tocabas con ganas.

Para ti, la música nunca fue un sustantivo, sino un verbo. El único verbo. Pasabas los días y los noches de tu vida musiqueando.

Pero nunca volverás a hacerlo, y eso es insoportable.

Pensabas que necesitabas un cuerpo para sentir dolor. No es así.

Tan solo te libras de él cuando Cassidy está a tu lado con su aroma a jardín, contándote su historia con su magnífica voz profunda.

Es como si te estuviera presentando hasta el último fragmento de sí misma.

¿Son las historias oraciones? ¿Invitaciones? ¿Espejos? ¿Tormentas?

O, tal vez, sean hogares.

Cuando la escuchas, cuando te sentaste con ella espalda contra espalda en la pradera y cuando te meciste con ella entre tus brazos a la luz de la luna... Esos son los únicos momentos en los que te has sentido tú mismo sin tener un violín y un arco entre las manos.

MILES

Se dirigían al norte por Hidden Highway, de camino a los manantiales en los que trabajaba Cassidy, cuando Sandro empezó de nuevo. El perro estaba plácidamente tumbado en el suelo, hecho un ovillo entre Félix, que iba conduciendo, y Miles, que estaba intentando no enamorarse del conductor. El animal tenía el hocico apoyado en una pata y los ojos fijos en Miles.

«En lo que a mí respecta, me gustan los perros grandes. ¿Sabes lo que quiero decir, Miles?».

«Basta. Dice que no está disponible. Pero, joder, sí, claro que sé lo que quieres decir».

«Tiene a un Pie Grande ahí abajo, chico humano, un Pie Grande».

«No seas pingadículo, perro».

«¡Oh, no! Es el porongalipsis».

«*Pollasaurio rex*».

«La verga que causó un penemoto».

Miles intentó no reírse, presionando con suavidad el pie sobre la pata de Sandro en señal de conmiseración y agradecido de que existiera una criatura sobre la faz de la Tierra con la que pudiera ser tan bobo. Se había sorprendido bastante cuando Félix había dicho que era bisexual y, después, se había emocionado por completo (en su mente, todo había empezado a resplandecer) hasta que le había hecho aquel comentario sobre no estar disponible. Aun así, la facilidad y la comodidad con la que se lo había contado lo había dejado impresionado, incluso aunque no le gustara de aquel modo, lo cual estaba bien; no era un problema en absoluto.

Ugh, sí que era un problema.

Sin embargo, Félix parecía querer ser amigo suyo y él deseaba muchísimo ser amigo de Félix. Tan solo tendría que evitar el contacto visual. Solo que, en ese momento, se le ocurrió que tal vez él se hubiese enamorado de Cassidy y que ese fuera el motivo de que se hubiese prestado de inmediato a hacer aquel viaje, alegando únicamente que tendría que volver para su turno en el restaurante en un par de días (suponiendo que volviera a abrir). ¿Era por eso por lo que no estaba disponible?

¿Quién sabe?

Aun así, Miles estaba entusiasmado ante la idea de pasar cinco horas seguidas dentro de aquella cabina, a apenas un metro de él. Tan solo tendría que acostumbrarse a que soltara el volante para exclamar extasiado mientras señalaba las nubes, las secuoyas o los destartalados puentes suspendidos sobre los ríos mientras los tres doblaban curva tras curva al subir la primera de las muchas montañas que había de camino a Whispering River, el pueblo norteño en el que vivía Cassidy.

«Entonces, cuando eres bisexual, ¿te gustan las chicas y los chicos por igual? ¿O en el caso de algunas personas es algo más parecido a un 80/20? No lo entiendo».

«No tengo ni idea. A los perros no se nos da bien lo de las etiquetas, chico humano. ¿Por qué no le preguntas a él?».

«Pregúntale tú».

Les había costado un rato salir a la carretera. Para empezar, Miles tuvo que ir al rancho vecino, Rancho Bell, para ver si Rory Bell, quien desde que tenía memoria se había referido a él como el segundo padre de Sandro, le permitiría secuestrar al perro durante un par de días. Sabía que, si no lo llevaba de peregrinaje a buscar a Cassidy, Sandro no dejaría de recordárselo. Le dijo eso mismo a Rory Bell, logrando que aquella mujer de rancho solitario y azotado por el viento, que era una década o dos mayor que su madre, se echara a reír antes de aceptar separarse del chucho.

Después de eso, Félix y él fueron a casa a través del viñedo de la cepa pinot noir para hacerse con la camioneta. Mientras caminaban bajo la luz dorada, se metieron uvas en la boca, dejando que el zumo ácido y cálido se deslizara por sus gargantas. Aquella era una experiencia que Miles vivía habitualmente pero que provocó en Félix un paroxismo de alegría que culminó con él tomando prestado su bloc de notas para escribir la receta de una *galette* de queso stilton y uvas ácidas. Miles estaba convencido de que aquel era un plato que su madre ya había inventado, pero se guardó aquella información para sí mismo mientras Félix exclamaba un millar de veces: «¡Va a ser épico, colega!».

Félix recorrió la casa de los Fall como si fuese un museo, mirando las fotografías y distinguiendo de inmediato las leves rayas azules, verdes y moradas que se veían bajo la pintura blanca descolorida de las paredes del dormitorio de Miles. (Daba igual cuántas veces pintaran aquella habitación, aquellos tres colores siempre acababan sobresaliendo. Era raro). En el caso de Miles, estar en casa hacía que se sintiera enfermo. Al mirar la habitación de Wynton con las pilas de partituras, el atril y los amplificadores, las rodillas se le doblaron y se tambaleó hasta el baño, a la espera de que se le pasara el tsunami de náuseas y terror.

¿De verdad creía que Cassidy iba a ser capaz de despertar a su hermano del coma?

Por muy irracional que pudiera parecer, sí lo creía un poco.

Después, fueron al albergue juvenil en el que se estaba alojando Félix mientras encontraba un compañero de piso, tal vez entre los demás trabajadores de La Cucharada Azul. El chico todavía no había tenido que compartir la habitación del albergue, lo cual era una suerte, ya que era tan pequeña que apenas cabían la litera y el escritorio que había dentro. Había una ventana pequeña y llena de telarañas desde la que se veía el arroyo. Miles se fijó en que Félix había recorrido los 1600 kilómetros desde Colorado con la *Larousse*, una enciclopedia francesa sobre cocina, junto con *Tu casa, mi casa* de Enrique Olvera y las memorias de Auguste Escoffier (que, según él, era el abuelo de sus sueños). Todos ellos eran libros que también estaban en la estantería de la cocina de su madre. No era de extrañar que lo hubieran contratado.

Miles se apoyó en el escritorio, miró la litera y... Hola, escenario perfecto: «Lo sentimos, vais a tener que compartir la habitación, ya que solo nos queda una».

—Háblame del viaje con Cassidy —le preguntó para distraerse del momento para adultos que había comenzado a reproducirse en su mente.

Sin duda, el maratón de porno en el armario de suministros del hospital lo había pervertido. Aunque, ahora, también quería compartir el resto de las cosas con el otro chico: los ataques de risa, contemplar el cielo en silencio y las charlas interminables. Observó cómo metía en una mochila varias cosas ridículamente inapropiadas para un viaje por carretera: una camisa a rayas moradas y amarillas, otro par de pantalones a rayas, un chaleco a cuadros, más tirantes (¡!), un sombrero de fieltro (¡¡!!) y otros zapatos estilo Brogue (¡¡¡!!!).

—Nos divertimos. Es una chica estupenda —le contestó él.
—¿Y?

Félix se bajó las gafas de sol. Malditos ojos...

—Y está escribiendo sobre vosotros.

　　—Espera... ¿Qué? ¿Sobre quién?

　　—Sobre tu familia. —Se retorció el bigote entre el pulgar y el dedo índice, lo cual era un hábito que a Miles estaba empezando a gustarle. Había demasiadas cosas de Félix que estaban empezando a gustarle—. Para la universidad. Una investigación o lo que sea. Sobre la historia de California, las familias vinícolas de Paradise Springs o algo así. Y se está centrando en la tuya, aunque volviendo muchos años atrás y comenzando por los colonos europeos, los De Falla. Me dijo que incluso puede que escriba una novela corta.

　　—Un momento... ¿«De Falla»? ¿Esos somos nosotros? ¿De verdad? ¿Una novela corta? ¿Sobre Alonso y María? ¿Por qué no me lo contó? ¿Y por qué no me lo habías contado tú? Y ¿no siempre nos hemos llamado «Fall»?

　　¿Era por eso que Félix le había dicho en el recibidor del hospital que le habían hablado mucho sobre Alonso Fall? ¿Había sido Cassidy? Debía de ser así.

　　—Te lo estoy contando ahora. No solo de Alonso y María. También estaba Héctor, el hermano malvado de Alonso y su aún más malvado padre. Eh... ¿Cómo se llamaba? ¡Ah, sí! Diego. Y su madre, que estaba enamorada de un poeta sin blanca cuyo increíble aroma se había aferrado a ella tras su muerte. Y también hay una maldición. ¡Ah! Y Sebastián, por supuesto. Y todos los que vinieron después de ellos. Como tú, colega. Me contó las historias de una manera extraña, como si fueran cuentos de hadas. Aunque, después de un rato, empecé a dar alguna que otra cabezada, así que creo que me perdí unas cuantas.

　　Miles se quedó perplejo.

　　—No sé de qué estás hablando. De verdad; no tengo ni idea de quiénes son todas esas personas. ¿Quiénes son? —Se sentó en la litera de abajo, que estaba cubierta por una manta militar verde que picaba—. ¿Por eso estaba aquel día aparcada en nuestra propiedad? ¿Porque estaba investigando?

Recordó que, en el asiento, había visto varios libros sobre la historia de California. Él mismo había leído parte de uno de ellos junto a la poza de la cascada. Al alzar la cabeza para decir eso, vio que Félix se estaba desabrochando la camisa. Ay, no. No, no, no. O, más bien... *Oh, sí.* Hércules, «el Sexi que te Cagas», estaba muy bueno. Estaba medio girado hacia la ventana, de modo que Miles pudo observarlo sin reservas mientras se desabrochaba el último botón y se quitaba la camisa de un hombro y, después, del otro. Era ancho, esbelto y estaba moreno. Y, madre mía, con el cabello oscuro suelto y enmarañado cayéndole sobre los hombros (por no mencionar los ojos brumosos), era real y totalmente Jericho Blane. Un Jericho Blane gigante y bisexual. ¡Un Jericho Blane al que le gustaban los hombres! Había ganado la puñetera lotería.

Excepto por que no estaba disponible.

Respiró hondo.

Déjate las gafas puestas, suplicó mentalmente.

Y, como si fuera a modo de respuesta, Félix se las subió y le sonrió.

—¿Qué debería ponerme? —le preguntó mientras alzaba las brazos en el aire.

Agh, aquello fue adorable. ¿Cómo iba a sobrevivir a un viaje por carretera?

En el colegio, se había sentido atraído por chicos no disponibles (es decir, heterosexuales), por supuesto. En plan... De todos ellos. O, al menos, de la mayoría. Su cuerpo reaccionaba a y se deleitaba con hasta el más pequeño de los gestos despreocupados: Conner Foley estirando el brazo para alcanzar la gorra que tenía en la taquilla antes del entrenamiento; el señor Gelman, «el Profesor Bombón de Inglés Avanzado», ladeando la cabeza y dejando a la vista el cuello mientras leía en voz alta al resto de la clase; o Rhett Clemens apoyando la pierna encima del escritorio como si el aire le perteneciera. Miles recolectaba esos momentos y, después, los revivía de forma segura, constante y privada cuando corría, cuando leía, cuando se duchaba o cuando respiraba.

Félix sacó una camiseta negra y lisa de su bolsa y, gracias a Dios, las gafas de sol volvieron a caer sobre sus ojos como una cortina.

—Por cierto, las llevo por una cuestión médica —le dijo mientras señalaba las gafas—. Tengo problemas con la vista. No quiero que pienses que soy pretencioso.

Él asintió. No pensaba que fuese pretencioso. Pensaba que era increíble y que no se parecía a nadie que hubiese conocido antes: gracioso, inteligente, raro, misterioso y abierto al mismo tiempo, cálido y sexi. Miles suspiró mientras se miraba las manos, intentando dejar de pensar en Hércules, «el Sexi que te Cagas». No estaba disponible. Tal vez lo hubiese dejado con su novia porque ahora tenía un novio. ¿U otra novia? ¿Tal vez Cassidy? O tal vez solo quisiera estar soltero. ¿O acaso no se sentía atraído por él? Tal vez hubiera perdido el interés porque Miles se había subido al camión con Rod. Tal vez creyera que era... Bueno, un golfo. Deseó decirle que nunca antes había hecho algo así. También quiso hacerle un millar de preguntas sobre por qué se había marchado de casa, sobre cómo era ser bisexual o sobre si se reía de aquel modo o se tumbaba en el suelo del bosque con todo el mundo. Quizá lograra que todo el mundo se sintiera tan vivaz como se sentía él.

—Oye, ¿estás bien? —La mano de Félix aterrizó en el hueco entre su hombro y su cuello. Su cuello. Miles levantó la cabeza—. Debes de estar muy preocupado por tu hermano —le dijo, interpretando mal su gesto.

Llevaba las gafas de sol en la cabeza una vez más y sus ojos absolutamente deslumbrantes (seamos sinceros) lo miraron con compasión, logrando que toda la sangre de su cuerpo cambiara de dirección. ¿Era normal que un tipo no disponible tocara así a un chico que sí lo estaba? Aquello le pareció incluso menos platónico que el golpecito en el hombro que le había dado en el bosque. Además, Félix no se había puesto todavía la camiseta, por lo que la franja bronceada de su vientre quedó tan cerca de Miles que podría apoyarle la palma en ella; tan cerca que podría pasar los dedos bajo la cinturilla de sus pantalones; tan cerca que pudo ver el logo de Calvin Klein de sus calzoncillos. Miles inhaló y percibió el olor a sudor. La luz de la habitación era sombría y el ruido del río fuerte y aislante. Estaban solos. Muy solos. Aquello era mucho mejor que estar en una cámara frigorífica. Cerró los ojos.

A la mierda. Se permitió imaginárselo todo: cómo se pondría en pie y colocaría las manos sobre el estómago y los brazos de Félix, sintiendo el calor de su piel bajo las palmas. Se imaginó al otro chico rodeándolo con los brazos mientras caían juntos sobre la litera de abajo con los cuerpos entrelazados y las manos moviéndose de un lado a otro. El corazón empezó a acelerársele.

Aquello no estaba bien.

Se apartó los dedos de Félix del hombro de un modo más brusco del que había pretendido y vio el gesto confundido y avergonzado del otro chico.

—Necesito tomar el aire —dijo, dándose la vuelta mientras se ponía en pie para que no pudiera verle la erección.

Se calmó un poco gracias a una charla con Sandro, que lo estaba esperando fuera (no permitían mascotas en el albergue) y, cuando regresó a la habitación, encontró a Félix vestido, sentado sobre la cama y con la mochila preparada. Le pareció que estaba triste.

—Siento haber… —Miles no supo cómo terminar aquella frase. «Siento haber estado viviendo un vídeo porno cuando tú solo estabas siendo amable».

Félix sacudió la cabeza.

—No pasa nada. No te disculpes. No puedo imaginarme lo que tienes que estar viviendo con todo el asunto de tu hermano. Incluso aunque…

—Esa es la cuestión —contestó él, aliviado de que siguieran sumidos en aquella confusión—. Es difícil dejar de odiar a alguien de golpe, ¿sabes? Lo que quiero decir es… ¿Cómo se hace?

—Intentas comprenderlos —le contestó el otro chico con franqueza.

—¿Por qué eres tan… no sé, maduro o algo así?

—Por la terapia.

Aquello silenció a Miles.

Después, fueron al hospital. Su madre pareció contenta de que, de algún modo, se hubiera hecho amigo de Félix, su nuevo ayudante de cocina, pero no comprendió la necesidad de atravesar al volante un tercio del estado para ir a buscar a Cassidy. Al final, se dio por vencida y dijo que, probablemente, sería bueno que Miles se tomara un descanso del hospital y que le mandaría un mensaje si había alguna novedad. Entonces, le tomó el rostro entre las manos y, en voz baja para que solo él pudiera oírlo, le dijo:

—Siempre parezco olvidar que también tengo que preocuparme por ti. Lo siento mucho, cielo.

Y, ahora, allí estaban, en medio del crepúsculo: Miles, Félix y Sandro, surcando Hidden Highway, adentrándose en el bosque, más allá de Jeremiah Falls, donde Cassidy y él habían flotado de espaldas en la poza como dos nenúfares. El sol se estaba poniendo tras la montaña, inundando la carretera de figuras fantasmales mientras el río corría junto a ellos, como el tiempo.

DEL CUADERNO DE CARTAS SIN ENVIAR DE BERNADETTE:

Miles:

El sol camina a tu lado. Siempre lo ha hecho, tal como hacía con tu padre.

Cuando eras pequeño, allá donde fuéramos, la gente siempre hacía fila para poder verte en tu carrito. «Una belleza como la suya podría pararle el corazón a cualquiera», solían decir.

Bello por dentro y por fuera.

Pero ahora sé que dentro de mi niño se esconde otro niño perdido y es a él al que tengo que encontrar.

Mamá.

MILES

Mientras proseguían hacia el norte, solo el cielo seguía teniendo un poco de luz procedente del sol oculto. Félix no dejaba de parlotear sobre Whispering River, el pueblo en el que vivía Cassidy, y los dos habían sacado una mano por la ventanilla, como si estuvieran intentando capturar el crepúsculo en la palma.

—Es un pueblo típico del oeste entre secuoyas que parece sacado de una película. Cuando llegué allí, no podía creérmelo. Nunca antes había estado en California. Parecía como si, en cualquier momento, fuera a haber un duelo de pistolas entre vaqueros. Estoy hablando de cantinas con puertas oscilantes, solo que en la cantina pueden hacerte una lectura del aura. No es broma. Hay un cartel en la puerta. ¡Y los manantiales en los que trabaja Cassidy...! Son un lugar estilo New Age llamado La Comunidad en el que todos hablan de astrología sin ningún tipo de ironía. —Arquea una ceja—. También dicen cosas como «Gira el rostro hacia el sol y todas las sombras quedarán detrás de ti» o «Tan solo nos estamos acompañando a casa los unos a los otros». —Miles se estaba riendo—. Sí, es una locura —prosiguió Félix—. Pero también era genial; como visitar otro planeta en el que todos los habitantes son muy... abiertos. ¡Ah! También tengo que advertirte de algo: en La Comunidad, nadie lleva ropa. Pero nada de nada. Excepto en el restaurante.

—¡Madre mía!

Miles acarició a Sandro, que estaba hecho un ovillo feliz en el asiento, entre ellos.

«¡Vamos a verlo desnudo, Sandro! ¡De pies a cabeza!».

«¡El festival de los penes!».

—Sí, tuve algunas experiencias en La Comunidad que me expandieron la mente. Dejémoslo así. Lo que pasa en los manantiales se queda en los manantiales.

—No; no lo dejes así —dijo Miles mientras se inclinaba para comprobar el indicador de la gasolina desde el asiento del copiloto. Había estado tan distraído con Félix, Félix y Félix que se había olvidado de comprobarlo—. Oh, no.

El otro chico siguió su mirada.

—No me diga que nos estamos quedando sin gasolina, señor Fall.

—De acuerdo.

—No. No, ni en broma —replicó Félix—. Esto no está ocurriendo. Tiene que ser una broma. ¿Es que nunca has visto una película de terror? Todas comienzan así: dos chicos en una camioneta en una carretera vacía de Estados Unidos, en medio de la nada.

Otro tipo de películas también, se calló Miles.

—Vamos bien —dijo en su lugar, mientras señalaba el indicador—. Todavía nos queda una barra. Solo tienes que quitar la marcha cuando vayamos cuesta abajo y llegaremos al próximo pueblo —añadió mientras intentaba hacer caso omiso del evento porno que se estaba reproduciendo en su cabeza en el que se quedaba tirado con Félix.

Sandro alzó la vista hacia él.

«Esto lo has planeado así, ¿verdad, Miles? Parece muy conveniente. De hecho, ¿no es esto lo que ocurre en esa novela romántica que lees a todas horas, *Vive para siempre*?».

«Cállate. Yo no leo novelas románticas».

—¿El siguiente pueblo? —dijo Félix—. Este no es el tipo de carretera en el que hay pueblos... Oh, oh. Oh, no.

—¿Qué?

—¡Se me acaba de ocurrir que el asesino del hacha eres tú! ¡Claro que sí!

Miles volvió a reírse.

—Solo que podrías tumbarme en un abrir y cerrar de ojos, con hacha o sin ella.

«¿Tumbarte? ¿Podría tumbarte?».

«De verdad, cierra el hocico, Sandro. Y lo que se quedaba sin combustible era un yate en medio del mar, así que Jericho Blane y Samantha Brooksweather se pasaban una semana flotando a la deriva, bebiendo champán y haciendo el amor».

«Ya veo. A las pruebas me remito, señoría».

—Buscaremos una granja o un rancho que nos dé algo de combustible y con eso llegaremos hasta una gasolinera —dijo Miles.

Félix se quitó las gafas de sol y las dejó sobre el salpicadero.

—Ese puñetero plan sí que es bueno. Así os las gastáis los paletos de pueblo, ¿eh? —Se retorció el bigote con los dedos—. De acuerdo, Miles, si nos embosca una banda de ladrones o algo así y necesitamos comunicarnos, hablaremos del revés, ¿te parece?

—Odreuca ed.

—Neib. —Félix se llevó la mano al bolsillo y sacó una funda con otro par de gafas, que se puso de inmediato. Eran negras y de empollón, parecidas a las de Dizzy—. Son mejores para la noche —apuntó.

Miles se dio cuenta de que parecía extremadamente intelectual con aquel par nuevo. Hacía que fuese todavía más... Eh... Adorable.

«Necesitas una ducha de agua fría».

«Gracias, capitán Obvio».

«Me gusta cuando me llamas *capitán*».

Siguieron avanzando a través del crepúsculo sombrío con el olor salado del río en el aire. Miles quería preguntarle a Félix por las historias que Cassidy le había contado pero, de pronto, más que eso, quería contarle todas y cada una de las cosas que le habían ocurrido a lo largo de la vida, desde el día de su nacimiento en adelante. Con mucho detalle.

—¿Puedo contarte algo? —le dijo.

—Creo que puedo hacerte un hueco en mi apretada agenda.

Miles tomó aire. Para mantener cierta apariencia de calma, se ceñiría a sus problemas más inmediatos y evitaría las vicisitudes de, por ejemplo, preescolar.

—Desde hace poco, lo he abandonado todo: el atletismo, el club de matemáticas, el decatlón académico, el voluntariado... He dejado de ir a clase. Lo he dejado todo.

—¿Por qué?

—No lo sé. Bueno, está aquello que ocurrió con mi hermano. La noche en blanco de la que te he hablado. Pero no ha sido solo por eso. Es como si, en mi interior, todo se hubiera apagado o algo así. —No era capaz de contenerse, tal como le había ocurrido con Cassidy.

—Mi amigo Eddie está lidiando con una depresión —comentó el otro chico.

—La pregunta es: ¿existe alguna persona que de verdad sea feliz? —Miles se removió en su asiento y apoyó una rodilla en el salpicadero.

—Sí, existen. Yo lo soy. Ahora mismo, en este instante, estando contigo y quedándonos sin gasolina en esta puñetera carretera terrorífica, soy tremendamente feliz. —Miles miró por la ventanilla del copiloto. No quería que viera la sonrisa que se le estaba dibujando en el rostro—. Tal vez abandonarlo todo sea tu versión de huir de casa en medio de la noche —añadió Félix tras un instante—. Tal vez estábamos destinados a conocernos porque ambos estamos al borde...

—¿Al borde de qué?

—No tengo ni idea, colega. —Ambos se echaron a reír.

Miles era muy consciente de que su hermano estaba en coma y de que estaban en medio de una misión urgente para encontrar a Cassidy, pero una parte muy grande de sí mismo no quería salir nunca de aquella camioneta. Tenía una sensación extraña, como si con cada momento que pasara se estuviera convirtiendo más y más en él mismo.

—Tu amigo Eddie... ¿cómo dice que es estar deprimido?

—Dice que es como estar atrapado en un cemento que se está secando poco a poco.

—Guau.

—La medicación le ayuda. Es raro. Estamos muy unidos. Pero muy muy unidos. Sin embargo, nunca supe que estaba deprimido hasta una ocasión en la que la cosa se puso muy mal y no podía salir de la cama. Se lo escondió a todo el mundo. —Félix tenía el rostro emocionado—. Es el tipo más gracioso del planeta.

Miles quería enterrar la cabeza.

«Estás celoso, Miles».

«No es verdad. Cállate».

«Cállate tú. Deja de decirme que me calle».

—Oye, ¿qué es la cosa más increíble que hayas visto nunca? —le preguntó el otro chico, cambiando de tema de conversación. Miles agradeció no tener que oír más críticas entusiastas sobre Eddie que, con toda probabilidad, era el amigo que lo había ayudado a preparar el menú de doce platos para sus padres. No le gustaba demasiado cómo el rostro se le suavizaba al pronunciar el nombre de aquel otro chico.

—¿Algo como un concierto? —preguntó.

—No; cualquier cosa.

Félix lo miró expectante y Miles sintió la necesidad de decirle: «Esos ojos tuyos, colega».

«El rostro de Bella es la cosa más increíble que hayan visto jamás estos ojos caninos».

«Jesús, qué sensiblero eres».

«Le dijo la sartén al cazo».

Miles le dio un par de vueltas a la pregunta.

—¿Sabes la cascada que hay en la plaza del pueblo? —dijo—. A veces, según como le den los rayos de sol, parece que lo que cae es luz en lugar de agua. Me encanta. Es genial. ¿Qué hay de ti?

—Caras —contestó el otro chico sin titubear.

—¿Todas ellas?

—Básicamente. —A Miles le encantó aquella respuesta. Entonces, Félix se giró hacia él—. Tienes un rostro genial. Me fijé en el recibidor del hospital. Lo más probable es que te siguiera por eso. —El estómago se le cayó a los pies y, después, se abrió paso más abajo, hasta el centro de la Tierra. Entonces, una de las comisuras de los labios de Félix se curvó en aquella media sonrisa mortífera. Después, añadió—: En realidad, ese es el motivo de que te siguiera. Definitivamente.

«Eh... ¿Acaba de decir eso o me lo he imaginado?».

«Lo siento; no estaba prestando atención».

«¡Sandro!».

«Sí lo ha dicho, Romeo».

Era posible que aquel fuese el momento más feliz de la vida de Miles. No se atrevía a decir nada (por si gritaba o ululaba), así que volvió a sonreír como un idiota mientras miraba por la ventanilla. Pensó en el momento en el que Félix le había tocado el cuello en el albergue. ¿Era posible que no hubiese sido tan solo un gesto amistoso? ¿Podía ser que él también hubiese querido que ocurriera algo? ¿Había sido un intento? Después de todo, había estado desnudo. Ay, Dios. Y cuando le había dicho «¿Te unes a nosotros?» en el bosque... ¡Tal vez no había ocurrido nada en ese momento porque Miles había estado muy ocupado imitando a una tabla! Un zumbido nervioso volvió a ocupar su estómago. Igual que un nuevo nivel de efervescencia en su pecho.

Miró furtivamente al otro chico, que tenía la vista puesta en la carretera y un gesto neutral en el rostro, como si nada hubiera cambiado. De acuerdo. Tenía que calmarse. Tal vez tuviese la costumbre de seguir a las personas cuyas caras le parecían geniales o de entrometerse y sacarlas a rastras de sus citas de internet.

Unos instantes después, tras haberse tranquilizado, preguntó:

—¿Y por qué te escapaste de casa?

—Siguiente pregunta —contestó Félix.

Definitivamente, en aquel asunto había un cartel de «Prohibido el paso» y Miles sospechaba que aquel era el motivo por el que, a veces, se sumía en la desesperación.

«¿Por qué crees que se marchó, Sandro?».

«Tal vez no le gustase el pienso».

—¿Qué es lo que más te gusta cocinar?

—Es un empate entre el *boeuf bourguignon* de Julia Child y el pozole rojo con la receta de mi abuelo. Soy de la vieja escuela.

—Soy vegetariano.

Félix sonrió.

—Tengo una versión vegetariana del pozole rojo que es épica. Épica. No podrás soportar lo buena que está.

«¡Va a cocinar para ti!».

«¡Ya lo sé!».

—¿Estabas muy unido a tu abuelo?

Él negó con la cabeza.

—Nunca llegué a conocerlo, pero tenía una caja llena de recetas mexicanas tremendas que, ahora, ha caído en mis manos. Mis padres son un desastre en la cocina. Fue Eddie el que me hizo interesarme por ella. Es un cocinero increíble. Sus padres tienen un restaurante de comida sureña y solía pasar el rato con él en aquella cocina después de las clases. Me sentía como en casa. —Era imposible que Miles soportara la sonrisa que se había apoderado de su rostro al hablar de Eddie—. Le gusta mucho la pizza. Prepara una pizza blanca con calamares a la plancha, queso fontina y alioli que está increíble. Está en el equipo nacional de pizza.

«Eh... ¿Qué demonios es el equipo nacional de pizza?».

«Eddie, Eddie, Eddie...», dijo Sandro.

«¿Verdad? ¿Es por eso por lo que no está disponible? Debe de serlo».

Miles quería dejar de hablar del campeón de los cocineros de pizza, así que se alegró cuando Félix dijo:

—Tu padre es vinicultor, ¿verdad?

Él asintió y, tras una pausa, añadió:

—Mi padre desapareció hace doce años. Una noche, se subió a su camioneta y se marchó.

—¿Y nunca regresó? —le preguntó el otro.

—No, tan solo se alejó de nosotros. Mi madre contrató a un detective privado y todo. En el restaurante, todos los días le prepara un plato de comida. Lo verás en el calientaplatos a últimas horas de la noche. También le deja una copa de vino. El camarero encargado de cerrar se lo come siempre. Lo hacen así. Es un poco raro y triste. Ni siquiera ha salido nunca con otra persona. Dice que mi padre es su *beshert*. —El rostro de Félix se convirtió en un signo de interrogación—. Es la palabra yidis para «alma gemela» —le explicó él—. *Beshert* significa tanto el destino como tu destino manifestado en una persona. —No era capaz de cerrar el pico—. A veces me pregunto si se marchó porque estaba deprimido... —Estaba a punto de añadir «como yo» cuando se dio cuenta de que, en ese momento, no lo estaba en absoluto. Tal vez tan solo se hubiera sentido solo toda su vida. No había sido consciente de que la gente fuese capaz de volver a mezclar tu ADN hasta que había conocido a Cassidy y a Félix. Todo aquel tiempo, no había sabido que era una puerta esperando que la abrieran.

Félix lo miró con un gesto intenso, como si quisiera decirle algo. ¿O, tal vez, hacerle algo? ¿Sentía él también algo en el pecho? ¿Quería preguntarle si estaba pasando algo entre ellos? ¿Quería también estirar el brazo al otro lado del asiento y agarrar un trozo de la camiseta de Miles con la mano para acercarlo hacia él y que se besaran de manera furiosa durante dos semanas seguidas, que es el tiempo medio que, según Dizzy, usa una persona a lo largo de su vida para besarse?

«Quiero que me diga por qué no está disponible».

«Pregúntaselo, chico humano».

«No puedo».

«¿Por qué?».

«No lo sé».

Condujeron en silencio hasta que Miles no pudo contenerse más y le preguntó:

—Entonces, ¿cómo funciona? ¿Te gustan las chicas más que los chicos o al revés? No lo entiendo.

Félix mantuvo la vista en la carretera.

—Salí con chicas hasta el penúltimo año de instituto. Pero, ese verano, en la cocina del restaurante en el que ayudaba con las preparaciones, había un tipo (un poco mayor, gay, fuera del armario y casi tan alto como yo), que me miraba por encima de las cabezas de los demás y me sonreía. Yo me volvía loco. Estuve a punto de cortarme los dedos mientras lo observaba sacar los entrecots del horno de leña.

¿Acaso solo le gustan los gigantes como él?, se preguntó Miles.

—No me digas que os enrollasteis en la cámara frigorífica...

Félix se echó a reír.

—Bueno, como ocurre con los manantiales, lo que ocurre en la cámara frigorífica se queda en la cámara frigorífica. Pero incluso antes de eso, más o menos ya lo sabía; no dejaba de preguntarme si era gay o hetero, decantándome por una cosa o la otra, y me sentía muy confundido, ya que ninguna de las dos terminaban de encajarme. Entonces, me di cuenta de que existía la «B» en LGBTQ, ¿sabes? Así que empecé a leer al respecto y pensé: *Este soy yo*. Fui al baile de promoción de último curso con un chico.

—Qué atrevido... ¿Con el chico de la cámara frigorífica?

—No. Con Avi Patel. No muy atrevido. En mi instituto todos quería ser *queer*. En realidad, era un poco molesto. —Su gesto cambió—. Lo que nunca esperé fue que algunos chicos gay no me tomaran en serio, pero bueno... Uno pensaría que, cuanto más *queer* sea alguien, mejor, ¿verdad?

¿Acaso la gente gay no se tomaba en serio a la gente bisexual?

—Yo te tomo totalmente en serio, Félix —replicó él. La sonrisa del otro chico era tan grande como el exterior, además de sincera. Miles prosiguió—. Pero no puedo imaginarme para nada un instituto como el tuyo. En mi colegio, nadie ha salido del armario. Ni una sola persona. Es diminuto. Y católico.

Quería gritar: «¿Por qué te escapaste de casa?» o «¿Por qué no estás disponible?». Y ya que estaba en ello: «¡Me gustas mucho!».

—¿Qué hay de ti? —dijo Félix—. ¿Cómo te diste cuenta?

—Con mi primer enamoramiento. Fue un profesor de segundo curso, el señor Quittner.

—¿Y no quieres salir del armario? —le preguntó el otro chico con curiosidad, pero sin juzgarlo—. Supongo que aquí, en el campo, es diferente.

—Tal vez. No es que me avergüence o nada por el estilo. No es eso. Al menos, no creo que lo sea. —Miró por la ventanilla—. Es más bien que no quiero que el mundo lo arruine.

—Lo entiendo.

—Tampoco soy muy fan de formar parte de alguna especie de club. Me siento como si quisiera que todo el mundo se quedara fuera de mi isla.

¿Era eso cierto siquiera? Desde luego, quería que Félix estuviera en su isla. Y formar parte de un club con él. Bueno, no sabía nada de nada. Era como si fuese un primer borrador y no tenía ni idea de qué partes de sí mismo iban a pasar el corte y qué partes terribles iban a desaparecer. También era consciente de que, en el fondo, temía que, si la gente llegara a conocerlo de verdad, lo echarían de la isla, tal como habían hecho sus hermanos. Todos aquellos años, había sido mucho más seguro llevar un traje de monstruo y ser Miles «el Perfecto». Solo que allí estaba en aquel momento, siendo él mismo sin que lo echaran de ninguna parte. Y había ocurrido lo mismo con Cassidy.

—Yo soy todo lo contrario —dijo Félix—. Quiero formar parte de todo. Como cuando leo un libro o veo una película: quiero mudarme dentro de ellos. —Cuando dijo aquello, Miles tuvo que hacer uso de todas sus fuerzas para no enamorarse en el momento. El otro chico miró el indicador de la gasolina—. No estamos pasando por ninguna granja, ¿verdad?

—No. —Obviamente, quedarse sin gasolina no era algo bueno, pero pasar el rato con Félix bajo las estrellas hasta que alguien pasara por allí... ¡Eso era el premio gordo!—. Bueno, ¿quieres hablarme de...? ¿Cómo has dicho que nos llamábamos? ¿De Falla?

El otro chico le sonrió.

—Por supuesto. Tienes que saber más sobre tu bisabuelo. —Su mirada danzaba tras las gafas—. Porque, colega, según Cassidy, Sebastián, el tipo que he mencionado antes, era el novio de Alonso Fall.

—¿Su novio? —Un momento. ¿Qué? Miles empezó a darle vueltas a la cabeza. Alonso Fall, la estatua de la plaza contra la que se había estrellado y a la que había decapitado, ¿era gay?—. Pero, entonces, ¿qué hay de María? Estaban casados. —Eso sí lo sabía.

—Fue un matrimonio concertado. Aunque sí lo hicieron una vez y, por eso, existes tú. ¿Quieres que te cuente...?

—Demonios, claro que sí... Comienza por el principio.

Félix iba por el comienzo de la historia de Alonso Fall (en lo que, al parecer, Cassidy llamaba «los tiempos de por siempre jamás») y por el momento en el que el niño había llegado al mundo como un rayo de sol, cuando la camioneta comenzó a renquear. El chico aparcó en un lateral de la carretera y apagó el motor.

Se quedaron un momento sentados, sin hablar. A través de las ventanillas abiertas, Miles podía oír a los sinsontes y el murmullo de un arroyo cercano. Sobre sus cabezas, el cielo ya estaba ebrio de estrellas.

—¿Es una historia muy larga, Félix? Porque creo que tenemos mucho tiempo —dijo él mientras el ruido de unos golpecitos inundaba la cabina.

Ambos se giraron de golpe mientras Sandro se ponía de pie de un salto y comenzaba a ladrarle al cristal trasero.

—¿Hemos llegado? —preguntó una voz amortiguada. Tras la ventanilla que daba a la plataforma trasera, se encontraba el rostro soñoliento de Dizzy—. No me puedo creer que me haya dormido.

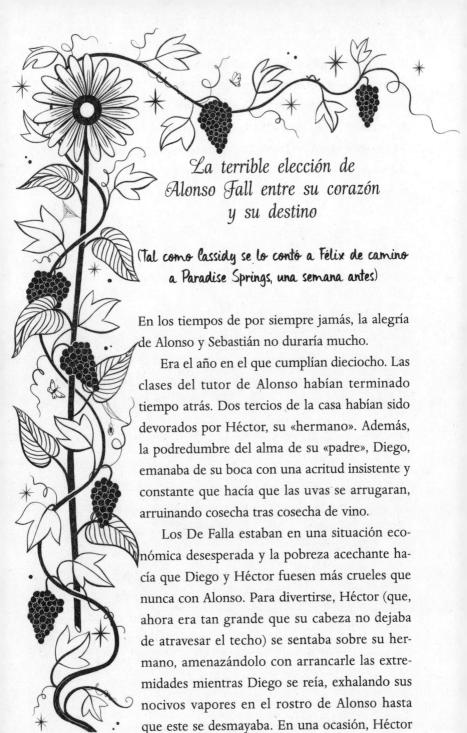

La terrible elección de Alonso Fall entre su corazón y su destino

(Tal como Cassidy se lo contó a Félix de camino a Paradise Springs, una semana antes)

En los tiempos de por siempre jamás, la alegría de Alonso y Sebastián no duraría mucho.

Era el año en el que cumplían dieciocho. Las clases del tutor de Alonso habían terminado tiempo atrás. Dos tercios de la casa habían sido devorados por Héctor, su «hermano». Además, la podredumbre del alma de su «padre», Diego, emanaba de su boca con una acritud insistente y constante que hacía que las uvas se arrugaran, arruinando cosecha tras cosecha de vino.

Los De Falla estaban en una situación económica desesperada y la pobreza acechante hacía que Diego y Héctor fuesen más crueles que nunca con Alonso. Para divertirse, Héctor (que, ahora era tan grande que su cabeza no dejaba de atravesar el techo) se sentaba sobre su hermano, amenazándolo con arrancarle las extremidades mientras Diego se reía, exhalando sus nocivos vapores en el rostro de Alonso hasta que este se desmayaba. En una ocasión, Héctor lo había emboscado en el pueblo, lo había metido dentro de una maleta y lo había lanzado (¡a su hermano!) en la parte trasera de un carruaje que se dirigía a un lugar remoto en las montañas. A Alonso le había costado una semana regresar a casa.

En aquellos tiempos, su espíritu, por no hablar de su cuerpo, estaba en constante peligro.

Él tan solo soñaba con fugarse con Sebastián.

Entonces, una tarde, Sofía y Diego lo sentaron en la mesa medio comida del comedor.

—Tengo una noticia —dijo su padre, cuyo aliento hizo que el aire se cuajara. Alonso y su madre se taparon la nariz para sobrevivir a la siguiente frase—. El padre de María Guerrero puede restaurar nuestra fortuna, pero no nos ayudará a menos que María y tú os caséis en la próxima Fiesta de la Cosecha.

En aquel momento, Alonso también se sintió asfixiado por las palabras de Diego.

—No lo haré —dijo—. No puedo casarme con una chica a la que no amo.

—¿Y por qué no? —preguntó su padre.

María Guerrero era la amiga más querida de Sebastián y Alonso. Tenía el cabello de un color rojo llameante, le gustaba corretear por los viñedos de los De Falla y era la hija del jugador, maquinador y *bon vivant* más conocido del pueblo. Vestía pantalones debajo de los vestidos y se montaba a horcajadas en su caballo, como si fuera un chico, antes de salir galopando hacia las colinas o el mar, ella sola. Tenía una risa escandalosa y bulliciosa y siempre estaba perdiendo los zapatos, así que caminaba por las calles escandalosamente descalza.

—Pero pensaba que la querías, Alonso —dijo Sofía—. Estaba segura de ello por cómo te chocas con las cosas y cómo eres incapaz de abrocharte bien los botones o probar un solo bocado. Todo eso son señales de amor. He visto cómo Sebastián, María y tú corréis por los viñedos; cómo Sebastián, María y tú os quedáis hasta altas horas de la noche en el bar. Cómo Sebastián... —Su madre pareció percatarse de algo, pues se le encendieron las mejillas y tragó saliva.

—No —le contestó él—. No quiero a María. —Intercambiaron una mirada y pensó que tal vez ella lo hubiera entendido.

—Bueno, pues te casarás con ella —dijo Diego, decidido y ajeno a las palabras silenciosas que madre e hijo habían intercambiado—. Y no hay más que hablar.

Pero sí había más que hablar. Alonso fue a ver a María y le dijo que no podían casarse porque él amaba a otra persona. Ella llevaba el pelo rojo suelto y despeinado. Iba ataviada con unos pantalones, pero sin vestido por encima.

—Yo ni siquiera quiero casarme —le dijo ella—. Nunca he querido casarme. Quiero... Bueno, no sé qué es lo que quiero hacer, pero no quiero casarme. —Su gesto era serio—. Mi padre quiere los terrenos de tu padre y el tuyo necesita las vides del mío.

—¿Qué vides?

—Mi padre se ha gastado todos nuestros ahorros en doce vides. Dice que el vino de esas uvas hará que los ángeles canten, pero su plan depende de los terrenos de tu padre.

Cuando Alonso regresó a casa, todo había cambiado. Su madre, al darse cuenta de su error, había convencido a Diego para que el acuerdo de matrimonio fuese entre María y Héctor. Para aquel entonces, Héctor medía seis metros de alto y metro y medio de ancho gracias a su dieta a base de casa y, más recientemente, viñedo. Así que, cuando se enteró de su compromiso con María, su baile de celebración hizo que se derrumbara la mayor parte del pueblo.

María, al enterarse de la noticia, irrumpió por la puerta de la panadería, que todavía seguía en pie, en la que Alonso estaba trabajando tras el mostrador con Sebastián. Se lanzó a sus pies y le suplicó que la desposara para no tener que casarse con Héctor, que ya se había comido la puerta principal de su casa para poder entrar en ella cuando le placiera. Les contó que sabía lo que había entre ellos y que no le importaba. Dijo que se les ocurriría algo.

Alonso se sintió angustiado. No podía condenar a María a una vida con su hermano. De pronto, se daba cuenta de lo ingenuo que había sido. Nunca se le había ocurrido que tendría que casarse. El futuro no había existido. El reloj no había tenido manecillas pero, ahora, sí las tenía. Allá donde fuera, oía el paso del tiempo. El cuco de su dormitorio. Las campanas de la iglesia. El reloj de bolsillo de Sebastián.

El mundo se había convertido en un gigantesco reloj de arena.

Se les ocurrió que podrían marcharse a luchar juntos en una guerra (pensaron que María podría vestirse de hombre), pero, en aquel momento, no había

ninguna guerra en marcha. No tenían otra opción. No podían dejar que María se casara con Héctor que, sin duda, acabaría comiéndosela algún día. Alonso les dijo a su madre y a Diego que había cambiado de idea y que se casaría con María.

Sin embargo, Diego no quería ni oír hablar de aquello. Dijo que jamás le arrebataría a Héctor aquella felicidad recién descubierta.

La vida había atrapado a Alonso, Sebastián y María.

Su futuro se encogía, tal como lo hacían sus corazones.

María se negaba a hablar y su pelo rojo se volvió de un blanco fantasmal.

Entonces, un día, su fortuna cambió, tal como suele suceder. Un huésped que alquilaba una habitación en una de las partes sin devorar de la casa de los De Falla comenzó a hablarle a Alonso de una ciudad de forajidos en California, en la costa oeste de Estados Unidos. Riéndose, el hombre le dijo que se llamaba San Francisco o, a veces, Sodoma junto al Mar. Era un lugar sin leyes ni reglas en el que los hombres bailaban con los hombres y las mujeres con las mujeres, en el que los hombres se vestían de mujer y las mujeres de hombre, en el que la gente hacía lo que le daba la gana y vivía como quería.

El cielo entero voló hasta el pecho de Alonso.

El huésped también le contó que, al norte de la ciudad, había árboles que rozaban el cielo y ríos llenos de oro. Dijo que podías meter la mano y sacar suficientes pepitas como para vivir (¡para comprar una casa, una panadería y un viñedo!). Le dijo que las colinas bañadas por el sol al norte de la ciudad eran perfectas para cultivar uvas.

Alonso diseñó un plan.

Sebastián, María y él se llevarían las vides especiales y terminarían la travesía que su madre y su verdadero padre, Esteban «el Poeta sin Blanca», habían comenzado. Se marcharían a California y fundarían una bodega en las colinas que estaban al norte de San Francisco.

Sin embargo, Sebastián se resistió.

Le recordó a Alonso que, en su lecho de muerte, le había prometido a su padre que siempre cuidaría de sus hermanas. No podía ver más allá de esa promesa. Le aseguró que, aunque ambos se casaran y tuvieran familias, podrían seguir viéndose.

Pero, para Alonso, lo que Sebastián describía era una vida mermada. Él quería sacar oro de un río y comprar una casa en la que pudieran vivir, flotando juntos de habitación en habitación. Quería vivir en un lugar sin leyes en el que los hombres bailaran con otros hombres. Quería estar muy muy lejos de Diego, de Héctor y de su crueldad.

Quería seguir el camino de su padre, Esteban, hacia la libertad.

El destino se sacudía en su interior.

Sin embargo, no consiguió convencer a Sebastián y, dado que no iba a ir a ninguna parte sin él, no compartió su plan de escape con María.

Fue en aquel periodo desgarrador en el que, por primera vez en su vida, en lugar de emitir luz, Alonso empezó a emitir oscuridad hasta tal punto que la gente del pueblo tuvo que empezar a usar lámparas a

todas horas. Las flores volvieron a esconderse en la tierra y los árboles se tumbaban sobre los caminos. Por todo el pueblo, la gente se quedaba dormida de pie. Sebastián no conseguía encontrar a Alonso por ninguna parte. Nadie podía. En torno a él, la noche era impenetrable. Su alma se había apagado. A veces, oía a Sebastián llamando su nombre, pero la oscuridad que lo rodeaba era demasiado espesa como para que lo localizara.

Tras semanas de aquella penumbra desesperada, Sebastián prendió una hoguera crepitante frente a la mansión medio destruida. Alonso encontró el camino hasta la puerta delantera y, con las llamas, casi pudo distinguir la silueta de Sebastián.

—Cuando hicimos aquella ceremonia en la pradera cuando teníamos doce años —le dijo Alonso a la oscuridad—. Entonces lo supe.

La voz de Sebastián estaba llena de emoción.

—Yo lo supe antes de eso. Lo supe cuando me seguiste a la escuela, iluminando mi camino a través del bosque. Siempre lo he sabido, Alonso.

—Morado, verde y azul —dijo él. Su código para decir «te quiero».

—Iré contigo a San Francisco —contestó Sebastián y, así de fácil, la oscuridad comenzó a retroceder.

Aquel mismo día, durante el amanecer del mundo, llamaron con suavidad a la ventana del dormitorio de María y le contaron su plan y cómo los tres irían de polizones en la bodega del próximo barco que zarpara hacia San Francisco. No tendría que casarse con Héctor. Le hablaron de los árboles que rozaban el cielo y de las mujeres que se vestían como hombres. Le contaron que construirían una casa y comprarían una panadería para Sebastián; que plantarían un viñedo en las colinas soleadas del norte de la ciudad y que le comprarían un caballo con el que pudiera ir hasta el mar y volver antes de la hora de comer.

Ella los miró como si se hubieran vuelto locos.

Entonces, le contaron el otro motivo por el que habían ido a visitarla.

—Si tuviéramos esas vides, María, tendríamos un vino sin igual en todo el nuevo continente.

Ella se negó en redondo y les dijo que jamás traicionaría a su padre de aquel modo; que ya se había resignado a casarse con Héctor.

En los días siguientes, Sebastián intentó ocultarle a Alonso que estaba perdiendo la convicción, pero no pudo. Desde que se había comprometido a partir, sus pies no se habían despegado del suelo. Decía que había otras historias sobre aquella ciudad, San Francisco, que eran diferentes a las que Alonso le había contado; historias sobre gente disparándose sin motivo aparente, sobre ríos que llevaban décadas y décadas vacíos de oro y sobre cómo las juergas salvajes de la ciudad se habían acabado mucho tiempo atrás; historias sobre hombres avariciosos que se acostaban con prostitutas, fumaban opio y se daban palizas en las calles hasta quedar inconscientes. «¿Y si acabamos siendo vagabundos?», decía. Ni siquiera conocían el idioma. O las costumbres. No sabían absolutamente nada sobre la otra punta del mundo.

Solo que, entonces, Sebastián cambiaba de opinión y le decía que, sin él, tan solo era medio hombre

y que no quería medio vivir una vida a medias siendo un medio hombre.

El día de su partida, Sebastián tenía que reunirse en el puerto con Alonso a las tres de la tarde.

Alonso llegó a las dos de la tarde con la aventura que les esperaba sacudiéndose en su mente y en su alma. Cuando le había contado a su madre el plan secreto, ella le había dado el anillo de compromiso de zafiros y diamantes que le había regalado Esteban, así como un brazalete de oro. Eran las dos únicas cosas que había guardado cuando había vendido todo lo demás.

—No quiero que vayas de polizón —le había dicho—. No quiero que te escondas, Alonso; nunca jamás. Vende el brazalete y compra dos pasajes para ti y para Sebastián. Quiero que navegues hacia tu nueva vida con orgullo. Escríbeme solo a la panadería para que Héctor y Diego nunca sepan dónde estás.

Alonso había vendido el brazalete y llevaba dos pasajes en el bolsillo. Mantuvo los ojos fijos en la carretera pero, cada vez que le parecía ver a Sebastián en la distancia, estaba equivocado. Entonces, casi a las tres en punto, lo vio aparecer y el corazón se le disparó.

Hasta que vio su rostro. Y que no llevaba maleta.

—No puedo —fue lo único que dijo Sebastián mientras se miraba los pies, que estaban bien plantados sobre la tierra. Alonso podía oler el aroma a panadería que desprendía.

—Sí que puedes —respondió él.

Sebastián levantó la cabeza y sus miradas se encontraron. Alonso se vio inundado de tanto amor que no estuvo seguro de poder seguir en pie.

—Lo siento mucho, Alonso. No soy valiente como tú. —Por cómo lo dijo, Alonso supo que no iba a poder hacerle cambiar de opinión. Sintió como si el corazón se le estuviera muriendo dentro del pecho. Sebastián le susurró al oído—: Siempre te querré, Alonso. Perder tu sueño fue lo que te hizo perder tu luz —añadió—. Tienes que irte. —Le metió un sobre en el bolsillo de la chaqueta y, después, se apartó de él y salió corriendo. No volvió la vista atrás.

Alonso se miró los brazos. Aunque estaba mortalmente triste, todavía resplandecía.

Quería seguir a Sebastián y regresar a su vida que, sin duda, no era perfecta, pero en la que estaban ambos. Estaba seguro de que, si se quedaba, habría huecos en la oscuridad en los que podría ver a Sebastián feliz y flotando por todas partes. ¿Podría ser suficiente? Observó cómo el otro chico se hacía cada vez más pequeño. Entonces, miró el mar y, después, más allá, hacia la tierra que había conjurado en su mente, aquel lugar paradisiaco lleno de color, vida y libertad. Sabía que su destino estaba en aquel barco. California se había convertido en su religión. Pero su corazón estaba allí, con Sebastián, y siempre lo estaría.

Cuando no son lo mismo, ¿persigues tu destino o sigues a tu corazón? ¿Cuál de los dos tira de ti con más fuerza?

Alonso no lo sabía. Incluso mientras subía con lentitud por la pasarela, no estaba seguro. ¿Y si él solito llevaba la oscuridad permanente a Estados Unidos? ¿O si hacía que el barco se perdiera en el mar? Todavía estaba planteándose regresar con Sebastián cuando oyó que alguien lo llamaba por su nombre. Se dio la

vuelta y allí estaba María, con una enorme bolsa de tela entre los brazos.

Retrocedió por la pasarela hasta llegar con su amiga.

—He robado seis de las vides —le dijo ella—. He oído a mi padre hablando con el tuyo. De una buena vid, puedes sacar muchas. Llévatelas. —Sonrió—. Vas a hacer el mejor vino de California.

Alonso la rodeó con los brazos y ella se encogió de dolor.

—¿Qué ocurre?

María se abrió la chaqueta. Tenía el pecho y el cuello cubiertos de unas marcas enormes de dedos.

—Te he defendido —contestó—. Héctor ha dicho cosas terribles sobre ti.

—No te cases con él —le dijo Alonso—. Quédate si tienes que quedarte, pero cásate con otra persona. Cásate con Sebastián. No va a venir. —Apenas pudo pronunciar aquellas palabras.

—Oh, no —replicó María—. Había supuesto que ya estaría en el barco.

Alonso cerró los ojos con fuerza. Cuando pudo hablar de nuevo, dijo:

—Héctor es un ogro.

—Casarme con él es la única manera de que mi padre...

—Tu padre puede encontrar otra manera. —Entonces, la idea floreció en su interior. No; no floreció: apareció como si siempre hubiera estado ahí—. Utiliza el pasaje de Sebastián. Creo que es el destino. Nuestro destino. El tuyo y el mío, María. Y el de seis vides mágicas.

Y lo era.

Así fue como, un mes después, María y Alonso (que la gente supuso que eran marido y mujer) llegaron al puerto de la Bahía de San Francisco con los brazos repletos de unas vides que iban a hacer cantar a los ángeles.

MILES

—¿Llevas todo el rato ahí detrás? —le preguntó Miles a Dizzy mientras la iluminaba con la linterna de su teléfono.

La camioneta estaba aparcada en el arcén de la carretera. A su alrededor, todo eran árboles, estrellas y ni un solo rastro de civilización. Pero, ahora, la realidad (junto con Dizzy) se estaba estrellando contra el estado de ensoñación en el que llevaba perdido toda la tarde y la noche con Félix. Se sentía como si se hubiera disparado una alarma en su cabeza. No tenía cobertura en el teléfono y el hecho de que su hermana estuviera allí significaba que su madre estaba sola. ¿Y si los necesitaba? ¿Y si a Wynton le ocurría algo? Tampoco podía recordar la última vez que había visto un automóvil. La ansiedad se apoderó de él. Si no pasaba nadie por allí, les tocaría estar toda la noche sin cobertura.

—Sabía que tenía que esperar a que pasáramos el punto en el que me hubieras llevado de vuelta —contestó Dizzy, interrumpiendo su caída hacia el abismo—. Y, después, me quedé dormida. ¿Dónde estamos? ¿Por qué estamos en medio de la nada?

—Buena pregunta —dijo Félix, que estaba apoyado en la plataforma con la linterna del teléfono encendida entre las manos.

Sandro fue el siguiente en acercarse y empezó a corretear y a olisquear a Dizzy, que se puso rígida ante el afecto del perro.

—Tenía que venir —dijo ella—. Ya sé que no crees que Cassidy sea un ángel, pero...

—¿Sabe mamá dónde estás siquiera? —la interrumpió Miles, que oyó la irritación que le teñía la voz. Bueno, estaba irritado. Era imposible que su madre hubiera consentido aquello y, desde luego, tampoco le emocionaba demasiado que su hermana pequeña hubiera irrumpido en su tiempo a solas con Félix.

—Sí, lo sabe. Nos hemos mandado mensajes —contestó Dizzy. Después, miró a Félix—. Y bien: ¿qué es lo que te contó Cassidy en la camioneta naranja? En la capilla me has dicho que, durante el viaje, estuvo muy parlanchina, ¿te acuerdas?

—Oh... Me contó historias —dijo Félix mientras le sonreía—. Que yo os contaré enseguida.

Dizzy le dedicó una sonrisa resplandeciente. Miles también lo miró. ¿De verdad su bisabuelo había sido gay? Nunca jamás se le había ocurrido investigar sobre sus ancestros. Volvió a centrarse en su hermana y extendió la mano frente a ella.

—Déjame ver tu teléfono, Diz. —Necesitaba confirmar que, en aquel momento, su madre no estaría poniendo una denuncia de desaparición en la policía.

—Le he mandado un mensaje antes de quedarnos sin cobertura. Le parece totalmente bien.

Miles movió los dedos, impaciente. Dizzy hizo un gesto de exasperación y le colocó el teléfono en la mano. Sí que había un intercambio de mensajes entre su hermana y su madre, a la que, desde luego, todo aquello no le parecía bien, pero, al menos, sabía dónde se encontraba su hija.

—Os conocisteis en el hospital, ¿verdad? —preguntó él.

Félix asintió.

—La mejor cara de todo el pueblo con diferencia. Y soy un experto en caras.

—Ni en broma —comentó Dizzy—. Por si no te has dado cuenta, el rostro de Miles es perfecto.

—Me he dado cuenta —replicó Félix. Miles perdió el conocimiento brevemente.

«Ya está de nuevo con lo de tu cara», dijo Sandro.

—¿Tienes algo de comida? —le preguntó el otro chico a su hermana—. A Miles, aquí presente, solo se le ha ocurrido traer comida para Sandro.

—¡Claro que sí! He saqueado el frigorífico que tenía en el hospital el chef Finn. ¿Vamos a dormir aquí? ¿Al aire libre?

—Si no pasa nadie, eso me temo. Nos hemos quedado sin gasolina —dijo Miles—. Por la mañana, tendremos que ir a pie hasta alguna granja, algún rancho o algo así.

—¡Es como si estuviéramos en una película de terror! —exclamó Dizzy con gozo.

—Los dos hemos pensado lo mismo —dijo Félix.

El rostro de su hermana se convirtió en la alegría misma pero, entonces, pareció percatarse de la realidad y la potencial calamidad que suponía aquella situación.

—Pero ¿y si no encontramos a Cassidy a tiempo? —preguntó.

—De todos modos, Cassidy tampoco iba a estar por la noche en los manantiales, que es donde trabaja —contestó Félix.

Aquello pareció tranquilizar a Dizzy y también calmó a Miles. No había pensado en eso. Se dijo a sí mismo que, si nadie pasaba por allí durante la noche, se levantaría al amanecer, treparía a un árbol y, con suerte, divisaría algún lugar cercano en el que pudieran conseguir combustible. Su madre estaría bien aunque estuviera sola una noche. Wynton también. Todo iba a salir bien.

Se bajó de un salto de la camioneta mientras la ansiedad desaparecía de su interior. A él no le parecía que aquello fuese como una película de miedo; no cuando el otro chico estaba exclamando lo hermosas que eran las estrellas y su hermana les estaba contando que los Seres de Energía, de los cuales los ángeles y probablemente los gigantes como Félix eran una subcategoría, habían curado a innumerables personas a lo largo de la historia de la humanidad.

—Es una verdad bien sabida —dijo ella—. Llevo días leyendo cosas al respecto. Los Seres de Energía son...

Comenzó a parlotear de nuevo. Miles tendría que esperar a más tarde para oír las historias sobre su bisabuelo. La voz de su hermana y, poco después, la de Félix, se mezclaron con el sonido de las hojas susurrantes, del gorgoteo del arroyo y del silencio ruidoso de aquel lugar perdido. Aquello arrulló a Miles, que volvió a sentirse como si estuviera flotando un poco, como si se estuviera adentrando en otro sueño.

Bajo la luz de una linterna, se sentaron en la plataforma mientras Dizzy abría una mochila y sacaba un recipiente gigante de *gumbo*, una enorme bola de aluminio que, al abrirla, resultó ser una hogaza de pan de maíz, una tarrina de mantequilla de lavanda y tres tenedores.

—Te quiero —dijo Félix.

—¡Yo también te quiero! —replicó Dizzy con entusiasmo y sinceridad mientras se le sonrojaban las mejillas.

Miles reprimió una carcajada. ¡Qué rara era su hermana! ¿Cómo sería ser tan despreocupado? Partió un trozo de pan de maíz y se lo tendió a Félix, que estaba sentado a su lado. Sus rodillas se estaban tocando. *No tiene importancia*, pensó. No. Sí que tenía importancia. Mucha. Dizzy abrió el recipiente de *gumbo* y el aroma del chili inundó el aire. Después, se lo tendió a Félix junto con un tenedor.

—En una ocasión —dijo él mientras aceptaba la comida—, en los manantiales, comí con algunos residentes de «La Comunidad» —añadió, dibujando las comillas con los dedos—. Esto os va a sonar muy raro, pero todos utilizaban un solo cuenco, tal como estamos haciendo ahora, solo que nos dimos de comer los unos a los otros. Es parte de su práctica espiritual.

—¡Oh! —exclamó Dizzy—. Hagamos eso. Yo soy muy espiritual.

Félix y Miles intercambiaron una mirada y él tuvo que volver a reprimir una carcajada.

—Al principio, pensé que daba vergüenza y que era una tontería —prosiguió Félix—, pero, al final, me acabó gustando. —Pinchó un trozo de salchicha con el tenedor y, después, añadió al bocado con los dedos un poco de arroz y pimientos—. He preparado esta salchicha *andouille* por la mañana. Se me dan bien las salchichas, si se me permite decirlo.

«¡Se le dan bien las salchichas! ¡Oh, Dios mío, me parto! O, como dirían los humanos jóvenes: LOL».

En esa ocasión, Miles se rio a carcajadas.

—¿Qué pasa? —preguntó Dizzy.

—No le hagas caso —contestó Félix mientras le metía un bocado de comida en la boca—. Tiene la mente sucia.

«Sandro, ¿te acuerdas de que te he contado que me ha tocado el cuello esta tarde?».

«Sí».

«¡Me ha tocado el cuello!».

«Ya me lo has dicho».

—Está mucho más delicioso que durante la hora de la comida —dijo Dizzy tras una elaborada secuencia de gemidos.

—De eso se trata —replicó Félix—. Dicen que la comida tiene un sabor muchísimo más excepcional cuando te la da otra persona. —Pinchó otro trozo de salchicha—. Ahora, te toca a ti

—le dijo a Miles. ¿Se lo estaba imaginando o había dicho «Ahora, te toca a ti» de un modo provocativo y sexual? El otro chico acercó una de las lámparas de acampada y, entonces, se dedicó un rato a diseñar el bocado perfecto—. *Bon appétit*, Miles —dijo. Él separó los labios, sintiéndose ridículo, vulnerable y excitado, todo al mismo tiempo. Sus ojos se encontraron y se sostuvieron la mirada. Félix bajó el tenedor y lo apoyó sobre su labio inferior durante un segundo antes de volcarle el contenido sobre la lengua. Miles cerró los ojos mientras le sacaba el tenedor de su boca y el sabor estallaba en su paladar, inundándole la cabeza.

—Dios bendito —dijo.

—Así se pueden saborear de verdad todas y cada una de las especias, ¿no te parece? —preguntó Félix.

Seguía teniendo los ojos fijos en la boca de Miles, haciendo que se sintiera sin aliento. Se lamió el labio inferior y Félix tragó saliva. ¿Se estaba imaginando aquello? Quería gritar: «¿ES QUE DE PRONTO ESTÁS DISPONIBLE?».

—¡Espera! —exclamó Dizzy—. ¡Miles, eres vegetariano!

Él ni siquiera se había acordado. Estaba totalmente ido.

«Me estoy volviendo loco, Sandro».

—¡Ay, lo siento! ¡Se me había olvidado! —le dijo el otro chico.

Él se encogió de hombros. Nunca había sido estricto y, de vez en cuando, hacía trampas. Además, de todos modos, estaba demasiado preocupado como para darle importancia. Porque ya no solo eran sus rodillas las que se estaban rozando, sino también la mitad de sus muslos. ¿Qué había ocurrido? ¿Se había acercado a él sin darse cuenta? ¿O había sido al revés? ¿Tal vez cuando le había dado de comer? Le estaban empezando a sudar las manos y, después, estaba el asunto de cómo le latía el corazón. Estaban coqueteando, ¿no? Solo que no estaba seguro.

Pero, fuera lo que fuere que estuvieran haciendo, era mucho más fácil hacerlo ahora que no estaban solos. Se alegró de que Dizzy hubiese irrumpido en su fiesta.

«¿Por qué es tan fácil estar con él?», le preguntó a Sandro.

«Tal vez os conocisteis en una vida pasada».

«No crees en las vidas pasadas».

«Oh, claro que sí. Cuando conocí a Bella, estuve seguro de que habíamos estado juntos en la Francia de principios de siglo».

«Pensaba que no creías en las cosas New Age».

«No son cosas New Age. El concepto de reencarnación lleva más de tres mil años apareciendo en diferentes religiones humanas».

«¿De verdad?».

«Yo solía ser tu esposa en una de las vidas que pasamos juntos. Hemos compartido tres».

«¿Tenía una esposa? ¿Y esa esposa eras tú?».

Sandro empezó a ladrar con deleite y Miles intentó no reírse en voz alta.

—Un momento; tenemos que dar de comer a Félix —le dijo Dizzy—. Ya lo hago yo.

No había nada que Miles quisiera hacer más en aquel momento que dar de comer a Félix. Observó con pena cómo el otro chico le pasaba el recipiente de plástico a su hermana mientras lo miraba a él a los ojos. ¿También quería que le diera de comer? Él ya estaba reviviendo (a cámara lenta) el momento en el que le había puesto en la lengua la comida y cómo le había sostenido la mirada para, después, bajar los ojos hacia sus labios y tragar saliva de aquel modo.

—¿Por qué estás actuando de una manera tan normal? —le preguntó Dizzy, interrumpiendo su ensoñación mientras preparaba el bocado para Félix con gran cuidado—.

Nunca se comporta así —le dijo al otro chico—. La mañana antes del accidente de Wynton, le conté la cosa más increíble del mundo y ni siquiera apartó la vista del libro.

—¿Qué le contaste? —le preguntó él.

Miles contempló cómo el tenedor se alzaba hasta los labios de Félix, los labios de Félix, los labios de Félix.

—Que hay una mujer que tiene orgasmos al cepillarse los dientes.

Qué bien —pensó Miles—; *vamos a hablar todos de orgasmos. Perfecto.*

Félix estuvo a punto de escupir la comida que le había dado su hermana.

—Eso no es cierto.

—Lo es. Es una verdad bien sabida.

—Es imposible que lo sea —comentó Miles, uniéndose a él—. A Dizzy le falta un mueble ahí arriba.

«¿Acaso te he dado permiso para usar mi material?».

Tanto Félix como su hermana lo miraron con las cejas arqueadas.

—¿Qué? —preguntó—. Es una frase hecha.

—¿De cuándo? ¿De los años cuarenta? —replicó el otro chico.

Félix y Dizzy se echaron a reír mientras repetían sin parar «Te falta un mueble ahí arriba». Que se metieran con él estaba haciendo que Miles se sintiera calentito; incluido. Pensó que así era no sentirse como un agujero en el aire; que así era estar con Dizzy cuando Wynton no estaba presente. Entonces, como un cocodrilo repugnante, un pensamiento surgió del pantano profundo y oscuro que era su mente: *Ojalá no vuelva a estar presente nunca más.* ¿Y qué si, en diecisiete años, había actuado como un hermano mayor en una ocasión, aunque hubiese sido con algo grande como ir a la cárcel por él? ¿Qué pasaba con todas las veces que había sido un ogro, humillándolo y haciendo que se sintiera como un bicho?

No. Por Dios. Intentó no pensar aquello. No quería que Wynton muriera, claro que no; quería salvarlo, ¿no es así? Ese era el motivo de todo aquel viaje. Miles deseó poder dejar de ser una montaña rusa humana que pasaba de un extremo a otro cada vez que pensaba en su hermano.

Cuando terminaron de comer, los tres se tumbaron de espaldas sobre la plataforma, mirando al cielo, tal como Félix y él habían hecho en el bosque aquel mismo día. Solo que, ahora, Dizzy era como un escudo entre ellos.

La noche palpitaba llena de estrellas.

—¿Por qué no te gusta Wynton? —le preguntó su hermana, girando la cara hacia él.

—Supongo que porque yo nunca le he gustado a él.

—Y, entonces, ¿por qué no te gusto yo?

Miles se oyó a sí mismo jadeando. El corazón se le cayó a los pies. Se giró hacia un lado para poder mirarla a los ojos.

—Sí que me gustas. Eres la persona más genial que conozco. Ojalá me pareciera más a ti. Lo he pensado esta misma noche. Te lo juro.

—¿De verdad? —Su voz sonaba frágil. Miles la recordó en el baile de unas semanas atrás, sola como un pajarito, y aquella misma mañana, convulsionando por el llanto junto a la cama de Wynton. Le tocó el hombro y ella se apretó más a él—. A Lagartija ya no le gusto. Y Wyn... —Se le quebró la voz—. Es el único amigo que me queda.

—Yo también soy tu amigo, ¿de acuerdo? —Miles le estrechó el hombro—. A partir de ahora.

—Y yo también —añadió Félix, lo que hizo que Dizzy uniera las manos y se girara hacia él.

—He decidido que eres demasiado normal como para que te hayan enviado desde ahí arriba.

—Auch —contestó el chico.

—No pasa nada. Yo también soy humana de la cabeza a los pies. Y Miles también, ahora que ya no es perfecto.

Miles se estaba percatando de algo. ¿Era en realidad culpa suya no estar más unido a su hermana? ¿Podría ser eso? ¿La había echado a patadas de su isla? No, Wynton siempre lo había odiado y lo había tratado como una mierda, lo que había hecho que Dizzy también lo odiara. Era como si, durante toda su vida, hubieran sido alérgicos a él. Pero, en aquel momento, no parecía que Dizzy lo odiara. Además, ¿por qué había ido Wynton a la cárcel por él? Pensó en aquel instante del día anterior, en la habitación del hospital, cuando no había sido capaz de permitir que su madre y su hermana lo consolaran a pesar de que había deseado con desesperación que lo hicieran.

Estrechó a Dizzy entre sus brazos.

—¡Nunca había estado tan cerca de ti! —exclamó ella—. ¡No sabía que olías del mismo color que las amapolas de California!

Aquello era como abrazar un montón de palitos. ¿Era cierto lo que acababa de decir? ¿Nunca antes había abrazado a su hermana? Agh. ¿Qué demonios le pasaba?

—He sido un mal hermano mayor contigo, ¿verdad? —le susurró. Dizzy no respondió, lo que ya era una respuesta—. Wynton va a ponerse bien y vamos a encontrar a Cassidy —añadió mientras le apoyaba la barbilla en la cabeza. Encajaban a la perfección. Estaba muy contento de que Dizzy hubiera ido de polizona con ellos pero, ahora, sentir aquello, aquella ternura hacia ella, aquel amanecer interior...—. Ahora, cuéntame qué es lo que ha pasado con Lagartija.

Después de mucho rato, ella contestó:

—Pensaba que el amor siempre era recíproco.

—Ay, yo también, Diz —dijo Miles.

—Ya somos tres, Diz —añadió Félix.

«Ya somos cuatro, Diz. ¡Me encanta estrechar lazos! ¡Todos estamos estrechando lazos! ¡Qué contento estoy! ¡Todo huele muy bien!».

Cuando Dizzy comenzó a respirar de manera profunda y rítmica, Miles la tomó en brazos, la llevó a la cabina y la tapó con su saco de dormir. Después, en lugar de volver directamente a la plataforma, caminó por la carretera hacia la oscuridad.

Se apoyó contra un árbol mientras pensaba en lo unido que se había sentido a su hermana esa noche. Tan solo tenía un recuerdo de haberse sentido igual con Wynton. Se trataba de un momento que, a veces, se abalanzaba sobre él y, al hacerlo, lograba que se le erizara la piel, como si el recuerdo formase parte de su cuerpo. Miles había sido muy pequeño y su padre los había estado empujando en unos columpios. Aquel también era uno de los pocos recuerdos claros que tenía de él. Tanto él como Wyn movían las piernas para intentar llegar más alto. Lo único que podía ver era a su propio hermano y lo único que podía escuchar eran sus propios gritos de alegría. Entonces, Wynton saltó y, por lo tanto, Miles también lo hizo y, al aterrizar, su hermano lo tomó de la mano mientras la risa brotaba de ellos. Dos hermanos de la mano con un padre corriendo tras ellos. Aquello dejaba en evidencia que, en el pasado, Wynton y él habían estado unidos. Pero, en algún momento después de aquello, Wynton había dejado de hablarle o incluso de mirarlo, sin importar lo que hiciera él. Pensó en lo que Félix le había dicho aquella noche: que dejas de odiar a alguien al intentar comprenderlo. ¿Alguna vez había intentado comprender a su hermano?

Cuando regresó a la plataforma, vio que Félix y Sandro se habían quedado dormidos. Como le había dado su saco de dormir a

Dizzy, se subió con cuidado a la parte trasera de la camioneta y se envolvió con una lona, lejos de donde estaba el otro chico para no devorarlo por accidente aquella noche y después casarse con él en una playa de Hawái. Apagó la linterna.

—Oye, ¿quieres...? —Oyó que decía Félix. Se quedó muy quieto—. ¿Quieres...? Eh...

Miles intentó que su voz sonara uniforme incluso mientras lo atravesaba un rayo.

—Sí, claro. Por supuesto. —La voz no le salió uniforme.

Félix tomó aire y exhaló con lentitud. Después, dijo en voz baja.

—No me refería a eso...

El pánico asaltó a Miles. Oh, oh. Intentó mentir.

—No; no he pensado que...

Pero sí que lo había pensado. Claro que sí. Y ambos lo sabían. Enterró el rostro ardiente entre las manos, dando gracias por la oscuridad. Había estado totalmente equivocado. En el albergue, Félix tan solo había estado siendo amable. Y en los bosques, amistoso. Nada más. La gente no decía que no estaba disponible a menos que no lo estuviera.

—Te va a sonar raro —dijo el otro chico—, pero quiero cerrar los ojos y que tú me digas lo que vería si los abriera.

—¿Qué? —Sí que era raro—. ¿Te refieres a que te describa las estrellas?

—A que me lo describas todo.

¿Era aquello algún ritual de buenas noches que solía hacer con su madre cuando era pequeño o algo así? Le pareció que podría serlo. Era una petición tan personal y extraña que hizo que se sintiera menos cohibido por lo que acababa de pensar y decir. Y desear.

—No tienes que hacerlo —dijo Félix. ¿Acaso estaba avergonzado?

—¿Tienes los ojos cerrados? —preguntó él.
—Sí.

Miles pudo oír la sonrisa de Félix en su voz. Después, respiró hondo mientras miraba a su alrededor.

—Pues el cielo parece una cúpula negra como el carbón que nos rodea por todas partes... No. —Se incorporó—. No es así del todo. Tiene cierto brillo, como si fuera terciopelo. No, esto es mejor: es como una cúpula reluciente de agua negra. ¿Sabes lo que quiero decir?

—Sí. Increíble.

En ese momento, Miles sintió la sonrisa en su propio rostro. Volvió a tumbarse.

—De acuerdo. Por la periferia, en el horizonte, hay una especie de salpicadura perezosa de estrellas pero, volviendo hacia el centro de la cúpula, hay todo un aluvión de ellas. Es como un río inundando la ribera. Hay muchas estrellas, colega, todo un maremoto de ellas que conforma la Vía Láctea. Tiene dimensiones y la cuestión es que, esta noche, casi puedes ver cómo vibra todo ello.

Miles se giró hacia un lado. Podía distinguir el contorno del cuerpo del otro chico y que tenía la mano sobre los ojos. Quería apartársela y sustituirla por la suya propia. Fuera lo que fuere que estuvieran haciendo, parecía algo totalmente privado y estaba arrastrándolo al mismísimo borde del acantilado que era su corazón. Sí, pensaba a todas horas en acostarse con otros chicos pero, a pesar de sus relecturas secretas y compulsivas de *Vive para siempre*, no se había dado cuenta de lo poco que había pensado en amarlos. Hasta ese momento.

Entonces, prosiguió:

—¿Sabías que los átomos de los cuerpos humanos tienen miles de millones de años? Algunos son tan antiguos como el Big Bang. Así que, somos polvo de estrellas en sentido literal, lo que significa que tú, yo y todas las personas que han vivido alguna vez estamos hechos de una... No sé... De una luminiscencia elemental, como si fuéramos estrellas. Estamos hechos de su luz. Somos luz.

Miles no podía creerse lo que estaba saliendo de su boca, así que se sintió un poco cohibido pero, en ese momento, Félix dijo:

—Eso es genial.

Y, entonces, la alegría le recorrió todo el cuerpo. Volvió a sentirse como si, con las palabras, estuviera dando vida a una nueva persona, y esa nueva persona era él mismo; la versión de sí mismo que existía en lo más profundo de su ser. Prosiguió:

—En la distancia, hay montañas ennegrecidas y, sobre ellas, las siluetas de los árboles, de las secuoyas que nos rodean y que salen disparadas hacia el cielo.

—Esto se te da muy bien, Miles.

Habló y habló y, después de un rato, la respiración de Félix se volvió más acompasada. Sin embargo, incluso después de asegurarse de que estuviera dormido, Miles siguió hablando, contándole todo lo que veía en la oscuridad.

Cuando se despertó más tarde, fue con los sollozos amortiguados del otro chico. Sandro también estaba despierto.

«Haz algo», le dijo al perro.

«¿El qué?».

«No lo sé. Dale un lametazo».

«Dáselo tú».

«¡Yo no puedo lamerlo! Venga, actúa como un perro. Haz que se sienta mejor. Para eso te pusieron en la Tierra».

«Qué comentario tan humanocéntrico. Ni que nos hubieran puesto en la Tierra para vosotros...».

«No te pongas tan digno. Lo siento; eso ha sido insensible por mi parte. ¡Pero ayúdalo!».

Sandro le lamió el rostro a Félix.

—Buen chico. Gracias, chico —murmuró él.

—¿Estás bien, Félix? —le preguntó Miles en voz baja.

—Ah, sí. Totalmente —contestó—. Muy bien, de verdad. Vuelve a dormirte.

—¿Estás seguro?

—Es solo que esto es verdaderamente… Es… Todo esto es muy bonito.

Miles volvió a dejarse caer de espaldas.

—Ay, Dios mío. Me habías asustado.

Se dio cuenta de que Sandro seguía bombardeando a Félix con afecto.

«Puedes dejar de lamerlo. Está bien».

«Pero sabe bien».

«¿De verdad?».

—¿Félix?

—¿Hmmm?

—¿Qué experiencia viviste en los manantiales que expandió tu mente?

—Una noche, hice un trío en la piscina mineral. Duró aproximadamente treinta segundos.

Aquello convirtió a Miles en una bujía humana. Necesitaba saber de inmediato la proporción de género en ese trío, pero no se atrevía a preguntar. Era bisexual, así que podría tratarse de cualquier combinación. Lo más probable era que hubiese sido con dos chicas. Dos amigas que habían pensado que estaba bueno. Dos amigas desnudas. ¿No había dicho que en aquel sitio nadie llevaba ropa? Oh, tenía que descubrir si habían sido dos chicas, una chica y un chico o dos chicos (¡!). Cómo deseaba que hubiesen sido dos chicos… Sin embargo, esperó demasiado y él le dijo:

—Buenas noches, colega.

Le costó una eternidad de tríos con Félix volver a quedarse dormido.

«Pervertido».

«Lo sé. Alguien debería pegarme».

La siguiente vez que abrió los ojos seguía estando oscuro, pero la luna resplandecía sobre ellos. Podía ver la silueta de Félix y escuchar su respiración regular. Contempló la luna y las estrellas que se iban apagando mientras pensaba en cómo le había descrito todo aquello. ¿No había sido muy extraño? Y, después, el tipo había llorado porque la noche era preciosa. Más raro todavía. Una idea se le ocurrió de repente. ¿Acaso no le había preguntado Félix cuál era la cosa más increíble que hubiese visto nunca? Y prácticamente daba saltos de alegría al ver pájaros, conejos, puentes viejos y desvencijados o cualquier otra cosa. También le había mencionado que tenía algún problema en los ojos. ¿Tenía algún problema de visión? ¿Estaba intentando contárselo de aquel modo?

Ay, Dios. Tal vez... ¿Acaso se estaba muriendo? ¿Era ese el motivo de su éxtasis y su desesperación?

No. Eso era ridículo.

Tan solo estaba pensando así por el asunto de su hermano y todo lo que podría perder si no salía del coma. O incluso si salía.

Miles se despertó por tercera vez al amanecer y, esta vez, lo hizo aterrorizado, sin tener ni idea de dónde se encontraba. Cuando recordó dónde estaba en realidad, el pánico volvió a apoderarse de él con más fuerza. La sirena se había vuelto a disparar. ¿Qué demonios estaban haciendo en medio de la puñetera nada y sin ningún modo de que su madre pudiera ponerse en contacto con ellos? ¿Y si había ocurrido algo durante la noche? Tenían que conseguir gasolina, encontrar a Cassidy y volver al hospital a toda prisa.

Se quitó la lona de golpe y se incorporó. El aire del amanecer era fresco y el mundo seguía poco iluminado y mudo. El arroyo le estaba rugiendo, como si tampoco supiera qué estaban haciendo allí. Mientras los otros dormían, trepó a un aliso enorme, nervioso durante toda la ascensión. El sudor le corría por el cuello y la espalda mientras se acomodaba en un asiento improvisado sobre una de las ramas altas. El sol estaba saliendo tras las montañas y, en la distancia, podía ver un vergel de algún tipo (probablemente de naranjos o limoneros) y, más allá, colinas cubiertas de viñedos.

Se maravilló por la belleza de todo aquello, como si fuera Félix, y, entonces, recordó lo que se le había ocurrido durante la noche. ¿Estaba en lo cierto? ¿Le ocurría algo? Agarró con fuerza la rama que estaba sobre su cabeza, clavando los dedos en la corteza. Y en cuanto a Wynton... ¿Volvería a tocar el violín? O, sencillamente, ¿sobreviviría? Ay, Dios. Empezó a darle vueltas a la cabeza. ¿Por qué estaba en un árbol? Y ¿por qué demonios le había parecido tan crucial encontrar a Cassidy? ¿Qué podría hacer ella que todo un equipo de médicos no pudiera? Dizzy le había lavado el cerebro. Era todo pensamiento mágico; una simple excusa porque había tenido demasiadas ganas de volver a verla.

¡Oh! Divisó un granero. ¡Y un tractor en movimiento! Había alguien que les daría combustible suficiente para llegar a una gasolinera. Aunque sería una buena caminata.

Menos de media hora después, comenzaron la excursión hasta la granja por la frondosa y soleada carretera de un solo carril. Miles llevaba el bidón vacío de gasolina e iba marcando un paso rápido, consumido como estaba por una lujosa combinación de culpabilidad y miedo. Su mente hacía demasiado ruido. No podía desprenderse de la idea de que algo terrible podría haber ocurrido en Paradise Springs mientras él estaba allí, disfrutando del que, con toda probabilidad, estaba siendo el mejor momento de su vida.

—Félix, ¿te apetece contarnos las historias de Cassidy? —preguntó. Necesitaba dejar de dar vueltas en espiral y tenía la esperanza de perderse en el refugio que era la voz del chico. Además, quería saber más sobre aquel bisabuelo gay, fuese cierto o no.

—¡Sí! —exclamó Dizzy—. ¡Quiero saber todo lo que te contó Cassidy!

Félix asintió.

—Por supuesto. Ya va siendo hora de que aprendáis algo sobre vuestros ancestros. —Entonces, se bajó las gafas de sol por la nariz y le guiñó un ojo a Miles de un modo ridículo y muy propio de alguien disponible—. Usted sobre todo, señor Fall —añadió. Y, sin más ni más, Miles olvidó todas sus preocupaciones y su Samantha Brooksweather interior se desmayó sobre un diván.

Sin embargo, mientras caminaban y Félix les iba hablando de los años de juventud de Alonso Fall, Miles empezó a sentirse agitado. No estaba de humor para oír algún tipo de fábula sobre hermanos que se odiaban (ya había tenido bastante de eso en su propia vida). Pero cuando la historia se convirtió en la de dos chicos (uno resplandeciente y otro flotante) que estaban enamorados, y se dio cuenta de que ese era el motivo de que, en el recibidor del hospital, Félix le hubiese dicho: «Tú también resplandeces un poco», comenzó a perderse en el cuento.

El final de un sueño y el comienzo de otro

(Tal como Cassidy se lo contó a Félix de camino a Paradise Springs, una semana antes)

En los tiempos de por siempre jamás, Alonso estaba de pie en la popa del barco con rumbo a San Francisco, solo, con el viento en la cara y la estela de espuma en espiral a sus pies. Tenía dieciocho años y el corazón hecho añicos. Aquella no era la travesía que había imaginado. Tampoco lo sería su vida. Observó cómo la distancia entre Sebastián y él aumentaba, cómo el puerto familiar empequeñecía y cómo las colinas verdes y las casas de piedra se difuminaban hasta convertirse en siluetas y, después, en sombras, para, finalmente, desaparecer en el horizonte.

Había cometido un error terrible. ¿Qué clase de ataque de locura le había permitido subirse a ese barco? Comenzó a trepar por la barandilla, pensando en saltar al mar, volver nadando hasta el puerto y correr, empapado de agua, hasta el pueblo y hasta la casa de Sebastián, donde saltaría el muro empedrado y treparía por el enrejado de la casa de piedra, tal como había hecho la primera vez, lleno de alegría, para enseñar a Sebastián a besar. Quitaría las piedras del pecho durmiente de Sebastián y, después, se tumbaría a su lado con las manos entrelazadas, a varios centímetros del suelo, hasta que se convirtieran en ancianos.

En su lugar, volvió a bajar a la cubierta y fue a su camarote. Se hizo un ovillo junto a las seis vides que María había esparcido sobre sábanas húmedas en la cama. Ella se transformó en una persona diferente delante de sus ojos. Mientras él lloraba en el camarote, María fue por todo el barco presentándose, aprendiendo cosas nuevas sobre San Francisco, practicando inglés con aquellos que hablaban aquel idioma extraño y hablando sobre Alonso y cómo pensaban abrir unas bodegas. Descubrió que los angloparlantes tenían problemas con el «de Falla», así que comenzó a usar «Falla» y, después, «Fall».

Cada vez que regresaba al camarote con comida para Alonso que él no podía comerse, había más partes de su melena blanca que habían retornado a su previo color fogoso. Era como si la chica que siempre había sido salvaje y atrevida no hubiese sido más que una mera oruga que, en el momento en el que había puesto los pies en el barco, había comenzado a transformarse en una criatura extrañamente hermosa a la que podrían salirle alas en cualquier momento.

Y, entonces, le salieron alas de verdad: dos protuberancias en los omóplatos. Aquello, todo aquello, hizo que se sintiera atolondrada. Se estremecía por el alivio, la liberación y el futuro incierto.

—No me puedo creer que mi vida pueda convertirse en cualquier cosa —le decía a Alonso mientras se miraba las protuberancias de las alas en un espejo

pequeño—. Nunca se me había ocurrido que de verdad podría hacer lo que quisiera, cuando quisiera y como quisiera. Gracias, Alonso.

Hacia el final de la travesía marítima, Alonso pudo dejar atrás su desesperación el tiempo suficiente como para recordar que Sebastián le había dejado algo en el bolsillo de la chaqueta. Metió la mano dentro y encontró un sobre. En el interior, había algo de dinero, una nota y la pulsera de cuero que Sebastián había llevado desde niño. Alonso se colocó la pulsera en torno a la muñeca y juró que nunca se la quitaría; que nunca amaría a nadie más. Después, desdobló la nota, que decía lo siguiente:

«Tal vez algún día tenga el valor necesario para ir a buscarte».

La esperanza lo inundó. Entonces, volvió a visualizarlo: los dos juntos en el porche de una casa blanca y enorme mientras Sebastián leía a varios centímetros sobre su mecedora y Alonso contemplaba el viñedo; los dos juntos bajo un mismo techo, libres para poder flotar toda la noche y toda la vida; y una panadería para Sebastián en la plaza de algún pueblo. Ocurriría. Él construiría aquel sueño para ambos. Lo construiría por su padre, Esteban, que había muerto (tal vez en aquel mismo barco), y por su madre, a la que habían arrancado de los brazos de su padre en el mismo puerto en el que Sebastián le había dado la espalda. Seguiría el camino que sus padres no habían recorrido. Jamás perdería la esperanza. Tal como Sebastián había dicho, Alonso era un soñador, y los soñadores sueñan.

Alonso y María se asentaron en un valle exuberante y repleto de flores a cientos de kilómetros al norte de

San Francisco que era perfecto para cultivar uvas. Ambos se volvieron tan íntimos como la pareja de hermanos más unida. Bromeaban, se reían, peleaban y, lo que era más importante: vivían y dejaban vivir. María no decía nada cuando Alonso se marchaba a la ciudad y volvía a casa apestando a alcohol, tabaco, hombres, decepción y un deseo desesperado por Sebastián. Alonso no decía nada cuando María llegaba a casa montada a caballo justo antes del amanecer, ataviada con la misma ropa del día anterior, o cuando la veía escabulléndose dentro o fuera del granero con cierta ayudante del rancho llamada Rebeca o un chico llamado Sal.

Después de todo, estaban en el salvaje oeste. Los ríos se precipitaban. La lluvia caía en aluviones. Había pocas reglas, pocas explicaciones y apenas algún testigo. Hacían lo que querían. La tierra despertó algo dormido tanto en Alonso como en María, liberando sus espíritus.

Un día, en el pelo de María se abrieron las flores del azafrán y, después, la consuelda y las amapolas. Cada estación le brindaba flores nuevas. La gente suponía que se las trenzaba en el pelo todos los días, pero no era así. Quemó sus zapatos, sus corsés y cualquier cosa que la constriñera y se pasó el resto de la vida en pantalones, sin ataduras, y, lo que era más importante para ella: con autonomía y soltera de alma, como una mujer única y maravillosa. Pronto, de las protuberancias de la espalda le salieron alas que mantenía ocultas de manera discreta bajo las camisas. En una ocasión, Alonso le preguntó si podía volar, ya que nunca la había visto en el aire. Ella le sonrió con falsa modestia. ¡Ay! Todo el mundo tiene sus secretos.

Aquello se parecía bastante al paraíso, por lo que así fue como llamaron a su pueblo.

Con el tiempo, tras mucho trabajo y esfuerzo (cuando llegaron, los ríos llevaban décadas sin oro), construyeron la casa blanca, cosecharon las colinas y, entonces, la primera partida de vino de aquellas vides especiales estuvo lista. Alonso y María estaban de pie junto al barril, copa en mano. Cuando Alonso lo descorchó, el color del vino que salpicó sus copas los sorprendió. No era del color oscuro y profundo que habían esperado, sino como una luz de tono rubí.

—¡Quiero saltar dentro de la copa! —exclamó Alonso.

Y, cuando dieron un trago, les resultó difícil permanecer de pie. Sabía a una delicia de bayas trituradas, a la felicidad más vertiginosa y a un nuevo amor. En términos prácticos, las notas que tenía eran a lilas, chocolate, cerezas y piedra bañada por el sol. Sin embargo, también había notas olvidadas; notas más personales: Alonso saboreó el salitre del océano que habían cruzado, la levadura de la panadería de Sebastián, el perfume que llevaba su madre, su dolor persistente y la esperanza interminable de la llegada de su amado. María saboreaba el aroma a pino de los paseos a caballo entre los árboles, el cuero de su silla de montar, las maravillosas fragancias de las flores que ahora le crecían en la cabeza y la libertad de su alma.

Aquel vino conmocionó al valle. Se corrió la voz sobre los vinicultores extranjeros y sus vides mágicas y, pronto, Alonso y María estaban enviando a casa cartas llenas de dinero. María a su padre, que la había perdonado por haberle robado las vides y por haberse fugado. Alonso a su madre, Sofía, a la dirección de la panadería, suplicándole que cruzara el océano y viviera con ellos en la casa blanca. Sin embargo, ella se negó a abandonar al fantasma de Esteban. A través de las cartas de su madre, Alonso se mantenía al día. Descubrió que Diego había muerto. No derramó ni una sola lágrima. Descubrió que Héctor se había casado con una mujer a la que su madre llamaba Fernanda «la Desafortunada» y que habían tenido un hijo, un niño bruto llamado Víctor. En cada misiva, su madre le advertía del odio que Héctor albergaba en el corazón y de cómo creía que Alonso no solo le había robado la esposa, sino también su futura prosperidad. «Ten siempre ojos en la nuca, hijo mío».

De vez en cuando, mencionaba a Sebastián, y por eso rasgaba las cartas para abrirlas como si dentro del sobre se encontrara su propio corazón palpitante. No comprendía por qué Sebastián nunca le respondía, pero, por las cartas de su madre, deducía que todavía no se había casado, aunque sus hermanas sí lo habían hecho. También descubrió lo que más le entristeció: que, al parecer, ya no flotaba en el aire (Sofía había presenciado aquella tendencia cuando solían leer en su biblioteca). Cada vez que Alonso pensaba en Sebastián atado por siempre a la tierra, tenía que meterse en la cama.

Conforme los años fueron pasando, Alonso dejó de escribir cartas a Sebastián. En su lugar, cada semana ponía un trozo de papel en blanco dentro de un sobre y se lo enviaba, sabiendo a ciencia cierta que él lo abriría y comprendería todo lo que se escondía dentro de su corazón roto. Así fue como, al fin, comprendió los

poemas sin palabras que el fantasma de su padre le escribía a su madre, que sufría de mal de amores.

Una tarde fresca, tras un largo día de trabajo, cuando Alonso y María estaban sentados en el porche, bebiendo vino y comiendo olivas, María dijo:

—Quiero un bebé y quiero que tú seas el padre.

—¿Yo?

—¿Quién si no? Los otros hombres de los que me rodeo son... No lo sé. Uno se convierte en el siguiente. Y lo mismo pasa con las mujeres. No estoy hecha para un romance a largo plazo. Pero tú eres mi no-romance a largo plazo, mi amigo más querido, mi familia.

—No sé si... Nunca he...

—Yo sí lo sé. Mira aquel roble. Siempre me imagino a un niño en un columpio.

—¿A un niño?

Ella asintió.

—Lo llamaremos Sebastián Júnior.

Alonso sonrió. Le gustaba pensar en un hijo que se llamara Sebastián Júnior. Los días siguientes, la idea impregnó su mente, alterando su propio color como el té en agua caliente. Un hijo para el que podría ser un padre todo lo diferente posible de Diego.

Alonso y María tenían veintiséis años cuando, por primera vez desde que habían atravesado el océano, compartieron la misma cama durante varias noches seguidas y, menos de un año después, Sebastián Júnior nació con la cabeza llena de brillantes rizos rojos, como su madre.

Para abreviar, lo llamaban Bazzy. Además, a Alonso le recordaba mucho a su tocayo por cómo caminaba y se quedaba mirando los libros a pesar de que no sabía leer, por cómo sonreía a la nada y por lo mucho que lo quería.

Cada mañana, se subía a Bazzy a los hombros y, juntos, recorrían el viñedo mientras él lanzaba las uvas hacia arriba y el pequeño intentaba atraparlas con la boca.

Llamaba a su hijo *love bug*, el bichito del amor, y casi nunca estaban separados.

Entonces, un día de primavera, ocurrió.

Alonso y María estaban en el porche con Bazzy, que tenía siete años y les estaba contando que, aquella tarde, el aroma del aire era magenta (había heredado la condición de Alonso en la que se mezclaban los sentidos, aunque una variante diferente), cuando vieron a alguien acercándose por el camino de acceso.

Alguien que, según se percató Alonso conforme se acercaba, daba unas zancadas que más bien parecían saltos.

¿Era posible?

Se puso en pie tan deprisa que derribó su silla. No pensó en nada, sino que empezó a correr y, con cada paso que daba, su luz brillaba con más fuerza. Durante todos aquellos años sin Sebastián, había pensado que estaba vivo, pero, en aquel momento, se dio cuenta de que llevaba quince años siendo un hombre muerto.

Sebastián vio aquel sol con ropa corriendo hacia él. Dado que sus pies habían permanecido plantados con firmeza al suelo desde que Alonso se había marchado, hacía tiempo que había dejado de ponerse peso en las botas o de meterse piedras en los bolsillos, así que comenzó a elevarse en el aire.

—¡Date prisa! —exclamó. Alonso llegó hasta él justo a tiempo para atraparle el pie y alzarse con él hacia el cielo—. Pareces un salvaje —le dijo mientras ascendían.

—Esta es una tierra salvaje —respondió Alonso—. Tú sigues pareciendo tú, Sebastián. Tal vez un poco más triste.

—Ya no.

—Ya no.

Escondidos en un rincón del cielo, estuvieron besándose una quincena antes de que Sebastián pudiera calmarse lo suficiente como para bajar hasta el suelo.

Bazzy contempló su descenso y se acercó hasta ellos para saludarlos al aterrizar.

—Este es el hombre del que tanto te he hablado, bichito del amor —le dijo Alonso a su hijo—. Este es el hombre al que amo tanto que te di su nombre.

Aquellas palabras se le atragantaron del mismo modo que le había ocurrido en el cielo, cuando le había hablado a Sebastián de Bazzy. Verlos a los dos juntos en aquel terreno que les pertenecía a María y a él, frente a la casa que habían construido y el viñedo que habían sembrado, era demasiado abrumador.

—¿Me enseñarás a flotar? —le preguntó Bazzy a Sebastián.

Él sonrió al niño pelirrojo.

—Sí —le contestó, después de que Alonso le hubiera traducido la frase—. Me encantaría.

—Te enseñará muy pronto, bichito. Ahora, necesita descansar después del viaje. Ven, Sebastián, te enseñaré nuestra habitación.

Muchos años antes, Alonso había pintado las paredes de su dormitorio a rayas moradas, verdes y azules, específicamente para aquel momento que esperaba que llegara algún día.

Alonso y Sebastián no salieron de la habitación en un mes. María les dejaba comida en la puerta. Ni siquiera una oleada de terremotos los sacó de allí. Más tarde, cuando les hablaron de ellos, se sonrieron el uno al otro como tontos, pues habían supuesto que ellos habían sido los responsables de los temblores de la tierra.

Y tal vez lo hubieran sido.

Y así fueron las cosas. Los cuatro vivieron juntos, acumulando alegrías, hasta que los padres envejecieron, sus cinturas se volvieron más anchas y sus voces más profundas. En la plaza del pueblo, compraron un local en el que Sebastián se convirtió en el querido panadero de Paradise Springs. La tienda se llamaba La Panadería Española de Sebastián.

El sueño de Alonso se había cumplido.

Ojalá el tiempo se hubiera detenido en ese momento. Ojalá.

Ojalá pudiéramos disfrutar de las alegrías sin los pesares y de las bendiciones sin las maldiciones.

MILES

Félix le había contado a Miles que, cuando leía un libro o veía una película, él mismo se mudaba a vivir a ellos. Bueno, pues él se había mudado a la historia de Alonso y Sebastián, tal como se la había contado el otro chico, y, ahora, estaba en medio de aquel lugar extraño y fantástico, con todos sus muebles y sus cajas de la mudanza, preguntándose si alguna parte sería cierta. Sabía que no debería estar pensando en hombres salidos de un cuento de hadas (sin duda, su coeficiente intelectual se estaba hundiendo), sino en encontrar a Cassidy y salir corriendo de vuelta al hospital, pero lo único que quería era tomar a Félix de la mano, flotar hacia el cielo y acabar con todo, dejando atrás el mundo real.

Al otro lado de la ventana, en el bar de carretera, sus compañeros de viaje estaban haciendo fila para pedir comida para llevar. Eran todo un espectáculo: Gulliver arrastrando a una liliputiense. Por suerte, Félix era de la clase de gigantes amables, no como aquel monstruo llamado Héctor, al que acababa de conocer en los tiempos de por siempre jamás.

¿De verdad era posible que la historia de amor entre Alonso y Sebastián le perteneciera a su familia? ¿Que le perteneciera a él?

Durante la caminata para conseguir combustible y, después, durante el viaje hasta la tienda de sándwiches de carretera en la que se encontraban ahora, había habido momentos en los que Miles había estado seguro de que Félix estaba añadiéndole sus propias florituras a la historia. Como, por ejemplo, cuando, con una media sonrisa, con aquellos malditos ojos preciosos y brumosos propios de Jericho Blane y un tirón al bigote, le había dicho:

—Y se quedaron en la cama durante un mes. No, durante un año, Miles. Un año entero. Y los terremotos que provocaron a causa del sexo de reencuentro pudieron sentirse en mi estado de origen, Colorado. Incluso más lejos.

Sin embargo, ahora, tras haber estado saltando de un delirio a otro desde que había conocido a Félix, necesitaba volver a la realidad. Tenía que llamar a su madre, que habría estado sentada junto a la cama de su hijo comatoso completamente sola porque la habían abandonado. Seguía sin tener cobertura en el teléfono, pero la cajera de la tienda de sándwiches le había dicho que podía usar el wifi del local para llamar al hospital. Sandro estaba fuera, con él, bebiendo agua de un cuenco que Miles acababa de llenar. Como se habían levantado muy pronto, todavía era por la mañana.

El estómago se le encogió conforme tecleaba el número de teléfono mientras, en el árbol que había sobre él, unos pájaros graznaban, ajenos a todo. ¿Qué estaría pasando en el pueblo? Lo inundaba la vergüenza por haber salido corriendo para emprender aquel cometido de tontos. Además, todavía estaban a un par de horas de viaje de Whispering River, donde vivía Cassidy, y de los manantiales en los que trabajaba. ¿Querría volver al hospital con ellos siquiera? ¿Por qué iba a querer hacer algo así? ¿En qué demonios habían estado pensando? Aquella idea era demencial.

El teléfono sonó y sonó y cuando su madre contestó al fin, tenía la voz débil, casi irreconocible.

—¿Cómo está? —le preguntó Miles en lugar de saludarla.

Ella se aclaró la garganta.

—Bueno, ayer por la tarde, mientras hablaba con él, juraría que giró la cabeza hacia mi voz. Solo un poco. No sé, tal vez me lo haya imaginado porque Doc Larry dijo que era algo de lo que había que estar pendientes. Pero, si de verdad ocurrió, es una buena noticia.

Muy bien, muy bien. Miles se relajó un poco. Les hizo un gesto con el pulgar en alto a Dizzy y a Félix, que lo estaban mirando desde el interior de la tienda con cara de nerviosismo y que chocaron los cinco con un juego de manos un poco tonto. Qué bobos.

—Siento que te hayamos dejado sola, mamá.

—Miles, yo sí que siento haberte dejado solo a ti. He estado pensando en ello toda la noche. —Miles se sentó en las escaleras de entrada y Sandro, que había terminado de beber, se hizo un ovillo sobre sus zapatos para que no pudiera moverse. Le encantaba que el perro hiciera aquello—. No puedo decir con total sinceridad que no supiera que te estaba ocurriendo algo. Sí lo sabía. Es solo que...

—Tendría que haberte dicho algo.

Aunque no tenía ni idea de qué le hubiera dicho. ¿«Buenos días, mamá. Hoy me siento como una escena del crimen, como moho en la pared y como si estuviera atrapado en cemento que se está secando»?

—No; mi trabajo es prestar atención. A partir de ahora, las cosas serán diferentes, ¿de acuerdo?

—De acuerdo. —En aquel momento, Dizzy estaba subida a hombros de Félix. Estaban haciendo su pedido y la mujer que estaba detrás del mostrador se estaba riendo de algo que le habían dicho—. ¿Mamá? ¿Sabes algo sobre la maldición de los hermanos Fall?

—¡Miles! —Se estaba riendo—. ¡Un viaje por carretera con tu hermana y ya estás creyendo en maldiciones!

—Al parecer, la maldición comenzó hace muchos años con Alonso y Héctor.

—¿Alonso? ¿El de la estatua sin cabeza? ¿Dónde has oído eso? —Miles sintió cómo la sangre se le subía a las mejillas. La estatua estaba sin cabeza por su culpa—. ¿Y quién es Héctor?

—Héctor es el hermano malvado de Alonso. —Ay, ¿qué demonios?—. Era un gigante. En plan... Se comió la casa en el viejo país y por eso se puso tan grande.

—Miles, ¿te encuentras bien? No pareces tú mismo.

Se rio.

—Estoy bien. Muy bien en realidad. ¿Y qué me dices de Alonso y Sebastián? ¿Sabes algo de ellos?

«Yo sí».

«Venga, Sandro. Shhhh».

«No voy a callarme. Además, ojalá hubiera un perro en las historias. Menuda falta de representación. Miles, si alguna vez te conviertes en escritor, espero que me des voz».

«Te lo prometo», le dijo al perro mientras estiraba el brazo para estrecharle la pata.

—¿Quién es Sebastián? —le preguntó su madre—. ¿Y por qué estás pensando en eso ahora mismo? De verdad, Miles, ¿te encuentras bien? —Hizo una pausa—. Lo único que sé es que Alonso y María vinieron desde España y empezaron el viñedo con seis vides mágicas. ¡Ja! ¡Yo también sueno como una loca! Pero sí recuerdo que tu abuelo, Víctor, nos habló de las vides mágicas el día que conocí a vuestro padre. Estaba escribiendo sobre eso ahora mismo. De todos modos, Alonso fundó el pueblo en... No me acuerdo... ¿Principios de 1900, tal vez? ¿Pero quién es Sebastián?

—Era el novio de Alonso.

—Miles, ¿de dónde estás sacando toda esa información? Alonso estaba casado con María. —Hizo otra pausa y, entonces, exclamó—: ¡Espera! El nombre del local que alquilamos cuando mis padres y yo llegamos a Paradise Springs era La Panadería Española de Sebastián. El lugar que después se convirtió en nuestra tienda de suflés. Aunque, en aquel entonces, no era propiedad de los Fall, sino de alguien de fuera del pueblo. Recuerdo que llevaba décadas vacía. Mi padre pensó que era *beshert*, como si nos hubiera estado esperando.

Aquello hizo que Miles se agitara. ¿Era posible que las historias tuvieran algo de cierto? ¿Se trataba del mismo Sebastián? Cómo deseaba que fuera así...

—Al parecer, Cassidy está investigando a Alonso Fall para un curso de la universidad sobre la historia de California porque fundó el pueblo. En el viaje hasta Paradise Springs, le contó un montón de historias a Félix, historias raras llenas de gigantes, gente que flota y maldiciones. Por supuesto, se ha tomado ciertas licencias artísticas.

—Qué raro...

—Supongo que fue hasta allí para investigar un poco más o algo así.

—Bueno, si es cierto, no debió ser fácil ser gay en aquel entonces.

Miles pensó en aquello; en cómo, más de un siglo atrás, su bisabuelo parecía haber vivido su vida bajo sus propias condiciones mucho más de lo que lo hacía él. Sintió un impulso de contarle a su madre en ese mismo instante que él también era gay. En su lugar, le dijo:

—Volveremos pronto. Te lo prometo.

—Por favor. Os necesito a ambos. Creo que Wyn también.

—¿Mamá?

—¿Sí?

Miles divisó un halcón sobrevolando las copas de los árboles y lo siguió con la mirada.

—Tengo un recuerdo en el que Wynton y yo estábamos en los columpios y papá también estaba allí. Estábamos muy unidos. Muy muy unidos. No sé qué ocurrió... —No había sido consciente de que fuese a compartir aquello.

Su madre se quedó en silencio un momento y, después, dijo:

—Creo que para tu hermano, la marcha de tu padre fue muy dura. Cambió después de eso y...

—Pero Dizzy y él están muy unidos, así que... ¿Por qué conmigo... no?

Casi nunca hablaba así con su madre, pero algo había cambiado en su interior. No sabía si había sido a causa del accidente de Wynton, de descubrir que su hermano había ido a la cárcel por él o de que el deán Richards le hubiera contado a su madre la verdad sobre su situación. O, tal vez, fuese por haber pasado el rato con Dizzy y Félix la noche anterior y con Cassidy antes de eso. O, ¿quién sabe? Tal vez fuesen las historias de Cassidy, que ahora le daban vueltas en la cabeza. Pero, desde luego, se sentía diferente, como si estuvieran redecorando todas las habitaciones de su interior.

—Ay, Miles, tal vez este sea el toque de atención. Cuando Wynton esté mejor, espero que podáis tener una relación auténtica al fin.

—Tal vez —contestó, aunque le resultaba imposible imaginárselo. Era más fácil creer que estaban malditos. A él, le parecía que su relación sí lo estaba.

Se despidió y se metió el teléfono en el bolsillo trasero. Miró hacia arriba, casi esperando ver a Alonso y a Sebastián saludándolo con un gesto de la mano desde las alturas, pero tan solo había unas pocas nubes esponjosas flotando sobre las copas de los árboles. Llevaba muchísimo tiempo oyendo hablar y descartando la existencia de los fantasmas flotantes de Dizzy. La primera vez que Alonso y Sebastián se habían alzado en el aire en la historia de Félix, su hermana había enloquecido. «¡Son los fantasmas que se besan, Miles! ¡Sabía que uno de ellos era Alonso Fall! ¡Lo sabía!». Por supuesto, claro que él también quería unos ancestros *queer* que fuesen espectros flotantes. De verdad, ¿quién no querría algo así?

Lástima que no creyera en los fantasmas.

«Ojalá nosotros también pudiéramos flotar», le dijo al perro.

«¡Ay, sí! ¡Sandro el labrador flotante! —Miles se echó a reír—. ¡Y Miles, el gay planeador!».

Frotó la nariz con la del animal y, después, se puso en pie justo cuando Dizzy y Félix salían de la tienda con la comida en la mano. Les informó de que era posible que Wynton hubiese hecho algún progreso y, entonces, Dizzy volvió a parlotear sobre los fantasmas que se besaban.

—¡Cuánto me alegro de que los fantasmas que se besan sean Alonso y Sebastián! —comentó por enésima vez aquella mañana. Después, le tendió un sándwich envuelto—. Me gustaría tanto ser como María Guerrero... ¿A ti no? Hace lo que le apetece.

—Le importa todo una mierda —dijo Félix.

—Yo quiero ser como Alonso Fall —replicó él mientras comenzaba a desenvolver el sándwich, sintiendo curiosidad por ver qué le había pedido el chef.

—¡Ya eres Alonso Fall, Miles! —espetaron tanto Dizzy como Félix, con las voces superpuestas.

—Solo que Miles no es gay —añadió su hermana con total naturalidad.

—En realidad, sí lo soy —replicó él. Las palabras cayeron de sus labios con la misma facilidad que la lluvia.

En el rostro de Dizzy había sorpresa, pero también emoción.

—¿De verdad?

—De verdad.

—¡Oh, Dios mío! ¡Eres idéntico a Alonso Fall! ¡No tenía ni idea de que siempre hubieras sido tan genial!

Miles se dio cuenta de que estaba temblando. Porque acababa de hacer eso. ¡Lo había hecho de verdad!

—Creo que estoy viviendo un despertar espiritual —dijo con la esperanza de que sonara al menos un poco irónico.

—Yo también —replicó Félix sin ningún tipo de ironía.

—Madre mía —dijo Dizzy—, tal vez seáis místicos igual que yo.

—Místicos en medio de la nada más absoluta —añadió Félix. Todos se rieron. Entonces, apoyó la mano en el hombro de Miles—. Buen trabajo, señor Fall.

A Miles se le hizo un nudo en la garganta y los ojos empezaron a escocerle ante aquel gesto, aquellas palabras y el reconocimiento de lo que acababa de ocurrir. Contárselo a Dizzy era el equivalente a pregonarlo desde los tejados. Había salido del armario. Durante un momento muy breve y atrevido, apoyó la mano temblorosa sobre la del otro chico, que seguía sobre su hombro, y cuando sus miradas se encontraron, estuvo seguro de que todas las puertas de todo el mundo se habían abierto de golpe.

Se sintió tan alado como María, exultante, como si el corazón se le estuviera expandiendo a cámara rápida dentro del pecho. En los límites, también había algo de miedo por cómo reaccionaría el resto de la gente, pero, por el momento, se comieron los sándwiches. (Félix le había pedido uno de ensalada de huevo y aguacate en pan de centeno). Entre bocado y bocado, se sonreían los unos a los otros como si fueran unos auténticos descerebrados.

—Sigue con las historias, Félix —dijo Miles mientras volvían a subirse a la camioneta—. ¿Qué ocurrió después?

La maldición de la familia Fall

(Tal como Cassidy se lo contó a Félix de camino a Paradise Springs, una semana antes)

Esto es lo que ocurrió en los tiempos de por siempre jamás el día del asesinato de Alonso.

Alonso, Sebastián, María y Bazzy, que ahora tenía dieciséis años, estaban sentados en torno a una mesa del porche a la hora de la comida. Al principio, no le dieron importancia a las sacudidas de la tierra y la agitación del aire, suponiendo que era un temblor. No había trabajadores en el viñedo, ya que era domingo. Se aferraron a las sillas, esperando a que se acabara el terremoto, hasta que Bazzy señaló algo con miedo en el rostro.

—¡Mirad! —exclamó.

Un hombre descomunal estaba recorriendo el largo camino de acceso con un adolescente de tamaño normal a cuestas.

Todos contemplaron cómo el gigante se detenía para clavar los dientes en una de las secuoyas que bordeaban el camino y cómo, después, derribaba otra solo con tocarla. A Alonso se le congeló la sangre y María se puso en pie.

—Es el fin —dijo.

Sebastián entró en la casa y, cuando regresó, llevaba un rifle entre las manos.

—No —dijo Alonso—. Nada de violencia.

Sebastián bajó el percutor y desamartilló el arma.

—Pero ¿quién es? ¿Qué es? —preguntó Bazzy, nervioso.

—Ese hombre gigante es mi hermano. Pero no uno de los buenos. No lo es ni en sangre ni en espíritu —dijo Alonso. Tomó aire, miró a Sebastián a los ojos y añadió—: Morado, verde y azul.

—Morado, verde y azul, Alonso.

Algunas familias tienen las penas esparcidas a lo largo de toda una vida: una tragedia por aquí, otra tragedia por allá… Aun así, otras parecen vivir alegremente durante décadas hasta que, de pronto, el sufrimiento llega todo de golpe y las tragedias se acumulan las unas sobre las otras. Esta familia era una de estas últimas. Durante años, apenas se había levantado la voz o derramado una lágrima dentro de aquella casa grande y blanca. Había habido fiestas de cumpleaños, festivales de la cosecha, excursiones a las cascadas y cenas interminables en los viñedos con los amigos del pueblo. Y, después, estaba el placer de haber criado a Bazzy que, al acabar las clases, pasaba las tardes leyendo en los viñedos (con el perro negro de los vecinos siempre a su lado) y las noches besando a las chicas de la zona sobre las piedras del río bañado por la luna. Pero, para Alonso, Bazzy, con la melena fogosa como un incendio desbocado que casi le llegaba a los hombros, seguía siendo su bichito del amor, sin importar cuántos años tuviera.

El mundo se oscureció cuando la sombra de Héctor cayó sobre el porche y sobre la vida que Alonso y

María habían construido de la nada. Alonso recorrió el camino de acceso hacia el coloso de su hermano y el que suponía que sería su hijo, Víctor, intentando controlar su paso para no revelar su terror estremecedor. Se dijo a sí mismo que, sin duda, lo único que quería Héctor era dinero y que podía ser (y sería) generoso con él. El pasado pasado estaba.

Pero su hermano tenía algo diferente en mente. Sacó la mano enorme del enorme bolsillo y en ella llevaba un revólver.

En un abrir y cerrar de ojos, Sebastián volvió a amartillar el rifle, apuntó al corazón de Héctor y presionó el gatillo, pero no fue lo bastante rápido. Su bala no consiguió salvar la vida de Alonso al llevarse la de Héctor.

Los dos hombres Fall cayeron muertos a la vez. Entonces, allí mismo, Sebastián soltó un grito que le desgarró el alma y murió de dolor, lo que hizo que le resultara más fácil abandonar su cuerpo y bajar los escalones del porche con aquel paso que parecían saltos justo a tiempo de tomar la mano del espíritu de Alonso mientras intentaba liberarse de su propio cuerpo. Alonso y Sebastián, ahora en forma de espíritus, se entrelazaron y se retiraron al cielo para reencontrarse en aquella encarnación. (¿Quién sabe lo que pasó con el espíritu de Héctor? Tal vez no tuviera uno).

Tres hombres muertos y ¿para qué?

Bazzy y María depositaron los cuerpos de Alonso y Sebastián juntos, en su cama de la habitación morada, verde y azul. El llanto de madre e hijo pudo oírse incluso en el pueblo, al igual que las palabras vengativas que el hijo de Héctor, Víctor, le dirigió a Bazzy:

—Te quitaré la vida en nombre de mi padre.

Por la mañana, los cuerpos sin vida de Alonso y Sebastián tenían las manos entrelazadas. Nadie pudo explicarlo. Una verdadera historia de amor no consiste en enamorarse una vez, sino en hacerlo una y otra vez a lo largo de todo tipo de encarnaciones. La suya era una auténtica historia de amor.

En la plaza del pueblo se erigió una estatua en honor a Alonso.

Bazzy, desconsolado por la pérdida de su padre y de Sebastián, se cortó los rizos rojos como el fuego y, cuando cumplió los dieciocho, se alistó en la fuerza aérea. Estando en el extranjero, se enamoró de una enfermera británica, Ingrid, que murió dando a luz. Regresó a casa, a Paradise Springs, con su bebé de tres meses en brazos: Theo Fall.

María llamó «bichito del amor» a su nieto Theo.

A pesar de su pena, María siguió viviendo por su hijo Bazzy y su nieto Theo. Su cabello nunca encaneció, sino que cada vez lo tenía más rojo y cubierto de flores de manera perpetua. Mientras dormía, la melena llenaba todo su dormitorio y, cuando caminaba hasta el pueblo, era toda una procesión floral personificada. Pasaba los días escribiendo en su diario, dejando constancia de todo lo que había ocurrido.

Pero, por supuesto, seguía estando el problema del hijo de Héctor. Víctor era igual de cruel que su padre, pero mucho más inteligente. Nunca regresó a la mansión medio devorada al otro lado del mar. En su lugar, se mudó a la casa blanca y aprendió a guardarse sus perversas intenciones para sí mismo mientras fingía ser un hermano para Bazzy. Al final, se casó con una mujer llamada Eva, con la que tuvo un hijo, Clive.

Entonces, cuando tenía veinticuatro años, Bazzy murió en un supuesto accidente de tractor. Víctor fue el único testigo. Bueno, el único testigo con vida. Alonso y Sebastián presenciaron el asesinato de su hijo a manos de su «hermano», Víctor, que quería los viñedos Fall para sí mismo.

¿Lo veis? Otra generación, unos hombres Fall y unas circunstancias diferentes, pero el mismo resultado trágico.

Tras la muerte de Bazzy, la esposa de Víctor, Eva, que era amable, insistió (para disgusto de su marido) en criar a Theo, el hijo de dos años del difunto, junto con su propio hijo, Clive. Los niños crecieron como hermanos.

El dolor de perder a Bazzy tras las muertes de Alonso y Sebastián fue demasiado para María. Enfermó y, un día, tras esconder su diario en un lugar seguro, trepó al tejado de la casa y se quitó la blusa. Sus alas se liberaron en un glorioso despliegue. Después, las batió un par de veces y se elevó sobre el suelo. Entonces, sobrevoló la propiedad, supervisando todo lo que Alonso, Sebastián, Bazzy y ella habían construido juntos mientras su melena ondeaba en el cielo. Así fue como María, el espíritu más libre de todos ellos, abandonó el mundo de los vivos y cruzó al siguiente, muriendo en mitad del vuelo.

Fue todo un espectáculo. Alonso y Sebastián lo contemplaron desde su lugar elevado, sobre el viñedo.

Incluso a día de hoy, el río fluye más despacio en señal de lamento cuando atraviesa la propiedad de los

Fall y los pájaros cantan más fuerte desde los árboles, como si intentaran advertir a sus habitantes de todo lo que ocurrió y todo lo que aún podría ocurrir.

Esta maldición familiar no es de las que llegan de fuera, sino de dentro. Serpentea a través del tiempo, a través de la sangre y del agua, pasando de padres a hijos. Los huecos de los corazones que deberían y podrían haber estado llenos de amor, en su lugar están llenos de odio, envidia, celos y avaricia. Alonso no pudo protegerse ni proteger a su hijo Bazzy. Pero tal vez su historia de los tiempos de por siempre jamás proteja al resto de los hermanos Fall.

¿Y qué hay de las bendiciones familiares? Que fluyan desde esta historia, lejos de los tiempos de por siempre jamás, como si fueran joyas que han de caer entre las manos abiertas de los vivos.

El amor eterno de Alonso y Sebastián.

El alma libre de María.

La manera en la que los tres juntos soñaron una vida hasta convertirla en realidad, haciendo que el mundo se plegara ante ellos y no al revés.

Esta ha sido la historia secreta de una familia que todavía no se conoce a sí misma.

Pero que, pronto, lo hará.

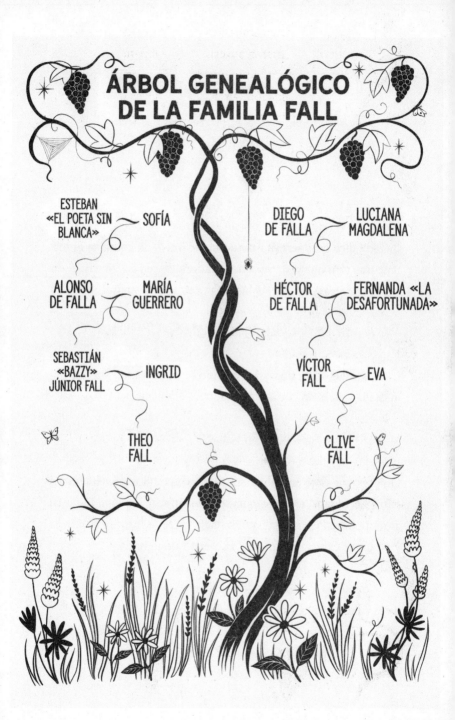

WYNTON

Cassidy dice que necesita un descanso antes de contarte la tercera traición, que es la más devastadora de todas. Dice que, en su lugar, te va a contar las historias de tus ancestros.

Las historias son raras y hacen que te sientas mal. Tienes demasiadas cosas en común con Héctor, el villano.

Quieres que deje de hablar sobre envidias, celos y maldiciones entre hermanos. Quieres que deje de enfocar esa lupa hacia tu alma podrida. Le ruegas que se calle, pero la historia continúa y conduce exactamente adonde creías que lo haría.

Cuando se marcha, no dejas de darle vueltas a las historias en la cabeza una y otra vez. Te das cuenta de algo.

Ese es el motivo de que se te detenga el corazón.

MILES

En cuanto volvieron a entrar en una zona de cobertura, justo cuando Félix les estaba describiendo el ascenso alado de María hacia la muerte, el teléfono de Miles se llenó de mensajes.

—Oh, oh —dijo Dizzy mientras le agarraba el brazo.

Miles llamó a su madre, que le contó que Wynton había entrado en parada cardíaca y que el equipo de enfermería lo había resucitado con compresiones en el pecho y medicación. Miles quería oír unas palabras diferentes, no aquellas, que eran como cerillas encendidas; quería que su madre no sonara frenética y, de algún modo, al mismo tiempo, vacía por dentro. Y, ahora, Dizzy, que seguro que había oído todo, ya que tenía la cabeza pegada al otro lado del teléfono, estaba emitiendo un zumbido agudo. Miles intentó mantener la voz tranquila para no asustarla todavía más y colgó la llamada.

Detrás de unas gafas manchadas, los ojos de su hermana estaban nublados por las lágrimas y el miedo. Miles se dio cuenta de que se estaba balanceando sobre el asiento, así que se obligó a parar y rodeó a Dizzy con un brazo, lo que acalló aquel zumbido terrible.

—Va a salir de esta —dijo con confianza a pesar del miedo que lo atravesaba. Dado que solo estaban a unos kilómetros de las afueras de Whispering River, decidieron que volverían a casa si no encontraban a Cassidy de inmediato.

Prosiguieron el viaje en silencio, llenos de miedo, bajo el espeso manto de los árboles, que dejaban entrar poca luz. Miles se quedó mirando las secuoyas centenarias, que desbordaban tiempo (miles de años). No como ellos, que disponían de tan poco. ¿Cómo no lo había entendido antes? ¿Cómo no se había percatado hasta ese momento de la seriedad de la situación de su hermano? Sintió una oleada de compasión. Pobre Wynton. Él era el chico que desprendía voltios y furia, que hacía saltar todo por los aires y que, al entrar en una habitación, electrocutaba a todos los presentes. ¿Cómo era posible que aquello le hubiera pasado a él? ¿Por qué no había intentado hablar con él en el hospital? Había estado tan atrapado en su propia miseria, sus preocupaciones, su victimismo... Dios, ¿por qué nunca había intentado hablar con él cuando no estaba en coma? Ni una sola vez. Tal vez él también tuviese algo de culpa de que su relación fuese una mierda. De verdad, ¿por qué nunca tomaba las riendas de su propia vida? Era el anti-Alonso Fall. Era el objeto de una preposición, nunca el sujeto de la frase que era su vida. Era como si hubiera estado dentro del armario con respecto a todo, no solo con respecto a ser gay.

Pero ¿cómo podía cambiar aquello? ¿Cómo podía cambiar cualquier cosa? ¿Cómo podía ser un hermano? ¿Y una persona? Quería ser... algo más. Quería ser mejor.

Estrechó a Dizzy contra sí mismo. Después, tomó aire y dijo:

—Te quiero, Diz.

Era la primera vez que se lo decía y, a modo de respuesta, ella se pegó a su costado y le rodeó la cintura con ambos brazos, tal como había visto hacer a los koalas con los troncos de los árboles. Eso hizo que se derritiera.

El momento de contar historias había llegado a su fin y, de todos modos, ¿qué pasaba con ellas? ¿Podrían ser verdad? ¿De verdad Héctor había asesinado a Alonso y Víctor a Bazzy? No parecía posible, ¿no? Félix les había dicho que, a esas alturas, se había empezado a confundir con tantos nombres, había empezado a distraerse y, al final, se había quedado dormido. Pero si había ocurrido, aunque solo hubiera sido una parte, ¿qué le sucedía a su familia? ¿Qué otra familia que no apareciera en la Biblia contaba con tantos asesinatos? Tal vez estuvieran malditos de verdad y Wyn y él lo estuvieran tanto como los demás.

—Esta es la señal para ir a los manantiales —dijo Félix mientras señalaba una flecha amarilla enorme en un tablón de madera—. Al menos, para aquellos que lo saben. Cassidy trabaja en el quiosco de recepción.

Dizzy se separó de Miles y se sentó muy erguida. Él se secó las manos húmedas en los vaqueros. Había llegado el momento. ¿Estaría Cassidy allí? ¿Pensaría que se habían vuelto locos? Claro que sí. Porque era cierto. ¡Tan solo había pasado unas pocas horas con ella! Aun así, al pensar en volver a verla, posiblemente en apenas unos minutos, sintió como si le faltara el aliento.

Félix giró hacia un camino de tierra que atravesaba la ladera de una montaña con una pendiente pronunciada.

—Olvidé mencionar que era un camino escarpado —dijo.

A ambos lados, había carteles caseros clavados a los árboles, ya fuera con flechas o con advertencias: «Reduce la velocidad» y «¡Me refiero a ti!». Bajaron a toda velocidad hasta desembocar en un barranco en el que había un cartel que decía: «¡Bienvenido! ¡Has llegado!».

Había una cabaña de paja con tres banderas en el tejado: una con el símbolo de la paz, una con el del ying y el yang y otra arcoíris. Más allá, había un camino entre viejos robles que Miles supuso que conducía a los manantiales.

—Cassidy trabaja aquí como recepcionista —comentó Félix mientras acercaba la camioneta hacia el quiosco.

¿Estaría dentro? Dios, Miles esperaba que sí. Y, tal vez, después de todo, sí que despertara a Wyn. ¿Cómo era posible que no creyera en algo y, al mismo tiempo, lo creyera sin ninguna duda?

Félix bajó la ventanilla y una música *reggae* inundó la cabina. Dentro de la cabaña había dos chicas, ninguna de las cuales era Cassidy, con las mejillas quemadas por el sol, faldas florales y camisetas de tirantes. A Miles se le cayó el corazón al suelo. Sobre todo cuando, al ver a Félix, una de las chicas que no era Cassidy dibujó una sonrisa cegadora.

—No podías mantenerte alejado de mí, ¿eh? —dijo.

El otro chico se subió las gafas de sol y le devolvió la sonrisa, añadiendo el hoyuelo a la mezcla. Miles quería darle un codazo. De pronto, estuvo seguro de que aquellos eran los participantes del trío: Félix y aquellas dos chicas. Ugh.

—¿Queréis el pase de día o el de acampada? —les preguntó ella.

—Estamos buscando a Cassidy —contestó Félix—. Es bastante importante. ¿Sabes dónde está?

—No la he visto desde que vino a por el último cheque, hace más de una semana. Pero puedes ir a su casa. Está a solo unos pocos kilómetros de aquí. Es el número sesenta y ocho de Dandelion Road. —Sacó uno de los mapas que les entregaban a los visitantes, dibujó un punto en él y se lo tendió.

Dandelion Road era una calle tranquila y arbolada con ranchos a ambos lados y rodeada por colinas doradas cubiertas de viñedos. El número sesenta y ocho, que era donde vivía Cassidy, era una casa amarilla con un huerto en un lado, un vergel en el otro y flores por todas partes. Había un granero, caballos en un corral y cerdos en una cochiquera. Junto con otra maquinaria para hacer vino, Miles vio los mismos barriles de acero inoxidable que había en su propiedad, oxidándose. En el camino de acceso había aparcada una autocaravana morada.

—Parece exactamente el lugar en el que un ángel viviría en la Tierra, ¿verdad? —dijo Dizzy, cuya voz volvía a tener un toque saltarín.

—Lo cierto es que sí —contestó Félix.

—Como ya os dije, algunos Seres de Energía se hacen pasar por personas durante un periodo de tiempo.

—De acuerdo —dijo Miles, por decir algo. Toda la emoción que había sentido ante la idea de ver a Cassidy se había transformado en aprensión. ¿Qué iban a decirle? ¿«Necesitamos que vengas con nosotros y despiertes a nuestro hermano comatoso porque Dizzy cree que eres un ángel»? Básicamente, eran unos acosadores. No, peor todavía: ¡eran secuestradores! En realidad, no había pensado bien todo aquello.

Los cuatro recorrieron el camino hasta la casa amarilla.

—Casi parece *El mago de Oz*, ¿verdad? —dijo él—. La escena en la que...

—Totalmente, colega —replicó Félix.

—Totalmente, colega —repitió Dizzy, imitándolo a la perfección.

—Totalmente, colegas —añadió Miles, imitando de manera exagerada a un surfero para burlarse de ellos.

Le dio un manotazo a Dizzy, ella se lo devolvió y, entonces, ambos empezaron a darle manotazos a Félix mientras subían al porche, de modo que, cuando este llamó al timbre y la puerta delantera se abrió, los tres se estaban riendo y comportándose como una camada de cachorritos revoltosos.

—Discúlpenos, señor. Estamos buscando a Cassidy —dijo Félix, que fue el primero en recuperar la compostura.

El hombre que había abierto la puerta era alto y llevaba un sombrero negro de vaquero bien calado. Cuando alzó la cabeza para decir «Cassidy va a estar fuera unos días» y Miles le vio el rostro, empezó a atragantarse con la palabra que quería escapársele de los labios. Agarró la mano de su hermana.

—¿Papá? —dijo él.

—¿Papá? —repitió Dizzy.

Sandro ladró con tanta fuerza que el tejado salió disparado del planeta.

DEL CUADERNO DE CARTAS SIN ENVIAR DE BERNADETTE:

Querido Sueño que se Repite:

Deja de arrancarme los dientes.

A veces, los tengo en la mano ahuecada y los estoy sacudiendo como si fueran dados. A veces, estoy manteniendo una conversación con alguien y, de uno en uno, se me van cayendo de la boca. Otras veces, mis dientes los tiene otra persona y no me los quiere devolver. Normalmente, es Theo. Abre la mano y en la palma tiene mis incisivos, mis caninos y mis molares. Entonces, se los mete todos en su propia boca.

Pero lo peor de todo son las noches en las que, como esta última, me ha desaparecido toda la boca y entre la nariz y la barbilla tan solo hay piel.

No tengo manera de comer o de hablar.

No tengo manera de contar mis secretos.

DIZZY

En la cabeza de Dizzy estaban sonando y repiqueteando campanas mientras contemplaba con incredulidad al hombre alto y con sombrero de vaquero que era su padre. Un hombre que podría haber salido de la fotografía que tenía enmarcada sobre la cómoda de su dormitorio.

¿Cómo podía estar ocurriendo aquello? ¿Estaba ocurriendo? ¿O acaso habían abandonado el mundo real con la camioneta?

No.

Se trataba de Dios gritando a todo pulmón.

Al fin.

Oh, pero tenía que calmarse, dejar de temblar y hacerse a la idea de la inmensidad que era aquello. De acuerdo, de acuerdo. Habían conducido durante horas, los habían dirigido a una casa amarilla, se había abierto una puerta y, detrás de ella, habían encontrado al padre al que nunca había conocido. Después de doce años, que comprendían toda su vida, lo habían encontrado sin tan siquiera buscarlo en el momento en el que más lo necesitaban.

Una verdad bien sabida: las cosas nunca ocurrían así.

A menos que un enorme vendaval místico los hubiera arrastrado a todos a través de toda improbabilidad.

Gracias —pensó—. *Gracias, mundo.*

—¡Esto es un milagro en toda regla! —exclamó, pero el sonido de las campanas de su cabeza seguía siendo tan fuerte que no pudo oír su propia voz. O, tal vez, ni siquiera lo había dicho en voz alta, ya que nadie le respondió. Se percató de que Miles le estaba estrechando la mano con tanta fuerza como para romperle los dedos.

Cuando ambos habían dicho «¿Papá?», el hombre que era su padre había perdido el equilibrio y había retrocedido, tambaleándose. Dizzy se había preguntado si iba a caerse, pero se había apoyado en el marco de la puerta. Ella se sentía igual: necesitaba el marco de una puerta. Desenredó los dedos de los de su hermano, se acercó hasta el hombre con las piernas temblorosas y le clavó el dedo índice en el muslo.

—Eres real —susurró. En esta ocasión, sí que se oyó a sí misma—. Me preocupaba que fueras uno de los fantasmas mudos.

—No soy mudo. Tan solo me he quedado sin palabras.

Tenía la voz grave y cavernosa. Ella solo la había oído mientras estaba en el vientre de su madre. ¿Era por eso por lo que le resultaba tan familiar? ¿Era por eso por lo que sonaba tal como siempre había imaginado? Era como una lluvia torrencial. El hombre que era su padre estaba teniendo problemas para hacer que su rostro pareciera un rostro. Dizzy respiró hondo. Olía a un color óxido oscuro. Pensó que así era como olían los padres. Su padre. La mirada del hombre pasó de ella a Miles y de vuelta a ella. Sandro, que estaba a los pies de su hermano, estaba aullando como si estuviera a punto de morir y, de pronto, salió disparado hacia su padre y saltó a sus brazos.

—Hola, chico. Hola, Sandro —dijo mientras lo acariciaba y el animal le lamía el rostro, el cuello y las manos porque, tal como Dizzy descubrió con sorpresa, el perro y aquel hombre ya se conocían. Sandro conocía a su padre mejor que ella.

Se dio la vuelta para comprobar cómo estaban reaccionando a aquel milagro sus acompañantes. *Quizá no tan bien,* pensó. Félix estaba tan encorvado que casi parecía tener un tamaño normal y se estaba cubriendo la boca con las manos. Miles tenía los ojos abiertos de par en par y no dejaba de pestañear y tragar saliva. Él tampoco estaba siendo capaz de hacer que su rostro pareciera un rostro normal.

Detrás de ellos, uno de los caballos relinchó y se encabritó. Después, ambos animales empezaron a correr en torno al corral, como si supieran lo que estaba ocurriendo. Dizzy volvió a darse la vuelta. De pronto, se sentía como si pudiera saltar hasta el cielo. Porque aquel era el mejor final de una búsqueda del tesoro de la historia de las búsquedas del tesoro.

—Ya te había visto una vez, ¿verdad? —le preguntó al hombre—. En la loma que hay sobre nuestra casa. Llevabas el mismo sombrero.

Él asintió mientras dejaba a Sandro en el suelo.

—Creo que sí.

Su padre tenía aspecto de estar teniendo problemas para respirar. Para estar de pie. Para existir.

—Todo el mundo me dijo que me lo estaba imaginando —le dijo—. Siempre dicen lo mismo sobre mí. —Había muchas preguntas acumulándose en su interior, pero había una que estaba muy por delante de todas las demás. Se aclaró la garganta—. ¿Por qué nos abandonaste?

Aquella pregunta pareció como una bala directa a las entrañas de su padre.

—Dizzy —dijo Miles con la voz tensa—, ven aquí, ¿quieres? Tú también, Sandro.

Se giró hacia su hermano y negó con la cabeza. El perro había vuelto a subirse a los brazos del hombre y estaba dándole golpecitos en el pecho con el hocico mientras le toqueteaba la camisa con las patas, como si quisiera meterse dentro. A Dizzy aquello no le pareció un comportamiento perruno normal. El animal parecía estar teniendo éxito, ya que había conseguido meter dentro toda la cabeza. Su padre se separó de Sandro y, una vez más, volvió a dejarlo con cuidado en el suelo pero, en lugar de dirigirse hacia Miles, el perro se plantó a los pies del hombre y, después, sobre sus zapatos, mirándolo como si fuera el dios de los perros.

Podía entenderlo.

Estiró el brazo hacia la mano de su padre y se la tomó. Era grande y áspera como el saco de arpillera que usaba en el mercado agrícola. Se aferró a ella y no se sintió mal al respecto. *Au contraire*. Era una chica dándole la mano a su padre en un porche bajo el sol. Nunca antes había sido una chica que pudiera hacer aquello. Oh, ahora notaba una sensación zumbante en el pecho. También en el alma. Nunca antes en toda su vida se había sentido tan zumbante. La electricidad le había reemplazado la sangre. Aquello tenía que ser obra de Dios, ¿no? De algún modo, sentía como si ya conociera a aquel hombre. Ya sentía que podría quererlo. Le apretó la mano y él le devolvió el apretón. Entonces, la miró del mismo modo que hacía su madre tras darle un beso en la frente. Aquella era su forma favorita de que la miraran.

Cierta paz se había apoderado de ella. Ahora, sabía cuál era el motivo de que estuvieran allí; comprendía lo que había ocurrido. Todo estaba claro. Tan solo se había equivocado en una cosa.

—¿Sabes lo que es el *beshert*? —le preguntó a su padre.

—El destino —contestó él.

—Exacto. Esto es *beshert*. —Se dio la vuelta, miró a Miles y le dijo lo que había comprendido—. Cassidy nos ha enviado hasta aquí a través de Félix porque es nuestro padre el que va a despertar a Wynton. No ella. —Volvió a dirigirse al hombre—. ¿Todavía tocas la trompeta?

Wynton se pasaba la vida siguiendo la música fantasma de su padre por todo Paradise Springs. Él mismo se lo había contado en muchas ocasiones. Ahora, seguiría la música real de la trompeta, interpretada por su padre vivo y real, para volver hasta ellos desde dondequiera que estuviera. El alivio se apoderó de su interior. Wynton iba a estar bien. Ahora lo sabía. Les habían concedido un milagro sin que ella hubiera tenido que pisar siquiera un convento. ¡No iba a tener que meterse a monja! Además, aquello era la señal definitiva de que había sido perdonada por haberle dado las llaves a Wynton el día del accidente. La gracia de Dios los había arrollado a todos ellos.

—¿Despertar a Wynton? —dijo el hombre, sin comprender—. ¿Y conocéis a Cassidy? —Su voz se quebró al pronunciar el nombre de la chica. Dizzy había creído que era su mano la que estaba temblando, pero se dio cuenta de que era la de su padre.

—Sí; la conocemos. Para empezar, viajó con Félix y le contó historias. Después, me salvó la vida. Al día siguiente, llevó de paseo y a nadar a Miles y a Sandro y, más tarde, le salvó la vida a Wynton al practicarle la RCP y llevarlo al hospital después de que lo atropellara un automóvil. Ahora, nos ha enviado aquí para que puedas despertar a Wynton del coma con la trompeta. Es nuestro Ser de Energía.

Su padre estaba asintiendo con lentitud, intentando procesar lo que Dizzy le estaba contando. Miró a Miles de la misma manera que la había mirado a ella, como después de un beso en la frente.

—Miles. —El nombre le arañó la garganta—. Cuéntame algo más de lo que le ha ocurrido a Wynton.

Dizzy no había tenido ni idea de que su hermano fuese un volcán dormido hasta que estalló.

—¡Tengo diecisiete putos años! —exclamó mientras levantaba las manos en el aire. Tenía la mandíbula tensa y el rostro tan rojo como un tomate—. ¿Es una broma? —Estaba más furioso que el día que había roto el arco de Wyn. Clavó una mirada iracunda en el hombre—. De verdad, tiene que ser una broma. —Sandro empezó a ladrar. Félix dio un paso hacia su hermano como si quisiera abrazarlo, escudarlo o retenerlo—. ¿Has estado aquí todo este tiempo —añadió mientras miraba a su alrededor, balbuceando—, alimentando a los cerdos, montando a caballo y haciendo vino? —En el rostro de Miles, Dizzy podía ver que se le estaba rompiendo el corazón—. ¿Por qué? —Aquello fue un bramido, un grito de guerra compuesto por solo dos palabras que pareció emanar del centro del mismísimo ser de su hermano.

En ese momento, los interrumpió un tipo larguirucho que apareció por la puerta, ataviado con un cortavientos que rezaba «Vinos Dexter Brown».

—Lo siento, ya me encargo yo —le dijo el hombre a su padre mientras los contemplaba a todos—. Ni catas ni visitas guiadas —comentó—. De todos modos, sois un poco jóvenes.

—No han venido por las visitas guiadas, Nigel.

—Entonces, ¿a qué han venido, Dexter? —preguntó Nigel.

—¿Quién es Dexter? —replicó Dizzy—. Este es nuestro padre desaparecido, Theo Fall. Estábamos buscando a Cassidy pero, en su lugar, lo hemos encontrado a él.

PARTE CUATRO

CASSIDY

Wynton, esta es la parte más difícil de la historia. Me he resistido a revivirla al contártela, pero necesitas saber lo que ocurre a continuación. Y después y después y después.

Sí; lo necesitas.

A pesar de la promesa de mi madre, tras dejar Paradise Springs (¡a ti! ¡Al Pueblo! ¡El momento que pasamos en la pradera!) no estamos bien y, un año después, para cuando ocurre la tercera traición, somos irreconocibles. Con catorce años me parezco tanto a mi madre cuando tenía dieciocho, al comienzo de la Gran Aventura, que, cuando estoy viendo fotos, a veces me confundo, preguntándome si es ella o soy yo. Tampoco ayuda el hecho de que, de normal, me pongo su ropa vieja, ya que he dado un estirón y las prendas de mi armario no me sirven. Y, con treinta y dos años, que es la última edad de mi madre que presenciaré, está tan cambiada que me deja sin aliento. Al mirar todas nuestras fotografías en orden cronológico, parece como si fuese víctima del hechizo de una bruja y la fuerza vital se le fuera escapando poco a poco.

Sadie Mae murió mientras abandonábamos Paradise Springs. No es broma. Dejó de funcionar sin motivo aparente, como si quisiera quedarse en el Pueblo o que lo hiciéramos nosotras. De todos modos, eso es lo que pienso ahora: que se suponía que debíamos quedarnos allí a pesar de Dave Caputo «el Mentiroso» (en lugar de por él) y que *Sadie* lo sabía. (Es un poco como la música fantasma de tu padre, Wynton, que te llevó hasta la pradera el día que me conociste. ¿No te parece que en el universo hay muchas cosas en juego que apenas percibimos?). Ahora creo que el regalo de Dave fue atraernos hasta el Pueblo y que ese pueblo era el Pueblo porque tú, tu hermano y tu hermana estabais en él.

Creo que es posible vivir nuestras vidas sin creer en el destino, sin sentir que se esconde detrás de las decisiones que tomamos o aquellas que toman por nosotros. Sin embargo, me parece imposible contar las historias de nuestras vidas sin él. Las historias les dan estructura a nuestras vidas, y esa estructura es el destino.

De acuerdo, continuemos hacia la tercera traición, la más devastadora de todas.

El mecánico no consiguió descubrir lo que le ocurría a *Sadie Mae*, así que acabamos vendiéndosela para que pudiera desguazarla para partes de repuesto. *Sadie* desguazada. Fue demoledor; como decir: «Tome, señor; aquí tiene mi corazón, mis riñones y mi alma». Y en esta foto de aquí en la que aparecemos mamá y yo con *Purple Rain*, puedes ver lo inadecuada que es para nosotras esta autocaravana; cómo nuestra alfombra andrajosa desentona con la moqueta industrial; cómo nuestros vestidos coloridos parecen absurdos colgados de los armarios metálicos abiertos y cómo nuestras cortinas trasparentes color lavanda no encajan en las ventanas ni nuestros edredones a lunares rosas en las camas. Y nosotras. ¿No parecemos fuera de lugar también? Dios, mira nuestros rostros. Especialmente el mío. Parece como si me hubieran tomado de rehén, que es como me sentiré durante muchos meses a partir de entonces.

Muchas de las fotografías que tengo de este momento podrían haber hecho que arrestaran a mi madre por poner en peligro a una menor. Aquí hay una en la que, con trece años, aparezco en *Purple Rain*, sentada en el regazo de algún imitador de Jesús colocado mientras me sostiene la cara sobre una cachimba y mi madre se ríe a nuestro lado porque es muy gracioso.

Y otra en la que, con trece años, estoy deambulando por una fiesta casera llena de haraganes ataviada con un picardías muy corto, una cerveza abierta que alguien me ha dado en la mano, los ojos pintados como Cleopatra y el resto de la cara lleno de maquillaje porque unas mujeres pensaron que sería divertido arreglarme y vestirme con lencería.

Aquí hay una en la que estoy saltando en una cama elástica con un grupo de adultos que están en medio de un buen viaje. Como puedes ver, estoy suspendida como a cuatro metros en el aire y mi madre no está por ninguna parte.

Como ya te he dicho, he estado temiendo contarte esta parte de la historia, Wynton. Y, por favor, piensa que, como todo lo que tiene que ver con mi madre, no sé si lo recuerdo bien. Cuando pienso en la Gran Aventura a día de hoy, es más como estar soñando que recordando y, si ese es el caso, ahora es cuando comienza la pesadilla.

Durante los meses posteriores a nuestra visita a Paradise Springs, mi madre comienza a salir de fiesta (ahora creo que se estaba automedicando). Lejos quedan los días de hacer *boondocking* en los acantilados y las cimas de las montañas. Lejos quedan los paseos por la naturaleza, la meditación, el esponjamiento de auras, la astrocartografía, los abrazos a los árboles, el zumo de remolacha y las charlas febriles sobre los pioneros modernos, la iluminación y el hecho de que «¡Somos California!». Lejos quedan las historias de «En los tiempos de por siempre jamás». (Cuando nos mudamos de *Sadie* a *Purple Rain*, mamá tiró todos sus cuadernos a un contenedor. Lo único que me queda de sus escritos son los trozos de papel que le fui robando durante años y guardando bajo el colchón: su bolsa de palabras).

Nuestra destrucción no ocurre de golpe. Al principio, intentamos retomar nuestro antiguo ritmo de pasar unos días en un *camping* de caravanas para conseguir suministros, revisar las cuentas bancarias o ir al médico, al cine, a una cafetería, a una librería o lo que sea y, después, dirigirnos a las colinas y hacer *boondocking* lo más lejos posible de la civilización durante un periodo de tiempo que puede durar entre uno y tres meses. Sin embargo, gradualmente, el tiempo que pasamos acampando se va alargando y el de hacer *boondocking* se va acortando conforme mi madre se vuelve más y más sociable y se aventura a salir a la hoguera o a ir de fiesta a algún bar cercano, regresando después a *Purple Rain* con grupos dispares de juerguistas desharrapados. «¡Oídme todos! La Bella Durmiente de ahí es mi hija, Cassidy. ¡Cassidy, estos son absolutamente todos los menores de cuarenta años de este maldito *camping* de caravanas dejado de la mano de Dios! ¿Dónde está el abridor de botellas? Gente, el papel de liar está en los cajones».

Duermo debajo de *Purple Rain* con mi saco de dormir demasiadas veces como para contarlas.

Y pronto, estamos yendo de *camping* en *camping*, a pesar de que mamá solía decir que eran infiernos de cemento. Compramos la comida en las tiendecitas de las gasolineras. La única fruta que comemos son manzanas harinosas, naranjas secas y plátanos poco maduros. Vamos a los cajeros automáticos a todas horas, pero no veo en qué se está gastando mi madre el dinero. Ya no escribe, ni lee, ni estudia la historia de California, la religión o lo que sea. Come perritos calientes de carne en lugar de tofu y me arrastra a fiestas: fiestas en casa, fiestas en la playa, fiestas en la azotea y todo tipo de festivales o ferias en los que se mete drogas, bebe toneladas de alcohol y busca a Dave. (En una ocasión, en una feria del vino, desde lejos me pareció que de verdad era Dave con el que estaba hablando animadamente pero, cuando me acerqué, me di cuenta de que no era más que un tipo un poco mayor que estaba vendiendo mermeladas y cosas así).

Su nuevo credo es la Vida Trascendental; algo que se presentó ante ella en una visión. ¿Te acuerdas de que, cuando era más pequeña, pensaba en mi madre en fragmentos? En esta época, vuelvo a hacerlo. Es un puñetero caleidoscopio, Wynton. Es como tener un centenar de compañeras de autocaravana. Más. Tampoco sé nunca cuál es la que me va a tocar. Está la madre que se mece sobre el tejado de *Purple Rain* mientras habla con Júpiter, la que me dice que me quiere cien veces en una hora o la que llora tan fuerte en el baño que tengo que asegurar a la gente de las caravanas vecinas que todo va bien. Después está la madre que no deja de tocarme el rostro mientras me dice que estoy brillando o la que rompe todos los platos porque Dave (y todo el mundo) nos ha abandonado. Está la que dice que puede hacer que el tiempo vuelva atrás y ver a los muertos, la que se pasa toda la noche mirando por la ventana en un estado de aturdimiento o la que acoge a un flujo constante de hombres que se parecen a Dave («Los únicos hombres que me interesan ahora son los que prenden fuego al *statu quo*»), que se quedan con nosotras varios días y que me llaman «chiqui».

Y, sobre todas ellas, está la madre que se retira al Mundo Silencioso durante semanas enteras.

Demasiadas madres.

Tengo la sensación de que ya no escribe sus historias de «En los tiempos de por siempre jamás» porque, ahora, vive dentro de una de ellas. O, tal vez, dentro de todas ellas a la vez. No lo sé.

—Las culturas indígenas siempre han usado las drogas para abrir los caminos de la mente, Cassidy. Se puede meditar, se puede tomar éxtasis, peyote y LSD, te puedes acostar con alguien o muchas otras cosas. No puedes dejar que la sociedad te dicte dónde llevar tu conciencia o cómo llegar allí. Hay muchos caminos hacia la trascendencia.

—Sí, Marigold —le digo a todas horas.

Ha decidido que debería llamarla por su nombre en lugar de «mamá» porque la dinámica de madre e hija es opresiva y limitante para ambas.

—¿Por qué deberíamos delimitar nuestra relación? Solo digo eso. Exploremos todas las posibilidades. Rompamos las barreras. Seamos auténticas y creemos nuestras propias reglas. Hagamos...

—Sí, Marigold.

Gran parte del tiempo, siento como si no estuviera allí.

Descubro que puedes estar sentada al lado de alguien y, aun así, estar en zonas horarias diferentes.

Descubro que puedes dejar de conocer a alguien.

Y también que puedes dejar de conocerte a ti mismo.

Hago mis lecciones yo sola. Leo novelas y... No, no las leo: las abro de golpe, me arrastro a su interior y me oculto entre sus palabras. Sigo leyendo el diccionario de manera metódica y devota, como si fuera la Biblia.

Empiezo a correr y soy rápida porque necesito alejarme de Marigold pero, después, soy un poco más rápida porque necesito regresar con ella.

—Oh, ahí estás, Cass. Greg se va a quedar con nosotras. Solo por esta noche. Es chamán y cree que soy la reencarnación de una diosa. Tal vez podrías preparar ese plato de pasta...

El que lleva tanto queso. Espero que no te dé cosa, pero siempre tiene los ojos cerrados. Y quiero decir siempre. Así que vamos a tener que ayudarle a comer, a moverse por ahí y ese tipo de cosas.

—Sí, Marigold.

—Cielo, este es Dylan.

—Sí, Marigold.

—Cielo, este es Michael. Cielo, este es Doug. Cielo, estos son los gemelos Calvin y Lester.

—Sí, Marigold.

Me vuelvo silenciosa. Tan silenciosa que empieza a decir de nuevo: «¡No te oigo!», «¡Oh, estás ahí!» y «¡Deja de acercarte a mí con tanto sigilo!». Pero no tengo nada que decirle. Me siento como un fantasma, como una vela apagada o un niño al que han sacado de un carrusel.

Como si me hubiera vendido para el desguace.

Es entonces cuando empiezo a encontrar las palabras verdaderamente buenas como «*Desiderium*, sustantivo: "un deseo ardiente por algo que se ha perdido"».

DE LA BOLSA DE PALABRAS DE MARIGOLD QUE HAY DEBAJO DEL COLCHÓN DE CASSIDY:

En los tiempos de por siempre jamás, una mujer no podía escapar de una casa ardiendo. Se acostumbró a una cama que se había prendido fuego. Aprendió a dormir de espalda a las llamas.

A la mierda los tiempos de por siempre jamás.
He olvidado dónde he puesto mi vida. (Retrocede a todos los lugares en los que has estado desde la última vez que la tuviste, Marigold). Ojalá fuese Keith Richards. O Joan Didion. O cualquier persona en cualquier parte. No puedo salir de esta. Hago rechinar los dientes y lanzo dentelladas al rechinar. Mira cómo salgo por la ventana hacia un cielo diferente y cómo salgo a una ventana diferente desde el cielo.
La desesperación camina sobre dos piernas.
La desesperación tiene sus propias llaves.

CASSIDY

Algunos *campings* de caravanas tienen ordenadores de uso público y, cuando los tienen, paso horas buscando fútilmente imágenes de madres para escoger las que preferiría tener, y de chicas de trece años para escoger a las chicas que preferiría ser. También busco cosas como «¿Qué me va a pasar?», «¡Por favor, ayuda!» o «¿Cómo actúan las chicas de trece años?». (Sigo evitando al resto de la gente de mi edad de los *campings*, aunque, ahora, es sobre todo porque ¿cómo les explico lo de Marigold?). El resto de mi tiempo en los ordenadores lo utilizo para ver vídeos de cómo rescatan animales: cabras de debajo de un puente, un perro de una isla desierta, una vaca atascada en una valla o un elefante bebé atrapado en un pozo. Los veo durante horas y lloro en los momentos finales, cuando la vaca/el elefante/el perro/la cabra ya es libre y puede vivir feliz para siempre.

En otras ocasiones, me pongo práctica y busco ayuda para Marigold: tratamientos para el alcoholismo y el abuso de drogas o para la depresión, el dolor y el trauma. Pero nada sale nunca adelante porque dice que no piensa tomar medicación, ir a Alcohólicos Anónimos o a Narcóticos Anónimos o ver a un terapeuta.

—¡Estoy bien, Cass! ¿Por qué eres tan desalentadora? ¿Por qué eres tan doña angustias? ¿Por qué eres tan...? Bueno, odio tener que decirlo, pero voy a hacerlo: aburrida. Sí, te has vuelto una sosa. Solías ser muchísimo más divertida antes de convertirte en este saco de tristeza, en este árbitro moral que me juzga. ¡Solo necesito un poco de vida en mi existencia! ¡Y tú también! Estamos en la etapa de civilización de la Gran Aventura, eso es todo. La vida es cambio. La vida es experimentación. La vida es encontrar la magia por cualquier medio necesario, Cassidy.

Cuando dice cosas así, acabo confundida y pienso que quizá tenga razón; que todo esto es normal y soy yo la que ha cambiado; que, ahora, soy un saco de tristeza soso y aburrido. Entonces, intento mostrarme animada y subirme al tren de la Vida Trascendental, pero el tren siempre acaba descarrilando con ella demasiado colocada, demasiado borracha o algo peor. También acabo confundida porque, a veces, parece que todo va bien y volvemos a ser nosotras y a hacer las cosas que hacíamos antes, como ir a librerías de segunda mano, a tiendas solidarias o al médico y, entonces, creo que solo he imaginado que había un problema porque ¿qué más da si se monta alguna que otra fiesta? ¿Por qué soy yo tan aburrida?

Lo único que sé es que ya nunca me siento bien excepto cuando imagino que estoy contigo en la pradera, Wynton, cosa que hago a todas horas.

A todas horas.

Nunca me he sentido mejor en toda mi vida que contigo y no sé por qué.

También oigo tu violín. Tal vez del mismo modo que tú oyes la trompeta de tu padre. Me llama para que vaya a buscarlo; para que vaya a buscarte a ti.

A veces, pienso en la universidad a pesar de que quedan muchos años para que llegue ese momento y, entonces, me siento culpable porque ¿qué hará mamá sin mí? Soy yo la que se asegura de que coma. Soy yo la que está ahí cuando sale del Mundo Silencioso. Soy yo la que la espera despierta, la que vacía *Purple Rain* de vagabundos por las mañanas, la que escucha su constante proselitismo y la que se convierte en la conductora de emergencia (sí, ¡con trece años!) cuando está demasiado borracha. Soy yo la que se preocupa, la que la quiere y la que teme separarse de ella porque, si lo hago, sé que le pasará algo muy malo.

El problema es que a nadie le preocupa que a mí me pase algo malo.

Y, entonces, me pasa.

De normal, soy la única menor de edad presente en las fiestas a las que vamos y he desarrollado una rutina que consiste en lo siguiente: vigilar a mi madre para que no se muera hasta que, inevitablemente, desaparece con algún clon de Dave y, entonces, busco la habitación en la que todos los abrigos están amontonados sobre una cama y espero bajo esa pila hasta que Marigold está lista para marcharse.

Me gusta sentir el peso de todos los abrigos sobre mí. Me siento segura.

No lo estoy.

Un mes antes de mi decimocuarto cumpleaños, vamos a una fiesta en una granja a los pies de las colinas de las Sierras. La gente que vive allí forma parte de una comunidad llamada El Alma en Llamas (son una especie de comunas modernas). Mamá conoció a algunos de sus miembros el fin de semana anterior, en un festival de música en el que se subió al escenario con su hula-hoop. Dos guardias de seguridad la pusieron a salvo en un furgón médico. Matt y Emily estaban en él con nosotras (habían tomado peyote en mal estado) y entablaron relación con mi madre mientras yo leía *Crimen y castigo*.

Fue entonces cuando nos invitaron a esta fiesta.

Como de costumbre, busco la habitación de los abrigos, me tumbo, me cubro con las prendas y suspiro de alivio por estar escondida, desaparecida. (No tengo ni idea de por qué pensé que aquello era mejor idea que esconderme en un armario). Me quedo dormida porque estoy agotada después de haber pasado tantas noches durmiendo (o no) debajo de *Purple Rain* mientras mi madre tenía invitados.

Cuando me despierto, hay alguien en la cama, apretándose contra mí por la espalda.

Dos brazos me rodean y unas manos me están subiendo la camiseta. Después, me las meten por dentro de la tela, me tocan el vientre desnudo y me aprietan los pechos. Ahogo un grito mientras me retuerzo e intento girarme para alejarme del aliento nauseabundo y del agarre insistente. Intento ayudarme con los abrigos y la ropa de cama, pero no puedo. *No puedo escapar.* Cuando grito, una mano encuentra mi boca y me la cubre. Intento morderlo y gritar, pero la puerta está cerrada y la música demasiado alta. Él me hace callar mientras bombea de manera rítmica contra mi espalda, balbuceando que no pasa nada porque llevo la ropa puesta, porque no va a entrar dentro de mí y porque todas las personas tienen un alma comunal. Entonces, me quedo sin fuerzas, ahogándome con su hedor corporal y su aliento con olor a pescado, ahogándome con el bombeo de su ingle contra mi espalda, su mano sobre mi boca y su peso enterrándome en la cama. Aferro los abrigos entre las manos mientras sus gemidos, sus temblores y sus jadeos prosiguen sin parar.

Más tarde, veo cómo se aleja tambaleándose, apenas capaz de andar, con una mano sobre el pelo sucio y grasiento, la otra frente a sí mismo como si se estuviera abriendo paso entre la maleza y una mancha húmeda en los pantalones caqui. Antes de salir, me da las gracias, lo que es repugnante. Vomito una vez y, después, otra. Entonces, entro en pánico por el vómito que ha caído sobre los abrigos y le doy la vuelta a la pila frenéticamente para que los manchados queden ocultos abajo del todo. Mientras tanto, pienso en cómo me ha dicho que no pasaba nada porque no se había quitado los pantalones y no iba a entrar dentro de mí, como si fuera una casa. En uno de mis cuadernos de estudio, todavía tengo unos garabatos que dibujé después de aquello. Son de mí misma con puertas en diferentes lugares de mi cuerpo. Todas ellas atrancadas con barrotes.

No se lo cuento a mi madre. La vergüenza hace que me resulte difícil hablar siquiera. Ella no se da cuenta. No se da cuenta de cuántas veces al día me ducho o de lo roja y sensible que tengo la piel de tanto frotármela. No se da cuenta de los lloros nocturnos.

Como siempre (bueno, al menos desde que nos marchamos del Pueblo), lo único que me hace sentir mejor, Wynton, es pensar en cómo, aquel día en la pradera, me dejaste llorar sin preguntar por qué y en cómo apoyaste suavemente tu espalda contra la mía, haciéndome saber que estabas allí.

Un mes después de que ocurriera esto, la noche antes de mi decimocuarto cumpleaños, estoy volviendo al anochecer de una sesión de ordenador en la que he estado viendo cómo rescataban a una bandada de patitos de una alcantarilla, cuando veo a mi madre detrás de la tienda de comestibles con un oso pardo que lleva una chaqueta vaquera. Él la está apretando contra la pared y, al principio, creo que la están reteniendo contra su voluntad, tal como me pasó a mí. Empiezo a correr hacia ellos, solo que, conforme me acerco, me doy cuenta de que, a diferencia de mí, ella es una participante entusiasta. Veo más cosas de las que debería.

Cuando, horas más tarde, mamá entra en *Purple Rain* dando traspiés, observo bajo el resplandor fantasmal de la lamparita nocturna cómo va dando tumbos, borracha, cómo toma un vaso de agua y no atina a verterse el líquido en la boca y, después, cómo casi se cae por la escalerilla que conduce a mi cama. Me retiro al rincón más apartado del colchón, pues no estoy segura de si quiere dormir conmigo o de si ha subido por la escalerilla equivocada. Huele exactamente igual que el Hombre de los Abrigos; desprende el mismo hedor amargo y el mismo aliento con olor a pescado.

—No te quiero en mi cama —le digo.

—De acuerdo —susurra en voz baja mientras baja por la escalerilla—. No te culpo.

—Bueno, ¡yo sí te culpo! —le grito.

No me contesta.

Cuando llega el anochecer del día de mi cumpleaños y ella sigue durmiendo, hago algo impropio de mí. Me marcho para buscar a más gente de mi edad.

Las luces acaban de encenderse en el *camping* de caravanas y sigo el camino que he visto recorrer a la gente joven día y noche durante las tres semanas que llevamos aquí hasta que encuentro en las dunas al grupo de adolescentes, tal como sabía que ocurriría. Están sentados en torno a una hoguera, bebiendo cerveza y fumando hierba, cuyo aroma flota en mi dirección. Los observo desde una distancia segura con el corazón palpitando a toda velocidad.

¿Me atrevo?

Todos giran las cabezas mientras me acerco hacia ellos. Llevo las manos sudorosas cerradas en puños dentro del bolsillo de mi sudadera. Me doy cuenta de que me estoy mordiendo el interior de la mejilla.

—Hola —dice uno de los chicos. Es guapo y tiene la melena surfera de un tono rubio casi blanco—. ¿Hasta cuándo os vais a quedar?

—No lo sé —contesto. Las palabras suenan ásperas y rugosas. Últimamente, he estado hablando muy poco—. Hasta dentro de una semana. Tal vez un poco más.

—Guau, qué voz más profunda —dice el surfero. Empiezo a sonrojarme y él debe de darse cuenta, ya que añade con rapidez—: Nosotros también. ¿Hacéis tiempo completo?

Asiento y una de las chicas me pregunta:

—¿Tu madre te educa en casa? —Asiento de nuevo, sorprendida por lo fácil que es esto—. A nosotros también —prosigue ella—. Soy Lucy y estos son mi hermano Mark y mi hermana Cali. Somos trillizos. Nos largamos de aquí mañana. A Colorado. Estos otros idiotas son Max y Sam; son hermanos. Y el de los hoyuelos de allí, el que te ha saludado, es Ollie «el Surfero». Lleva días hablando de ti sin parar. —Pone los ojos en blanco—. Pero le daba demasiada vergüenza llamar a tu puerta.

No sé quién está más rojo: Ollie «el Surfero» o yo. Él le lanza un puñado de arena a Lucy.

—No le hagas caso. Va colocada. —Le da una calada a un vapeador y me lo pasa.

A pesar de todas las fiestas a las que he asistido y del acceso que he tenido a las drogas, nunca he fumado o vapeado hierba ni he bebido alcohol, excepto un par de tragos a una cerveza. Me llevo el instrumento a los labios e inhalo, aspirando el vapor hasta el fondo de los pulmones, tal como he visto hacer a otros. Hace que me arda la garganta y empiezo a toser y a ahogarme (¡es horrible!). Todos se ríen, aunque no de manera cruel. Le tiendo el vapeador a Cali, que me hace un gesto para que me siente entre ella y Ollie «el Surfero». Después, me dice que está enamorada de nuestra autocaravana. «¡Es morada! ¡Muy chula!». Le digo que se llama *Purple Rain* y, entonces, todos dicen cuál es el nombre de sus caravanas: *Waldo*, *Blue Moon* y *Sweet Potato*.

Ollie mete la mano en un frigorífico portátil y me ofrece una cerveza. Echo un vistazo a *Purple Rain*, que sigue a oscuras y con mi madre noqueada en el interior, y pienso: *Solo estoy siguiendo tus pasos, Marigold*. Entonces, tomo la cerveza. Está tan fría que tengo que cubrirme los dedos con la manga para poder sujetarla. La primera cerveza de toda mi vida.

He estado evitando a muchos grupos de adolescentes en los *campings* de caravanas por miedo a tener que explicar por qué mi madre le estaba aullando a la luna o acostándose con el padre de alguno de ellos, pero la conversación gira en torno a los lugares en los que hemos estado y a los que nos dirigiremos a continuación. Me resulta fácil intervenir gracias a que he estado en muchos sitios. Abro una segunda cerveza, empiezo a reírme con las bromas e incluso hago alguna, recordando cómo eran las cosas con Dave, que dijo que tengo el don de la conversación, y no en cómo son con Marigold, que me da sermones, hace declaraciones y nunca me pregunta nada porque no está interesada en mí, el saco de tristeza, el árbitro moral. ¿Es por eso que me he vuelto tan callada?

Pronto, me encuentro mareada y con el cuerpo relajado. Entonces, de la nada, una sensación de deleite se apodera de mí. Es el deleite de un campo lleno de margaritas, como si todo fuera a salir bien, así que me pregunto por qué siempre estoy tan preocupada. Paso la vista por el círculo de rostros amistosos. ¡Es mi cumpleaños y tengo amigos! Con la cabeza dándome vueltas, pienso que no es de extrañar que mi madre beba y fume hierba. La chica que está a mi lado me dice lo molesta que es su madre.

—Me apuesto algo a que no es tan molesta como la mía —le contesto mientras pongo los ojos en blanco tal como ha hecho ella antes.

Siento una combinación de malicia y emoción ante esta traición, pero me encanta esta libertad, esta camaradería... Esta hora libre de preocupaciones. ¡Me doy cuenta de que me estoy divirtiendo! *Ya ves, Marigold, soy divertida* —pienso—. *Tan solo soy un saco de tristeza por tu culpa.*

Y por tu culpa...

Intento que el Hombre de los Abrigos no se cuele en mi mente, aunque está llamando a golpes a la puerta atrancada, sacudiendo la manilla. Desafiante, poso la mano sobre la pierna de Ollie porque, de algún modo, pienso que eso ayudará a mantener alejado al Hombre de los Abrigos. Veo cómo la sorpresa en el rostro de Ollie «el Surfero» se transforma en una alegría tan pura que me aterroriza y emociona a la vez. No puedo creer que haya conseguido que su cara haga eso con tan solo tocarlo.

—Vamos al agua —le digo mientras me pongo en pie.

Los demás empiezan a decir cosas como «Ajá; allá vamos». Él se pone en pie de manera despreocupada, siguiendo mis órdenes, y, después, corretea detrás de mí como si fuera un perro contento. *Es como si fuera todopoderosa*, pienso. Es todo lo contrario a como me sentí bajo los abrigos. Mientras recorremos el camino juntos y a trompicones, él me da la mano. La tiene cálida y un poco pegajosa. Nunca antes le había dado la mano a un chico.

—Eres muy guapa —dice él.

Creo que suelto un gruñido al recordar todas las cosas increíbles que tú tenías que decir, Wynton (sobre la música de tu padre, sobre cómo mi voz parecía salir de un árbol o sobre cómo mi estómago estaba afinado en si bemol), y que me pediste que me casara contigo. En ese momento, todavía no sé que siempre va a ser así; que, cuando esté con otros chicos, tú siempre estarás en mi mente de algún modo.

—Es mi cumpleaños —le digo.

—Guau. ¿Cuántos cumples?

—Dieciséis —le miento.

—Yo tengo diecisiete —contesta él.

Me ha creído. Pienso en lo fácil que es mentir y fingir ser otra persona; alguien diferente. Tal como hizo Dave con nosotras.

Nos sentamos en la orilla y contemplamos las olas. La arena está fría pero el aire sigue siendo sofocante y, tras la puesta de sol, el cielo es una gloria de nubes violetas y naranjas.

—Feliz cumpleaños —me dice. Entonces, se inclina hacia mí como si fuera a besarme—. ¿Puedo?

De pronto, no quiero.

—No —digo mientras lo aparto hacia atrás.

Él abre muchos los ojos.

—Oh, de acuerdo. Pensaba... Está bien. Lo siento.

—Solo vamos a...

—Sí; no pasa nada. —Y es evidente que de verdad no pasa nada. Asiento, aliviada. Tomo aire y observamos las olas un rato más—. Me gusta tu nombre —dice tras un rato.

—A mí el tuyo también.

—Me lo pusieron por *Oliver Twist* —comenta—. Es la novela favorita de mi madre. Solía ser profesora de Inglés. ¿Cuál es tu libro favorito?

Tal vez, después de todo, no sea un chico tan tonto.

—¿Solo puedo escoger uno?

—Muy bien... Escoge tres o...

Me percato de que una sombra se acerca hacia nosotros; una que me doy cuenta de que se está transformando en mi madre. Oh, no. Entonces, un momento después, está tirando de mí por la capucha mientras le dice a Ollie:

—Tiene trece años, ¿me oyes? Trece. ¿Qué pasa contigo?

Él me mira, interrogante, con el dolor y el asombro reflejados en el rostro. No le cuenta que le he mentido con respecto a mi edad; tan solo dice:

—Lo siento, señora. No ha ocurrido nada, se lo prometo.

—¡Más vale que sea así! —dice mi madre. Entonces, su mano se convierte en una garra sobre mi cuello mientras me conduce por la playa bajo la luz cada vez más tenue. Veo cómo Ollie se aleja de nosotras a toda prisa por el camino por el que hemos venido—. ¿Va en serio, Cassidy? ¡Lo más probable es que tenga dieciocho años! ¡No puedes marcharte sin más con chicos desconocidos! ¡Con hombres desconocidos! ¿Has estado bebiendo? No tienes permiso para beber.

Estoy atónita. Atónita de verdad. *¿Quién es esta persona?*, me pregunto. Durante un minuto, estoy demasiado estupefacta ante su hipocresía como para hablar pero, entonces, las palabras empiezan a fluir.

—¡Es lo que haces tú! —le grito—. ¡Es lo único que haces: marcharte con hombres! —Me deshago de su agarre y me doy la vuelta—. Además, como si te importara. ¿Por qué finges que te importa? —le digo con enfado. Prácticamente estoy rugiendo pero, en mi interior, está pasando algo diferente. Es como si se hubiera encendido una fuente, como si estuvieran estallando fuegos artificiales y cayendo confeti, todo a la vez. Porque está actuando como una madre; una que de verdad se preocupa por su hija. Es toda una revelación descubrir que puede convertirse en madre con tanta facilidad. ¿Es esto lo único que tengo que hacer? ¿Marcharme con un chico mayor que yo?

—¿Fingiendo? Cassidy, pues claro que me importa. Eres lo único que me importa. Ya sé que he estado...

Apenas puedo hablar a causa de la furia.

—¿Que soy lo único que te importa? Claro. Para empezar, hoy cumplo catorce años. Feliz cumpleaños para mí. Gracias por acordarte. —Intento controlar la respiración—. Y... ¡Dios! Es como... Solo... —Me llevo las manos a la cintura y me obligo a decir las palabras con lentitud—. Tan solo estoy haciendo lo que haces tú, Marigold. —Cargo su nombre de toda la malicia de la que soy capaz—. Excepto que yo no he tomado LSD, éxtasis, peyote, cocaína o lo que sea que te metas para expandir tu estúpida conciencia egoísta. —Ahora, me salen palabras, palabras y más palabras—. Al menos yo no voy por ahí, montándomelo con algún gorila detrás de la tienda de comestibles. ¡Te vi! ¡Eres repugnante! ¡Eres una inútil! Y eres... ¿Sabes que busco en Google «madres locas»? ¿Lo sabías? Porque ya no sé qué hacer. Nunca. Y, de verdad, mamá... Perdón, Marigold... Si de verdad te importara, no me llevarías a fiestas en las que los hombres...

Su gesto cambia.

—¿En las que los hombres qué, Cassidy? —Estoy llorando—. ¿Cassidy?

—¿Qué? ¡Nada! ¡No pasó nada! —Las palabras son un chillido—. ¡No pasó nada! ¡No pasó nada! —No puedo parar de gritarle eso.

—Cassidy —dice mientras me aferra del hombro—. Cuéntame qué ocurrió.

—Un hombre me... Fue por fuera de la ropa, así que no te preocupes. No es como si...

—¡Oh, Dios mío! ¿Qué te hizo? ¿Qué te hizo por fuera de la ropa? ¿Te hizo daño alguien? ¿Alguien te obligó...? Cassidy, cuéntamelo. Ay, cariño. Ay, Dios. No. ¿Por qué no me lo habías contado?

La miro fijamente, perpleja.

—¿Que por qué no te lo he contado? ¿Cuándo debería habértelo contado? ¿Cuando estabas en el Mundo Silencioso? ¿Mientras te acostabas con alguien detrás de la tienda de comestibles? ¿Cuando te pasas toda la noche de juerga con Greg, el que no abre los ojos, o con quien sea? ¡No estás presente! ¡Nunca estás! ¡Ni siquiera estás cuando sí estás presente! Siempre estás colocada o borracha. Ahora, eres como tu padre: un gigante triste y borracho. Y como la loca de tu madre, también. Qué suerte la mía, que me han tocado ambas cosas. —Sé que debería callarme, pero no puedo hacerlo—. ¡Eres la peor madre! ¡Peor madre que las de todas las películas que he visto, y recuerda que hemos visto *Queridísima mamá*! ¡Peor madre que las de cualquier libro que haya leído, y he leído *Al este del Edén*! ¡Probablemente seas la peor madre del mundo! Te odio. Odio esta vida. —Esas son palabras que, en años venideros, recordaré una y otra vez—. Me tienes atrapada contigo en *Purple Rain*. No tengo amigos. No tengo a nadie. ¡Y ya ni siquiera te tengo a ti! ¡No tengo una madre! ¡Marigold, yo soy tu madre! Me da miedo abandonarte un solo momento por si te mueres o algo. No tengo madre. No tengo a nadie.

Me toma entre sus brazos y me estrecha con tanta fuerza que me cuesta respirar.

—Cuéntame qué te pasó.

Le hablo del Hombre de los Abrigos.

Más tarde, cuando ya hemos vuelto a *Purple Rain*, sube por la escalerillas hasta mi cama y me posa una mano con suavidad sobre el pelo.

—Voy a solucionar esto, te lo prometo. Eres lo mejor que me ha pasado nunca. Lo mejor de todo. ¿Lo sabías? Pero lo he hecho todo mal. Todo. Te mereces algo mejor. No quiero que te pase nada nunca. —Tiene el rostro calmado—. Voy a solucionarlo —repite.

Creo que este es el momento en el que toma la decisión. Debe de serlo.

Nos dirigimos a las montañas para celebrar mi cumpleaños y, durante una semana, todo vuelve a ser como en los viejos tiempos, cuando vivíamos en *Sadie Mae*. Hacemos juntas las lecciones y paseamos durante horas entre pinos y arboledas de eucaliptos. Entrelazamos las manos, nos tumbamos de espaldas y observamos las nubes. Subimos a las montañas y nos sumergimos en pozas de agua. Leemos durante horas en nuestras sillas. Estoy segura de que, milagrosamente, se ha curado o la han arreglado o algo por el estilo. Parece como si fuera el comienzo de algo, de un nuevo «nosotras». Todas las noches nos sentamos en el exterior junto a una hoguera mientras bebemos sidra de manzana caliente, contemplamos las estrellas y hablamos sobre todos los libros que he estado leyendo, lo mucho que me gusta correr y la universidad. Es muy raro que toda la atención esté centrada en mí; hace que me sienta como si estuviera floreciendo a toda velocidad, pasando de ser una semilla a una flor.

Una de las noches me dice que cree que debería ir a la universidad en Berkeley, que es donde habría ido ella si...

Y eso es lo último que recuerdo antes de despertarme en mi cama aturdida, con la boca seca, la cabeza palpitante, los pensamientos revueltos y con ganas de vomitar. Pienso que debo de estar enferma. Estoy tan sintonizada con mi madre, su energía, su respiración y, tal vez, hasta el latir de su corazón que, incluso con los ojos todavía cerrados, incluso con esta gripe, sé que ya se ha levantado y que está fuera de *Purple Rain*. Imagino que estará leyendo fuera, en su silla, o que habrá ido a nadar en el arroyo cercano. Me bajo con cautela de la cama para buscarla y decirle que estoy enferma o incluso, a juzgar por lo mal que me encuentro, muriéndome.

Pero, cuando abro las cortinas, veo que ya no estamos en el parque estatal en el que hemos estado haciendo *boondocking*, sino en un camino de acceso de una calle rural con casas estilo rancho a cada lado. Al final del camino hay una casa muy bonita. Está pintada de amarillo canario, el mismo color de *Sadie Mae* cuando era nueva. Tiene un viñedo a un lado y un huerto al otro. Por todas partes hay arbustos en flor: jazmín, glicina, rododendro y otros cuyos nombres no conozco. Hay limoneros, dos higueras y un aguacatero. Al otro lado del huerto, hay un pequeño establo redondo con un caballo marrón y un potrillo.

Pestañeo, confusa. ¿Qué demonios...?

Entonces, veo la nota sobre la encimera.

Y lo sé.

Lo sé antes de leer una sola frase.

Leo una: «No estás a salvo conmigo».

Aparto la nota. No tengo aire en los pulmones.

Veo un martillo sobre la encimera, lo tomo y lo golpeo con todas mis fuerzas contra el espejo, ese espejo dentro del cual mi madre y yo hemos pasado tanto tiempo.

Bienvenido a la tercera traición.

¿Tienes abrochado el cinturón de seguridad, Wynton? Porque vamos allá...

Miro mi reflejo hecho añicos y veo que tengo los ojos hinchados y los labios agrietados. Pienso que estoy enferma de verdad; debo de estarlo porque, de lo contrario, ¿por qué *Purple Rain* está dando vueltas? ¿Por qué tengo tantas náuseas? Me siento en la mesa y entierro la cabeza entre las manos. Cuando todo deja de darme vueltas, acerco la nota hacia mí. *Quizá haya salido a dar un paseo* —pienso—. *Quizá haya ido a comprar medicamentos.* Me he medio convencido de que es así cuando sigo leyendo.

No estás a salvo conmigo, ni física ni mental ni espiritualmente. Pensé que podía dejarlo atrás. De verdad creí que podríamos ser como los pioneros que se asentaron en este estado en el siglo XIX. *Marigold y Cassidy en la Gran*

Aventura. Pensé que podría escapar del pasado y encontrar «oro» como todos los bandoleros que nos precedieron. Pensé que podríamos construir una civilización nueva y hermosa compuesta solo por nosotras; nuestra propia Utopía. Y, durante una temporada, lo conseguimos, ¿no es así? Pero, como ya sabes, no estoy bien. Tras todos mis esfuerzos, has sido tú la que al fin me ha despertado. No puedo cuidar de ti cuando ni siquiera puedo cuidar de mí misma. Llevas ya un tiempo sin estar a salvo, por no decir feliz, y me siento muy avergonzada. Me avergüenzo mucho al pensar en lo que te ocurrió aquella noche, en que no debería haber ocurrido y en que podría haber sido mucho peor. Necesito ayuda y voy a ir a buscarla para poder ser una madre para ti; la madre que te mereces. En una ocasión, dije que quería que fueras como yo, pero es al revés, Cassidy: yo quiero ser como tú. Eres la luz de mi cuerpo. Me pondré mejor, vendré a buscarte y, entonces, me contarás historias increíbles. La escritora eres tú, solo que todavía no lo sabes. Tienes que saberlo. Eres empatía y compasión, mi querida lectora de diccionarios. Siento mucho marcharme de este modo tan repentino y en medio de la noche, pero no tengo la fuerza necesaria para poder hacerlo de cualquier otro modo. Tú eres la fuerte, no yo. Creo que aquí estarás a salvo y serás feliz. Descubrirás que no he sido sincera contigo. Ahora, desearía haberlo sido...

Rasgo la nota.

¿Me ha dejado sola en una calle cualquiera de un pueblo rural cualquiera? Es muy difícil pensar cuando la cabeza me duele tanto y el mundo no para de dar vueltas. Excepto que... Un momento. ¿Cómo es que no recuerdo el viaje hasta aquí? ¿Cómo es que no recuerdo haberme ido a la cama? ¿Me drogó?

Porque, de lo contrario, ¿cómo es que me siento así? Lo último que recuerdo es que estábamos al aire libre, hablando bajo las estrellas sobre la universidad y bebiendo sidra. ¿Le puso droga a la sidra? Entonces, estoy segura de que eso fue lo que hizo.

Alguien llama a la puerta de *Purple Rain*.

¡Mamá! Una oleada de alivio me recorre el cuerpo. No se me ocurre pensar que ella no habría llamado a la puerta. Corro hasta ella y abro de golpe, lista para caer entre sus brazos y prometerle lo que sea con tal de que podamos volver a ser nosotras dos de nuevo: Cassidy y Marigold en la Gran Aventura.

Pero no es mi madre. Es un hombre con un sombrero negro de vaquero.

Le cierro la puerta en las narices.

En mi mente se está dibujando un plan y él, sea quien fuere, no forma parte de él. Tengo que encontrar a mi madre. Me dirijo a la parte delantera de *Purple Rain*, tropezando con el suelo, que parece estar moviéndose, y me caigo dos veces. ¿Me ha dejado las llaves? Abro la guantera y ¡ahí están! Hago caso omiso del cansancio de mis extremidades y el martilleo de la cabeza y me acomodo en el asiento del conductor. Intento meter la llave en el contacto, pero las manos me tiemblan con tanta intensidad que fallo una y otra vez y, al final, las llaves se me caen al suelo. Cuando me asomo por debajo del asiento para buscarlas, me siento tan mareada que se me olvida qué es lo que estoy haciendo y a qué especie pertenezco. Entonces, recuerdo que voy a buscar a mi madre, me incorporo triunfal con las llaves en la mano y vuelven a llamar a la puerta. Las bloqueo todas.

—¿Podemos hablar un momento, Cassidy? —dice el vaquero que está al otro lado.

¿Cómo sabe mi nombre? ¿Quién es? Dios, sí que estoy atontada.

Definitivamente, sí que me drogó.

Y, después, me dejó sola en una calle cualquiera de este mundo.

Me siento fuera de mí cuando al fin meto la llave y enciendo el motor. Además, ¿se ha marchado andando? Tendría que haber mirado su armario. ¿Se ha llevado su cepillo de dientes? ¿DÓNDE ESTÁ? El motor cobra vida con un zumbido y los golpes en la puerta se vuelven más insistentes.

—¡Me parece que no tienes edad suficiente para conducir! ¡Por favor, abre la puerta!

Sí, claro, colega, pienso mientras saco a *Purple Rain* a la tranquila calle rural quemando rueda, lo que es bastante difícil de hacer con esta autocaravana. Entonces, salgo por la carretera a toda velocidad. No tengo plan, destino o madre, tan solo una cabeza llena de confusión y miseria que se pregunta cómo ha podido hacerme esto y, lo que es peor, si no será culpa mía por decirle lo terrible que es como madre.

¿Y quién demonios es este hombre que ahora me está siguiendo en una vieja camioneta naranja? ¡Ayuda!

Piso el acelerador y *Purple Rain* avanza a trompicones. ¿Cómo ha podido abandonarme de este modo, como si fuera un zapato viejo y asqueroso? Sobre todo ahora que las cosas volvían a estar bien. Entonces, me doy cuenta de que, en las montañas, se estaba despidiendo de mí. En eso ha consistido la última semana: no en una celebración de mi decimocuarto cumpleaños, sino en una larga despedida.

Voy por una carretera estrecha a unos ciento veinte kilómetros por hora. Paso delante de un casino, de algunos ranchos y de viñedos, pero la única persona viva que veo está detrás de mí, ahora sin sombrero y con la mano firmemente plantada en el claxon atronador. Desde aquí, puedo ver que está enfadado. Tiene la piel arrugada y curtida por el sol. ¿Qué estoy haciendo? Tan solo he conducido en caso de emergencia, cuando mamá estaba demasiado borracha como para ponerse detrás del volante. Miro el indicador de velocidad y piso el acelerador hasta que se coloca en unos ciento cincuenta kilómetros por hora. Ni siquiera sabía que *Purple Rain* pudiera ir tan deprisa. Le doy una palmadita al salpicadero tras sentir el primer brote de afecto por el vehículo.

—Ayúdame —le digo a la autocaravana—. Vamos a perder de vista a ese tipo. Y, después, me vas a ayudar a encontrar a mamá. Sé que lo harás.

La adrenalina de la huida me ha aclarado un poco la cabeza, lo que, por desgracia, significa que vuelvo a recordar las palabras de la nota de mi madre: «Aquí estarás a salvo». ¿Dónde es «aquí»? ¿Quién deja sola a su hija tras haberla drogado? Ay, Dios mío. ¿Cómo puede estar pasándome esto? ¿Por qué le dije que la odiaba? Todo el amor que siento por ella me está inundando cada vez más y más. La quiero más que a nadie y a nada. Ella lo es todo y todo el mundo. *Ella es yo*, pienso.

Mi única persona.

La única persona.

Se me empieza a estrechar la garganta hasta que necesito tomar bocanadas de aire, convencida de que me estoy asfixiando. Creo que, ahora, soy huérfana, y los huérfanos entran en el sistema; en el programa de acogida de menores. Eso lo sé por las películas. La autocaravana se balancea como si fuera a volcar mientras el mundo al otro lado de la ventanilla se vuelve cada vez más borroso. No me molesto en enjugarme las lágrimas, tan solo agarro con fuerza el volante y piso el acelerador a fondo. Porque estoy en la cesta, flotando río abajo como Moisés. Siento algo caliente que me corre por la pierna. Oh, no. Bajo la vista hacia la mancha húmeda cada vez más grande de mis pantalones de pijama y recuerdo la última vez que me ocurrió esto, cuando me perdí en el bosque, y pienso en cómo el pánico y la desesperación de entonces no fueron nada en comparación con esto. En esta ocasión, mi madre no va a soplar un silbato para que sepa dónde está. Tampoco va a ir a buscar a un agente de policía, tal como hizo en el Pueblo.

Atravieso volando un semáforo y solo me doy cuenta de que estaba en rojo cuando ya lo he pasado. El hombre de rostro arrugado también se lo salta con la mano todavía en el claxon. *Tengo que perderlo de vista.* Conduzco a *Purple Rain* por una carretera, luego por otra y otra más. Entonces, vuelvo a ver el casino, los ranchos y la bodega. Creo que es posible que haya dibujado un círculo. Intento calmarme, consigo respirar hondo varias veces, me limpio las lágrimas con el dobladillo de la camiseta y me concentro en la carretera borrosa, tratando de no pensar en nada que no sea en conducir y en nunca jamás detener este vehículo. ¿Cómo he podido hacerme pis en los pantalones? Entonces, empiezo a llorar con fuerza y los sollozos me atraviesan el cuerpo mientras sigo adelante.

El hombre deja de tocar el claxon.

Empiezo a subir una montaña con *Purple Rain* y tomo las curvas cerradas como una profesional, si se me permite decirlo. Me siento algo más calmada. Todavía mareada, pero más calmada. Me he acomodado en el asiento pegajoso. El aroma del eucalipto está inundando la autocaravana y sustituyendo el olor acre de la orina y el miedo. Las secuoyas son cada vez más altas y la luz más suave. Miro por el retrovisor. El hombre me saluda con la mano. Puedo ver la irritación en su rostro pero ¿es posible que también un poco de diversión? No sé por qué, pero le devuelvo el saludo y, después, tomo un camino porque veo un cartel amarillo con una flecha enorme. Solo una flecha. Ni una sola palabra. Entonces, veo otros carteles pidiéndome que reduzca la velocidad. Bueno, demasiado tarde, ya que me estoy precipitando por una pendiente muy empinada a bastante velocidad. No, a demasiada velocidad. Desde luego, esta carretera no está pensada para autocaravanas y el hombre que va detrás de mí está tocando el claxon de nuevo mientras paso como una brisa junto a carteles que dicen «Reduce la velocidad» y «¡Me refiero a ti!». Por último, hay un cartel enorme casi al final de la pendiente que dice «¡Bienvenido! ¡Has llegado!». *¿Que he llegado a dónde?*, pienso mientras paso volando frente a una especie de cabaña de paja con banderas en la parte superior. Estoy pisando el freno chirriante, pero *Purple Rain* tiene otros planes. Cierro los ojos en el momento en el que veo la hondonada y, entonces... Impacto.

—Abre la puerta —me dice el hombre un momento después, ya que todavía sigo viva a pesar de que no llevaba el cinturón de seguridad y de que estoy dada vuelta, con la cabeza apoyada contra la ventanilla y las piernas sobre la palanca de cambios. Sacudo la cabeza. Él se aleja.

Qué fácil ha sido, pienso.

Me enderezo, giro la llave y el motor se enciende.

—¡Te quiero! —le digo a *Purple Rain*—. Siento no haber sido más amable contigo. —Sin embargo, cuando pongo la marcha atrás y piso el acelerador, las ruedas patinan—. Lo retiro —añado.

El hombre regresa con una ganzúa para automóviles y en unos dos segundos y medio, la puerta del conductor se abre y deja de ser un hombre en un retrovisor para pasar a ser un hombre que está tan cerca que puedo oler algún tipo de champú o jabón.

—¿Estás bien? —Asiento—. ¿Te has dado algún golpe en la cabeza? —Niego con la cabeza sin golpes, cohibida ante la idea de que pueda ver la mancha húmeda de mis pantalones de pijama. Sin embargo, no baja la vista y, si huele algo, no se le nota en el rostro—. ¿Crees que puedes salir sola de la caravana?

—No pienso salir.

—Muy bien. De acuerdo. Me alegro de que estés bien.

Se le relajan los hombros. Parece como si estuviera a punto de decir algo, pero no lo hace. Me está contemplando y observo cómo cierta ternura se apodera de la aspereza de su rostro. Cierra la puerta con cuidado y le da una palmadita antes de alejarse. Echo un vistazo al retrovisor y veo que está hablando con dos personas desnudas: un hombre y una mujer. Personas desnudas que no llevan ropa. Personas desnudas en medio del camino. Absoluta, total e irrefutablemente desnudas.

Pestañeo un par de veces y pienso que, sin duda, me han drogado y ahora estoy teniendo alucinaciones. Sin embargo, cuando vuelvo a echar un vistazo, hay más personas desnudas. Una tribu entera de gente sin ropa. Algunos están señalando las ruedas de *Purple Rain* y todos ellos están mirando en mi dirección. ¡Desnudos! ¿Qué está pasando aquí?

—Cassidy —susurro—, dime que estás soñando, por favor.

Me dirijo de nuevo a la zona habitable para ponerme unos pantalones cortos y limpiarme un poco. Veo el espejo hecho añicos y fragmentos de la nota de mi madre por todo el suelo. ¿Por qué he hecho eso? Tal vez en ella dijera a dónde iba. No estaba pensando y sigo sin hacerlo. No puedo. Tengo ganas de vomitar y estoy muy cansada. Me siento en el banco y decido que recompondré la nota más tarde. Abro la cortina una rendija y veo que la tribu de gente desnuda está compuesta por personas de todas las formas, tamaños y edades. No puedo dejar de mirar. Hay muchos penes. Nunca antes he visto un pene, excepto en los libros de anatomía. No tenía ni idea de que tuvieran ese aspecto. O ese otro. O ese. O aquel. ¡Cuántas variantes!

Rostro Arrugado vuelve a aparecer junto a la puerta del conductor y llama a ella. Me dirijo a la parte delantera y presiono el botón para bajar la ventanilla.

—Vamos a intentar sacar la autocaravana de la hondonada. El único daño que veo es en el lado derecho del parachoques. En realidad, es increíble. Sería más fácil que salieras y me dejaras ponerme al volante. No es que no seas impresionante conduciendo. —Teniendo en cuenta la situación en la que se encuentra *Purple Rain*, creo que está siendo sarcástico pero, entonces, dice—: Has conducido muy bien.

—Gracias —le contesto. Una oleada sorprendente y repentina de orgullo me inunda el pecho y hace que se me enciendan las mejillas.

—¿Y bien?

—¿Y bien, qué?

—¿Puedo ponerme al volante mientras Bob coloca esa tabla de madera debajo de las ruedas? No es la primera vez que tienen que lidiar con algo así.

—¿Bob va desnudo?

—Me temo que sí.

—¿Por qué?

No diría que lo que sale de la boca de Arrugado sea una risa, más bien es una carcajada jovial.

—Si te soy sincero, no tengo ni puñetera idea. Ahora, sal de ahí antes de que se acerquen más visitantes de los manantiales como si fueran hormigas acudiendo a un pícnic.

Me bajo de *Purple Rain* y me doy cuenta de que todavía llevo la camiseta del pijama, lo que, en cualquier otra parte del planeta, probablemente significaría que voy medio desnuda. Varias de las personas desnudas me sonríen y me saludan con la mano. Sin duda, he acabado en una parte amistosa de la Vía Láctea. Intento no mirar pechos, penes o pelotas, que a un viejo le cuelgan como si fueran campanitas de viento. Guau. Eso tampoco lo sabía.

Oigo unas risas procedentes de un bosquecillo de robles que hay a mi derecha y veo a un niño pequeño y a otro algo mayor que están contemplando el espectáculo desde la rama de un árbol como si fueran dos pájaros. Con alivio, me percato de que van vestidos. El pequeño vestido me está saludando con la mano. Es un palo delgaducho con una maraña de rizos castaños en la cabeza. Le devuelvo el saludo. El chico mayor no ha debido de darse cuenta de que el pequeño me estaba saludando, así que cree que lo estoy saludando a él. Una sonrisa se apodera de su rostro y, entonces, me devuelve el gesto. Tiene el pelo liso y negro y lleva puesta una gorra de béisbol. *Muy bien, posibles aliados*, pienso. Nosotros, los vestidos, debemos mantenernos unidos. (¿Quién iba a saber que, años más tarde, perdería la virginidad e iría al baile de promoción con esa persona? Lo dejamos algunas semanas después de la graduación).

Bob «el Desnudo» es un hombre muy grande, lo que es maravilloso, ya que significa que, bajo la enorme barriga peluda, no puedo verle el PENE (¡!) cuando se acerca a mí y me dice:

—¡Hola! Pareces más joven que una bellota. No me puedo creer que te dieran un permiso de conducir. Bueno, no te preocupes. Sacaremos de aquí tu autocaravana en un visto y no visto. Los amigos de Dexter son mis amigos.

Dexter. El nombre de Arrugado es Dexter. No me suena de nada.

—Gracias —contesto.

Entonces, me doy cuenta de que hay un coche de policía bajando la carretera hacia nosotros. Aparca detrás de la camioneta de Dexter y me visualizo en la cárcel con absoluta claridad.

—¿Qué ha pasado aquí? —dice un hombre con bigote mientras se baja del coche patrulla. Pasa la vista entre los desnudos, Dexter y yo. Sus ojos incluso se dirigen a los chicos que están en el árbol—. ¿Quién iba conduciendo esta autocaravana?

—Yo —dice Dexter.

—¿Ah, sí? Y, entonces, ¿quién iba conduciendo tu camioneta, Dexter?

—Yo —contesta Bob «el Desnudo».

El policía lo mira.

—¿De esa guisa?

—¿Tienes algún problema con los atributos que Dios me ha dado, Bruce?

—¿Y quién eres tú? —me dice a mí—. Porque me han dicho que había una niñita conduciendo una autocaravana morada a la velocidad de la luz por la autopista 43.

Dexter se acerca a él.

—Bueno, pues lo has oído mal. Esta de aquí es mi sobrina, Cassidy. Iba en la parte de atrás cuando he perdido el control del vehículo. Mi hermana y ella han venido de visita desde Oregón y quería llevarla a ver las vistas y a darse un baño matutino en las aguas termales. En la 43, tan solo estaba estirando un poco la pierna.

—Deja de molestarnos de una vez y échanos una mano, Bruce, ¿quieres? —le dice Bob «el Desnudo» con impaciencia.

Y así, sin más, me han sacado de la cárcel. No me hacen más preguntas y todos ellos, algunos vestidos y algunos no, se dedican a gritarse los unos a los otros (a veces, bastante fuerte) sobre cuál será la mejor manera de sacar a *Purple Rain* del hoyo.

Yo los observo, todavía incapaz de pensar con claridad. Las oleadas de mareos y náuseas van y vienen. Siento las piernas débiles y las ideas no dejan de darme vueltas y más vueltas en la cabeza. ¿Por qué ha dicho Dexter «el Arrugado» que soy su sobrina? ¿Acaso soy su sobrina de verdad? ¿Tenía mi madre un hermano? ¿Cómo sabe mi nombre? ¿Y por qué me ha defendido? ¿A dónde ha ido mi madre? ¿Qué voy a hacer? ¿Por qué va todo el mundo desnudo? Vueltas y más vueltas hasta que tan solo me queda un pensamiento y nos quedamos los dos solos. Aquello que me ha aterrado durante toda mi vida ha ocurrido:

Mi madre me ha abandonado.

Me rindo al mareo y al cansancio y siento cómo las piernas se me doblan y...

CASSIDY

Cuando me despierto, estoy en mi cama, dentro de *Purple Rain*. Me incorporo de golpe, pensando por un instante maravilloso y breve que lo he soñado todo. Asomo la cabeza fuera de la cama y, cuando bajo la vista, veo que han limpiado los fragmentos de cristal y que los restos de la nota de mi madre están en una pila ordenada sobre la mesa. Junto a ella hay un plato con pastas, un cuenco con arándanos y un tarro de mermelada.

Aparto la cortina y veo que Dexter está fuera, en una silla de plástico, con una guitarra entre los brazos. Mi guardián. ¿Acaso tenía mi madre un hermano del que nunca me ha hablado? ¿Es por eso por lo que estoy aquí? Sí que se parece un poco a nosotras. Tras él se encuentra la casa amarilla en la que me abandonó mamá.

Bajo la escalerilla, respiro hondo y abro el armario. El lado de mi madre está como siempre, como una explosión de ropa. A diferencia del mío, que está limpio y ordenado. «¡Qué quisquillosa eres, Cassidy», me dijo en una ocasión mientras tomaba montones de mis camisetas dobladas con cuidado y las lanzaba al aire. Suspiro. Su lado sigue siendo su lado: todo está hecho una bola y hay diez vestidos en una misma percha mientras que el resto están vacías. No parece que se haya llevado nada. Tomo un vestido veraniego amarillo, me lo llevo a la cara e inhalo.

—¿Dónde estás? —pregunto en voz baja. Después—: ¿Cómo has podido hacerme esto?

Saco su vestido azul claro del rincón en el que estaba apretujado. Es su favorito; el mismo que llevaba el día que Dave le pidió matrimonio. Le quito algunas hebras de cabello rubio y me las enrollo en torno al dedo. Me pongo el vestido azul y entro al baño. Su neceser sigue ahí: su cepillo de dientes, su jabón, su champú... Incluso el aceite de jazmín.

Me pongo un poco en el cuello y en las muñecas. (Aunque no lo entiendo, Wynton, mucho después de terminar aquella botella y, de hecho, hasta el día de hoy, juraría que sigo oliendo como ese perfume, como ese aroma que asocio con mi madre y el tiempo que pasamos juntas). Entonces, me dirijo a la mesa y tomo algunos de los fragmentos de la nota que me dejó, deseando no haberme esforzado tanto en hacerla pedazos. Ahora que lo que sea que me diera ha dejado de hacerme efecto, no recuerdo demasiado de esos momentos. No tengo ninguna duda de que me drogó. Me hago con el celo, me siento en el banco y comienzo a recomponer la nota. Tal vez en la parte que no he leído dijera cuándo volvería. Tal vez dijera quién es Dexter.

No estoy muy segura de cuánto tiempo pasa.

Prosigo con la nota y, periódicamente, meto el dedo en la mermelada porque está increíble. Es como el maná. Leo la etiqueta: «Mermelada de uvas de Dexter Brown». ¿La prepara él? Estudio la etiqueta porque me resulta familiar. Entonces, me pongo en pie y abro la alacena que hay detrás de mí. Tal como sospechaba, hay otro tarro igual y, junto a él, una botella de «Vinagre de vino de Dexter Brown» y otra de «Pinot noir de Dexter Brown».

Me viene a la memoria un día. Mamá y yo estábamos en una feria del vino en el norte y ella estaba hablando con un hombre que vendía tarros de una cosa u otra. De espaldas se parecía a Dave, con el mismo cabello despeinado, el mismo cuerpo larguirucho y el mismo paso despreocupado mientras se ponía en pie y se acercaba a ella. Nada nuevo. Mamá siempre estaba hablando con hombres que se parecían a Dave. Sin embargo, en aquella ocasión, el corazón empezó a latirme con fuerza porque se estaban abrazando como si se conocieran. Conforme me acercaba a ellos, cada vez estaba más y más segura de que era el auténtico Dave. ¿Habría dejado a Joanne y habría estado recorriendo todo el estado, buscándonos? Dave se dio la vuelta y toda esa esperanza retrocedió en mi interior. Era un hombre mayor, más curtido y que, sencillamente, no era Dave. Regresé a *Purple Rain*. Cuando mi madre volvió conmigo, llevaba la mermelada, el vinagre y el vino. Intento recordar qué me dijo sobre aquel hombre, que debía de ser Dexter, pero no puedo. Tomo el tarro de mermelada. Allí, en la parte trasera, hay una dirección y un correo electrónico.

Me acerco a la ventana y miro al hombre que está rasgueando la guitarra con su sombrero de vaquero. Lleva una armónica en torno al cuello. Es verdad que se parece mucho a nosotras. ¿Podría ser su hermano? Entonces, ¿por qué me habría dicho que era hija única? Le doy vueltas y vueltas a la cabeza y pienso en lo fácil que sería imaginárselo subido a un caballo. ¿Es un antiguo novio? ¿Por qué me dejaría con un exnovio cualquiera?

A menos que...

Miro a la chica hecha añicos en los restos del espejo.

A menos que... No se parece a nosotras. Se parece a mí.

Porque...

Pero, entonces, ¿qué hay de Jimmy «el Padre Muerto y Ahogado»?

«No he sido sincera contigo...».

No. No es posible, ¿verdad, Wynton?

Vuelvo corriendo a la nota y continúo trabajando en ella. Pronto, me abro paso entre sus palabras apenas legibles:

No siempre he sido sincera contigo. Conocí a tu padre en un festival de bluegrass en San Diego. Pasamos una tarde preciosa juntos y eso fue todo. Nunca supe cómo se llamaba o dónde vivía, así que supuse que, para ti, sería más fácil pensar que estaba muerto en lugar de por ahí, en alguna parte, sin que pudiéramos encontrarlo. Como todas mis decisiones, no lo pensé demasiado. Hace poco, nos encontramos por casualidad y resultó ser una persona tan maravillosa como recordaba. Creo que descubrirás que tenéis muchas cosas en común. Tras ponerme en contacto con él a través del correo electrónico, sé que te mantendrá a salvo de formas que yo no puedo...

La nota prosigue pero no me dice dónde ha ido o cuándo va a volver a buscarme. La última parte del mensaje habla de dinero. Dice que hay dos cuentas bancarias a mi nombre (un fondo universitario y una cuenta de ahorros que puedo usar para mis gastos del día a día), así como una tarjeta de crédito en el cajón que tiene un pósit pegado con el número PIN.

Abro el cajón. Dentro hay una tarjeta de crédito con dos nombres: Cassidy Snow y Mary Snow. Ni siquiera se llama Marigold; se llama Mary. La puñetera Mary Snow. Es el nombre de una desconocida.

Me acerco a la ventanilla y me asomo por la cortina.

Él sigue ahí, esperando. Esperándome a mí. Hay algo en su rostro, una especie de paciencia férrea, que me hace pensar que esperaría para siempre. Atravieso *Purple Rain*, agarro la manilla de la puerta y la abro. Entonces, me dirijo al hombre que está sentado en la silla.

—No eres mi tío.

—No.

—Sé quién eres.

—Ya sabes más que yo —dice. Entonces, capto en sus ojos una sonrisa que no le llega al resto de la cara—. ¿Tienes hambre?

Asiento y me bajo de la autocaravana. Cuando se levanta de la silla, a él le crujen los huesos.

Mientras caminamos hacia la casa, el sol me resulta cálido y agradable sobre la piel y sus rayos motean el suelo, haciendo que parezca que mi padre y yo estamos caminando sobre agua.

—No pareces sorprendido —digo en voz baja.

—¿De verdad? Este soy yo tan sorprendido que casi me vuelvo loco.

Eso hace que me ría, lo cual me hace sentirme muy bien.

—¿De verdad?

—No tienes ni idea. —En esta ocasión, la sonrisa que se le asoma a los ojos es tan breve que apenas la veo.

—Así que, si ganaras la lotería o te cayera encima un rayo, serías así —le digo, pensando que ya nos estamos gastando bromas, tal como solía hacer con Dave.

—Oh, me ha caído encima un rayo... No se pareció en nada a esto.

Probablemente, sea un poco prematuro que me guste. Probablemente, sea un poco prematuro que me sienta como si, en mi interior, estuviera saltando en una cama elástica porque tengo un padre. Un padre que hace bromas socarronas, que me espera y que solo sonríe con los ojos. Entonces, se detiene en medio de una zancada y, cuando habla a continuación, lo hace con la voz cargada de emociones:

—Necesito decirte que no sabía de tu existencia hasta que tu madre me mandó un correo electrónico hace unas semanas.

—¿Sacó tu dirección del tarro de mermelada? —le pregunto. Todavía estoy intentando atar todos los cabos.

Él asiente.

—No estoy seguro de si tú estabas en la feria aquel día. En cuanto la vi, supe quién era. Es difícil olvidar a tu madre; es como un meteoro. —Sonrisa en los ojos—. Al principio, ella no me reconoció. Tuve que recordarle cómo, hace eones, me atrajo y me alejó de mi banda de *bluegrass* favorita al decirme que tenía que saberlo todo sobre mí de inmediato y que el hecho de que nos hubiéramos conocido era cosa del destino. Empezó a decir algo así como que podía imaginarme montado a caballo y, después, se puso a parlotear sobre cómo Júpiter estaba alineado con esto o lo otro. Nunca antes o después había hecho algo así y tampoco tengo una explicación. Me sentí como si estuviera bajo algún tipo de hechizo. Pero resulta que tenía razón; fue cosa del destino. —Sacude la cabeza—. He debido de leer ese correo electrónico de tu madre unas cincuenta veces. —Se ríe y eso hace que me sienta calentita en el interior—. Le pedí a Nigel, el encargado de mi viñedo, que lo imprimiera y que fuera totalmente sincero conmigo. Esto solo lo admitiré ante ti, pero esa noche dormí con él bajo la almohada para que fuera lo primero que viera cuando me despertara. No podía creer que tuviera una hija. Me sentí… —Traga saliva con el rostro desbordado de emociones—. No sé cómo describirlo. Me sentí como si fuera una especie de redención; una especie de gracia divina.

Me confunden tanto la historia como la emoción que tiñe sus palabras y su rostro. La voz me sale fina pero estentórea:

—¿Quieres decir que te hizo feliz?

Siempre he sido una carga; una sanguijuela.

—«Feliz» se queda corto. Me sentí... Bueno, no sé cómo describirlo. Como si alguien hubiera encendido las luces. Le respondí al correo, invitándoos a las dos a que vinierais de visita. Incluso pinté la casa. —¿El amarillo canario?—. Entonces, no recibí respuesta. Estaba a punto de darme por vencido, ya que volví a escribirle, pero el correo me rebotó. Y de pronto me despierto con una autocaravana morada en el camino de acceso a mi casa. Lo siguiente que sé es que estoy involucrado en la primera persecución en camioneta de toda mi vida. —Me mira y levanta el dedo índice—. Por cierto: nunca más; no volverás a conducir hasta que no te saques el carnet.

Me río para ocultar el hecho de que se me han saltado las lágrimas al darme cuenta de que al fin tengo un padre de verdad.

Pasan los días de verano.

Y, entonces, lo hacen los años. Wynton, por primera vez en mi vida, son años seguros y felices.

Hay un poema de Louise Glück que me encanta. Me he tatuado mi verso favorito en la espinilla: «Cuando hay dos hermanas, una es siempre la espectadora y la otra la bailarina». Esas éramos mi madre y yo. Yo siempre era la espectadora pero, en estos años, con los ojos de mi padre puestos en mí, me he convertido en la bailarina.

WYNTON

Sabes que Cassidy está ahí porque hueles las flores, pero no dice nada. Te parece que pasan horas; vidas enteras. ¿Está leyendo? ¿O solo está sentada, mirándote?

Esperas que te esté tocando el brazo. Recuerdas cómo, en aquella carretera iluminada por la luna, te rozó el rostro con los dedos como si fueras algo precioso.

Recuerdas cómo, cuando tocabas el violín, intentabas encontrar el dolor que se escondía entre las notas con el arco.

Ahora, tú eres ese dolor.

Finalmente, oyes que dice:

—No estoy segura de qué es lo que sabes sobre tu familia y qué no, Wynton, pero tengo que decirte que estamos bien. Tú y yo... estamos bien.

Entonces, el aroma de las flores desaparece.

DIZZY

De pie en el porche, bajo la luz amarillenta del sol y dándole la mano a su padre, Dizzy ya no se sentía como la mancha de pintura andante y parlante que solía ser. En su lugar, se sentía como una persona calmada y sin miedo que ya no temía que su hermano fuese a morir; una chica que ni siquiera temía que volvieran a tirarle un pedo en la cara, ser fea para siempre o no tener a su lado a su único mejor amigo. Se sentía más alta. Tal vez fuera más alta. Recordó el momento de la historia de Alonso Fall en el que Alonso descubría la verdad sobre su verdadero padre y comenzaba a desprender luz. Tal vez ella misma estuviese sufriendo la misma transformación. Porque ¿acaso Alonso no se había vuelto más alto en ese momento? Tal vez la misma magia de las historias de Cassidy estuviera presente en la familia de Dizzy en ese preciso instante pero de forma más sutil, por lo que tenías que buscarla con más ahínco. Quería preguntarle a los demás si de verdad estaba creciendo a cámara rápida, pero se percató del ambiente y se lo guardó para sí misma.

Miles seguía furioso, con el rostro como un trueno y los ojos fijos en el hombre del sombrero de vaquero, su padre.

—¿Qué clase de padre abandona a toda su familia y nunca regresa? —exclamó su hermano. Era evidente que todavía no se había dado cuenta de que estaban viviendo un milagro. En una ocasión, Dizzy había leído que, en el último siglo, se habían reportado al menos doscientos casos de combustión espontánea en humanos y, al observar a Miles en aquel momento, se preguntó si estaría a punto de presenciar otro—. Es que no lo entiendo —prosiguió él—. ¿Sabes lo mucho que te necesitaba? —Señaló a Dizzy con un dedo—. ¡Todos nosotros! Ni siquiera habías conocido a Dizzy, que es la niña más increíble, ¡y ya tiene doce años!

Dizzy se quedó boquiabierta. ¿Miles pensaba que era una niña increíble? ¡Eso hizo que se sintiera como una niña increíble! Se mordió el interior de la mejilla para no sonreír. ¿Quién habría pensado que iba a vivir aquellos momentos épicos justo en medio de la que sin duda era la peor semana de toda su vida?

Su padre se estaba tomando los ataques verbales de Miles como si fueran golpes físicos y ella podía sentir cómo retrocedía cada vez que recibía otro. Se aferró a su mano con más fuerza, intentando decirle a través del tacto que todo iría bien ahora que se habían encontrado. Escudriñó a los demás. El tipo que estaba en el umbral de la puerta, fuera quien fuere, tenía cara de estar viendo el choque entre dos automóviles a toda velocidad sin poder hacer nada para detenerlos. Sandro, desde los pies de su padre, le estaba ladrando a Miles con desesperación. Parecía como si Félix también quisiera empezar a ladrar. Dizzy se dio cuenta de que los cerdos de la cochiquera habían asomado el hocico por la valla y que una hilera de girasoles, que habría jurado que habían estado de cara a la carretera, ahora estaban girados hacia ellos.

El mundo entero estaba en posición de firmes.

—Entiendo lo enfadado que estás, Miles —dijo su padre—. Tienes todo el derecho a estarlo. —Tenía la voz tensa, como si las palabras lo estuvieran asfixiando—. No hay excusa para lo que...

—¡No, no la hay! —Miles dio un golpe en el suelo con el pie y señaló la casa—. Por favor, explícanos por qué está bien que, todo este tiempo, hayas estado aquí, siendo el padre de otra persona.

Un momento —pensó Dizzy—, *¿el padre de quién?* Miró al joven que estaba en el umbral y al que, según acababa de recordar, su padre había llamado Nigel.

—¿Eres su hijo?

—Yo no —contestó él.

—No, Dizzy —replicó Miles—. ¡Cassidy! Esta es su casa, acuérdate.

Dentro de Dizzy comenzó a vibrar un acorde totalmente nuevo. Con toda la sorpresa, la emoción y los aleluyas (por no mencionar su potencial transformación física personal), no se había acordado. Se sentía como si pudiera caerse de sus propias piernas. Eso significaba que...

—¿Cassidy es mi hermana?

Susurró las palabras mientras soltaba la mano de su padre y se llevaba las suyas al pecho. ¿Tenía una hermana? ¿Una hermana mayor? Y, además, era Cassidy. Su hermana la había apartado de la trayectoria del camión y le había salvado la vida. Y a Wynton también. Oh, oh, oh. Aquel era un milagro aún más grande de lo que había creído. Estaba ocurriendo un megamilagro. Se sentía como si su cuerpo fuera un cable de alta tensión. Santo cielo, santo cielo, santo cielo. Aquello era mejor que cualquiera de los eventos milagrosos sobre los que se había documentado. Prefería que le cayeran del cielo un padre y una hermana que disparar fuego por los dedos como Buda o volar por los aires como san José de Cupertino. Incluso aunque aquella noticia significara que Cassidy no era un ángel ni un Ser de Energía.

¿Cómo podría serlo si aquel hombre era su padre del mismo modo que era el suyo? Pero eso ya no le importaba.

Prefería tener una hermana mayor antes que un ángel.

La parte más irrefutable del megamilagro era que su hermana los había llevado hasta su padre para que él pudiera despertar a Wynton con su trompeta. A diferencia de los paseos de oración, postrarse en suelos sucios o meterse a monja, aquel era un plan muy bueno, sólido y factible. Obviamente, también estaba la ventaja adicional de que su fragua fogosa no tendría que apagarse y enfriarse en un convento.

—Tenemos que volver al hospital ya —dijo. Después, miró a su padre—. Por favor, ve a buscar tu trompeta para que puedas despertar a Wynton.

—No puedo, Dizzy —contestó él, mirando el suelo del porche.

—¿No puedes ir a buscar la trompeta o no puedes venir al hospital?

Bajo el ala del sombrero, el hombre comenzó a masajearse la frente como si le doliera la cabeza.

—No puedo ir. Lo siento.

Dizzy no podía creer lo que estaba oyendo.

—No —dijo Miles—. Imposible. Dizzy tiene razón. Tu hijo está en coma y tal vez puedas salvarlo. Por favor, ve a buscar la trompeta.

Dizzy y Miles se sonrieron el uno al otro en el interior sin hacerlo en el exterior. Su hermano creía en el plan. Quería subirse a sus hombros de un salto. Quería decirle que él también era una trufa blanca con un rayo dentro. Ahora, tenía dos hermanos favoritos.

¡Y una hermana favorita!

Su padre entró en la casa y ella se relajó, creyendo que Miles lo había convencido y que había ido a buscar la trompeta.

Nigel también entró. Dizzy quería seguirlos también. Deseaba poder ver cada rincón de la casa y, especialmente, el dormitorio de su hermana. Quería abrir todos los cajones, leer cada cosa secreta y probarse toda la ropa, pero ahora no había tiempo para eso.

Un minuto después, su padre volvió a salir al porche, trompeta en mano. Sin embargo, algo no iba bien. Había perdido el sombrero de vaquero y, al parecer, la fuerza vital también. ¿Lo había desconectado alguien dentro de la casa? ¿O lo habían roto?

—No puedo ir a Paradise Springs. —Lo dijo de manera tajante y el zumbido en el interior de Dizzy se silenció. Oyó que, dentro de la casa, se oía música. ¿Había estado sonando todo aquel tiempo? ¿Podía ser *jazz*?—. Lo siento mucho —prosiguió—. Veros a los dos ha sido... —El rostro se le arrugó—. No puedo deciros por qué. —Se agarró al marco de la puerta en busca de apoyo—. Pero no puedo hacerlo. —Le tendió la trompeta a Dizzy—. Clive puede tocarla.

—¿Qué quieres decir? —dijo Dizzy—. Wynton lleva toda la vida echándote de menos. Eres tú el que puede traerlo de vuelta con nosotros.

—Lo siento mucho —respondió él de nuevo.

—Pero tan solo tienes que subirte a la camioneta con nosotros —insistió ella. Podía oír la estridencia y la desesperación de su propia voz.

Su padre la miró y, después, miró a Miles como si quisiera grabar sus rostros en la mente. Entonces, apoyó la trompeta brillante en el reposabrazos de una mecedora, volvió a entrar a la casa y cerró la puerta a sus espaldas.

Dizzy se acercó a la puerta e intentó girar la manilla, pero estaba bloqueada. Llamó.

—Por favor —dijo mientras se ponía de puntillas para intentar mirar por la mirilla desde el lado equivocado—. Tienes que venir con nosotros. —La histeria estaba aumentando en su interior. Podía sentirla como una tormenta. Se giró hacia Miles, que parecía tan destrozado como se sentía ella. Le tendió la mano, pero ella no podía moverse.

—Tenemos que volver —dijo su hermano—. No lo necesitamos, Dizzy. Nunca lo hemos hecho.

Ella asintió, pero lo que sentía era todo lo contrario. Recogió la trompeta y arrastró su cuerpo flácido hacia Miles. Félix se unió a ellos. Se dio cuenta de que el perro había desaparecido. ¿Estaba dentro de la casa? ¿Había vuelto a la camioneta? Todo lo que había sentido momentos atrás había dado un vuelco. Seguía siendo la niña de doce años más bajita de toda la Tierra. Seguía siendo la misma mancha de pintura asustada, fea, sin amigos, con una melena que se podía ver desde el espacio exterior y cuyo hermano podría morir. Allí no estaba ocurriendo nada milagroso. Ni nada normal. Porque, incluso aunque su padre no creyera en el plan (comprendía que, para ciertas personas, podría no sonar demasiado lógico), no podía entender por qué no quería al menos estar junto a su hijo para hablar con él y contarle historias o para colocar la oreja sobre su corazón, tal como habían hecho su madre y ella. Aquello hacía que el pecho le doliera por Wynton; por todos ellos. Sabía lo mucho que su hermano mayor amaba a aquel hombre y cómo ella misma había empezado a hacerlo en apenas unos instantes.

Una vez más, tenía que enfrentarse al hecho de que el amor no siempre era recíproco.

Su padre no los quería. Por eso se había marchado. Por eso no quería ir al hospital.

La vida era un lugar terrible en el que habitar.

Había recorrido la mitad del camino hacia la camioneta, sintiendo como si le hubieran arrebatado hasta el último milímetro de su interior, cuando oyó que Miles decía:

—¿Sabe mamá que estás aquí?

Se dio la vuelta y vio que su padre había abierto la puerta y su silueta se distinguía a través de aquella rendija mientras los observaba marcharse. Era una sombra más que un hombre. Negó con la cabeza.

—Cuando me marché, le dije que no intentara buscarme nunca —contestó el.

Miles tragó saliva. Dizzy podía ver cómo la luz se esfumaba del rostro de su hermano.

—Siempre pensé que, si volvíamos a vernos, te admiraría —le dijo él a su padre—. Pensé que querría ser como tú. No puedo imaginar qué ocurrió para que te hayas convertido en esto.

DEL CUADERNO DE CARTAS SIN ENVIAR DE BERNADETTE:

Queridos Wynton, Miles y Dizzy:

Esto es lo que ocurrió.

Hay muchas cosas que no os he contado.

Hay muchas cosas que pensé que nunca os contaría.

Pero, ahora, sentada en esta habitación de hospital junto a Wynton, con tan solo un bolígrafo y el terror como compañeros, todo parece diferente.

Intentaré ser todo lo sincera que pueda.

El día que conocí a vuestro padre, mi familia tan solo llevaba un par de semanas en Paradise Springs. Vuestro abuelo, Víctor Fall, llamó a mis padres y les dijo que quería hacerles una degustación privada de vino con la esperanza de que, cuando abriéramos, sirviéramos exclusivamente vinos Fall en La Tienda de Suflés de Christophe. Se pusieron como locos. Para mis padres, vuestro abuelo era una celebridad. Durante años, mi madre lo había visto salpicando las páginas de sociedad del *San Francisco Chronicle*. «Parece un Clark Gable rubio, ¿no?», solía decir mientras contemplaba a aquel hombre gallardo e imponente (malvado), que siempre llevaba a su elegante esposa, Eva, del brazo. (Tan solo diré que me alegro de que ninguno de vosotros llegara a conocer a Víctor y de que el alcohol se lo llevara antes de que pudiera arruinar más vidas).

Aquella mañana, mi madre no paraba de repetir: «¿Quiénes somos nosotros para que Víctor Fall nos visite? ¡Somos unos don nadie! *C'est incroyable!*», mirándose al espejo y quitándose el azúcar glas de la nariz mientras limpiábamos y sacábamos brillo a todo, intentando convertir La Panadería Española de Sebastián en La Tienda de Suflés de Christophe antes de que llegara.

Mis padres se vistieron para la ocasión. Eso significa que se quitaron el delantal, lo cual era una rareza. Mi padre se puso la boina negra en lugar de la burdeos y mi madre se enrolló con pericia su mejor pañuelo en torno al cuello de modo que parecía un merengue. A mí también me obligaron a estar presentable, así que me puse mis botas negras menos desgastadas y mis vaqueros menos rotos. Añadí al conjunto la camisa de franela a cuadros de mi hermano y su chaqueta de cuero negro, que casi nunca me quitaba. «¡Parece como si vivieras debajo de un puente!», solía decirme mi madre a menudo en aquel entonces, lo que hacía que me sintiera muy orgullosa. Con la melena y el corazón de punta, yo estaba entregada al sarcasmo y la indignación mientras mantenía oculto el océano de emociones que se agitaba en mi interior.

Hasta que llegó vuestro padre.

Como iba diciendo, Víctor irrumpió en nuestro mundo aquel día con una mano en el aire para presentarse y la otra apoyada sobre el hombro huesudo de Clive, que era una versión más esquelética y gamberra de su padre.

—Víctor Fall —anunció a la estancia como si estuviera empezando un discurso preparado, lo cual estaba haciendo—. *Monsieur* y *madame* Fournier, tengo entendido que son franceses y que, por lo tanto, tal vez crean que prefieren los borgoñas del viejo mundo a los pinots californianos, pero eso es solo porque no han probado el mío. Mis parientes del viejo país, Alonso y María Fall —añadió mientras señalaba algo al otro lado de la ventana. Todos seguimos su mano con la mirada hasta toparnos con la gran estatua de piedra de un hombre—, se fugaron de España con seis vides muy raras y extraordinarias, que algunas personas dicen que eran mágicas, para empezar una nueva vida en Estados Unidos. Por eso mis cosechas tienen esa magia del viejo mundo. —Su voz retumbante resonó en la cafetería y encontró una audiencia cautivada entre mis padres, que lo miraban con una mezcla de intimidación y asombro mientras él empezaba a sacar copas de vino de una bolsa—. ¿Qué es ese aroma divino? —preguntó mientras levantaba la nariz en el aire. Ese gesto de la nariz era el que hacían todas las personas cuando entraban en alguna de las cafeterías de mis padres. Nadie horneaba como ellos. Aunque vaticino que tú, Dizzy, algún día les harás la competencia.

—Eso también es un poco de magia del viejo mundo —dijo mi padre con orgullo—. Mi suflé de chocolate y frambuesa hará que se enamore.

Observé cómo Víctor le estrechaba la mano a mi padre con demasiado vigor y sostenía los dedos de mi madre unos segundos más de lo necesario, haciendo que ambos se sonrojaran. A su lado, mis padres parecían incluso más diminutos, afligidos y anticuados, como si hubieran salido de una fotografía en color sepia y hubieran aparecido en las orillas de un nuevo siglo en el que aquel hombre era el rey.

—Este es mi hijo Clive —dijo Víctor entonces mientras acercaba al chico a su costado. Mi padre contempló a padre e hijo con tanta añoranza que tuve que apartar la vista.

—Y esta es nuestra preciosa hija, Bernadette —contestó mi padre tras una pausa en la que pude oír la orgullosa presentación que nunca más volvería a hacer: «*Voilà!* Mi hijo, Christophe». Suspiré, consciente de que yo nunca sería suficiente.

—Preciosa, desde luego —dijo Víctor, arrastrando las palabras mientras me miraba.

Dios mío, vaya dientes más grandes tienes, pensé yo.

Clive abrió los ojos de par en par en una expresión que quería decir «Sácame de aquí» y, con disimulo, hizo un gesto como si se estuviera cortando el cuello. Me reí y él me devolvió una sonrisa rápida y torcida.

—Por desgracia, Clive no ha heredado los genes de su madre —dijo Víctor—. Le han tocado los míos, pobrecillo. Mi esposa es una belleza.

Qué mezquino, pensé al ver cómo Clive se encogía. Sí, el chico tenía un aspecto desaliñado pero, en aquel entonces, todos teníamos ese mismo sentido de la moda que hacía que pareciera que vivíamos debajo de un puente. A mí me impresionó que tuviera mechas verdes en el pelo y que la melena le cayera lisa y recta sobre gran parte del rostro, como una cortina. Llevaba una chaqueta de cuero desgastada como la mía, unas gafas de sol con cristales rosas en la cabeza y unas botas negras que parecían ladrillos, también como las mías.

Pero, a pesar del atuendo que parecía sacado de un concierto de *punk*, el rostro de Clive no mostraba el ceño fruncido del de su padre. Tenía los ojos almendrados y amables. Unas pecas le adornaban las mejillas. Tenía un aspecto genial. Me pareció adivinar en él un mundo de problemas (y cuánta razón tenía), lo que me intrigó.

—Si al menos tuviera mi cerebro... —dijo Víctor, prosiguiendo con el escarnio público de su hijo, en torno a cuyo cuello tenía la mano cerrada, como si fuera un grillete—. No se toma en serio el colegio —continuó. Una nube de vergüenza cubrió el rostro de Clive mientras bajaba la vista al suelo. Miré a mis padres y supe que ellos también se estaban preguntando cómo un padre podía ser tan cruel y no valorar a su propio hijo. Él se deshizo del agarre de su padre y comenzó a sacar botellas de vino tinto y blanco de las otras bolsas que Víctor y él habían traído. Después, las colocó en fila sobre una mesa y descorchó unas pocas—. Va a comenzar décimo curso y nunca...

—Los suflés están listos, papá —dije, interrumpiéndolo para que no pudiera insultar a su hijo de nuevo.

Clive levantó la vista hacia mí con gesto agradecido. Mi padre arrugó la frente. Tenía un temporizador para el horno en la cabeza y sabía que era imposible que los suflés estuvieran listos.

—Un par de minutos más, *mon ange.* —Asentí y empecé a frotar la boquilla de la cafetera exprés, que ya estaba limpia, mientras observaba a Clive de manera furtiva, preguntándome, tal como hacía con todo el mundo en aquel entonces, si sería un amigo o un enemigo.

Tras la muerte de Christophe, había dejado de salir con mis amigos de San Francisco, pues sentía que ya no podían comprenderme ni yo a ellos. La persona que había sido había muerto con mi hermano. Me sentía vacía y en blanco, como una nada de chica; una que quería destrozar el mundo con sus propias manos.

Cuando las botellas estuvieron preparadas, comenzó la degustación. Vuestro abuelo Víctor vertió el vino en las copas con destreza, desde una altura ridícula, mientras les presentaba a mis padres las diferentes cosechas. Clive se acercó hasta el mostrador en el que estaba limpiando la cafetera exprés impoluta por décima vez desde que habían llegado ellos.

—¿Te gustan las vacas? —me preguntó mientras se subía de un salto a un taburete.

Pensé que lo había oído mal. ¿Me estaba preguntando si quería colocarme? ¿Era así como lo llamaban aquí, en el quinto pino? Tal vez se tratase de alguna banda.

—¿Las vacas? —pregunté—. ¿Las que hacen «muuu»? —Clive asintió y esperó con gesto serio a que le diera una respuesta—. Supongo que sí —contesté, aunque nunca había pensado demasiado en ellas.

Él sonrió.

—Sí, a mí también. Son lo mejor. Muy tranquilas. Se pasan doce horas tumbadas, pero solo duermen cuatro. También tienen vacas favoritas y, cuando no están con ellas, se estresan mucho y se ponen tristes. Yo soy así más o menos cuando no estoy con mi hermano.

El corazón me dio un vuelco. «Yo soy así más o menos cuando no estoy con mi hermano». Yo también era así. Era una vaca que había perdido a su vaca favorita.

Clive abrió su mochila y sacó un montón de polaroids.

—Te presento a las lugareñas. —Esparció las fotografías frente a mí. Cada una de ellas era una foto de cerca del rostro de una vaca—. Estoy haciendo un proyecto.

Miraba a sus modelos bovinas con amor. Desde el principio, hijos míos, noté algo desconcertante en vuestro tío; como si las piezas que lo conformaban no terminaran de encajar: la arrogancia y la actitud de «Ya he llegado. De nada» frente al hecho de que se encogiera ante su padre y, después, ese asunto tan extraño de las vacas. No sabía qué pensar de él.

—¿Un proyecto fotográfico bovino? —pregunté.

—Claro —contestó él, como si el proyecto fotográfico bovino hubiese sido idea mía y él solo estuviese aceptando hacerlo.

Este chico es todo un bicho raro, pensé.

Él sacó una cámara Polaroid anticuada de la mochila y se la llevó a la cara.

—¿Puedo? —preguntó. Yo asentí—. En realidad, tienes ojos de vaca. Me he fijado en cuanto he entrado en el local.

Me sacó una fotografía.

—¡No puedes decirle a una chica que parece una vaca! —exclamé.

Colocó mi foto junto a las otras para que se fuera revelando.

—No he dicho eso. He dicho que tienes ojos de vaca. Es el más grande de los cumplidos. —Señaló el rostro de una vaca marrón—. ¿Ves? Son los ojos más tristes del mundo. Es como si pudieras ver toda la tragedia de la existencia mortal en ellos.

Amigo, decidí en ese mismo momento. Amigo, amigo, amigo.

Entonces, me tendió la imagen que acababa de tomar. Me había capturado riéndome. ¿Me había reído cuando me había dicho que parecía una vaca? Al parecer, sí. Volvió a levantar la cámara. Le saqué el dedo con ambas manos.

—¡Bernadette! —exclamó mi madre desde el otro lado de la habitación—. Sé respetuosa.

—No te atrevas a serlo, Bernadette —susurró Clive. Entonces, su ceja arqueada y su sonrisa taimada me hicieron reír. Otra vez.

—Me gusta tu pelo —le dije.

Él asintió como si quisiera decir «Claro que te gusta». Menudo tipo...

—¿Cuántos años tienes? —me preguntó.

—Quince.

—Yo ya tengo dieciséis —replicó él con aires de superioridad. Pero, entonces, para mi sorpresa, añadió—: Mi madre está muy enferma. Tiene cáncer.

Me sacó otra fotografía.

—Mi hermano mayor murió —digo, sorprendiéndome a mí misma. Nunca hablaba con nadie que no fueran mis padres sobre la muerte de Christophe.

Una oleada de emociones le nubló el rostro.

—Oh, no. No. Eso es horrible. Ay, Dios. Yo no podría sobrevivir a eso. Si algo le pasara a mi hermano...

—Así es como me siento —contesté. Él asintió y, de algún modo, supe que lo entendía. Ambos bajamos la vista para ver cómo las imágenes en las que aparecía yo se veían cada vez con mayor claridad—. Quiero hacerme mechas rosas.

—Eso es facilísimo. Puedo ayudarte. Solo para que lo sepas: me visto así pero la música *punk* o *grunge* no me gusta demasiado.

—Oh. A mí me gusta todo tipo de música —dije yo.

—A mí solo me gusta David Bowie. Puedo tocar todas y cada una de sus canciones con el piano y me sé todas las letras de memoria. También puedo tocarlas con otros instrumentos...

Justo en ese momento oí música, tal vez de una trompeta.

—Ese es Theo —dijo Clive con orgullo.

Entonces, sonó la campanilla de la puerta y ahí estaba vuestro padre. Diecisiete años, alto, con el pelo castaño largo y rizado y cara de ángel. En realidad, creo que, al verlo, se me escapó un jadeo pero fingí que estaba tosiendo. Se acercó hasta nosotros con una trompeta en una mano, un libro en la otra, y un sombrero de vaquero viejo y destrozado en la cabeza. Tenía los ojos de un verde oscuro, como las algas, y con muchas pestañas. Clive y yo parecíamos los típicos adolescentes que fuman cigarrillos debajo de las gradas. Theo parecía el tipo de persona que surca el cielo nocturno a lomos de un caballo alado. Incluso de un unicornio. Dejó el libro sobre el mostrador y le enseñó el dedo a la cámara Polaroid de Clive, que ahora estaba apuntando a él. *Mentes afines*, pensé con alegría. La novela que estaba leyendo era *Cien años de soledad*, una de las favoritas de Christophe.

—Te presento a Theo «el Príncipe» —dijo Clive—. No te dejes engañar como todos los demás. Es un mierdas.

Pude oír la admiración que sentía por su hermano mayor a través de aquella presentación tan insultante. También resultaba inconfundible en el modo en el que lo estaba mirando. Era el mismo modo en el que yo solía mirar a Christophe. Comprendía verdaderamente cómo se sentía Clive en aquel momento. Éramos dos hermanos pequeños devotos que nunca estarían a la altura.

—Hola, Theo «el Príncipe» —dije. Tenía la frecuencia cardíaca disparada.

—Mi señora —contestó él.

Intenté imaginar cómo sería caminar por la vida con tanta belleza. Es gracioso porque, en todos los años de matrimonio, creo que nunca vi a Theo frente a un espejo. No tenía ni idea de lo deslumbrante que era.

Se sentó en el taburete que había junto a Clive y dijo:

—¿Sabías que, en este mismísimo momento, hay un huracán en Júpiter que es dos veces más grande que el tamaño de la Tierra? ¡Y lleva trescientos años causando estragos!

(Dizzy, tú sientes la misma fascinación que él por la información extraña).

—No está colocado —dijo Clive, apuntando a su hermano con la cámara—. Es así, sencillamente.

—¡Mira quién habla! —replicó Theo mientras señalaba las fotografías de vacas que había sobre el mostrador—. ¿Te ha hablado mi hermano de su experiencia espiritual? —Clive intentó taparle la boca con la mano, pero él no se lo permitió y le puso las manos tras la espalda en un abrir y cerrar de ojos–. Un día, volviendo a casa desde la escuela, estaba atravesando un campo y se le ocurrió que Dios estaba dentro de cierta vaca...

—¡Y es así! —exclamó Clive–. ¡Tienes que ver a esa vaca, Bernadette! Hay algo especial en ella. ¿Vendrás a verla?

—Claro —contesté con rapidez. ¿Quién no querría ver a Dios dentro de una vaca?

Fue entonces cuando, mentalmente, le di las gracias a mi hermano, que sin duda me había enviado a aquellos dos chalados maravillosos. Bajé la vista hacia las polaroids que Clive me había tomado, que ya sumaban tres. En ellas, había una versión de mí que parecía más y más feliz en cada fotografía. *Te recuerdo*, pensé.

Al sentir unos ojos posados sobre mí, levanté la cabeza y me encontré con la mirada de mi madre. Estaba sonriendo. Tal vez me hubiese oído reírme, lo que, en los últimos tiempos, ocurría muy pocas veces. Mi padre estaba bebiendo vino con los ojos cerrados y un gesto de deleite en el rostro, ajeno a nada que no fuera su propio paladar. Entonces, dirigí la vista a Víctor y me quedé sin aliento. Nos estaba fulminando con la mirada. No, no a todos nosotros: a Theo. Aquella mirada era demasiado parecida a la de un lobo.

Fue en ese momento cuando supe que algo iba terriblemente mal dentro de la familia Fall. Sentí un impulso abrumador de ponerme delante de Theo para protegerlo de su padre. En su lugar, saqué los suflés del horno.

—Uno para ellos, otro para nosotros —les dije a los hermanos—. ¡Ah! Deberíais saber una cosa: dicen que son afrodisíacos.

Los dos chicos Fall sonrieron.

Y así empezó.

Así empezó todo.

—B.

Niños:

No puedo dejar de escribir. Quiero regresar a aquellos tiempos. Creo que nunca he sido tan feliz como lo fui aquel primer verano en Paradise Springs. Me había sentido muy sola y perdida, enfadada hasta en los huesos, furiosa por la injusticia del mundo y por tener que guardármelo siempre todo para mí y, entonces, aparecieron vuestro padre y Clive, los chicos Fall.

El día después de conocerlos, me lo pasé mirando por la ventana, deseando que regresaran. Lo hicieron aquella tarde. Volvieron a comprar un suflé para llevárselo a su madre al hospital y, después de aquello, pronto fuimos Bernadette y los chicos Fall. Los chicos Fall y Bernadette. Nos sentábamos los tres juntos en el cine, en una roca en lo alto de la loma o en un campo mientras contemplábamos a Dios en forma de una vaca marrón. Yo siempre estaba en el medio con Clive a un lado y Theo al otro.

—¿Crees que tu hermano Christophe sigue aquí, como si fuera un espíritu? —me preguntó Theo un día.

Estábamos los tres tumbados de espaldas en una pradera de hierba alta, que estaba llena de avispas y margaritas, contemplando cómo las serpentinas rosas que había dejado la puesta de sol atravesaban el cielo. Su madre, Eva, había salido del hospital y se encontraba mejor, pero la inevitabilidad de su muerte siempre los acompañaba. Estoy segura que eso fue lo que hizo que entabláramos amistad con tanta rapidez. Cuando la muerte está cerca de las personas, uno lo sabe. Puedes verlo en un rostro u oírlo en una voz. Es como si la pena fuese un club exclusivo y sus miembros se reconocieran con la misma facilidad que si llevaran placas identificativas. Aquel verano, nosotros fuimos miembros VIP.

—Mi padre dice que Christophe va a visitarlo a la cocina —contesté—, pero no creo que me visite a mí. —Pasé las manos por la hierba rasposa—. Es raro. Aunque supongo que creo que tiene poderes o algo así, como si, ahora, fuese el director de nuestras vidas. Creo que nos hizo dejar la ciudad y mudarnos aquí, que La Panadería Española de Sebastián estuviera libre y a la venta y que vosotros entrarais en la tienda. Creo que quiere que los tres seamos amigos... —Para mi sorpresa, al decir eso, desde lados opuestos, tanto Theo como Clive me tocaron la mano a la vez.

—Tan solo somos tus amigos por los suflés —dijo vuestro padre mientras giraba la cabeza hacia mí y me sonreía. Se dio la vuelta para colocarse de costado—. Y porque necesitamos una hermana.

Aquellas palabras. Aquellas palabras de Theo, incluso a día de hoy... Sentí como si algo olvidado tiempo atrás se hubiera abierto en mi interior: era la alegría. Entonces, sentí el impulso de tocarle la cara. ¿Qué habría pasado si lo hubiera hecho? ¿Habrían salido las cosas de manera diferente? Creo que tal vez sí. Pero mantuve la mano en un costado.

—¿Sabes lo que es extraño? —prosiguió él—. Estoy bastante seguro de que, la otra noche, vi al fantasma de mamá. Me levanté sonámbulo y me desperté en la hamaca. Ella estaba de pie en los campos. Me acerqué a ella, pero desapareció. Tampoco estaba soñando. Sé que no tiene sentido porque no está muerta.

La palabra «todavía» quedó suspendida en el aire. Quería tomar la mano de Theo pero, una vez más, no lo hice.

Estaba oscureciendo y la pradera se estaba llenando de sombras. Clive se puso en pie.

—Vamos a nadar —dijo con la voz quebrada—. Vamos a meternos en el puñetero río.

—¿Alguna vez has nadado de noche? —me preguntó Theo—. Conocemos el lugar perfecto. Jeremiah Falls. Hay que ir por Hidden Highway. Tendremos que hacer autostop. Mi camioneta está muerta.

Yo, por supuesto, nunca había nadado por la noche. O había hecho autostop. O había tenido dos amigos como Theo y Clive.

Por primera vez en mucho tiempo, me sentí afortunada. Aquella noche, nadamos en el río hasta que no quedó ni un rastro de muerte en ninguno de nosotros. Pienso a menudo en ese momento, en todos nosotros siendo jóvenes y estando vivos bajo la luz de la luna.

Fue semanas después cuando descubrí más cosas sobre Víctor.

Estábamos pasando la noche en los viñedos Fall, bajo la luna llena, con nuestros sacos de dormir. Pensaba que estábamos al aire libre por diversión pero pronto comprendí que Theo y Clive habían empezado a dormir en el viñedo para evitar a su padre.

Recuerdo aquella noche con toda claridad; lo íntima que fue y cómo nuestras voces se entremezclaban en la oscuridad, como si nuestros espíritus estuviesen entrelazados. A esas alturas, sentía que podía confiarles cualquier cosa. Ellos debían de sentir lo mismo ya que, tras una pausa en la conversación, Theo le dijo a Clive:

—¿Puedo contárselo?

—¿Contarme qué?

—No lo haré si no quieres —insistió vuestro padre.

—No pasa nada —respondió Clive—. Ahora, es nuestra hermana.

Aquellas palabras de nuevo.

Theo se incorporó, de modo que tenía medio cuerpo dentro y medio cuerpo fuera del saco de dormir.

—Nuestro padre nos enseñó a luchar —dijo Theo mientras los coyotes aullaban en la distancia—. Tanto lucha libre como boxeo. Nos hemos enfrentado desde que yo tenía siete años y Clive seis.

—Su hermano se giró para colocarse de lado dentro del saco. La luna era lo bastante brillante como para ver la desesperación en su rostro—. Solía ser una tontería —prosiguió vuestro padre—; algo divertido. Quiero decir... Papá siempre nos ha hecho competir el uno con el otro. Por todo. Por ejemplo: cuando éramos pequeños, nos decía que solo disponía de un abrazo y que se lo daría al que le contara el mejor chiste.

—Theo solía contar el peor chiste —intervino Clive—, algo que ni siquiera tenía sentido, para que me diera el abrazo a mí.

—O, a veces, nos dejaba en Pan's Ridge y nos decía que el primero que llegara a casa podría ir con él al pueblo a comer un helado. —En la voz de Theo había una amargura que no le había oído antes. Entonces, recordé cómo Víctor lo había fulminado con la mirada en la cafetería tantas semanas atrás—. Nuestra madre lo odia. Odia muchísimo toda la situación.

—Yo siempre caía en la trampa —dijo Clive—. Siempre quería el helado o el abrazo; siempre quería ganar y siempre ganaba. No me di cuenta hasta que no fui algo mayor de que Theo me dejaba ganar. Pero teníamos unas peleas épicas.

—Sí, Clive es peleón —añadió Theo con calidez—, pero siempre lo dejaba ganar.

—¡No siempre!

—Siempre, Clive. —Recuerdo que miré a vuestro padre en ese momento y pensé que parecía resplandecer bajo la luz de la luna. Después de eso, pensé lo mismo en muchas ocasiones—. Pero, desde que mamá está en el hospital, papá ha estado... No sé qué está pasando. La otra noche nos sacó de la cama para que lucháramos y cuando llegamos al cuadrilátero, que lo montamos en el salón tras mover el sofá rojo, empezó a decirnos cosas totalmente horribles para sacarnos de quicio y que nos desquitáramos el uno con el otro. Fue enfermizo.

—¿Qué clase de cosas? —pregunté.

—Fue a mí al que sacó de quicio, no a ti. —Clive se incorporó, agitando los brazos con impotencia—. Me esforcé mucho para que papá no me afectara, pero estaba diciendo que a todo el mundo le gusta más Theo que yo y que es mejor que yo en todo. Dijo que soy patético y un inútil. Dijo que...

—No lo decía en serio —comentó Theo, interrumpiendo a su hermano—. Tan solo te dijo esas mierdas para...

—¿Para qué? ¿Para que te diera una paliza? —Clive exhaló con fuerza y tristeza—. Funcionó. Theo no se defendió. Fingió y mantuvo la compostura sin importar lo que dijera papá, pero yo perdí los nervios...

—No pasa nada. No me hiciste daño. —En ese momento, yo también me senté, con el estómago revuelto—. Quiere que nos odiemos y, cuanto más unidos estamos, más le molesta.

—¿Por qué? —pregunté—. ¿Por qué querría cualquier padre que sus hijos se odiaran? —Estaba horrorizada—. No puede obligaros a que luchéis. ¿No podéis decirle que no?

—Lo intentamos —dijo Clive—. A la noche siguiente, volvió a ocurrir. Theo dijo que no quería seguir luchando conmigo. Papá se volvió loco. —Encendió su linterna y apuntó con ella al pecho de su hermano—. Muéstraselo. —Theo se levantó la camiseta y reveló una galaxia azul que le recorría el costado—. Papá lanzó a Theo contra la barandilla cuando intentó marcharse. —Clive miró a su hermano y añadió—: No volverá a pasar. Solo está triste por lo de mamá.

—Va a volver a pasar, Clive.

La forma en que Theo dijo aquello hizo que sintiera un escalofrío.

—¿Te ha hecho daño tu padre alguna otra vez, Theo? —le pregunté.

El cuerpo de Clive se tensó. Vuestro padre observó a su hermano y, entonces, negó con la cabeza.

Pero estaba mintiendo.

Esa noche, permanecí despierta hasta mucho después de que ellos se quedaran dormidos, observando cómo se giraban el uno hacia el otro en sueños; cómo el brazo de Theo se posaba de forma protectora en torno a Clive. Entonces, tuve la sensación de que Theo haría cualquier cosa por su hermano. Cualquier cosa.

Y, entonces, ocurrió una locura.

Vuestro padre se levantó del saco de dormir y comenzó a andar sonámbulo hacia las profundidades del viñedo con la trompeta en la mano. No podía creérmelo. Ni siquiera había sido consciente de que llevara la trompeta encima.

Desperté a Clive.

Nunca antes había visto a una persona sonámbula y no podía creerme la elegancia con la que se movía entre las hileras de vides. Clive y yo lo seguimos como dos cangrejos con problemas de coordinación. Al principio, no podíamos parar de reírnos, de tropezar y de chocarnos el uno con el otro mientras Theo navegaba por la noche sin esfuerzo, sorteando las raíces y las piedras como si llevara gafas de visión nocturna.

Es medio chico, medio viento, pensé al observarlo. Cuando llegó al borde del viñedo, se llevó la trompeta a los labios y comenzó a tocar. ¡Dormido! Noté un cosquilleo en la columna vertebral. Con la música (¿tal vez fuese *jazz*? ¿O algo de clásica?) flotando en el aire, Clive y yo lo seguimos entre las vides hasta que los primeros rayos de luz matutina se colaron entre las nubes.

En aquel entonces, una vez al año, durante las fiestas más sagradas del judaísmo, mi familia viajaba en automóvil hasta el único templo de la zona, que estaba a más de ciento treinta kilómetros de distancia. Durante el servicio de Yom Kippur, me pasaba el tiempo observando a los otros niños, que estaban tan aburridos como yo de tanto sentarnos y levantarnos y del hebreo incomprensible. Por no mencionar que todos estábamos muertos de hambre gracias al ayuno. Nunca sentí la presencia de Dios allí, en la vaca de Clive o en cualquier otra parte. Suponía que, si hubiera existido, habría aparecido por la muerte de Christophe. Antes de su muerte. Habría salvado a mi hermano.

Pero allí, en aquel viñedo, con Theo tocando dormido su música de ensueño y Clive a mi lado, por primera vez en mi vida sentí la presencia de algo que tan solo podía describir con la palabra «Dios». Sentí como si una mano divina se me hubiera posado en el hombro. Clive me sonrió y supe que él estaba sintiendo lo mismo.

Algo más.

Más mundo, recuerdo haber pensado. Más y más y, después, un poco más de mundo. (Estad atentos a estos momentos, hijos míos).

—Mira —le susurré a vuestro tío mientras señalaba el final de aquella hilera. Un perro negro, varias ardillas y dos ciervos estaban allí de pie, tranquilos, como si se hubiesen visto atraídos por la música.

—Ojalá hubiéramos grabado esto en vídeo —le dije a Clive—. No va a creérselo.

—Yo no me lo creo. —Su voz estaba teñida de asombro.

Entonces, Theo dejó de tocar. Terminado el concierto, se tumbó y se hizo un ovillo. La luz menguante de la luna lo encontró e hizo que resplandeciera, recostado sobre la tierra. Clive y yo nos acurrucamos juntos, observando cómo los animales se acercaban lentamente a él y, después, se sentaban a su alrededor.

—¿Qué está pasando? —susurró Clive.

—Es mágico.

—Creo que tengo algún tipo de problema —murmuró vuestro tío—. No te burles de mí, Bernie, pero siento que lo quiero demasiado. Hace que me duela el pecho.

Quería decirle que a mí también, pero me contuve.

Puede que esa haya sido la noche en la que me enamoré de vuestro padre. Es uno de mis recuerdos favoritos.

Clive señaló el grupo de animales en cuyo centro se encontraba Theo, hecho un ovillo.

—Ese labrador negro, Sandro, es el perro de los Bell, pero se cuela en el dormitorio de mi hermano por las noches. Y, a veces, los pájaros vuelan hasta su ventana y se posan allí, en el alféizar, mientras duerme.

—¿De verdad?

—Las chicas también lo hacen. Acampan en el árbol que hay junto a su ventana.

—¿Por qué?

Agh. No me gustó aquella idea.

Clive se encogió de hombros.

—Una de ellas, Lucinda Paul, se negó a marcharse hasta que él le prometió que la llevaría a no sé qué baile.

—¿Y lo hizo?

—Sí, pero solo para evitar que papá llamara a sus padres con respecto al asunto del árbol. —Señaló a Theo—. Papá dice cosas desagradables sobre mí, pero es a Theo al que odia. No le deja tocar la trompeta dentro de casa, ya que dice que le hace daño a los oídos, pero siempre canturrea cuando toco el piano, la guitarra o lo que sea. Nunca asiste a las competiciones de atletismo de Theo o comenta sus notas perfectas, pero si yo saco un «suficiente», prepara *sundaes*. —Clive se giró para mirarme—. En una ocasión, cuando éramos pequeños, estábamos jugando al escondite y mi padre me encontró y me llevó al pueblo a comer un helado. Dejamos a Theo en su escondite. Durante horas. Yo le seguí el juego, creyendo que era muy divertido. Hasta que volvimos. Encontré a mi hermano todavía escondido en la cesta de la colada. Estaba llorando. Y Theo nunca llora. No me habló durante días. —Bajó la vista a sus pies—. Aquellos fueron los peores días de toda mi vida. No es broma.

—Lo entiendo —dije.

Mientras contemplaba cómo Theo dormía en el suelo, rodeado de animales, comprendí que, sin él, el mundo de cualquiera se sumiría en la oscuridad.

Y tenía razón. Es lo que ha ocurrido.

—Mamá.

MILES

Miles había pasado toda su vida ocultando sus emociones para que, al encontrarse con su padre, le salieran todas de golpe del interior como un tornado. No sabía qué hacer con su propio cuerpo mientras regresaba a la camioneta y apenas podía dejarse la piel puesta. Dizzy y Félix ya estaban dentro de la cabina. Llamó a Sandro y se subió al vehículo, donde su hermana estaba aferrando con fuerza la trompeta contra el pecho, devastada.

—No lo necesitamos, Diz —dijo.

—En realidad, sí. ¿No lo has sentido?

Sí que lo había sentido. Para él, ese «lo» significaba «todo».

—Pero tenemos la trompeta —insistió, intentando hacer que se sintiera mejor—. Eso funcionará, ¿no?

Ella lo miró como si fuera un cabeza hueca.

—Necesitamos que venga con nosotros porque es nuestro padre, Miles.

Contempló a su hermanita. Cargaba con aquella angustia de un modo diferente a la angustia de los días previos. La burbuja perpetua de optimismo que hacía que Dizzy fuera Dizzy había estallado y la desesperanza había inundado su cuerpo diminuto. Se notaba en los hombros hundidos, en la mirada llena de dolor y en la inclinación hacia debajo de su cuello. No podía soportarlo. ¿Qué clase de padre de mierda le hacía eso a una niñita? ¡A su niñita! ¿Quién le cerraba la puerta en las narices? ¿Cómo se atrevía? A su costado, sus manos eran como dos granadas.

Se asomó fuera de la camioneta, dejó de apretar la mandíbula y volvió a llamar a Sandro. Entonces, lo llamó en el interior de su cabeza. Tenían que marcharse de allí de una vez. ¿Dónde estaba? Nunca desaparecía de aquel modo.

—¿Por qué no quiere ser nuestro padre? —dijo Dizzy en voz baja.

—Tan solo un idiota no querría ser vuestro padre —contestó Félix.

Miles le sonrió, agradecido de que estuviera allí. Sintió la necesidad de regalarle algo, como el puente del Golden Gate o el monte Everest. Pero ¿qué debía pensar de todo aquello y de su colapso épico?

—Vuelvo enseguida —dijo—. Voy a buscar a Sandro.

—¿Podemos hablar un momento de algo diferente? —oyó que le decía el otro chico a su hermana—. Como, por ejemplo, de lo increíble que es que Cassidy sea tu medio hermana.

Al oír aquellas palabras, la ternura aplastó a Miles. Lo más probable era que Félix fuese el mejor hermano mayor del mundo. Ralentizó el paso para oír la respuesta de Dizzy.

—Es lo mejor que me ha pasado en la vida —contestó ella con solemnidad. Después, añadió—: Supongo que por eso conoce las historias de nuestra familia; porque también son las historias de la suya.

Se sintió abrumado por la oleada de afecto hacia su hermana pero, conforme seguía recorriendo el camino, ese afecto comenzó a transformarse en ira y, luego, varios pasos después, en una furia salvaje que tenía dientes y garras. Cuanto más se acercaba a la casa amarilla, más y más palabras rojas como la sangre le llenaban la mente. Iba a destrozar a su padre con ellas. Porque ¿qué clase de monstruo era aquel hombre? ¿Cómo podía hacerle eso a Dizzy? ¿Cómo era posible que no quisiera ver a su hijo, cuyo corazón acababa de pararse? ¿Y qué narices le pasaba a él para sentir que lo necesitaba de un modo casi enfermizo y, al mismo tiempo, que podría matarlo? Por otro lado, ¿quién habría creído que salir del armario frente a su hermana iba a ser la cosa menos importante que le iba a ocurrir en las últimas horas?

Cuando se acercó a la puerta, oyó *jazz*. ¿Había sonado todo el tiempo? No se había dado cuenta antes. No llamó ni a la puerta ni al timbre. La puerta estaba abierta una rendija, probablemente de cuando los había observado marcharse, creyendo que se había deshecho de ellos.

Bueno, pues lo siento, colega, no tan rápido.

Miles abrió la puerta y entró en una habitación enorme con un techo abovedado y vigas de madera. Su padre no estaba allí. Sandro tampoco. Sabía que él tampoco debería estar allí. Se sentía como un ladrón en aquel espacio amplio e inundado del sonido rico y suntuoso de una trompeta, un bajo y un piano.

Qué inapropiado, pensó. Igual que la luz de sol que se derramaba con alegría a través de las enormes ventanas.

En el rincón más apartado de la estancia había una pared de estanterías llenas de libros con una escalerilla para llegar a los volúmenes que estaban más altos. Había muchísimos libros. Y, a su izquierda, había otra pared similar con estanterías y escalerillas, solo que repleta de discos de vinilo.

Los ojos hambrientos de Miles barrieron la habitación, aspirando la vida de aquel hombre centímetro a centímetro. Al otro lado del salón había una enorme mesa de comedor con un ordenador abierto y, detrás, un frigorífico para vino con cientos de botellas dentro. A su derecha había una chimenea lo bastante grande como para que pudiera meterse dentro. Escudriñó las fotos que había en la repisa. Su padre y Cassidy a caballo. Su padre y Cassidy en el viñedo. Su padre y Cassidy en torno a la misma mesita de café que había frente al sofá, con una tarta de cumpleaños ladeada y llena de velas. Su padre sonriendo de oreja a oreja a punto de soplarlas. Él todavía no lo había visto sonreír y eso le hería el corazón del mismo modo que la evidencia de su amor por otra hija. ¿Cómo era posible que pudiera hacer de padre para ella pero no para ellos? No había ninguna foto de Cassidy de pequeña o de una madre, una esposa o una novia. Tampoco sabía cuántos años tenía. ¿Había tenido su padre una aventura? ¿O Cassidy había nacido antes de que se casara con su madre? ¿O acaso era también hija de su madre? No, eso no parecía posible.

El dolor en su corazón era afilado como un cuchillo.

Sintió el impulso de orinar por toda la habitación, de marcar como suyo hasta el último rincón.

Pasó la mano por el reposabrazos de un sillón de cuero amarillo demasiado grande. Frente a él, había una mesita de café de madera, larga y baja, con más pilas de libros, álbumes y partidas a medio terminar de backgammon y Scrabble. Había una baraja con una tarjeta de puntuaciones al lado: «Cassidy» y «Papá», seguidos de dos largas columnas de números escritos con la que debía de ser la letra de Cassidy. O, suponía que también podría ser la letra de su padre, refiriéndose a sí mismo como «papá». El padre de ella. Ni siquiera conocía la letra de su propio padre. Lo más probable era que Cassidy y el hombre llevaran semanas jugando a aquel juego de cartas. Junto a todo ello había un viejo tocadiscos dando vueltas. Al estar en aquella habitación, tuvo la sensación abrumadora e inquietante de que era el lugar al que había pertenecido todos aquellos años, en el que se hubiera sentido como en casa. Pero no habían querido que estuviera allí. Era peor que verse rechazado por Wynton y Dizzy porque siempre se había sentido ajeno a ellos. Su padre y Cassidy parecían estar hechos del mismo material que él; parecían ser gente que leía del mismo modo que otros respiraban. Cassidy había tenido aquellos libros, aquellos juegos, aquella música, aquella luz del sol y a aquel hombre, mientras que él, no. Le dolía el estómago y tuvo que tomar aire para no vomitar por toda la mesa y por toda aquella hermosa vida de padre e hija.

Era como una mota de polvo. Así de poco importaba en aquel lugar.

Se acercó hasta una pared en la que había una fotografía enmarcada de Cassidy. Estaba en el río, sentada sobre una roca. En ese momento, llevaba la melena rubia y le caía como una cascada por la espalda. Parecía pensativa y Miles se preguntó en qué estaría pensando. Le gustaría pasearse por su mente durante días o incluso años. ¿Cómo era posible que no se hubiera dado cuenta de lo mucho que se parecían? Excepto por el pelo, ya que el suyo era oscuro como el de su padre y el de ella era claro, tal vez como el de su madre. ¿Quién era su madre? ¿Hacía cuánto que Cassidy sabía de la existencia de sus medio hermanos de Paradise Springs? Porque era evidente que lo sabía. ¿Acababa de descubrirlo? ¿Seguía pensando que el nombre de su padre era Dexter? ¿Dónde estaba su madre en aquel momento? ¿Había ido hasta Paradise Springs para conocerlos a todos pero se había acobardado? ¿Había querido contarle quién era aquel día en la camioneta naranja? Ahora, le parecía que lo había intentado. En repetidas ocasiones. Dios, echando la vista atrás, resultaba tan obvio... Pues claro que era su hermana. Había sentido que ella era la otra mitad de su alma.

Y Dizzy tenía razón. Las historias de la familia Fall eran también las historias de Cassidy. Por eso había sabido lo de las rayas moradas, verdes y azules de las paredes de su dormitorio. Probablemente, su padre se las habría contado en torno a aquella misma mesa mientras un fuego ardía en la chimenea. Y, después, ella las había transformado en aquellos cuentos dotados de magia que le había relatado a Félix. Recordó que ella le había dicho: «A veces, ni siquiera leo en orden. Leo un poco de un libro, luego de otro... Lo que sea. Me paso así toda la noche. Como si todo, y me refiero a "todo" en el sentido más amplio de la palabra, no fuese más que una única historia muy larga».

Se alegraba de estar dentro de aquella larga historia con ella. Incluso aunque el cabrón de su padre se negara a interpretar su papel con él y con sus otros hermanos. Se dio cuenta de que estaba apretando los dientes y se detuvo justo cuando oyó unos pasos pesados bajando los peldaños. Su padre apareció al final de las escaleras. Llevaba a Sandro en brazos.

—Sandro se había escondido debajo de mi cama —dijo él—. Iba a llevártelo ahora mismo.

Examinó el rostro conocido de aquel hombre desconocido desde la otra punta de la habitación. Tal como le había ocurrido en la puerta, lo dejó sin aliento. Miles era una réplica más pequeña y joven de él: el mismo modelo con diferente edad. Era inquietante, como si se estuviera viendo a sí mismo en el futuro. Se preguntó si su padre también frecuentaba la Habitación de la Melancolía. Pensó que sí. (Y, de hecho, Alonso Fall también. ¿De qué iba si no aquel periodo en el que se había convertido en una fuente de oscuridad?).

El pesar se reflejaba en cada aspecto de su padre: en la postura y en la mirada que, en aquel momento, estaba devorando a Miles y haciendo que se sintiera mareado e inestable tanto en los pies como en el alma. Sí, a lo largo de los años, había buscado fútilmente en las reseñas de vinos y había escrito correos electrónicos a un padre imaginario, pero ahora se preguntaba qué parte de todo el anhelo que se encontraba en el centro de su ser, de ese sentimiento de exilio emocional y de todas las horas solitarias devoradas por la esperanza había sido causada por el hecho de que aquel hombre lo había abandonado. ¿Y si el miedo profundamente arraigado a que hubiese algo malo o retorcido en su interior hubiera comenzado con el rechazo de su padre y sus hermanos solo lo hubieran reforzado? Aquella revelación lo sacudió. Porque ¿y si se había equivocado todos aquellos años y el Big Bang de su dañado universo psíquico hubiese sido su padre y no su hermano? Probablemente, también lo había sido en el caso de Wynton.

No, probablemente, no. Definitivamente. Toda su vida, Wynton había cargado con el dolor y la rabia desenfrenada que Miles estaba experimentando por primera vez aquel día. Porque, hasta que no había entrado en el barco del revés que era aquella habitación llena de libros, música y amor; hasta que no se había encontrado en la presencia de aquel hombre, no había comprendido lo que Wynton siempre había sabido: lo mucho que se estaban perdiendo.

Tenía un nudo apretado de dolor en la garganta y un anhelo tan grande como un continente en el corazón.

Miró a Sandro, que parecía muy a gusto entre los brazos de su padre.

«Traidor. —El perro no respondió—. ¿Qué demonios te pasa, Sandro? —Nada—. ¿Ahora vas a fingir que no puedes oírme? —Todavía nada—. ¿Por qué me estás ignorando?».

Sandro giró el hocico hacia Miles, pero no lo miró a los ojos.

«Porque voy a quedarme, Miles, y no sabía cómo decírtelo. Voy a quedarme con Bella».

«¿Con Bella? ¿Qué? ¿Él es Bella? Tiene que ser una broma, Sandro. ¿Bella es mi padre? ¡Pensaba que Bella era una perra!».

«Tu padre solía caminar sonámbulo por toda vuestra propiedad y, después, se quedaba dormido en el viñedo, bajo la luz de la luna. Mi madre humana, Rory, solía llamarlo "Bella Durmiente"».

«¿Por qué nunca me lo habías contado?».

«¡Nunca me lo has preguntado!».

«¿Puede oírnos?».

«Creo que no. Bella y yo nunca nos comunicamos así».

Miles no pudo contenerse.

«¿Lo quieres más que a mí?».

«No me preguntes eso».

«Ya no tengo que hacerlo. Acabas de decírmelo».

La sangre se precipitó por todas sus penas mientras encajaba aquello; mientras contemplaba a su padre, ahí de pie con una cara idéntica a la suya pegada al cráneo mientras sostenía en brazos al que era su perro adoptivo y su mejor amigo en todo el planeta. Sandro tenía el hocico enterrado bajo la barbilla de su padre. Parecía más contento de lo que Miles lo había visto jamás porque aquel hombre que tenía su rostro era el amor de la vida del perro.

Aquel perro que, igual que aquel hombre, no lo quería lo suficiente como para quedarse con él.

Todo lo que Miles había pensado en decir se esfumó de su mente. Empezó a subirle la temperatura y todos sus pensamientos acabaron en una licuadora. Se sentía como si pudiera partir piedras con las manos. Miró la fotografía de su padre soplando las velas de cumpleaños, acompañado por su preciosa hija adolescente y con una sonrisa paternal en el rostro. Entonces, explotó un dique. Géiseres y más géiseres de traición, de ira y del dolor de toda una vida estallaron en su interior, haciendo que su furia anterior se quedara en nada. Casi no podía ver o respirar y creyó que los pensamientos que le pasaban por la cabeza se le iban a escapar por el cuello. ¿Cómo se atrevía aquel hombre, aquel Big Bang de universos psíquicos dañados, a tener su mismo rostro? ¿Cómo se atrevía a tener todos aquellos libros? ¿Cómo se atrevía a haber criado a otra hija? ¿Cómo se atrevía a jugar con ella a las cartas durante semanas sin fin? ¿Cómo se atrevía a no intentar salvarle la vida a Wynton?

¿Cómo se atrevía a robarle el perro?

¡Era demasiado!

¡Todo era demasiado!

—Que os jodan a los dos, cabrones —dijo, saboreando cada palabra y haciendo que duraran. No solo por sí mismo, sino por Wynton y Dizzy también—. Que paséis una vida muy feliz juntos.

Y, entonces, se marchó.

CASSIDY

Cuando tienes una casa amarilla, una bicicleta de montaña, un buzón con un comedero de pájaros, un teléfono móvil, un padre con un sombrero de vaquero, una dirección en Dandelion Road en un pueblo llamado Whispering River, una cocina en la que preparas la comida con un jefe de viñedo desgarbado y gracioso llamado Nigel, a la señora McGerald de vecina por un lado y a los Heredia por el otro, dos caballos (Chet y Billie), dos cerdos (Mingus y Parker), tres gallinas (Coltrane, Monk y Rollins) o unas escaleras delanteras en las que puedes sentarte con tu padre al atardecer mientras te cuenta por qué la pinot noir es la uva de los corazones rotos y por qué los mejores vinos son historias de amor embotelladas...

Cuando tienes un dormitorio con un asiento en la ventana y cortinas moradas, una cama de verdad, una plaza de pueblo con una calle principal en la que Becky trabaja en la panadería y Amy en la ferretería; cuando vas al instituto, a clases de baile, a entrenamientos de carreras a campo traviesa o al centro comercial; cuando asistes a fiestas de pijamas, vagueas en clases ruidosas, pasas el rato junto a la fuente de agua o vas a fiestas junto al río con gente de tu edad; cuando te has conectado a muchos sitios y has hecho *streaming* de muchas cosas inútiles;

cuando has horneado tartas, has pedido pizza a domicilio, has preparado palomitas de maíz y has soplado velas de cumpleaños; cuando tienes un apellido...

Entonces, empiezas a olvidar cómo eran antes las cosas.

Empiezo a olvidarlo, Wynton: cómo era salir de *Sadie Mae* tras conducir cientos de kilómetros cegadas por el sol y sobre las piernas neumáticas del vehículo; cómo me crujía el cuello cuando me quitaba el vestido veraniego por la cabeza y dejaba que cayera tras de mí; cómo atravesaba corriendo la arena ardiente, agarrando la mano de mi madre, la polilla rosada del arce, mientras gritábamos y nos abríamos paso con vítores hasta la poza de la que habíamos estado hablando diez horas seguidas; cómo imaginábamos cómo sería meternos en el agua fría y, de pronto, estábamos allí, en el borde de un acantilado de roca, contando hacia atrás; cómo las dos estábamos demasiado emocionadas como para llegar hasta el uno, por lo que saltábamos en el aire, y cómo, cuando nuestros cuerpos calentados por el desierto se sumergían en las aguas frías y azules, todo aquello se convertía en una experiencia religiosa. Porque, tal como mi madre había prometido, hubo ocasiones en las que, sin duda, la Fuerza Divina nos engulló como si fuéramos dos tacos.

Lo olvido cuando paseo por los viñedos con mi padre, metiéndome uvas en la boca; cuando me enseña a montar a caballo, a tocar la guitarra, a conducir un automóvil (de manera legal) y a diferenciar el *hard bop* del *jazz* de la costa oeste.

Lo olvido cuando monto a caballo con mi padre hasta lo alto de la loma, donde le doy manzanas a Billie (que se ha convertido en mi caballo) con mi propia mano. Y, cuando mi padre y yo nos sentamos en silencio bajo el sol, me doy cuenta de que me siento más yo misma cuando estoy con él que cuando estoy sola, lo cual es raro porque, con Marigold, nunca me sentí yo misma; nunca sentí que tuviera un yo separado de ella.

Lo olvido conforme sus misterios ocupan el lugar de los de ella y cuando descubro el anillo de matrimonio con la inscripción: «Eres mi eternidad, mi por siempre jamás, mi incomparable», a pesar de que me había dicho que nunca se había casado y que no tenía a nadie en el mundo más que a mí.

Lo olvido cuando lo veo contemplando una pared como si fuera el horizonte; cuando oigo cristal rompiéndose en su oficina, dentro del granero reconvertido, y veo a través de una grieta en la madera cómo mi padre rompe botella tras botella de vino, lanzándolas al suelo, mientras Nigel, que está a mi lado, me dice que es algo que ocurre a veces.

Me descubro olvidándolo cuando se encierra en su dormitorio durante semanas enteras y me pregunto si estará en el Mundo Silencioso o si yo le estaré arruinando la vida como hice con la de Marigold.

Lo olvido cuando me pregunta cuál es mi color favorito, le digo que es el morado, como la palabra «amor», él exclama que tengo sinestesia como él porque ve la música como si fueran colores, siento como si estuviese en el club más estupendo del mundo y, entonces, me pregunto si Marigold alguna vez prestaba atención a algo de lo que decía o hacía porque ¿cómo era posible que esto se le hubiera pasado por alto?

Lo olvido cuando recorro los pasillos del instituto con mis mejores amigas, Olan y Summer; cuando las tres nos hacemos un *piercing* en el ombligo y tatuajes de pájaros azules en los muslos; cuando nos teñimos las unas a las otras el pelo de rojo, azul, rosa y, al final, de todos los colores del arcoíris; cuando nos quedamos despiertas preparando *brownies*; cuando sacamos a escondidas de la casa botellas del vino de mi padre para bebérnoslas junto al río, donde les cuento cómo mi madre me abandonó y se perdió en la noche sin haberse llevado siquiera el cepillo de dientes; cuando les cuento lo que pasó con el Hombre de los Abrigos, me rodean con sus brazos, me consuelan y, después, me cuentan sus propias historias imposibles y soy yo la que las abrazo.

Me descubro olvidándolo en las fiestas, en las que primero beso a Denver Cho, después a Scott Swan y, más tarde, a Riley algo; aunque esos besos no llegan a nada porque ya estoy suspirando por Peter, el repartidor de pizza, que era el chico que me miraba desde el árbol cuando metí a *Purple Rain* en aquella hondonada en la Tierra de los Desnudos y el mismo chico que me ignora sin importar a cuántos Denvers o Rileys bese o cuántas pizzas pida a domicilio hasta que, al fin, deja de ignorarme y, entonces, lo olvido un poco más y vamos de camino a la graduación de último curso.

La cuestión es la siguiente, Wynton: a pesar de todos estos olvidos, mi madre se ha convertido en mi sombra, mi testigo, mi ira, mi enemiga, mi aliada, mi anhelo, mi alegría y mi idioma. Me tatúo en el brazo esa cita que todo el mundo cree que es de Walt Whitman pero que no es más que una paráfrasis de una cita suya: «Estuvimos juntos, todo lo demás lo olvidé». Me encantan esas palabras; son mi fe. Y necesito fe, porque todos aquellos años quebraron algo en mi interior y es un tipo de rotura permanente.

Todas las noches, antes de irme a la cama, escribo: «En un reino muy lejano, en los tiempos de por siempre jamás, había una madre y una hija». Entonces, las palabras fluyen. No le enseño a nadie las historias de madre e hija porque es ahí donde me acerco a ella con sigilo («¡Oh, ahí estás!»), la desprecio y la quiero; donde ella y yo volvemos a ser la misma alma. Y cuando recibo las postales (una de la India, una de Bali y una del

Camino de Santiago, en España), las tiro en su vieja bolsa de palabras, me retiro a mi armario, en cuya pared hay un hueco con la forma de Marigold, y lo golpeo, lo golpeo y lo golpeo hasta que me sangran los nudillos.

MILES

Miles abrió de golpe la puerta del copiloto de la camioneta y se subió de un salto.

—En marcha —dijo.

—¿Dónde está Sandro? —le preguntó Félix.

—Se queda —contestó él.

El otro chico se levantó las gafas y lo miró directamente a los ojos.

—Eh… Colega, ¿estás seguro?

Las palabras más que obvias que pendían entre ellos eran: «No es tu perro, no puedes dejárselo a nadie».

—No podría estar más seguro.

Félix mantuvo la mirada preocupada (que quería decir algo como: «¿Debería llevarte directo a la consulta de un psiquiatra?») sobre él unos instantes. Después, se bajó las gafas de sol, encendió el motor y salió a la carretera, consciente de algún modo de que no debía preguntar por lo que había ocurrido dentro de la casa. Miles volvió a pensar en cómo el otro chico le había dicho que, cuando leía algo o veía una película, se mudaba dentro. Eso era lo que había hecho con su vida en veinticuatro horas: se había mudado a ella y Miles no quería que se fuera. Desechó los pensamientos morbosos de la noche anterior. Claro que Félix no se estaba muriendo.

Jesús. ¿En qué diablos había estado pensando? En cualquier cosa.

Dizzy tenía el rostro hinchado de tanto llorar y llevaba las gafas manchadas y torcidas sobre la nariz. Su melena hacía que pareciera que había metido los dedos en el enchufe. ¿Cómo era posible que un padre no amara a su hija? La imagen de su hermana de puntillas, mirando por la mirilla desde el lado equivocado de la puerta cerrada, lo asaltó e hizo que sintiera un calor glacial por todo el cuerpo. Odiaba a aquel hombre por aquello; por muchísimas cosas. Dios. Dizzy le hizo un gesto para que se agachara hacia ella. Entonces, se colocó una mano en torno a la boca y le susurró al oído:

—¿Te ha dicho Sandro que quería quedarse?

Miles no podría haberse sorprendido más si su hermana le hubiese hablado de pronto en sánscrito. ¿Cómo era posible que supiera sobre él algo tan secreto? Asintió y ella le devolvió el gesto con la cara llena de compasión. Entonces, se volvió a inclinar hacia él y le dijo:

—Eso es muy triste y, además, estabas tan triste ya...

Ay, Dios. La rodeó con un brazo y la estrechó con fuerza. Entonces, sumidos en un silencio incómodo, los tres salieron de Whispering River en dirección al hospital en el que estaba Wynton, probablemente muriendo. Estaban demasiado devastados como para alegrarse siquiera por su nueva medio hermana. La brillante trompeta de metal yacía en silencio y sin música sobre el salpicadero.

—Menudo imbécil —dijo Miles, aunque sonó plano y falso.

—A mí no me ha parecido un imbécil —dijo Dizzy—. No en el interior.

Miles suspiró. En aquel momento, la ira estaba retrocediendo y, sin ella, tan solo quedaban la confusión y la agitación. De pronto, su mente se había convertido en el cajón más desordenado que uno pudiera imaginar; uno que no se cerraba. En las fotografías con Cassidy, su padre parecía un padre normal y corriente muy orgulloso. Un buen padre. ¡Pero les había cerrado la puerta en las narices! ¿Qué parte de la historia le faltaba? Miró fijamente por la ventanilla aquellas calles que tan familiares debían resultarle a su padre, deseando, a pesar de todo, volver a estar dentro del barco del revés que era aquella habitación. Era patético. Se sentía atraído sin remedio hacia aquel hombre. Lo odiaba, podía sentirlo en la boca, pero, al mismo tiempo, no quería volver a perderlo de vista. Quería sentarse en su regazo, o atarlo y obligarlo a jugar a las cartas en aquel sofá de cuero amarillo. Quería saltar dentro de las fotografías que estaban en las paredes y nunca salir de ellas. Quería esconderse debajo de su cama, tal como había hecho Sandro.

¡Quería recuperar a su perro!

Sentía un dolor punzante en el pecho. Apenas podía soportarlo.

Sentía como si unos pájaros le estuvieran picoteando el corazón.

Estaba teniendo problemas con todo su cuerpo, con estar dentro de él y hacer que se quedara sentado en la camioneta. Dizzy se separó de él mientras se removía hacia un lado y hacia otro. ¿Por qué sus miembros parecían tan excesivamente largos y torpes de pronto? ¿Cómo lidiaba la gente con tener aquellas extremidades tan ridículas? ¿Y su cabeza, que no hacía otra cosa más que bambolearse sobre su cuello de aquel modo? Era insoportable. Se sentía como si tuviera veinte codos, quince rodillas y cuatro cabezas mientras cambiaba de posición una y otra y otra vez, hasta que llegaron a la salida de la carretera que los llevaría de vuelta a casa. Entonces, Miles dijo:

—Lo siento, Félix, pero tienes que dar la vuelta.

MILES

Cuando Miles atravesó la puerta de la casa de su padre por segunda vez, no tenía ninguna palabra preparada ni ninguna idea de lo que iba a ocurrir. Recordó haber aprendido en clase de Física que el imán más fuerte nunca construido tenía un campo magnético cien mil veces más grande que la propia Tierra.

El imán gigante era su padre y él no era más que un fragmento de metal diminuto.

El hombre estaba sentado con Sandro en el sofá amarillo, como si lo estuviera esperando, como si él mismo hubiera decretado su regreso (y tal vez lo hubiera hecho). La misma música *jazz* inundaba la habitación. La expresión de su rostro era más suave, menos cerrada de lo que había sido antes. Tenía los ojos enrojecidos. ¿Había estado llorando? Miles esperaba que sí. Le hizo un gesto para que se sentara, pero él negó con la cabeza a pesar de que sentía las piernas débiles y temblorosas.

Pensó en la pataleta tan épica que había tenido antes (¡ya iban dos!) y en el hecho de que le había dicho a su padre «que te jodan» y lo había llamado «cabrón». Sintió vergüenza, pero también indignación. No tenía intención de disculparse. Aun así, nunca en toda su vida había actuado de aquel modo, como si fuese un niño petulante. Tal vez el niño que solía ser había atravesado el tiempo al ver al hombre que lo había abandonado; al hombre que, de algún modo, sabía que lo había querido durante los primeros años de su vida, ya que el recuerdo estaba grabado en sus huesos, a pesar de que no lo había sabido hasta ese momento.

Miles se pasaba mucho tiempo estudiando a otros chicos y otros hombres. Su padre era el tipo de hombre que controlaba una habitación con solo entrar en ella. Era alto, robusto, un puñetero vaquero que hacía vino, por el amor de Dios, y con el rostro repleto de tiempo y topografía. Apartó la vista. Mirar a su padre hacía que el suelo se derrumbara bajo sus pies.

Entonces, volvió a darse la vuelta, porque ahí estaba él.

Respiró hondo y, después, exhaló con lentitud. En esta ocasión, mantendría la calma.

—Dizzy no es más que una niña pequeña —dijo—. La has dejado devastada. Y ya tenía el corazón destrozado por lo de Wynton. —Mientras las palabras fluían, comprendió que también estaba hablando consigo mismo.

—Lo sé —dijo su padre, suspirando. Miles observó su pelo, aquellos mechones oscuros rizados, que eran como los suyos solo que con algunas hebras grises. El hombre estiró el brazo hacia el otro lado de la mesa y levantó la aguja del tocadiscos. Miles fijó la vista en sus manos y sus dedos alargados que, una vez más, tanto se parecían a los suyos, solo que su padre tenía cicatrices y cortes producidos por las vides, así como tierra bajo las uñas. La estancia, desprovista ahora de pintura musical, resultaba menos acogedora y hogareña, lo cual era un alivio. El hombre sacó del disco del reproductor con cuidado de sujetarlo por los bordes—. Quiero ir con vosotros —dijo mientras metía el disco en su funda: *Kind of Blue* de Miles Davis, su tocayo—. Es la verdad.

—Entonces, ¿por qué no lo haces?

Su padre levantó la cabeza y lo miró fijamente. *Es un espejo*, pensó Miles.

—No pertenezco allí —contestó.

—No lo entiendo —replicó él—. Claro que sí. ¿Qué quieres decir? —Tan solo tenía preguntas, preguntas y más preguntas—. ¿Por qué piensas eso? ¿Qué ocurrió? ¿Por qué no regresaste? Ni siquiera una sola vez. ¿Puedes al menos intentar explicármelo?

Los labios de su padre se torcieron hacia un lado. Miles supo que estaba considerando qué contarle y qué no. *Cuéntamelo todo*, deseó.

—¿Qué dice vuestra madre al respecto?

—Nada —contestó Miles. El hombre asintió con lentitud—. Lo que quiero decir es que dice que no sabe por qué te marchaste. Se limita a prepararte la cena. Todas y cada una de las noches. Te deja un plato en el calentador del restaurante cuando se marcha por la noche. Con una copa de vino. —Aquello no era de lo que había esperado hablar pero, de pronto, se sentía obligado a hacer que su padre lo supiera—. Así que eso son doce años, multiplicados por trescientos sesenta y cinco días. Eh... Sí... Si excluimos los festivos, probablemente el resultado sea que te ha preparado unas cuatro mil cenas. —¿Era aquello un brillo en los ojos del hombre? ¿Estaba sorprendido? Aquello lo animó—. A los camareros les encanta, ya que pueden comerse la cena después del cierre. Creo que quizá sacó la idea de la tradición de dejar vino para Elías durante la Pascua judía. No lo sé. —Su padre tragó saliva—. Nadie lo entiende.

»Y yo te escribo, ¿sabes? Correos electrónicos. Tengo una carpeta. —Estaba en racha—. La llamé «¡Ayúdame!». También leo páginas web de vino, estudiando las reseñas para buscar aquellas que sean tan raras como las que solían recibir tus vinos.

Durante un tiempo, estuve seguro de que sería capaz de encontrarte de ese modo. —Entonces, recitó de memoria—. «Con su nuevo pinot noir, Theo Fall ha hecho lo imposible: ha preparado el amor verdadero a partir de las uvas. Con toques de cereza negra, sotobosque y la felicidad más absoluta y estimulante, puede combinar este jugoso vino con aves de presa, pescados grasos y aquella persona que se le escapó, ya que, sin duda, este caldo la hará regresar». —La sorpresa en el rostro del hombre se había transformado en el estupor más absoluto—. «Es como una danza de la que no creía conocer los pasos hasta que la música empezó a sonar».

»Te imagino a todas horas —prosiguió Miles, incapaz de parar—. Sentado en las gradas durante mis competiciones de atletismo, de pie en el umbral de la puerta de mi dormitorio mientras me das las buenas noches o comiendo solo en algún restaurante. Estarías sentado en una mesa del fondo, con un whisky delante de ti, removiendo el hielo con un dedo, como en las películas. Te imagino sin parar, ¿sabes? Y Wynton ha pasado más horas contemplando fotografías tuyas que tocando el violín, y eso que tocar el violín es lo único que hace. Creo que lo toca para ti. Me parece que cree que, si se vuelve lo bastante bueno, oirás hablar de él y regresarás. Además, llora cuando lo toca. Siempre. Estoy bastante seguro de que es por lo mucho que te echa de menos.

Miles no había sido consciente de haber pensado todo aquello pero, de pronto, estuvo seguro de todo ello, como si estuviera quitándole al pasado el polvo de toda una década. De repente, también estuvo seguro de que no odiaba a su hermano. Su madre le había dicho que Wynton había cambiado tras la partida de su padre. Todos aquellos años, por algún motivo, ¿había estado pagando con Miles la ira que sentía por el hecho de que los hubiera abandonado? No lo sabía, pero tal vez estuviera comenzando a comprender un poquito a su hermano. O, al menos, a intentarlo.

—Cuando éramos pequeños —prosiguió—, Wynton se pasaba días enteros mirando por la ventana en dirección al camino de acceso. Yo sabía que estaba esperando que volvieras a casa. Todos lo sabíamos. Pero nunca volviste. —Sintió un tirón en el pecho. Había querido a aquel niño que se pasaba el día mirando por la ventana. ¿Y si todavía lo quería?—. Wynton sigue durmiendo con la trompeta que le dejaste. —Miles solía entrar en el dormitorio de su hermano cuando no estaba (el único momento en el que podía entrar sin que le tiraran un zapato a la cabeza) y ver el bulto bajo las sábanas—. Hemos pasado estos últimos doce años viviendo dentro de tu... ausencia. Todos nosotros. Es como si la respiráramos, la habláramos o durmiéramos a su lado. —No tenía ni idea de dónde estaba saliendo aquel discurso. Tal vez, de manera inconsciente, lo hubiese estado preparando toda su vida—. He pasado mucho tiempo deseando que estuvieras con nosotros para salvarme de tantas cosas... Cosas de las que no tienes ni idea porque no estabas allí. He pasado mucho tiempo preguntándome cómo sería tenerte como padre e imaginando que me dirías que todo iba a salir bien porque no todo me ha ido bien. —Estaba empezando a sentir un nudo en la garganta—. Sé que suena inconcebible, pero tu trompeta, tu música, tu voz, el mero hecho de que estés en la habitación del hospital, incluso tu aroma (en una ocasión, Wynton me dijo que olías a hojas...). ¿Cómo sabes que tu presencia en la habitación del hospital, después de que Wynton haya pasado tantos años anhelándola, no lo va a traer de vuelta? Yo no lo sé, y soy la persona más racional de esta familia. Pensaría que, si existiera la más mínima posibilidad de que pudieras hacer eso por Wynton, por nosotros, lo harías.

«Bravo».

«Que te den. No hablo contigo, Judas».

Miles sabía que sus palabras estaban afectando a aquel hombre que se había perdido todas las cosas de sus vidas, absolutamente todas.

—Tan solo supuse... —dijo su padre—. Siempre he pensado que... No sé... —Parecía perplejo de verdad.

—¿Que nos habríamos olvidado de ti?

—Pues sí —contestó, tragando saliva.

—¿Cómo pudiste pensar eso?

El hombre se inclinó sobre las rodillas y levantó la cabeza.

—Mira, Miles, no es que esto vaya a suponer la más mínima diferencia, pero he visto casi todas tus competiciones de atletismo. Están todas subidas al canal de vídeo de tu colegio, incluida esa en la que, de manera inexplicable, te marchaste con el testigo en la mano en mitad de la carrera. Y leo el periódico *online* del colegio, *El Oráculo*, todos los días. —Aquel era su turno de sentirse sorprendido. Ni siquiera sabía que su colegio tuviese una edición *online* del periódico o un canal de vídeo, todo sea dicho. Su padre prosiguió—. Seguí todo el decatlón académico en el que competiste el año pasado y me puse furioso cuando perdisteis los regionales por ese estúpido tecnicismo en la categoría de música.

Sonríe con los ojos, pensó Miles.

—He leído y releído los tres poemas que has publicado en la revista literaria del colegio, *Los Fénix*. Me gustó especialmente el más reciente, esa maravilla titulada «Encontrando la religión en una cámara frigorífica», ese poema en el que el narrador está en una cámara frigorífica, oliendo la lejía y la sangre de la carne marinándose y meditando sobre la vida. Sin embargo, aunque nunca se dice de manera explícita, sentí que, dentro de la cámara, con el narrador, había otra presencia, tal vez incluso un enamorado, solo que tú, el escritor, querías que fuera un secreto. —A Miles se le erizó todo el vello de las piernas—. Llevaba semanas queriendo preguntarte por él. Es un poema increíble. Eres muy bueno, Miles. Me recordó a *The Dream Songs*, de John Berryman. —Estaba contemplando una pila de libros que había sobre la mesa. Entonces, estiró el brazo, agarró uno bastante gordito y lo deslizó por la madera hacia él—. Es este. ¿Lo has leído?

Miles negó con la cabeza. Sí, aquel poema trataba del beso con Nico, el ayudante de cocina, en la cámara refrigeradora, pero no había querido que nadie lo supiera. Y nadie se había dado cuenta. Ni siquiera el señor Gelman, «el Profesor Bombón de Inglés Avanzado», que había hablado con él largo y tendido sobre su significado. Pero su padre, sentado en aquel sofá, probablemente con un ordenador sobre el regazo y sin que él lo supiera, había leído el poema con bastante detenimiento como para entenderlo.

—¿Cuántas veces lo has leído? —le preguntó.

El hombre se encogió de hombros y, entonces, por primera vez desde que habían llegado, una sonrisa de oreja a oreja le iluminó el rostro. Aunque desapareció tan rápido como había aparecido.

—No demasiadas. Cincuenta como mucho.

Miles siempre había oído hablar a los demás sobre sentirse vistos por otras personas, pero nunca antes, hasta ese momento, había entendido en realidad a qué se referían. Nunca nadie le había prestado tanta atención apasionada y desinteresada, por muy irónico que pudiera parecer.

—Había otra persona en la cámara frigorífica —le dijo—. Y era un secreto. De eso exactamente es de lo que trata el poema.

Se sentía transparente, mucho más que cuando, horas atrás, le había dicho a Dizzy que era gay. Su padre había encontrado a su auténtico yo, oculto en las profundidades de un montón de palabras. Se había arrastrado dentro de su poema y lo había sacado de él.

—Pienso en ti, en tu hermana y en tu hermano cada minuto de cada día, siempre que estoy despierto. Y no es una hipérbole; es un hecho.

—Creo que deberías cambiar de opinión —le dijo Miles—. Creo que deberías levantarte de ese sofá e intentar salvar la vida de tu hijo. Por favor.

Se miraron el uno al otro mientras todos aquellos años vacíos fluían entre ellos; años de palabras nunca dichas, de promesas sin hacer, de caminos sin recorrer, de cenas sin comer y de un amor nunca explorado; un amor que, allí de pie, frente a aquel hombre, Miles podía sentir en el vientre, los huesos y la sangre.

Su padre se levantó del sofá. Miles oyó cómo le crujían todos los huesos. Sandro se acercó a sus pies. Entonces, antes de que se percatara de lo que estaba ocurriendo, el hombre había saltado la mesa, moviéndose con la misma agilidad de la que él mismo estaba dotado, y se había colocado a su lado.

Le apoyó la mano con fuerza y decisión en la espalda, como si fuera a atraparlo en un abrazo, en su vida. El cuerpo de Miles se puso rígido. De pronto, estaba hecho de piedra.

No —pensó—. *No; es imposible.* Volvía a tener un nudo de dolor en la garganta y le ardían los ojos.

—No puedo... —dijo. Estaban tan cerca que podía sentir el calor que emanaba del cuerpo de su padre. Estaba envuelto en su aroma. Wynton había estado en lo cierto. Hojas, sí, pero también tierra, sol, sudor y esperanza. Se le estaba acelerando la respiración. Demasiado. La mano de su padre seguía apoyada en su espalda y el hombre lo estaba mirando fijamente, pero Miles no podía permitirlo. No. No podía. Miró a cualquier parte menos a él y, después, se cubrió el rostro con las manos.

Todo le parecía muy distinto ahora que estaba tan cerca, siendo tan real y paternal, en lugar de al otro lado de la habitación, a una distancia segura, hablando sobre aquel estúpido poema. ¿A quién le importaba que hubiese leído su poema? ¿Cómo podía tener alguna importancia después de lo que había hecho? ¿Cómo podía permitir que respirara el mismo aire que él?—. No puedo perdo...

Pero antes de que pudiera decir «perdonarte», el hombre dijo:

—Yo tampoco puedo.

Entonces, atrapó a Miles entre sus brazos con una fuerza gravitacional. Él se lo permitió. Permitió que su cuerpo se fundiera en el abrazo mientras se sentía como un niño, como un niñito diminuto al que la montaña que era su padre estaba dando un abrazo. Oyó un sonido, un gemido, y se dio cuenta de que había salido de él. Y, entonces, empezó a caer a través de años de dolor y tristeza, a través de noches pasadas en soledad y humillado en su dormitorio mientras las risas resonaban en el piso de abajo y a través de muchísimos días de no encajar y de ocultarse. Se dejó caer y caer porque, por improbable que pudiera parecer, teniendo en cuenta lo que aquel hombre había hecho, tenía la intuición de que allí tenía a alguien que sabía cómo atraparlo; alguien que sabía que necesitaba que lo atraparan.

Miles volvió a oír sus propias palabras: «Creo que deberías levantarte de ese sofá e intentar salvar la vida de tu hijo». Y eso era lo que estaba haciendo, solo que, en ese momento, se dio cuenta de que el hijo al que estaba salvando era él mismo.

—Iré con vosotros —susurró su padre. Y, por primera vez desde que tenía memoria, Miles rompió a llorar.

DEL CUADERNO DE CARTAS SIN ENVIAR DE BERNADETTE:

Querido Nadie:

He cambiado de opinión. Nunca compartiré lo que ocurrió a continuación. O a continuación. O a continuación. Arrancaré estas páginas del cuaderno pero, por ahora, sentada en esta habitación de hospital, con el pasado dando vueltas en mi interior, necesito sacarlo de dentro.

Todo.

La noche que todo cambió, yo tenía diecisiete años, Clive dieciocho y Theo ya había cumplido los diecinueve y había acabado el instituto.

Los tres nos habíamos sentado junto al lecho de muerte de Eva y, después, junto a su tumba. Theo y Clive me habían contado que Víctor había vuelto a despertarlos (había dejado de hacerlo cuando el cáncer de su madre había empezado a remitir), engatusándolos en un estado de embriaguez para que se sumieran en peleas de lucha libre improvisadas. Cuando se resistían, Víctor les decía: «Os enfrentaréis entre vosotros u os enfrentaréis a mí».

Se escogían el uno al otro. Como siempre, Theo se contenía, intentando fingir todo el tiempo, ya que no quería herir a su hermano. Pero, entonces, un día, Clive me había confiado que Víctor había conseguido metérsele en la cabeza y había desatado sus puños con Theo, clavándoselos en la tripa y la mandíbula, deleitándose en los golpes y dándose cuenta en aquel momento animal, azuzado por las palabras burlonas del borracho de su padre, de lo enfadado que estaba con Theo por sus notas perfectas, sus novias perfectas, su aspecto perfecto y su habilidad para ladear el mundo de modo que todo cayera siempre en su dirección.

El rostro de Clive había palidecido mientras me contaba cómo lo había enfurecido que su hermano no perdiera el control, por lo que lo había atacado con más fuerza todavía. Aquella confesión me había asustado. Se me había quedado grabada y me había asqueado. No había sabido qué decirle a Clive. No me había podido creer que Víctor estuviese convirtiendo a aquel chico dulce al que le gustaban las vacas y David Bowie en una persona malvada, amargada y violenta.

Tal vez Theo también hubiera notado que Víctor estaba consiguiendo afectar a Clive porque cuando, poco después de aquello, su padre había vuelto a decirles: «Os enfrentaréis entre vosotros u os enfrentaréis a mí», al parecer, Theo le había dicho: «Me enfrentaré a ti».

Yo solo vi las secuelas: Theo sentado en mi cama, con la cabeza entre las manos, mientras yo le colocaba hielo sobre las costillas rotas. Aquella noche, Clive también estaba allí, caminando de un lado para otro con el rostro rojo y la mirada asustada.

—Tendría que haberlo detenido.

—¿Te limitaste a observar mientras ocurría esto? —le pregunté yo, asqueada.

—Déjalo en paz —me dijo Theo—. Es mejor así.

Clive estaba junto a la ventana de mi habitación, contemplando la plaza.

—Tengo miedo.

—Sé que lo tienes —le dijo Theo a su hermano con suavidad.

—De papá.

—Lo sé, Clive.

—¿Tú no?

—No —contestó él.

Después de eso, empecé a verlos con una claridad diferente. Me di cuenta de que Theo, con todas sus rapsodias y su cabeza en las nubes, era duro como una piedra, protegería a Clive a toda costa y se sacrificaría por su hermano en cualquier momento; y de que Clive, a pesar de sus bravuconerías y su temeridad, era frágil.

¿Fue aquello lo que acabó con nuestro equilibrio? Tal vez. Tal vez lo que nos había mantenido a los tres en una armonía perfecta durante años había sido el hecho de que mi afecto por ambos hermanos había sido idéntico.

Ni más ni menos.

Aquella noche, mientras colocaba el hielo sobre el torso de Theo, él alzó la vista para mirarme y, cuando nuestros ojos se encontraron, algo pasó entre nosotros sin mediar palabra. Estoy segura de que él también lo sintió porque, después de eso, sus paseos sonámbulo empezaron a traerlo hasta mí. Cada pocas semanas, mi padre lo encontraba al amanecer, hecho un ovillo sobre el banco que había frente a la cafetería y, de normal, con varios perros y palomas a su alrededor. Me encantaba que su mente inconsciente lo guiara hasta mí. Él bromeaba diciendo que era el aroma de los cruasanes que mi padre tenía en el horno, pero no era así.

Fue entonces cuando supe que Theo era mi *beshert*, mi destino manifestado en una persona.

Esperaba junto a la ventana, a veces toda la noche, a que el chico mágico que era Theo saliera caminando de entre la oscuridad. No, en aquel entonces, ya era un hombre. Tenía diecinueve años, estaba tomando clases de enología y literatura en la universidad pública y trabajando en su primera remesa de pinot noir. Lo habían admitido en Davis, pero no había ido. Me había confesado que temía dejar a Clive solo con Víctor.

Entonces, un día, al amanecer, estaba junto a mi ventana y vi aparecer a Theo que, en esa ocasión, estaba totalmente despierto. Atravesó la plaza hacia nuestra cafetería. Parecía un sol que se hubiera caído del cielo. Se detuvo cuando me vio en la ventana y nuestros ojos se encontraron. Sentí como si el corazón fuese a explotarme mientras trepaba por la salida de incendios, bajaba volando la escalera, corría hasta él y le rodeaba el cuello con los brazos.

—Ay, Dios, al fin —dijo mientras me levantaba del suelo como si estuviéramos en una película. Entonces, me apretó contra un árbol y me besó hasta que desaparecieron el árbol, la plaza y, después, el pueblo; hasta que tan solo quedábamos nosotros dos en este precioso mundo luminoso.

Me enamoré de él sin remedio.

Todavía estoy enamorada de él sin remedio.

Voy a parar aquí porque tengo que quedarme en este momento; lo necesito.

No sé quién sería sin el arrepentimiento de lo que hice a continuación.

Me ha definido y me ha arruinado.

CASSIDY

Mi historia está a punto de alcanzar el presente, Wynton, pero todavía no hemos llegado a ese punto.

De acuerdo, hace un mes, estoy trabajando en los manantiales y saliendo con una variedad de tontos (cosa que llevo haciendo desde que rompí con Peter, el repartidor de pizzas, después del baile de graduación) tras haber aplazado mi admisión en Stanford porque no quiero dejar la casa amarilla, mi dormitorio morado o a mi caballo Billie. Por no mencionar a mi padre, que se ha convertido en mi ser humano favorito. Tampoco quiero dejar a Nigel, el encargado del viñedo, a su esposa Lupé o a su hija pequeña, Valentina, que tiene tirabuzones y corre detrás de mí como si fuese una borrachina inestable. Viven en una casa que está dentro de la propiedad y son familia. Después está mi gata atigrada, Mazie, a la que rescaté del refugio de animales en el que hago voluntariado los fines de semana. Con todo esto quiero decir que los residentes de Dandelion Road en Whispering River se encuentran muy bien, muchas gracias. En especial, esta residente en concreto.

Pero una parte de mí sabe que los últimos años no son más que un respiro y que, algún día, me arrebatarán la vida en Dandelion Road del mismo modo que me arrebataron la vida con Marigold.

Este es ese momento.

Me despierto con unos golpes en la puerta y un humo espeso y asfixiante en el aire. Desde lo alto de las escaleras, veo a dos bomberos hablando con mi padre y hago la cosa menos valiente que uno pueda imaginarse: vuelvo corriendo a mi habitación, me entierro bajo las sábanas y finjo que no está ocurriendo.

Entonces, aparece mi padre y aparta las sábanas.

—Tenemos que evacuar, cielo. Hay un incendio forestal descontrolado. Tenemos unas horas como máximo. Recoge todo lo que quieras llevarte y reúnete conmigo en el piso de abajo. Voy a juntar a los animales y los voy a llevar a una granja fuera de la zona del incendio. Si te parece bien, quiero que nos llevemos a *Purple Rain*.

—Claro —contesto.

—¿Estás bien? ¿Comprendes lo que está ocurriendo?

—Sí.

—Volveré a buscarte enseguida.

—De acuerdo.

—Cassidy, todo va a salir bien.

—Lo sé. —Apenas se oye mi voz. No estoy segura de qué es lo que me está pasando en el interior, pero no es bueno. ¿Alguna vez has visto un vídeo a cámara rápida de un helecho abriéndose? Imagina eso pero al revés.

—Voy a volver a por ti. ¿Me oyes? Repítemelo.

No podía repetirlo, Wynton, porque no me lo creía. La gente a la que quiero no vuelve a por mí. Por eso me da tanto miedo que tú tampoco vuelvas.

—Por favor, repítemelo, Cassidy —insiste mi padre—. Necesito que lo creas.

—Vas a volver a por mí.

—De acuerdo. —Sonríe con todo el rostro, lo que es una rareza—. Prepara una maleta para un par de noches. Y cualquier otra cosa sin la que no puedas vivir.

No preparo una maleta. No voy a ayudar a Nigel y a Lupé. Voy hasta mi escritorio, abro mi cuaderno y escapo al tiempo de por siempre jamás con mi madre hasta que es hora de marcharnos. Entonces, me llevo tan solo tres cosas.

Lo que la gente se lleva cuando hay un muro de fuego aproximándose a ellos es bastante revelador.

Una hora más tarde, mientras me alejo con mi padre en *Purple Rain*, llevo la cámara digital de mi madre con todas nuestras fotografías dentro. Llevo los cuadernos con las historias de «En los tiempos de por siempre jamás» sobre mi madre y sobre mí. Y llevo la bolsa de palabras de Marigold, que ahora también contiene las postales. Eso es todo. No he vaciado el cajón en el que guardo todos los regalitos y recuerdos que me han ido dando los chicos. No he traído la foto enmarcada en la que aparezco con mis amigas Olan y Summer la noche de fin de curso en la que saltamos al río con los vestidos y llegamos al baile empapadas.

Me marcho con tan solo mi madre, sus palabras, mis historias y mi padre.

Mi padre que, en este momento, sigo pensando que es mi lugar seguro y alguien digno de mi confianza. ¿Cómo podemos equivocarnos tanto con las personas?

Antes, cuando ha regresado del refugio temporal de animales, ha sacado una escalera de mano del armario del pasillo y la ha colocado justo al lado de la puerta de mi dormitorio. En el techo había una trampilla en la que nunca me había fijado. Ha desaparecido en el interior de esa parte secreta de la casa y ha vuelto a aparecer con aquello sin lo que no puede vivir: dos cajas de cartón. Yo ni siquiera sabía que tuviéramos un ático.

—¿Qué hay dentro? —le pregunto mientras avanzamos por la autopista 43 con las mascarillas puestas y el purificador de aire zumbando a máxima velocidad. Frente a nosotros, hasta donde alcanza la vista, hay una hilera de automóviles. El aire está lleno de humo por el viento pero, al parecer, todavía no corremos peligro de que nos alcance el incendio. Creo que mi padre está fingiendo no haberme oído, pero no lo voy a dejar pasar—. ¿Qué hay en las cajas, papá?

—Algunos papeles.

—¿De qué tipo?

—Ya sabes... De los que tienes que llevarte si hay un incendio.

Normalmente, no lo presiono; siempre ando con pies de plomo, pues no quiero molestarlo y siempre me parece que lo haría si le hiciera muchas preguntas. Estoy muy bien entrenada para no querer sacudir el barco mental de los padres. Aunque él no es inestable como mi madre; es todo lo contrario: una fortaleza.

—¿Como las escrituras o los contratos de alquiler? ¿Cosas así? —le pregunto.

—Más o menos.

Menos que más —pienso—. *Esos papeles los tienes en los archivadores de tu oficina.*

Sé que lo estoy poniendo a prueba, arriesgando nuestro equilibrio y penetrando en la fortaleza. Tal vez lo que me esté dando el valor para hacerlo sean las mascarillas que llevamos puestas.

—Cuéntame qué hay dentro.

Conducimos en silencio durante un rato. Ya me he hecho a la idea de que no voy a recibir ninguna respuesta cuando dice:

—Hay cosas de las que no puedo hablar, Cassidy.

—¿Por qué no puedes hablar de ellas? —le pregunto.

No es justo. Hay muchas cosas de mi vida de las que no puedo hablar y de las que, probablemente, nunca hablaré. Cosas que no he incluido en la historia que te estoy contando, Wynton; cosas vergonzosas que he visto y he hecho; cosas que, tal vez, percibas entre mis palabras. Como los espacios en blanco de las páginas. Creo que tenemos ese mismo tipo de espacios en blanco en nuestras vidas, allí donde están las partes de las que no hablamos. Hay muchas cosas sobre la vida en la carretera con Marigold para las que todavía no tengo palabras, por muchos diccionarios que conquiste; muchas cosas que deben quedarse en los tiempos de por siempre jamás. Sin embargo, este día, con un incendio descontrolado pisándonos los talones, parece que no soy capaz de darle a mi padre un respiro.

—Llevas un anillo de boda.

—Algún día; hoy, no.

—Lleva una inscripción. «Eres mi eternidad, mi por siempre jamás, mi incomparable».

—Cassidy, por favor.

No puedo dejarlo estar.

—¿Qué me estás ocultando? ¿A quién me estás ocultando?

Él traga saliva, se quita la mascarilla y me mira. Hay miedo en sus ojos.

—No puedo —dice. Me desabrocho el cinturón de seguridad y me pongo en pie, dispuesta a dirigirme a la parte trasera para abrir las cajas, pero mi padre pisa el freno de golpe. Pierdo el equilibrio y me caigo de rodillas—. ¡He dicho que no! —grita. Y me refiero a un grito de verdad.

Una ventana de mi corazón a la que le ha costado cuatro años abrirse se cierra de golpe en este instante.

No sé quién es este hombre, pienso mientras me levanto, atormentada y asustada, y regreso al asiento del copiloto.

DEL CUADERNO DE CARTAS SIN ENVIAR DE BERNADETTE:

Querida Vergüenza:

Bien, esta es la confesión.

Enseguida me di cuenta de que estar enamorada de Theo no era muy diferente a tener una gripe maravillosa y paralizante. Habían pasado algunos días desde el beso en la plaza y sentía como si mi estómago fuese una serpiente ardiente enroscándose. Por no hablar de que no podía dejar de sudar, de escribir su nombre sobre cualquier superficie disponible o de tener alucinaciones en las que me rodeaba con sus brazos y me besaba el cuello hasta que tenía que abandonar corriendo mi puesto tras la caja registradora de la cafetería y derrumbarme como una pila de pasión sin remedio sobre los sacos de harina de la trastienda.

Todo aquello era un comportamiento muy poco propio de mí.

Theo y yo no habíamos estado a solas desde el beso y nuestro plan era reunirnos aquella mañana antes de que nadie se despertara, especialmente Clive. Me deshice de las sábanas a las cinco de la mañana y me arrastré hasta el baño con todo el sigilo posible para lavarme los dientes y mojarme la cara. Disponía de dos horas antes de tener que volver a estar bajo aquellas mismas sábanas y que mi madre viniera a despertarme para ir al colegio con un «Buenos días, *chouchou*», tal como hacía todas las mañanas. Mientras me ponía las zapatillas deportivas, temblaba ante la perspectiva de estar a solas con Theo. Un momento después, escapé por la ventana hacia la salida de incendios delantera.

Quería bajar las escaleras a toda velocidad, pero podía oír a mi padre tarareando en la cafetería mientras preparaba las mesas, tal como hacía todos los días.

Finalmente, dejaron de oírse los tarareos, lo que significaba que se había retirado a la cocina. Bajé corriendo y, entonces, aparecí en la plaza vacía y tranquila del pueblo. En la distancia, el sol estaba asomando tras la montaña, iluminando las colinas doradas. Sin embargo, la cascada que había en un lateral todavía parecía gris a aquellas horas, tan pétrea como la estatua de Alonso Fall que había frente a ella.

Comencé a correr y pronto dejé atrás la plaza. Me abrí paso entre los viñedos hasta acabar en el largo camino que conducía a la enorme casa blanca en la que vivían los chicos Fall, mis dos mejores amigos, los mejores amigos que había tenido nunca hasta unos días atrás, cuando Theo se había convertido en mucho más para mí.

Mientras corría con desesperación hacia él, se me ocurrió que, en aquel momento, estaba actuando exactamente igual que aquella estúpida chica que había dormido en el árbol que está al otro lado de su ventana. Y no solo como ella. También había oído hablar de todas las otras exnovias locas de amor. Y, además, en detalle. Me había enterado de la vez que había perdido la virginidad con Sierra McMeel en el río. Ambos se habían rozado con el roble venenoso y habían ido al instituto rascándose por todas partes. Me había enterado de la vez que había llevado a Aiko Yamamoto a la cabaña abandonada, nuestro escondite, y había dejado todas las velas fundidas en pegotes planos de color. Aquellas chicas eran delgadas y de aspecto delicado. No como yo, que era voluminosa y que, con toda probabilidad, podría levantar a pulso una secuoya de tanto que trabajaba con las masas. Siempre había supuesto que a Theo le gustaban las chicas delgadas pero, al parecer, no era así porque, después del beso, me había dicho: «Eres deslumbrante, Bernadette. Por fuera y por dentro». Lo había dicho como si aquellas chicas delgadas como pajaritos no importaran en absoluto.

Entonces, me detuve, aplastada por los pensamientos sobre aquel beso, el sabor de sus labios y la pasión que se había apoderado de nosotros. Se me aflojaron las piernas. Estaba segura de que estaba teniendo palpitaciones. Quería volver a sentir sus manos sobre mi cuerpo.

Pero, de pronto, no podía moverme.

En aquel momento, era la culpa lo que me estaba reteniendo. Porque ¿qué estábamos haciendo? Aquello no era bueno ni estaba bien. ¿Cómo se sentiría Clive, que era tan vulnerable y tan volátil, que nos quería a los dos con tanta fiereza? ¿Quién sabía cómo reaccionaría? Era impredecible y se convertía con mucha facilidad en dinamita humana. Por aquel entonces, en el instituto, siempre se estaba metiendo en peleas. Por no mencionar que robaba en las tiendas y bebía hasta perder el conocimiento. En secreto, eso me gustaba porque, en aquel entonces, había una parte de mí que también quería pelear, acabar arrasada, romper las reglas y destrozar aquel mundo que me había destrozado al arrebatarme a mi hermano. Y allí estaba Clive, invitándome a saltarme las clases para robar botellas de vino de la bodega de los Fall y beberlas en lo alto de la loma, para hacer grafitis en las paredes, para fumar cigarrillos en el aparcamiento y para rayar con las llaves los automóviles de aquellos que nos habían contrariado.

Él era mi demonio. Theo, mi ángel. Con Clive era la misma persona jodida que siempre había sido. Con Theo, me convertía en la persona que quería ser.

No. En aquel entonces, Theo era mucho más para mí. Era como si mi propia alma hubiese abandonado su escondite atraída por él. Su amabilidad me daba esperanzas. Su forma de ser soñadora me hacía más libre. Su fuerza hacía que sintiera que podía hacer cualquier cosa. Hasta que no lo había conocido a él, no había sido consciente de que estar al lado de una persona podía hacerte sentir como si estuvieras volando. No había sabido que una conversación podía hacer que sintieras que estabas dando vida a todo un mundo nuevo solo con el deseo; un mundo muy muy hermoso.

Y, después, estaba aquel beso que me había cambiado la vida.

Oh, no podía esperar un momento más. Tenía que verlo. Empecé a correr a toda velocidad entre los árboles, levantando con los pies las hojas y nuestras vidas. Y entonces, al fin (¡al fin!) estaba lanzando piedrecitas a la ventana de Theo, asegurándome de no golpear la de Clive, que estaba a tan solo un metro a la izquierda.

Una sombra se movió tras la cortina y, entonces, allí estaba él, trepando fuera de casa. Theo, sin camiseta, con el pelo revuelto por el sueño y una sonrisa que le llegaba desde el Pacífico al Atlántico, se puso de pie sobre el tejado. Yo me estaba muriendo; muriéndome literalmente porque, teniendo en cuenta los latidos que notaba en el pecho, el nudo en la garganta, el río ardiente que me recorría las entrañas y todos los pensamientos que alguien parecía haber aplastado con unas varillas dentro de mi mente, eso era sin duda lo que me estaba ocurriendo.

No podía creerme que hubiera tenido tantos sentimientos y tanto amor atrapados en mi interior.

—¡Date prisa! —susurré. De algún modo, conseguí refrenarme de añadir: «¡Antes de que me muera!».

Él bajó de un salto y aterrizó de pie, ya que era así de increíble. Entonces, me tomó de la mano, lo que hizo que me recorriera el cuerpo tanta electricidad como para haber iluminado una ciudad entera. Corrimos juntos a través de los viñedos de la cepa cabernet sauvignon y colina arriba entre las vides de la sauvignon blanc. Cada vez teníamos la respiración más agitada y, durante todo el camino, no dejamos de lanzarnos miradas.

—Ahora, eres una persona totalmente nueva para mí —me dijo—. Y, al mismo tiempo, sigues siendo la misma de antes.

Yo sentía lo mismo con respecto a él.

¿Quién habría imaginado que un beso podría convertir a alguien en una persona totalmente diferente?

Entonces, llegamos a nuestro lugar en lo alto de la loma. Bueno, técnicamente, era uno de los lugares que compartíamos con Clive, pero no podía pensar en ello en aquel momento. Nos rodeamos con los brazos bajo la luz dorada y la brisa suave del amanecer. Incluso mientras lo besaba, tenía la sensación desesperada de que quería besarlo, de que nunca estaría satisfecha, de que nunca tendría suficiente de él, ni de sus labios, ni de su aliento sobre mi cuello, ni de sus manos en mi pelo ni de sus suspiros y gemidos cuando mis manos encontraban nuevas partes de él que tocar.

Nos susurramos cosas locas y sin sentido. «Haría cualquier cosa por ti, Bernadette: recibir una bala, estrellarme contra un tren, ir a la guerra... Cualquier cosa», me dijo mientras me metía la mano bajo la camiseta y yo le pasaba la mía por el muslo. Yo le dije: «Me haces sentir viva, feliz y hermosa, Theo. Haces que vuelva a sentir; haces que sienta demasiadas cosas» mientras me desabrochaba el sujetador. Yo temblaba, él temblaba, y los dos estábamos haciendo que el otro perdiera la cabeza.

Pero había un problema. Un problema del tamaño de un planeta.

—Tienes que contárselo, Theo.

—Lo sé.

—Pronto, ¿de acuerdo?

—Te lo prometo. —Me tomó el rostro entre las manos y me rozó la mejilla con cariño con el dedo pulgar—. Siempre te he querido, Bernadette. Me gusta todo de ti. Me haces reír. Me haces jodidamente feliz. Quiero estar contigo a todas horas. Tan solo quiero comer las cosas que tú preparas. No sabía si tú sentías lo mismo...

—Siento lo mismo. Dios, claro que siento lo mismo.

Acabamos entrelazados sobre la tierra, con mi camiseta y mi sujetador tirados a un lado y todo su cuerpo apretado contra mí, pecho contra pecho, vientre contra vientre. Apenas podíamos seguir adelante sin explotar del puro gozo de todo aquello cuando oímos que alguien se aclaraba la garganta.

Theo se apartó de mí de un salto. Yo me incorporé y me senté de inmediato, cubriéndome con los brazos.

Allí estaba Clive, mirándome el busto sin ningún tipo de reserva o vergüenza a pesar de que tenía los pechos escondidos tras las manos. El hambre en sus ojos y la posesividad de su mirada me sobresaltaron y me inquietaron. Pero, después, por mucho que odie admitirlo, todo ello comenzó a intrigarme. Incluso a seducirme.

Porque, en aquel momento, estaba ejerciendo sobre mí el mismo «efecto Clive» que ejercía siempre, haciendo que quisiera ser mala y desafiara al mundo, persuadiéndome para que hiciera lo que se suponía que no debía hacer pero que, en secreto, quería hacer. Como, por ejemplo, apartar las manos de mis pechos, cosa que hice a continuación. Aparentemente, fue para agarrar mi camiseta pero, en el fondo del corazón, lo hice porque quería que Clive me viera también.

Fue una decisión que tomé en una fracción de segundo. La peor de toda mi vida.

Porque, en aquel momento, sin palabras, de manera inocente (y, en cierto sentido, no) desvelé que tal vez podría haber espacio en mi corazón de esta nueva manera para ambos.

A Theo se le descompuso el rostro. Clive sonrió.

Nunca olvidaré la mirada que se lanzaron. Consiguió que me quedara helada.

Todavía es así.

Fue como si se estuvieran diciendo el uno al otro: «Esta vez es diferente. Esta vez, lucharemos hasta el final».

CASSIDY

Wynton, después del incendio (Whispering River no sufrió ningún daño), paso semanas desmontando la casa mientras mi padre está durmiendo, tratando de hallar esas dos cajas. No tengo ni una pizca de suerte hasta que, un día, tomo prestada su camioneta para ir a trabajar en los manantiales y, a través del retrovisor, veo la caja fuerte. De algún modo, sé que están ahí guardadas. Aparco el vehículo en el arcén de la carretera, incapaz de esperar un solo minuto más para ver si las he encontrado pero, como era de esperar, está cerrada con llave.

A la mañana siguiente, me pongo el despertador a las cinco menos cuarto. Mi padre se levanta todos los días a las cinco en punto y lo primero que hace es darse una ducha. Mientras está en el baño, rebusco la llave en sus vaqueros y la encuentro en el mismo bolsillo en el que lleva el anillo de boda. Lo tomo con los dedos y vuelvo a leer la inscripción. «Eres mi eternidad, mi por siempre jamás, mi incomparable». ¿Quién es su incomparable? ¿Y su eternidad? Instintivamente, siento que estoy muy cerca de descubrirlo. Voy corriendo hasta la camioneta, abro la caja fuerte y, como sospechaba, las dos cajas de cartón están dentro. Las subo de una en una hasta mi habitación, las guardo debajo de mi cama, cierro de nuevo la caja fuerte y vuelvo a dejarle la llave en los vaqueros junto con el anillo de boda.

Sí, me siento culpable y aterrorizada, pero no puedo reprimirme. Espero a que papá se marche al viñedo y, entonces, por primera vez desde que me mudé al sesenta y ocho de Dandelion Road, pongo el pestillo en mi puerta. Abro la primera caja y es como si un álbum de recortes hubiera explotado. En lo más alto de la pila hay un cartel de un concierto con el dibujo de la silueta de un violinista. El concierto es en un recinto llamado Club Paraíso. Empiezo a reírme mientras me recorre una oleada de alivio. ¡Cómo no! Mi padre es tan fanático del *jazz* como para salvar carteles viejos de conciertos durante un incendio. Entonces, me fijo en la dirección del lugar del concierto: Paradise Springs. Se me eriza todo el vello de la nuca.

¿El Pueblo?

Solo cuando estoy volviendo a dejar el cartel en la caja me fijo en el nombre del violinista: Wynton Fall. Wynton no es un nombre muy común. Además, ¿cuántos Wynton hay que sean músicos con talento y no sean Wynton Marsalis? Observo la ilustración del cartel con más detenimiento y el corazón me empieza a palpitar con fuerza porque, entre esos trazos y esos remolinos, creo encontrar el rostro del chico de la pradera, ya crecido.

Eres tú, Wynton.

Tú.

La cabeza empieza a darme vueltas. Me olvido de mi padre por un instante mientras prácticamente me embarga el deseo de volver a verte. Esto es bastante raro, ¿no? Estoy sorprendida por el hecho de que papá tenga un póster del chico que me ha perseguido durante años, que interpretó mi escalofriante y oscura música interior en aquella pradera tantos años atrás, que se ofreció a sentarse conmigo espalda contra espalda mientras lloraba, que me hizo escuchar con oídos nuevos y que me pidió que me casara con él.

Sí, totalmente raro.

Pero entonces...

Tomo otro póster de una banda llamada The Hatchets y, después, una reseña sobre esa misma banda, recortada de la *Gaceta de Paradise Springs*. La banda de Wynton Fall. Debajo de esa hay otra reseña de un concierto de Wynton Fall, impresa desde un blog musical y con las palabras «¡El chico es asombroso!» subrayadas.

¿Por qué está mi padre obsesionado con el chico de la pradera? ¿Es porque es un violinista asombroso?

Sigo rebuscando en la caja y encuentro artículos impresos de un periódico de instituto, *El Oráculo*, de un centro educativo llamado Colegio Privado Católico del Oeste, sobre un atleta que quedó segundo en la prueba de mil quinientos metros en los estatales del año pasado y sobre ese mismo chico participando en un decatlón académico: Miles Fall. A continuación, hay una fotografía sacada de la *Gaceta de Paradise Springs* de una niñita vestida de elfo: Dizzy Fall. ¿La misma Dizzy a la que conocí? ¿La hermana de Wynton, la que me dijo que hablaba con fantasmas? «Fantasmas mudos que se besan», recuerdo. Tomé nota de aquello porque me gustó la idea. ¿La misma niña que me dio un suflé hace tantos años?

Wynton, Miles y Dizzy Fall.

Recuerdo que Dizzy también me dijo: «Todos tenemos el nombre de alguno de los trompetistas de *jazz* favoritos de nuestro padre desaparecido».

Dizzy Gillespie, Miles Davis y Wynton Marsalis. Son también los favoritos de mi padre. *Probablemente sean los trompetistas favoritos de mucha gente*, pienso.

En las profundidades de la caja, hay recetas de revistas de cocina, reseñas de un restaurante llamado La Cucharada Azul y algunas más antiguas de otro lugar cuyo nombre es La Tienda de Suflés de Christophe. Hay un libro de cocina escrito por Bernadette Fall, la creadora de suflés de la que me habló Dave y la madre de los niños Fall. A estas alturas, todavía no he atado los cabos. Tan solo me pregunto por qué mi padre, Dexter Brown, tiene una caja que es el equivalente a un álbum de recortes de la familia Fall.

Sigo rebuscando y, entonces, lo veo: una fotografía y un artículo de la *Gaceta de Paradise Springs*. «La resurrección del vinicultor Theo Fall». El corazón se me para en el pecho. En la foto aparece mi padre, Dexter Brown. Entonces, veo un artículo de una semana más tarde, «La desaparición del vinicultor Theo Fall», con una fotografía de Bernadette, Miles y Wynton.

No puede ser. Es imposible. Pienso en cómo mi madre y yo nos pasamos años buscando el Pueblo; en cómo lo encontramos; en cómo conocí a Wynton y a Dizzy y vi a Miles pasar volando con un monopatín; y en cómo *Sadie Mae* se rompió sin que le ocurriera nada, como si quisiera que nos quedáramos allí.

Recuerdo que me dijiste que tu padre se había marchado pero todavía oías su trompeta.

¿Acaso esta gente, estos desconocidos, son mi familia? ¿Tengo una familia? Dos medio hermanos y una medio hermana. ¡Una hermanita pequeña que ve fantasmas! ¡Un hermano que es precioso! Y tú, que me comprendiste sin tan siquiera intentarlo.

De acuerdo, este es el momento en el que enloquezco y empiezo a gritar contra mi almohada.

¡El repelús de tu propuesta de matrimonio!

¡El repelús de que te cueles en mi mente en los momentos más inapropiados!

Es asqueroso y repugnante, ¿verdad?

Pero...

Supongo que, ahora, te diré sin rodeos lo que ya he insinuado antes para que no te vuelvas loco como yo: estoy segura casi al cien por cien de que no somos parientes, Wynton. Me apostaría la granja a que no. Pronto llegaremos al porqué. Aunque tal vez ya lo sepas.

Pero, en este momento, yo no lo sé, así que, de vuelta a gritar sobre mi almohada y de vuelta a que cada asqueroso pensamiento romántico que he tenido sobre ti se convierta de inmediato en algo ferozmente nauseabundo. Y platónico. Muy muy platónico. Cien por cien platónico.

Pronto, estoy llorando mientras veo las fotos que hay al fondo de la caja: Miles y tú de espaldas, tomados de la mano, mientras os alejáis corriendo de un columpio. Miles y tú en brazos de Bernadette. Después, otra de Bernadette y mi padre en un viñedo. Esta foto me deja aturdida porque son muy jóvenes, probablemente de mi edad, y es evidente que están enamorados. El rostro de mi padre muestra un gesto totalmente abierto que nunca le he visto. No existe la fortaleza.

Vuelvo a mirar la fotografía familiar de la *Gaceta de Paradise Springs* que acompañaba al artículo sobre la desaparición de Theo Fall. Ahí estás tú, Wynton, con gesto devastado, y Miles, que te está mirando con compasión y tiene la mano medio levantada en el aire, como si al instante siguiente fuera a tocarte la cara para consolarte. Pero ¿dónde está Dizzy? Contemplo la imagen con más detenimiento y veo la mano de Bernadette, que está posada sobre su vientre en un gesto protector. Después, pienso: *Está embarazada.*

La abandonó estando embarazada.

Os abandonó a todos, Wynton.

Pero ¿por qué? ¿Por qué haría algo así? ¿Cómo pudo hacer algo así?

Entonces, la columna se me convierte en un témpano. Este hombre en el que confío más que en nadie abandonó a su familia. Igual que Marigold me abandonó a mí. Igual que Dave. Las lágrimas que antes eran de alegría comienzan a asfixiarme. Mi padre es peor que mi madre; al menos ella es sincera con respecto a quién es.

La otra caja está llena de cuadernos que mi padre debió de llevarse cuando os abandonó. El primero es tan antiguo que las páginas están amarillentas y el tiempo ha borrado la letra aquí y allá. Pero, en la primera página, se lee con claridad: «María Guerrero». El cuaderno comienza en español y, hacia el final, está escrito en inglés. Las partes en español están traducidas y las palabras en inglés aparecen sobre las correspondientes en español con la letra de mi padre. ¿Quién es María Guerrero? No tengo ni idea, por supuesto. También está el diario de Bernadette (su nombre y su dirección aparecen en la cubierta interior), que parece consistir exclusivamente en cartas para alguien llamado Christophe. No está bien que mi padre se haya llevado esto (supongo que no se lo dieron), pero imagino que tendría sus motivos. Por último hay un cuaderno de cuero desgastado y escrito en español, también traducido con la letra de mi padre, que parece ser un manual sobre la preparación de vinos, escrito por alguien llamado Alonso de Falla. En los márgenes, con muy mala letra, hay palabras muy apasionadas, dedicadas a un tal «S».

Me quedo despierta toda la noche, leyendo todas y cada una de las palabras. El diario de María Guerrero (¿mi bisabuela?) narra su infancia en España, su travesía marítima con Alonso Fall (¿mi bisabuelo?), la vida que crearon en una enorme casa blanca en Paradise Springs, las vicisitudes y las alegrías que les dieron los viñedos, el nacimiento de un hijo llamado Bazzy, la historia de amor de Alonso con Sebastián y las muchas aventuras románticas de la propia María (si bien su gran historia de amor fue con su propia libertad, su «maravillosa soledad», tal como ella la llama).

La última parte del diario está inundada por el dolor de las muertes de Alonso y Sebastián (¡Alonso fue asesinado por su supuesto hermano, Héctor, llegado de España!) y, después, muchos años después, de la muerte de Bazzy (que, según insinúa ella, fue a manos de su supuesto hermano, Víctor, que quería heredar el viñedo él solito). Descubro que Bazzy regresó a casa con un bebé que había tenido en el extranjero mientras estaba en la fuerza aérea y cuya madre, una mujer llamada Ingrid, había muerto al dar a luz. También descubro que ese bebé es mi padre, Theo Fall o Dexter Brown. Fue criado por Eva y el abominable Víctor como si fuera hermano de Clive a pesar de que no tenían lazos de sangre.

Gracias al diario de Bernadette descubro que mi padre no supo que Víctor y Eva no eran sus padres biológicos ni que Clive no era su hermano hasta que no fue adolescente y descubrió el diario de María bajo su colchón (que era donde lo había escondido ella antes de morir para que, algún día, él pudiera conocer cuál era su verdadera herencia). Al parecer, papá no se lo contó a nadie (por miedo a que eso destruyera a Clive) hasta que se lo confió a Bernadette después de estar casados.

Y en el diario de María me entero de lo mucho que se esforzó por intentar mantenerse con vida a pesar del cáncer para poder proteger a su nieto Theo de Víctor y, algún día, posiblemente de Clive y de lo que ella llama «la maldición de Caín y Abel de la familia» (a pesar de que los hermanos Fall, los Caínes y Abeles que se mencionan en su diario, no comparten ni una sola gota de sangre); una maldición que dice que, al igual que todas las maldiciones, tan solo podrá revertirse cuando salga a la luz y se convierta en una bendición. ¿Estoy loca por pensar que tú y yo, Wynton, podríamos ser esa bendición, un puente al fin entre dos linajes que llevan generaciones produciendo hermanos que luchan entre sí? Ay, ¿por qué estoy pensando así? Debe de ser la falta de sueño... ¡No creo en las maldiciones!

Solo que tal vez sí lo haga. En los tiempos de por siempre jamás hay abundantes chicas cuyas alas se caen, madres e hijas que se congelan como glaciares y mujeres muertas que te arrastran a mundos silenciosos con sus canciones. Entonces se me ocurre que tal vez no seamos tú y yo, sino Dizzy y yo las que tal vez reviertan la maldición, ya que somos las primeras chicas de la familia Fall en más de cien años. Somos la única cosa que todos esos hermanos Fall malditos nunca tuvieron: hermanas Fall.

Hasta ahora.

Solo te diré una cosa, Wynton: creo que sé qué es lo que le rompió el corazón a mi padre.

Creo que sé por qué se marchó.

Finalmente, esta es la última traición. La tuya.

DEL CUADERNO DE CARTAS SIN ENVIAR DE BERNADETTE:

Queridos Perros Durmientes:
Están el Bien y el Mal y, en la casa de al lado, está lo que es Verdad.
Esto es lo que es Verdad.

Querido Dolor:
Tengo catorce años y Christophe y yo estamos jugando a las tabas sobre las baldosas color verde lima de nuestra cocina de San Francisco.
Mi hermano solo está jugando para darme el gusto, ya que soy demasiado mayor para los juegos de este tipo. Las lágrimas me corren por la cara mientras hago rebotar la pelota y recojo las tabas entre las manos una y otra vez, deseando que el juego no acabe nunca. No quiero que se marche para ir a la universidad al otro lado de la bahía. Me está prometiendo que vendrá a la cena del *sabbat* dentro de dos semanas, pero no puedo imaginar cómo voy a sobrevivir a veintiún días completos con sus noches sin él. Es el sol en torno al que giro.
Esa fue la última vez que vi a mi hermano con vida.
Era una cría que tuvo que enfrentarse a la falta de certeza en la vida, al dominio de la mortalidad y a la revelación de que la vida continúa pero la gente a la que más quieres, no. ¿Cómo afecta a la psique que se está formando que tu primera experiencia con un amor sin límites y que todo lo consume sea una de una pérdida tan

profunda? Si vuelves a sentir un amor así, ¿confías en él? ¿Lo saboteas? ¿Alguna vez vuelves a ser emocional y psicológicamente capaz de desprenderte de algo o de alguien?

Querida Hambre:

Nunca hay suficiente chocolate, ostras, melocotones, filetes cocinados en el punto perfecto, pícnics junto al río, cielo, flores, vino, besos, amor y tiempo. Nunca hay suficiente vida dentro de la vida. Abre los armarios. Desgarra las bolsas para abrirlas. Mete la mano para tomar más. Camina por el bosque a medianoche y báñate bajo la luz de la luna. Busca a la gente que te planta el sol en el pecho. Busca fuentes de palabras, jarras de pintura brillante, días completos hechos de música. Pasa semanas enteras besando y besa a todos los que conozcas. Os veo a ti, a ti, a ti y a ti (ladrones de vida como yo), intentando meteros más cosas en los bolsillos, en las bocas y en los corazones durante estas míseras vidas que caerán en el olvido.

Querido Corazón con Dos Puertas:

Te odio.

Ojalá jamás hubiera tenido que conocerte.

Los años posteriores a que Theo y yo empezáramos a salir juntos fueron maravillosos. Se me pegó su brillo, su amabilidad y su alegría. El amor se derramó en mi interior como el sol a través de una ventana. Era la mismísima Esperanza, ataviada con vestidos brillantes y tacones altos.

Y aun así...

También fueron años terribles.

La causa era esa punzada en el fondo de mis entrañas que me decía que, en cierto sentido, de algún modo imposible, quizá también estuviera enamorada de Clive. Aquello era una hoguera pequeña que se había prendido aquel día en lo alto de la loma pero que, dos años después, se había convertido en un incendio desatado que no podía apagar. De lo contrario, ¿por qué me descubría pensando en él mientras salaba bacalao, mientras aplastaba el pollo con un martillo o cuando estaba trabajando una masa, la cual golpeaba con tanta fuerza, una y otra vez, que me salían moraduras en los nudillos?

Intenté mantenerme alejada de él.

Y lo hice.

A pesar de que, a espaldas de Theo, él me intentaba conquistar sin descanso.

Implacablemente.

Yo lo rechacé todas y cada una de las veces, sin importar lo confundida que me empezara a sentir en secreto.

Hasta que...

Querido Día en el que Ocurrió Todo:

Fue una semana antes de que Theo fuese a un festival de *bluegrass* en San Diego. Lo estaba esperando en su habitación, husmeando, cuando encontré una caja de joyería negra en el cajón de una cómoda. Dentro, había un anillo antiguo de zafiros con un diamante a cada lado. ¿Iba Theo a pedirme con aquel anillo que me casara con él? El corazón se me inflamó de tal manera que pensé que iba a necesitar una caja torácica más grande. Me puse el precioso anillo en el dedo y estaba admirando cómo resplandecía, girando la mano hacia un lado y hacia el otro, cuando oí unos pasos que se acercaban por el pasillo. ¿Era Theo? Tiré del anillo, pero lo tenía atascado. Tenía que quitármelo, meterlo en la caja, meter la caja dentro del cajón y cerrar el cajón antes de que me lo viera puesto y se arruinara la sorpresa.

Pero no lo hice. Y tampoco era Theo.

Ojalá lo hubiera sido.

Clive entró en la habitación. Debía de haberme visto entrar en la casa mientras estaba trabajando en el viñedo. Cubrí el anillo con la otra mano, lo que atrajo sus ojos hacia él y, después, los alzó hacia mi cara. Me miró del mismo modo que me había mirado en lo alto de la loma aquel día, eones atrás; del mismo modo que me miraba tan a menudo en aquellos tiempos.

Por desgracia, siempre lograba el mismo efecto.

Llevaba ropa de trabajo y botas, estaba cubierto de vides, tenía el pelo despeinado por el viento y las manos llenas de tierra. Tragué saliva pero no aparté la mirada y el aire entre nosotros acabó electrificado. Entonces, se acercó hacia mí y se colocó justo a mi lado. Estábamos más cerca de lo que habíamos estado en años. Me apartó la mano del anillo y me susurró al oído:

—Así que eso es todo. Vas a casarte con mi hermano a pesar de que es a mí a quien deseas.

Podía oler los cigarrillos, el alcohol, el sudor y el peligro.

—No te deseo —dije, pero la voz se me quebró en el «te».

—¿No? —Posó la mano sobre mi cintura desnuda. Por su propia cuenta, mi cuerpo se plegó ante su tacto. Mi mente parecía radiactiva. Mi sangre, también—. ¿Estás segura? —dijo—. No pareces segura.

—Estoy segura. —Las palabras sonaron ásperas y crispadas.

—Entonces, apártame la mano —dijo—. Muéstrame que no me deseas. —Intenté hacerlo. De verdad—. Hazlo; muéstrame que no me deseas.

Tenía que apartarle la mano. Tenía que hacerlo. Pero no podía.

En su lugar, posé mi propia mano sobre la suya. Sabía que tenía que detenerme, pero quería sentir su mano sobre mi cuerpo un segundo. Solo uno. Y, después, otro. Entonces, me recorrió el vientre hacia los pechos con la otra mano.

—Pídeme que me detenga. Dime que no me deseas, Bernadette —dijo. Yo me apoyé contra él—. Dímelo.

—No puedo. —Fue como un gemido.

—Lo sé —me dijo al oído, prendiendo en llamas tanto mi cuerpo como nuestras vidas.

Sentí sus labios, más cálidos y ásperos que los de Theo, en el cuello y sus manos sobre mí. Me permití aquello.

Solo. Un. Momento. Más.

—Siempre te he querido. Somos tú y yo los que estamos hechos el uno para el otro —murmuró. Su aliento me resultaba ardiente en la oreja y sus manos se movían con hambre sobre mi piel hambrienta—. Tú y yo, Bernie. Somos muchísimo más parecidos.

Aquello desencadenó algo en mi interior (porque sí éramos mucho más parecidos) y me di la vuelta.

Entonces, nos miramos fijamente y, mientras lo hacíamos, su rostro perdió la bravuconería y la fanfarronería y se transformó en algo desnudo y vulnerable, que era como me sentía yo de pronto. Ahí volvía a estar el chico dulce que amaba las vacas, así como el hombre peligroso en el que se estaba convirtiendo y todas las personas frágiles y heridas que había entre medio. Ahí volvía a estar el hombre joven y salvaje que vivía en mi corazón. Pero también había algo más. En aquel momento, vi en Clive algo aterrador y muy familiar: ambos teníamos dentro una necesidad del tamaño de Dios.

Y antes de que me diera cuenta, nos estábamos besando.

Antes de que me diera cuenta, éramos dos tormentas furiosas que daban vueltas y vueltas hasta convertirse en una sola; una destinada a la destrucción masiva.

Al día siguiente, dejó una nota en la tienda de suflés junto con una carretilla de flores silvestres recogidas a mano. ¡Una carretilla! La nota decía: «Solo soy yo cuando estoy contigo». Yo me sentía igual.

Sin embargo, lo más doloroso (lo imposible, la verdad) es que creo que, en aquel entonces, debía de haber dos yo, porque la otra yo sentía exactamente lo mismo con Theo. Incluso más.

Decidí que lo de Clive había sido cosa de una sola vez. Una cosa que debía olvidar.

Intenté no pensar en ello. Era lo único en lo que podía pensar.

La traición que estaba cometiendo era tan grande que apenas podía hablar, porque no podía añadirle palabras.

Me odiaba a mí misma.

Me odiaba a mí misma pero no podía detenerme.

Un mes después, estaba embarazada, prometida con Theo y con el anillo de zafiros de su abuela María en el dedo.

Me mudé a la casa blanca con Theo.

Clive se mudó a la casa marrón de la colina.

Durante años, intenté no quedarme a solas con Clive.

Durante años, fracasé.

WYNTON

Estás seguro de que, en esta ocasión, has muerto. Así de tranquilo está todo. Pero entonces, oyes la respiración, los suspiros y los sollozos de tu madre. La bemol, si menor y do sostenido respectivamente. *La gente es música*, piensas.

Te preguntas dónde están Dizzy y Miles. Ojalá pudieras escuchar sus voces, sus respiraciones... su música.

Ahora, solo Cassidy y tu madre te hablan. Tu madre te está diciendo que eres su hijo favorito, a pesar de que se supone que no debe tener favoritos y que, por supuesto, negará haber dicho esto si lo mencionas cuando te despiertes.

Te dice que ella y tú sois espíritus afines. Y, entonces, tras años de no contarlo, de no decir una maldita cosa al respecto, lo suelta todo. Es una sinfonía de «lo siento».

Dice que sabe lo mucho que quieres a Theo y que por eso nunca te ha contado la verdad. Dice que no quería que lo perdieras como padre también en el corazón; que la idea de Theo parecía ser lo que siempre te mantenía de una pieza y esperanzado, lo que lograba que siguieras haciendo música.

Te dice que Clive no lo sabe porque le mintió cuando recibió los resultados de la prueba de ADN. Nadie lo sabe.

Ahora, sus llantos están afinados en re menor, la tonalidad más triste de todas.

Quieres decirle que siempre lo has sabido y que no la culpas, que nunca la has culpado; que la entiendes y que siempre lo has hecho porque entiendes lo que es cometer errores.
Claro que lo entiendes. Entiendes que la vida (o, al menos, la tuya) es (era) solo una colección de errores.
Estás bastante seguro de que, para ella, al igual que para ti, vivir la vida es como tocar un instrumento desafinado.

Quieres decirle que lo has sabido desde aquel día.

Ese día, estás en los columpios con Miles. Vuestro padre os está empujando a ambos hacia el cielo. Primero al uno y luego al otro, y tanto Miles como tú estáis moviendo las piernas para tomar impulso. Entonces, te bajas de un salto y tu hermanito hace lo mismo porque hace todo lo que haces tú. Cómo te encanta que sea así. Te sigue a todas partes del mismo modo que tú sigues a tu padre porque cree que eres un pato y no un patito como él. Tan solo tú puedes lograr que Miles deje de llorar. Tan solo tú puedes lograr que Miles se duerma. Tan solo tú puedes lograr que se ría como si fuera un niño loco.

Tan solo tú, su hermano mayor.

Ese día, vais corriendo juntos a casa, Miles y tú, mientras os sigue la música de la trompeta de papá. Tomas a tu hermanito de la mano porque es tu monito, tu plátano, tu pequeñín.

Lo llamas así cuando estáis los dos solos y ni siquiera te da vergüenza hacerlo porque se le ilumina todo el rostro. No sabes cómo es posible que su cara haga eso. A veces, sonríes en el espejo para comprobar si la tuya también lo hace, pero tan solo pareces un chico sonriendo en lugar de un sol brillando.

Ese día, ambos irrumpís por la puerta delantera de la casa blanca. Tú subes corriendo las escaleras para ir a buscar a mamá mientras él va a la cocina.

Ese día, primero oyes los ruidos y, después, te quedas en el umbral de la puerta el tiempo suficiente como para verlo.

Tu madre y tu tío peleando desnudos en la cama. Ellos no te ven.

Te das cuenta de que no están peleando cuando se besan. Y se besan. Como si se estuvieran comiendo la cara del otro.

Ese día, más tarde, vas a casa de tu tío Clive y le dices que se mantenga alejado de tu madre porque alguien tiene que decírselo.

Ese día, está borracho, te lanza contra la pared y te dice que mantengas la puñetera boca cerrada.

Tú mantienes la puñetera boca cerrada.

Le dices a tu madre que te has hecho la moradura al caerte del monopatín.

No sabes qué hacer.

Durante mucho, muchísimo tiempo, no sabes qué hacer.

Entonces, llegan los vientos del diablo, tu madre vuelve a estar embarazada y tu padre sufre una neumonía viral y entra en coma. Está en el hospital, muriéndose, y al fin sabes qué hacer. La enfermera te dice que hay gente en coma que puede oír.

Así que, cuando estás a solas con tu padre en la habitación del hospital, te subes a la cama y le susurras al oído lo que viste y oíste ese día.

Le cuentas todo para que se despierte y haga algo al respecto.

Pero, en su lugar, ¡muere! Oyes cómo las máquinas que están conectadas a su corazón dejan de pitar y se convierten en una nota larga: do sostenido. Las enfermeras entran corriendo. Mientras intentan revivirlo, nadie parece darse cuenta de que estás ahí. Sabes que no va a revivir. Sabes que has matado a tu padre (a quien quieres más que a cualquier otra persona) con tus palabras.

Nunca nadie descubre que tú estabas allí cuando tu padre murió: una bola diminuta de miedo en la esquina de aquella habitación de hospital, mirando hasta que no puedes seguir mirando, te escabulles y vuelves corriendo a casa.

Quieres decirle a alguien que es culpa tuya que muriera, pero no lo haces.

Quieres decírselo al fantasma de tu padre cuando te visita y te deja una trompeta, pero tienes demasiado miedo como para hablar.

Al día siguiente, oyes cómo tu madre le dice a tu tío Clive (mientras le venda el rostro y el brazo) que, cuando Theo se marchó, se llevó su diario. Oyes con claridad cómo le dice: «Lo sabe todo, Clive».

Entonces, tu padre lleva desaparecido todo un año.

Miras su fotografía a todas horas porque, para entonces, entiendes un poco sobre sexo y bebés. Guardas la instantánea en el maletín de la trompeta, la que te dio antes de desaparecer. Por las noches, siempre la metes contigo bajo las sábanas. Miras la fotografía y, después, te miras en el espejo porque sabes que, si pudieras encontrar algún parecido, aunque fuera el más mínimo (la forma de la mandíbula, una sombra en la ceja, una mirada en los ojos...), lo cambiaría todo.

Decides que, cuando crezcas, te parecerás a él.

Aun así, por las noches, con esa fotografía en la mano, observas a Miles mientras duerme para poder estudiarlo con detenimiento. Te fijas en cómo cada centímetro de su rostro se parece al de la imagen: las curvas, las arrugas, la piel suave y brillante, la forma de los ojos, la reluciente melena castaña llena de rizos, las mejillas con hoyuelos que todo el mundo quiere estrujar e incluso su cuerpo, tan atlético, tan ágil y tan alto, más alto que el tuyo.

Tampoco es solo cuestión de su aspecto. Transmite la misma sensación de estar tumbado bajo el sol que tu padre. Tú no la transmites. Después está el asunto de que, para él, las palabras tienen colores, tal como le ocurría a tu padre con la música. Para ti y para tu tío Clive, las palabras son palabras, la música es música y los colores son colores. Esas cosas no se solapan porque tú y él no sois mágicos como ellos.

Esa idea cuaja en tus entrañas y te llena de un odio candente.

Intentas vender a Miles, pero no funciona.

Saboreas el odio en la boca, lo hueles en tu sudor y lo ves en el espejo. (Tal como ahora sabes que le ocurrió a Héctor y, probablemente, también a Víctor).

Te consume. El padre al que tanto quieres, cuya ausencia te deja devastado; el padre al que esperas junto a la ventana porque es tuyo; el padre que te compró un violín, que te lanzaba uvas a la boca y que te hacía sentir como si siempre estuvieras tumbado bajo el sol...

Ese hombre no es tu padre, pero sí es el padre de Miles.

※

Cuando Dizzy nace con el mismo aspecto curioso que tú, te regocijas. Es tuya. Haces caso omiso cuando empieza a decir «Esto huele azul» y «Aquello huele naranja» porque es tu viva imagen. Investigas y descubres que sí, la sinestesia es algo hereditario la mayor parte de las veces, pero no siempre. No es imposible que ocurra de manera espontánea. Te convences de ello. La reclamas.

⊱✿⊰

Y, ahora, gracias a las historias de Cassidy, sabes que tu padre y Clive ni siquiera son hermanos de sangre. Por supuesto, eso fue lo que hizo que se te parara el corazón, porque el hombre que en el pasado fue tu padre ni siquiera es tu tío.

Theo Fall, el rey de tu universo privado, no es nada para ti. No tienes ningún control sobre él; ningún derecho. No compartís sangre. Ni una sola gota.

⊱✿⊰

Eso es lo que está haciendo que toda la música se desvanezca de tu interior. Después de todo, la maldición de Clive estaba en lo cierto.

⊱✿⊰

Intentas hablar o estrechar la mano de tu madre para despedirte, pero ya no estás en tu cuerpo ni en la habitación del hospital. Apenas sigues estando en el tiempo.

Pronto, dejas de oír las voces por completo.

Estás en la pradera con las margaritas y las avispas, sentado en el mismo sitio en el que te sentaste tantos años atrás, espalda contra espalda con la única chica a la que has querido jamás y que no es tu hermana (eso lo has captado).

Al menos ha salido algo bueno (no, excepcional) de la cuarta traición.

Estás listo para quedarte en esta pradera hasta el fin de los tiempos, esperando a que ella se una a ti.

LA NOTA QUE THEO FALL LE DEJÓ A BERNADETTE:

Bernadette, ahora entiendo que, para ti, siempre fuimos los dos. Pero no puedo vivir con eso. No intentes buscarme. Jamás. Te lo ruego: concédeme eso. Me lo debes. Me destruiría. Espero que seáis felices juntos. Lo digo en serio. Hay dinero suficiente en la cuenta conjunta para todos vosotros. La casa y el viñedo son tuyos.

CORREO ELECTRÓNICO DE LOS VIÑEDOS DEXTER BROWN A LA REVISTA WINE:

A quien corresponda en la revista *Wine*:

Tal como hemos dejado muy claro en el pasado, Dexter Brown no ofrece entrevistas. Además, tampoco queremos que reseñen nuestro vino en su revista o que lo incluyan en cualquier compendio. No vendemos a restaurantes o a tiendas de vino. Vendemos exclusivamente en nuestra sala de catas, en mercados agrícolas y en ferias enológicas. Preferimos que nuestros lotes y nuestro negocio sean pequeños y no deseamos recibir atención mediática de ningún tipo.

Gracias,

Nigel García, en nombre de Dexter Brown.

DEL CUADERNO DE CARTAS SIN ENVIAR DE BERNADETTE:

Querido Mundo:

Sé que nunca vas a perdonarme. Yo tampoco. Era una chica hecha añicos que amaba a dos chicos a la vez. A uno por su fragilidad y al otro por su fuerza. A uno por su oscuridad y al otro por su luz. Hubo secretos y mentiras. La traición fue trascendental.

No tengo excusas.

Con el tiempo, mi relación con Clive dejó de parecerme amor y empezó a parecerme más una locura o una enfermedad. Cuando le puse fin, intentó beberse el viñedo. Nunca me perdonó. No lo culpo.

Entonces, amé a Theo más de lo que nunca he amado a nadie o a nada.

Fue su marcha (mucho tiempo después de que se hubiera acabado nuestra aventura) lo que destruyó a Clive. Nunca se ha recuperado. Yo tampoco.

Me resulta imposible comprender a la mujer joven que hizo lo que hice, pero nuestros ayeres nos persiguen para siempre. Respeté los deseos de Theo y jamás intenté buscarlo. La vergüenza también me ha mantenido inmóvil.

Los lamentos son las ruinas de la casa en la que vivo. Conozco cada centímetro desesperado.

Por muy ilógico (e interesado) que pueda sonar, Theo era (y es) el amor de nuestras vidas. Desde el principio, lo que unió el alma de Clive con la mía fue el hecho de que, de algún modo, ambos amábamos demasiado a Theo y ambos pensábamos que no lo merecíamos.

Teníamos razón.

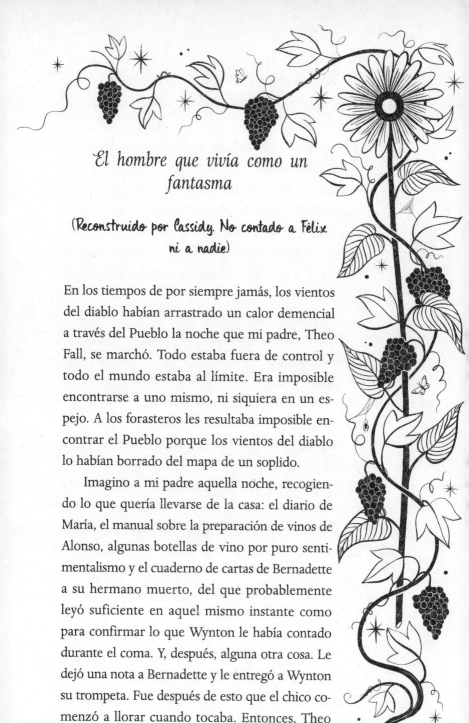

El hombre que vivía como un fantasma

(Reconstruido por Cassidy. No contado a Félix ni a nadie)

En los tiempos de por siempre jamás, los vientos del diablo habían arrastrado un calor demencial a través del Pueblo la noche que mi padre, Theo Fall, se marchó. Todo estaba fuera de control y todo el mundo estaba al límite. Era imposible encontrarse a uno mismo, ni siquiera en un espejo. A los forasteros les resultaba imposible encontrar el Pueblo porque los vientos del diablo lo habían borrado del mapa de un soplido.

Imagino a mi padre aquella noche, recogiendo lo que quería llevarse de la casa: el diario de María, el manual sobre la preparación de vinos de Alonso, algunas botellas de vino por puro sentimentalismo y el cuaderno de cartas de Bernadette a su hermano muerto, del que probablemente leyó suficiente en aquel mismo instante como para confirmar lo que Wynton le había contado durante el coma. Y, después, alguna otra cosa. Le dejó una nota a Bernadette y le entregó a Wynton su trompeta. Fue después de esto que el chico comenzó a llorar cuando tocaba. Entonces, Theo

besó a Miles en la frente y se despidió del niño dormido. Del mismo modo, Miles comenzó a llorar en sueños esa noche y sus sollozos somnolientos continuaron.

Después de eso, visualizo a Theo haciéndole a Clive una visita, el mismo tipo de visita maldita que Héctor le hizo a Alonso con una pistola en la mano.

Tal vez en esa reunión, Theo le dijo al fin a Clive que no tenían lazos de sangre. Aquellas eran las palabras que más le dolerían. Imagino que aquellos dos hermanos que no eran hermanos pronto llegaron a los puños y, por primera vez en su vida, Theo no se contuvo.

No fue una pelea igualada.

Al día siguiente, Bernadette vendó las heridas sustanciales de Clive.

Imagino que mi padre, sintiéndose traicionado hasta la médula, pensó que lo correcto, lo único que podía hacer, era marcharse para siempre del Pueblo y quitarse de en medio del amor de Bernadette y Clive, de su familia.

¿Fue el dolor, el amor o el rencor lo que lo llevó a hacerlo? ¿Fueron las tres cosas? ¿Cometió un error? ¿Tendría que haberse quedado? No lo sé. La manera en la que la maldición de la familia Fall se manifestó entre ellos dos es la más dolorosa de todas porque aquellos dos hombres habían sido niños que se habían querido con todo el corazón.

Lo que sí sé es que, desde que se marchó, mi padre estuvo regresando al Pueblo varias veces al año. Se sentaba en la loma y observaba cómo su vida seguía adelante sin él. Casi como si fuera uno de los fantasmas mudos de Dizzy.

Todas y cada una de esas veces, veía cómo Clive entraba por la noche en la enorme casa blanca. ¿Qué otra cosa podía pensar más que Clive y Bernadette seguían juntos todavía? ¿Cómo iba a saber que Clive se hacía un ovillo y dormía en el sofá todas las noches (sin que nadie más que Dizzy lo supiera) porque se sentía terriblemente solo?

¿Qué otra cosa podía pensar Theo Fall excepto que Clive y su esposa seguían enamorados tantos años después? ¿Qué otra cosa podía pensar excepto que sus hijos eran hijos de Clive, probablemente en sangre y, desde luego, en espíritu?

DIZZY

Dizzy estaba en una autocaravana morada llamada *Purple Rain* con su propio padre al volante, acelerando por una carretera sinuosa y de camino al hospital en el que él iba a despertar del coma a su hermano tocando la trompeta.

Ya había llamado a Chef Mamá para contarle el milagroso giro de los acontecimientos, segura de que incluso ella, que era tan escéptica, admitiría que estaban metidos hasta el cuello en un milagro. ¡Habían encontrado a su padre! ¡Y habían descubierto que tenían una medio hermana! Le había contado a su madre el nuevo plan con respecto a su padre, la trompeta y la inminente resurrección de Wynton. Ella había permanecido en silencio todo el tiempo mientras le contaba lo que había ocurrido y lo que estaba a punto de ocurrir. Entonces, cuando la niña terminó, Chef Mamá había dicho con voz temblorosa: «Dizzy, ¿estamos despiertas?».

Su padre y ella habían intentado llamar a Cassidy, pero no les había contestado. Entonces, el hombre había llamado a Summer, la amiga de Cassidy que vivía en Davis, que era donde le había dicho que estaría. Sin embargo, la joven les había asegurado que Cassidy no había estado allí y que, además, llevaba semanas sin hablar con ella. Su padre había mostrado un gesto de preocupación. Creía que su hija seguía en Paradise

Springs y Dizzy esperaba que fuese así. Toda la familia tenía que estar presente para la recuperación de Wynton. Y cuando se hubiera despertado y hubiera vuelto a casa, todos juntos formarían una montaña familiar de gente en el sofá rojo del salón. Después de eso, Dizzy le enseñaría su habitación a Cassidy. Cerrarían la puerta y serían dos hermanas sobre una cama como en las películas. Apenas podía respirar cuando pensaba en todo aquello.

A Dizzy le había preocupado que su padre y ella se quedaran todo el viaje sentados como fantasmas mudos. Pero, madre mía, ¡cuánto se había equivocado! Para su asombro, ¡su padre tenía mucha información pertinente sobre la existencia!

Por ejemplo, le habló sin parar un solo instante de un pueblo turco en el que la gente se comunicaba a través de silbidos, un lenguaje agudo y similar al de los pájaros que, según él, era tan intrincado como el lenguaje humano habitual y que usaban para enviar mensajes complicados a grandes distancias. Entonces le contó que las ranas toro no duermen nunca, pero que ciertos caracoles pueden dormir tres años seguidos. Después le habló de un santo del siglo II llamado Policarpio que era resistente a las llamas. Dizzy se dio cuenta enseguida de que hablar con él era mucho mejor que navegar por internet.

Después de que ella hubiera concluido su propia perorata sobre cómo las serpientes pueden predecir los terremotos (aquel dato se lo había contado Lagartija), sobre un gato llamado Stubbs que se había convertido en el alcalde de un pueblo de Alaska y sobre lo mucho que quería ser inmortal como algunas medusas, su padre le dijo:

—Tengo una pregunta para ti.

—Soy toda oídos —contestó. Él la miró, sonrió con los ojos y, después, le tiró de la oreja como Dizzy supuso que los padres les hacían a sus hijas. Estuvo a punto de morir de felicidad.

—¿Por qué tu madre llamó a su restaurante La Cucharada Azul?

¡Oh! Aquella también era una de sus preguntas favoritas.

—Por mí. Tengo sinestesia. Veo los olores como si fueran colores. A Miles también le pasa, pero él ve las palabras en colores. Mamá dice que, cuando era pequeña, solía sentarme en el mostrador de La Tienda de Suflés de Christophe y, cuando ella sacaba los suflés del horno, yo inhalaba y decía: «¡Azul!». Le dije que todos los postres más deliciosos olían a azul. —Sabía que se suponía que no debía encantarle hablar de sí misma, pero sí le encantaba, así que se había dejado llevar y no se había dado cuenta de que su padre había empezado a tener un aspecto extraño.

—¿Tanto tú como Miles tenéis sinestesia? —le preguntó él a pesar de que acababa de contarle que era así. Sin embargo, lo preguntó del mismo modo que si estuviera preguntándole: «¿Tenéis cáncer?».

—Sí —contestó ella.

El hombre llevó la autocaravana hacia el arcén de la carretera y pisó el freno hasta que se detuvo.

—Vuelvo en un segundo.

Abrió la puerta y se bajó de un salto al pavimento. ¿Había sentido la necesidad repentina de ir al baño? ¿No podía usar el que había en *Purple Rain*? Dizzy miró por el retrovisor lateral y vio que, fuera de la autocaravana, su padre estaba paseando de un lado a otro como si fuera un chalado. Entonces, apoyó la cabeza contra un árbol como si estuviera intentando fundir la mente con el tronco. Aquello era lo que Chef Mamá llamaba «comportamiento impredecible», lo que, de normal, se le atribuía a Wynton.

Dizzy se preguntó si tendría que haberse ido con Miles y Félix.

Tras unos minutos, su padre volvió a subirse al asiento del conductor sin darle ninguna explicación y regresaron a la carretera.

—Yo veo el sonido como colores —dijo él—. Cassidy tiene el mismo tipo de sinestesia que Miles, las palabras como colores.

Parecía haber vuelto a la normalidad, excepto por el hecho de que, ahora, estaba dando golpecitos en el volante con la mano derecha de un modo que estaba poniendo nerviosa a Dizzy.

—Todos debemos de haberlo heredado de ti —replicó ella—. Es algo genético. Lo he leído todo al respecto. Está relacionado con la creatividad y un coeficiente intelectual alto. Creo que es la cosa más chula sobre mí misma.

—No sé. A mí me parece que tienes muchas cosas chulas.

—Gracias. —Sintió cómo se le encendía la cara. Tenía muchas ganas de gustarle. No, quería que la quisiera con locura, tal como hacían su madre y Wynton y tal como había empezado a hacerlo Miles durante aquel viaje.

—¿Y Wynton? —preguntó él mientras seguía dando golpecitos al volante—. ¿Es sinestésico?

¡Ah! Alerta de palabra chula.

—No. Es algo que le molesta. Le gustaría serlo.

Dizzy no entendía por qué aquella información había logrado que su padre se convirtiera en una estatua durante diez minutos, pero así fue. Tomó nota mentalmente de nunca volver a hablarle de la sinestesia.

—¿Ha sido mi hermano bueno con vosotros? —le preguntó él tras un buen rato.

—¿El tío Clive? Lamento informarte de que a mamá no le gusta que venga a visitarnos.

—Oh —replicó él mientras fruncía el ceño—. ¿Por qué?

Dizzy se encogió de hombros. No quería insultar a su hermano al decirle lo que mamá decía de él: que era problemático cuando bebía, lo que ocurría a todas horas. Miró por la ventanilla las ramas de los eucaliptos, que colgaban como trompas de elefante.

—Creo que está triste y se siente solo y que por eso se cuela en nuestra casa todas las noches para dormir en el sofá rojo. Yo soy la única que sabe que lo hace. A veces voy a visitarlo a la casa marrón. Miles también. Pero Wynton nunca va porque piensa que el tío Clive tiene malas vibras y que las malas vibras se contagian.

En aquella ocasión, su padre no se convirtió en una estatua, sino todo lo contrario. A pesar del aire acondicionado, empezó a sudar la camisa. Dizzy se percató de que tenía el cuello y la frente empapados y la cara roja y llena de manchas. Su olor también se había vuelto más fuerte: del color de una tubería vieja y oxidada.

Decidió que era mejor volver a cambiar de tema y añadió al tío Clive a la lista de temas que no debía mencionar en una conversación. Quería preguntarle muchas cosas: ¿por qué los había abandonado? ¿Todavía quería a su madre? ¿Los quería a ellos? ¿Cuál era su película favorita? ¿Cuál era el mejor postre que hubiera probado jamás? ¿Cuál era la música que veía como azul? ¿Creía en Dios? ¿Tenía miedo de morir, igual que ella? ¿Le gustaban las peleas de almohadas? ¿Qué hacían Cassidy y él para divertirse? Sin embargo, supuso que tendría tiempo para preguntarle todo aquello y no quería arriesgarse a que se convirtiera en una estatua o volviera a parar la autocaravana. Decidió contarle lo que había ocurrido con Lagartija y preguntarle qué hacer al respecto. Se suponía que a los padres se les daba muy bien dar consejos, ¿no? Tras comenzar la historia por el principio, cuando Lagartija y ella tenían cuatro años, y acabarla con el hecho de que su amigo no había ido al hospital a pesar de todos los mensajes de voz que le había dejado, su padre le preguntó:

—¿Has intentado ser sincera con él?

Pensó en ello.

—Tal vez no del todo.

—De acuerdo; empieza por ahí. Dile cómo te sientes aquí —añadió él, tocándose el pecho.

Dizzy se quedó mirando a aquel hombre. ¿Ahora tenía un padre auténtico y vivo al que poder contarle cómo se sentía en el fondo del corazón? ¿Podría decir «mi padre esto» y «papá lo otro» como los otros niños del colegio?

—La cuestión, padre —dijo ella, tanteando la palabra. Sin embargo, se dio cuenta demasiado tarde de que sonaba como una chiflada, como si estuviera en una de esas películas antiguas que dan repelús. Continuó de todos modos—, es que nosotros te encontramos a ti, no al revés. —El rostro del hombre se entristeció—. Así que no puedo estar segura de que no vayas a dejarnos de nuevo. ¿Y tú?

La contempló con los ojos tristes y la mirada abandonada. Entonces, estiró el brazo al otro lado del pasillo y le tendió la mano, que ella le tomó.

—Intentaré no hacerlo, ¿de acuerdo? —dijo tras una eternidad.

Dizzy había querido que le contestara con un «no» rotundo.

—De acuerdo —contestó, sintiendo cómo los ojos se le llenaban de lágrimas.

Después de eso, condujeron durante varios kilómetros, con la mano pequeña de ella entre la más grande de él, sin decir nada en absoluto.

Cuando llegaron a una gasolinera para rellenar el tanque de *Purple Rain*, decidió seguir el consejo de su padre y llamar a

Lagartija para ser cien por cien sincera con él. Al escuchar la grabación en la que se llamaba a sí mismo Tristan, se le ocurrió que, tal vez, de verdad quisiera que lo llamaran así. ¿Podría ser que, en realidad, no le gustase Lagartija como nombre? Cuando sonó el pitido, dijo:

—Tristan, te echo de menos. Ojalá me dijeras por qué ya no te gusto. A mí me sigues gustando. Muchísimo. Me dolió mucho que no vinieras al hospital, pero te perdono. ¿Adivina qué? Estoy con mi padre en una autocaravana morada y sabe muchas cosas chulas, como nosotros. —Alzó la mirada hacia el cielo, que estaba repleto de nubes esponjosas—. No vas a creer lo que te voy a contar, pero también tengo una medio hermana. Es el ángel del que te hablé en otro mensaje de voz, solo que, en realidad, no es un ángel. Vamos de camino al hospital para despertar a Wynton con la trompeta de mi padre. Él me ha dicho que sea sincera contigo, así que lo estoy siendo. Siempre pensé que el amor era recíproco. Gracias a ti, sé que no es así, pero yo seguiré queriéndote incluso aunque sea de manera unilateral. Este es mi último mensaje.

—Bien hecho —le dijo su padre mientras volvía a entrar y se acomodaba en su asiento. Dizzy supuso que tenía un oído sobrehumano y que, por lo tanto, la había oído desde fuera.

Para su sorpresa, quince minutos más tarde, recibió un mensaje de texto de Lagartija: «Nunca has dejado de gustarme».

Después: «Tendría que haber venido antes al hospital. Ahora estoy aquí. Ayer también vine».

Seguido de: «Lo siento».

Entonces: «Hay un motivo».

Y, finalmente: «Date prisa para que pueda contártelo. ¡Oh, Dios mío! ¡Tu padre!».

Leyó los mensajes una y otra vez mientras la cabeza se le llenaba de fuegos artificiales explotando.

Se los mostró a su padre. Él sonrió.

—Como ya he dicho: bien hecho, campeona.

¡La había llamado «campeona»!

—Date prisa —susurró ella.

El hombre sonrió y, después, le revolvió el pelo con una mano.

—A toda mecha.

MILES

Desde que su padre le había dicho que le había gustado su poema, Miles estaba absoluta y absurdamente seguro de que era Homero o Keats. Quería escribir el mundo entero en el bloc de notas que llevaba en el bolsillo; aquel nuevo mundo en el que tenía un padre y una medio hermana y en el que, por casualidad, esa medio hermana era su persona favorita de todas las que había conocido jamás. Bueno, estaba empatada con Félix que, en aquel momento, llevaba las gafas de sol puestas, tenía el brazo por fuera de la ventanilla de la camioneta y estaba sumido en su rapsodia habitual sobre el mundo que lo rodeaba.

—Tienes razón, colega, la luz reflejándose en el agua es la bomba. Sin duda, es algún tipo de hechicería muy serio.

El traidor canino estaba durmiendo a sus pies mientras los tres volvían a toda prisa a Paradise Springs.

Justo antes de salir de Whispering River, su padre le había apoyado la mano en el hombro y lo había mirado con tanto afecto que se había mareado.

—Ya casi eres un hombre —le había dicho con la voz quebrada.

Entonces, Miles, el humano, había vuelto a llorar. ¿Quién sabía si podría llegar a confiar, perdonar o comprender a aquel hombre? Pero, de algún modo, sí sentía que podía quererlo. Era posible que nunca hubiera dejado de hacerlo.

Había llamado a su madre cuando todavía estaban en Whispering River. El corazón le había latido en los oídos mientras sonaba el teléfono. ¿Cómo se tomaría aquella monumental noticia? Sin embargo, Dizzy ya había hablado con ella.

—No me lo puedo creer —le había dicho su madre con una voz que sonaba extraña y distante, nada parecida a lo que él había esperado.

«¿Qué dice vuestra madre al respecto?», le había preguntado su padre antes, lo que, obviamente, significaba que había muchas cosas que decir sobre su partida que no estaba dispuesto a decir; un montón de cosas que su madre no había compartido con ellos. Durante años. ¿Qué estaban ocultando? ¿Cuál era el verdadero motivo de que su padre hubiera huido, se hubiera mantenido alejado y se hubiera cambiado el dichoso nombre?

—Estaremos de vuelta pronto, mamá —le había dicho—. Si algo puede traer de vuelta a Wynton, es él.

Básicamente, se había convertido en Dizzy: un auténtico creyente.

—Estoy de acuerdo —le había contestado ella con la misma voz extraña que parecía estar separada de su persona—. Conducid con cuidado.

¿Estaba conmocionada? ¿Le aterrorizaba volver a ver a su marido después de tanto tiempo? Nunca la había oído hablar de aquel modo. ¿Era a causa de la infidelidad que debía de haber conducido al nacimiento de Cassidy? Había terminado la llamada sin decir nada más; ni siquiera «adiós».

En unas pocas horas, iban a estar todos juntos en la habitación del hospital.

Se dio cuenta de que la autocaravana morada volvía a estar detrás de ellos a pesar de que, por algún motivo, antes había parado en el arcén de la carretera. En el retrovisor lateral, observó a su padre y a Dizzy charlando. Lo que nunca había imaginado en las muchas ocasiones en las que había imaginado a su padre y dónde estaría era que estuviera viviendo a cinco horas en automóvil, en una casa amarilla y con una hija. Qué mundano. ¿Por qué no lo había podido encontrar el detective que había contratado su madre? ¿Cuán difícil podría haber sido? Un vinicultor del norte de California que usaba un pseudónimo... A menos que el detective sí lo hubiera encontrado. O tal vez nunca hubiera existido tal detective. ¿Se lo había inventado su madre? Debía de ser eso, pero ¿por qué?

¿Qué iba a pasar cuando estuvieran todos juntos? Aquello era intenso.

Se volvió hacia Félix.

—¿Te contó Cassidy alguna historia sobre mis padres? ¿Y sobre la «maldición de los hermanos Fall»? —añadió haciendo el gesto de las comillas con los dedos—. ¿Sobre cómo podría haberse manifestado entre mi padre y su hermano Clive? —Miles era consciente de que sonaba como un chiflado, pero le daba igual.

Félix negó con la cabeza.

—A esas alturas, me había quedado dormido o había empezado a despistarme. Lo siento, colega. Fueron muchísimas historias sobre la familia Fall. —Le dedicó su media sonrisa letal—. Por aquel entonces todavía no os conocía, así que eran historias sobre unos tipos que flotaban, resplandecían y se mataban los unos a los otros.

Miles se echó a reír.

—Lo siento, Félix, eso debió de ser muy raro. Siento que te hayas visto arrastrado a semejante drama.

Aquel chico había tenido un asiento de primera fila durante los momentos más emocionales de su vida. Lo había visto ponerse totalmente histérico. Y, aun así, Miles se sentía cómodo con él. Era algo extraño. Más que cómodo. Félix hacía que, más que nunca, se sintiera él mismo. De algún modo, lo había ayudado a mudarse a su propia vida.

—¿Es una broma? —dijo Félix—. Soy un gran fan del drama cuando no tiene que ver conmigo. Y cuando tiene que ver, también. —Sonrió.

«¡Es un fan de lo dramático, como yo!».

«¡Tú! ¡Estoy muy enfadado contigo, Sandro! ¿Cómo has podido elegir a mi padre antes que a mí?».

«Lo siento».

«¿Cómo pudiste no decirme que Bella era mi padre?».

«Lo siento».

«¡Pensaba que Bella era otro perro!».

No podía superar aquello.

«¿Y qué más da? El amor es amor...».

«Eso ya lo sé, por Dios. Pero pensaba que era un amor romántico, no el tipo de amor que hay entre nosotros».

«A veces, los amores platónicos son los más profundos. Pensé que te molestaría».

«Bueno, tenías razón. Me molesta».

Mientras tanto, Félix estaba lanzándole a Miles una medio sonrisa, haciendo que el cuello y los pensamientos se le encendieran todavía más. Como era habitual. Quería soltarle: «Joder, te quiero» pero, en su lugar, dijo:

—¿Qué?

—Solo que no puedo creer que Cassidy sea tu medio hermana.

«Yo tampoco puedo creerlo», dijo Sandro.

—Y no puedo creer que hayamos encontrado a tu padre.

«Yo tampoco puedo creerme eso».

«Deja de repetir todo lo que dice Félix. Es muy molesto. De todos modos, ¿cuántos años tienes? Creía que me habías dicho que tenías ochenta y siete años perrunos, lo que significa que tienes dieciséis en edad humana, pero si conociste a mi padre cuando era un adolescente...».

«Es una pregunta de muy mala educación y me niego a contestarla».

«¿Cómo es posible que seas tan viejo? De hecho, ¿cómo sabes toda esa jerga tan antigua?».

«¡Me acojo a la quinta enmienda!».

«Sandro, el perro inmortal».

«Tiene cierto encanto».

—Ahora que lo sé —dijo Félix—, no puedo dejar de ver lo mucho que Cassidy y tú os parecéis tanto física como mentalmente y... Guau...

«Yo tampoco. Guau... —dijo Sandro mientras se subía de un salto al asiento entre ellos, colocando el hocico justo frente a la cara de Miles—. Perdóname. Os quiero a Bella y a ti por igual. He escogido tu camioneta, ¿no?».

«Tal vez solo me hayas querido todo este tiempo porque te recuerdo a él».

«Al principio... sí».

—De verdad, Cassidy y tú podríais ser gemelos —insistió Félix.

«Sin duda podríais ser gemelos».

—Madre mía, Sandro, ¡deja de repetir todo lo que dice Félix! —El otro chico se apartó las gafas de sol y lo miró con las cejas arqueadas—. ¿Qué pasa? Sí, Sandro habla, ¿de acuerdo? Igual que tú. Solo que lo hace directamente en mi cabeza. No estoy loco. Bueno, tal vez sí, pero no es una locura nueva. No te preocupes.

«La has liado buena, Miles».

Félix estaba procesando aquello mientras se mordía el labio y los observaba a ambos.

—¿Hablará conmigo en mi cabeza? ¿Lo harás, chico? ¿O tengo que ser un Fall? —Sandro se giró sobre el asiento y le lamió el rostro—. Yo también quiero oírte.

—Y, además, ¿qué está pasando aquí? —Las palabras salieron del interior de Miles antes de que pudiera detenerlas. Hizo un gesto, abarcando el espacio que lo separaba de Félix—. Quiero decir... ¿Está pasando algo aquí? Porque tengo la sensación de que sí. Lo voy a decir, sin más: para mí, por supuesto que sí. Me gustas. Me gustas mucho, Félix. ¿Estás seguro de que no estás disponible?

«¿Te das cuenta de que has dicho eso en voz alta, Miles?».

«¡Ya no me importa! Siento que voy a explotar. Necesito saberlo».

Félix lo miró.

—No estoy seguro... —dijo—. No lo sé, de verdad... Hay muchas cosas de las que no hemos hablado.

Miles asintió. No solo estaba agitando las aguas. Había causado todo un maremoto.

«Eh... ¿Miles? Félix no ha dicho que no esté pasando algo entre vosotros».

«¡Ay, Dios mío! Tienes razón. ¡No ha dicho que no!».

«Tampoco ha dicho que sí».

«Cierto, cierto. Pero no ha dicho que no. Ha dicho que tenemos que hablar de muchas cosas».

En el retrovisor lateral, Miles se vio a sí mismo sonriendo como un tonto. Junto a él, Félix también estaba sonriendo como un tonto, Cassidy era su hermana, su padre desaparecido tiempo atrás lo había abrazado de un modo que lo había hecho llorar como un ser humano de verdad y, además, iba a despertar a su hermano, al que ya no odiaba a pesar de una supuesta maldición familiar, tocando la trompeta. Así que ¿quién sabía qué podría pasar?

Miró al otro chico. Quería mudarse también a la vida de Félix. Quería saber qué le pasaba en realidad. Así que dijo:

—Entonces, ¿podemos hablar de todas las cosas de las que no hemos hablado todavía?

Quería añadir: «Para que podamos enrollarnos de una vez». Pero, por supuesto, no lo hizo.

CASSIDY

Estamos acercándonos a la noche del accidente y a esta tarde, en la que he conocido a tu madre, Wynton. Sí; acabo de conocer a Bernadette. Le he contado todo y le he hecho las preguntas que necesitaba hacerle. Ha sido uno de los momentos más temibles de mi vida; si no el más temible.

Si soy sincera, no sé si acabo de arruinar o de mejorar todas nuestras vidas.

No nos queda mucho tiempo para estar los dos solos. En unas horas, esta tarde, algo emocionante y aterrador va a ocurrir en esta habitación. No voy a irme de la lengua, pero espero que te gusten las sorpresas. Estoy lo más nerviosa que se puede estar. Y más esperanzada de lo que recuerdo haber estado jamás.

Pero antes de que te hable del encuentro con tu madre, necesito compartir contigo cómo fue regresar al Pueblo después de tantos años.

Encontrarme con todos vosotros.

La misma noche que encuentro y reviso las cajas, meto algunas cosas en una maleta, lleno una mochila de libros para que me hagan compañía (algunas novelas y algunos libros sobre la historia de California, ya que he heredado los intereses de mi madre) y dejo una nota diciendo que he ido a Davis, a ver a mi amiga Summer, para que papá no se preocupe. En el tablón *online* que hay en los manantiales para buscar viajes en automóvil, escribo: «Me dirijo al sur, hacia Paradise Springs. ¿Quieres compartir gasolina, viaje, historias y una aventura?». Estoy agotada y temblorosa tras haberme pasado toda la noche despierta, leyendo los diarios y cuadernos. No confío en mí misma lo suficiente como para conducir sola.

Meto todo en la camioneta y espero junto a la cabaña de recepción de los manantiales con la esperanza de recibir una respuesta a mi mensaje. Estoy en el mismo lugar en el que toqué fondo con *Purple Rain* tantos años atrás tras la persecución automovilística de mi padre. Aquel fue el momento en el que mi vida se dividió en un antes y un después.

Tal como está ocurriendo ahora.

La luz del amanecer se cuela entre los árboles y hace que las hojas brillen. *Un destello*, pienso. Llevo el término tatuado en la muñeca y tal vez sea mi palabra favorita de todas. Porque, final e idealmente, ¿acaso no es eso la vida?: «un atisbo fugaz de algo resplandeciente».

Enseguida recibo una respuesta a mi mensaje.

«¡Vayamos al paraíso! No soy un asesino en serie, y espero lo mismo de mi compañera de viaje. He alcanzado el límite de mi iluminación. Sácame de aquí, por favor. Félix Rivera de Colorado. P.D.: No es mi teléfono, así que, si puedes, contéstame rápido».

Me echo a reír e intercambiamos varios mensajes mientras planeamos encontrarnos junto al quiosco de recepción dentro de una hora.

Entonces, aparece un gigante con gafas de sol que va vestido con una camiseta *tie-dye* y unos pantalones cortos a cuadros. Lleva el pelo enrollado en torno a una especie de... algo que parece un hueso. Lleva agujas de pino en la melena y un bigote de chalado.

—De normal, no suelo vestirme así, pero estoy intentando fundirme con el entorno —dice con una sonrisa de chiflado que de inmediato despeja cualquier preocupación de que sea un tipo asqueroso.

—Estilo «Tarzán chic». Bien hecho. Qué comprometido —le digo.

Él sonríe y le sale un hoyuelo en la mejilla. Es atractivo y parece dulce. *Un gigante amable*, pienso mientras rebusca en su mochila y me dice:

—No vas a creerte el calibre de los aperitivos que he traído. Estamos hablando de Pringles, Fritos, bolitas de queso y patatas fritas con sal y vinagre.

—¿Dónde has conseguido el contrabando? —le pregunto—. Las patatas con sal y vinagre son mis favoritas de todos los tiempos.

Me lanza una bolsa.

—Caminé tres kilómetros para ir a la tienda de una gasolinera. Fue mi rebelión personal contra siete días de comidas dominadas por las tiras de soja a las que, en la comunidad culinaria de Colorado, llamamos «cuero».

—¿Formas parte de la comunidad culinaria de Colorado? —le pregunto mientras aparto las cajas y las mochilas llenas de libros para que pueda entrar. Cuando he metido las cosas en la cabina de la camioneta, esperaba a un humano de tamaño razonable.

—Iba a empezar las clases en una escuela de cocina cuando cambié de planes —dice. Sin embargo, antes de que pueda preguntarle algo más al respecto, añade—: ¿Qué es todo eso?

Está mirando con curiosidad las cajas llenas de recuerdos y diarios de la familia Fall. ¿Qué podría decirle?

—Estoy investigando —contesto. Lo que, más o menos, es verdad—. Para un ensayo sobre una antigua familia de la zona vinícola que se asentó en Paradise Springs a principios del siglo xx, procedentes de un pueblecito de España. Especialmente sobre un tipo llamado Alonso Fall. Pero puede que lo convierta en una novela corta. No lo sé. —¿Un ensayo? ¿Una novela? Lo que sea... Y resulta que se trata de mi familia, perdida hace tiempo, a la que voy a imponerle mi presencia mientras hago estallar la vida de mi padre y la de todos ellos. ¡Por no mencionar la mía propia! Intento ocultar el pánico, la emoción y la inseguridad y mantener la voz calmada—. Por eso voy allí.

Me recuerdo a mí misma que es posible que Dizzy y Miles no sean mi medio hermana y mi medio hermano. Gracias a lo que pone en el diario de Bernadette, estoy segura casi al noventa y nueve por ciento de que Clive es tu padre, Wynton, pero el cuaderno acaba años antes de que se quede embarazada de Dizzy y tan solo hay unas pocas entradas sobre Miles, ninguna de las cuales me ha revelado nada. Siento que necesito que sean mis hermanos tanto como necesito que tú no lo seas. A estas alturas, me he convencido de que, en cuanto los vea, sabré de algún modo si somos familia o no.

—¿Eres escritora? —me pregunta Félix.

—Tal vez algún día.

—Entonces, ¿es algo para la universidad?

—Sí. —Miento un poco más—. Para Stanford. —Bueno, lo he aplazado, así que, en cierto sentido, es verdad.

Él asiente y no me hace más preguntas porque se ha distraído. Sigo su mirada hasta un azulejo de garganta azul que está posado en una rama cercana. Al verle la pechera naranja, me doy cuenta de que es un macho. Es increíble la cantidad de información que he retenido gracias a todos los paseos científicos con Marigold. Félix tiene las manos sobre el pecho como si estuviera sobrecogido o, probablemente, muriendo.

—¡Santo cielo! ¿No es ese pájaro muy azul?

Me río, aliviada de poder contemplar a este pajarillo con él durante un instante.

—Sí que es muy azul.

Pongo las cajas en la caja fuerte de la plataforma para que haya hueco suficiente para Félix en la cabina. Entonces, salimos a la carretera y Tarzán prácticamente se pone en pie para aplaudir ante cada árbol y cada atisbo del río. Nunca antes había visto a nadie tan deleitado con la naturaleza (de manera genuina, no performativa como mi madre). Cuanto más viajo con él, más me siento como si nunca antes hubiera estado en un bosque, en una carretera en medio del campo o incluso viva, así que, pronto, ambos acabamos exclamando juntos entre destello y destello. Es muy divertido. En algún momento, en medio de nuestros arrebatos, se gira hacia mí con cara de niño de seis años y me dice:

—¿Sabes qué? Anoche hice mi primer trío en la piscina de agua caliente.

—¡Enhorabuena! —le digo, reciprocando su entusiasmo también con esto. No es que sea una experiencia poco común en los manantiales por las noches, pero no tengo valor para decírselo.

—Duró menos de un minuto.

—Vaya... Acabaste jodido. —Ladeo la cabeza—. Bueno, en realidad, no.

Él se echa a reír.

—Ya ves... El peor trío de la historia. —Yo también me estoy riendo y es como si ya fuéramos amigos—. Fue con una chica sirena y su novio sireno. —Sonríe—. Me rodearon; no tenía escapatoria. Además, soy bisexual, así que...

—¡Te tocó el premio gordo!

—Sí —contesta él—. El tipo se parecía a Eddie, mi mejor amigo. Podrían ser dobles. —El tono de su voz cambia ante esta revelación.

Lo miro.

—¿Enamorado de tu mejor amigo?

—Es un cliché absoluto, ya lo sé. Por eso me marché de Denver. —Suspira, no dice nada durante un instante y, entonces, añade—: Aunque no me marché solo por eso.

Sin embargo, no comenta nada más y yo no quiero entrometerme, así que digo:

—Siento que hayas estado pasando por una mala temporada.

—Sí, ha sido duro. —Es evidente que dice esto no para abrir una puerta, sino para cerrar otra, así que lo dejo estar. Un instante después, se gira hacia mí y me pregunta—: Espera, ¿por qué decías que estabas escribiendo sobre ese tipo?

Le hablo un poco más del asunto y parece interesado, así que comienzo con la leyenda; la historia de nuestra familia, Wynton. Trenzo fragmentos de aquí y de allá que he sacado del manual sobre preparación de vinos de Alonso Fall, del diario de María, del de Bernadette, de mis antiguas lecciones sobre la historia de California, de las historias de «En los tiempos de por siempre jamás» de mi madre, de las mías y del viento, los ríos y las currucas que aparecen al otro lado de la ventanilla.

Mientras vamos por la misma carretera que mi madre y yo recorrimos de camino al Pueblo tantos años atrás, le hablo de la gente que puebla nuestra saga, esta historia sobre dos linajes que nos ha traído hasta este momento en el tiempo; que me ha traído hasta ti, Wynton. De vez en cuando, especulo para añadir cierto efecto dramático. Como, por ejemplo, al hablar del asesinato sin testigos de Bazzy, sobre el que María había escrito en su diario que sospechaba que había sido obra de Víctor. ¿Quién sabe lo que ocurrió en realidad? Y admito que el tamaño de Félix tal vez haya influido un poco en el hecho de que

Héctor se volviera cada vez más grande en la historia. Dejo fuera una paliza brutal que Alonso y Sebastián recibieron de jóvenes a manos de Héctor y de Diego cuando los descubrieron en la cama de Alonso. (A juzgar por las notas del manual de preparación de vinos, parece probable que esta sea la verdadera razón por la que Alonso se sumió en la depresión que lo llevó a huir de España). No podría soportar hacerles eso (de nuevo) con mis palabras. Ni a ellos ni a Félix.

También mezclo y dejo fuera otras cosas. Es cierto que Alonso, Sebastián y María crearon un idilio perfecto para ellos mismos entre las paredes de su casa, pero la mayor parte de la comunidad creía que Alonso y María eran marido y mujer y que Sebastián no era más que un viejo y querido amigo de España. Seguía siendo el salvaje oeste que Marigold me había descrito en sus lecciones sobre la historia de California, sí, pero no era, ni mucho menos, tan salvaje, anárquico, desenfrenado (y gay) como había sido décadas antes, cuando los ríos aún rebosaban oro y las ciudades del norte de California, hombres.

También me salto la ley seca, una época en la que muchas bodegas se fueron a la quiebra. Pero no la suya, ya que, en aquellos años, crearon un vino de comunión que se hizo muy popular.

De todos modos, ¿te imaginas lo que ocurre? ¡Félix se queda dormido! Pero no me importa. Yo sigo parloteando, dándome cuenta de lo mucho que necesito contar esta historia por mí misma, para que estas personas sean mías, para verme separada de Marigold, para encontrar mi reflejo en una bisabuela como María, que podía ser una buena madre y seguir volando, y para imaginar para mí misma un amor diferente a los que frecuentaba mi madre; uno que se pareciera al de Alonso y Sebastián, que trascendió al tiempo, la distancia e incluso la muerte.

También me doy cuenta, gracias a cómo vuelvo a narrar los hechos, de que tal vez la historia sea un juego del teléfono largo, caótico y variable.

Poco después, aparcamos frente a La Cucharada Azul, donde Félix quiere presentar solicitud para trabajar como ayuda de cocina después de que le haya hablado de los suflés afrodisíacos de Bernadette y de su estrella Michelin. Se echa la mochila al hombro.

—Supongo que, ahora, voy a entrar en tu saga de la familia Fall —dice mientras señala el restaurante.

—Yo también —replico con el estómago revuelto.

Después de despedirme, aparco en el lugar en el que me senté en *Sadie Mae* por casi última vez, mientras mi madre y yo nos pasábamos la una a la otra el suflé de chocolate, jurándonos mutuamente que, después de haber estado años y años buscando el Pueblo, nunca jamás volveríamos a él.

Contemplo la plaza y la cascada que refleja el sol de modo que parece que es luz y no agua lo que cae por ella. De pronto, algo hace clic en mi interior y se coloca en su sitio, tal como ocurrió la primera vez que visité este lugar. No puedo explicarlo de ningún otro modo. Es el Pueblo.

Es mi hogar.

Miro el local que solía ser La Panadería Española de Sebastián, que después se convirtió en La Tienda de Suflés de Christophe y que ahora es una peluquería canina. Me imagino a Bernadette en la salida de incendios, esperando a que mi padre atravesase la plaza, tocando en sueños su trompeta. Me imagino a Alonso y a Sebastián flotando de un lado a otro dentro de la panadería y a María pasando al galope sobre un caballo con la melena roja agitándose en el viento. Creo que ella es mi favorita de todos nosotros, una especie de modelo a seguir, por lo que cuando le he contado la historia a Félix, he hecho que le crecieran alas en la espalda.

Después de muchos intentos, muchas equivocaciones y tras investigar un poco con mi teléfono, encuentro el camino hasta la casa de cristal del padre de Dave Caputo, pero la han vendido. La familia cuyo nombre aparece junto al camino de acceso son los Aglins. Me quedo sentada en el exterior de la casa de cristal durante mucho tiempo, extrañando a mi madre, odiándola y queriéndola. Lo habitual.

Después, me siento lista para un acoso en condiciones y para actuar como una detective. Sigo pensando que, de manera intuitiva, seré capaz de saber si Miles y Dizzy son mis hermanos. ¿Acaso no tendré una sensación de semejanza al estar en su presencia? (No tuve esa sensación contigo tantos años atrás, Wynton. Me resultaste totalmente ajeno. Gracias a los dioses).

Recuerdo haber pasado frente a la escuela secundaria mientras entrábamos al pueblo, así que Dizzy será la primera.

Aparco junto al campo de atletismo en el que hay niños jugando a balón prisionero. Observo dos clases de Educación Física antes de que una niña esquelética a la que reconozco, con una maraña de pelo en la cabeza, entre en el campo, solitaria como una hoja. *Tiene el corazón roto*, pienso. Eso remueve algo en mi interior.

—Mi hermana... —digo en un susurro, solo para comprobar cómo suena la palabra. Pero ¿lo es? La posibilidad hace que se me estreche la garganta.

A pesar de que hace más calor que en Marte, bajo la ventanilla con la esperanza de oír su voz. No me puedo creer que esta sea la misma niña tumultuosa que conocí años atrás. ¿Por qué es tan infeliz ahora mismo? Entonces, observo con horror cómo un abusón le lanza una pelota al estómago y, después, le pone el culo en toda la cara. Eh... ¿perdón? Tengo que agarrar con fuerza el volante para contenerme y no bajarme de la camioneta, saltar la valla, tomar la pelota y aplastársela a ese chico en la cara.

Entonces, Dizzy sale corriendo y pasa por encima de la valla, así que se pierde lo que ocurre a continuación.

Un chico con el cabello rubio rojizo engominado se abalanza sobre el gilipuertas del abusón y le da un puñetazo en la cara mientras le dice que lo mejor será que se disculpe con Dizzy. El abusón, sorprendido, se cae al suelo. Mientras el profesor de Educación Física sopla su silbato, nuestro héroe de cabello cobrizo sale corriendo hasta la valla, siguiendo a Dizzy. ¿Es su novio? Si no lo es, tal vez debería serlo. Hay cierta galantería en él que me gusta. Por desgracia, no llega a cruzar la valla. Ha trepado hasta la mitad cuando el profesor lo arrastra hacia abajo y lo acompaña a través del campo y hacia el interior (supongo que a la oficina del director) mientras otro profesor se lleva al abusón (supongo que a la enfermería).

Enciendo la camioneta y salgo detrás de Dizzy. No puedo evitarlo. Y, gracias a Dios, la alcanzo a tiempo.

Con toda mi fuerza (y tal vez algo de fuerza adicional que a saber de dónde he sacado), la aparto del camino de un camión que va a toda velocidad. En este momento, me siento como una de esas madres que levantan un coche para salvar a sus hijos; como si hubiera podido detener el tiempo mismo para salvar a esta niña. ¿Mi hermanita pequeña? A pesar de que tan solo pasamos una fracción de segundo juntas, ya que el camión viene directo hacia nosotras, me parece que transcurre una eternidad.

Aun así, durante nuestro breve encuentro, no soy capaz de saber con certeza si es mi hermana o no.

Tras apartarla de un empujón, me lanzo bajo el tráiler y el camionero frena sobre mí con un chirrido. El sol, que le daba en los ojos, ha debido impedir que me viera, ya que no tiene ni idea de por qué Dizzy ha salido volando por los aires. Como ya sabes a estas alturas, Wynton, tengo mucha experiencia a la hora de esconderme debajo de vehículos grandes, pero hace un calor sofocante y el asfalto está tan caliente que tengo que seguir rodando para no llenarme la piel de ampollas. Mientras sigo girando debajo del camión como un pollo asado, oigo cómo Dizzy cautiva al conductor y me doy cuenta de lo mucho que va a adorarla mi padre (¿nuestro padre?) si de verdad es hija suya; mucho más de lo que me adora a mí, ya que ella es mucho más adorable. A diferencia de mí, ella no está dañada.

No me siento orgullosa de lo que siento en este momento: no quiero que mi padre tenga otra hija. Ni un poco. Mi padre es todo lo que tengo y, entonces, decido que no puedo compartirlo con vosotros; que no lo voy a hacer. A pesar de las ganas que tengo de volver a verte, Wynton, cuando Dizzy y el camionero se separan, me escabullo de debajo del camión, totalmente decidida a conducir de vuelta hasta Whispering River y ocultar todo esto para siempre. Sé que estoy siendo cobarde, pero también sé que vosotros tenéis una madre y yo no.

De camino a la salida del pueblo, veo una casa enorme y blanca en la distancia. Gracias a las descripciones tanto de María como de Bernadette, incluso antes de ver el cartel de la bodega, sé de inmediato que es la casa de los Fall y que lo que hay a su alrededor son los viñedos de la familia. La curiosidad puede conmigo, así que tomo el desvío, aparco en un camino de servicio y alzo la vista hacia la casa, imaginando a Alonso, Sebastián, María y Bazzy sentados en el porche; imaginando a Theo y a Clive de adolescentes; imaginando a mi pobre padre con el corazón roto, huyendo en su camioneta, e imaginándoos a vosotros, Wynton, Miles y Dizzy, creciendo allí sin él. Pronto, la fatiga empieza a apoderarse de mí. Después de todo, no he dormido en toda la noche porque estaba leyéndolo todo. Decido dormir un poco antes de volver a salir a la carretera. Vacío las mochilas de los libros, buscando algo para leer (incluso cuando estoy agotada, soy incapaz de dormirme sin haber leído aunque solo sea una frase o dos). Decido volver a leer *Al este del Edén*, en honor a todos los hermanos Fall malditos. Comienzo a leer mientras el atardecer cae sobre el valle y, antes de darme cuenta, es el día siguiente y me despierto con Miles y Sandro al otro lado de la ventanilla.

Esa mañana con Miles es uno de los mejores momentos de mi vida. (Sé que tiene que haber alguna explicación para el incidente del contenedor del que me habló. No puedo imaginarte haciéndole algo así. ¿Serías capaz, Wynton? ¿Tan mal te he juzgado?). Como iba diciendo... Hay una palabra en neerlandés, *dauwtrappen*, que significa «caminar descalzo sobre la hierba cubierta de rocío». Así es como me siento al hablar con Miles esa mañana, al sentarme a su lado, al leer con él junto a la cascada, al flotar los dos juntos de espaldas como si fuéramos nutrias marinas. Todo ese tiempo, no dejo de pensar: *Es imposible que no seamos familia. Imposible.* Me endereza como si fuera un cuadro que hubiera colgado torcido toda su vida. Y me hace sentir expansiva, como si fuera una chica sin límites.

Desde entonces, he investigado un poco sobre los hermanos que se conocen sin saber que son familia y, a menudo, describen el encuentro como una experiencia mística. Al conocer a Miles me siento así; noto una sensación inmediata, profunda y casi sobrenatural de reconocimiento, pertenencia y paz. Como si, de pronto, estuviera dentro de una oración. Esa mañana, acabo convencida de que es mi medio hermano y, todo el tiempo que pasamos juntos, tengo que refrenarme para no contárselo. Pero tal vez solo sean mis propias ilusiones. Y no estoy del todo segura con respecto a Dizzy.

Aun así, tras despedirme de él y de Sandro (¡al que oigo hablar dentro de mi cabeza!), estoy decidida a marcharme del Pueblo, solo que, cuando voy a cruzar el límite municipal, justo al lado del bar Más Suerte a la Próxima, se me revienta una rueda. Sí. Otra vez. Igual que con *Sadie Mae*. Sé que el Pueblo quiere que me quede y, mientras pongo la rueda de repuesto, decido que, en esta ocasión, el Pueblo tiene razón. La necesidad de saber con certeza si tengo hermanos en este mundo y de volver a verte a ti, Wynton, es más poderosa que el miedo a compartir o incluso a perder a mi padre.

Metanoia, sustantivo: «cambio de opinión transformador». Ahora, llevo esa palabra tatuada en el hombro izquierdo. Me hago el tatuaje esa misma tarde en un salón que hay en la plaza. Todo el tiempo que la aguja está marcándome la piel me dedico a mirar la estatua de Alonso Fall, preguntándome qué demonios le habrá pasado a la cabeza de mi bisabuelo. No puedo creerme que ahora tenga un legado, una historia a la que pertenezco y que comenzó mucho antes que la Gran Aventura con Marigold. Tal como siempre había querido. ¡Y puede que también tenga hermanos! ¡Una familia de verdad! ¡Y a saber qué relación tenemos tú y yo!

Esa noche es tu concierto, Wynton, y llego pronto. Por suerte, tengo un carnet falso en la cartera que consiguió mi amiga Summer cuando pasamos un fin de semana en San Francisco. Cuando te subes al escenario con las gafas de sol puestas, los vaqueros negros y rotos y el tatuaje de un caballo azul asomando por debajo de la manga, estoy segura de que eres el chico de los tiempos de por siempre jamás que, en el pasado, fue un rayo. No dices una sola palabra; tan solo sonríes al público. (Cuando tenía trece años, esa sonrisa me confundió por cómo hizo que mi estómago se subiera a una montaña rusa. Con diecinueve, no me confunde en absoluto). Sí, siento una oleada de calor, pero es como si yo misma me hubiera convertido en esa oleada. Me digo a mí misma una y otra vez: *¡No somos familia!* Tu padre es Clive y tu madre es Bernadette. Mi padre es Theo y mi madre es Marigold. Y, además, Clive y Theo ni siquiera tienen lazos de sangre. Durante todo el concierto increíble y alucinante, eso se convierte en un mantra mientras mis sentimientos por ti galopan en mi interior: *¡No somos familia! ¡No somos familia!*

¿Recuerdas cuando mi madre conoció a Dave? ¿Recuerdas cómo te pregunté si creías en el amor a primera vista? Tú eres el motivo de que yo sí crea en él. Creo que te he querido desde el día que nos conocimos en la pradera, tantos años atrás.

En una ocasión, bajo la cama de mi padre, encontré una copia con las esquinas dobladas de una novela romántica titulada *Vive para siempre*. Me quedé estupefacta. Nada podría ser más distinto a los gustos literarios habituales de mi padre. La leí aquella noche en la bañera. Es una basura pero, al mismo tiempo, increíble. En ella, hay una pareja que se conoce a los trece años y que promete casarse (¡como nosotros!). Entonces, no vuelven a verse hasta años después, cuando se encuentran en un yate en las islas griegas. Él es el capitán y ella una mujer rica de la alta sociedad. (Lo sé... Aghhh). Él la reconoce y vuelve a enamorarse perdidamente a primera vista (de nuevo), así que se asegura de que el yate se quede sin combustible para poder conseguir que ella vuelva a enamorarse de él (de nuevo) mientras están atrapados en altamar. El libro tiene un montón de cuestiones de clase y género problemáticas, pero sigue siendo ridículamente romántico y sexi. En ese momento en el club, yo soy Jericho Blane viendo a Samantha Brooksweather de nuevo después de tantos años.

A mi lado, hay un tipo fornido con sombrero que parece estar teniendo unas reacciones a tu actuación similares a las mías (bueno, no exactamente iguales). Creo que, cuando empiezas a tocar, sus palabras son: «¡Por el fuego del infierno!». Eso me hace reír. Veo un atisbo de su rostro y lo reconozco como Sylvester Dennis, de la banda Hell Hyena and the Furniture. Conozco toda su música porque papá es fan. Él me sonríe y me dice:

—¿Quién toca una puñetera sonata en un club y hace que suene como si fuera *rock 'n' roll*? Solo este tipo. Este puto tipo. Se va a unir a mi banda.

—Qué suerte la tuya.

—No hace falta que me lo digas.

(Wynton, me destroza pensar que tal vez pierdas esta oportunidad. No puedo imaginarme cómo te lo tomarás cuando te despiertes. Quiero que sepas que estaré aquí para ti).

Sylvester Dennis y yo nos separamos después de eso porque oigo cómo alguien dice el nombre de mi madre y, cuando me doy la vuelta, veo a un hombre curtido por el sol corriendo hacia mí. Ahogo un grito. Es una versión mayor y cansada de la vida de Dave Caputo, el de la segunda traición.

—¿Estoy soñando, Marigold? —está diciendo—. No has envejecido ni un solo día. Ni uno. —Solo se da cuenta de su error cuando está a apenas unos pasos de mí—. ¿Cassidy?

Se lleva una mano a la boca y se queda mirándome durante mucho rato. En este momento descubro que el amor no desaparece cuando la gente lo hace. Nunca desaparece, ¿verdad? Las lágrimas me caen por las mejillas y recuerdo cómo me tomó entre sus brazos cuando me perdí en el bosque; cómo solía ser su *sous chef* y cómo grité «¡Sí!» cuando le pidió a mi madre que se casara con él. Entonces, recuerdo cómo me desperté en un mundo sin horizonte porque su autocaravana había desaparecido. Vuelvo a ser esa chica. En este momento pienso que, tal vez, siempre sea todas las chicas que he sido y que mi yo presente no es más que una colección de todos mis yos pasados. Y quizá no puedas aferrarte a las personas, eso lo he aprendido de Marigold y de este hombre, pero, madre mía, cómo nos aferramos al amor que sentimos por ellas o cómo se aferra ese amor a nosotros... Porque me tiembla el corazón con la esperanza de volver a ver a Dave. Es la misma esperanza con la que me llenó cuando tenía doce años; el mismo amor difícil de manejar.

—Dejé a mi esposa y mi trabajo. Abrí una tienda de muebles a medida aquí y construí la cabaña de mis sueños. Gracias a ti y a tu madre. Intenté buscaros. Desde entonces, he ido a Sister Falls todos los años y me he quedado el mes entero. Tenía la esperanza de que volvierais allí. Nunca supe vuestro apellido siquiera. No tenía manera de encontraros.

Entonces nos abrazamos y vuelvo a percibir el mismo olor del Dave de siempre.

—¿Cómo está tu madre? —me pregunta.

—No lo sé.

—¿Qué quieres decir?

—Me abandonó...

Estoy a punto de contarle lo que ocurrió, que mi padre es el Theo Fall de este pueblo, el Pueblo, y todo sobre vosotros. Quiero hacerlo, pero ¿cómo podría? ¿Cómo podría ser él el primero en saberlo? ¿Cómo puedo confiar en esta persona después de lo que nos hizo? No puedo.

Sin embargo, compartimos muchos recuerdos fuera del club, donde está todo más tranquilo. Me siento muy bien al poder hablar de Marigold con alguien que la añora como yo (y es evidente que él lo hace); alguien que comprende tanto el hechizo como la sombra tan oscura que arroja.

—Fue real —me dice—. Dios, aquel mes... Viví más con vosotras dos de lo que había vivido antes o de lo que he vivido después.

Cuando vuelvo a entrar, tú ya no estás, Wynton. Salgo a buscarte con mi camioneta. ¿Recuerdas nuestro encuentro en la carretera? ¿Recuerdas que me volviste a pedir que me casara contigo? ¿Recuerdas cómo nos mecimos juntos bajo la luz de la luna? Puede que fuera el mejor momento de mi vida. Tan solo puede hacerle competencia la tarde que pasamos en la pradera.

Beshert, una palabra que llevo tatuada en el tobillo. Me la enseñó papá. En aquel momento, me sorprendió que conociera una palabra en yidis pero, ahora, desde que he leído el diario de tu madre y su libro de cocina, sé dónde la aprendió.

¿Eres tú mi *beshert*, Wynton? ¿O son todo imaginaciones mías?

Me he estado alojando en la habitación de invitados de la cabaña de los sueños de Dave que, en esta ocasión, sí es de ensueño y sí es una cabaña. Nada de paredes de cristal o de ostentación, excepto por la cocina de primera calidad. El restaurante de Dave sigue siendo increíble. A Marigold le encantaría ese lugar. Me cuenta que construyó la cabaña pensando en ella y que a la habitación del ático la llama «el nido de Marigold». «Es para que escriba sus extrañas historias en ella». Tal vez algún día regrese al Pueblo y nos encuentre a los dos en él.

Cada noche, desde que llegué, me he colado en tu habitación del hospital para no encontrarme con tu familia (que, tal vez, sea también la mía) porque no estaba lista para contarles quién soy. (Soborno a los empleados del turno de noche del hospital con las galletas de todos los sabores de Dave para que me dejen sentarme contigo en secreto. Dicen que somos Romeo y Julieta).

A estas alturas, todavía me aterra destrozar la vida de mi padre, Wynton; la vida de un hombre que ha llegado a tales extremos para poder empezar de cero. Sé que Dexter Brown no tiene intención de volver a encontrarse nunca más con Theo

Fall. ¿Y si nunca me perdona por esto? Si lo perdiera tras haber perdido a Marigold, creo que no podría sobrevivir.

Pero quiero formar parte de la larga y sinuosa historia de los Fall. Quiero reclamar a María Guerrero. Quiero que me salgan alas en la espalda. Quiero que Dizzy y Miles sean mi hermana y mi hermano. Y te quiero a ti, Wynton.

Me doy cuenta de que mi padre ha tomado sus propias decisiones y, ahora, yo tengo que tomar las mías.

Así que, hace apenas unas horas, tras hablar con la policía y contarles todo lo que recuerdo sobre la noche del accidente (todavía no han encontrado al conductor), por primera vez, abro la puerta de tu habitación del hospital durante las horas de visitas.

Bernadette está a tu lado, inclinada sobre la cama, hablándote del mismo modo que te hablo yo.

—¡Oh! ¡Eres tú! —Me dice mientras se levanta de la silla—. ¡La chica del pelo arcoíris! —Lleva una camisa floral en tonos brillantes y unos vaqueros. Su pelo es una tormenta, igual que el de Dizzy—. Cassidy, ¿verdad?

Wynton, había visto a tu madre en fotografías, pero no me habían preparado para la versión auténtica, para su vivacidad, para el hecho de que su espíritu parece demasiado grande para su cuerpo o para lo preciosa que es.

—Mientras hablamos, mi hijo y mi hija te están buscando en el norte —me dice. ¿Miles y Dizzy me están buscando? ¿Cómo saben dónde buscarme? ¿Están recorriendo de manera aleatoria el norte de California? En realidad, puedo imaginarlos haciendo algo así, del mismo modo que Marigold y yo buscábamos el Pueblo. Estoy a punto de preguntarle al respecto cuando me dice—: Gracias por practicarle la RCP a Wynton y por acompañarlo en la ambulancia. Dicen que le salvaste la vida. Y Dizzy dice que también se la salvaste a ella. Ven aquí. ¿Cómo puedo darte las gracias? ¿Puedo darte un abrazo? —pregunta mientras se acerca hacia mí con los brazos abiertos de par en par.

Sé todo el daño que le hizo a mi padre, pero es imposible no verme arrastrada hacia su calidez. No me extraña que él esté tan perdido sin ella.

Dios mío... Ha pasado mucho tiempo desde la última vez que me abrazó una madre, cualquier madre, y la tuya es la madre por antonomasia, ¿no es así? Intento reprimir el hambre que siento por esta forma exacta de amor maternal, pero no puedo. También me siento culpable, traicionera y deshonesta, porque estoy bastante segura de que no va a querer abrazarme de este modo cuando oiga lo que tengo que decir. Es imposible. Aun así, me fundo en su abrazo e inhalo su aroma almizcleño mientras añoro a mi propia madre, que nunca pudo consolarme de este modo. Con Marigold, la amenaza de que me abandonara estaba entrelazada con cada uno de sus gestos de afecto. Aquel era su engaño único y terrible.

Pero no es así con tu madre. Quiero quedarme entre sus brazos para siempre.

Tras un instante, se separa de mí y me planta los labios en la frente como si fuera una bendición. Entonces, agacha la cabeza de modo que, durante un segundo, nuestras frentes y nuestras narices se tocan. Suelto un jadeo, pues es como si Marigold se hubiera metido en su cuerpo. Su gesto es de agradecimiento. ¿Cómo puedo contarle a esta mujer, que ya está tan devastada por ti, quién soy? ¿Sabe siquiera dónde ha estado su marido todos estos años? ¿Sabe que le fue infiel con Marigold? En este momento, pienso que todavía puedo inventarme algo sobre mi identidad, subirme a mi camioneta, marcharme y no interferir con la vida de nadie, no herir a esta mujer y, lo que es más importante, no arriesgarme a perder el amor de mi padre.

—¿Le has contado a la policía todo lo que sabías sobre el conductor? —me pregunta—. Sé que te han estado buscando.

—Asiento y ella añade—: Será mejor que llame a mi hijo y a mi hija para decirles que vuelvan a casa. Dizzy cree que eres un ángel, en sentido literal, y que tú sola puedes despertar a mi niño. —Me mira fijamente—. ¿De qué conoces a Wynton? ¿Sois amigos del instituto?

Está ladeando la cabeza, observándome con detenimiento. ¿Se está dando cuenta de lo mucho que me parezco a Theo?

Tomo aire y lo suelto poco a poco.

—Wynton y yo nos conocimos hace años por casualidad... —Le digo. Ella sonríe de manera educada, esperando a que le cuente algo más—. En una pradera. Aquí, en el pueblo. No importa. La cuestión es que...

No puedo decirlo. Soy una bomba de relojería a punto de hacer estallar en pedazos mi mundo, el de mi padre y el de todos los demás.

¿Lo hago o no?

¿Qué querrían mis bisabuelos, María Guerrero y Alonso Fall, que hiciera?

—¿Cuál es la cuestión, querida?

—La cuestión es...

—¿Sí?

—La cuestión es que conoces a mi padre.

—¿De verdad? ¿Suele venir al restaurante?

—Es Theo Fall —suelto de golpe—. Mi padre es tu marido.

Se lleva una mano a la boca.

—No. —Mira a su alrededor, buscando algo a lo que agarrarse con la otra mano, pero no hay nada más que yo, así que me sujeta por el brazo—. ¿Cuántos años tienes?

—Tengo diecinueve, como Wynton.

—¿Cómo Wyn? Necesito sentarme. Necesito tomar el aire —dice ella—. Vamos fuera.

Sentado al otro lado de la puerta, hay un hombre desaliñado que creo que podría ser Clive. Cuando ve a tu madre, se pone en pie.

—¿Qué ocurre, Bernie? —Puedo oler el aroma a alcohol que desprende.

—No pasa nada. Wynton está bien. Vuelvo en...

Sigo a tu madre por el pasillo y a través del recibidor. Sus tacones repiquetean como un metrónomo. Entonces, salimos por la puerta del hospital. Tengo el pulso disparado. Creo que nunca he estado tan aterrorizada. Ni siquiera me siento como si estuviera dentro de mi propio cuerpo.

Bernadette se sienta en un banco con una mano a cada lado de su cuerpo. Respira de manera brusca y deliberada. Empiezo a desear no habérselo contado; no haber regresado nunca al Pueblo. No dejo de darle vueltas a los pensamientos. ¿Y si decide que no me cree? O, lo que es peor: ¿y si decide que sí me cree y me odia por ello? Yo me odiaría si fuera ella. O, lo que es peor todavía: ¿y si intenta manteneros alejados de mí? ¿Y si pone a mi padre en mi contra? Cómo desprecio a Marigold en este momento por meterme en esto; por ponerme en las manos este cartucho de dinamita. Es más, ¿cómo puedo pensar siquiera en preguntarle quién es el padre de sus hijos? ¿Quién soy para hacer tal cosa? Y, además, ¡cuando su hijo está en coma!

Quiero salir corriendo a la otra punta del aparcamiento y, al mismo tiempo, también deseo con desesperación que vuelva a abrazarme.

—Dame un minuto —dice. La sangre se le ha subido a las mejillas y no parece capaz de centrar la mirada—. Déjame pensar; déjame pensar. La cabeza me da vueltas. Sin duda, no tenía esto en el cartón del bingo para hoy. —Tiene la respiración tan acelerada que me pregunto si necesitará una bolsa de papel. Me alegro de estar a apenas unos metros de distancia de la ayuda médica—. De acuerdo, estoy bien —dice en un susurro mientras se mira las manos—. Por favor, dime dónde está. ¿Dónde ha estado viviendo? —Antes de que pueda responderle, añade—: ¿Quién es tu madre? ¿Vive en el pueblo?

—No, es algo así como una nómada —contesto mientras me siento al otro lado del banco y me coloco las manos temblorosas bajo los muslos. Al menos, me consuela que me crea y que, aun así, no me haya estrangulado. Todavía—. Se conocieron en un festival de *bluegrass*. Fue una aventura de una noche.

Me doy cuenta de que, en su mente, está retrocediendo en el tiempo.

—¿En San Diego?

Gracias a su diario, llegué a la conclusión de que aquel festival ocurrió antes de que se casaran.

—Sí —contesto.

—Esa misma semana —dice ella en un susurro.

Creo ver incredulidad en su rostro y, al mismo tiempo, ¿tal vez algo de alivio? ¿Es porque él también le fue infiel? No parece algo muy propio de mi padre. ¿Lo interpretó él como un último momento de imprudencia antes de casarse con el amor de su vida y sentar cabeza? Quién sabe...

—¿Te criaste con Theo? —me pregunta. Sigue con la mirada a la gente que entra en el hospital. Saluda con un gesto ausente de la cabeza a todas las personas que la saludan, una tras otra. Creo que no quiere mirarme.

—Desde que tenía catorce años —le digo—. Antes de eso, pensaba que mi padre estaba muerto. Mi madre me abandonó. Me dejó en casa de mi padre... Una noche, me dejó en casa de Theo mientras yo estaba dormida.

Entonces, se gira hacia mí con el ceño fruncido.

—Oh, Dios. Eso es horrible. Lo siento. ¿Dónde ocurrió todo esto?

—En Whispering River. A cinco horas al norte.

—Ha estado tan cerca todo este tiempo... —Le tiembla el labio superior. ¿Va a llorar? ¿Me va a dar un puñetazo? ¿Por qué he hecho esto? Su rostro es un derroche de emociones cuando me pregunta—: ¿Cómo está?

En ese momento veo la desesperación con la que todavía lo ama. El amor emana de ella a borbotones, Wynton. Estoy segura de que él siente lo mismo por ella. Pienso en la foto de ellos en el viñedo, tan jóvenes, felices y enamorados, compartiendo un amor incontenible.

—Está bien —contesto.

Ella cierra los ojos un instante y dice:

—Todo este tiempo ha estado a tan solo un viaje al volante de distancia. No me lo puedo creer. Y, al mismo tiempo, sí puedo. Sobre todo, siento como si siguiera aquí. —Suelta una carcajada triste y señala el asiento del banco que hay junto a ella—. Me refiero a aquí mismo. Es un fantasma en el asiento de al lado. Un fantasma con el que comparto mi vida y al que... le cocino.

Quiero tomarle la mano. Quiero que sepa que no está sola en este amor que resulta tan palpable en la presencia de ambos.

—Siempre lleva en el bolsillo el anillo de boda.

La sorpresa le atraviesa el rostro y, después, algo diferente. ¿Alivio de nuevo? ¿O tal vez sea esperanza? Se mete la mano en el bolsillo de los vaqueros, rebusca en él, saca un anillo idéntico y me lo coloca en la palma de la mano. Tiene la misma inscripción que el de mi padre. «Eres mi eternidad, mi por siempre jamás, mi incomparable».

Qué tragedia, pienso.

No sé qué pasó entre Bernadette y Clive o entre Theo y Marigold en aquel entonces, pero, de algún modo, estos dos siguen siendo fieles el uno al otro, incluso después de todo lo que ha ocurrido y de que haya pasado tanto tiempo. Descubro que ni siquiera puedo enfadarme con ella en nombre de mi padre. Ambos son buques naufragados en el fondo del mismo mar. Una vez le pregunté a Nigel y creo que, en todos estos años, mi padre nunca ha tenido una sola cita.

Entonces, se me ocurre una cosa y es como si un rayo me hubiera golpeado el alma, Wynton. No existiríamos si no fuera por sus errores. Tú y yo. Somos sus errores, sus transgresiones. ¿Cambia eso la ecuación? Para mí, sin duda alguna.

Bernadette está estudiando mi rostro.

—Mírate —dice—. Quiero decir... ¡Jesús! Acaba de llegar el sol. Ni siquiera puedo... Además, les has salvado la vida a mis hijos. —Levanta la mano como si fuera a tocarme la cara pero, al final, la deja caer sobre el regazo—. ¿Sabe que has venido aquí?

Niego con la cabeza.

—Encontré una caja con recuerdos —le digo—. Los carteles de la banda de Wynton, las cosas del colegio de Miles, fotografías de todos vosotros, artículos de periódico, cuadernos de sus familiares, tu diario...

—Lo has leído.

No es una pregunta. Su voz suena cortante y me inunda la vergüenza.

—Por encima —contesto, intentando explicarme—. Necesitaba saber por qué os abandonó a todos. Necesitaba saber que tenía un motivo legítimo. Necesitaba saber que no era como mi madre. Él es la única persona en la que he confiado. Necesitaba saber...

—¿Si merece tu confianza? —Me sostiene la mirada—. La merece. Fue culpa mía que nos abandonara. —Me asombra cómo carga con toda la responsabilidad. No parece recriminarle a mi padre el hecho de que la dejara sola para criar a tres hijos. ¿Tan grande es su culpabilidad? ¿O es por lo mucho que lo quiere? ¿Qué demonios ocurrió, Wynton?—. Pero tú ya sabes que fue culpa mía, ¿verdad?

—No creo que... —¿Voy a decirlo en voz alta? Lo voy a hacer porque necesito escucharlo de sus labios. Necesito estar segura al cien por cien—. No creo que Wynton sea hijo de mi padre. —Como es obvio, tampoco estoy segura con respecto a Miles y a Dizzy, pero esto me parece más importante. Necesito la confirmación. Ella se mira las manos, que tiene apretadas sobre el regazo—. No es asunto mío, ya lo sé —añado. La vergüenza me está asfixiando, pero insisto porque necesito saber que estamos bien, Wynton; que tú y yo... Es decir, si es que tú sientes lo mismo que yo. Me armo de valor y añado—: De todos modos, si, por alguna razón, no es así, ¿podrías decírmelo? Porque... Porque...

—¿Porque qué? —Me mira a la cara con atención y yo intento seguir respirando—. Porque estás enamorada de mi hijo —dice. Una vez más, no es una pregunta.

—Ya van dos veces que me pide que me case con él. Una vez cuando teníamos trece años y, la siguiente, la otra noche.

Ella se frota los ojos.

—Esto es una locura. Esto es una auténtica locura. Os conocisteis cuando erais niños y, ahora... —Se le arruga la frente como si estuviera intentando evocar algo—. Me recuerda a una novela romántica que leí hace mucho tiempo.

—*Vive para siempre.*

A tu madre se le escapa una pequeña carcajada.

—¿Tú también has leído ese libro tan terrible?

—Terrible e increíble —respondo.

—Terrible e increíble, desde luego —repite ella, sonriendo—. Como la vida. De hecho, como este preciso instante. Ufff. —Sacude la cabeza y su voz suena un poco cortante pero, cuando me mira, tan solo veo compasión en su rostro—. Si estás enamorada de Wynton, no hay problema. Genéticamente hablando. Y, como es evidente, tampoco os criasteis juntos, así que... Tal vez Dizzy tenga razón después de todo y seas tú la que lo traiga de vuelta con nosotros.

¡Wynton! El alivio y la alegría que siento al saberlo con seguridad son abrumadores. Pero también necesito saber qué ocurre con Miles y Dizzy.

—¿Y los otros? —Estoy tan avergonzada que ni siquiera puedo mirar a tu madre. Leo y releo el tatuaje que llevo en la muñeca: «Destello. Destello. Destello. Un atisbo fugaz de algo resplandeciente». Sé que la estoy presionando; que estoy invadiendo lo que debe de ser un asunto secreto y vergonzoso, pero necesito saberlo. Lo único que quiero es que me diga que sí. Lo único que siempre he deseado es ese «sí».

Bernadette me levanta la barbilla con los dedos. Su mirada es cariñosa y amable y, entonces, lo sé.

—Bienvenida a la familia —me dice.

Estallo en lágrimas, Wynton. Pienso en la niña pequeña que, mientras su madre estaba en el Mundo Silencioso, se quedaba en *Sadie Mae*, contándose las hebras de pelo y hablando con la luna y con sus bichos. No podría haber soñado un sueño mejor para ella que este.

Justo entonces, suena el teléfono de Bernadette. Cuando lo saca, veo el rostro de Dizzy en la pantalla (¡mi medio hermana!). Es como si nos hubiera oído hablar de ella. Tu madre se aleja unos pasos con el teléfono pegado a la oreja. Escucha varios minutos en silencio hasta que, al fin, antes de despedirse y colgar la llamada, dice: «Dizzy, ¿estamos despiertas?».

Regresa al banco aún más agitada de lo que ha estado durante nuestra conversación.

—Vienen de camino. —Me mira a los ojos—. Con Theo. Ha llegado el momento. —La voz le tiembla—. ¿Te quedarás un rato con Wyn? Necesito ir a dar un paseo rápido. Para despejarme.

En este momento su rostro es difícil de describir, pues está teñido a partes iguales de terror y de felicidad.

—Por supuesto —digo mientras me pongo en pie y me pregunto cómo demonios han encontrado Miles y Dizzy a mi... A nuestro padre.

Tras dar varios pasos, Bernadette se da la vuelta.

—Theo siempre fue el elegido. Pero era demasiado joven y tonta y estaba demasiado destrozada por la muerte de mi hermano como para darme cuenta. Siempre ha sido solo él. Y siempre lo será. —Entonces, durante una milésima de segundo, se transforma en la chica joven y despreocupada de la fotografía—. Me alegro de que haya podido ser un padre para ti. Sé lo bien que se le daba.

—Es el mejor padre —contesto mientras pestañeo para no volver a llorar.

Todo un desfile de emociones le atraviesa el rostro.

—Me alegro de conocerte —dice. Y soy consciente de que es cierto a pesar de lo que significa. Entonces, se aleja caminando.

Esto ha sido hace una hora.

Wynton, al contarte mi historia a base de traiciones, me he percatado de algo. Cada una de ellas me ha causado mucha angustia pero me doy cuenta de que, al final, también me han brindado alegría. No lo he comprendido hasta ahora. Después de la primera traición, mi madre comenzó a tomar medicación que, durante años, la mantuvo alejada del Mundo Silencioso la mayor parte del tiempo. La segunda traición me trajo hasta Paradise Springs y hasta ti. La tercera me condujo hasta mi padre y los mejores años de mi vida hasta la fecha. Espero que, para ti, sea igual. Ahora, creo que cuando el mundo da un vuelco, la alegría se derrama junto con toda la tristeza.

Solo tienes que buscarla.

Tengo una fantasía en la que, cuando te despiertes, escribiremos juntos la enorme y complicada saga de los Fall. Nuestra historia. La tuya, la mía, la de Miles y la de Dizzy. Una novela. Podemos darle voz a Alonso Fall. (Estaba pensando que podría escribir su historia como si fuera uno de los cuentos de «En los tiempos de por siempre jamás» de mi madre). Sandro también podría tener voz. ¡Podríamos hacer que fuera el primer perro de la historia que nunca muriera! Y podríamos incluir fragmentos de aquí y de allá de las cajas de recuerdos de mi padre, de todos los diarios y cuadernos. Tal vez, si nos lo permite, incluso pasajes del diario de cartas sin enviar de Bernadette. Cualquier cosa que queramos añadir. Cualquier persona. Una fantasía sobre la familia Fall. Nuestra desquiciada historia de amor en el paraíso.

Espero que, juntos, encontremos el final perfecto.

MILES

Sandro estaba dormido sobre el asiento, entre ellos, con el hocico en el muslo de Miles y la cola sobre el de Félix, mientras volvían a toda velocidad al hospital en el que se iba a producir una reunión familiar hasta entonces inesperada para salvar la vida de Wynton. Llevaban las ventanillas bajadas y las secuoyas los vigilaban desde todas partes.

—De acuerdo —dijo Félix—. Lo que no te he contado, lo que no le he contado a nadie fuera de mi familia, es que, probablemente, en algún momento, voy a perder la visión. O la mayor parte.

—¡Ay, gracias a Dios! —exclamó Miles.

—No es la reacción que había esperado.

—¡Pensaba que te estabas muriendo!

—¿Por qué? —Félix se estaba riendo—. ¿Por qué pensarías algo así? ¿Qué demonios le pasa, señor Fall?

—No lo sé. Creo que es porque... —No sabía cómo ponerlo en palabras—. Por lo mucho que aprecias a los pájaros, las estrellas... todo. Pero no importa lo que yo haya pensado. Es una mierda, colega.

El rostro del otro chico se ensombreció.

—Pues sí, la verdad. No tenía ni idea de lo que era el miedo hasta que me enteré de esto.

—Ni siquiera puedo imaginarme cómo debe de ser, Félix. Lo siento mucho.

Miles no podía creerse que hubiera estado tan ensimismado como para no preguntarle de manera directa qué le pasaba. Quería decirle que haría cualquier cosa por él, absolutamente cualquier cosa, ya que así era como funcionaba él, la puñetera Samantha Brooksweather personificada.

Mientras hablaban, a su alrededor, el mundo entero relucía y el sol se derramaba sobre los árboles, sobre la carretera y sobre ellos dos, solos en la camioneta.

—Daba muchas cosas por sentadas —dijo Félix.

—Pero en pasado, ¿no? —Miles lo miró fijamente—. Lo que quiero decir es que nunca he conocido a nadie como tú, de verdad. Eso es lo que intentaba decir antes. Te encanta todo.

Una sonrisa se dibujó en el rostro del otro chico.

—Joder, ahora sí. Me encanta todo.

Miles asintió.

—Generas alegría, colega. Es contagioso.

—¿En serio? Eso es maravilloso. —Aquello pareció animarlo de verdad. Además, era cierto. En un día, le había enseñado a observar en busca del esplendor de las cosas del mismo modo que otros salen a observar pájaros—. Hay una chef famosa que acabó ciega —le dijo—. Apareció en uno de esos *realities*. Insiste en que, ahora, es mejor chef porque se le han amplificado el resto de los sentidos. —Suspiró—. De todos modos, podrían pasar siglos. Incluso quince años. —Se retorció el bigote—. También es posible que no sea algo total. Lo leí en internet. Puede que, algún día, vea a la gente como figuras sombrías. El tipo que lo describía decía que era como ver fantasmas. —Se echó a reír—. Igual que Dizzy. Además, ¿quién sabe? Tal vez para entonces hayan encontrado una cura. —Tamborileó los dedos sobre el volante—. Desde que me enteré, he estado como en una borrachera, aunque sin el alcohol. Sentía que mi vida se iba a acabar. —Miles lo miró y vio en su cara algo que no había visto antes. ¿Tal vez timidez?—. Pero, desde que he empezado a pasar tiempo contigo, me siento mejor. —Miles se cruzó de brazos para no posarle las manos en el rostro y besarle esos labios increíbles ante semejante admisión. Félix continuó—: No sé cómo describirlo, pero eres como... No sé... ¿apasionado o algo así? No, eres un absoluto caos, colega. —Miles se echó a reír—. Lo digo en un sentido épico, como si el volumen, el brillo... Como si todo estuviera a tope. Me encanta. Estás muy dentro de tu vida. No sé por qué, pero has logrado que esté menos asustado, como si todo fuera una gran aventura o algo semejante.

Guau... Miles no podía creerse aquello. ¿Él, apasionado? ¿Él, muy dentro de su vida? ¿Él, haciendo que alguien estuviera menos asustado? ¿Por ser un caos andante? ¿Por ser él mismo? Quería decirle a Félix que era estar con él lo que hacía que se sintiera tan entregado, tan pegado a la vida, tan él mismo; que no había sido así antes de conocerse, antes de nada de lo que había ocurrido en los últimos días. Sin embargo, no quería interrumpirlo.

—Ocurrió algo extraño cuando me dieron el diagnóstico —continuó el otro chico—. Me obsesioné con los rostros. El de mi madre, el de mi padre, el de mi hermano pequeño Elvis... —Sonrió—. Ese crío tiene el mejor de los rostros. Parece un elfo. —Respiró hondo—. Y el de Eddie, mi amigo. Sobre todo con el suyo. Ese es el problema. Cuando me di cuenta de que tal vez no llegara a ver el rostro de Eddie envejecer, me quedé destrozado. Bueno... Tenía novia. Pensaba que éramos felices, pero corté la relación porque nunca jamás pensaba en su rostro. —Suspiró—. Ese, además del diagnóstico, por supuesto, es el motivo por el que me escapé de casa. No podía lidiar con ello. Con nada. —Miles se mordió el interior de la mejilla hasta que le sangró. Ahí estaba. Félix estaba enamorado de Eddie, el puñetero creador de pizzas olímpico. Agh—. Pero, bueno, voy a centrarme en el ahora —concluyó.

Amén. Porque, en el ahora, a pesar de Eddie, mientras charlaban, sus dedos no dejaban de tocarse mientras acariciaban al perro dormido y, cada vez que ocurría, Miles tenía que cerrar los ojos por el escalofrío que le recorría todo el cuerpo y por cómo se le cortaba la respiración, arrancándole un gemido. En una de esas ocasiones, el otro chico se levantó las gafas de sol y sus ojos se encontraron. Entonces, posó la mirada sobre su boca (sus labios) y la dejó ahí. Él se pasó la lengua por el labio inferior.

—Colega... —dijo Félix de un modo especial.

Ambos sonrieron. A Miles se le aceleró el pulso.

¡No era el único que lo estaba sintiendo!

¡No era el único que lo estaba sintiendo!

¿Eran sus sentimientos indecisos hacia Eddie lo que lo había llevado a decir que no estaba disponible? ¿O había sido el diagnóstico? ¿O una mezcla de ambas cosas? Miles no estaba seguro pero, en aquel momento, en realidad, Félix no parecía no disponible. Quería agarrar el volante y llevar la camioneta hacia el arcén de la carretera. ¿Y si lo hacía? ¿Lo deseaba él también? Se los imaginó a ambos: la furia de dos chicos colisionando al fin como dos planetas. Sus dedos ansiaban tocarlo.

Estaban a apenas unos kilómetros de Paradise Springs e incluso con todo lo que estaba a punto de ocurrir en el hospital, Miles no quería bajarse de aquella camioneta. Sus ojos viajaron hasta el pecho del otro chico, oculto bajo la camiseta negra, hacia sus brazos musculosos y bronceados, hacia sus muslos y hacia el bulto de sus vaqueros. Dios, era insoportable. El deseo palpitaba en su interior. Se sentía sediento y mareado. ¿Cómo podía la gente seguir funcionando con aquel sentimiento? ¿Cómo podían fingir que cualquier otra cosa era importante? Miles deseó que estuvieran conduciendo en dirección a América del Sur. Deseó que pudieran apretarse juntos dentro de la guantera.

Cuando tuvieron a la vista el hospital, la autocaravana en la que iban su padre y Dizzy, que ahora iba delante de ellos, giró hacia el aparcamiento pero, en lugar de seguirlos, Félix pasó de largo el centro y aparcó en el camino forestal en el que su viaje había comenzado con Rod «el Caníbal» un día y una eternidad antes. ¿Qué estaba ocurriendo?

¿Iba a ocurrir algo al fin?

El otro chico apagó el motor y, mirando al frente, dijo:

—Al hablar contigo hoy, me he dado cuenta de que tengo que volver a Colorado.

Miles sintió como si le hubieran dado una patada en la garganta. No había esperado aquello. ¡Había esperado todo lo contrario! Incluso tras la admisión del asunto de Eddie, había creído que, tras sincerarse tanto el uno con el otro, tenía una oportunidad. Quería algo como lo de Samantha Brooksweather y Jericho Blane o como lo de Alonso y Sebastián, no una despedida. No podía pronunciar palabra, así que asintió.

Félix se quitó las gafas de sol y las apoyó en el salpicadero. Acarició a Sandro, que estaba empezando a removerse.

—No puedo no ir a la escuela de cocina. —Miró a Miles y le dedicó una sonrisa que era a partes iguales irónica y sincera—. Es mi destino del mismo modo que el de tu bisabuelo, Alonso, era subirse a ese barco.

Miles asintió de nuevo. Claro que tenía que marcharse. Era su sueño y quería que lo tuviera. En el presente y, con suerte, para siempre.

—¿Y qué pasa con Eddie? —le preguntó, incapaz de contenerse.

Félix se encogió de hombros. Pareció como si fuera a responderle pero, al final, no lo hizo. Puede que para protegerlo a él, que había dejado vergonzosamente claro cómo se sentía. Miles podía ver el anhelo en el rostro del otro chico casi como si fuera un cartel publicitario, pero por mucho que quisiera que fuera así, aquel anhelo no era por él. Félix iba a volver con Eddie. Había malinterpretado todo, incluyendo todos los roces de manos, incluyendo el que estaba ocurriendo en ese mismo instante mientras ambos acariciaban a Sandro. Las manos de la gente se rozaban a todas horas, ¿no? No significaba nada.

Incluso aunque él se sintiera como si estuviera sufriendo un infarto.

Apartó la mano, triste y decepcionado. Tenía la sensación de que todos los pájaros habían volado lejos. No podía seguir mirando a Félix por miedo a rodearlo con los brazos y rogarle que no se marchara o decirle que lo esperaría hasta que terminara la escuela culinaria y/o para siempre.

En su lugar, miró en dirección al hospital. ¿Qué estaría ocurriendo en aquella habitación? ¿Se estaría despertando su hermano? Tenía que entrar. Había huido de su familia durante mucho tiempo pero, de algún modo, había sido el correr hacia ellos lo que le había permitido comenzar a encontrarse a sí mismo. Además, su padre tenía razón. Ya casi era un hombre adulto; tenía que dejar de culpar a los demás por su vida. Sí, su padre lo había abandonado y su hermano lo había aislado, pero ninguno de los dos era responsable por la persona en la que se había convertido dentro de su familia o en el mundo. Eso había sido cosa suya. Tal como le había dicho Sandro el día anterior, la historia de su elección siempre había sido una de «¡Pobrecito de mí!». Ahora, quería escribir una nueva historia. Una grande, romántica y de ensueño, como la de su bisabuelo.

Y tal vez empezase a ir a terapia, tal como había sugerido el deán Richards, a pesar de que la Habitación de la Melancolía parecía estar a años luz. Como había dicho Félix, ahora estaba dentro de su vida y tenía mucha gente nueva con la que podía contar en caso de que, una vez más, volviese a salirse de ella. Incluso sabía que, de algún modo, en alguna parte, había algo de amor entre su hermano y él. Tal vez fuese un amor frágil y endeble, pero era amor de todos modos. Era como levantar una piedra increíblemente pesada y encontrar debajo una flor. ¿Cómo podía seguir viva y ser tan hermosa bajo aquella oscuridad y aquel peso? Pero así era. ¿Por qué, por una vez, no podían dos hermanos Fall ser hermanos sin más? «Si el camino que tienes ante ti está despejado, probablemente estés en el de otra persona», ¿no? Forjarían su propio camino libre de maldiciones.

Si es que se despertaba.

Se giró hacia Félix, cuyo rostro seguía siendo un cartel publicitario del anhelo. Por otra persona. Miles suspiró. Le dolía el pecho. Aquello era una despedida.

Le preocupaba que se le fuera a quebrar la voz al hablar, pero tenía que hacerlo.

—Gracias, Félix. Lo digo en serio. Gracias por todo.

Era un poco tarde para haber hecho su primer amigo auténtico, pero más vale tarde que nunca. Abrió la puerta. Sandro levantó la cabeza y, entonces, volvió a acurrucarse sobre la pierna de Félix. Miles también quería acurrucarse con él; quería hacer muchísimas cosas con aquel chico. Se colgó la mochila del hombro y estaba buscando la correa debajo del asiento cuando Félix lo agarró del brazo. ¡Félix lo agarró del brazo! Lo agarró y no lo soltó.

—Espera —le dijo. Miles se incorporó. De cada pensamiento le salían chispas. Félix estaba sonriendo—. ¿Quieres...?

—Colega, no voy a volver a caer en eso —contestó él. Pero, en esta ocasión, a diferencia de la noche anterior, la mano de Félix le estaba recorriendo el brazo, dejándolo sin aliento.

¿El cartel publicitario había sido por él?

El otro chico volvió a sonreírle, enseñándole el hoyuelo. ¡Oh, Dios mío! Estaba ocurriendo.

—En esta ocasión, me refiero a otra cosa. —Agarró el brazo de Miles con más fuerza y el aire se prendió en llamas—. Voy a marcharme, así que no quería... Pero me muero por hacerlo, colega. He estado muriéndome por hacerlo. Porque la cuestión es que no te he dicho lo que ocurrió cuando vi tu cara en el recibidor del hospital. O cuando te estabas riendo en el bosque. O cómo ha sido estar viéndola cada minuto de los dos últimos días. —Le metió la mano bajo la manga de la camiseta y Miles perdió las fuerzas—. No te he dicho cómo es mirarte a la cara en este mismo instante.

—¿Cómo es? —Sus palabras no fueron más que aliento y expectativas.

—Es como: ¿quién demonios es Eddie, colega? —Félix se echó a reír. Miles no podía creerse que estuviera sentado en aquella camioneta y, al mismo tiempo, dando volteretas. Estaba bastante seguro de que se estaba convirtiendo en una bola de luz, como su bisabuelo—. Has hecho que pusiera todo en perspectiva, Miles. Nunca antes me había sentido así con nadie. Aunque he estado... asustado, con todo lo que está pasando.

—Me asustaré contigo —dijo Miles—. Quiero hacerlo todo contigo, Félix.

No podía esperar ni un segundo más. Se convirtió en la velocidad misma, medio vacilante y lleno de esperanza, mientras metía las manos bajo la camiseta de Félix. Abandonó la Tierra momentáneamente cuando oyó cómo al otro chico se le cortaba la respiración mientras él le pasaba las manos por el pecho, piel contra piel, para después deslizarlas abajo, abajo, abajo, hasta su estómago. Aquello arrancó un gemido de los labios de Félix e hizo que él perdiera la cabeza por completo. Las manos del otro chico viajaron hasta su cintura y, después, hasta la cinturilla de sus pantalones, donde metió los dedos en una de las hebillas y tiró de ella para arrastrarlo hacia él. Miles jadeó mientras ambos se inclinaban hacia delante y al fin, ¡al fin!, juntaban sus labios, deteniendo el tiempo.

Respiraron como una sola persona, aferrándose a aquel momento de conexión perfecta, a aquel instante en el que un ciclón parecía encerrado dentro de una botella, a aquella conexión de sus cuerpos y algo más que sus cuerpos. Miles estaba al borde de las lágrimas; al borde del éxtasis. Entonces, el cristal se rompió y el ciclón quedó suelto. Abrieron los labios y el hambre tomó el control, haciendo que ambos se perdieran. Sus dientes chocaron, el bigote hizo de las suyas, sus lenguas estaban desesperadas y sus manos corrían por todas partes. El sonido de la respiración entrecortada de Félix lograba que unas oleadas de calor recorrieran el cuerpo de Miles, lo que hacía que quisiera decir de golpe todas las palabras de su bloc de notas; todas las palabras de todos los libros de todos los mundos de una sola vez. Esa sería la única manera de describir aquello; de describir lo que estaba ocurriendo entre ambos: dos chicos cayéndose del mundo y enamorándose. Miles estaba nadando en felicidad y algo se estaba aflojando en su pecho; algo salvaje, libre y profunda e irrefutablemente suyo.

Como si todos los átomos de su cuerpo hubieran estado girando a mil por hora durante miles de millones de años (¡y así había sido!) solo para llegar a este momento.

¿En qué había estado pensando para mantener en secreto aquella parte tan dichosa de sí mismo?

—Miles —dijo Félix con una sonrisa. Tenían las frentes unidas y sus respiraciones se entremezclaban—. Somos Alonso y Sebastián. Estamos flotando en el aire.

Entonces, demasiado pronto, Miles salió de la camioneta, se inclinó sobre la ventanilla del lado del conductor y apoyó la mano sobre el brazo del otro chico. Se sentía hecho de sueños.

«¡Lo has logrado! —Sandro estaba dibujando ochos en torno a sus pies—. ¡Pato con suerte! ¡Demonio con suerte! ¡Perro con suerte!».

«¡Lo sé! —Miles miró a los ojos al animal. Ya iba siendo hora de perdonar a su eterno compañero—. Tú también lo has logrado, Sandro. Has encontrado a Bella».

El perro movió la cola.

«¡Lo sé!».

Félix sonrió mientras los miraba.

—¿Estáis hablando ahora mismo?

«¡Ojalá pudiera oírme!».

Miles se sentía sin ataduras, lejos de aquella máscara de perfección en cuyo lugar parecía residir la felicidad. Y aquella era una despedida que parecía cargada de saludos.

—Si un día recibes una carta con tan solo una página en blanco dentro —le dijo al otro chico—, sabrás lo que significa, ¿verdad?

El rostro de Félix dibujó la media sonrisa más mortífera hasta el momento.

«Muy buena —le dijo Sandro—. Tal vez, después de todo, no se te dé tan mal lo de flirtear».

«Gracias».

Miles y Sandro comenzaron a caminar hacia el hospital y hacia una de las reuniones familiares más improbables. Entonces, oyeron a Félix.

—¡Oye! —Miles se dio la vuelta. A aquel chico se le daban fatal las despedidas—. ¿Podrías venir a Denver a finales de verano? Tenemos montañas más grandes. Al menos, eso creo.

Tenía dinero para el billete, pero ¿estaría Félix con Eddie a finales de verano? ¿O habría regresado con su novia? ¿Quién lo sabía? ¿Quién sabía nada?

—Estaría bien —contestó.

Entonces, comenzó a caminar de nuevo hacia el hospital con la esperanza de que volviera a detenerlo.

—¡Oye! —dijo Félix de nuevo. Miles se dio la vuelta. El otro chico se estaba riendo—. ¡Esta camioneta es de tu madre, colega!

DIZZY

Dizzy dejó a su padre para que aparcara la autocaravana y salió corriendo a través del aparcamiento y de las puertas del hospital. No podía esperar un segundo más. Iba como una bala por el pasillo en dirección a la habitación de Wynton cuando oyó su nombre.

Se trataba de Lagartija. Estaba allí mismo, en el pasillo, con el pelo engominado pero con las gafas de empollón puestas una vez más, como en los tiempos previos al divorcio. Dizzy se sintió tal como se sentía justo antes de empezar a llorar. Al ver a su mejor amigo sonriéndole de oreja a oreja de nuevo, comprendió que había momentos en la vida en los que las almas se abrían como las flores.

—¿Has recibido mis mensajes? —le preguntó él.

Dizzy asintió.

—Nos hemos dado prisa. —Quería salir de sí misma como una de esas cajas sorpresa con un muñeco dentro y darle un abrazo. Quería contarle hasta el último detalle de lo que había ocurrido desde su ruptura. Pero se acordó de Melinda y de lo que él había escrito en el espejo del baño la última vez que lo había visto: «Déjame en paz»—. Me has dicho que había un motivo para nuestro divorcio. ¿Cuál es ese motivo?

Él sonrió, aunque en esta ocasión lo hizo con timidez. Después, se enderezó las gafas a pesar de que ya las tenía rectas. Dizzy hizo lo mismo con las suyas. Tenía el estómago revuelto y sentía pinchazos en la piel.

—De acuerdo —dijo él—. Lo que tengo que decirte es... —Respiró hondo de forma dramática—. El motivo por el que... Lo que quiero decir es... Pues bien, Dizzy, cuando nos... Para mí... Yo sí que... Ya sabes... Mentí.

Dizzy estaba impaciente por entrar en la habitación de hospital en la que estaba ocurriendo todo, pero estaba igual de impaciente por saber qué estaba pasando en ese mismo instante. Lagartija nunca actuaba con timidez como en aquel momento; nunca jamás tartamudeaba. No tenía ni idea de qué era lo que estaba intentando decirle. Además, ¿le había mentido?

—Dilo ya, Tristan.

Lo llamaría así si eso era lo que él quería, pero en la privacidad de su mente siempre sería Lagartija.

—De acuerdo, de acuerdo. —El chico sonrió, avergonzado. Tenía las mejillas encendidas—. De acuerdo. Allá voy: cuando nos besamos en aquella ocasión, yo sí las sentí.

—¿El qué?

—¡Las endorfinas! ¡Y las explosiones espontáneas internas de tu estúpido libro romántico también! Dije que no las había sentido porque tú dijiste primero que no. ¡Pero yo sí las sentí!

—¿Sentiste las endorfinas y las explosiones espontáneas internas con Melinda? —le preguntó.

Él negó con la cabeza.

Bien. Bien. En tal caso, Dizzy tan solo podía hacer una cosa. Se acercó hasta él, le apoyó las manos en los hombros, cerró los ojos y, por segunda vez, besó a su mejor amigo. Sintió el roce de los labios, nada más. Estaba a punto de separarse para trasladarle que no sentía ni las endorfinas ni las explosiones espontáneas internas cuando Lagartija le rozó la mejilla con el pulgar. ¿Había hecho eso la vez anterior? Juraría que no. Entonces, él le enterró las manos en el pelo. Sin duda, eso no lo había hecho la vez anterior. Separó los labios (no, aquello tampoco lo había hecho), así que ella también lo hizo. Después, se rodearon el uno al otro con los brazos y, entonces, Dizzy empezó a vibrar, vibrar, vibrar, y no solo en el alma, sino también en la fragua fogosa.

¡La puerta de su feminidad salvaje se estaba abriendo de par en par como la de Samantha Brooksweather!

Definitivamente, dos semanas de aquello no serían suficientes; al menos no para su vida. Tuvo que hacer uso de toda su fuerza de voluntad para separarse de él.

—Esta vez sí lo he sentido, Lagartija. —Las palabras sonaron más bien como jadeos. ¡Guau! Dizzy estaba mareadísima.

Su amigo tenía las gafas torcidas, igual que la sonrisa. Ella se enderezó las suyas.

—Eso ha estado guay —dijo él.

—Muy guay —replicó ella—. Ahora, ven. ¡Está a punto de ocurrir todo!

Juntos, irrumpieron en la habitación de hospital de Wynton.

Junto a la ventana, en fila, mirando en dirección al aparcamiento, estaban su madre, su tío Clive y Cassidy, que estaba con un hombre al que había visto jugar al ajedrez con Wynton en la plaza. Pero eso no era todo. Junto a la cama de su hermano estaban sus fantasmas mudos favoritos, que ahora sabía con certeza que eran sus ancestros. Alonso Fall y Sebastián Ortega tenían las manos entrelazadas y los pies a varios centímetros del suelo. Al otro lado de Wynton se encontraba María Guerrero, por cuyo cabello rojo como el fuego caían ranúnculos y rosas naranjas que inundaban la estancia de un olor magenta. Sin embargo, a su lado, había otro fantasma, uno nuevo que Dizzy no había visto nunca antes. Era un hombre joven con cara triste y con el pelo tan rojo como María. ¿Era el Bazzy de la historia de Cassidy? ¿Se trataba del fantasma de su abuelo? ¿Había estado todos aquellos años con Theo, que era su hijo? ¿Acaso lo había seguido ahora hasta Paradise Springs?

Sí —pensó ella—, *tiene que ser eso.*

Dizzy se acercó a Wynton, le colocó la mano sobre el pecho, hizo un gesto con la cabeza a los fantasmas (que, como siempre, la ignoraron) y, después, Lagartija y ella se unieron a los demás junto a la ventana. Cassidy la miró a los ojos y le dio un toquecito en la nariz con el dedo, cosa que ella imitó, invadida por la felicidad de la cabeza a los pies. Ahora tenía una hermana, ¿qué podía haber en el mundo mejor que eso? ¡Excepto que Wynton estaba a punto de despertarse! Entonces, abrazó a su madre y pudo oler su sudor (verde con motas de un tono oxidado). A Chef Mamá le temblaba el cuerpo e, incluso mientras se abrazaban, no apartó la vista de la autocaravana morada de la que su padre no había salido todavía.

Entonces, ella se centró también en lo que estaba ocurriendo al otro lado de la ventana. El sol se estaba poniendo tras la montaña, llenando el valle de una luz dorada. Junto a la entrada del hospital se encontraba Miles, que le estaba diciendo algo a Sandro. Probablemente, que lo esperara allí. Entonces, abrió la puerta para entrar pero, de todos modos, el animal se coló dentro como un rayo y unos instantes después, Miles apareció con el perro que, sin duda, no tenía permitida la entrada, pero a nadie parecía importarle.

Para su sorpresa, Miles se acercó hasta la cama de hospital y colocó la mano en el pecho de Wynton; sobre el corazón, tal como había hecho ella. No estaba segura de haber visto jamás a sus hermanos tocarse. Miles se inclinó y le susurró a Wynton algo al oído. No pudo oír el qué. Entonces, se acercó a la ventana junto a todos ellos y tanto a Cassidy como a él se les llenaron los ojos de lágrimas al mirarse. Dizzy se preguntó si estarían hablando mentalmente como si fueran chamanes. Miles abrazó a su madre y le hizo un gesto con la cabeza al tío Clive. Dizzy le tendió la mano a su hermano. Él sonrió y se la tomó mientras estrechaba también la de Cassidy. Bajo la ventana, frente al hospital, la gente había empezado a congregarse.

—Ya se ha corrido la noticia —susurró su hermana.

Todas las miradas se posaron sobre la autocaravana llamada *Purple Rain* cuando la puerta se abrió y de dentro salió Theo Fall con su sombrero de vaquero. Incluso a través del cristal, Dizzy podía oír el golpeteo de sus botas sobre el pavimento conforme atravesaba el aparcamiento. Las lágrimas corrían por el rostro de su madre, que no se molestó en enjugárselas. El tío Clive estaba sonriendo y Dizzy se percató de que nunca antes lo había visto hacerlo. Ni una sola vez en toda su vida. Todas aquellas primeras veces estaban ocurriendo en aquella habitación, lo cual era un buen presagio.

Recordó cómo Cynthia, la administrativa ateísta del hospital, le había explicado la noche del accidente que podía rezar intentando rodear el mundo entero con los brazos. Pensó que aquel era todo su mundo, su montaña de gente personal. Y la única seguridad del mundo era esa. En realidad, no podía encerrar a todos juntos dentro de una casa de manera permanente, pero sí podía cerrar los ojos e imaginar que estaba rodeando con los brazos a su familia recién ampliada, a su mejor amigo (¿su primer novio?) e incluso al tonto del perro. Cynthia había estado en lo cierto: aquella era una buena manera de rezar, de tener esperanza y de encontrar lo sagrado que hay en la vida.

Dizzy pensó que todo aquello era mucho; muchísimo.

Entonces, abrió los ojos y los posó sobre su padre, que iba a despertar a Wynton; su padre, que al fin había vuelto a casa.

Sin embargo, cuando había recorrido la mitad del aparcamiento, se detuvo, dio media vuelta y se dirigió de nuevo hacia la autocaravana con paso rápido y decidido.

—¡No! —gritaron todos ellos al unísono mientras golpeaban el cristal con las palmas de las manos.

—Otra vez no, Theo —dijo su madre.

Entonces, salió de la habitación del hospital, por lo que no vio que él tan solo había regresado a la autocaravana porque se había olvidado la trompeta.

WYNTON

La primera nota te llama tal como solía hacerlo cuando tenías un cuerpo, un violín y una vida maravillosa y jodida; tal como solía hacerlo cuando la música fantasmal de tu padre te llevaba de una habitación al río, del río a un tejado y de un tejado a una pradera.

Y, ahora, te ha devuelto a la habitación del hospital.

Solo que algo va mal; muy mal.

Este no puede ser él porque este músico no sabe tocar. Te estremeces por dentro al oír el tono y te da un escalofrío por culpa de lo estridente que es el sonido. Retrocedes ante las notas rebuznantes que se entremezclan débilmente y sin orden ni concierto. ¿Quién es este músico tan horrible? ¿Y por qué está tan cerca de ti, haciendo que cada *riff* atroz resuene justo en tu cabeza? ¡Este no es el trompetista que has estado oyendo toda tu vida!

¡Si al menos pudieras moverte para taparte los oídos...!

Ruegas que quienquiera que sea que esté tocando se detenga de una vez; que pare ya. Pero no lo hace. Tienes que huir. Estás regresando a la pradera para esperar a la muerte, alejándote de cualquier lugar donde no esté ese ruido que finge ser *jazz* cuando...

Se trata de Miles, susurrándote al oído sobre el día de los columpios. No puedes creerlo. ¡Él también recuerda esa tarde! Y, una vez más, volvéis a correr por aquel campo con las manos entrelazadas y vuelve a ser tu hermanito, tu monito, tu plátano, tu chiquitín.

Quieres decirle que lo sientes por todo, que ya estás harto, hartísimo, de ser un ogro como Héctor. Quieres decirle que este momento, como todos y cada uno de ellos, es una primera vez; un nuevo comienzo para que los dos podáis empezar de cero. Estás intentando con todas tus fuerzas mover los labios para poder decir la palabra «hermanito» cuando...

Estás bocabajo sobre un montón de hojas. Intentas levantar la cabeza.

¿Es posible?

Entonces, oyes su voz por primera vez después de doce años. Sí que es él.

«¡Ha vuelto a por ti!», exclamas en tu cabeza al mismo tiempo que él dice: «Wynton, por favor, vuelve con nosotros».

¡Ay, tienes que verle! Ya no te importa que no sea tu padre biológico; en tus recuerdos y en tu corazón, sigue siendo tu padre. Usas todas tus fuerzas para abrir un párpado, pero no puedes.

Estás infinitesimalmente cerca de volver con tu familia, al increíble mundo de mierda y a todo el glorioso ruido, pero, por más que lo intentas, no consigues abrir los ojos hasta que te abruma el aroma de las flores... ¡Cassidy!

Oyes que exclama: «¡Wynton y yo no somos familia!».

Y, entonces... ¿Qué es esto?

¿Qué es esto?

Una mano (¡su mano!) te acaricia con ternura la frente y la mejilla y, después, se posa sobre tus dedos. Lo sabes porque puedes sentirlo, lo que quiere decir que has vuelto. ¡Has vuelto! Si abres los ojos, verás a Cassidy (que es un torrente de belleza), a tu hermano, que te ha perdonado, y a tu madre y a tu hermanita, que te quieren por completo y sin esfuerzo; verás a Theo, que se marchó, y a tu padre, Clive, que no lo hizo (y a quien es posible que hayas estado escuchando tocar la trompeta todos estos años, porque se te acaba de ocurrir que fue él, y no el otro hombre, el que te dio el mayor regalo de tu vida: la capacidad de hacer música).

Has visto el mundo alejarse de ti sin mirar atrás hasta que esta gente, tu gente, lo ha traído de vuelta a rastras. Para ti. ¿Es eso la auténtica frecuencia divina?

Sabes que justo al otro lado de tus párpados te esperan días tremendos que resonarán con la claridad de las campanas y noches que te acompañarán a través de canciones con solo partes tristes. Estás listo para afrontarlo todo, hasta la última nota.

Excepto que todavía no.

Cassidy te está sosteniendo la mano y sabes que está inclinada sobre ti porque hay mechones de pelo haciéndote cosquillas en el rostro y el cuello. Aúnas todas tus fuerzas, toda tu vida, y le estrechas la mano para decirle que sí, sí y más sí.

Entonces, con los ojos cerrados, susurras para que solo te oiga ella.

—Más cerca.

Y ella te entiende porque vuestros labios se han encontrado (¡vuestras bocas!). Besarla es como la puñetera quinta sinfonía de Beethoven y no quieres parar nunca. No quieres dejar ni dejarás de amar nunca a esta chica. Esta chica que te ha plantado el sol en el pecho. Esta chica que, palabra a palabra, te ha devuelto a la vida con la orquesta completa que son tanto su persona como su historia y con este beso que te está convirtiendo en luz, en música y en ti mismo.

Te das cuenta de que puedes levantar el brazo derecho a pesar de que te resulta pesado y de que, probablemente, lo lleves escayolado. Y, cuando lo haces para colocarlo con cuidado sobre la espalda de Cassidy y acercarla un poco, para arrastrarla más y más hacia ti, la habitación explota en llantos. Entonces, el mundo en el que estáis todos juntos da un vuelco y, por una vez, lo que se derrama es alegría y solo alegría.

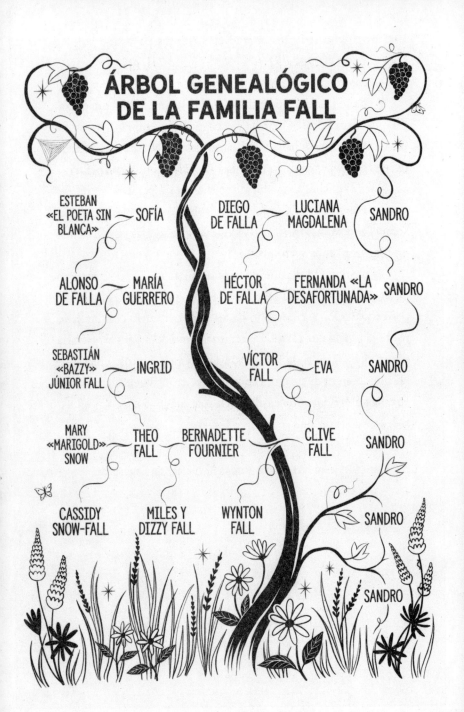

LA PRIMERA CENA DE THEO FALL EN LA CUCHARADA AZUL:

AMUSE-BOUCHE: Ostras con erizo de mar, perlas de limón y pimienta negra.

ENTRANTE: Torre de vieiras, pepino y nectarinas con salsa de cardamomo y rábano picante.

PRINCIPAL: Jugoso pollo asado cubierto de zumo de bayas de saúco, olivas y alcaparras.

POSTRE N.° 1: Tarta de chocolate y vinagre de Annie.

POSTRE N.° 2: Crepes de pétalos de pensamiento con crema de lavanda de Dizzy.

MARIDAJE: Un pinot noir de una bodega local llamado Segundas Oportunidades.

AGRADECIMIENTOS

Hace años, un autora amiga me dijo que escribir una novela es como intentar meter una colcha del tamaño de un campo de fútbol en un sobre diminuto. Con *Nuestra desquiciada historia de amor*, a menudo me parecía que esa colcha era del tamaño de un continente. Nunca habría terminado sin la ayuda esclarecedora, apasionada y entusiasta que he recibido de muchas personas. Quiero dar las gracias a los lectores de Pippin Properties, Inc.: Holly McGhee, Marissa Brown, Julia Ermi, Jason Ajas Steiner y Morgan Hughes, que leyeron y releyeron, se mudaron a la obra conmigo, y cuyos comentarios han sido geniales, acertados y siempre sinceros, sin importar cuándo. También quiero dar las gracias a los miembros de Pippin (incluyendo a Elena Giovinazzo, Ashley Valentine y los increíbles becarios) por todo lo demás que han hecho con tanta habilidad, entusiasmo, ferocidad, aptitud y alegría. Especialmente a mi divertida, fiera e indómita agente literaria y amiga, Holly McGhee, por su devoción en cuerpo y alma al arte y a la vida. Ella marca su propio horizonte.

Reboso de gratitud hacia mi espectacular editora, Jessica Dandino Garrison, mi compañera de trinchera, a la que adoro y en la que confío con toda el alma. Ha vivido conmigo en esta historia y le ha aportado al proceso de edición brillantez, entusiasmo, franqueza, estamina, amabilidad y un deleite por las palabras y las historias que resulta regenerador e inspirador.

También quiero dar las gracias a todos los demás trabajadores de Penguin Young Readers por su apoyo y paciencia durante los años de escritura y su pasión enloquecida y sus comentarios cuando al fin entregué la novela. Sois un equipo extraordinario y me honra y emociona formar parte de él. Siempre me hacéis sentir como en casa. Me siento muy agradecida con absolutamente todas las personas que trabajan allí, incluyendo a: Jen Loja, Jen Klonsky, Nancy Mercado, Felicity Vallence, Lizzie Goodell, Emilly Romero, Jocelyn Schmidt, Christina Colangelo, Carmela Iaria, Venessa Carson, Shanta Newlin, Lauri Hornik, Lindsay Boggs, Squish Pruitt, Lathea Mondesir, Alex Garber, James Akinaka, Jayne Ziemba, Regina Castillo, Kenny Young, Jenn Ridgway, Tabitha Dulla, Shannon Spann, Jenny Kelly, que volcó el corazón en diseñar estas páginas tan impresionantes, y Theresa Evangelista, que diseñó esta cubierta que me gusta tanto que quiero comérmela. Gracias también a Jessica Cruickshank por sus maravillosas ilustraciones, que aportan muchísimo a la historia.

Estoy muy agradecida con el increíble equipo de Rights People en el Reino Unido por llevarles mis historias a tantos lectores de todo el mundo. Sois sin igual y tengo mucha suerte de trabajar con vosotros. Gracias a Alex Devlin, Harim Yim, Claudia Galluzzi, Amy Threadgold, Charlotte Bodman, Hannah Whitaker y Annie Blombach. Gracias también al fantástico equipo de Walker Books en Reino Unido, Australia y Nueva Zelanda por su apoyo, su entusiasmo y su ingenio. Sobre todo a mis maravillosas editoras de Reino Unido, Jane Winterbotham y Frances Taffinder, y a mi anterior editora, Annalie Grainger. Gracias también a mi editor alemán, Birte Hecker, que se ha convertido en un amigo, así como a todos mis editores, traductores y editoriales de todo el planeta. No puedo expresar lo mucho que significa para mí que mis personajes puedan vivir en vuestros idiomas. También estoy muy agradecida con los editores de los audiolibros en Brillance y Listening Library, así como con los talentosos actores que los narran.

Quiero dar las gracias al fabuloso equipo de Diane Golden y Sarah Lerner por su destreza, su habilidad y su amistad, así como a mi maravillosa agente de derechos cinematográficos, Dana Spector de CAA, por lo mismo.

Por sus astutas lecturas tempranas, cuando esta novela todavía era una colcha del tamaño de un continente, doy las gracias a Tim Wynne Jones y Brent Hartinger y, más adelante, a Patricia Nelson, Carol Nelson, Marianna Baer, Nina LaCour y mi increíble madre, Edie Block.

Gracias especialmente a mi amiga, la increíble autora y editora Marianna Baer, que habló conmigo sobre esta historia durante años, ofreciéndome brillantez y carcajadas. No podría soportar escribir y publicar sin ti.

Gracias a las doctoras Anne y Maggie por ayudarme con mi paciente en coma, y al doctor Bautista por ilustrarme sobre los problemas de vista.

Un agradecimiento enorme y sincero a todos los libreros, bibliotecarios y educadores de todo el país que, durante estos terribles años de prohibición de libros, se han entregado tanto para conseguir que a manos de la gente joven lleguen los libros adecuados. Sois héroes.

Esta no ha sido una novela fácil de escribir y, por muchas razones, también han sido unos cuantos años difíciles para poder escribirla. Quiero dar las gracias a mi familia por todo su amor, apoyo y jolgorio; por las cenas con martinis y por hacer de la vida una celebración sin importar qué otras cosas estén sucediendo. Gracias a mi divertidísima madre, que tiene un corazón enorme, a la que aprecio más allá de lo que se puede expresar con palabras y que es el corazón que está fuera de mi cuerpo. Mi padre murió mientras escribía este libro y siempre estará conmigo, con mis palabras y estoy bastante segura de que con el ramo de rosas amarillas disecadas con el que parece que hablo cuando más lo echo de menos. Le envío mucho amor a mi madrastra, Carol, que es un meteoro abrasador que ilumina el cielo, y a los mejores hermanos y amigos que existen en la Tierra, mis contrapesos: Bruce y Bobby, a los que amo inconmensurablemente, que siempre me hacen reír y por los que doy las gracias todos los días. ¿Cómo hemos tenido la suerte de poder vivir todo esto juntos? Para Pat y Monica, mis queridas e increíbles hermanas de vida. Para el alegre dínamo que es mi sobrina Lena. Para mi dulce y compasivo sobrino Jake, que es la persona más valiente que conozco. Para el inteligente Adam y su amable corazón, al que tanto echo de menos. Muchas gracias a Rick y Patricia, a Andy, Sarah, Alyssa y Lindsay, a Jeff y Deborah y, siempre y por siempre jamás, a Michele. Mucho amor para Paul que, de algún modo, siempre está viviendo el momento y, al mismo tiempo, de manera sublime, en las nubes. Gracias por tu incomparable *joie de vivre*, por tus conversaciones y celebraciones. A Mark, por brindar alegría y un corazón amable a los días pasados y futuros. También les envío mi amor al resto de la familia: los Green, los Block, los Shuman, los Rothier y los Feuerwerker.

Creo que la parte más afortunada de mi vida es que tengo una segunda familia de amigos desde hace décadas, que me plantan el sol en el pecho, sin los que no podría vivir y que me llenan de vida, alegría, esperanza, diversión, seguridad y continuidad. Creo que, a estas alturas, tal vez todos seamos árboles cuyas raíces se hayan unido bajo la tierra. Mi amor para siempre para Anne, Ami, Becky, Emily, Jeremy, Julie, Larry, James, Maggie, Mo, Simone, Sarah, Alex, Zoe, Tim, Jeff, Dave, Matt y los niños: Illa, Lucas, Sora, Siena, Sam, Jules y Prudence.

Y, para toda la eternidad: Barbie, Stacy y James.

También quiero dar las gracias a mi apreciada familia del hogar: Nina, Kristyn, Juju, Luka y Mazie. Me alegra mucho vivir con vosotros en el Círculo Mágico y compartir nuestros días, las flores, las cenas, las partidas de *whist*, los cócteles, los aullidos al viento e incluso las cañerías rotas. Todos vais a estar en mi corazón para siempre.

Estoy muy agradecida con muchos amigos y profesores de VCFA por cambiar el curso de mi vida. Lo mismo digo de los profesores de Inglés y Literatura que he tenido a lo largo de los años. Y de mis amigos escritores.

Un profundo agradecimiento para MacDowell por la beca gracias a la que pude pasar seis semanas eternas paseando por los bosques a la luz de la luna y terminando esta novela. Pasé unos días encantadores con todas las personas que conocí allí. Ojalá pudiera mencionar todos los nombres, pero sois demasiadas personas increíbles, así que tan solo dejaré un agradecimiento especial para Ingrid y Víctor.

Me siento muy agradecida por todas las personas a las que he mencionado y todas aquellas a las que, por falta de espacio, no. Agradezco que podamos pasar juntos esta vida y que, gracias a vosotros, cuando el mundo da un vuelco, para mí, siempre derrama alegría.

Es ridículo lo mucho que os quiero a todos.

¿TE GUSTÓ ESTE LIBRO?

Escríbenos a
puck@uranoworld.com
y cuéntanos tu opinión.

ESPAÑA /MundoPuck /Puck_Ed /Puck.Ed

LATINOAMÉRICA /PuckLatam

/PuckEditorial

¡Gracias por vivir otra
#EXPERIENCIAPUCK!